1

Zwei Uhr morgens in San Francisco.

Der Polizist hieß eigentlich Reynolds, aber wegen seiner roten Haare nannten ihn die Jungs auf der Wache immer nur Foxy. Reynolds gefiel das nicht sonderlich, ihm war es lieber, wenn man ihn Ray nannte, aber er hatte schon früh in seiner Laufbahn herausgefunden, dass man bei der Vergabe seines Spitznamens kaum eine Wahl hatte. Wenn die Jungs ihn Dumbo oder Goofy nennen wollten, würden sie das tun, und je mehr man sich darüber aufregte, desto größer war die Chance, dass sie den Namen beibehielten. Am besten gab man sich resigniert und grinste nur.

Foxys Schicht war beendet, und er war auf dem Heimweg, der ihn durch ein zwielichtiges Viertel führte, wo er anhielt und sich eine Zigarette anzündete. Er musste über seine Ehe nachdenken, die seit einiger Zeit immer mehr aus dem Ruder lief. Ursache und Wirkung lagen hierbei allein auf seiner Seite, was er auch wusste: bei seinem Bedürfnis nach Alkohol, um die Ereignisse des Tages zu verwischen, bevor er nach Hause ging. Clementine wusste, dass er harte Arbeitszeiten hatte, und tolerierte den Lebensstil eines Cops. Aber sie würde es nie hinnehmen, dass seine Freizeit vom Alkohol beherrscht würde. Deshalb saß Foxy nun hier und versuchte, sich zwischen einer glücklichen Ehe und einem Leben als alleinstehender, besoffener Cop zu entscheiden. Vielen Leuten wäre die Wahl nicht schwergefallen, aber Foxy mit seinem zwingenden Drang, nach der Arbeit einen Drink zu nehmen, konnte sich weder ein Leben ohne seine Frau noch ein Leben ohne seinen Bourbon vorstellen. Er hockte auf den Hörnern des Stiers, und sie stachen ziemlich übel.

Es war ein kalter, deprimierender Morgen, an dem der Nebel an den Wänden zwischen den Gassen klebte und langsam durch die Rinnsteine waberte, wo er sich mit den Dämpfen aus den Kanälen vermischte. An der Straßenecke stand ein Mann und starrte zu einem erleuchteten Fenster in einem schäbigen Apartmenthaus hoch, nur ein paar Meter von Foxys Wagen entfernt. Er sah aus wie eine Tunte, mit langen Wimpern und Fingernägeln. Es brannten auch noch andere Lichter, aber ihn schien nur dieses eine Zimmer zu interessieren. Sein starrer Gesichtsausdruck zeigte, wie intensiv sein Interesse war. Man hätte ihn für einen Spanner halten können, aber es gab dort nichts zu sehen, nicht einmal eine Silhouette hinter der Jalousie.

»WOFÜR HÄLTSTE MICH DENN?«

Der Schrei, der aus einer der anderen Wohnungen kam, war gedämpft, so als hätte der Schreiende den Kopf unter einem Kissen oder einer dicken Decke. Aus anderen Zimmern drangen noch mehr Geräusche. Das hier war eine der Gegenden, in denen es nie still war: Mindestens ein Drittel der Bewohner war immer wach, wegen des kläffenden Köters, den eigentlich niemand hätte halten dürfen, wegen der ewigen Möbelrückerei, wegen des Klapperns von Geschirr und Besteck, und, das Schlimmste von allem, wegen des Gelächters. *Hä-hä-hä-hä-hä-hä-hä-hä.* Irgendein unerkannter Kastrat, der schrill über etwas lachte, das andere weder sehen noch hören konnten – also über gar nichts.

Lachen. *Murmel, murmel, murmel.* Lachen. *Murmel, murmel, murmel.* Lachen.

Immer, wenn die Nachbarn dachten, dass wahnsinnige Lachen hätte aufgehört, fing es wieder an; durchdringend und hartnäckig bohrte es sich durch die dünnen Wände. Niemand verstand, warum den Typen nicht längst schon jemand umgebracht hatte. Mit einem solchen Lachen verdiente er es zu sterben. Es machte alle wahnsinnig und trieb jeden dazu, zu schreien: HALT VERDAMMT NOCHMAL DIE KLAPPE WAS IST DENN SO VERDAMMT WITZIG WEISST DU EIGENTLICH WIE SPÄT ES IST DU ARSCHLOCH?, bis endgültig ein Höllenlärm losbrach und selbst der Lachsack nach Ruhe brüllte. RU-HE! Jesus!

In diesem Viertel gab es ein Schichtsystem, wenn es darum ging, jene zu nerven, die schlafen wollten. Diejenigen, die nicht schlafen konnten, hielten diejenigen wach, die es wollten, und so schlief am Ende niemand, und Ruhe kehrte erst gegen Sonnenaufgang ein, wenn alle völlig frustriert waren.

Der Beobachter hingegen war still und hielt regungslos Wache, obwohl es eisig kalt war. Die einzelne Straßenlaterne, die noch funktionierte, warf einen gelblichen Schein auf das Gesicht des Beobachters.

Jede Frau, die ihn dort gesehen hätte, egal ob Nutte oder Societylady, hätte gesagt, er sei ein schöner junger Mann. Seine Augen leuchteten in einem hellen Grau, seine vollen Lippen erinnerten an zarte Rosenblätter. Seine makellose Haut war so weich wie der Teint einer dieser Frauen, die im Fernsehen Antifaltencreme verkauften. Vielleicht war es ja gar kein Mann, sondern eine Frau in Männerkleidung? Oder ein Transsexueller? Aber irgendwie spürte Foxy, dass unter der weich wirkenden Oberfläche eine Härte lag, eine furchtbare physische Kraft, die ihn nicht glauben ließ, dass dies eine Frau sein könnte. Er konnte es nicht erklären, denn er hatte in seinem Job schon ein paar verdammt toughe Frauen getroffen, aber der hier wirkte einfach wie ein Mann.

Der Mann drehte sich um und sah Foxy für ein oder zwei Minuten an, mit trägem, desinteressiertem Blick, bevor er sich wieder abwandte und auf dieses Fenster konzentrierte. Plötzlich spürte Foxy, wie Angst in ihm aufstieg, als diese grauen Augen sich auf in richteten. Irgendetwas stimmte hier ganz und gar nicht, und den Cop in Foxy drängte es danach, den Typen anzusprechen und herauszufinden, was er so früh am Morgen hier wollte. Aber irgendein seltsames Gefühl hielt ihn zurück. Dieses Gefühl war wahrscheinlich Angst, auch wenn der Polizist sich das niemals eingestehen würde. Foxy war im Grunde froh, dass der Mann nicht versucht hatte, mit ihm zu reden. Foxy, der mit undefinierbaren Geschlechtern sowieso schon seine Schwierigkeiten hatte, hätte gezögert, bevor er diesen Mann wegen irgendetwas, egal was, zur Rede gestellt hätte. Doch die äußere Erscheinung des Mannes faszinierte ihn und fesselte sowohl seine Aufmerksamkeit als auch seine verdrängte Furcht. Er hatte hier die Art von Schönheit vor sich, die englische Dichter immer beschrieben hatten: die Art von gutem Aussehen, bei der sich die Männlichkeit in ihrem Schneckenhaus verkroch.

Der Mann machte ein paar Schritte nach vorne, so dass Foxy die Bewegungen der Gestalt im weißen Anzug studieren konnte. Wie er es bereits vermutet hatte, waren sie fließend und athletisch – der Körper eines Tänzers. Selbst durch den Stoff konnte er die kompakten Muskeln erkennen: glatt, sehnig, keine wulstigen Felsbrocken. Die Finger, die an der Mauer ruhten, direkt neben einem Graffiti, das verkündete RED SCORPIONS VOR!, waren lang, schlank und fast durchscheinend.

Wenn er sich bewegte, hatte er die Grazie eines Geparden. In dieser Bewegung lag eine Kraft, als würde in diesem Brustkorb ein starker Motor schnurren. Ein Motor der Anmut. Foxy lief es kalt den Rücken runter, denn er spürte etwas Wildes unter dieser ansprechenden Fassade, sobald er diesen Typen nur ansah.

Foxy starrte weiter zu ihm rüber und fragte sich, warum zur

Hölle diese Tunte um halb drei Uhr morgens auf der Straße herumlungerte. Vielleicht beobachtete er ja seine eigene Wohnung. Vielleicht war gerade jemand da oben und beglückte seine Frau. Oder, was wahrscheinlicher war, seinen Freund. Vielleicht würde hier gleich ein Mord geschehen. Foxy versuchte, sich Sorgen zu machen, brachte aber nicht die nötige Energie auf, um sich damit zu belasten. Seine Energie war völlig auf das Ziel gerichtet, die Polizei zu verlassen und ein Restaurant zu eröffnen. Das war sein großer Traum. Er und Clem und ihr eigenes kleines Bistro. Foxy sah sich schon als Küchenchef. Er hatte letztes Jahr einen Kochkurs für Cordon bleu und andere Spezialitäten gemacht und seitdem immer fleißig geübt. Die Leute meinten, er sei echt gut; und man könne keinen Unterschied schmecken zwischen einem seiner Gerichte und einem aus dem *Rannouf*, dem französischen Restaurant an der Ecke Williams und Venus. Foxy wollte kein richtiges Restaurant haben, mit all dem Snobzeug, das zu so einem Laden gehörte. Er wollte ein schlichtes, einfaches Bistro haben. Einen Laden, wo er ein paar Can-Can-Poster aufhängen konnte, auf denen in aufgeblasenen Buchstaben »Moulin Rouge« stand, wie auf diesem Bild von dem französischen Maler mit den Wadenwärmern.

Der Mann an der Ecke ging zur Haustür und betrat das Gebäude.

Das Geschrei in den Wohnungen ging ungehindert weiter. Irgendwo auf dem Dach meldeten sich die Straßenkatzen und fügten dem Missklang ihre eigene Note hinzu. Es war ein absolutes Irrenhaus, aber völlig normal. Bald würde eine Polizeistreife vorbeifahren, die Uniformierten würden an der Mietskaserne hochschauen, den Kopf schütteln und weiterfahren, bevor sie angefunkt und in einen häuslichen Streit verwickelt würden. Dann waren sie schon sechs Blocks weiter, wenn der

Funkspruch kam, und es bestand die Chance, dass das Theater vorbei war, wenn sie in der entsprechenden Wohnung ankamen. Jemand würde jemanden geschlagen haben, vielleicht auch jemanden getötet, aber alles würde sich bereits etwas beruhigt haben.

Foxy drückte seine Zigarette im Aschenbecher aus und griff nach dem Schlüssel, um den Wagen zu starten. Seine Hand schaffte es nicht mehr bis zur Zündung. Stattdessen wurde er von einem grellen weißen Licht geblendet. Der Knall einer gedämpften Explosion, dann prasselten Glassplitter auf das Dach von Foxys Ford wie Hagel zur falschen Jahreszeit. Durch das gleißende Licht sah Foxy, wie Flammen aus dem Gebäude schlugen, die sich rasend schnell auszubreiten schienen.

Er hörte, wie Metall und Steine in der plötzlichen, glühenden Hitze knackten und brachen, dann das Dröhnen des Feuers, das durch die Korridore raste, Sauerstoff verschlang und alles Brennbare auf seinem Weg fraß. Durch das zerstörte Fenster schoss eine lange Stichflamme über Foxys Kopf hinweg bis zu dem Gebäude auf der anderen Straßenseite.

Foxy war völlig überwältigt von der Heftigkeit des Feuers und dem Tempo, in dem es sich ausbreitete und eine solche Intensität erreichte. Es war so, als wäre eine Brandblase der Hölle geplatzt, genau in diesem Zimmer dort: eine ungeschützte, offene Wunde, in der das Herz dieses Glutofens lag.

Himmel, dachte er, schon wieder eine Brandbombe! Das musste die Tunte gewesen sein, die auf dem Bürgersteig gestanden hatte.

Ich habe das Arschloch gesehen. Ich habe gesehen, wie er reingegangen ist. Ich hätte nur die Hand ausstrecken müssen, dann hätte ich ihn berührt.

Er tastete nach dem Türgriff und fiel aus dem Wagen auf den Bürgersteig. Dann rappelte er sich auf und torkelte los, tastete sich halbblind an der Mauer entlang. Jetzt drangen andere Schreie aus dem Gebäude. Niemand rief: MAUL HALTEN, VERDAMMT! Stattdessen kreischten sie: HILFE! UM GOTTES WILLEN, HELFT MIR!

Irgendjemand taumelte mit brennenden Klamotten aus der Haustür, aber die Hitze trieb Foxy zurück. Er konnte riechen, wie seine Haare verschmorten und seine Haut versengt wurde. Die Gestalt fiel stöhnend auf den Beton und wand sich wie eine verletzte Schlange, dann lag sie endlich still. Das Krachen von brennendem Holz und die Dämpfe von schmelzendem Kunststoff und brennendem Gummi drangen auf die Straße. Foxy zögerte und bekam einen Hustenanfall, als die Gase in seine Lunge drangen. Ein paar Sekunden lang keuchte und würgte er, bis er es schaffte, über die Straße zu taumeln, wo die Luft besser war und er sich an einen Pfeiler lehnen konnte.

Die glühenden Finger der abstrahlenden Hitze erreichten ihn sogar hier. Sie verbrannten sein Gesicht, und noch einmal musste er sich zurückziehen, diesmal in einen kühlen Hauseingang. Er starrte auf die Flammenhölle und konnte nicht fassen, wie schnell das Inferno völlig außer Kontrolle geraten war. Wie viele andere hatte auch Foxy Angst vor Feuer. Feuer war ein Lebewesen, eine Macht, die keine Grenzen kannte, keine Freunde, keine Feinde. Feuer war die ultimative Zerstörungskraft, die Leben und Besitz vernichtete. Es tauchte in vielen seiner Alpträume auf.

Dann passierte etwas, das Foxy das Blut in den Adern gefrieren ließ. Wie ein Wesen aus einem Traum trat der Mann im weißen Anzug aus der Tür des brennenden Gebäudes. Foxy war sich nicht sicher, weil seine Sicht noch getrübt war, aber er hätte schwören können, dass die Kleidung des Mannes qualmte, vielleicht sogar brannte. Und trotzdem blieb der Typ nicht einmal stehen, sondern stieg einfach über die Leiche am Boden hinweg und ging entschlossen die Straße hinunter.

»Hey, Sie!«, schrie Foxy. »Bleiben Sie stehen!« Er fummelte nach seiner Pistole. »Keine Bewegung!«

Aber in seiner Verwirrung bekam er die Waffe nicht richtig zu fassen, und sie fiel klappernd auf den Bürgersteig. Der Mann drehte sich halb um und starrte ihn an. Ein Windstoß fegte durch die Straße und heizte das Feuer weiter an; er trug einen Geruch mit sich, der für einen Moment die Ausdünstungen des Feuers überdeckte. Es war ein Duft, der überhaupt nicht zu dieser Situation passte. Es war ein Duft, den Foxy normalerweise mit einem dieser Candle-Light-Dinners assoziierte, die Clementine vorbereitete, wenn sie in romantischer Stimmung war.

Dann bewegte sich die Gestalt schnell weiter, bevor Foxy seine mentalen Reserven mobilisieren konnte. Auf der anderen Straßenseite stand sein Auto bereits in Flammen, das Kreischen des Metalls vermischte sich mit den Schreien der Verletzten und Sterbenden.

Sein Handy war im Wagen gewesen und es gab hier keine Telefonzellen. Foxy konnte nichts anderes tun, als diesen schrecklichen Schreien zu lauschen und zu hoffen, dass Notarzt und Feuerwehr bald hier sein würden. Er saß auf den Stufen des Hauses, vor dem er gezwungenermaßen warten musste, und wusste genau, was er Clementine sagen würde, wenn er es heute endlich nach Hause schaffte.

Clem, es reicht mir. Ich verlasse den Polizeidienst.

Wenig später hörte er das Heulen der Sirenen.

2

Der gelbe Truck mit Nebraska-Kennzeichen saß auf den Schienen fest. Der Motor des Wagens gab keinen Ton von sich. Eine Lokomotive schob sich über die Schienen auf das Fahrzeug zu. In der Fahrerkabine des Trucks saß der Fahrer festgefroren vor dem Lenkrad. Der Beifahrer war ebenfalls schreckerstarrt. Keiner von beiden versuchte auch nur, die Türen zu öffnen und vor dem heranrasenden Zug zu fliehen. Sie saßen einfach nur da und warteten auf den Zusammenstoß.

Die Lokomotive rollte weiter, ohne langsamer zu werden, direkt auf das Fahrzeug zu, das ihr im Weg stand. Ein Crash war unausweichlich. Trotzdem rührte sich in dem Truck noch immer nichts. Plötzlich, kurz vor der Kollision, tauchte eine Hand am Himmel auf, und der acht Jahre alte Jamie Peters, Gott dieses selbst geschaffenen Universums, rettete den gelben Truck und seine beiden Plastikinsassen vor der sicheren Zerstörung.

Ein Detective Sergeant beobachtete ihn von der anderen Seite des Zimmers aus: sein Dad, Dave Peters.

»Eines Tages wirst du diese Jungs hängenlassen.«

»Nö. Ich bin echt schnell, Dad. Ich kann das eine Millisekunde vor dem Crash.«

»Superman, was? Tja, ich sage dir, eines Tages …«

Es klingelte an der Tür. Jamie sagte: »Das ist Mom«, und rannte los, um die Wohnungstür zu öffnen. Dave horchte, um sicherzugehen, dass er Recht hatte. Als er Celias Stimme hörte, kehrte er gedanklich zu der Geschichte zurück, die Foxy ihm erzählt hatte.

Am Vorabend hatte es in einem Viertel in der Innenstadt einen Brand gegeben. Drei Menschen waren gestorben. Wieder ein Fall von Brandstiftung. Foxy, ein Kollege aus Daves Bezirk, war Zeuge gewesen und konnte den Brandstifter sogar beschreiben, auch wenn er es nicht geschafft hatte, ihn zu verhaften. Laut den Forensikern war es ein geschickt gelegtes Feuer gewesen, der Auslöser wahrscheinlich irgendeine Zündvorrichtung, auch wenn die Experten zugeben mussten, dass keine entsprechenden Rückstände gefunden worden waren. Doch das war die einzige Erklärung, die sie dafür hatten, dass das Feuer so plötzlich und intensiv losbrechen konnte. Die Metallgegenstände in dem Raum, in dem das Feuer ausgebrochen war, waren zu seltsamen, fremdartigen Formen verschmolzen, als hätte jemand sie wie Knete verformt. Der auslösende Blitz hatte Foxy geblendet, und der Täter hatte entkommen können, während er sich noch davon erholte.

Dass keine Rückstände der Bombe gefunden worden waren, beunruhigte Bates von der Forensik nicht weiter; er ging davon aus, dass Bombenhülle und Zünder wahrscheinlich in der enormen Hitze des Feuers geschmolzen waren. Der Brand war durch die billigen Kunststoffmöbel genährt worden und hatte Temperaturen entwickelt, die denen in einem Hochofen entsprachen. Als Bates schließlich das qualmende, ausgebrannte Gebäude betreten konnte, war die Bombenhülle wahrscheinlich nur noch ein Klumpen zwischen all den anderen geschmolzenen und verformten Metallteilen am Tatort gewesen. Es war zwar ungewöhnlich, dass keine Rückstände des Zünders gefunden wurden, doch ausgeschlossen war es nicht.

Der Bericht über das Verbrechen war irgendwo im Mittelteil der Zeitung vergraben, zwischen kleineren Straftaten, da Brandstiftung in diesen feurigen Tagen keinen Nachrichtenwert mehr hatte. Sie war die häufigste Ursache für tödliche Unfälle, Mord und Totschlag in der Stadt und übertraf sowohl die Zahlen der Verkehrstoten im Staat New York als auch die

Anzahl der Menschen, die im Staate Texas durch Schussverletzungen ums Leben kamen.

Dave seufzte, da er wusste, dass es wahrscheinlich keine schnelle Lösung gab. Die Politiker in ihrem Elfenbeinturm versuchten fieberhaft, eine Strategie für diese Situation zu entwickeln. Der Sohn des Bürgermeisters gehörte zu den jüngsten Opfern; er war von einem Feuer überrascht worden, als ein Nachtclub abbrannte. Was die Presse nicht herausgefunden hatte – da es der Polizei gelungen war, es vor ihr geheim zu halten –, war die Tatsache, dass der junge Mann in den Überresten eines Umkleideraums gefunden worden war, sein Körper verschmolzen mit dem einer Stripperin. Ihre Genitalien waren »zusammengeklebt«, wie Daves Partner Danny Spitz es ausgedrückt hatte, »fester als eine Niete auf einer Lederjacke.«

Beim dramatischen Auftritt seiner Frau legte Dave die Zeitung zur Seite.

Celia Peters taumelte ins Wohnzimmer und brach auf dem Boden zusammen. Ihr Hut löste sich vom Haar und rollte bis vor das Sofa, wo er liegen blieb. Celia mochte Hüte, selbst wenn sie nicht mehr in Mode waren. Sie hob ein Bein, trat aus, und ihr Schuh flog in dieselbe Richtung wie der Hut. Der zweite Schuh traf einen Lampenschirm, der heftig wackelte, bis Jamie hinrannte und ihn stabilisierte.

Dave Peters sah in das Gesicht seiner Frau, das jetzt auf dem Kopf stand.

»Harter Morgen im Supermarkt, was?«

Sie schenkte ihm eine ihrer berühmten mexikanischen Grimassen.

»Also ehrlich, ihr Cops habt doch keine Ahnung, was wirklich hart ist. Komm nächsten Samstag mit, dann zeige ich dir, was echter Abschaum ist. Sie sehen ja vielleicht aus wie nette Frauen aus netten Familien, aber unter der Oberfläche sind sie

Killer. Man braucht Ellbogen so spitz wie Messer, um an das Brot zu kommen, und die Obsttheke kannst du vergessen …«

Er lachte und streckte ihr eine Hand hin, um sie hochzuziehen.

»Ich dachte, ihr Illegalen wärt diese Art von Nahkampf gewohnt?«, meinte er.

»Illegale? Pass bloß auf, Gringo, mein Mann ist ein Bulle. Und wie war dein Morgen, geliebter Gatte? Bestimmt ziemlich hart, wenn man im Sessel sitzen und Zeitung lesen muss, während ich unterwegs bin und Spaß habe.«

»Einer muss ja zu Hause bleiben und auf Jamie aufpassen. Weißt du«, fügte er hinzu, als sie sich gegenüber von ihm niederließ, »ich glaube, dieses Kind hat kriminelle Tendenzen …«

Jamie grinste seinen Vater an. Er wusste, dass er nur hochgenommen wurde.

»… er hat Spaß daran, Trucks zu crashen.«

»Stimmt gar nicht«, krähte Jamie. »Ich rette sie.«

»Du bringst sie in Gefahr, und erst dann rettest du sie.«

»Solange er sie überhaupt rettet … Hör mal, Schatz«, wandte sich Celia an ihren Mann, »wie wäre es mit einer Tasse Kaffee für die Frau, die von der Front heimgekehrt ist?«

Dave stand auf. »Kommt sofort, Ma'am.«

Er verließ das Wohnzimmer und ging in die Küche.

Detective Sergeant David Wilson Peters war ein großer Mann, aber ein wenig zu schlank, um hart zu wirken. Er hatte die Schlaksigkeit eines Jimmy Stewart an sich, und er neigte dazu, sich vorzubeugen, wenn er mit jemandem sprach, der kleiner war als er. Nur wenn man ihm in die Augen sah, erkannte man, dass er einem Ärger machen konnte, selbst wenn man selbst einige Pfund mehr auf die Waage brachte. Sie waren nicht wirklich hart, diese Augen, aber kompromisslos. Es waren die Augen eines Mannes, der für sich einen ganz klaren

Verhaltenskodex festgelegt hatte, ohne schwammige Grauzonen, und wenn man sich auf der richtigen Seite des Gesetzes befand, sah man in ihnen einen Mann, dem man vertrauen konnte. Wenn nicht, sah man die Art von Cop, die man zu Brei schlagen konnte und die hinterher immer wieder aufstand und weiterkämpfte wie ein Berserker.

Celia Peters hingegen war klein und lebhaft und hatte die Augen eines Hündchens oder eines Panthers, je nachdem, in welcher Stimmung sie gerade war. Sie hatte sieben Brüder und drei Schwestern, alle klein und lebhaft, die immer noch in Mexiko City lebten. Dave hatte Celia kennengelernt, als er dort Ferien gemacht hatte, und sie hatten nach drei Wochen geheiratet. Ihre Brüder und Schwestern kamen ab und zu auf Besuch, aber sehr zu Daves Erleichterung immer einzeln. Er mochte sie alle, aber wenn sie aufeinandertrafen, quasselten sie immer in ihrer Muttersprache, was ihn fast wahnsinnig machte. Er hörte das mexikanische Spanisch nur gerne, wenn er mit Celia schlief und sie beim Orgasmus so abgelenkt war, dass sie in ihre Muttersprache verfiel. Dann war es faszinierend und erregte ihn, wie er zugeben musste. Er hatte ihr das nie gesagt, weil sie sonst verlegen geworden wäre und damit aufgehört hätte.

»Hier ist dein Kaffee«, sagte er, als er mit zwei Tassen zurückkam. »Was willst du haben, Jamie? Limo?«

»Coke.«

»Keine Coke«, widersprach seine Mom, »da ist zu viel Koffein drin. Willst du so enden wie deine Mutter und dein Vater und Kaffee trinken, bis er dir zu den Ohren rauskommt? Hol dir ein Glas Limonade.«

»Manno, Mom.«

»Lass ihn doch mischen«, schlug Dave vor. »Halbe-halbe.«

Celia starrte ihn böse an und schüttelte den Kopf, als wollte sie sagen: »Du kannst nicht gewinnen«, dann nickte sie. Jamie rannte Richtung Kühlschrank. Sie hörten, wie er mit den Flaschen hantierte. Celia mochte keine Dosen, weil sie aus Aluminium bestanden und Rückstände davon angeblich Altersdemenz verursachen konnten. In ihrer Küche gab es nur Eisenpfannen, es gab nur Zahnpasta aus Plastiktuben, und sie verwendete keine Alufolie für die Sandwiches. Celia glaubte an alternative Heilmethoden wie Homöopathie und Akupunktur, hatte etwas gegen rotes Fleisch, weißes Brot, Zucker und Schokolade und duldete keine Raucher im Haus. Aber auch sie hatte ihre Schwächen. Sie trank literweise Kaffee und war süchtig nach Late-Night-Shows.

Dave nippte an seinem Kaffee und sagte: »Wie wäre es, wenn wir heute Nachmittag ins Kino gehen?«

»Jamie sollte etwas frische Luft bekommen.«

»Okay, dann gehen wir zu Fuß zum Kino und atmen ganz gründlich ein, während wir laufen, damit der gute, alte Frisco-Smog besonders tief in unsere Lungen eindringt.«

»Sehr witzig. Lass uns erst in den Golden-Gate-Park gehen, damit er ein bisschen Auslauf kriegt, und dann zur Spätnachmittagsvorstellung.«

»Gute Idee.«

Als sie das Haus verließen, hörten sie das Heulen der Sirenen. Schon wieder ein Feuer, dachte Dave. Wann würde diese Serie von Brandstiftungen endlich abreißen? Klar, solche Sachen verliefen immer zyklisch, und irgendwann würde es auch wieder abflauen, aber diese Serie hielt nun schon seit über sechs Monaten an. Und nicht nur in San Francisco, sondern auch in anderen amerikanischen Städten. Vor einem Jahr war Brandstiftung in europäischen Städten ein echtes Problem gewesen: London, Paris, Rom. Sie hatten da drüben immer noch einige Brände, aber längst nicht so viele wie die amerikanischen Städte. Die ganze Szene schien den Atlantik überquert und in die USA übergewechselt zu haben.

Das Problem bei dieser Art von Verbrechen ist, dass es zu einer Mode wird, dachte Dave leidenschaftslos. Ein oder zwei große Brände, und schon leuchteten die Augen aller Feuerteufel im Land auf, und die Verkaufszahlen von Streichhölzern und Feuerzeugen stiegen. Wäre er ein Spieler gewesen oder hätte er ein paar Dollar übrig gehabt, hätte er an der Börse ein Vermögen machen können.

Jetzt waren die ganzen Nachahmungstäter aus ihren Löchern gekrochen und fackelten die Innenstädte von New York, San Francisco und anderen Städten ab. Einige von ihnen waren sicher alte Bekannte, die gerne mit Streichhölzern spielten, die Art von Leuten, die eher eine Therapie brauchten als eine Haftstrafe. Aber es waren gewiss auch andere darunter. Menschen, die tief in ihrem Inneren die gesamte menschliche Rasse hassten: die Soziopathen und Psychopathen. Rachsüchtige Menschen, die mit ihren Feinden alte Rechnungen begleichen wollten. Menschen, die Versicherungsprämien kassieren wollten, weil ihr Geschäft den Bach runterging. Menschen, die zur Ablenkung Feuer legten, während sie in einem anderen Teil der Stadt auf Raubzug gingen. Das Ganze erblühte wie eine hässliche, feuerrote Blume, bis die Feuerwehr schließlich Tag und Nacht im Einsatz war, Männer an Rauch und Flammen verlor und über ihre Grenzen ging, um mit all den Notrufen fertigzuwerden. Und die Polizei machte noch mehr Überstunden als sonst, bestellte Verdächtige ein, verhörte sie, schrieb Berichte und durfte sich zusätzlich noch die Scheiße von den Politikern anhören.

Der Film war eine Familienkomödie, die natürlich ein Happy End hatte, und als er aus dem Kino kam, fühlte sich Dave gut, mit einem warmen Glühen im Bauch. Er hatte Celia im

Arm, und Jamie hielt seine Hand. Sie tänzelten fast über den Bürgersteig, und Celia lachte fröhlich, während Jamie zu seinen Eltern hochschaute; sein Gesicht strahlte vor Freude, weil er wusste, dass alles in Ordnung war.

Als sie wieder in ihrer Wohnung waren, versuchte Jamie, sein Glück noch weiter zu strapazieren und eine Stunde länger aufzubleiben, aber davon wollte Celia nichts hören.

»Bettzeit, junger Mann. Du hattest einen schönen, langen Tag. Ruinier ihn nicht. Dein Vater kommt gleich noch und liest dir etwas vor.«

Obwohl Jamie schon selbst lesen konnte, klammerte er sich immer noch an seinen Vater als Geschichtenerzähler, der (wie Dave offen zugab) gerne seine eigene Stimme hörte. Es machte ihm Spaß, die verschiedenen Stimmen und Akzente nachzumachen, britischen, italienischen oder französischen, oder auch den Slang des tiefen Südens. Momentan waren sie bei der Hälfte von Harper Lees *Wer die Nachtigall stört,* auch wenn Jamie eigentlich noch zu jung dafür war. Aber er konnte sich mit Scout und den anderen Kindern in der Geschichte identifizieren, und Dave hoffte, dass die Message zum Thema Rassismus wenigstens unbewusst bei ihm ankommen würde. Er hatte keine Probleme damit, sein Kind mit den richtigen Werten zu indoktrinieren.

Jamie schlief nach der Hälfte des Kapitels ein, so dass Dave es leise für sich zu Ende las. Dann machte er das Licht aus, küsste seinen Sohn auf die Wange und ging zu Celia ins Wohnzimmer.

»Verdammt tolles Kind hast du da«, meinte er.

Sie sah von ihrem Roman auf.

»Danke, du aber auch. Willst du ein bisschen fernsehen?«

»Nein, ich glaube, ich gehe heute früh ins Bett. Danny und ich haben ab morgen eine Überwachung. Wir sehen uns dann vielleicht ein paar Tage nicht.«

Sie runzelte die Stirn und zog die Füße unter ihren Rock.

»Werdet ihr nicht abgelöst?«

»Irgendwann bestimmt. Du weißt doch, wie es momentan ist, mit all den Bränden. Die Typen sind einfach überall, und der Personalmangel …«

»Oh, *Gott*«, murmelte sie.

»Nein, Schatz, hör zu, wahrscheinlich läuft alles glatt, und ich bin bis Dienstagmorgen wieder da; ich entwerfe hier nur das schlimmste Szenario. Zwei Tage. Mehr wird es bestimmt nicht.«

Sie rammte den Kopf gegen seinen Arm.

»Verdammt nochmal, Peters.« Lächelnd fügte sie hinzu: »Und glaub bloß nicht, ich wüsste nicht, warum du früh ins Bett willst. Du weißt genau, dass ich nicht gerne ohne dich aufbleibe.«

Er präsentierte ihr seine beste Unschuldsmiene.

»Ich habe keine Ahnung, was du meinst. Wenn du gleichzeitig mit mir ins Bett gehen willst, ist das großartig, aber ich habe ganz bestimmt keine Hintergedanken dabei. Schau mir in die Augen und sag mir, was du siehst. Reine Unschuld?«

»Hintergedanken«, sagte sie.

Dann war Celia sogar die Erste im Schlafzimmer. Sie machte sich gerne so bettfertig, als würde sie sofort einschlafen, mit einem langen Nachthemd, das rabenschwarze Haar im Nacken zusammengebunden. Dabei wusste sie genau, dass es höchstens fünf Minuten dauern würde, bis das Nachthemd einen Bettpfosten schmückte und die Haare lose über das Kissen fielen.

Heute war ihr Liebesakt zärtlich, ohne das Gefühl der Dringlichkeit, das sie manchmal packte. Für Dave stellte der Körper seiner Frau eine ständige Quelle der Wunder dar. Sie war so gerundet, so weich, er konnte sich nicht vorstellen, was für ein delikater Prozess die Herstellung einer Frau sein mochte.

Manchmal trieben sie es wie die Kaninchen, so dass hinterher das Bett komplett neu gemacht werden musste, oder sie gingen es langsam an, sahen einander in die Augen, und er war von allumfassender Liebe zu ihr erfüllt. Manchmal hielt er ihr Gesicht in den Händen, wenn sie kam, das Gesicht eines Engels, der von Ekstase überrascht wird. Manchmal waren sie rau, dann war sie ein Dämon, benutzte ihr Spanisch, um ihn anzutreiben, schrie *jetzt, jetzt, jetzt, jetzt,* bis er vor Leidenschaft fast verrückt wurde und sie am Ende erhitzt und atemlos dalagen. Dann fragte er: »Waren da irgendwelche schmutzigen Wörter dabei? Gott, ich wünschte, ich könnte Spanisch.« Und sie würde ihm eines ihrer geheimnisvollen Lächeln schenken und ihn weiterraten lassen.

Sie fragten sich nie, ob es dem anderen gefallen hatte, da sie wussten, dass es manchmal nicht von dieser Welt war, manchmal gut und manchmal nicht so gut, aber immer der Mühe wert. Wussten, dass es immer ein nächstes Mal geben würde, und dass jedes nächste Mal ein bisschen anders sein würde als das letzte oder jedes andere Mal.

Als er das Licht ausmachte, rollte sie sich in Embryonalstellung zusammen, mit dem Rücken zu ihm, und er legte den Arm um sie, zog sie an sich und dachte: Sollte Celia jemals etwas zustoßen, wäre ich für immer verloren.

In einem anderen Haus führte Ray Reynolds ein ernstes Gespräch mit seiner Frau. Sie wollte ihn überreden, nur noch ein bisschen länger bei der Polizei zu bleiben, nur, bis sie ihre Hypothek in Ordnung gebracht hätten und ein Teil der Möbel abbezahlt wäre.

Rays Frau Clementine hatte kupferrotes Haar: eine fröhliche Frau mit jeder Menge Sommersprossen, die sich am Ansatz ihrer Stupsnase versammelten. Tagsüber trug sie ihre Haare in einem dicken Pferdeschwanz, aber abends wurden sie manchmal befreit und fielen in einer Welle präraffaelitischer Anmut, die Ray den Atem raubte, über ihre Schultern.

Ray und Clementine waren unübersehbar beide keltischer Abstammung, so dass ihre Kinder in der Schule Namen wie Karotte oder Rotschopf verpasst bekamen, genau wie ihr Vater bei der Arbeit einen Spitznamen hatte.

»Das sind eure Gene«, hatte Carol, die Ältere der beiden, einmal gesagt. »Ihr habt sie direkt an uns weitergegeben. Ihr hättet sie ein bisschen entschärfen können, wenn einer von euch jemand anders geheiratet hätte.«

»Aber ich liebe euren Dad, und er liebt mich.«

»Ich weiß«, hatte Carol deprimiert erwidert, »jetzt ist es zu spät.«

»Wenn ihr älter seid, werdet ihr es toll finden«, hatte Ray erklärt. »Die Männer werden verrückt nach euch sein, wie ich es bei eurer Mom war.«

»Tja, aber eins ist sicher«, hatte Carol erwidert, »ich werde bestimmt keinen Rothaarigen heiraten …«

Dieses Gespräch hatte eine Stunde zuvor stattgefunden, die Kinder waren jetzt im Bett und schliefen hoffentlich. Ray hatte seiner Frau von dem Brand am frühen Morgen erzählt und von seinem Wunsch, bei der Polizei auszusteigen, aber sie hatte ihm gesagt, dass sie das in zu viele »Schwierigkeiten« bringen würde. Dann hatte sie ihn wieder wegen seiner Trinkerei angemacht, und er hatte ihr erklärt, dass sie nicht beides haben konnte: Wenn er bei der Polizei blieb, würde er weitertrinken, denn es war der Job, der ihn dazu trieb.

Clementine erwiderte: »Du bist ein lebendes Klischee, Ray. Der saufende Bulle. Eines Tages wirst du dir den Lauf deiner Achtunddreißiger in den Mund schieben, und dann bin ich Witwe.«

Er saß zu ihren Füßen auf dem Boden, zum Fernseher gewandt, den Kopf auf ihren Knien. Sie hatte ihm über das Haar gestreichelt, jetzt aber damit aufgehört. Ray setzte sich abrupt auf.

Er schrie: »Sag nicht so was!«

Clementines Stimme wurde sanft.

»Ray, ich will doch nicht, dass du dir etwas antust. Ich versuche nur, dich durch einen solchen Schock zu einer Erkenntnis zu bringen. Und ich will auch nicht, dass du unglücklich bist. Ich liebe dich. Die Kinder lieben dich. Es ist der Alkohol, der dich zu so etwas treiben wird, nicht ich. Sechs Monate, Ray. Nur noch sechs Monate, dann sind wir wieder auf dem Damm. Halt dich von Ärger fern. Nimm diesen Schreibtischjob an, den sie dir auf der Wache angeboten haben. Ist doch egal, ob die Jungs lachen, weil du am Schreibtisch hockst. Du hast eine Familie, an die du denken musst. Die Jungs werden nicht für dich bürgen, damit du deine Schulden loswirst, oder dich in der Psychiatrie besuchen.«

Ray nickte mit gesenktem Kopf.

»Ja, das werde ich machen. Ich nehme den Schreibtischjob. Der ist sicher.«

Sie legte die Arme um seinen Kopf. »Das ist mein Süßer.«

Er seufzte. »Ja, ich will bestimmt nicht noch so ein Feuer sehen wie heute Morgen. Gott, der Gestank dieser brennenden Leichen …«

Er unterbrach sich abrupt, als ihm etwas einfiel, was bei dem Feuer passiert war, der eine Vorfall.

»Was ist los?«, fragte Clem.

Er schüttelte den Kopf.

»Ich weiß nicht, aber heute Morgen, da hätte ich schwören können, dass ich etwas gerochen habe … was sind das für Nüsse, die du immer an die Forellen tust, wenn du sie grillst?«

»Mandeln?«

»Genau, Mandeln. Ich hätte schwören können, dass ich Mandeln gerochen habe, und der Geruch kam von dem Täter, dem Kerl, der das Feuer gelegt hat.«

»Vielleicht war es sein Aftershave?«

»Wer zur Hölle will denn rumlaufen und nach Mandeln riechen?«

3

Die beiden Cops parkten in einer Seitenstraße am Fisherman's Wharf. Einer von ihnen trank Kaffee und musterte eingehend das Armaturenbrett, während der andere konzentriert durch die Windschutzscheibe nach vorne schaute.

Detective Danny Spitz leckte den Rand seines Plastikkaffeebechers ab, eine Angewohnheit, die Sergeant Dave Peters immer wieder furchtbar auf die Nerven ging.

»Musst du das unbedingt machen?«, fragte er, packte das Lenkrad und setzte sich so zurecht, dass er nicht mehr mit dem Kopf die herabhängende Sonnenblende streifte. Das Problem bei Polizeifahrzeugen war immer, dass die in der Werkstatt bei Reparaturen nie die Kleinigkeiten erledigten, etwa eine kaputte Sonnenblende, die einem ständig vor der Nase hing. Jeder andere Cop hätte das verdammte Ding einfach abgerissen und in den Kofferraum geschmissen, aber Dave war nicht irgendein Cop. Im Vergleich zu den meisten war er ein Engel. Falsch war falsch. Man nahm kein Schmiergeld an, auch keine kostenlosen Mahlzeiten, und man beschädigte kein öffentliches Eigentum. Und ein Polizeifahrzeug war öffentliches Eigentum.

»Was? Was machen?«, rief Danny, auch wenn er genau wusste, was Dave auf die Nerven ging. Wenn man Kaffee aus einem Automaten zog, blieb immer ein Rest Pulver am Rand hängen, und den leckte Danny gerne ab.

Dave ignorierte ihn und beobachtete weiter den Typen, der am Eingang der Spielhalle stand. Er bohrte sich mit einem Streichholz in den Zähnen rum und führte in regelmäßigen Abständen mit demselben stumpfen Gegenstand chirurgische Eingriffe an seinem Hörorgan durch, wobei er sich von dem bitteren Geschmack nach Ohrenschmalz offenbar nicht abhalten ließ.

Dave ließ seinen Blick von dem widerlichen Kerl zu den noch immer qualmenden Ruinen wandern, die zwei Blocks weiter standen. Bei diesem Brand waren sieben Geschäfte und einundachtzig Wohnungen in Flammen aufgegangen. Es erstaunte Dave immer wieder, dass die Flamme eines einzigen Streichholzes so großen Schaden anrichten und so viele Leben kosten konnte. Überall in der Stadt klafften verrußte Löcher in der Szenerie, die in einer Stadt wie San Francisco mit ihren großen Höhenunterschieden oft weithin sichtbar waren. Manche dieser Löcher waren riesig, andere umfassten nur einzelne Gebäude. Obwohl sie nicht alle von Streichhölzern hervorgerufen wurden. Benzin, Brandbeschleuniger, Öl – es schien, als sei jede brennbare Substanz, die dem Menschen bekannt war, bei der einen oder anderen Gelegenheit benutzt worden.

Die Einwohner von San Francisco waren besonders vorsichtig, wenn es um Feuer ging: Das Feuer, das nach dem Erdbeben von 1906 drei Tage lang gewütet hatte, hatte fast die gesamte Innenstadt zerstört. Nur Dynamit konnte sie vor der völligen Auslöschung retten. In letzter Zeit war ebenfalls Sprengstoff eingesetzt worden, um Feuerschneisen zwischen die dicht beieinanderstehenden Häuser zu sprengen. Bei dem Feuer in Noe Valley, das jetzt einige Wochen zurücklag, hatte man mehrere Pfund Plastiksprengstoff gebraucht, um es an einer weiteren Ausbreitung zu hindern. Hauseigentümer sehen es nicht sonderlich gerne, wenn ihre perfekten Heime zu Kleinholz verarbeitet werden, und momentan hagelte es Klagen auf die Köpfe der Stadtväter.

Danny Spitz knurrte plötzlich wie ein Terrier, biss mit einem Krachen ein Stück aus seinem Plastikbecher, spuckte es aus dem Fenster und sah seinen Partner herausfordernd an. Dave ignorierte ihn weiter, da er wusste, dass Danny nur langweilig war und er versuchte, irgendeine Reaktion zu provozieren. Danny war in vielerlei Hinsicht wie ein Kind, auch wenn er im Juli achtundzwanzig werden würde. Ganz anders als ein Kind hatte er verfrüht eine Halbglatze bekommen, und zusammen mit seinem runden Gesicht verlieh sie ihm das Aussehen eines Mönchs. Die Jungs auf der Wache nannten ihn Bruder Tuck, auch wenn sie ihm das nie ins Gesicht sagten, da er das Temperament einer liebeskranken Hexe hatte. Manche Cops hatten zwei Spitznamen: einen, der offen benutzt wurde, und einen zweiten, der nur genannt wurde, wenn der Betroffene nicht dabei war. Der offizielle Spitzname von Danny und Dave war »D&D«. Unter der Hand waren sie Bruder Tuck und Mutter Teresa.

Der Typ, den sie überwachten – Caspar Greenaway, ein bärtiger Weißer in Ledermantel und Jeans –, richtete sich plötzlich auf. Er nahm in seinen abgetragenen Turnschuhen fast schon Haltung an, als ein Ford am Bordstein hielt. Greenaway schnipste sein Streichholz weg und beugte sich vor. Es wurden ein paar Worte gewechselt, und eine verstohlene Bewegung folgte.

»Das war's«, sagte Danny, »er hat das Zeug genommen.

Schnappen wir uns das Arschloch. Du nimmst den Dealer im Auto, ich greife mir Greeny.«

»Alles klar«, knurrte Dave. Er trat aufs Gas und ließ das Auto über die Straße schlittern, bis es quer vor dem großen Ford stand. Die beiden Cops sprangen raus, woraufhin Greenaway sofort losrannte, in südlicher Richtung die Straße runter. Danny verfolgte ihn, während Dave zum Seitenfenster des Wagens ging, die Hand an der noch nicht gezogenen Pistole.

»Dürfte ich bitte Ihren Führerschein sehen, Sir?«

»Leck mich«, schrie der Fahrer, ein junger Schwarzer.

Der Mann versuchte, den Ford zurückzusetzen, und knallte dabei direkt in ein anderes Auto, das hinter ihm am Straßenrand gehalten hatte. Er geriet in Panik, fummelte mit den Gängen herum, und schließlich machte der Ford einen Satz nach vorne und rammte den Polizeiwagen. Er sprang wieder zurück, dann wieder vor, jedes Mal mit einem lauten Knirschen. Dave zog seine Dienstwaffe und hielt seine Marke gut sichtbar vor die Windschutzscheibe des Ford.

»Alles klar«, brüllte er, »das reicht jetzt. Solange du diesen Schrotthaufen nicht seitwärts fahren kannst, steigst du jetzt besser brav aus, schön langsam, die Hände da, wo ich sie sehen kann, Petey.«

Der Junge stieg mit erhobenen Händen aus dem Wagen und rief: »Scheiße Mann, was glaubst du, du kannst mich einfach duzen? Nur meine Mom nennt mich Petey, aber bestimmt nicht irgendein Bullenarsch.«

Dave schleuderte ihn gegen die Mauer der Spielhalle und trat ihm die Beine auseinander.

»Dieser Bullenarsch wird dich nennen, wie er will und wann er es will, bis du aufhörst, Dope zu verticken und endlich ein anständiger Bürger wirst, mein kleiner Petey. Dann wird er dich Sir oder Mister nennen, wenn du willst, aber den Respekt musst du dir schon *verdienen,* du kleiner Wichser.«

Danny war zurück und er hatte Greenaway im Schlepptau.

»Mach kein Theater, sonst verpasse ich dir eine«, keuchte Danny atemlos, die Hand fest an Greenaways Kragen.

»Okay«, sagte Dave zu den beiden Männern, »ihr habt das Recht, die Aussage zu verweigern ...«

»Scheiße«, unterbrach Greenaway ihn. »Riesending. Ein paar Gramm. Warum seid ihr zwei nicht da draußen und jagt Brandstifter? Die sind jetzt die bösen Jungs. Ihr solltet euch schämen, uns hochzunehmen, während andere Leute bei lebendigem Leib verbrennen ...«

Nachdem sie die beiden in Handschellen gelegt und in ihrem Wagen verstaut hatten, musste Dave sich mit dem wütenden Fahrer des Wagens auseinandersetzen, der hinter Petey Jakes geparkt hatte. Der Mann brüllte etwas von Schadensersatz, einer Klage gegen die Polizei und davon, dass er Petey höchstpersönlich einmal quer durch das Footballstadion treten wolle. Es dauerte zehn Minuten, bis er sich wieder beruhigt hatte.

Sie brachten ihre Verdächtigen zur Wache und packten sie in eine Zelle, nachdem sie sich vorher versichert hatten, dass die Marlboro-Schachtel, die den Besitzer gewechselt hatte, Crack enthielt, keine Zigaretten. Diesen Fehler hatten sie schon einmal gemacht und danach die Schwänze einkneifen müssen. Ihr eigener Wagen hatte jetzt eine Beule mehr in der vorderen Stoßstange, die allerdings schon so viele Krater aufwies, dass sie fast die exakte Topografie der Mondoberfläche abbildete.

Greenaways Vorwürfe stellten sich als prophetisch heraus. Danny und Dave wurden zum Captain zitiert, wo sie erfuhren, dass sie zur Feuerjagd eingeteilt worden waren.

»Diese ganze Geschichte läuft aus dem Ruder«, sagte Captain Reece. »Heute Morgen hat es wieder drei Brände gegeben. Wir schnappen sie, aber wir können nicht mit ihnen Schritt halten. Schaut euch nur mal die da an …«

Die beiden Männer drehten sich zu der Frau um, die vor dem Schreibtisch eines Detectives saß. Sie war groß und schlank, mit langem, strähnigem blondem Haar und einer großen Brille. Irgendwie wirkte sie ausgebleicht, wie ein Kleidungsstück, das zu oft gewaschen worden war. Dave spürte, dass sie einige ziemlich grauenvolle Erfahrungen hinter sich hatte.

»Was ist sie, eine Bibliothekarin oder so was?«, fragte Danny, der offenbar seine ganz eigenen Schlüsse gezogen hatte.

»Sie hat die Wohnung ihres Freundes angezündet«, erwiderte Reece. »Es wurde niemand verletzt, aber das war reine Glückssache. Sie wirkt so ruhig und unscheinbar, nicht wahr?«

»Das sind die Schlimmsten«, meinte Danny unnötigerweise.

Der Captain schüttelte langsam den Kopf.

»Ich verstehe diese Menschen nicht, nicht mal ansatzweise. Für diese Frau läuft alles rund. Sie sieht nicht schlecht aus, zumindest wenn sie sich ein bisschen zurechtmacht. Sie hat ein Diplom in Theologie und unterrichtet an der Universität, wenn sie nicht gerade Feuer legt.«

Dave räusperte sich und sagte: »Vielleicht gefallen ihr die Sachen, die sie trägt. Vielleicht trägt sie sie aus genau diesem Grund.«

Der Captain musterte ihn prüfend und runzelte verwirrt die Stirn. »Was?«

»Sie sagten ›wenn sie sich ein bisschen zurechtmacht‹. Für mich sehen die Sachen ganz okay aus.«

Reece schüttelte verwundert den Kopf.

»Manchmal verblüffen Sie mich, Peters. Was zur Hölle hat ihre Kleidung mit der Tatsache zu tun, dass sie eine Brandstifterin ist?«

Dave zuckte mit den Schultern. »Das habe ich mich auch gefragt, aber Sie haben das doch angesprochen, nicht ich.«

Reece starrte ihn so lange ausdruckslos an, bis sogar Danny anfing, sich unwohl zu fühlen. Der Captain und Dave Peters waren in ihrer Denkweise so weit voneinander entfernt, dass sie der Neandertaler und der Cro-Magnon-Mensch hätten sein können, die sich auf einer Brücke zwischen den Zeiten begegneten.

»Okay«, grunzte Reece schließlich, »kommen wir zum Geschäftlichen. Ich wollte Ihnen damit zeigen, womit wir es hier zu tun haben – keine Punks von der Straße, keine Mafia, sondern Damen mit einem Theologiestudium. Außerdem haben wir noch einen Banker, eine Hausfrau und ein dreizehnjähriges Kind festgenommen. Feuer scheint das gesamte Spektrum zu faszinieren. Das muss aufhören. Die Stadt geht in Flammen auf, und der Bürgermeister gleich mit. Es würde mich nicht überraschen, wenn er plötzlich explodiert, noch bevor der Monat rum ist. Sie beide gehen jetzt da raus und sorgen dafür, dass das aufhört, verstanden?«

»Verstanden«, nickte Danny, der es kaum abwarten konnte, aus diesem Büro rauszukommen. »Komm schon, Dave, packen wir's an.«

Dave hatte das Gefühl, als würden die Brandanschläge immer dichter aufeinanderfolgen. Reece hatte ein paar Statistiken auf seinem Schreibtisch abgeladen, die sich wie ein Horrorroman lasen.

1980 hatte es in den USA fünfzehn Brände pro tausend Einwohner gegeben, mit Kosten in Höhe von zweitausend Dollar pro Feuer. Das ergab ungefähr drei Millionen Brände und Gesamtkosten von sechs Milliarden Dollar. In diesem Jahr hatten die USA die Brandstatistik angeführt, allerdings nicht die der entstandenen Kosten. Obwohl es in dem damaligen Westdeutschland nur zwei Brände pro tausend Einwohner gegeben hatte, kosteten die Brände in Westdeutschland den Staat umgerechnet jeweils vierzehntausend Dollar: siebenmal so viel wie die amerikanischen Feuer. In Amerika gab es mehr kleine Brände als in einem Land wie Deutschland, dessen Feuer groß und teuer waren.

1990 hatte sich die Situation in den USA nicht wesentlich verändert, mit rund 3 200 000 Bränden, doch die Kosten waren durch die Inflation gestiegen. Brände wurden, genau wie Schuhe, nicht billiger, sondern hielten mit dem Anwachsen der Lebenshaltungskosten Schritt.

Doch seit 1996 das erste »weiße Feuer« gemeldet worden war, war die jährliche Feuerrate auf unglaubliche einundzwanzig Millionen angestiegen, bei vernichtenden Gesamtkosten von einhundertzwei Milliarden Dollar. Diese wesentlich höhere Summe spiegelte einerseits die Inflation wider, zeigte andererseits aber auch, wie überlastet die Feuerwehr war. Irgendwo dort drin versteckten sich auch die gestiegenen Kosten für Gebäude und Waren, die in Rauch aufgingen: zum Beispiel neu gebaute japanische Kaufhäuser voller überteuerter Luxusgüter.

Es war so, als wäre die Öffentlichkeit von einem Feuerfieber gepackt worden und als würde jeder, dem irgendetwas Sorgen machte, versuchen, die Aufmerksamkeit auf seine Belastung zu lenken, indem er etwas anzündete. Noch nie hatte es in der Stadt in so kurzer Zeit so viele Brände gegeben. Es schien eine Krankheit zu sein, die nun die Ausmaße einer Epidemie annahm und in deren Griff die Stadt alle Kraft verlor. Unter Medizinern gab es tatsächlich Überlegungen, ob vielleicht ein Virus verantwortlich sein könnte: ein biologischer Newcomer, der bestimmte Bereiche des Gehirns angriff und das Opfer dazu brachte, einem ursprünglich latenten Drang nachzugeben, seine Umgebung abzufackeln.

Eine Gruppe von Psychiatern hatte eine Alternative in Erwägung gezogen, nach der es irgendwo im Bewusstsein des modernen Menschen verborgene Sehnsüchte gab, die von den prähistorischen Vorfahren vererbt worden seien und durch den Druck und den Stress unserer zeitgenössischen Gesellschaft freigesetzt würden. Diese gelehrten Experten wiesen darauf hin, dass die Faszination, die Feuer ausübte, tief im Gehirn verankert sei und dass die Menschen im Laufe der Geschichte das Feuer stets als mystische Quelle verehrt hätten. Herrscher hatten ihre eigenen Hinterhöfe angezündet, Eroberer hatten feindliche Städte in Schutt und Asche gelegt, Krieger hatten Wälder und Grasland in Brand gesteckt, Könige und einfaches Volk hatten Menschen auf dem Scheiterhaufen verbrannt, von Märtyrern bis hin zu Hexen. In England wurde heute noch die Vereitelung einer Verschwörung im siebzehnten Jahrhundert gefeiert, bei der das Parlament hatte gesprengt werden sollen, und diese Feier beinhaltete die Verbrennung von Abbildern eines politischen Attentäters namens Guy Fawkes in Freudenfeuern überall im Land.

Was immer an diesen Theorien dran sein mochte, sicher war jedenfalls, dass immer mehr Menschen sich dem kindischen Spiel des Zündelns hingaben, wobei einige Feuer aus Versehen außer Kontrolle gerieten, während andere bewusst darauf angelegt waren, Leben und Besitztümer zu zerstören. Die Feuerteufel kamen aus allen Altersgruppen, von kleinen Kindern bis hin zu Greisen. Sie steckten alles Mögliche in Brand, sogar ihre eigenen Häuser.

Als Dave an diesem Abend nach Hause fuhr, hörte er im Radio, dass ein großes japanisches Kaufhaus am Nachmittag in Flammen aufgegangen war. Immer noch waren Menschen darin gefangen, aber die Feuerwehr meinte, es gäbe kaum Hoffnung, dass sie noch lebten. Ein Sprecher der Feuerwehr wurde interviewt: »Die Dämpfe von Plastikmöbeln … verdammt, die haben keine Chance. Ich habe Männer reingeschickt, aber man sieht einfach nichts. Einen Mann haben wir schon verloren …«

Der Verlust von so vielen Leben war bedrückend, und Dave schaltete das Radio aus, er wollte nicht mehr hören. Was er jetzt dringend brauchte, beschloss er, war ein langer Urlaub. Wenn er mit Celia, und natürlich mit Jamie, irgendwohin verschwinden könnte … aber das war im Moment absolut unmöglich. Vielleicht im Sommer. Sie könnten nach Alaska fahren. Meistens wollte Celia ihre Verwandten in Mexiko besuchen, aber es wurde langsam Zeit, dass sie sich auch anderweitig umsahen.

Als er zu Hause ankam, entdeckte er, dass Celia und Jamie irgendwo unterwegs waren, also machte er sich ein Sandwich und schaltete den Fernseher ein. Wahrscheinlich besuchte sie ihre beste Freundin Susan, die auf der anderen Seite des Parks wohnte, und würde erst so gegen sieben zurückkommen. Manchmal genoss er diese ruhige halbe Stunde, wenn er von der Arbeit kam und nicht über seinen Tag reden oder Celia zuhören musste, die ihm von ihrem berichtete. Später genoss er auch das wirklich, aber erst mal brauchte er etwas Zeit, um runterzukommen, und das war nicht immer möglich. Normalerweise war Celia ein bisschen zu interessiert, und Jamie wollte ihm auch immer irgendetwas zeigen. Sachen, die er in der Schule gemacht hatte.

Dave machte es sich bei einer Sitcom gemütlich, bereit, sich mit dem eingespielten Gelächter abzufinden und die albernen Witze über sich hinwegspülen zu lassen. Dann kamen die Nachrichten, und die zeigten ein rasendes Inferno: das Kaufhaus, das am Nachmittag angezündet worden war. Es war grausam. Qualmende Leichen auf dem Bürgersteig. Andere hatten versucht zu springen, waren aber wie Gummipuppen auf dem Bürgersteig aufgeschlagen und bei dem Aufprall schrecklich zerschmettert worden. Sie zeigten einen Mann, der aus einem Fenster im zehnten Stock sprang. Er versuchte, noch in der Luft zu rennen, und seine Beine bewegten sich wie auf einem Fahrrad im Nichts, sein Gesicht zeigte seine Angst, bis er auf dem Beton aufschlug und seinen furchtbaren Sturz beendete.

Dave griff nach dem Telefon und wählte Dannys Nummer. Als Danny ranging, sagte Dave: »Hast du die Nachrichten gesehen?«

»Ja«, meinte Danny. »Muss doch sehen, was Reece uns da eingebrockt hat.«

»Ich will das nicht machen, echt nicht. Da ist zu viel Schmerz im Spiel.«

Danny erwiderte: »Und was ist mit mir? Ich bin immerhin Katholik.«

Dave, der gar nichts war, auch wenn er mit einer Katholikin verheiratet war, sagte: »Was hat das denn damit zu tun?«

»Das Feuer der Hölle und so. Macht mir eine Scheißangst. Das ist ein Vorgeschmack auf das, was mich erwartet, wenn ich mich von meinem Fleisch verabschiede.«

»Komm schon, Danny, du gehst mindestens dreimal pro Woche zur Beichte.«

Es folgte eine lange Pause, dann sagte Danny: »Klar, aber weißt du, ich glaube, mich wird es irgendwann im Dienst erwischen, und ich sündige jeden Morgen. Ich bin ein Morgenmensch, Dave. Meine Dates sind normalerweise zu betrunken, um es noch zu machen, wenn wir bei mir ankommen, also krieg ich es dann am Morgen. Es ist also sehr wahrscheinlich, dass es mich im Laufe des Tages erwischen wird, bevor ich abends zur Beichte gehen kann, und ich weiß, dass ich was am

Herzen oder am Kopf abkriegen werde, dann wird also auch keine Zeit für die letzte Ölung bleiben.«

»Du hast einfach zu viel Fantasie«, meinte Dave, der schon ganz verwirrt war, was jetzt Sex war und was Tod, weil Danny keins von beiden beim Namen nannte, sondern bei ihm beides nur *es* war. Vielleicht kannte er den Unterschied selbst nicht. Vielleicht dachte er, das wäre ein und dasselbe.

»Ich wusste, dass du das nicht verstehen würdest«, beschwerte sich Danny. »Das ist das Problem, wenn man einen Atheisten als Partner hat.« Er klang verletzt, also beruhigte ihn Dave mit ein paar tröstenden Worten, wobei er selbst wie ein Priester klang, und legte dann auf.

Er ging in die Küche und machte sich einen Kaffee. Dabei schaute er auf die Uhr und dachte sich, dass seine Familie ziemlich spät dran war. Vielleicht hatte Celia beschlossen, noch in ihren Kunstkurs zu gehen, und hatte Jamie bei Susan gelassen?

Wieder nahm er das Telefon und rief Susan an. Ihr Mann Bill, ein Werbefachmann, meldete sich.

»Hallo?«

Die Stimme klang wachsam. Man nannte weder seinen Namen noch seine Nummer, bevor man eine eindeutige Identifizierung vom anderen Ende der Leitung bekommen hatte.

»Dave Peters hier. Bill, ist Celia bei euch?«

»Einen Moment, Dave.«

Im Hintergrund wurden Rufe laut, dann kam Bill wieder an den Apparat.

»Susan sagt, sie hätten sich heute Morgen um elf getrennt. Celia wollte zum Shoppen oder so was. Susan musste zurück, um Angela abzuholen. Stimmt irgendwas nicht?«

Angela war Bill und Susans dreijährige Tochter.

»Nein, wird wohl alles in Ordnung sein«, erwiderte Dave,

obwohl sein Herz raste. »Wahrscheinlich wurde sie nur irgendwo aufgehalten. Bis dann, Bill.«

»Ja, und pass auf dich auf.«

Dave wanderte zurück in die Küche, ratlos, was er jetzt tun sollte. Er wollte nicht ziellos mit dem Auto nach ihr suchen; er war schon einmal durchgedreht, als Celia nicht nach Hause gekommen war. Damals war sie beim Friseur gewesen, und er hatte nur ihre Nachricht am Kühlschrank übersehen. Jetzt ging er hin, um dort nachzusehen, und entdeckte die Notiz, die mit dem kleinen Mickey-Mouse-Magneten an der Kühlschranktür befestigt war. Erleichtert seufzte er.

»Muss blind sein«, murmelte er und fragte sich, warum sie ihm vorher nicht aufgefallen war, aber er hatte weder für sein Honigsandwich noch für seinen Kaffee, den er ohne Milch trank, etwas aus dem Kühlschrank gebraucht.

Er faltete den Zettel auseinander.

Mein Schatz, las er, *wahrscheinlich bin ich vor dir zu Hause, aber nur für den Fall: Finger weg von dem Schokoladenkuchen. Der ist für heute Abend. Liebe, liebe, liebe Dich, Celia.*

P.S.: Kann die Bank mir ein neues Kleid genehmigen? In diesem neuen Kaufhaus, Mitsumaki, ist Schlussverkauf.

In seinem Kopf dröhnte eine Alarmglocke. Er versuchte, seine Gefühle unter Kontrolle zu bringen. Er befahl sich, logisch zu denken.

»Sie sind nicht da hingegangen«, sagte er laut. »Sie sind nicht hingegangen, weil sie mich nach der Bank gefragt hat. Sie wird morgen hingehen, oder irgendwann. Sie fragt ja eindeutig: ›Kann die Bank mir ein neues Kleid genehmigen?‹ Sie will es wissen, *bevor* sie sich eins kauft.« Er schaute sich hektisch in der Küche um, und sein Blick blieb an der Uhr hängen. Zehn nach sieben.

»Komm nach Hause, Celia«, flüsterte er. »Komm sofort nach Hause.«

4

Danny Spitz besuchte drei verschiedene Kirchen, jede einmal pro Woche. Er schämte sich zu sehr, um immer nur eine zu frequentieren, da er jeden Tag Sünden zu beichten hatte, die sich nie änderten. Und selbst so verzweifelte jeder der Priester an ihm, auch wenn sie jeweils glaubten, dass Danny nur bei ihnen beichtete, und nicht wussten, dass Danny seine Beichten auf verschiedene Klerusangehörige verteilte.

Danny wusste, dass er in der Hölle landen würde, aber er konnte nicht anders. Er wurde unwiderstehlich von unverbindlichem Sex angezogen. Weder die Angst vor den Priestern, noch die Angst vor der Hölle, noch die Angst vor einem Tod durch die gefürchtetste aller Geschlechtskrankheiten konnte ihn davon abhalten, sich dem zuzuwenden.

Danny: »Vergib mir Vater, denn ich habe gesündigt.«

Priester: »Schon wieder? Ist es eine andere Sünde als bei all den letzten Malen?«

Danny: »Nein, Vater, es ist dieselbe Sünde.«

Priester (*verzweifelt*): »Daniel, Daniel, wann wirst du endlich heiraten?«

Danny: »Mich will niemand, Vater. Ich … ich sehe aus wie ein Mönch. Die Jungs nennen mich Bruder Tuck. Es ist wegen des vorzeitigen Haarausfalls, und ich wirke etwas pummelig … Sehen Sie, Vater, ich kann doch nichts dafür, wenn mich der Herr mit einem zu starken Sextrieb ausgestattet hat.«

Priester: »Falls er das getan hat, was ich bezweifle, ist es deine Aufgabe, stark genug zu sein, dieser Versuchung zu widerstehen. Meinst du nicht, viele Männer hätten gerne ein wenig Abwechslung? Und sie erliegen nicht der Versuchung, Daniel.«

Danny fragte sich, ob der Priester von sich selbst sprach, antwortete aber: »Ich weiß, dass ich schwach bin, Vater. Und ich bereue aufrichtig.«

Priester: »Das tun wir alle, am Morgen danach. Aber wir müssen uns selbst stoppen, bevor es passiert.«

Danny: »Es tut mir leid.«

Priester: »Wenn du dich selbst nicht leiden kannst, wie kannst du dann erwarten, dass dich eine Frau respektiert und bewundert, geschweige denn, dich *liebt?* Daniel, du bist eigentlich ein guter Mensch. Warum versuchst du es nicht einfach und fragst eine von ihnen? Vielleicht erlebst du ja eine Überraschung.«

Danny: »Ich kenne aber eigentlich gar keine Mädchen. Ist das hier eigentlich eine Beichte, Vater? Therapiestunden kann ich beim Polizeipsychologen kriegen.«

Priester: »Ich versuche nur, dir zu helfen. Buße scheint ja nicht zu funktionieren. Wenn du keine Mädchen kennst, wie findest du dann deine … die Frauen, die mit dir sündigen?«

Danny: »Das wären keine guten Ehefrauen, Vater, das sind Nutten. Das habe ich Ihnen doch erzählt. Die machen es nicht umsonst. Ich müsste eine von ihnen *bezahlen,* damit sie mich heiratet.«

Priester: »Sie sind immer noch Frauen, Danny, und eine Hure als Ehefrau wäre immer noch besser als diese wöchentlichen Ausschweifungen. Also gut, was sollen wir dir auferlegen …?«

Ein Gespräch wie dieses fand fast jeden Tag statt und entzog Danny immer seine gesamte spirituelle Energie. Manchmal ging er direkt nach der Beichte in eine Bar, wo er wusste, dass er nach ein paar Drinks ein Barmädchen oder eine Nutte aufreißen, sie mit nach Hause nehmen und es dort mit ihr treiben würde. Heute war einer dieser Abende.

Nachdem er in schneller Folge vier doppelte Bourbon in

sich reingekippt hatte, fühlte er sich warm und entspannt, und die gerade abgelegte Beichte war nur noch eine verschwommene Erinnerung, weit in der Vergangenheit. Wenn er anfing, selbstzufrieden zu werden, war er in der gefährlichsten Stimmung überhaupt.

»Hatte ich genug?«, fragte er den Barkeeper und drehte sein Glas um.

»Sie hatten vier Doppelte, das ist einer mehr als genug.«

»Danke, Frank. Bei dir kann ich mich immer darauf verlassen, dass du ehrlich bist. Sind alle Barkeeper so ehrlich wie du?«

»Nur zu Cops.«

Danny kicherte.

»Hey, hey, Frank. Nicht hier. Vielleicht hört irgendeine Nutte zu, und wo soll ich dann heute Nacht meinen Trost bekommen? Wer würde schon mit einem Cop ins Bett gehen?«

»Du siehst aber nicht aus wie ein Cop, du siehst aus wie ein ...«

»Ja, ja, wir wissen alle, wie ich aussehe. Das macht sie an, Frank. Ihnen gefällt die Idee, mit einem heiligen Mann in die Kiste zu hüpfen. Verschafft ihnen einen Kick.«

Drüben an der Jukebox unterhielten sich eine Blondine mit Kräusellöckchen und ein kleiner Mann mit Stupsnase und Hornbrille. Sie schaute von ihrem Gespräch auf und lächelte. Danny erwiderte das Lächeln und kletterte von seinem Barhocker. Er schlurfte zu ihrem Tisch und sagte: »Ich hoffe, Sie haben nicht vor, mit dieser Nutte ins Bett zu gehen, Mister, denn ich bin gerade dabei, sie festzunehmen.«

Er ließ seine Marke aufblitzen und schob seine Jacke zur Seite, um seine Waffe zu zeigen.

»Das ist meine Frau«, schrie der kleine Kerl ein wenig zu schnell.

»Genau«, meinte die Frau, »der Spinner ist mein Ehemann.« Sie zog an ihrer Zigarette und grinste. »Willst du was Bestimmtes, Danny?«

»Kommt drauf an.«

»Okay, dann gib mir eine Minute, um mir die Nase zu pudern.«

Der kleine Mann starrte verwirrt von einem zum anderen. Er brauchte ein paar Minuten, bis er begriff, dass er gerade abserviert worden war. Als es endlich klickte, war er beleidigt.

»Und was ist mit mir?«, fragte er sie, als sie aufstand und Richtung Damentoilette ging.

»Morgen, Benny. Du kannst es dir heute Nacht sowieso nicht leisten. Ich weiß, wann du Zahltag hast – einmal im Monat.«

Sie drehte sich um, schob die Schwingtür mit dem Hintern auf und schenkte ihm ein falsches Lächeln.

Danny beugte sich unsicher über den Tisch und schaute auf den Kerl hinab. Er glaubte, in den Augen des Mannes etwas zu sehen: Erleichterung, dass er aus der Nummer rausgekommen war. Vielleicht litt er unter demselben Zwang wie Danny? Machte jedes Mal dieselbe Folter durch? Vielleicht war der kleine Kerl im Grunde dankbar, dass er heute Nacht nicht mit Rita ins Bett musste? Danny beschloss, dass er gerne mit einem Seelenverwandten reden würde. Vielleicht konnten sie einander ja helfen: die Anonymen Sexsüchtigen.

»Hey«, sagte Danny deswegen einen Moment später, »sind Sie katholisch? Wie gehen Sie damit um?«

Der Kerl blinzelte hektisch.

»Wie sind Sie denn drauf, Mann? Ich bin kein Katholik, ich bin kein Cop, und ich wollte Rita heute haben. Meint ihr Cops denn, ihr könntet jeden einfach so rumschubsen?«

Danny war enttäuscht. Mit einem Protestanten zu reden brachte nichts. Sie litten nicht unter denselben Schuldgefühlen wie Katholiken. Der protestantische Gott war ein bisschen nachsichtiger, toleranter. Er ließ einen mehr oder weniger alles machen, was man wollte, solange man niemanden umbrachte oder mit der Frau eines anderen ins Bett ging. In der protestantischen Hölle gab es auch ein paar Annehmlichkeiten mehr als in der katholischen. Wahrscheinlich gab es dort Fernseher, Nachttischlampen, Vorhänge und eine ausgedehnte Sportstunde, während sie die Kohlen anfachten.

Der kleine Mann brach das Schweigen, von dem er glaubte, er hätte es herbeigeführt, indem er sich gegen Danny behauptete.

»Sie können die Leute nicht so rumschubsen«, sagte er nachdrücklich.

Danny erwachte wieder zum Leben.

»Nö, nur kleine Kerlchen wie dich. Komm schon, ich werde ihr ja nicht wehtun. Du kannst sie dann morgen Abend mitnehmen, wenn du dein Geld gekriegt hast.« Ihm kam ein düsterer Gedanke, und er runzelte die Stirn, als ihm klarwurde, dass sie Rita mehr oder weniger unter sich aufteilten.

Er sagte: »Mit dir ist doch alles in Ordnung, oder? Benutzt du Kondome?«

»Das geht Sie gar nichts an«, sagte Benny und leerte sein Glas.

Rita kam von der Toilette zurück. Diesmal war ihr Lächeln echt.

»Komm schon, Bulle, gehen wir.«

»Benutzt er Kondome?«, fragte Danny, während sie sich bei ihm einhakte und ihn zur Tür führte.

»Wer, Frank? Woher soll ich das wissen?«

»Nein, nicht Frank. Dieser Kerl, Benny Irgendwer. Du gehst manchmal mit ihm mit. Sorgst du dafür, dass er …«

»Dannylein, du weißt doch, dass ich *immer* darauf bestehe.

Heutzutage kann ein Mädchen gar nicht vorsichtig genug sein. Wer will denn schon sterben?«

Das machte ihn ein bisschen fröhlicher.

»Dann ist es ja gut. Willst du über Nacht bei mir bleiben?«

»Danny, du machst es nicht gerne im Auto, du machst es nicht gerne im Hotel, du machst es nicht gerne bei mir, wo sollten wir es also sonst machen? Außerdem mag ich deine Wohnung, Süßer. Die ist hübsch.«

»Kriege ich Rabatt, wenn ich dir das Frühstück ans Bett bringe?«

»Kein Rabatt. Ich muss ja von irgendetwas leben, Süßer. Ich muss Miete zahlen. Aber du kannst ein Gratisspecial kriegen, wenn du verstehst, was ich meine?« Sie drückte vielsagend seinen Arm.

»Oh ja«, seufzte er und wurde schlagartig etwas nüchterner. »Das mag ich.«

»Und wie du das magst, Süßer.«

In seiner Wohnung machte Danny sich noch einen kleinen Drink und einen normalen für Rita, dann gingen sie ins Schlafzimmer. Er zog sich selbst aus, weil er es irgendwie nicht mochte, wenn ihm jemand anders aus den Kleidern half. Es war nicht so, dass er das nicht erregend fand, aber er hasste es, wenn jemand an seiner Krawatte oder an seinen Hemdknöpfen herumfummelte. Wenn Danny sich auszog, machte er alles auf einmal. Er öffnete zwei Hemdknöpfe, lockerte seine Krawatte und zog dann Hemd, Unterhemd, Krawatte und Pullover auf einmal aus. Dann streifte er mit den Füßen die Schuhe ab, ohne die Schnürsenkel aufzumachen, öffnete seine Hose und wurde in einem Durchgang Hose, Unterhose und Socken los. Dann war nur noch sein Pistolengürtel übrig, den er anbehielt, weil Rita immer sagte, er mache sie scharf.

Rita legte ebenfalls ihre Kleider ab, ein Stück nach dem anderen, schön langsam, damit er auch etwas davon hatte. Ihren BH behielt sie an, bis sie unter der Decke lag, weil sie Hängebrüste hatte, aber Danny erwähnte es nie, weil er eigentlich ein einfühlsamer Mensch war und wusste, dass sie das verletzen würde.

Rita hatte eine warme Weichheit, die Rundlichkeit eines kleinen Welpen an sich, die Danny gefiel. Außerdem roch sie immer gut, okay, nach Talkumpuder und billigem Parfum, aber nach dem Umkleideraum auf der Wache, wo er geduscht hatte, roch selbst das billigste Eau de Toilette gut.

»Oh, da steht was«, sagte sie und tastete unter der Decke nach seinem Schwanz, der in ihrer rauen Hand hart wurde wie ein Meißel, als sie geschickt ein Kondom darüber rollte.

»Der Priester sagt, ich muss heiraten«, erzählte er ihr.

»Was?« Langes Schweigen, dann: »Danny, du willst doch nicht etwa *mich* fragen, oder? Warte, bis wir fertig sind, und dann schau, ob du mich fragen willst. Das ist dein Sextrieb, der da spricht, nicht du.«

»Würdest du Ja sagen, wenn ich dich hinterher frage?«

»Ich will dich nicht verletzen, Danny, aber ich war schon zweimal verheiratet, und das hat nicht funktioniert. Ich habe die Typen geliebt, als ich sie geheiratet habe, und dann habe ich innerhalb eines Monats angefangen, sie zu hassen. Das ist einfach nicht das Richtige für mich. Weißt du, ich mag dich, auch wenn du ein Cop bist. Du bist ein netter Kerl. Frag mich besser nicht, denn ich könnte Ja sagen, und ich will nicht, dass ich dich am Ende hasse, Danny. Du bezahlst den Großteil meiner Miete.«

Er lachte.

»Du bist echt in Ordnung, Rita.«

»Ja, sicher, hab ein Herz aus Gold. So, wirst du mich jetzt den

Rest der Nacht mit dem Ding da in den Bauch piksen, oder willst du es vielleicht irgendwo reinstecken, wo es sich besser anfühlt?«

Seine Hand wanderte unter ihren weichen Bauch und fand die Haare dort unten. Sie waren feucht. Das überraschte ihn.

»Hey, ist das mein Pistolengürtel, der dich so abgehen lässt?«

Sie lächelte.

»Nö, das ist dieser ganze Schmusekram, mit dem du mir kommst. Das erinnert mich irgendwie an die Zeit, als ich es noch gratis gemacht habe – die gute, alte Zeit, als ich es wirklich mochte und es nicht vortäuschen musste. Heute macht es mir wirklich Spaß, Danny.«

»Im Ernst?«

»Jetzt steck ihn mir rein, Danny, bevor ich noch anfange zu stöhnen und endgültig meine Professionalität verliere.«

Als sie fertig waren, nahm er sie in den Arm und döste vor sich hin. Er träumte, dass Rita in Hotpants in der Tür stand und ihn rief. Aber statt zu sagen: »Hey, großer Junge, du mit den Muskeln, willst du nicht einem Mädchen zeigen, wie man ein bisschen Spaß hat?«, säuselte sie: »Du siehst aus wie ein netter Kerl. Du hast ein intelligentes Gesicht. Ich mag es, wenn Männer sensibel sind …«

Plötzlich war Danny hellwach und spürte, dass jemand auf seiner Bettkante saß. Er hörte ihn atmen und fühlte, wie der Rand der Matratze nach unten gedrückt wurde. Rita schnarchte leise, sie lag noch immer in seinen Armen.

Er begann zu schwitzen, und sein Magen zog sich schmerzhaft zusammen vor Angst. Diesen Alptraum hatte er seit Jahren: dass ein Ex-Sträfling kommt, um an dem Cop Rache zu nehmen, der ihn eingebuchtet hat. So etwas passierte. Nicht oft, aber es kam vor. Charlie Bateman war in seinem eigenen Bett von einem entflohenen Häftling mit einer Axt zerstückelt worden, weil der sich an ihm rächen wollte. *Gott,* dachte Danny, *ich werde nie wieder sündigen. Hilf mir nur dieses eine Mal. Ich verspreche es. Ich will nicht sterben, nicht so.*

Lange lag er einfach nur da, regungslos, und spannte jeden Muskel seines Körpers an. Jede Sekunde erwartete er Hände an seiner Kehle oder den kalten Druck eines Pistolenlaufs an seiner Schläfe. Wer hatte ihn in den letzten Jahren bedroht? John Smithson? Tacket Rudermann? Oh Gott, oh Gott, doch nicht Jimmy, der verdammte Eispickelfreak? Bitte, Gott, nicht der.

Die Gestalt auf der Bettkante blieb reglos.

Danny zog vorsichtig seinen rechten Arm unter Rita hervor und ließ die Hand zentimeterweise zu seiner Waffe gleiten, wobei er wortlos die Frau neben sich segnete, weil sie darauf stand, wenn ein nackter Bulle seine Dienstwaffe trug. Seine Hand zitterte, als sie das Holster erreichte und seine Finger wie eine Spinne daran hinaufkrochen. Er fragte sich, ob er vielleicht noch schlief und mitten in einem Alptraum steckte. Vielleicht war das die längst überfällige Strafe für seine Sünden?

Als er den Knopf fand, war seine Hand schweißnass. Dann hatte er die Waffe fest im Griff und richtete sie durch die Bettdecke nach oben auf die dunkle Gestalt, die er jetzt deutlich erkennen konnte, da seine Augen sich an die Dunkelheit gewöhnt hatten. Seine Angst wurde von einer Art Hochstimmung durchbrochen. Wenn er schon gehen musste, würde er das Arschloch wenigstens mitnehmen.

»Keine Bewegung, du Wichser, sonst schieße ich dir den verdammten Schädel weg, das schwöre ich«, knurrte Danny.

Rita regte sich und murmelte: »Wa … ?«

Danny riss den anderen Arm unter ihr raus und tastete nach dem Schalter der Nachttischlampe. Der dunkle Schatten gab jetzt ein Schluchzen von sich, und Dannys Herz machte einen Sprung. Was zur Hölle war hier los?

»Ich schwöre, ich werde abdrücken«, schrie er. Dann fand er den Lichtschalter, und das Zimmer wurde hell.

Neben ihm saß, mit verstörtem, entsetztem Gesicht, Dave. Danny war schockiert von dem Aussehen seines Partners. Er wirkte grau und hässlich, und sein Gesicht sah aus, als wäre jemand drübergetrampelt. Er hatte eine Beule an der Stirn, und auf seinen Wangen waren Blutergüsse.

Dave und Danny hatten jeweils einen Schlüssel für die Wohnung des anderen, falls einmal einer von ihnen verfolgt würde. Sie hatten auch einen telefonischen Code vereinbart, damit der draußen wusste, was ablief, und dann reingehen und den anderen retten konnte. Es war noch nie passiert, aber Dave sagte immer, dass sie sich ein bisschen Paranoia durchaus leisten konnten.

Rita war jetzt wach und starrte Dave schweigend an.

Danny sagte: »Jesus Christus, was ist passiert, Dave? Hat dich einer erwischt?«

Dave fiel hilflos schluchzend in Dannys Arme.

»Sie ist tot, Danny. Sie haben sie umgebracht. Mein kleiner Junge. Sie haben sie beide umgebracht. Mein Gott, ich halte das nicht aus.«

Sein ganzer Körper wurde von Schluchzern geschüttelt. Danny hielt ihn und wiegte ihn hin und her, während er fieberhaft überlegte: Waren *sie* in Daves Wohnung eingebrochen? Und wer waren *sie?* Ein Ex-Sträfling? Einbrecher?

»Ich mache mal Kaffee«, flüsterte Rita. »Und du solltest herausfinden, was hier eigentlich los ist.«

»Das ist mein Partner«, erklärte Danny.

Sie schlüpfte aus dem Bett und nahm sich Dannys Bademantel, der an einem Haken hinter der Schlafzimmertür hing. Dann war sie aus der Tür und tappte barfuß durch den Flur. Einen Moment später hörte Danny das Klappern von Tassen.

Dave weinte immer noch, stammelte Worte, die aber keinen Sinn ergaben. Er ließ ihn weinen, hielt ihn fest und schaukelte ihn wie ein Baby.

»Meinst du Celia?«, fragte er schließlich. »Und Jamie?«

»Ja.« Dave löste sich von ihm, setzte sich auf und starrte auf den Boden, als gäbe es dort etwas Wichtiges zu sehen.

In Dannys Kehle bildete sich ein Klumpen. Oh Gott, nicht Daves Familie. Jesus, der Mann *lebte* für seine Familie.

Plötzlich stand Dave auf und ging zum Fenster.

»Das Feuer in diesem japanischen Kaufhaus. Celia war da, mit Jamie. Auf der Suche nach einem Kleid. Ich musste ins Leichenschauhaus gehen und den Inhalt ihrer Handtasche identifizieren. Ein paar Sachen sind nicht verbrannt.«

Danny beugte sich vor und stützte den Kopf in die Hände.

»Oh mein Gott, Dave, es tut mir so leid.«

»Es ist nur … Ich kann nicht glauben, dass sie weg ist, verstehst du? Ich habe zu Hause gesessen, habe immer gedacht, gleich hörst du ihren Schlüssel im Schloss, und dann ist sie da und sagt: ›Tut mir leid, dass ich zu spät bin, Schatz, ich wollte nur kurz jemanden besuchen …‹ Gott, ich glaube, ich werde wahnsinnig. Ich kann nicht … verdammt, wie soll ich denn weitermachen, Danny? Ich liebe sie. Ich liebe meinen Jungen. Beide sind weg, einfach so. Warum denn *beide,* Danny? Nicht Celia, um Himmels willen, sie hat doch nie jemandem etwas getan. Warum haben sie mir das angetan, Danny? Warum?«

Er drehte sich um und schlug heftig mit dem Kopf gegen die Wand. Plötzlich wurde Danny klar, woher die Beulen und Blutergüsse kamen. Er stand auf, zog sich eine Hose an und nahm Dave am Arm.

»Sie haben das nicht getan, um dir wehzutun, Dave. Sie war nur zufällig dort. Komm, trink einen Kaffee, oder was Stärkeres. Schau, Rita hat Kaffee gemacht. Komm schon, Mann, lass uns reden. Wir müssen darüber reden.«

Er führte ihn ins Wohnzimmer, wo Rita auf dem Sofa saß und eine Zigarette rauchte. Sie schaute fragend auf, als sie ins Zimmer kamen.

Danny sagte: »Seine Frau und sein Sohn …«

Sie biss sich auf die Lippe und nickte.

Dave schluchzte wieder, und Danny ließ ihn in Ritas Armen zurück, während er zwei starke Drinks mixte. Langsam wünschte er sich, das auf seinem Bett wäre ein Ex-Sträfling gewesen. Damit hätte er leichter umgehen können als hiermit.

Das wird eine lange Nacht, dachte er sich, *und danach ein langes Leben.*

Als er mit den Drinks zurückkam, saß Dave wieder aufrecht, sah aber überhaupt nicht wie Dave aus: Sein Gesicht war völlig schlaff und grau. Unter seinen Augen hatten sich dunkle Ringe gebildet, und seine Wangen hingen wie die eines alten Mannes.

»Hier trink das, Partner«, sagte Danny. »Das hätte nicht passieren dürfen. Es gibt einfach keine Gerechtigkeit. Gott, so habe ich dich noch nie gesehen, Dave. Su siehst echt schlimm aus. Ich wünschte, ich könnte irgendetwas tun.«

Er redete, redete einfach drauflos.

Dave ignorierte die Hand mit dem Scotch, schlang die Arme um sich und begann sich zu wiegen, vor und zurück. Danny legte die Arme um seinen Freund, als wäre er ein verängstigtes Kind, während Rita zusah, einen Ausdruck von Hilflosigkeit im Gesicht; sie fühlte sich unangenehm berührt, Zeuge einer so emotionalen Szene zwischen zwei Männern zu werden. Für so etwas wurde sie nicht bezahlt. Sie war kein Arzt, sie war eine Nutte, und auch wenn sie es gewohnt war, Männer über kleine Wehwehchen hinwegzutrösten, waren die Wunden nie so tief und frisch wie diese hier. Das war einfach zu heftig für eine Hure.

Nach einer Weile wurde es Danny unangenehm; er merkte, dass Dave nach altem Schweiß roch und sein Atem sauer war. Aber als er seinen Freund losließ und aufstand, fühlte er sich noch unwohler.

Dave erwachte aus seiner Trance.

»Warum Celia?«, fragte er wieder. »Warum nicht irgendeine nutzlose Schlampe von der Straße?«

Rita rückte abrupt von ihm ab. Dave sah zu ihr rüber und wurde plötzlich sehr rational, als er erkannte, was er gesagt hatte und wie verletzt sie war.

»Oh, nein … tut mir leid, so habe ich das nicht gemeint. Ich weiß nicht, was ich sage …«

»Schon okay«, erwiderte sie. »Ich verstehe schon. Sie haben Ihre Frau verloren. Das ist hart.«

»Und mein Kind, vergessen Sie mein Kind nicht. Ich habe doch … Gott, wann war das? … gestern noch mit Jamie gespielt, oder war es heute? Ich weiß nicht, wie spät es ist. Wie spät ist es, Danny? Celia und ich haben uns gratuliert, was für ein tolles Kind er ist, der Mittelpunkt meines Lebens, wisst ihr, es hat mir nicht einmal etwas ausgemacht, wenn er mich nach der Nachtschicht aufgeweckt hat. Ich hätte für dieses Kind getötet. Und jetzt ist er weg, und er hatte noch nicht einmal richtig angefangen zu leben, war so unverbraucht und strahlend, fand alles so aufregend …«

Danny wusste nicht, was er sagen sollte.

»Es ist ein Alptraum, Danny«, fuhr Dave fort. »Es war nichts mehr von ihr übrig, nur ein verkohltes schwarzes Ding, wie eine Voodoopuppe oder so was. Du bist doch gläubig, Danny, du musst mir etwas geben können …«

»Nur ihr Körper ist fort, Dave. Ihre Seele ist bei Gott. Daran musst du dich festhalten, denn das ist die Wahrheit. Celia ist nicht fort, nicht für immer. Sie und Jamie warten irgendwo auf dich, und irgendwann werdet ihr alle wieder zusammen sein, das ist sicher. Ich würde dir keinen Scheiß erzählen, Dave, du bist mein Partner. Ich glaube daran. Celia hatte eine wundervolle Seele, und sie existiert noch. Celia ist nur deinetwegen traurig, Dave. Du bist das Einzige, was sie traurig macht, denn Jamie ist bei ihr, und sie sind beide glücklich. Deswegen musst du jetzt aus deinem Schmerz auftauchen und anfangen, dich zusammenzureißen, verstehst du?«

Danny sagte das voller Überzeugung, denn er glaubte wirklich daran. Daves Gesicht wurde ruhiger, und Danny sah, wie sein Freund sich langsam entspannte. Rita kam aus dem Schlafzimmer, voll angezogen, in der Hand einen Schlafsack.

Dave sagte leise: »Danke, Danny.« Dann zu Rita: »Es tut mir so leid, ich weiß nicht …«

»Es ist okay«, erwiderte sie, »aber ich werde jetzt trotzdem gehen. Wir sehen uns dann, Danny. Pass auf dich auf. Und Sie auch, Dave.«

Noch bevor sie weg war, brach Dave auf dem Sofa zusammen und fiel in einen tiefen Schlaf, den Schlafsack locker über sich gezogen. Danny verabschiedete sich von Rita und verschloss hinter ihr die Tür.

5

Malloch war ein Chamäleon, wie alle seiner Art. Sein physisches Erscheinungsbild glich dem der Menschen um ihn herum und führte jeden hinters Licht, der nicht seiner Art angehörte. Da sie eitel waren, waren Malloch und seine Gefährten in ihrer sterblichen Hülle alle wunderschöne Kreaturen.

Malloch wusste, dass er verfolgt wurde, nachdem er von Russian Hill über die Leavenworth Road bis in die Turk Street gelaufen war. Und er wusste auch, wer hinter ihm her war.

Malloch hatte einmal große Macht gehabt, aber hier auf der Erde hatten seine Kräfte ihn zum Großteil verlassen. Die einzigen Vorteile, die er gegenüber einem Sterblichen hatte, waren seine übernatürliche Stärke und die Selbstheilungskräfte, die ihm Unsterblichkeit ermöglichten. Sein Fleisch, seine Knochen und sogar das Hirngewebe konnten sich innerhalb von Sekunden selbst heilen. Solange sein Körper keine grundlegende Veränderung auf molekularer Ebene durchmachte, wie etwa unter starkem Druck oder großer Hitze, war er vor dem Tod sicher.

Doch gegen seinen Feind und die zerstörerische Waffe, über die dieser verfügte, hatte Malloch keine andere Verteidigungsmöglichkeit, als sich zwischen den Millionen von Menschen zu verstecken und zu hoffen, dass er unbemerkt bleiben würde.

Er kam zu einem Restaurant, in dem ein paar Leute an den Tischen saßen, und wollte hineingehen. Der Türsteher trat vor und stoppte ihn, indem er ihm eine Hand an die Brust drückte.

»Tut mir leid, Sir. Kein Zutritt ohne Krawatte. Wenn Sie bitte zur Garderobe hinübergehen würden …«

Malloch packte den Mann an der Kehle und drückte zu. Der Türsteher fiel keuchend und würgend auf den Bürgersteig, und Malloch stieg über ihn hinweg, ging durch das Restaurant, durch die Küche und dann durch den Hintereingang hinaus.

Hinter dem Restaurant stand ein Zaun, über den Malloch nun kletterte, dringend auf der Suche nach einem Ort, an dem sich genug Sterbliche aufhielten, zwischen denen er sich verstecken konnte. An einem verlassenen Ort konnte sein Feind ihn sofort aufspüren, aber je mehr Menschen um ihn herum waren, um so weniger fiel seine Besonderheit auf. Er strahlte eine Aura des Bösen aus, die wie ein Leuchtturm in der Nacht wirkte. Sterbliche hatten das Böse in ihren Seelen, manche mehr als andere. Ihre Ausstrahlung war verglichen mit seiner schwach, aber wenn er sich mit genügend von ihnen umgab, konnte Malloch seine dunkle Aura ausreichend verbergen, um seinen Verfolger zu verwirren. Diese Art der Tarnung war besonders effektiv an Orten, wo die Sterblichen böse Taten vollzogen oder wo die Korrupten und Benachteiligten sich versammelten.

Seine zweite Verteidigungsmaßnahme bestand darin, immer in Bewegung zu bleiben, schnell von einem Ort zum anderen zu wechseln, so dass sein Feind die Signale, die er suchte, gar nicht erst erfassen konnte.

In Mallochs leerer Brust lebte Angst, und diese Angst füllte die gesamte Hülle seiner sterblichen Form. Auf den spirituellen Schlachtfeldern war er ein großer Krieger gewesen, ein Zerstörer, eine mächtige Kraft. Hier auf der Erde war ihm all diese Macht entzogen worden, und er war gezwungen gewesen, eine Gestalt anzunehmen, die es ihm ermöglichte, sich unter die verabscheuungswürdigen Sterblichen zu mischen.

Angst war sein Untergang gewesen. Er war geflohen, hatte seinen Anführer im Stich gelassen und sich zusammen mit anderen in Regionen durchgeschlagen, wo sie sich verstecken konnten. Sie waren zahlreich, aber sie wurden mit jedem Atemzug weniger. In seiner eigenen Zeit und seiner eigenen Welt gab es keinen Ort, an dem man sich verstecken konnte. Damit blieb nur ein Ort, an den man fliehen konnte: die Welt der Sterblichen.

Ein einzelner Soldat des Feindes hatte es, ohne Befehl von oben, auf sich genommen, sie auf die Erde zu verfolgen. Dieser Soldat hatte einen hohen Rang; er gehörte der Ersten Triade an, hatte sich in der Schlacht aber noch nicht ausreichend hervorgetan, um sich persönlich einen Namen zu machen. Jetzt hatte er seine Bestimmung gefunden und schien entschlossen zu sein, jeden einzelnen der feindlichen Deserteure aus dem Universum zu entfernen. Dieses Wesen kannte keine Kompromisse, keine Vergebung, keine Gnade. Dabei war es nicht so, als würde es Malloch und seine Art hassen; es hatte sich einfach nur ein Ziel gesetzt.

Malloch fand in einer Seitenstraße einen Nachtclub, einen schmierigen Laden, in dem die Stripperinnen aus ihren knappen Höschen quollen und das Hauptgeschäft auf der schmutzigen Toilette im hinteren Bereich des Lokals getätigt wurde. Es war ein Ort, an dem illegaler Sex und tödliche Drogen verkauft wurden, wo Mafiosi sich trafen, um Geschäfte abzuwickeln, wo bestechliche Cops mit Gangstern verhandelten, wo Mordaufträge erteilt wurden, wo der Tod verordnet wurde wie Medizin.

Drinnen suchte sich Malloch einen Tisch an der Bühne und wartete angstvoll.

Malloch spürte seinen Feind. Er war draußen auf der Straße, ging zielstrebig den Bürgersteig entlang. Als die schreckliche Kreatur den Nachtclub erreichte, blieb sie kurz stehen. Mallochs Herz setzte aus, während das Wesen draußen stand und die Atmosphäre im Club prüfte, auf der Suche nach etwas, das so fühlte wie es selbst. Wenn es den Verdacht hatte, dass Malloch dort drin war, würde das Wesen wahrscheinlich den gesamten Club mit weißem Feuer bis auf die Grundmauern niederbrennen, mit allen, die sich darin befanden.

Malloch wusste, dass sein Feind eine flächendeckende Aura des Bösen aus dem Nachtclub empfangen würde, die Aura von Zuhältern, Schlägern, Dieben, Mördern und dem Rest des ungefilterten Bodensatzes der Menschheit. In einer Ecke spielte unter dem Tischtuch eine Nutte mit dem Schwanz eines Freiers. Hinten in den Toiletten wurden Drogen gegen Geld getauscht. In der Gasse hinter den Toiletten wurde gerade ein betrunkener Geschäftsmann brutal in den Kopf getreten und um Uhr und Brieftasche erleichtert. Die ganze Gegend war voller Verbrechen und Verbrecher.

Endlich bewegte sich das Wesen weiter, und Malloch stieß einen erleichterten Seufzer aus.

Malloch schaffte es sogar zu lächeln, als ein Mädchen an seinen Tisch trat.

»Lust auf Gesellschaft, Schätzchen?«, fragte sie.

Malloch nickte. »Warum nicht?«

Er bestellte für sie und sich selbst einen Drink und fing an, sich zu entspannen.

Ihre Hand wanderte seinen Oberschenkel entlang. Sie war klein, dunkelhaarig und hübsch, und Malloch war sofort interessiert an dem, was sie zu bieten hatte, da er in der Lage war, sie auch physisch zu genießen. Sein Feind wäre in sterblicher Form asexuell gewesen, aber als Wesen von der anderen Seite war er besser bestückt als die meisten Menschen.

Die Augen des Mädchens weiteten sich, als sie fand, wonach sie gesucht hatte. »Wow«, hauchte sie, »verdammt groß!«

Er schob ihre Hand zurück in ihren eigenen Schoß. Malloch war nicht exhibitionistisch veranlagt.

Sie zog einen Schmollmund und fragte: »Oh, gefalle ich dir etwa nicht, Süßer?«

»Du bist okay, aber nicht hier. Da ist jemand hinter mir her, und ich will nicht mit runtergelassenen Hosen erwischt werden, wenn du weißt, was ich meine.«

»Klar.« Sie schaute sich nervös im Raum um. »Wer ist denn hinter dir her? Die Bullen oder der Mob?«

»Weder noch. Es ist nur ein einzelner Typ, aber der ist

schlimmer als alle Bullen zusammen. Mach dir keine Sorgen, er ist gegangen.«

»Wohin?«

»Weg, die Straße runter.«

»Oh. Na ja, ich kann diesen Gewaltscheiß einfach nicht brauchen. Mein Freund verprügelt mich, wenn ich blaue Flecken abkriege.«

»Klingt logisch«, meinte Malloch.

Sie nickte, weil ihr der Witz völlig entgangen war.

»Hör zu«, sagte sie dann wehmütig, »bist du sicher, dass du nicht loslegen willst? Du bist verdammt hübsch.«

Malloch lächelte.

»Das weiß ich, aber wir müssten irgendwo anders hingehen.« Seine Geilheit klang langsam ab. *So* attraktiv fand er sie dann doch nicht, und auf der Straße war es immer noch gefährlich.

»Okay, aber wenn du es machen willst, sollte es bald passieren, sonst kommt mein Freund rüber, und es gibt Ärger, du weißt schon, immerhin arbeite ich gerade.«

Malloch folgte ihrem Blick durch den Raum und sah, dass sie von einem Zuhälter beobachtet wurden. Momentan wirkte der Mann nicht aggressiv, aber Malloch wusste, dass er bald mit dem Mädchen nach hinten verschwinden musste, sonst würde der Zuhälter rüberkommen und sie fragen, warum sie hier rumsaß und sich eine schöne Zeit machte, während es hier noch andere Typen gab, die sich an den Eiern kratzten. Der Zuhälter war ungefähr einen Meter neunzig groß und schien nur aus Muskeln zu bestehen, und ohne Zweifel setzte er gerne seine Fäuste ein, besonders bei seiner Nutte.

Das Mädchen zupfte an seinem Ärmel.

»Du bist wirklich verdammt hübsch«, sagte sie wieder. »Die meisten Typen, die ich kriege, sind keine feinen Herren wie du – nur hässliche Spinner mit fetten Bäuchen und Dreifachkinn. Und sie begrapschen einen, als wäre man ein Steak oder so was.« Sie lächelte.

»Ich weiß.«

»Klar. Also, sag mir Bescheid, wenn du gehen willst. Danke für den Drink. Bis dahin muss ich noch arbeiten.« Sie zögerte und sah ihm in die Augen. »Weißt du, anständige Männer wie du sollten nicht in solche Läden gehen, dir könnte vielleicht was passieren. Hier gibt es ein paar wirklich üble Typen. Sei vorsichtig, okay?«

»Versprochen«, antwortete Malloch. Das Mädchen verließ ihn und ging an einen Tisch, wo ein Kerl mit Mehrfachkinn und fettem Bauch schon darauf wartete, ihren Busen zu begrapschen und ihr eine Hand unter den Rock zu schieben, sobald sie sich setzte.

Plötzlich fiel ein Schatten auf Mallochs Tisch, und er spürte ein alarmierendes Kribbeln.

Als er sich umdrehte, sah er, dass es nur der Zuhälter war.

»Was'n los?«, fragte der Mann und grinste breit. »Gefällt dir meine Kleine nicht?«

»Ich habe deinen Kleinen noch nicht gesehen«, erwiderte Malloch, »aber wenn du ihn rausholst, kann ich dir sagen, ob er mir gefällt.«

Das Grinsen des Zuhälters verschwand.

»Verdammter Schlaukopf, was? Du weißt genau, was ich meine, Arschloch. Das Mädchen. Was stimmt nicht mit ihr?«

Malloch wusste, was der Zuhälter vor sich sah: einen blassen, schmalen jungen Mann, wahrscheinlich gerade erst mit dem College fertig, mit zarter Haut und weich, wahrscheinlich sogar verweichlicht. Ein glatter, schöner Junge aus gutem Haus, der mit Daddys Erlaubnis einen Ausflug in die böse Großstadt machte. Der Zuhälter würde sich fragen, wo der Porsche geparkt war und ob er die Schlüssel in die Finger kriegen konnte, während seine Kleine die Jungfräulichkeit des Jungen irreparabel beschädigte.

»Mit dem Mädchen war alles in Ordnung. Du machst mir allerdings Sorgen. Ich meine, du steckst ihn ihr wahrscheinlich jedes Mal rein, wenn dir danach ist, und ich will einfach nirgendwohin, wo dein Schwanz schon war, wenn du weißt, was ich meine.«

Der Zuhälter riss die Augen auf.

»Du kleiner Wichser!«

Sein Hand verschwand in seiner Tasche und kam mit einem Klappmesser wieder zum Vorschein. Mit einem Klicken und Aufblitzen sprang die Klinge auf. Der Zuhälter führte einen Stoß gegen Mallochs Kehle, wobei die Klinge glitzerte wie der Kopf einer Schlange.

Das Einzige, worum Malloch sich Sorgen machte, waren seine Augen, da sie nicht ersetzt werden konnten, aber das wusste der Zuhälter nicht und zielte deshalb auf sein Herz.

Mallochs Arm war schneller. Bevor das Messer sein Ziel auch nur halb erreicht hatte, schlossen sich schlanke Finger um das Handgelenk des Zuhälters. Malloch verdrehte mit einer harten Bewegung den dicken Unterarm. Ein lautes Knacken ertönte. Der Zuhälter wurde blass, keuchte, und die Augen traten ihm aus den Höhlen. Das Messer fiel klappernd zu Boden. Jemand schrie. Stühle wurden gerückt, und die Leute wichen vor dem Kampf zurück. Der Zuhälter taumelte rückwärts. Seine Hand hing schlaff am Unterarm.

»Du Wichser!«, kreischte er. »Du hast mir den Arm gebrochen!«

Malloch stand auf und wollte gehen.

»Du kannst von Glück reden, dass es nicht dein Genick war.«

Doch in seinem Gegner steckte noch Kampfgeist. Der Zuhälter versuchte, ihm mit seinem schweren Stiefel in die Eier zu treten. Malloch fing den Fuß ab, hielt ihn einen Moment fest und drehte ihn dann. Wieder knackte es, als wäre ein Ast gebrochen. Der Zuhälter fiel auf den Boden, schrie und schlug vor Schmerzen um sich, während aus den vier Ecken des Raumes Rausschmeißer auftauchten. Malloch schnappte sich einen der robusten Tische und brach ein Bein ab. Er wartete, bis der erste Rausschmeißer ihn erreicht hatte, dann machte er einen Ausfallschritt und verpasste dem Mann einen schnellen, harten Schlag in die Nieren. Dem Rausschmeißer traten die Augen aus den Höhlen. Er hatte keine Zeit gehabt, dem Schlag auszuweichen. Malloch bewegte sich mit der Schnelligkeit eines wilden Tieres. Der Rausschmeißer klappte zusammen und knallte fast mit dem Kopf gegen seinen Schuh.

Die anderen Rausschmeißer zögerten.

»Kluge Entscheidung«, meinte Malloch.

Er warf das Tischbein wie einen Speer zwischen ihnen gegen die Wand, wo es sich fast einen halben Meter tief in den Putz grub.

»Tja, auch wenn ich wirklich viel Spaß hatte, leider muss ich jetzt gehen. Wie ihr seht, bin ich stärker als ich aussehe, also macht bitte keine Dummheiten. Gute Nacht Kleines«, er verbeugte sich leicht vor dem Mädchen, »es hat mich gefreut, dich kennenzulernen.«

Er schlenderte aus dem Raum, und die Menge teilte sich vor ihm wie die Fluten des Roten Meeres.

Sobald er wieder auf der Straße stand, war er allerdings wieder ängstlich und schlug sich quer durch die Stadt zu einem sicheren Haus durch, wo es schwierig sein würde, ihn zu entdecken. Wenn man auf der Flucht war, konnte man es sich nie leisten, richtig zu entspannen, und Malloch musste darauf hoffen, dass sein Feind damit beschäftigt sein würde, weniger schlaue Deserteure aufzuspüren, oder nach Hause abberufen wurde.

Irgendwo in der Stadt ertönte ein lauter Knall, gefolgt von unerträglicher Helligkeit, die jede Dunkelheit von der Straße vertrieb.

Sein Feind war bei der Arbeit.

6

Dave wird davon geweckt, dass Celia ihm einen Kuss aufdrückt, und als er die Augen öffnet, sieht er, dass sie schon angezogen ist und bereit, das Haus zu verlassen. Sie ist eine dunkle Schönheit, ihre kurvige Latina-Figur wird durch einen eng sitzenden Anzug hervorgehoben. Das lange schwarze Haar ist zu einem Zopf geflochten, der auf ihrem Kopf zusammengerollt und mit einem schmalen Kamm festgesteckt ist. Außerdem trägt sie roten Lippenstift, was bedeutet, dass der Ausflug eine ernste Angelegenheit wird, irgendeine Shoppingorgie. Dave setzt sich im Bett auf und reibt sich die Augen. Sie fühlen sich wund an, als hätte er geweint. Seine Krawatte und sein Hemd liegen über dem Stuhl neben dem Bett, aber seine Hose ist nirgendwo zu sehen.

Was ist los?, fragt er.

Komm schon, Schlafmütze, lacht sie, Zeit für einen Einkaufsbummel. Du hast versprochen, mit mir in dieses neue japanische Kaufhaus zu gehen, ich brauche ein Kleid, schon vergessen? Jamie ist für den Vormittag bei Sue, wir können also tun und lassen, was wir wollen. Zück besser schon mal deine Kreditkarten, mein Freund, denn heute wird Celia *richtig* aufdrehen.

Ja, sicher, jetzt fällt's mir wieder ein.

Irgendetwas stört Dave, aber er kommt nicht drauf, was es ist. Es ist wie eine Fliege, die in seinem Schädel herumsummt und ihn tödlich nervt. Er steigt aus dem Bett und will ins Badezimmer gehen, um sich zu rasieren. Er betritt den Korridor, und im nächsten Moment läuft er mit Celia über den Bürgersteig und die geschwungenen Stufen hoch, die zum Kaufhaus führen. Dave trägt immer noch keine Hose, was ihm furchtbar peinlich ist, aber niemand scheint es zu bemerken. Selbst Celia lacht über seine Verschämtheit.

Du hast doch Hemd und Krawatte an, oder nicht? Was machst du dir also Gedanken, mein großer Bär? Ich habe fast gar nichts an. Sieh mich an, Miss Knappes Höschen 1990.

Das ist wahr. Ihr Anzug ist verschwunden. Jetzt trägt sie nur noch ihre beste Seidenunterwäsche, das Set, das er ihr letztes Jahr zu Weihnachten geschenkt hat. Das scheint auch nicht richtig zu sein, und Dave versucht, ihren Körper vor den Blicken der Männer zu schützen, während sie durch den Laden schlendern. Er sieht es schon kommen, dass er ein paar Nasen brechen wird, bevor der Vormittag rum ist. Dave mag es nicht, wenn andere Männer seine Frau ansehen, als wäre sie ein Bild aus einem Männermagazin. Celias dunkle Brüste quellen aus dem knappen BH hervor, und Dave bittet sie, sie wieder reinzuschieben, weil sie so zu viel Aufmerksamkeit erregen, aber Celia kichert nur.

Celia fragt einen Verkäufer, wo die Abteilung für Kleider sei, und erfährt, dass es nur noch die Kleider gibt, die im Schaufenster ausgestellt sind.

Tja, ruft Celia, dann sollten wir uns auf den Weg machen, bevor sie alle weg sind. Denn meinem Mann gefällt es nicht, wenn ich so rumlaufe. Er ist ziemlich eifersüchtig.

Bin ich nicht, protestiert Dave, aber das würde doch jeden Mann aufregen, wenn seine Frau so rumläuft.

Sie nimmt Dave an der Hand und führt ihn zur Vorderseite des Ladens, wo sie ins Schaufenster steigt.

Da sind keine Kleider, sondern ein Bett.

Komm schon, flüstert Celia ihm ins Ohr, lass uns Liebe machen, großer Bär.

Sie streift ihr Höschen ab und legt sich auf das Bett. Passanten sind stehen geblieben und starren sie an, ihre Münder bewegen sich lautlos, da das Glas so dick ist, dass man nicht hören kann, was sie sagen.

Mann, Celia, dafür können sie uns verhaften, sagt Dave.

Sei nicht blöd, die können doch keinen Cop verhaften, lacht Celia. Komm schon, sei kein Spielverderber. Wen interessiert schon, was die denken? Zeig ihnen, was für einen Mann ich habe.

Er wartet, bis vor dem Fenster keine Zuschauer mehr stehen, dann legt er sich zu ihr aufs Bett und sie spreizt ihre bebenden Beine. Als er in sie eindringt, spürt er, wie sich ihre Haut erwärmt, wie immer, wenn ihre Erregung steigt. Sie hat ihm oft gesagt, dass sie eines Tages in Flammen aufgehen würde, so heiß mache er sie. Während sie ihren Rhythmus finden, umfasst er ihren Kopf mit beiden Händen, und die Spuren der Jahre verschwinden aus ihrem Gesicht, so dass nur die Neunzehnjährige zurückbleibt, der er damals in Mexiko begegnet ist und in die er sich verliebt hat.

Baby, sagt sie drängend, ich liebe dich.

Ich liebe dich auch, murmelt er.

Oh Gott, ich liebe dich, schreit sie.

Tränen laufen über ihre Wangen, wie immer, wenn sie zu emotional wird und beim Liebesakt anfängt zu weinen. Plötzlich steigt Dampf von ihrem Gesicht auf. Die Tränen zischen auf ihrer Haut, die von Minute zu Minute heißer wird.

Gott, ich halte es nicht aus, schreit sie, ich werde Feuer fangen, Dave. Hilf mir!

Aber das hat sie früher schon oft gesagt, außerdem kann er sowieso nicht aufhören, er muss einfach weitermachen, jetzt gibt es kein Zurück mehr.

Er küsst ihre Lippen und verbrennt sich dabei.

Dave hört ein Klopfen an der Scheibe und schaut hoch. Die gaffenden Gesichter der Voyeure sind wieder da, und das abfällige Grinsen hat sich in einen Ausdruck des Entsetzens verwandelt. Sie deuten auf Celia, gestikulieren wild.

Dave spürt ein Brennen an seinen Genitalien und schaut auf seine Frau hinunter.

Ihre Wange hat angefangen zu rauchen, dann erscheinen Löcher, die an den Rändern langsam verschmoren wie Papier, das man in Salpetersäure taucht. Die glühenden Kreise breiten sich aus, bevor er etwas unternehmen kann, um sie aufzuhalten.

CELIA!

Es passiert alles zu schnell, zu rasant, und er kann nicht aufhören. Er spürt, wie sein Orgasmus kommt, und er weiß, je schneller er zustößt, umso schneller verbrennt sie. Überall auf ihrem Körper tauchen Blasen auf, platzen und bilden feurige Kreise.

NEIN, NEIN, schreit er. Er stößt immer schneller, gleitet so heftig in sie hinein und aus ihr heraus, dass die Reibung seine Genitalien verbrennt. ES TUT MIR LEID, schreit er, und Tränen strömen über seine Wangen. Ich kann nicht anders, Celia, ich kann nicht anders.

Nach und nach verwandelt sie sich in Kohle, dann in Asche, bis er auf grauen Staub einstößt, und als er hochschaut, steht Danny vor dem Fenster, das Gesicht wutverzerrt.

Arschloch, formen Dannys Lippen, du konntest nicht aufhören, oder? Nicht einmal, um deine eigene Frau zu retten. Du hast sie umgebracht, Dave. Du hast Celia umgebracht. Gott, du bist widerlich.

Es tut mir leid, flüstert Dave. Das wollte ich nicht. Es tut mir so leid.

Schlagartig wurde Dave wach und setzte sich schweißüberströmt im Bett auf. Er schaute zum Fenster, wo die Verdunkelungsvorhänge des Hotels das Sonnenlicht abhielten, es daran hinderten, einzudringen und seine Ruhe zu stören. Ein dünner Strahl hatte sich einen Weg durch eine Falte gesucht und brannte sich wie ein Laser über sein Kissen bis zu der Stelle vor, wo seine Augen gewesen waren.

Himmel, wieder so ein Traum, dachte er.

Er nahm sich eine Zigarette und zündete sie mit zitternden Fingern an, wobei sein Schweiß das Filterpapier und den Tabak durchnässte. Er nahm einen tiefen Zug, der ihn zum Husten brachte, da er nach der langen Zeit der Abstinenz nicht mehr an das Rauchen gewöhnt war.

Schuld, dachte er. Ich bestrafe mich selbst. Wofür? Weil ich zugelassen habe, dass Celia shoppen geht? Nein, für all die Male, als ich gemein zu ihr war. Für all die Gelegenheiten, wenn ich nur ein kleines bisschen besser hätte sein können, ein bisschen früher nach Hause kommen, nur ein bisschen mehr Zeit mit ihr hätte verbringen können. Wenn ich sie kritisiert habe, wo sie Anerkennung wollte. Wenn ich hätte sagen können: »Ich liebe dich«, statt mich über die Jungs auf der Wache zu beklagen, oder über den Job oder darüber, dass wir nicht genug Geld hatten, um unser Leben noch angenehmer zu gestalten.

»Was für eine Verschwendung«, sagte er laut.

Die Zigarette ging aus, als die Glut den feuchten Schweißring erreichte, und er warf sie ins Wachbecken. Dann stieg er erschöpft aus dem Bett und öffnete mit dem Gefühl, überhaupt nicht geschlafen zu haben, die Vorhänge. Hinter der Scheibe erstreckte sich Washington. Er war hierhergekommen, um für ein paar Tage alles hinter sich zu lassen, und wohnte in einem kleinen Hotel im Osten der Stadt. Die Wahl war auf Washington gefallen, weil das weit weg war von San Francisco, weil es neutral war und weil er nie mit Celia hier gewesen war. Da draußen gab es keine Erinnerungen, die nur darauf warteten, über ihn herzufallen. Es war nicht so, dass er Celia vergessen wollte, ganz im Gegenteil, aber er wollte seine Erinnerungen unter Kontrolle haben. In Washington war er vor Überraschungen sicher.

Dave duschte, rasierte sich und zog sich an. Sein Zimmer lag im obersten Stockwerk eines fünfstöckigen Gebäudes, und nun nahm er die Treppe, um in die Lobby zu kommen. Es gab ein Schild, das ihm den Weg zum Frühstück wies, und er folgte dem Pfeil zu einem kleinen, staubigen Raum auf der Rückseite des Hotels. Es waren noch drei andere Gäste da: Ein Mann, der Arbeit in einem Aktenkoffer vor sich liegen hatte und immer wieder an seinem Kaffee nippte, während er hektisch schrieb, und ein älteres Paar, das mit britischem Akzent sprach, wahrscheinlich Touristen.

»Was darf ich Ihnen bringen?«, fragte die Kellnerin.

»Nur Kaffee«, erwiderte Dave.

»Keine Eier?«

»Kaffee.«

»Wir haben auch Pfannkuchen.«

»Kaffee.«

»Okay.« Die Kellnerin zuckte mit den Schultern und stürmte zu dem englischen Pärchen hinüber, das ihr das Lächeln und den Smalltalk schenkte, den sie von Dave erwartet hatte.

Sie erzählten, dass sie in Washington seien, um ihren Sohn zu besuchen, der hier arbeite. Die Wohnung des Sohnes sei aber zu klein, als dass sie dort übernachten könnten, deswegen seien sie ins Hotel gegangen.

Danach verlor Dave das Interesse.

Auf dem Nebentisch lag eine Ausgabe der *Washington Post*. Dave griff hinüber und nahm sie sich, um die Schlagzeilen zu lesen. Mehr Brände. Ein großer in New York, in einem Museum, bei dem viele Ausstellungsstücke zerstört worden waren.

Daves Herz wurde bleischwer. Er war voller Verzweiflung. Was zur Hölle sollte er ohne Celia und Jamie nur tun? Hatte es überhaupt noch einen Sinn weiterzumachen? Es wäre doch sicher am besten für ihn, wenn er auf irgendein Dach steigen und ins Leere treten würde. Innerhalb weniger Sekunden könnten sie wieder zusammen sein.

Oder er könnte nach San Francisco zurückkehren und Danny dabei helfen, gegen diese Brandstifter vorzugehen.

»Schreckliche Geschichte, nicht wahr?«

Dave schaute hoch. Der Engländer war an seinem Tisch stehen geblieben und starrte auf die Schlagzeilen. Dave wollte, dass er wegging, war aber zu höflich, um ihn schroff abzuweisen.

»Allerdings«, sagte Dave und fügte, da er nicht anders konnte, hinzu: »Ich habe gerade meine Frau verloren. Sie ist bei einem Brand in einem Kaufhaus gestorben.«

Irgendwie tat es gut, das bei einem Wildfremden abzuladen, auch wenn er kurz davor war, wieder in Tränen auszubrechen. Der Engländer, dessen Frau anscheinend schon gegangen war, wirkte unangenehm berührt.

»Das tut mir leid. Ich wollte sie nicht bei so persönlichen Gedanken stören …«

»Nein, nein, das ist okay. Es ist meine Schuld. Ich wollte sie nicht in Verlegenheit bringen … es quillt einfach so aus mir raus. Es ist wahrscheinlich noch zu frisch. Es ergibt für mich alles noch keinen Sinn.«

»Darf ich mich setzen?«, fragte der Mann. »Ich muss auf meine Frau warten, sie holt gerade ihre Handtasche aus unserem Zimmer.«

»Bitte sehr, gerne. Trinken Sie einen Kaffee mit mir.«

»Danke sehr, das werde ich tun.« Er streckte die Hand aus. »Alex Wingman.«

Dave schüttelte ihm die Hand.

»David Peters.«

Der alte Mann schenkte sich Kaffee ein, nachdem er sich vom Nebentisch eine saubere Tasse geholt hatte. Er gab zwei Löffel Zucker hinzu und nippte dann daran.

»Ich liebe Ihren amerikanischen Kaffee«, meinte er. »Sie und die Italiener, Sie wissen einfach, wie man Kaffee macht.«

Da er sich nun zu einem Gespräch gezwungen sah, fragte Dave ohne wirkliche Begeisterung: »Was machen Sie beruflich, Mr. Wingman?«

Der Mann lehnte sich in seinem Stuhl zurück. Er strich sich mit gichtigen Fingern durch das weiße Haar. Er schien zu begreifen, dass Dave sich nicht wirklich für die Antwort interessierte, sondern nur höflich sein wollte, denn er antwortete knapp und präzise: »Heutzutage nicht mehr viel. Ich bin im Ruhestand. Früher war ich Lehrer, in Yorkshire. Das ist eine unserer Grafschaften. Die größte Grafschaft in England – das Gegenstück zu Ihrem Texas, allerdings nur im Westentaschenformat. Eigentlich würde England fünfmal in Texas reinpassen, und Yorkshire mehr als vierzigmal, aber ich denke, Sie sind es gewohnt, so etwas zu hören.«

Gegen seinen Willen musste Dave lachen.

»Eigentlich nicht, ich habe nicht oft mit Touristen zu tun. Ich bin Zivilpolizist.«

»Wirklich? Wie spannend. Aber bevor ich mich zu Ihnen gesetzt habe, meinten Sie, der Tod Ihrer Frau ergebe für Sie keinen Sinn. Bedauerlicherweise war das eines der Dinge, mit denen ich am wenigsten umgehen konnte … mit dem *Warum* hinter dem Tod meiner Frau. Oh«, fügte er schnell hinzu, »die Dame, mit der ich hier bin, ist Jean, meine zweite Frau. Meine erste Frau Liz ist zwölf Jahre nach unserer Hochzeit bei einem Autounfall gestorben. Ich träume heute noch davon, von dem Unfall. Ich bin gefahren.«

Wingmans Gesicht verdunkelte sich, und Dave dachte: Himmel, werde ich auch einmal so sein und nach Gott weiß wie vielen Jahren immer noch um Celia trauern?

Wingman lächelte milde. »Ja, ich weiß, was Sie denken, aber das sind nur vorübergehende Rückschläge. Ich laufe nicht mehr herum und denke die ganze Zeit an sie. Im Prinzip könnte man sagen, dass ich ein glücklicher Mann bin. Ich habe noch einmal einen netten Menschen gefunden, mit dem ich den Rest meines Lebens teilen kann, und wir kommen sehr gut miteinander aus. Was ich Ihnen eigentlich sagen wollte, ist Folgendes: *Versuchen* Sie gar nicht erst, dem Ganzen einen Sinn zu geben. Wenn Sie das tun, macht es Sie verrückt. Ich hatte einen ernsten Nervenzusammenbruch deswegen, denn der einzige Sinn, den man einem verfrühten Tod geben kann, besteht darin, sich selbst irgendwie dafür verantwortlich zu machen. Tun Sie das nicht, Mr. Peters, das ist es nicht wert. Es ist schon komisch, aber wenn Sie Ihre Frau gehasst und sie mit voller Absicht erschossen hätten, würden Sie wahrscheinlich *ihr* und nicht sich selbst die Schuld an ihrem Tod geben. Ich schätze mal, Sie hatten nichts mit dem Feuer zu tun oder mit der Tatsache, dass sie dort war, aber Sie sagen sich immer wieder: ›Wenn ich nur dies getan oder das gesagt hätte oder zu Hause geblieben wäre, dann wäre alles in Ordnung gewesen.‹«

Daves Augen weiteten sich.

»Ah, ich habe also Recht, ja?«

Sie sprachen noch ein wenig länger über das Thema, und als die Frau des Engländers sich zu ihnen gesellte, war Dave schon wesentlich weniger nach Selbstmord zumute. Das Pärchen war ruhig und angenehm, keine elektrisierenden Persönlichkeiten, aber nette Leute. Sie gingen zu dritt spazieren, in einen Park, und unweigerlich wandte sich das Gespräch irgendwann den Brandanschlägen zu.

Jean Wingman stellte ihm eine sehr direkte Frage.

»Würden Sie sagen, dass wir in einer moralischen Welt leben, Mr. Peters?«

Dave zuckte mit den Schultern. »Na ja, Sie fragen hier einen Polizisten. Also, meine Freunde, die nicht bei der Polizei sind, würden sagen, dass die meisten Menschen, die sie kennen, einigermaßen moralisch sind. Aber in meinem Beruf sieht man die kranke Seite der Gesellschaft – die Eiterbeulen der Menschheit. Wir sehen die Drogendealer, Zuhälter, Gangster, Brutalos, Kinderschänder, Mörder, Vergewaltiger …«

Wingman warf ein: »Und wie steht es im größeren Maßstab? Auf der großen Bildfläche? Gibt es da draußen eine Moral?«

Dave dachte über die Frage nach, rief sich die Kriege im Mittleren Osten, Afrika und Südamerika in Erinnerung. Dann waren da noch die Militärregime und Diktatoren, die Unschuldige ohne Prozess einsperrten, Kinder folterten, mordeten, vergewaltigten, plünderten, und das alles im Namen der Macht. Und in irgendeiner dunklen Ecke der Welt wurden wahrscheinlich monströse Verbrechen verübt, die nur aufgedeckt werden konnten, wenn irgendjemand einen Schädelhaufen fand oder zufällig über Konzentrationslager stolperte, in denen ausgemergelte Kreaturen hockten, die einmal Menschen gewesen waren. Da draußen gab es geachtete Politiker, die schamlos logen, um ihre wertlose Haut zu retten, und riesige multinationale Konzerne, die bereit waren, das Leben von Säuglingen zu gefährden, um ihre Waren zu verkaufen. Es gab Börsenmakler, denen es nur ums Geld ging, ganz egal, wen oder was sie ruinierten, während sie ihre Vermögen anhäuften. Es gab unvorstellbar reiche Männer, die bereit waren, ihre Töchter zu verkaufen, nur um noch ein paar Dollar mehr zu besitzen.

War die Welt moralisch?

»Nicht wirklich«, erwiderte er schwach.

Jean lächelte ihm zu.

»Tja, nur Mut, junger Mann. Da draußen gibt es Millionen von sanftmütigen, mitfühlenden Menschen, und sie bilden bei weitem die Mehrheit. Es ist einfach so, dass das *Gute* eine passive Eigenschaft zu sein scheint, während das *Böse* herumläuft und Verwüstung anrichtet. Diese Brände, so schrecklich sie auch sind, haben vielleicht einen bestimmten Zweck. Vielleicht lassen sie uns alle innehalten und fragen: ›Hey, sollte die Welt wirklich *so* sein? Wir sollten etwas tun, um das zu ändern.‹ Ich weiß, das ist kein Trost für einen Mann, der gerade seine Lieben verloren hat, aber es ist das Beste, was ich Ihnen anbieten kann.«

Dave schaute in ihr freundliches Gesicht und fühlte sich seltsamerweise wesentlich besser. Er war voller Bitterkeit und Dunkelheit, aber er spürte, dass er jetzt damit fertigwerden konnte. Keine Gedanken mehr an Selbstmord, sondern nur daran, Gerechtigkeit zu schaffen, die Dinge irgendwie wieder ins Lot zu bringen. Es war sein Job, dafür zu sorgen, dass es keine weiteren Feuer mehr gab. Es war sein Job, die Leute zu schnappen, die Feuer legten, und sie dort hinzubringen, wo sie hingehörten, ganz egal, ob das ein Gefängnis oder eine Klinik war, in der ihnen geholfen wurde.

»Vielen Dank, Jean«, sagte er und drückte ihre faltige Hand.

Wingman lachte und meinte: »Vorsicht, junger Mann, ich bin ziemlich eifersüchtig.«

»Das sehe ich«, erwiderte Dave, »und das sollten Sie auch sein, mit einer so fantastischen Frau an Ihrer Seite. Es ist fast schon Zeit für's Mittagessen. Wenn ich Sie einladen dürfte, könnten wir uns noch ein wenig weiter unterhalten. Ich will Sie noch nicht gehen lassen.«

Er führte sie zu einem französischen Restaurant, wo sie die nächsten zwei Stunden verbrachten. Dave stellte fest, dass es ihm leichter fiel, seine Seele vor Fremden bloßzulegen, statt mit Danny darüber zu reden, wie er sich fühlte. Danny stand ihm zu nahe und wusste bereits zu viel, aber Dave wollte jemandem erzählen, wie er seine Frau kennengelernt hatte, was sie gemeinsam hatten, worin sie sich unterschieden, wie ihre Familie war, wie ihr Sohn gewesen war, was für Noten Jamie in der Schule bekommen hatte. Er wollte über die Geschichte seiner Familie sprechen, es alles ans Licht holen, es untersuchen, einfach immer und immer wieder ihre Namen sagen, Jamie, Celia, Celia, Jamie. Meine Frau hat dies getan, mein Sohn hat das gemacht.

Und die beiden waren gute Zuhörer, sie stellten die richtigen Fragen, wussten, dass eindeutige Antworten unnötig waren. Als er sie am Abend verließ, begann Dave sich zu fragen, ob sie ihm von jemandem geschickt worden waren, um ihn dazu zu bringen, seine Wunden zu öffnen und das Gift abfließen zu lassen. Und am nächsten Morgen war er bereit, nach Hause zurückzukehren. Er war nicht geheilt, aber wenigstens setzte er sich im Bett auf und sah sich um, anstatt sich mit dem Gesicht zur Wand zu drehen, erfüllt von dem Wunsch zu sterben.

7

Am nächsten Tag packte Dave seine Tasche, verließ das Hotel und nahm einen Zug zurück nach San Francisco.

Er wollte nirgendwo anders leben, auch wenn es jetzt eine Stadt voller Erinnerungsfallen war, die nur darauf warteten, sich mit ihren Metallzähnen in sein Gehirn zu graben. Für Dave war San Francisco die tollste Stadt der Welt, und er würde nichts davon ändern wollen. Als er beim Militär gewesen war, hatte er es sogar geschafft, dass er in Presidio stationiert wurde, wo er morgens aufwachen und den Ausblick auf Alcatraz genießen und den Geruch des Meeres wahrnehmen konnte. Von dort aus konnte er sogar Marios Café erreichen. Es war schwierig, ohne eine regelmäßige Dosis von Marios Espresso über die Runden zu kommen.

Er liebte die hügeligen Straßen, die Cablecars, den geschäftigen Hafen. Das Einzige, was er nicht mochte, war die verdammte Brücke. *Die* Brücke. Er konnte nicht verstehen, warum die meisten Leute sie schön fanden. Seiner Meinung nach war sie ein Schandfleck, aber er war sich der Tatsache bewusst, dass er damit eine Minderheit bildete – vielleicht bestehend aus einer Person. Vielleicht hatte er ja einen Schaden in der Hirnregion, die für das Empfinden geometrischer Schönheit zuständig war.

In Oakland musste er in einen Bus umsteigen. Da sein Handyakku leer war, suchte er sich eine Telefonzelle und rief bei sich zu Hause an, in der Hoffnung, Danny dort zu erwischen. Danny lebte zurzeit in beiden Wohnungen, damit Daves Wohnung weiterhin bewohnt wirkte.

In der Bahnhofshalle war es laut und hektisch, was ihn extrem ablenkte. Zwischen den Telefonzellen rannte ein Kind herum, das die Hörer abnahm und lose hängen ließ. Die Mutter jagte das Kind und versuchte, es am Mantel zu packen, und als es an Dave vorbeiflitzte, war der Detective versucht, es zu schnappen. Aber er hielt sich zurück, da er genau wusste, dass so Klagen entstanden. Mütter konnten ihre eigenen Kinder zu Tode prügeln, aber sobald jemand anders sie auch nur berührte, schrien sie nach ihren Anwälten.

Der erste, furchtbare Schock: Plötzlich hatte er Celias Stimme im Ohr!

»Hi, hier ist Celia Peters …«

Daves Herz explodierte fast und ihm war schwindelig vor Glück.

»Celia?«, schrie er aufgeregt. »Celia, Schatz, wo bist du gewesen? Oh Gott, *Celia* …«

»… Dave und ich sind momentan nicht zu Hause, aber wenn Sie uns nach dem Piepton eine Nachricht hinterlassen, rufen wir Sie gerne zurück.«

Der zweite furchtbare Schock: Es war nur Celias Stimme, nicht sie selbst, nicht die echte Celia.

Es dauerte einige Sekunden, bis das zu Dave durchgedrungen war. Er brach zusammen. Das war schlimmer als der Tod, schlimmer als der Moment, als er erfahren hatte, dass Celia in diesem Feuer verbrannt war, schlimmer als der Gang zum Leichenschauhaus, wo man ihm zwei verrußte Kohlebrocken gezeigt und ihm gesagt hatte, das seien seine Lieben.

Er knallte den Telefonhörer gegen die Wand der Zelle, wodurch das rebellische Kind abrupt zum Stillstand kam und Dave erstaunt anstarrte. Die Mutter schnappte sich den Jungen und warf Dave einen ängstlichen Blick zu, dann zerrte sie das Kind mit sich fort. Der Junge wehrte sich, stemmte die Fersen in den Boden und kreischte. Dave ließ den Hörer fallen und presste sich die Hände auf die Ohren.

Die Ansage auf seinem Anrufbeantworter war nie geändert worden. Celia war immer noch da und sagte den Anrufern, dass sie sie so bald wie möglich zurückrufen würde. Bizarr. Wie viele seiner Freunde hatten ihn wohl angerufen, um ihm ihr Beileid auszusprechen, und hatten diese Ansage gehört? Warum hatte niemand etwas gesagt? Das war schlimmer, als Post für sie zu bekommen, die vor ihrem Tod abgeschickt worden war.

Langsam gewann er die Fassung zurück. Eine Frau kam auf ihn zu und fragte ihn, ob alles in Ordnung sei. Sie war sicher nicht aus der Stadt, denn die Städter gingen einfach vorbei, wollten in nichts verwickelt werden, besonders nicht in eine Auseinandersetzung mit einem Irren. Er sagte ihr, dass es ihm gutgehe. Er habe nur gerade am Telefon schlechte Nachrichten erhalten. Dann legte er den Hörer vorsichtig wieder auf die Gabel, wobei ihm auffiel, dass er einen Sprung abbekommen hatte. Anschließend ging er schnell weiter, bevor ein Cop oder jemand vom Bahnhofspersonal Verstärkung rufen oder ihn festhalten konnte.

Als er den Bahnhof verließ, verrieten ihm die Schlagzeilen an den Zeitungsständen, dass das Opernhaus von Paris in Flammen aufgegangen war, mit fünfunddreißig Toten. Die Opfer gehörten alle zum Ensemble, da gerade eine Probe stattgefunden hatte, keine Vorstellung. In London waren um drei Uhr morgens Flammen aus der Krypta von St.-Martin-in-the-Fields am Trafalgar Square gedrungen. Drinnen hatte man auf den glühenden Bodenfliesen nur einen einzigen verkohlten Leichnam gefunden.

Und zu guter Letzt traf er auf seinem Weg zur Straße auch noch auf einen Verrückten, der kreischend das Ende der Welt prophezeite.

»Feuer reinigt«, schrie der Irre Dave an. »In jeder dekadenten Gesellschaft löscht es die Sünden der alten Ordnung aus, um den Weg für eine neue Ordnung zu bereiten!« Er zeigte mit einem schmutzigen Finger auf eine Stelle zwischen Daves Augen. »Sodom und Gomorrha!«, schrie er. »San Francisco, Alexandria, das antike Rom, London, Dresden, Hiroshima, Nagasaki. Alles schlechte Städte. Alle durch Feuer zerstört. ›*Und es erschienen ihnen Zungen, zerteilt wie von Feuer; und es setzte sich auf einen jeglichen unter ihnen.*‹ Apostelgeschichte Kapitel 2, Vers 3.«

Dave schüttelte traurig den Kopf.

»Du glaubst mir nicht, Freund? San Francisco ist ein Hort des Bösen. Zuhälter, Spieler, Junkies, Dirnen …«

Warum benutzten diese Irren eigentlich immer das Wort »Dirnen«, das auf der Straße gar nicht mehr verwendet wurde und nur in uralten Büchern auftauchte? Nie Nutten, Huren oder Prostituierte – immer nur *Dirnen.*

»Ich würde ja mit Ihnen diskutieren, aber ich habe keine Zeit.«

»Wir verbrennen in einer Hölle, die wir selbst geschaffen haben. Mephistopheles sagte zu Dr. Faustus, die Hölle sei hier auf Erden, und wir alle sind in ihr.«

»Tja, schön für ihn«, meinte Dave. »Würden Sie mir jetzt bitte aus dem Weg gehen, oder soll ich über Sie hinwegtrampeln?«

»Das Buch der Bücher sagt, Satan wird in einem See aus Feuer vernichtet werden …«

Die Augen des Mannes waren glasig, und Dave erkannte, dass er die Menschen um sich herum nicht sehen konnte. Er steckte in seiner ganz eigenen Hölle, in der Flammen an seinen Beinen leckten und Dämonen mit Dreizacken und Pfeilschwänzen herumrannten. Irgendwie beneidete Dave ihn. Muss toll sein, dachte er, in einer Welt zu leben – selbst wenn es eine Fantasiewelt ist –, in der sich Gut und Böse so eindeutig definieren lassen und leicht zu erkennen sind, ohne Grauzonen dazwischen. Schwarz und Weiß. Ganz einfach.

»›*Es wird aber des HERRN Tag kommen wie ein Dieb in der Nacht, an welchem die Himmel zergehen werden mit großem Krachen; die Elemente aber werden vor Hitze schmelzen, und die Erde und die Werke, die darauf sind, werden verbrennen.*‹«

Dave hob den Blick zu ebenjenem Himmel.

Er schob den Irren sanft zur Seite und schaffte es auf den Bürgersteig, ohne noch einmal belästigt zu werden.

Auf der anderen Straßenseite entdeckte er Danny, der ihm zuwinkte. Sein Partner erwartete ihn. Das fühlte sich gut an. Er passte eine Lücke im Verkehr ab und hoffte, nicht dabei erwischt zu werden, wie er bei Rot über die Ampel ging.

Die beiden Männer umarmten sich, bis Danny peinlich berührt als Erster losließ.

»Wie fühlst du dich, Dave?«

»Nach sechs Wochen in der Fremde? So gut wie neu.«

»Ja, klar. Egal, lass uns was trinken gehen. Kommst du jetzt auch zurück in den Job?«

»Worauf du deinen Arsch verwetten kannst.«

Er sah den Blick in Dannys Augen und wusste, dass sein Partner auf diese Antwort gehofft hatte. Danny brachte allein einfach nicht viel auf die Reihe.

Sobald sie in der Bar waren, stellte Danny die unvermeidliche Frage: »Und, wie fühlst du dich *wirklich?*«

Dave war ehrlich: »Nicht gut. Beschissen. Ich glaube, ich werde in absehbarer Zeit auch keine andere Antwort geben können, aber ich verfaule nicht mehr innerlich, Danny. Manchmal bin ich ziemlich verzweifelt, kurz davor aufzugeben, besonders nachts, aber … tja, so ist das nun mal. Ich schätze, ich muss einfach weitermachen. Die einzige Alternative wäre zu sterben, und ich habe mich dagegen entschieden. Oh ja, ich habe darüber nachgedacht. Aber im Moment ist das Leben einfach ein ganz klein bisschen reizvoller als der Tod.«

Danny nickte und starrte in sein Glas.

»Tja, du weißt ja, was ich denke, Dave.«

»Allerdings, Danny. Also, was haben wir? Habt ihr in letzter Zeit irgendeinen guten Fang gemacht?«

»Einen Versicherungsbetrug. Wir haben sie erwischt, noch bevor das Benzin an ihren Händen trocken war. Ein Lagerhaus am Hafen. Außerdem haben wir diesen Typen erwischt, der Börsenmakler angezündet hat – ach ja, da warst du ja nicht dabei. Ungefähr einen Monat her. Dieser Typ hat Börsenmaklern vor ihren Häusern aufgelauert, sie morgens auf dem Weg zur Arbeit abgefangen oder abends, wenn sie aus dem Büro kamen. Er hatte eine Coladose mit Benzin dabei, hat es über den Opfern ausgeschüttet und sie dann angezündet.«

»Verdammte Scheiße! Mal was anderes, als Penner in Brand zu stecken.«

»Stimmt. Normalerweise hat er sie am Kopf erwischt, also haben die Haare Feuer gefangen. Wir hatten da ein paar wirklich üble Fälle – Typen, die blind geworden sind, einige sind sogar draufgegangen, Herzversagen. Einen hat es mit offenem Mund erwischt, und seine Kehle ist von innen verbrannt. Insgesamt zwölf Opfer. Ich bin undercover gegangen, habe mich als Börsenmakler ausgegeben …«

»Was, *du?*«, lachte Dave. »Du gewinnst ja nicht mal beim Kartenspielen Geld.«

»Behauptest du. Jedenfalls hatte ich einen schicken Mantel, schicken Anzug, habe ausgesehen wie ein König und kam aus den Büroräumen von Rheinholt, Baker und Johnson, als dieser Wichser plötzlich hinter meinem Rolls-Royce hervorkam …«

»Rolls-Royce?«, rief Dave begeistert.

Danny grinste breit.

»Jawohl. Ich habe die Hand mit der Coladose gesehen. Ich habe mir nicht mal das Gesicht von dem Typen angesehen, sondern ihm einfach die Dose gegen das Kinn getreten, wobei ich gebetet habe, dass da nicht einfach nur Cola drin ist. Zum Glück war es Benzin und der Typ war jetzt voll damit. Er rennt los, ich hinterher, habe ihn in einer Gasse gestellt. Er zieht ein Messer, ich mein Zippo …«

»Verdammt, hast du nicht!«, rief Dave, der begeistert war von der Geschichte, auch wenn Danny sie wahrscheinlich etwas aufgepeppt hatte.

»Ich ziehe mein Zippo und sage: ›Komm schon, Arschloch, du bist dran.‹ Da fällt er auf die Knie, fleht mich an, ihn nicht anzuzünden, weil er doch seinen Mohairmantel anhätte. Wie dem auch sei, wir haben ihn festgenommen, und ich musste die teuren Klamotten abgeben und durfte nicht mehr im gemieteten Rolls rumfahren, sondern musste zurück zu der alten Karre.«

»Was für eine Story, Partner.«

»Zufällig ist sie wahr, da kannst du jeden der Jungs fragen. Wie sich herausgestellt hat, hat der Typ an der Börse jede Menge Geld verloren, und wie so viele andere war er nicht der Meinung, dass er selbst daran schuld sein könnte. Das waren *die*, diese Arschlöcher da draußen, die waren schuld, dass er sein Vermögen verloren hatte. Also ist er losgezogen, um sich zu rächen. Er hatte sich die Finger verbrannt, warum sollte es denen dann anders gehen? Im wahrsten Sinne des Wortes.«

Sie nahmen noch einen Drink, dann fragte Danny: »Soll ich dich jetzt nach Hause fahren?«

»In meine *Wohnung*, Danny. Das ist kein Zuhause mehr.«

Als sie an Daves Wohnung ankamen, sagte er zu Danny: »Ich bin okay, keine Sorge.«

»Klar. Sicher bist du das.«

»Ich meine es ernst. Es geht mir gut.«

»Okay.« Danny starrte auf seine Füße. »Na ja, wie dem auch sei, ich habe jetzt eine Freundin.«

Dave lächelte.

»Echt? Kenne ich sie, oder …?«

»Oder ist es irgendeine Nutte? Sie ist keine Nutte, sie ist ein wirklich nettes Mädchen. Hatte ein paar Probleme, ja, aber im Grunde ist sie eine tolle Frau. Du kannst sie heute Abend kennenlernen, wenn du Lust hast, mit uns essen zu gehen.«

»Ich weiß nicht, Danny, ich muss noch ein paar Sachen erledigen. Wer ist es eigentlich?«

Dannys Augen leuchteten vor Aufregung.

»Erinnerst du dich an das blonde Mädchen, das wir gesehen haben, als wir bei Reece im Büro waren?«

»Nein, eigentlich nicht.«

»Doch, tust du. Groß und schlank. Sie war verhaftet worden, weil sie das Bett ihres Freundes angezündet hatte. Daran musst du dich doch erinnern. Der Captain hat sie uns gezeigt …«

Jetzt erinnerte sich Dave an die Frau.

»Farblose Haare und große Brille.«

»Blond. Es sind eindeutig blonde Haare.«

»Wie auch immer, Liebe ist farbenblind«, erwiderte Dave. »Du willst mir also sagen, dass du mit einer Brandstifterin ausgehst? Ist das nicht ein bisschen unethisch?«

Das ging Danny gegen den Strich.

»Ach, Scheiße, Mann. Sie hatte ihren Prozess und ist zu einer Bewährungsstrafe verurteilt worden. Sie wurde diesem Arschloch Manovitch zugeteilt, und der hat versucht, sie rumzukriegen. Hat seine Stellung als ihr Bewährungshelfer ausgenutzt, um ihr zu drohen – meinte, wenn sie sich nicht kooperativ zeigen würde, würde er schon einen Weg finden, um sie in den

Knast zu bringen. Sie ist auf die Wache gekommen und hat es gemeldet, und der Captain hat mir gesagt, dass ich mich mal um Manovitch kümmern sollte, was ich mit Freuden gemacht habe.«

»Ist sie immer noch bei ihm?«

»Klar, aber wenn er sie jetzt auch nur mit einem Finger anrührt, kriege ich ihn wegen Nötigung und Erpressung dran. Und das weiß er. Seitdem ist er ein Musterknabe.«

»Er ist *immer noch* im Dienst?«

»Komm schon, Dave, jetzt spiel hier nicht den Frömmler. Du weißt doch genau, wie schwierig es ist, solche Typen dranzukriegen, wenn man keine eindeutigen Beweise hat. Wir haben versucht, sie zu verkabeln, aber der Typ ist schlüpfrig wie ein Aal. Hat nicht funktioniert. Wir haben was, aber eben nicht genug. Er weiß jetzt, dass wir ihm auf die Zehen treten wollen, also wird er bei ihr nichts mehr versuchen.«

»Und was ist mit der Nächsten? Vielleicht ist das dann ein Teenager.«

»Ich habe dir doch gesagt, ich habe ein ernstes Wort mit ihm geredet.«

»Tja, ich hätte da auch noch das ein oder andere Wort für ihn.«

Danny seufzte. Er wusste, dass es keinen Sinn haben würde, Dave zu sagen, er solle es gut sein lassen. Aber er dachte sich, dass es Dave in jedem Fall guttun würde, sich über etwas anderes den Kopf zu zerbrechen als über seine Frau und sein Kind.

»Also«, nahm Dave den Faden wieder auf, »du und diese Miss Wie-heißt-sie-doch-gleich habt also was laufen?«

»Vanessa, sie heißt Vanessa Vangellen, und … wir haben noch nicht miteinander geschlafen. Wir gehen nur ab und zu miteinander aus, ins Theater, zum Essen, du weißt schon.«

»Vanessa? Ach ne. Vanessa Vangellen. Klingt ziemlich hochkarätig für dich, Danny. Kein Wunder, dass du noch nicht in die Vollen gegangen bist.«

Das machte Danny verlegen.

»Kein Grund, sarkastisch zu werden, Dave, darauf kann ich gut verzichten. Es liegt nicht an mir, sondern an ihr. Sie sagt, sie mag mich als Freund, aber für den Moment sei das auch schon alles. Ich hoffe eben, dass sich das noch ändern wird. Ich meine, sie ist keine große Schönheit, genauso wenig wie ich, also kann sie es sich nicht leisten, allzu wählerisch zu sein. Aber sie ist irgendwie ganz nett, und ich glaube, aus uns könnte echt was werden.«

»Was macht sie denn beruflich?«

»Sie unterrichtet Theologie.«

Dave pfiff anerkennend.

»Unscheinbares Äußeres und dann auch noch Hirn.«

Später trennten sie sich, nachdem Dave versprochen hatte, dass er am nächsten Tag zur Arbeit erscheinen würde. Er machte sich einen letzten Drink, dann starrte er auf den Anrufbeantworter. Er änderte nichts daran. Er beließ die Ansage auf dem Band. Manchmal, wenn er mit Danny unterwegs war und sich mies fühlte, gab er vor, jemanden anrufen zu müssen, und wählte seine eigene Nummer, nur um noch einmal ihre Stimme zu hören.

Eines Tages war es plötzlich Dannys Stimme.

»Dave, wenn du das bist – ich weiß, dass du wütend sein wirst, aber ich denke, das musste sein. Das ist nicht gesund. Du kannst mich gerne schlagen, wenn du willst …«

Danny war offenbar allein in die Wohnung gegangen und hatte die Ansage geändert, nachdem er sie selbst gehört und dann eins und eins zusammengezählt hatte.

Dave erwähnte es nie wieder.

8

Vanessa Vangellen saß Stan Manovitch an dessen breitem Schreibtisch gegenüber, der mit fleckigen Abdrücken von Kaffeetassen und Stellen übersät war, an denen der Lack abgesplittert war. An der Wand hinter seinem Kopf hing ein Bild, das irgendeinen kanadischen Wald im Herbst zeigte. Eine dieser langweiligen Panoramaansichten, die wie Tapeten in Massenproduktion produziert wurden. Es deprimierte sie. Die feurigen Farben der Blätter deprimierten sie.

Im Büro stank es nach kaltem Zigarrenrauch. Er schien aus den Rissen in Manovitchs altem Ledersessel zu dringen. In dem Aschenbecher zwischen ihr und dem Bewährungshelfer lag ein qualmender Stummel, dessen Rauch ihr in den Augen brannte. Auf Manovitchs Weste war ein Aschefleck.

Vanessa verzog ihr schmales Gesicht auf eine ganz bestimmte Art und Weise, damit der Mann auf der anderen Seite des Schreibtischs keinerlei Zweifel daran hatte, was sie von ihm hielt. Seine fahlen blauen Augen registrierten diesen Ausdruck mit Abscheu, und in den Winkeln seines wulstigen Mundes sammelte sich Feuchtigkeit.

»Du hast mich also verpfiffen, was?«

»Ich habe die Polizei darüber informiert, dass mein Bewährungshelfer mich sexuell belästigt hat. Sie hatten noch Glück, dass ich nicht Ihre Frau angerufen habe.«

»Dafür könnte ich dich büßen lassen.«

Sie starrte ihn mit brennenden Augen an.

»Diese Bemerkung werde ich ebenfalls melden müssen.«

Er hob die Hände.

»Mach mir einfach keinen Ärger mehr, Vanessa. Und nur für's Protokoll: Es interessiert mich einen Scheißdreck, was du meiner Frau erzählst. Eins weiß ich sicher, sie würde nicht heulend zur Polizei rennen, wenn ein Typ wie ich es bei ihr probieren würde. Sie würde es als Kompliment auffassen. Fühlst du dich nicht ein wenig schuldig, dass du zu den Cops gegangen bist und mich angeschwärzt hast? Ich meine, in unserer Gesellschaft hält man nicht gerade viel von Verrätern. Versteh mich nicht falsch, ich bin bloß neugierig.«

»Was versuchen Sie da mit mir abzuziehen? Wollen Sie mich genauso verrückt machen wie die anderen, die Sie terrorisieren? Ich bin nicht eine von Ihren Kriminellen. Der Psychiater …«

»Ja, ja, wegen des Gutachtens dieses Seelenklempners bist du mit einem blauen Auge davongekommen, aber das bedeutet nicht, dass du völlig unschuldig bist, sonst hätte der Richter dir wohl kaum eine Bewährungsstrafe verpasst. Ich muss gar nicht bei dir landen, um dir das Leben zur Hölle zu machen, denn weißt du, egal, zu wem du noch rennst mit deinen Geschichten, solange die sehen, dass ich meinen Job mache, ist es für sie in Ordnung. Oder meinst du etwa, ich hätte Angst vor Spitz? Ist es das?«

Er schob einige Papiere auf seinem Schreibtisch zusammen, und die Geste allein war schon Antwort genug. Danny Spitz jagte diesem Kerl eine Heidenangst ein, was seltsam war, denn Danny war klein und auf eine lustige Art niedlich.

»Läuft da was zwischen euch beiden?«, fragte Manovitch lächelnd.

Er hatte sie eiskalt erwischt, als ihre Deckung unten gewesen war, mitten in einem Tagtraum, und sie war stinksauer auf sich selbst, dass sie das zugelassen hatte. Außerdem reizten sie Manovitchs plumpe Art und seine Andeutungen. Warum glaubten solche Männer eigentlich, sie könnten zu den Menschen, die ihnen anvertraut wurden, alles sagen, was ihnen gerade passte? Er sollte ihr helfen, nicht versuchen, sie fertigzumachen. Er war hier der Irre, nicht sie.

»Wie haben Sie es nur je geschafft, Bewährungshelfer zu werden? Sie sind so unzivilisiert und brutal. Gibt es nicht eine Art Filtersystem, um Leute wie Sie auszumustern?«

Er schüttelte den Kopf und lächelte.

»Du hast eine ganz schön große Klappe, nicht wahr? Nicht, dass mich das stören würde …«

Sie verstand die Anspielung sofort und hätte sich am liebsten übergeben.

Wieder lächelte er.

»Schau mal, Vanessa«, sagte er sanft, stützte die Ellbogen auf den Tisch und beugte sich vor. »Frauen wie du haben keinerlei Abwehr gegen Männer wie mich. Wir gewinnen jedes Mal. Ich kann dich so lange erniedrigen, bis du im Dreck kriechst, und du wirst trotzdem immer wieder ankommen. Es gibt absolut nichts, was du dagegen tun kannst.«

Sie starrte auf seinen glänzenden Schädel und die dünnen Haare, die darüber gekämmt waren, um die Kahlheit zu verstecken. Er war einfach nur widerlich. Er sah aus wie ihr Vater.

Der aufgeweichte Zigarrenstummel befand sich jetzt in Manovitchs rechter Hand, zwischen den dicken Fingern, und er brannte immer noch. Sie schnappte ihn sich und drückte das glühende Ende gegen ihr Handgelenk.

»Hey!«, rief er und schob seinen Stuhl zurück.

Es zischte kurz, dann verbreitete sich der Geruch von verbranntem Fleisch.

Sie schleuderte den Zigarrenstummel zurück auf seinen Schreibtisch und rief: »DIESER MANN HAT MICH VERBRANNT!«

Jemand, der gerade an dem Büro vorbeiging, versuchte, durch die Milchglasscheibe zu schauen.

»Herr im Himmel«, flüsterte Manovitch, dem jetzt der Schweiß auf der Stirn stand. »Was zur Hölle soll das werden?« Seine Hände lagen auf den Armlehnen des Sessels, als wolle er sich durch die Decke katapultieren. Vanessa sah ihn durchdringend an.

»Meinen Sie, die glauben Ihnen, wenn Sie behaupten, ich hätte mich *selbst* verbrannt?«

Er zuckte mit den Schultern, sackte aber unter ihrem Blick ein wenig in sich zusammen.

»Versuchen Sie keinen Scheiß mehr bei mir«, sagte sie. »Nie wieder.«

Der Schatten hinter der Tür kam näher. Manovitch starrte die Scheibe an, sein Gesicht war schweißnass. Schließlich trat die Gestalt zurück und ging weiter den Korridor hinunter. Vanessa hörte das Klappern von hohen Absätzen.

»Okay, okay«, sagte er plötzlich knapp und geschäftsmäßig. »Also, du hast einen Job? Haben sie dir nach deiner Verhandlung nicht nahegelegt zu gehen?«

Obwohl sie daran gewöhnt war, hatte der Schmerz ihr die Tränen in die Augen getrieben, und sie wandte den Blick ab und schaute aus dem Fenster, damit er es nicht sah. Sie wollte ihm nicht die Befriedigung verschaffen zu wissen, wie weh es tat. Sie musste nicht gegen den unwiderstehlichen Drang ankämpfen, sich die Wunde anzusehen, wie das bei einem normalen Menschen der Fall war, da sie wusste, wie sie aussehen würde. Kleine Verbrennungen heilten sehr schnell, auch wenn sie am Anfang unglaublich schmerzhaft waren, und in ein oder zwei Wochen wäre es nur eine Narbe unter vielen.

»Nein, sie hatten Verständnis.«

»Gut, schön. Tja, wenn du San Francisco verlassen möchtest, musst du mich darüber informieren, wohin du fährst und wen du dort aufsuchen wirst, hast du das verstanden?«

»Das haben Sie mir letztes Mal schon gesagt.«

»Na schön, Hauptsache, du hast es kapiert. Ich will dich dann am Freitag wieder hier sehen, okay? Gut. Dann bis Freitag.«

Als sie draußen auf der Straße stand, stieß sie den angehaltenen Atem aus. Dieses Arschloch! Wie kamen solche Typen nur mit so etwas davon? Vanessa vermutete, dass die meisten Frauen, bei denen er das versuchte, zu viel Angst hatten, es zu melden. Wahrscheinlich hatte er eine Erfolgsquote von siebzig bis achtzig Prozent. Tja, sie konnte er nicht einschüchtern, und falls sie jemals die Gelegenheit dazu bekam, würde sie ihm diese Verbrennung heimzahlen.

Jetzt, wo er sie nicht mehr sehen konnte, untersuchte sie die Wunde, die sich als nicht allzu schlimm herausstellte. Sie hatte schon schlimmere gehabt. Ihre langen Ärmel verdeckten sie, das würde also kein Problem werden.

Zunächst ging Vanessa in ein Restaurant und trank mehrere Tassen Kaffee, bis ihre Hände nicht mehr zitterten. Dann nahm sie den Bus nach Hause.

Ihre Wohnung war ein kleiner Schuhkarton. Sie hatte zwei Zimmer: ein Wohnzimmer mit Kochecke und ein kleines Schlafzimmer, in dem gerade mal ein Einzelbett frei stehend Platz hatte. Vanessa hasste es, wenn Betten an der Wand standen. Ständig musste man sie hin und her schieben, um sie zu machen, und nachts wachte man in völliger Finsternis auf mit dem Gesicht am Putz, so dass man dachte, man liege in einem Grab. Das versetzte sie in Panik, wie sie wusste, also sorgte sie immer dafür, dass rechts und links vom Bett zumindest ein wenig Platz war.

Vanessa war keine sonderlich ordentliche Frau. Sie warf ihre Tasche auf den Boden, streifte die Schuhe von den Füßen und ging ins Schlafzimmer. Das Bett war nicht gemacht, also zog sie die Decken bis zu den Kissen rauf, schob sich den Rock bis über die Knie hoch und legte sich hin.

Plötzlich musste sie an Tom denken, wahrscheinlich, weil sie den Sex mit ihm vermisste. Sollte sie ihn anrufen? Aber man konnte schlecht einen Mann anrufen, dessen Bett man angezündet hatte. Außerdem hatte er sofort die Polizei gerufen, was jeden Gedanken daran, dass er sie lieben könnte, zunichtegemacht hatte. Man lieferte einen Menschen, den man liebte, nicht direkt dem Gesetz aus, ganz egal, was er getan hatte. Man verlangte Erklärungen, versuchte zu verstehen, versprach Hilfe, irgendetwas. Man schrie nicht einfach: »Du verrückte Schlampe, was hast du getan?«, und rief dann die Cops.

Vanessa griff unter ihren Rock und zog ihre Strumpfhose aus, die sie in eine Ecke warf, dann nahm sie die Brille ab und hängte sie vorsichtig über das Kopfteil des Bettes.

Nein, es war wohl keine gute Idee, Tom anzurufen. Sollte sie Danny anrufen? Besser nicht, denn was sie im Moment brauchte, hatte nichts mit freundschaftlichen Gefühlen zu tun. Am besten nahm sie ein paar Schmerztabletten, zusammen mit einem heißen Getränk, und ging ins Bett, um es alles wegzuschlafen.

Sie döste eine Weile vor sich hin und hatte immer wieder diese seltsamen Träume, die im Halbschlaf auftauchen.

Als sie endgültig wach war, duschte sie und zog sich eine schwarze Hose und einen Pulli an. Die Idee, früh schlafen zu gehen, hatte sie abgehakt. Es war neun Uhr abends. Sie beschloss, dass sie nun doch mit jemandem reden wollte, und hatte entschieden, besser bei Danny vorbeizufahren, statt ihn anzurufen. Sie wusste, dass er mittwochs oft zur Beichte ging, aber schon so um sechs. Inzwischen war er bestimmt zu Hause.

Sie zog flache Schuhe an, band sich die Haare mit einem

Gummiband zusammen, schlüpfte in eine Jacke und verließ die Wohnung.

Sie fuhr mit dem Taxi zu Dannys Wohnung, betrat das Gebäude und klingelte. Lange Zeit rührte sich nichts, aber sie klingelte noch zweimal, da sie Licht unter der Tür sah. Außerdem lief ein Radio oder Fernseher, obwohl er das natürlich absichtlich angelassen haben konnte, um Einbrecher abzuschrecken.

Endlich öffnete sich die Tür.

Vor ihr stand ein großer Mann in Schlafanzug und Morgenmantel.

Es war nicht Danny.

Verwirrt wich sie einen Schritt zurück und prüfte die Nummer an der Wohnungstür. Es war die richtige.

»Ja?«, fragte der Mann und rieb sich den Schlaf aus den Augen.

»Es tut mir leid, ich dachte ... Wohnt hier nicht Danny Spitz?«

Der Mann starrte sie an, dann trat eine Art Erkennen in seinen Blick.

»Sie sind Vangellen«, stellte er fest. »Vanessa Vangellen?«

»Ja.«

»Ich bin – na ja, wissen Sie, das hier ist eigentlich nicht Dannys Wohnung, es ist meine. Danny hat sie für mich gehütet, während ich nicht da war. Ich bin sein Partner, Dave Peters. Hat er Ihnen von mir erzählt?«

Erleichterung breitete sich in Vanessa aus.

»Natürlich – Dave Peters. Ja, natürlich hat er von Ihnen gesprochen, aber nach dem, was er erzählt hat, hätte ich Gott oder etwas in der Art erwartet. Sie sehen allerdings aus wie ein ganz gewöhnlicher Mensch.«

Das brachte ihn zum Lachen.

»Also, Danny ist im Moment nicht hier. Hat er Sie denn nicht auch mal zu sich mitgenommen? Anscheinend nicht. Wahrscheinlich wollte er angeben. Meine Wohnung ist um einiges größer als seine, ich bin … war verheiratet, und wir brauchten mehr Platz, wegen …«

Sein Gesicht verzog sich ein wenig, und da Danny ihr die ganze Geschichte erzählt hatte, wusste sie, was in ihm vorging.

»Schon okay«, sagte sie schnell. »Ich wollte nur mit ihm über etwas reden. Eigentlich war es gar nichts«, gab sie zu. »Ich wollte nur mit *irgendjemandem* reden. Das klingt vielleicht etwas wirr, aber ich habe mich einsam gefühlt, und Danny ist in letzter Zeit ein guter Freund geworden, ich hoffe zumindest, dass ich ihn so nennen darf …«

Die Tür öffnete sich weiter und Dave Peters winkte.

»Kommen Sie doch rein, raus aus dem kalten Flur. Ich mache Ihnen einen Drink oder so.«

Sie trat ein und spürte, wie die Wärme des Raums sie durchflutete.

»Gegen einen Kaffee hätte ich nichts, aber ich will Sie nicht stören.«

»Schon okay. Schlafen kann ich immer noch. Bitte entschuldigen Sie den Morgenmantel, der hat meinem Vater gehört, und ich behalte ihn aus rein sentimentalen Gründen. Ist inzwischen schon ein bisschen fadenscheinig. Ich ziehe mich schnell um.«

»Das ist doch nicht nötig«, versicherte sie ihm schnell.

»Doch, auf jeden Fall. So fühle ich mich unwohl.«

»Soll ich dann schon mal den Kaffee machen? Ich weiß, wo die Sachen sind.«

»Klar, es dauert auch nicht lange. Rufen Sie einfach, wenn Sie irgendetwas nicht finden können.«

Er ließ sie stehen und verschwand in einem anderen Zimmer. Sie fand den Wasserkocher und setzte Wasser auf, dabei stieß sie mit dem Handgelenk an die Kante der Arbeitsplatte. Der Schmerz der Brandwunde flammte auf und trieb ihr für einen Moment Tränen in die Augen. Sie rieb nicht darüber, da sie wusste, dass die Wunde dadurch nur noch mehr gereizt würde. Stattdessen holte sie sich etwas Butter aus dem Kühlschrank und schmierte sie darauf. Manchmal griff sie gerne auf alte Hausmittel zurück. Sie erinnerten sie immer an ihre Mutter.

Als sie den Kaffee fertig hatte, erschien er im Türrahmen, jetzt groß und gut aussehend, da er sich die Haare gekämmt, ein schickes Hemd und eine Hose angezogen hatte.

»Fertig«, sagte sie.

Manovitch lag im Halbdunkel auf dem Rücken, rauchte eine Zigarre und starrte an die seltsame Decke. Draußen fuhr ein Auto vorbei; seine Scheinwerfer fegten durch den Raum und beleuchteten den falschen Sternenhimmel, der über seinem Kopf funkelte. Das irritierte ihn irgendwie, und er hätte verächtlich ausgespuckt, wenn sein Mund nicht so trocken gewesen wäre.

Wer zur Hölle klebt sich mitternachtsblaue Tapete mit Sternen darauf an die Decke?, fragte er sich. Manche Geschmäcker waren schon seltsam. Und manche Vorstellungen von Stil ebenfalls. Außerdem stank es in dem Zimmer nach Hund. Draußen im Flur lag ein fettes, retrieverähnliches Vieh, das für die Nacht dorthin verbannt worden war, normalerweise um diese Zeit aber auf dem Bett schlief. Sie behauptete, sich dann sicherer zu fühlen. Darüber konnte Manovitch nur lachen, denn wenn hier ein Einbrecher durch's Fenster käme, wäre der Hund der Erste, der durch die Tür verschwand. Diese Art von Köter war das.

Neben ihm lag eine grobknochige Frau, nicht seine Ehefrau,

und schnarchte leise. Eine Mutter, die Bewährung gekriegt hatte, weil sie ihr Kind misshandelt hatte. Sie war keine schlechte Frau, zumindest im Vergleich zu manchen anderen, sie wurde nur einfach nicht fertig mit drei kleinen Kindern, und war explodiert, unglücklicherweise bei dem Zweijährigen. Manovitch war es so leichtgefallen, sie ins Bett zu kriegen, dass es ihm schon keine Befriedigung mehr verschaffte. Kein Wunder, dass die Schlampe drei Kinder im Abstand von je einem Jahr hatte. Tja, jetzt hatte sie nur noch zwei. Das mittlere Kind hatte man ihr weggenommen.

Manovitch zog an seiner Zigarre, und die Glut leuchtete auf, als Sauerstoff durch das brennende Ende rauschte. Ihm fiel wieder ein, was an diesem Nachmittag in seinem Büro passiert war. Wie konnte er das auch vergessen? Er nahm sich vor, nicht mehr zu rauchen, wenn Vangellen bei ihm vorstellig wurde.

Diese blöde Vangellen-Kuh. Kein Wunder, dass sie nicht einmal gezuckt hatte, als er sie nach Spitz gefragt hatte. Nicht mit Spitz trieb sie es, sondern mit Peters, seinem Partner. Scheiße, seine Frau war gerade mal ein paar Monate tot, und schon führte er ein munteres Single-Dasein.

Manovitch hatte an diesem Abend vor ihrer Wohnung gewartet, bis sie das Haus verlassen hatte. Dann war er ihr gefolgt, in der Hoffnung, seinen Verdacht wegen Spitz bestätigen zu können. Tja, da hatte er danebengelegen, aber nicht weit daneben. Wenn sie dachte, dass er jetzt den Schwanz einkneifen würde, hatte sie sich geschnitten. Irgendwie würde er es ihr heimzahlen. Manovitch war kein Mann, den man zurückweisen konnte. Das Problem war nur, wenn er schon Schiss vor Spitz hatte, war das nichts im Vergleich zu der Angst, die Peters ihm einjagte. Das gab er offen zu. Also musste er warten, bis seine Zeit gekommen war, und diesen Arschlöchern eine verpassen, wenn sie es am wenigsten erwarteten.

Er erinnerte sich noch, wie er mit diesem Mädchen aus dem Schreibbüro angebandelt hatte, deren Mann ganz neu bei der Polizei war. Der junge Ehemann war bei Manovitch aufgetaucht und hatte damit gedroht, ihm das Licht auszupusten, wenn er nicht die Finger von seiner Frau ließe. Das war jetzt ein paar Jahre her, Manovitch war damals Mitte dreißig gewesen. Damals hatte er Menschen, die ihm drohten, auch schon nicht leiden können.

Zu dieser Zeit hatte es eine Mordserie im Hafen gegeben. Man vermutete, dass die Chinesen dahintersteckten, weil Schlachtermesser und Hackebeile im Spiel gewesen waren. Die bevorzugten Waffen der Schlitzaugen.

Manovitch hatte den jungen Polizisten in den Hafen gelockt und ihm dann mit einem Beil den Schädel gespalten. Das war ganz einfach gewesen, so unerfahren, wie der Junge gewesen war. Als er gesehen hatte, dass dort in den Schatten ein Weißer stand, hatte er nicht einmal seine Waffe gezogen. Er war nur dem lockenden Finger gefolgt, und *zack*, kein Gesicht mehr. Manovitch hatte seine Rechnung beglichen, und die Chinesen waren in großen Schwierigkeiten gewesen, weil sie einen Cop kaltgemacht hatten. Das war okay. Er war kein Freund der ethnischen Minderheiten. Wenn es nach ihm ging, konnten sie in Haifischflossensuppe ersaufen. Und dann war ihm die schreckliche Aufgabe zugefallen, die Witwe des Neulings zu trösten. Das war eine *echte* Schlampe gewesen.

Bei dieser Erinnerung fühlte sich Manovitch schon wesentlich besser. Er zog wieder an seinem Glimmstängel, dann spähte er zur Seite auf das verfilzte schwarze Haar auf dem Kissen und den offenen Mund. Verdammt, war die hässlich. Kein Wunder, dass es so einfach gewesen war. Er war ja selbst nicht gerade ein Adonis, das war ihm klar, aber sie war der Abschuss. Aber immerhin, Verschwendung war eine Sünde. Er stieß ihr den Ellbogen in die Rippen. Grunzend wurde sie halbwegs wach.

»Was denn los, Engelchen?«, murmelte sie verschlafen.

»Du musst nicht aufwachen«, erklärte er ihr, »roll dich einfach auf den Rücken.«

9

Während der Nacht begannen Sirenen zu heulen: Feuerwehr, Polizei, Krankenwagen. Dave fiel von der Bettkante und tappte zum Fenster, um eine Stadt zu sehen, in der mindestens drei Großbrände tobten, die den Himmel von unten erleuchteten als wäre er eine Bühne, mit Mond und Sternen als Schauspieler. Es hätte vielleicht eine poetische, inspirierende Szene sein können, die Flammen, die zwischen den Gebäuden einer verwüsteten Stadt glommen, wenn dort draußen nicht gerade Menschen gestorben wären.

Als er das Bett verließ, wurde ihm klar, dass er ziemlich betrunken war. Er konnte sich nicht daran erinnern, getrunken zu haben, aber sein Gehirn fühlte sich an, als wäre es mit Stacheldraht umwickelt, und das tat es immer, wenn er zu tief ins Glas geschaut hatte.

Er torkelte in die Küche und machte sich eine Tasse Kaffee, obwohl er wusste, dass sie ihn am Schlafen hindern würde, aber er brauchte das Koffein. Ihm war die Milch ausgegangen, und er fragte sich flüchtig, wie das sein konnte, nahm den Kaffee dann aber schwarz. In der dunklen Küche grübelte er nicht, sondern reflektierte einfach, wie sein Leben noch vor ein paar Monaten gewesen war. In einem Mondlichtstrahl, der durch die karierten Küchengardinen fiel, funkelte der Mixer. Er war nicht mehr benutzt worden, seit Celia nicht mehr da war. Die Hälfte aller Sachen war seitdem nicht mehr angefasst worden. Die Wohnung war ein einziges Chaos, vor allem in den Ecken, die niemand sah.

Ein Mann trägt ein sich langsam entwickelndes Bild in sich, das zeigt, wie alles sein wird, bis er eines Tages stirbt. Er sieht sich selbst altern, seine Frau mit ihm, ihren Sohn, wie er erwachsen wird, heiratet und Enkelkinder produziert. Bilder. Wie viele von uns erleben, wie diese Bilder heranreifen, bis sie irgendwann zu denen in unserem Kopf passen? Jamie wäre vielleicht in die Drogenszene abgerutscht. Oder Celia hätte angefangen zu trinken. Oder er selbst wäre von irgendeiner hirnverbrannten, wilden Affäre gepackt worden, in die sich Männer oft stürzen, wenn sie in die Jahre kommen, mit tragischen Konsequenzen. Oder vielleicht wäre es Celia gewesen, die die Affäre gehabt hätte, irgendeine große Leidenschaft, und Jamie hätte angefangen zu saufen oder wäre crackabhängig geworden? Wer zum Teufel konnte schon sagen, was die Zukunft bringen würde? Er hielt nichts von alledem für wahrscheinlich, aber er wusste es nicht sicher.

Die Küche begann sich zu drehen.

Er wusste, was er eigentlich tun sollte: nicht rumsitzen, Kaffee trinken und davon träumen, was hätte sein können, sondern sich an all die wundervollen Zeiten erinnern, die sie miteinander erlebt hatten, und Gott, oder zumindest *irgendjemandem,* danken, dass sie nicht länger leiden mussten. Wenn sie überlebt hätten, körperlich und geistig verkrüppelt, wäre es für sie alle noch viel schlimmer gewesen. Irgendwann hätten sie einander vielleicht nur noch gehasst.

War das egoistisch? Immerhin lebte er noch, und es ging ihm gut.

Als er ins Schlafzimmer zurückging, bemerkte er den Hügel im Bett, und für einen Moment regte sich etwas in ihm. Es war das gleiche Gefühl, das er jeden Morgen spürte, wenn er aufwachte und vergessen hatte, dass Celia nicht mehr da war.

»Was zur Hölle ist hier los?«, fragte er leicht lallend, trotz des Kaffees.

Der Hügel bewegte sich, und ein Gesicht tauchte auf. Es war eine Frau, die Dave allerdings nicht sofort erkannte. Sie roch nach Whiskey, und sie wachte nicht auf. Irgendwie kam sie ihm bekannt vor, auch wenn er nicht sagen konnte, woher.

Dave starrte sie weiter an, und plötzlich fiel es ihm wieder ein. Diese Vangellen. Sie war geblieben. Er fühlte sich so erschlagen und wackelig, dass er nur noch neben ihr ins Bett fallen konnte, mit dem Gedanken, dass diese Geschichte viel besser am Morgen geklärt werden konnte, wenn die Wirkung des Alkohols nachgelassen hatte.

Als er das nächste Mal wach wurde, lag sie neben ihm, nackt, den Ellbogen aufgestützt, und rauchte eine Zigarette. Die Bettdecke war neben ihr zurückgeschlagen. Sie wirkte ziemlich unbekümmert, obwohl das auch gespielt sein konnte: eine Pose, die sie ihm beim Aufwachen präsentierte.

Ihr strähniges Haar kitzelte in seinem Gesicht.

Sie trug ihre Brille. Das kam ihm komisch vor, eine nackte Frau mit Brille. Normalerweise zeigten sich Frauen lieber ohne Brille.

Er brauchte ein paar Sekunden, bis er realisierte, dass er sich in seinem eigenen Schlafzimmer befand. Dann fiel ihm der vergangene Abend wieder ein, zumindest Teile davon, und er spürte, wie sich Enttäuschung in ihm ausbreitete, Enttäuschung über sich selbst.

»Wie zum Teufel ist das passiert?«, fragte er.

Sie drehte sich um und sah ihn an.

»Guten Morgen. Es war meine Schuld. Ich denke, ich bin mit der Absicht losgezogen, flachgelegt zu werden. So bin ich nicht oft. Wahrscheinlich kriege ich gerade meine Tage. Ich hoffe, es stört dich nicht, dass ich im Bett rauche?«

Der Teil mit den Tagen gefiel ihm ganz und gar nicht, dadurch kam er sich vor, als sei er dazu benutzt worden, eine bestimmte Funktion zu erfüllen, weil gerade niemand anders verfügbar war. Vielleicht war es ja auch so, aber deswegen musste es ihm noch lange nicht gefallen.

»Ich schätze, ich habe es auch gebraucht, sonst hätte ich nicht zugelassen, dass es passiert«, meinte er. »Also haben wir beide Schuld – wenn es überhaupt eine Frage der Schuld ist. Du musst mir diese erste Bemerkung verzeihen. Ich fühle mich einfach ein bisschen schuldig, so als würde ich meine Frau betrügen. Es ist noch zu frisch, verstehst du?«

»Natürlich. Ich denke, wir haben letzte Nacht zu viel getrunken.«

»Alkohol war für mich noch nie eine Entschuldigung.«

Es hatte damit angefangen, dass sie im Wohnzimmer gesessen und geredet hatten, und was Dave eigentlich als eine Sache von einer halben Stunde gesehen hatte, erstreckte sich irgendwann über zwei Stunden. Währenddessen hatten sie den Kaffee zugunsten einer Flasche Whiskey aufgegeben, und bevor es ihnen bewusst war, hatten sie beide einen Seelenstriptease hingelegt.

»Ich habe meine Frau und meinen Sohn über alles geliebt«, hatte Dave gesagt, »und es ist schwer, verdammt schwer, sie loszulassen. Ich versuche immer noch, sie hierzubehalten. Weißt du, was ich meine?«

»Ich glaube schon. Als ich neun war, habe ich meine Mutter verloren, und ich habe immer so getan, als wäre sie noch da. Das war ein Spiel für mich, wenn ich aus der Schule kam, mir selbst einzureden, dass sie in der Küche stehen und das Essen vorbereiten würde. Ich habe die Tür aufgemacht und gerufen: ›Mom!‹ Das hat meinen Vater wahnsinnig gemacht.«

»Das glaube ich sofort. Mich würde es auch wahnsinnig machen.«

Vanessa hatte genickt.

»Ja, ich schätze, das war irgendwie hart für ihn.«

»Egal«, hatte Dave abgewinkt. »Eigentlich wolltest du doch über etwas reden. Kann ich helfen? Ich meine, Danny ist nicht da, also kannst du die Geschichte bei mir abladen, wenn du willst.«

Und dann hatte sie angefangen, ihr Gefühlsleben auszubreiten. Nicht das ganz tief gehende, sondern die frischen Verletzungen. Sie erzählte ihm von ihrem Exfreund, und davon, wie sie sein Bett angezündet hatte.

»Ich fürchte, ich habe eine Vorgeschichte«, hatte sie gesagt, wobei sie die Ellbogen auf die Knie stützte und die Schultern nach vorne zog. »Also, was das Feuer legen angeht. Ich glaube, ich bin krank.«

»Nicht unbedingt krank«, hatte er ihr hastig versichert, wobei ihm deutlich bewusst gewesen war, dass ihr Ausschnitt verrutscht war, und er ihre blassen, von blauen Adern durchzogenen Brüste sehen konnte, was ihm unangenehm gewesen war. »Vielleicht einfach nur ein bisschen labil?«

Er hatte sich gezwungen, den Blick abzuwenden, aber er war immer wieder dorthin zurückgekehrt.

»Das ist nur ein anderer Name. Ich weiß, dass mit mir irgendetwas nicht stimmt, da musst du nichts schönreden, aber ich arbeite daran.«

Sie hatten noch mehr Whiskey getrunken, und irgendwann hatte Dave angefangen zu weinen. Sie hatte ihn getröstet. Erst, indem sie seine Hand gehalten hatte, dann hatte er seinen

Kopf auf ihre Schulter gelegt, und sie hatte ihn in den Arm genommen. Er konnte sich nicht daran erinnern, wie sie vom Sofa zum Bett gewechselt waren, aber er wusste noch, wie kühl sich ihre Haut angefühlt hatte. Celia war immer warm gewesen, prall und warm. Vanessas Hände und Füße waren kalt, ihre Haut seidig gewesen, nicht trocken wie Celias. Sie hatte ihm auch nicht geholfen, in sie einzudringen, wie Celia es immer getan hatte. Es blieb allein ihm überlassen, rumzufummeln und den Eingang zu ihrer Vagina zu finden, während sie unter ihm lag, als fehle ihr jede Kraft, irgendetwas anderes zu tun. Er erinnerte sich nicht an seinen Orgasmus und fragte sich, ob er überhaupt einen gehabt hatte, aber er würde sie ganz bestimmt nicht danach fragen, genauso wenig, wie er sich erkundigen würde, ob sie einen gehabt hatte.

Jetzt, wo der Morgen gekommen war, fühlte er sich beschissen, emotional ebenso wie körperlich. Sein Schädel dröhnte, was nur verständlich war, da er durch die offene Tür die leere Whiskeyflasche sehen konnte. Sie lag im Wohnzimmer auf dem Boden. Sein Magen fühlte sich auch nicht sonderlich gut an, aber das konnte auch eine emotionale Reaktion sein.

Sie war nicht einmal sein Typ. Er stand auf kleine, rundliche Frauen mit dunklen Augen, wie Celia, nicht große, schlaksige Frauen mit blonden Haaren, die nur aus Ellbogen und Kanten bestanden. Vanessa war dünn und schmerzlich blass, mit großen, schweren Brüsten, die jede Bewegung ihres Körpers akzentuierten. Ganz und gar nicht sein Typ.

»Und was machen wir jetzt?«, fragte sie, setzte sich auf und zündete sich noch eine Zigarette an.

»Wie meinst du das?«, fragte er wachsam.

Sie warf ihm einen scharfen Blick zu und verzog den Mund.

»Oh, tut mir leid. Ich werde mich anziehen und verschwinden.«

Als sie aus dem Bett steigen wollte, packte er ihren Arm.

»Warte mal, es tut mir leid. Du hast das Recht zu fragen, was hier eigentlich los ist. Die Wahrheit ist, ich weiß es nicht. Wirklich nicht. Ich habe keine Erfahrung mit One-Night-Stands, und im Moment fühle ich mich einfach nur ausgelaugt. Ich glaube, du hast mir wirklich gutgetan, indem du mir zugehört und mit mir geschlafen hast, aber ich weiß einfach nicht, ob ich dich wiedersehen will. Ich bin einfach nur ehrlich. Ich glaube, ich mag dich. Wie stehst du denn zu mir?«

»Ich kenne dich ja noch nicht. Ich meine, ich weiß ein bisschen was über dich, und ich glaube, du bist ein wirklich netter Mann …«

»So wie Danny?«

»Nein, nicht wie Danny. Danny ist süß, aber ich könnte niemals mit ihm schlafen. Das weiß er auch.«

Wirklich?, dachte Dave. Danny wird das aber neu sein.

»Also, im Grunde«, fuhr sie fort, »mag ich deinen Körper, aber was *dich* angeht, bin ich mir noch nicht sicher.«

Sie lächelte.

»*Das* ist ehrlich genug«, meinte er. »Das habe ich verdient. Tja, wenn du meinen Körper benutzen willst, musst du nur rufen.«

»Werde ich.«

Er stand auf, duschte und rasierte sich, dann ging er in die Küche, um Kaffee zu machen. Sie ging nach ihm ins Bad. Als sie in die Küche kam, wirkte sie erfrischt und gelassen, ihr langes Gesicht fast königlich. Er bemerkte, dass sie sich die Haare zurückgebunden hatte, was ihre schmalen Gesichtszüge betonte. Überhaupt nicht sein Typ, aber verdammt nochmal, sie erregte ihn. Während sie miteinander geschlafen hatten, hatte er es das erste Mal seit ihrem Tod geschafft, nicht an Celia und Jamie zu denken. War das ein gutes Zeichen? Vielleicht sollte er die ganze Zeit an sie denken? Vielleicht sollte er von ihnen besessen sein, wenn er sie wirklich geliebt hatte?

Als Celia noch gelebt hatte, hatte er sich die ein oder andere Frau mal angeschaut. Nicht ernsthaft. Nur Windowshopping, einfach nur ein Was-wäre-Wenn. Die Art von kleiner Fantasie, die jeder Mann mal hatte, wenn er jemanden sah, den er besonders sexy fand. Solange Celia noch da gewesen war, hatte er sich deswegen nie schuldig gefühlt. Solange Celia noch da gewesen war, hatte er es als harmloses Geheimnis empfunden. Ein- oder zweimal hatte er ihr sogar davon erzählt, woraufhin sie so getan hatte, als wäre sie wütend, und ihn in den Arm geboxt hatte. Jetzt war sie tot, und es kam ihm falsch vor, andere Frauen zu begehren. Er hatte das Gefühl, als sollte er der Erinnerung an sie für lange Zeit treu bleiben und nichts anderes wollen als diese Erinnerung.

Aber Tatsache war, dass sein Elend ein wenig nachgelassen hatte und er diesen zerstörerischen, tiefen Schmerz langsam satthatte.

Sie frühstückten zusammen, Kaffee und Toast, und plötzlich hörte er sich sagen: »Darf ich dich wiedersehen?«

Sie zog sehr ausdrucksvoll die Augenbrauen hoch, so dass er sich vorkam wie ein Plebejer, der vor einer Patrizierin steht.

»Ich dachte, das willst du nicht.«

»Ich sagte, ich *wüsste* es noch nicht. Jetzt habe ich beschlossen, dass ich dich wiedersehen will, wenn das für dich okay ist.«

»Du weißt, dass ich Bewährung habe?«

»Klar. Willst du mir davon erzählen? *Warum* hast du das Bett deines Freundes angezündet? Hat er dich wütend gemacht?«

Ihr Blick wurde abwesend.

»Nein, oder eigentlich doch. Er hat mich gefragt, ob ich etwas Besonderes für ihn tun würde, etwas Sexuelles, weißt du? Ich habe es getan, aber hinterher habe ich ihn dafür gehasst, und da habe ich sein Bett angezündet.«

In Daves Gehirn schrillten die Alarmglocken. Jede einzelne von ihnen sagte ihm, er solle sich zurückziehen, sofort, bloß weg von dieser Frau, die selbst einen Weg aus dem Dschungel finden musste, in dem sie sich offenbar befand. Irgendetwas an ihr sagte, dass da ein hässliches Monster versteckt war, das er einfach nur abstoßend finden würde, wenn es ihm offenbart würde. Wenn er sich zu sehr mit ihr einließ, würde er anfangen, sich für sie verantwortlich zu fühlen. Vielleicht war es sogar schon zu spät?

»Ich werde nicht fragen, was diese Besonderheit war, denn das geht mich nichts an. Aber war es denn so schrecklich, dass es ein Feuer rechtfertigt?«

»Nicht schrecklich, zumindest nicht zwischen Liebenden. Aber es war das Gleiche, wozu mein Vater mich immer gezwungen hat.«

Die Glocken schrillten jetzt ohrenbetäubend, aber Dave konnte einfach nicht anders.

»Dcin Vater?«

»Ja, ich bin ein klassischer Fall von sexuellem Kindesmissbrauch.«

Sie schenkte ihm ein trockenes Lächeln. Zumindest empfand er es als trocken.

»Ich weiß nicht, was ich sagen soll«, murmelte er.

»Jetzt sag mir nicht, ich hätte einen Polizisten schockiert. Du musst nichts sagen.«

»Falls wir jemals wieder miteinander schlafen, musst du mir sagen, was diese spezielle Sache ist, denn ich mag mein Bett so, wie es im Moment ist.«

Sie sah ihn ernst an.

»Das Komische ist, dass ich glaube, mit dir wäre es okay. Ich meine, ich glaube, ich würde es wollen.«

Dave wusste nicht, was er von der ganzen Sache halten sollte, aber es machte ihm Angst. Er war ein großer, harter Cop, der es mit Krawall-Kids und Gangstern aufnahm, aber seltsame Frauen machten ihm eine Heidenangst. Sie sah aus wie eine Hexe. Wenn sie ihn ansah, durchbohrte sie ihn mit ihrem Blick, so als könnte sie jeden Fleck auf seiner Seele sehen. Sie schien unberechenbar zu sein, als könnte sie jeden Moment anfangen, hysterisch zu schreien oder ihn wegen einer eingebildeten Beleidigung mit Gift zu bespucken. Es gab solche Leute, die meistens mehr oder weniger normal wirkten, bei denen aber hin und wieder etwas anderes an die Oberfläche kam, das sie in Monster verwandelte.

War sie eine von denen? Würde er irgendwann aufwachen, und sie würde über ihm sitzen wie ein Raubvogel, bereit, ihm mit ihren Klauen die Kehle aufzureißen?

Sie beendeten ihr Frühstück, dann meinte Dave, er müsste sich jetzt mit Danny treffen.

»Oh«, erwiderte sie nur.

»Was soll ich ihm sagen?«

Sie wirkte überrascht.

»Was du willst. Willst du ihm erzählen, dass wir miteinander geschlafen haben? Für mich ist es in Ordnung, wenn du es tust, aber ich dachte, du würdest dir Sorgen machen, weil du doch in Trauer bist, was er dann von dir denken wird. Mir ist es egal. Womit du dich wohler fühlst. Ich werde nichts sagen, bis Danny es vor mir erwähnt, und dann werde ich ja wissen, dass du es ihm gesagt hast. Er ist nur ein Freund.«

»Das sagtest du bereits.«

Sie nahm die Teller, um sie in die Küche zu bringen, und er setzte schon dazu an, zu sagen: »Lass sie …«, als ihm etwas ins

Auge sprang. Er packte ihr Handgelenk und schob ihren Ärmel hoch. Auf dem weißen Fleisch an der Innenseite ihres Unterarms waren kleine, runde Narben zu sehen.

»Was ist das?«, fragte er mit seiner Polizistenstimme.

Sie entzog sich seinem Griff.

»Geht dich nichts an.«

»Ich will es aber trotzdem wissen«, erwiderte er, wenn auch in einem anderen Ton.

Ihr Pferdeschwanz hatte sich gelöst, und sie starrte ihn durch den Vorhang aus Haaren düster an. Dave konnte nicht sagen, ob sie wütend oder bewegt war. Er wartete auf eine Antwort.

Schließlich sagte sie: »Das hat mein Vater gemacht, um mich zu bestrafen. Es sind Brandmale von Zigaretten.«

Er trat einen Schritt zurück, jetzt endgültig schockiert.

»Um dich zu *bestrafen*? Weshalb, wegen irgendwelcher Kindheitsvergehen?«

»Er sagte, ich hätte ihn verführt, hätte ihn dazu gebracht … dazu gebracht … ich kann es nicht sagen. Er hat mich bestraft, weil ich eine Hure sei, sagte er, und er hat es getan, indem er mich mit einer Zigarette verbrannt hat … nachdem er bei mir gewesen war.«

»Allmächtiger«, keuchte er.

Dave war entsetzt. Während seiner Zeit als Polizist hatte er einige schreckliche Sachen gesehen, aber er hatte sich immer von ihnen distanzieren können, sich sagen können, solche Leute seien ein anderer Teil der menschlichen Rasse, mit dem er nichts zu tun hätte. Seine Welt war anders, ein besserer Ort, und solche Dinge gab es an diesem besseren Ort nicht. Und jetzt war hier jemand, den er kennengelernt hatte, mit dem er sogar geschlafen hatte. Ein Teil *seiner* besseren Welt. Und sie hatte diese grausamen Qualen durchleben müssen: Vergewaltigung und Folter. Und der Mann, der ihr diese unaussprechlichen Dinge angetan hatte, war ihr Vater, verdammt nochmal, der Mann, der sie vor solchen Dingen hätte beschützen sollen.

»Wie alt warst du?«

»Zehn.«

Er wollte ihren Vater umbringen, auf der Stelle.

»Lebt er noch?«, fragte er.

»Tot. Er ist bei einem Brand ums Leben gekommen – unser Haus ist abgebrannt.«

»Du warst damals nicht da?«

»Ich habe das Feuer gelegt.«

Nachdem sie gegangen war, setzte er sich hin, trank noch einen Kaffee und dachte immer wieder: Ich darf mich nicht auf diese Frau einlassen. Es ist nicht ihre Schuld, dass sie so ist, aber ich will ganz sicher nicht in einem Feuer sterben, das ich selbst verursacht habe. Ich muss Danny bitten, dass er ihr sagt, dass ich sie nicht wiedersehen will. Sie ist nicht nur ein Problem, sie ist das größte Problem, das ich momentan haben könnte. Meine Frau ist vor nicht einmal zwei Monaten in einem Feuer umgekommen, ich kann nicht noch mehr von dieser Scheiße ertragen.

Er verließ die Wohnung und ging zu seinem Treffen mit Danny.

Nachdem sie Daves Wohnung verlassen hatte, ging Vanessa den Flur hinunter Richtung Aufzug, öffnete dann aber die Türen zum Notausgang und trat in das ruhige, dämmrige Treppenhaus. Jetzt, wo sie allein war und keine Angst haben musste, gestört zu werden, holte sie eine Zigarette aus der Tasche, zündete sie an und nahm einen langen Zug.

Hätte sie jemand erwischt, hätte man sie für eine Ehefrau oder Freundin gehalten, die versprochen hatte, mit dem Rauchen aufzuhören, sich aber heimlich immer noch ab und zu eine Zigarette gönnte.

Einen Moment lang sah sie zu, wie der Rauch von der Glut aufstieg, dann drehte sie die Zigarette um. Sie zog sich den Ärmel hoch wie ein Junkie, der sich einen Schuss setzen will, biss die Zähne zusammen und drückte das glühende Ende der Zigarette in das zarte weiße Fleisch in ihrer Armbeuge. Es zischte, dann stieg der Geruch von verbranntem Fleisch auf.

Als der Schmerz sich in ihr ausbreitete, traten ihr Tränen in die Augen. Sie schob sich die Zunge zwischen die Zähne und hätte sie fast durchgebissen bei dem Versuch, sich durch diesen Schmerz von dem anderen abzulenken. Dann endlich verlosch die Zigarette und sie warf sie weg.

»Oh Daddy«, flüsterte sie. »Es tut mir leid.«

Sie spuckte auf die Brandwunde, um den Schmerz zu dämpfen, ging zurück in den Flur und nahm den Fahrstuhl nach unten.

10

Danny leckte fast schon unbewusst den braunen Pulverrand von seinem Plastikbecher, wahrscheinlich, um sich Zeit zu verschaffen, damit er das monströse Geständnis, das Dave gerade abgelegt hatte, verarbeiten konnte. Dann schaute er hoch. Seine Augen verrieten deutlich seine Gefühle, und dieses eine Mal beschwerte sich Dave nicht über Dannys Macke. Obwohl er leise und ruhig sprach, wusste Dave, dass sein Partner wütend war.

»Du hast mit ihr geschlafen? Scheiße, Dave. Du hast mir gesagt, ich sollte mich von ihr fernhalten. Warum? Damit du dich an sie ranmachen konntest? Was bist du denn für ein Freund?«

Dave fühlte sich angemessen schuldig und begann, all die Dinge von sich zu geben, die Leute sagen, wenn sie hektisch zurückrudern und versuchen, einen zurecht erbosten Freund zu beschwichtigen. Er begann mit einer Neuinterpretation des früheren Gesprächs, um sich selbst in ein besseres Licht zu rücken: »Ich habe nicht gesagt, dass du dich von ihr fernhalten sollst, ich meinte nur, dass du vorsichtig sein solltest, sonst nichts. Schau, Danny, würde ich dir das alles überhaupt erzählen, wenn ich etwas hinter deinem Rücken abziehen wollte? Es war ein Unfall, mehr nicht. Sie kam in meine Wohnung, auf der Suche nach dir, und zufälligerweise war stattdessen eben ich da.«

Danny warf ihm einen deprimierten Blick zu.

»Ich versuche jetzt schon seit drei Wochen, sie in die Kiste zu kriegen, und du schaffst das einfach so, aus Versehen. Das ist unfair. Das ist absolut unfair.«

Er drehte sich um und sah Dave in die Augen.

»Sag mir nur noch eins: Wenn ich da gewesen wäre, meinst du, sie wäre dann mit mir ins Bett gegangen?«

Dave wusste nicht, ob er lügen sollte, um das Ego seines Partners aufzupolieren, oder ob es besser war, ihm die Wahrheit zu sagen. So oder so würde er sich fühlen wie das größte Arschloch, mit dem ein Cop je zusammenarbeiten musste. Schließlich entschied er sich für die Wahrheit: »Danny, du bist einfach nicht ihr Typ …«

»Sagst du.«

»Sagt *sie*«, erwiderte Dave. »Schau mal, manche Frauen würden sich beide Beine für dich ausreißen und mich nicht einmal anschauen. Diese Frau ist einen Kopf größer als du, Mann. Sie ist ja fast so groß wie *ich.* Willst du, dass sie sich jedes Mal den Rücken verrenkt, wenn sie dich küsst?«

»Viele Männer haben Freundinnen, die größer sind als sie. Schau dir doch nur mal diesen Schauspieler an, diesen Dudley Moore. Oder Billy Joel.«

»Diese Typen sind reich und berühmt, die haben noch etwas anderes anzubieten. Und jedes Mal, wenn Vanessa auf dich runterschaut, würde sie deine kahle Stelle sehen. Scheiße, Danny, das wollte ich nicht sagen, tut mir leid …« Dave hätte am liebsten gelacht, als er Dannys Gesichtsausdruck sah, der genauso gut zu dem Gesicht von General Sherman gepasst hätte, wenn eine Typberaterin ihm gesagt hätte, das Grau der Südstaatenuniformen stünde ihm aber besser.

Dave riss sich zusammen.

»Mann, Danny, ich wünschte, sie würde mit dir ins Bett wollen, ehrlich. Ich wollte nicht, dass so etwas passiert. Das war der Alkohol …«

Danny, der gerade dabei gewesen war, sich wieder zu beruhigen, wütete wieder los: »Du hast sie vorher *betrunken* gemacht? Kein Wunder, dass du es einen Unfall nennst.«

»*Sie* hat *mich* abgefüllt. Ich schwöre dir, sie hat mich praktisch ins Bett gezerrt und vergewaltigt. Ich kann nichts dafür, ich habe eben diese Wirkung auf sie. Du nicht, du armseliges Würstchen, also such dir verdammt nochmal eine Minifrau und komm *dann* zur Sache.«

Die beiden Männer, die gerade durch Pacific Heights fuhren, starrten aus verschiedenen Wagenfenstern, Dave durch die Windschutzscheibe, weil er am Steuer saß, und Danny aus dem Seitenfenster, weil er nicht in dieselbe Richtung schauen wollte wie Dave. Sie schwiegen sich noch zwei Blocks lang an, bevor Danny als Erster einknickte, wie immer.

»Diese Sache werde ich nie vergessen, Dave«, sagte er steif, »und ich will, dass du das weißt.«

»Schon klar, dann vergiss es eben nicht, aber halt die Klappe.«

»Werde ich.«

»Gut.«

Danny starrte wieder aus dem Seitenfenster.

»Werdet ihr euch wieder treffen?«, fragte er.

»Keine Ahnung. Ich will im Moment eigentlich nichts anfangen, mit niemandem. Außerdem ist sie sowieso nicht wirklich mein Typ. Ich mag es, wenn sie klein sind«, er schaute kurz zu Danny rüber, »sogar noch kleiner, als es für dich passend wäre.«

Er grinste Danny an. Der andere behielt noch ungefähr dreißig Sekunden seine verkniffene Miene bei, dann musste auch er grinsen.

»Ich mag keine kleinen Frauen, das ist das Problem. Mir gefällt es, wenn ich an ihren Beinen hochklettern muss, um an die Süßigkeiten zu kommen. Wenn ich wie ein Äffchen ihre schlanke Gestalt besteige.«

»Du bist pervers. Und ziemlich schräg.«

Das Funkgerät meldete einen Brand, nur wenige Blocks entfernt. Dave riss das Lenkrad herum, und sie rasten zum Tatort.

Als um Mitternacht ihre Schicht endete, fuhr Dave zurück zu seiner Wohnung. Danny hatte versucht, ihn dazu zu überreden, noch in eine Bar zu gehen, aber er hatte keine Lust und ließ Danny alleine losziehen. Auf halbem Weg änderte Dave aber seine Meinung und fuhr stattdessen in die Randbezirke von Pacific Heights, in ein Wohngebiet, wo er von niemandem belästigt werden würde. Er wollte ganz in Gedanken versunken herumlaufen können, ohne an jeder Ecke aufpassen zu müssen, ob nicht irgendwo Straßenräuber unterwegs waren.

Er parkte das Auto in einer Straße mit großen Häusern und langen Einfahrten, schloss es ab und begann seinen Spaziergang, den Kopf tief in den Mantelkragen gezogen. Wie üblich erleuchtete ein Glühen den Himmel, geschaffen von den Feuern, die irgendwo in der Stadt brannten.

Dave wanderte ziellos umher. Seine Wohnung war inzwischen kein Ort mehr, an dem er seine liebsten Erinnerungen heraufbeschwören konnte. Sie wurde langsam zu einer Trauerhalle, und Dave war sich nun nicht mehr sicher, ob er wirklich dortbleiben sollte. Er überlegte ernsthaft, ob er sich etwas Neues suchen sollte, vielleicht eine etwas kleinere Wohnung, die eher zum Lebensstil eines Singles passte.

Und dann war da noch die Geschichte mit Vanessa Vangellen, über die er nachdenken musste. Für diese eine Nacht war sie eine angenehme Gesellschaft gewesen, aber er verspürte nicht den Drang, sie wiederzusehen. Falls sie ihn anrief, gut, dann würde er reagieren, aber er konnte nicht genug Begeisterung aufbringen, um sich bei ihr zu melden. Noch nicht.

Völlig versunken blieb er stehen und schaute hoch zu den Sternen. Es war eine klare Nacht mit einem Himmel voller nächtlicher Sonnen. Als er den Blick kurz über die Straße schweifen ließ, entdeckte er einen anderen Mann, der ebenfalls nach oben starrte. Doch dieser Kerl schien nicht senkrecht in die Höhe zu schauen, sondern in einem Winkel von ungefähr dreißig Grad. Es dauerte ein paar Sekunden, bis Dave realisiert hatte, dass der Mann auf ein Fenster im Obergeschoss eines großen Hauses starrte.

Der Mann hatte die Hände in den Taschen vergraben und schien sich voll und ganz auf das Licht hinter dem Fenster zu konzentrieren.

Ein Spanner, dachte Dave. Der Typ beobachtet eine Frau beim Ausziehen.

Was sollte er jetzt tun? Er war nicht im Dienst, und das hier war sowieso nicht sein Revier. Er konnte natürlich dem Kerl sagen, dass er seinen Hintern in Bewegung setzen und nach Hause gehen sollte. Das würde jeder anständige Bürger tun.

Er ging auf den Mann zu, der sich beim Geräusch der Schritte umdrehte, Dave beiläufig musterte, und sich dann wieder seinen Spanneraufgaben widmete.

Coole Sau, dachte Dave.

Der Mann war jung, hatte ein attraktives Gesicht. Dave hätte ihn sogar schön genannt, doch er benutzte solche Worte nicht, sie waren ihm irgendwie zu weich. Der Typ hatte rabenschwarzes Haar, das glatt zurückgegelt war. Er war durchschnittlich groß, schlank und sehnig gebaut. Warum zur Hölle hat dieser Typ es nötig, heimlich Frauen zu beobachten?, dachte Dave. Der sah aus, als könnte er jede haben, die er wollte.

Als Dave sich ihm näherte, stieg ihm plötzlich ein Geruch in die Nase, der zarte, süße Duft von irgendeinem Gewürz.

»Hey«, sprach Dave ihn an, »was …?«

Er schaffte es nicht, den Satz zu beenden. Es gab einen markerschütternden Knall, dann flog die Scheibe aus dem Fenster im Obergeschoss, und weiße Flammen züngelten daraus hervor. Weiße Glut! Das Feuer brannte so hell und intensiv, dass Dave vorübergehend geblendet war. Ein glühend heißer Luftstoß packte ihn und schleuderte ihn gegen eine Mauer, an der er hinabglitt, bis er sitzend auf dem Bürgersteig landete. Einen Moment hockte er einfach nur da, zu benommen, um zu begreifen, was gerade passiert war.

Nach und nach nahmen seine Sinne den Dienst wieder auf, bis auf seine Sehkraft.

Der Mann, der das Fenster beobachtet hatte, war für Dave nur noch ein dunkler Schatten, eine verschwommene Silhouette. Die Flammen breiteten sich um ihn aus, und seine Kleidung musste verbrannt und unerträglich heiß sein, aber trotzdem zeigte er keine Anzeichen von Schmerzen. Stattdessen stand er unbeweglich da und erlaubte dem Feuer, nach ihm zu greifen und seine Haut zu rösten.

Die Gestalt beobachtete weiterhin das Fenster, bis deutliche Schreie nach draußen drangen. Dann drehte sie sich abrupt um und ging an dem Detective vorbei.

Dave packte die Beine des Mannes. Er war sich sicher, dass der Typ eine Brandbombe in dem Haus platziert und nur darauf gewartet hatte, dass sie explodierte. Der Duft, den er vorher gerochen hatte, war jetzt zu einem süßlichen Gestank angeschwollen, von dem ihm fast schlecht wurde. Er erkannte den Geruch: Mandeln.

Dave spürte eine unglaubliche Kraft in dem Mann. Als er sich weiter an ihm festklammerte, erschöpft und halbblind, wurde er mit einer Hand hochgehoben und quer über die Straße geschleudert. Er prallte so heftig gegen das Pflaster, dass seine Knochen und Zähne aufeinanderzuschlagen schienen. Der Aufprall tat höllisch weh und presste ihm die Luft aus der Lunge. Völlig unglaublich war aber, dass er sich am Schuh des Mannes die Hand verbrannt hatte, der heiß gewesen war wie ein Ofen, obwohl sein Träger von dieser Hitze vollkommen unbeeindruckt gewesen war.

Da wurde Dave zum ersten Mal klar, dass er es hier mit etwas zu tun hatte, das außerhalb seiner normalen Erfahrungswelt lag.

Als er wieder zu sich kam, schaute er in ein Gesicht, das schwarz und gelb umrahmt war. Er brauchte ein paar Sekunden, um zu verstehen, dass es das Gesicht eines Feuerwehrmannes war.

»Alles klar, Kumpel?«, fragte das Gesicht.

Daves Gliedmaßen und sein Rücken taten weh. Er versuchte sich aufzusetzen.

»Ich glaube schon … nur Kopfschmerzen.«

Der Feuerwehrmann stand auf, so dass er ihn überragte.

»Die Sanis werden gleich hier sein.«

Ein Stück weit entfernt tobte immer noch das Feuer, die Flammen reckten sich wie Rauchschwaden in den dunklen Himmel. Auf der Straße standen Löschfahrzeuge und es herrschte das übliche Chaos, das bei solchen Ereignissen immer schnell einsetzte. Es gab auch einige Schaulustige, aber nicht besonders viele. Brände waren zu etwas so Gewöhnlichem geworden, dass man sich jederzeit ein Spektakel aussuchen konnte. Dave befand sich innerhalb der Absperrbänder, die das Territorium der Feuerwehr von dem der Zuschauer trennten. Ein Polizist in Uniform trat aus der Dunkelheit, kam auf ihn zu und sagte: »Vielleicht sagen Sie mir mal …« Dave unterbrach ihn, indem er ihm seine Marke zeigte.

Jetzt kam es in dem brennenden Gebäude zu kleineren Explosionen, die immer wieder Funkenregen auslösten. Sie wurden von der Menge mit Oh- und Ah-Rufen quittiert, als wäre es ein Feuerwerk, das nur zu ihrem Vergnügen arrangiert worden war. Die Hitze, die von dem Brand ausging, war enorm, und Dave wurde an seinem Platz ziemlich durchgebraten. Der Polizist half ihm auf die Füße, und Dave ließ sich von ihm zurückführen, raus aus der Hitzezone.

»Wann sind Sie am Tatort eingetroffen?«, fragte Dave den Polizisten.

»Gleichzeitig mit den Jungs von der Feuerwehr«, antwortete der.

»Haben Sie jemanden weglaufen sehen?«

»Nö. Nur jede Menge Leute, die herbeigerannt sind.«

Dave nickte.

»Ich habe das Schwein gesehen. Ich werde mich mal mit Ihren Jungs unterhalten. Er sah aus wie ein Filmstar aus den Zwanzigern – wie Valentino oder so. Und er hat nach irgendeinem Aftershave gestunken.«

»Sie waren nah genug an ihm dran, um ihn zu *riechen?*«, fragte der Cop erstaunt.

»Ich war sogar nah genug an ihm dran, um ihn zu *packen,* aber er ist verdammt stark – schlank, aber stark. Hat mich über die Straße geschleudert. Ich war schon etwas weggetreten, durch die Explosion von dem Feuer. Ist allerdings schon komisch, dass es ihm überhaupt nichts ausgemacht hat. Die Explosion und die Hitze. Der ist rumgelaufen, als wäre es ein kühler Tag im Park.«

Der Polizist schüttelte langsam den Kopf.

»Diese Brandstifter sind doch alle irre. Die kann man nicht mit normalen Menschen vergleichen.«

»Wohl nicht«, meinte Dave, der sofort an Vanessa dachte.

Dann mussten sie zurückweichen, da mit einem kreischenden Geräusch von berstendem Stein und Holz eine Seitenwand des Hauses einstürzte. Heiße Ziegel flogen durch die Luft wie Rauchbomben und schlugen zwischen den Zuschauern ein, die hastig auswichen. Brennende Mörtelbrocken wurden bis in die Menge geschleudert, obwohl sie ein ganzes Stück von dem eigentlichen Brand entfernt war. Schreie und erschrockene Rufe wurden laut. Als die Flammen irgendein explosives Material erwischten, verwandelten sie sich in einen schnell wachsenden, künstlerisch anmutenden Turm aus Rot und Gelb. Lange, glühende Holzsplitter schossen wie Leuchtraketen in den Himmel.

Ein Feuerwehrmann war von einem Mauerteil erwischt worden und taumelte ein paar Schritte weit, bevor er zusammenbrach. Er wurde gerade aus der Gefahrenzone gezogen, als die ersten Krankenwagen eintrafen.

»Die armen Schweine tun mir richtig leid«, sagte der Polizist und zeigte auf die Feuerwehrleute. »Die müssen Tag und Nacht ran.«

Dave blieb, bis das Inferno zu einem schwarzen Schönheitsfleck auf der Straße heruntergebrannt war. Ein Detective vom örtlichen Revier hatte ihm erzählt, dass das Ganze seiner Meinung nach kein großer Verlust sei, da es das Haus eines Mafioso war, den sie schon seit Jahren hatten festnageln wollen.

»Diese schönen Farben in dem Feuer – das ist das Heroin, das verbrennt, oder vielleicht auch Kokain. Sorgt für schöne Flammen.« Er sog die Luft ein. »Hier könnte man jetzt high werden, wenn man einfach nur einatmet. Vielleicht hatte er das Zeug ja in hohlen Wänden versteckt … vielleicht auch Geld. Nettes Feuer. Kein Verlust, mein Freund.«

»Glauben Sie, das war der Anschlag eines Rivalen?«

Der Detective grinste schief.

»Würde ich meinen Arsch drauf verwetten. Der ist so einigen auf die Zehen getreten, vor allem mir. Ich habe das Feuer nicht gelegt, aber ich hätte es getan, wenn ich auf die Idee gekommen wäre. Irgendein anderer Pate hatte die Nase voll von ihm und einen Anschlag befohlen. So machen die das heutzutage.«

»Wahrscheinlich«, meinte Dave müde. Die Erschöpfung, die durch das Adrenalin verdrängt worden war, kehrte jetzt zurück. Er wünschte dem Detective eine gute Nacht und versprach, ihm am nächsten Morgen einen Bericht zu schicken. Der bedankte sich, ohne dabei den Blick von der qualmenden Ruine abzuwenden.

Dave fuhr nach Hause und fiel so gegen halb sieben ins Bett, wo er sofort einschlief. Um acht rief Danny an, und Dave wachte zumindest so weit auf, dass er seinem Partner erzählen konnte, was passiert war, und dass er nicht vor elf im Büro sein würde. Er hatte eine Menge Rauch eingeatmet, was die normale Erschöpfung noch verstärkte. Danny meinte, er würde in der Zwischenzeit ein bisschen Papierkram abarbeiten.

Dave erwähnte Danny gegenüber nichts von dem Brandstifter mit dem Modelgesicht. Er würde es noch tun, aber erst wollte er die Akten durchgehen, um zu sehen, ob der Typ vorbestraft war. Das Aussehen des Mannes hatte sich in Daves Gehirn eingebrannt, und er wollte ihn unbedingt kriegen. In den Zeitungen war jetzt schon von »weißen« Bränden die Rede, die offenbar etwas anderes waren als »normale« Brände. Es gab da eine Theorie, nach der jemand eine neue brennbare Substanz erfunden oder entdeckt hatte und nun einsetzte, eine Substanz, die einen anfänglichen Blitz erzeugte, der unglaublich heftig und blendend weiß war und den Brand in dem Zielobjekt auslöste. Diese weiße Flamme wies eine Reinheit auf, die bei den meisten Experten Verwunderung auslöste, da sie noch nie so etwas gesehen oder auch nur davon gehört hatten, nicht einmal auf dem Gebiet der militärischen Feuerwaffen.

Ungefähr einer von zehn Bränden wurde von weißem Feuer ausgelöst, und der, den Dave am Abend zuvor beobachtet hatte, gehörte dazu. Genau wie der, den Foxy Reynolds gemeldet hatte, ein Mann, mit dem Dave nun unbedingt reden musste.

Aber neben diesen beiden gab es noch ein anderes weißes Feuer, das Dave wesentlich mehr interessierte: den Brand in dem japanischen Kaufhaus, bei dem seine Frau und sein Sohn verbrannt waren.

Foxy traf sich mit ihm in einer Bar, wie Dave nicht anders erwartet hatte, da der Kollege den Ruf hatte, ein Trinker zu sein. Deshalb war Dave überrascht, als Foxy sich einen Orangensaft bestellte. Sie verglichen ihre Beschreibungen des Täters, auch wenn beide Männer durch das weiße Feuer benommen gewesen waren, als sie ihn gesehen hatten, und keiner von ihnen ein wirklich genaues Bild wiedergeben konnte.

Foxy sagte: »Er hat ausgesehen wie eine Sissi.«

»Eine was?«, fragte Dave.

Foxy wurde verlegen.

»Du weißt schon, irgendwie weibisch, wie eine Frau eben. Nicht unbedingt schwul, aber eben so ein Schönling, mit weicher Haut und langen Wimpern und so. Eine Sissi.«

Dave erinnerte sich daran, einmal einen Film gesehen zu haben, in dem ein ähnlicher Charakter als »Sissi« bezeichnet worden war. Das war ein Ausdruck, den er noch nie benutzt hatte.

Schließlich fragte Dave, ob es noch irgendetwas anderes gab, was Foxy ihm sagen könnte, ob er sich an irgendetwas Ungewöhnliches erinnerte. Dave wusste genau, was er hören wollte, aber er wollte es Foxy nicht vorgeben.

»Was denn?«, fragte der Streifenpolizist.

»Irgendetwas, ganz egal.«

Foxy verzog angestrengt das Gesicht.

»Ich weiß nicht ... doch, warte mal. Da war dieser Geruch, wie wenn Clem Fisch grillt. Wie Marzipan. Mandeln. Genau, das war es.«

Dave schlug triumphierend auf den Tisch, woraufhin andere Barbesucher kopfschüttelnd zu ihnen rüberschauten.

»Ganz genau«, sagte Dave. »Ich habe es auch gerochen. Es ist derselbe Typ. Ich gebe noch einen aus, Foxy.«

Foxy bestellte sich noch einen Orangensaft. Dave nahm einen kleinen Wodka.

»Bist du trocken?«, fragte Dave den rothaarigen Kollegen.

Foxy schaute ihn aus strahlend blauen Augen an.

»Ja, seit ich dieses Feuer in der Innenstadt beobachtet habe. Na ja, ich habe nicht sofort danach aufgehört, aber dann ist mir aufgegangen, dass ich mein Leben durchs Klo runterspüle, verstehst du? Ich habe eine liebe Ehefrau, ein paar nette Kinder, warum sollte ich das alles wegwerfen, nur um mir nach dem Dienst das Hirn zu betäuben?«

Dave musterte die Pupillen seines Kollegen und sah das leichte Zittern seiner Hand, als er das Saftglas anhob.

»Und was nimmst du jetzt, statt Alkohol?«, fragte er leise.

Sofort ging Foxy in die Defensive.

»Wie kommst du darauf, dass ich was nehme?«

»Du könntest dir genauso gut ein Schild um den Hals hängen.«

Foxy senkte den Blick und trat heftig gegen das Tischbein.

»Ich halte das nicht mehr aus. Es bringt mich noch um.«

»Erzähl's mir. Na los, Foxy, ich höre zu.«

»Ray. Verdammt nochmal, nenn mich *Ray.* Das ist mein Name.«

»Erzähl's mir, Ray.«

Foxy starrte auf den Orangensaft in seiner Hand und sah kurz so aus, als wolle er ihn quer durch den Raum schleudern, tat es aber nicht. Schließlich stellte er ihn vorsichtig auf dem Tisch ab, dann sah er Dave offen in die Augen.

»Ich habe ein paar Uppers genommen, damit ich meine Schichten verkrafte. Ich bin nicht dafür gemacht, Stadtpolizist zu sein, Dave. Nicht alle von uns sind dafür geschaffen. Ich will jetzt etwas anderes machen, etwas, wo ich keine eingeschlagenen Gesichter sehen muss, oder verbrannte Leichen oder Einzelteile nach einem Verkehrsunfall. Da gibt es nur ein Problem, weißt du – die Finanzen. Ich habe eine Familie, die ein Haus braucht, und Kinder sind auch ganz schön teuer ... Scheiße, warum erzähle ich dir das eigentlich alles?«

»Weil ich dich darum gebeten habe. Mach weiter ... Ray.«

»Ich habe nachgedacht. Ich will mich selbstständig machen,

mit einem kleinen Restaurant. Nichts Großes, weißt du, nur ein Bistro – so ein französischer Laden, mit Stofftischdecken und Kerzen in Flaschen, irgendwie so künstlerisch eben …«

»Ich weiß, was ein Bistro ist, Ray, ich bin ja nicht blöd.«

»Tut mir leid. Eigentlich war es die Idee meiner Frau, sie ist das Hirn in der Familie. Aber«, seufzte er, »egal, wir können das jetzt noch nicht machen. Noch lange nicht.«

»Warum nicht? Habt ihr Schulden?«

»Nicht viele. Ich bin kein Spieler oder so. Es sind nur die Hypothek und ein laufender Kredit.«

»Ray, ich werde dir das Geld leihen, damit ihr euer Bistro eröffnen und eure Schulden begleichen könnt, was auch immer. Wir setzen diese Woche noch einen Vertrag auf. Ich werde einfach euer stiller Teilhaber.«

Foxy lehnte sich in seinem Stuhl zurück und blinzelte.

»Was sagst du denn da, Dave? Du kennst mich doch kaum.«

»Ich kenne dich gut genug. Und beim letzten Polizeiball habe ich deine Frau kennengelernt. Sie hat mir von euren Kindern erzählt. Wie gut muss ich dich denn schon kennen? Das ist eine rein geschäftliche Sache. Manche Leute machen Geschäfte mit Menschen, denen sie noch nie begegnet sind.«

Foxy sah aus, als wüsste er nicht, ob er lachen oder weinen sollte.

»Mann, Dave, aber woher kriegst du denn das ganze Geld?«

»Ich habe es schon. Außerdem hängen mir einige Anlageberater am Hintern, die mir sagen wollen, wo und wie ich es investieren soll. Jetzt habe ich meine Investitionsmöglichkeit gefunden. Und ich habe sie mir ganz allein ausgesucht und muss keinem Berater irgendwelche Gebühren bezahlen.«

Dave sah, dass Foxy eine ausführlichere Erklärung erwartete, und er konnte es ihm nicht übelnehmen. Er beugte sich vor, da er wusste, dass es wehtun würde, das Folgende auszusprechen. Er hatte viel darüber nachgedacht, aber noch mit niemandem darüber geredet, nicht einmal mit Danny.

»Na ja, als ich die Lebensversicherung meiner Frau ausbezahlt bekommen habe, wollte ich das Geld erst nicht. Diese Anlageberater und Börsentypen, die kriegen das mit, wenn größere Summen ausbezahlt werden, und dann stürzen sie sich auf dich wie die Geier, während du immer noch völlig durch den Wind bist, verwirrt und benommen durch deinen Verlust. Ich fühle mich immer noch ein bisschen so. Meine Frau und ich, wir haben gegenseitig ziemlich hohe Lebensversicherungen abgeschlossen, wegen Jamie, weil wir dachten, wenn einer von uns stirbt, braucht der andere das Geld für Babysitter oder ein Internat.« Dave schluckte den Klumpen runter, der in seiner Kehle saß. »Keiner von uns hat damit gerechnet, dass Jamie ebenfalls sterben könnte, also sitze ich jetzt auf diesem ganzen verdammten Geld. Wenn du etwas davon haben willst, es gehört dir.«

Foxy sah aus, als wäre gerade die Sonne neu erschaffen worden, direkt vor seinen Augen.

»Scheiße, Dave, ich weiß gar nicht, was ich sagen soll. Klar, gerne, das ist toll. Du wirst es nicht bereuen. Clem und ich, wir fürchten uns nicht vor harter Arbeit, das ist nicht der Grund, warum ich aussteigen will. Wir werden sicher kein Vermögen damit machen, denn ich will den Laden nicht zu etwas machen, was die Aufmerksamkeit der Mafia erregen könnte, so dass ich am Ende ein Angebot annehmen müsste, das ich nicht ablehnen kann. Gott, nein, das wird einfach ein ruhiges kleines Ecklokal – aber wir werden bestimmt einen anständigen Profit machen, und du wirst es nicht bereuen.«

»Das hast du schon mal gesagt«, erwiderte Dave lächelnd. Er nahm einen Schluck von seinem Wodka, und plötzlich hatte er eine Eingebung. »Hey, mir ist gerade ein toller Name für den Laden eingefallen!«

»Welcher?«, rief Foxy aufgeregt.

»Wie wäre es mit ›Roter Platz‹?«

Foxy schaute ihn einen Moment lang unsicher an, dann wurde ihm klar, dass Dave nur Spaß machte und Erleichterung breitete sich auf seinem Gesicht aus, bevor er meinte: »Ja, super Idee, Dave. Aber schreib das nicht als Bedingung in den Vertrag, okay? Roter Platz. Idiot. Fast hättest du mich drangekriegt …«

Manovitch war Dave bis zu Jack's Bar gefolgt, saß nun in seinem Wagen und rauchte genüsslich eine Zigarre. Er konnte die beiden Männer durch das Fenster beobachten und hatte ziemlichen Spaß bei der Vorstellung, sie auszuspionieren, ohne dabei gesehen zu werden. Das hatte einen gewissen Kick, ähnlich wie das Gefühl, das ihn überkam, wenn er in eine Peepshow ging. Er mochte es, im Dunkeln zu bleiben und eine intime Situation zu beobachten, während seine Anwesenheit ein Geheimnis blieb. Darin lag eine gewisse Macht. Manny fühlte sich, als säße er am Drücker.

Natürlich hatte er noch keine konkreten Pläne gemacht, wie er sich an Peters rächen würde, aber er wusste, dass er es tun würde, irgendwann. Dabei spielte es keine Rolle, wie lange es dauern, wie bald er es tun würde. Es würde geschehen. Eigentlich wartete er ganz gerne. Es gefiel ihm, seinem Opfer zu folgen, seine Gewohnheiten herauszufinden, eine Akte über das Leben des Mannes anzulegen. Informationen zu sammeln war irgendwie befriedigend. Dabei fühlte Manny sich wie ein CIA-Agent oder so. Das verlieh der Aktion eine offizielle Note, so als wäre sie von einer höheren Stelle abgesegnet worden.

»Ich werde dich kriegen, Peters«, flüsterte er, während er die Lippenbewegungen des anderen beobachtete, als der Polizist mit Foxy sprach. »Ich werde deine Eier auffädeln und dann aufhängen, damit die verdammten Spatzen daran herumpicken können.«

Das gefiel Manny auch gut. Drohungen auszusprechen. Sich selbst zu erzählen, was er mit seinem Opfer anstellen würde, sobald er es in der Hand hatte. Das Ganze war erregend. Er bekam einen Ständer, wenn er daran dachte, wie er Peters umbringen würde. Darum musste er sich kümmern.

Manny startete den Wagen. Er fuhr zu einem Club, den er gut kannte, wo er für ein paar Drinks und ein paar Scheine auf dem Nachttisch eine anständige Auswahl geboten bekam. Einige von ihnen mochten es sogar, wenn er ihnen den Hintern versohlte, bevor er ihnen seinen Schwanz reinrammte. Falls es gewünscht wurde, war er durchaus bereit, ein solches Vergnügen zu spenden.

Er parkte vor dem Silver Chalice, ging durch das Foyer, durch die Doppeltüren und betrat den Club.

Der Raum war nur schwach erleuchtet, und Manny musste seine Augen anstrengen, um im Halbdunkel etwas zu erkennen. Es waren nur wenige Leute da. Ein schlechter Wochentag.

»Doppelten Whiskey, on the Rocks«, wandte er sich an den Barkeeper.

Irgendjemand stieß an seinen Ellbogen, und als Manny sich umdrehte, entdeckte er eine Schwuchtel, die ihn anstarrte.

»Hi«, meinte die Schwuchtel. »Auf der Suche?«

»Ich bin hetero«, erklärte Manny, »also verpiss dich.«

Die Schwuchtel zuckte mit den Schultern, lächelte und nippte an ihrem Drink.

»War ja nur eine Frage. Kein Grund, unhöflich zu werden, du tragische Figur.«

Mann, dachte Manny, jetzt kann man nicht mal mehr in Ruhe einen Drink nehmen, ohne dass irgendjemand einen ficken will.

Jetzt, wo sich seine Augen an das Halbdunkel gewöhnt hatten, begutachtete Manny den Rest des Clubs. Er sah zwei Nutten, die er schon kannte, in einer Ecke sitzen. Lolita und ihre Freundin … wie hieß sie noch gleich, Deborah. Nutten hatten immer so ausgefallene Namen. Waren wahrscheinlich nicht ihre echten. Lolita war blond, Deborah dunkelhaarig. Sie arbeiteten oft zusammen, aber *so* energiegeladen fühlte Manny sich dann doch nicht. Heute war Lolita genug für ihn.

Außer den beiden und der Schwuchtel war nur noch ein weiterer Gast da, ein junger Mann mit dunklen Augen. Er starrte Manny an als wollte er gleich in Tränen ausbrechen. Wahrscheinlich noch eine Schwuchtel, dachte Manny. Der Typ war einfach ein bisschen zu schön. Perfektes Aussehen machte Manny misstrauisch. Das roch immer nach Hormonen und kosmetischen Behandlungen.

Plötzlich musste Manny dringend aufs Klo. Der ganze Kaffee, den er immer im Büro trank, hatte seine Blase geschwächt. Inzwischen musste er mindestens einmal pro Stunde. Schnell leerte er sein Glas und ging dann quer durch den Raum zu den Toiletten, wobei er sicherstellte, dass die Schwuchtel ihm nicht folgte. Vor diesem Freak würde er bestimmt nicht sein Ding rausholen, ganz egal, wie dringend er pinkeln musste.

Sobald er auf dem Klo war, erleichterte er sich, während er den neuesten Spruch an der Wand las. Er war wie immer falsch geschrieben, aber das gefiel Manny. Er konnte richtig schreiben, und damit war er dieser Welt der Zuhälter, Nutten und Schwuchteln überlegen. Er schaute auf die Uhr: zwei Minuten nach elf.

Als er die mit Samt bespannten Stahldoppeltüren erreichte, die zurück in den Club führten, sah er bei einem Blick durch die getönten Bullaugen in der Tür, dass drinnen irgendetwas los war. Zwei Männer standen sich auf der kleinen Tanzfläche gegenüber. Sie sahen sich ähnlich, beide waren schlank und jung. Sie schienen sich nicht mit Worten zu streiten, aber an der Art, wie sie dort standen und sich anstarrten, wurde deutlich, dass irgendetwas im Gange war. Manny beschloss, hier draußen zu bleiben, falls es zu einer Schießerei kommen sollte.

Plötzlich ging, völlig unfassbar, einer der Männer in Flammen auf.

»Scheiße«, murmelte Manny fassungslos. »Der wurde angezündet.«

Manny wich ein paar Schritte zurück, ging aber sofort wieder nach vorne, fasziniert von dem, was auf der anderen Seite der Tür passierte.

Schockiert stellte Manny fest, dass es der allzu hübsche Schönling war, der dort brannte, der, der ihn noch vor ein paar Minuten mit traurigen Augen angestarrt hatte. Der andere Typ musste in den Club gekommen sein, während Manny auf dem Klo war. Komisch war allerdings, dass der zweite Typ verschwunden war. Manny hatte nicht gesehen, wie er gegangen war, aber er befand sich nicht länger im Club.

Die getönten Scheiben in den Bullaugen hatten Mannys Augen vor dem Aufblitzen der Flammen geschützt, so dass er immer noch sehen konnte. Andere, die drinnen waren, rieben sich die Augen; anscheinend waren sie geblendet. Nur der Barkeeper, der unter dem Tresen mit Gläsern herumgefuhrwerkt hatte, schien den Blitz unbeschadet überstanden zu haben.

Der lebende Feuerball torkelte durch den Raum und schlug wild um sich, wobei Flammen auf den Teppich tropften. In dieser grell brennenden Sonne konnte Manny die Silhouette eines Mannes erkennen: Arme und Beine, Torso, zuckende Muskeln, die rasend schnell verzehrt wurden, über Knochen, die bald in der Hitze brechen würden.

Wo er hintrat, brachen kleine Feuer aus. Tischtücher begannen zu flackern. Die Sitzkissen auf den Stühlen fingen Feuer. Der Teppich brannte. Plastikteile begannen zu krachen und zu tropfen und verschossen kleine, glühende Teile wie geschmolzene Spucke.

Der Feuerball schlurfte Richtung Bar.

Der Barkeeper riss die Augen auf und griff nach einem Drink, rannte dann um den Tresen und schüttete ihn dem brennenden Mann ins Gesicht, wahrscheinlich im Versuch, ihm zu helfen. Unglücklicherweise war Alkohol in dem Glas. Er fütterte die Flammen noch weiter, so dass das Feuer noch heftiger prasselte.

Wie ein ertrinkender Mann sich an Strohhalme klammert, suchte auch der brennende Mann nach Hilfe. Er taumelte vorwärts und riss den Barkeeper in eine feurige Umarmung. Der Barkeeper begann mit schriller Stimme zu schreien und versuchte, sich aus dem Griff zu lösen.

Er schaffte es nicht.

Das Feuer verstärkte sich.

»Himmel!«, schrie Manny.

Das brennende Paar begann einen seltsamen, taumelnden Tanz quer durch den Club, eng umschlungen wie ein Liebespaar, das seinen ersten Walzer lernt. Kreaturen aus einer anderen Welt, die brannten, als wären sie in Wachs getaucht worden. Sie fielen in die großen Samtvorhänge, hinter denen die kleine Bühne verborgen war, die sofort Feuer fingen. Innerhalb von Sekunden fielen die brennenden Vorhänge zu Boden und aus dem Teppich stiegen noch mehr Flammen, Rauch und giftige Gase auf. Wie brennender Schwefel zogen sich Feuerlinien über den Boden. Schwarzer Rauch in dicken Schwaden erfüllte die Luft. Als die Resopaltische anfingen zu schmelzen, zischte und knallte es überall, bis sie brachen und giftige Dämpfe abgaben. Stühle zerfielen in ihre Einzelteile, als ihre Verleimung schmolz.

Manny beobachtete völlig erstarrt, wie der ganze Club sich in Flammen auflöste und bei jedem taumelnden Schritt des schrecklichen Tanzes brennbare Sachen feurige Spuren zogen. Es war vor allem Plastik und Stoff. Die Flammen sprangen von Tisch zu Tisch, zum Teppich, zu weiteren Vorhängen, und schafften es schließlich, auf die Kleidung der Gäste überzugreifen. Lolita, die ein knappes Musselinkleid trug, wurde zu einer lebenden Fackel. Ihre Haare verwandelten sich in einen Springbrunnen, der Flammen spie, und ihr Gesicht war bald völlig verkohlt.

Das eigentliche Opfer schrie immer noch, und die anderen bildeten mit ihm einen hysterischen Chor. Vor Mannys Augen wurden ihre Gesichter schwarz. Deborah, die durch den Blitz, das Feuer und die Panik völlig blind war, versuchte den Ausgang zu erreichen, aber die Überreste eines brennenden Vorhangs fielen auf sie und klebten an ihr fest, so dass sie aussah wie ein Wesen aus einem Horrorfilm.

Der Tresen war jetzt ein tosender Feuerofen, und der Inhalt der Flaschen, die dahinter aufgereiht waren, begann zu kochen. Bei einigen lösten sich die Verschlüsse, und sie versprühten ihren alkoholischen Inhalt in einem goldenen Feuerwerk. Andere platzten oder brachen, oder sie explodierten einfach, wobei sie alles mit Glassplittern bedeckten. Der Kunststoffbelag des Tresens schälte sich ab und rollte sich ein wie ein Lebewesen, das versucht, der Hitze zu entkommen.

Manny konnte die Hitze durch die Türen fühlen. Der Samt an der Innenseite hatte angefangen zu qualmen. Ihm kam der Gedanke, dass er verschwinden sollte, aber die Szene hinter dem Glas hielt ihn immer noch gefangen. Es war, als hätte er das Privileg, in die Hölle zu schauen und ihre schrecklichen Qualen mit anzusehen.

Die Schwuchtel kam auf Manny zugerannt, da sie wohl in

den Stahltüren einen Fluchtweg sah. Schnell verriegelte Manny die Türen, bevor der verängstigte Mann die Griffe erreichte. Die Doppeltüren waren dick und mit Gummi isoliert, sie würden das Feuer abhalten, bis Manny sich überlegt hatte, was er nun tun sollte. Er würde es nicht riskieren, bei lebendigem Leib zu verbrennen oder zu ersticken, nicht für irgendeinen aus diesem Raum.

Hinter dem getönten Glas tauchte das Gesicht des Mannes auf, verzerrt und schreiend. Manny sah, wie Rauch von seinem Rücken und seinen Schultern aufstieg. Die Hände des Mannes versuchten immer wieder, die glühenden Türgriffe zu packen und runterzudrücken. Dann brannten auf einmal seine Augen. Schließlich rutschte das Gesicht aus Mannys Blickfeld; sein Besitzer war wahrscheinlich durch die giftigen Gase, die den Raum hinter der Tür erfüllten, ohnmächtig geworden.

Die Metalltüren wurden immer heißer, und Manny entschied, dass es Zeit wurde, sich nach einem anderen Weg nach draußen umzusehen. Das Feuer würde noch lange in diesem Raum wüten, und auch wenn er hier vielleicht nichts abbekommen würde, wollte er doch nichts riskieren, also ließ er widerstrebend die höllische Szene hinter dem Glas zurück und machte sich auf die Suche.

In der Toilette gab es ein kleines Fenster, das klemmte, also trat Manny es ein. Mit dem Schuh entfernte er die Scherben rund um den Rahmen und kroch dann hindurch. Dahinter lag ein dunkler Gang. Er führte ins Foyer. Aus den Türen des Clubs drang Rauch, und er konnte in einem kleinen Büro neben dem Foyer den Manager sehen, der hektisch ins Telefon brüllte.

Manny schaute auf die Uhr.

Neun Minuten nach elf.

Das Ganze hatte nur sieben Minuten gedauert.

Unglaublich! Was für eine unglaubliche Erfahrung! Er fühlte sich beschwingt. Er war ein Überlebender. Er hatte zugesehen, wie Menschen starben, bei lebendigem Leib verbrannten, und er war ohne einen einzigen Rußfleck davongekommen. Die armen Schweine. Aber er, Manovitch, hatte überlebt. Das war, als wäre er eine Art Held. Wie das Mitglied eines Sturmtrupps, das unbehelligt durch den Kugelhagel kommt, während die anderen um ihn herum sterben wie die Fliegen. Unglaublich. Er fühlte sich wie ein Auserwählter. Er war etwas Besonderes.

»Da drin sind noch Leute«, schrie Manny dem Manager zu. »Sie verbrennen da drin!«

Als der Manager hochsah, wurde Manny wieder bewusst, wo er war, und ihm war klar, dass er nicht von den Medien erwischt werden durfte. Ein Bewährungshelfer sollte nicht in einem solchen Sündenpfuhl erwischt werden. Daraus würden sie allen möglichen Mist basteln. Er winkte dem Manager einmal zu und deutete dann auf den Clubraum.

Manny rannte auf die Straße hinaus. Er hatte schon wieder einen Ständer, und dieses eine Mal würde sich seine Frau darum kümmern müssen.

11

Ich habe es geschafft rauszukommen, aber die Tür ist so heftig hinter mir zugeschlagen, fast als hätte Gott seine Hand ausgestreckt und … Ich schätze, es war ein Luftzug oder so etwas … egal, mein Vater hat sie jedenfalls nicht aufgekriegt. Ich konnte das Feuer drinnen hören, krachendes und brechendes

Holz, und der Rauch quoll durch den Schlitz unter der Tür. Ich glaube, die Tür hat sich in der Hitze ausgedehnt und verkeilt.

Ich hatte nur mein Nachthemd an, und das hatte an einer Ecke Feuer gefangen. Auf dem Beistelltisch stand ein halbes Glas Whiskey mit Soda – mein Vater hatte getrunken, bevor er reingekommen war, um … um …«

»Dich zu missbrauchen«, sagte Dave schlicht und starrte an die dunkle Decke.

Vanessa, die ebenfalls auf dem Rücken lag und an die Decke starrte, stimmte ihm zu: »Ja, ja, um mich zu missbrauchen, genau das hat er getan. Wie dem auch sei, ich habe das Nachthemd mit dem Drink gelöscht, und dann habe ich diese kratzenden Geräusche gehört, wie Ratten, die versuchen, sich aus einer Schachtel zu befreien. Es war mein Vater, der an der Tür kratzte. An der Außenseite fing jetzt die Farbe an abzublättern und zu schmelzen – ich konnte Schreie hören, wie … Gott, ich weiß auch nicht, wie von einem gefolterten Baby.«

»Er war kein Baby, er war dein Vater, ein Erwachsener, der sich an einem zehnjährigen Kind vergangen hatte.«

»Du hast ja Recht. Jedenfalls, diese Kratzgeräusche und die Schreie, das alles hat plötzlich aufgehört. Das Feuer hatte ihn verzehrt. Ich rannte aus dem Haus, auf die Straße …«

Er bewegte sich vorsichtig, aber ihr Atem pfiff durch ihre Nase, und sie sagte: »Fass mich nicht an. Noch nicht.«

»Das hatte ich gar nicht vor«, erwiderte Dave gelassen.

»Ich weiß, dass du mich nur in den Arm nehmen willst, um mich zu trösten, aber ich will jetzt noch nicht angefasst werden.«

Sie lagen in der Dunkelheit auf Daves Bett, Seite an Seite, voll bekleidet, ohne einander zu berühren. Nur so konnte sie es ihm erzählen, hatte sie gesagt, und sie wollte es ihm erzählen. Sie wollte, dass er verstand, warum sie so war, wie sie war, obwohl er nie den Wunsch geäußert hatte, es zu erfahren, ganz im Gegenteil. Aber er sagte sich, dass er bereit war zuzuhören, wenn es ihr half. Ob es ihrer geistigen Gesundheit dienlich war, oder ethisch vertretbar, wusste er nicht. Genauso gut konnte es sein, dass er damit die Brandherde ihrer Probleme noch weiter anfachte, und das machte ihm Sorgen.

Nach einem langen Schweigen sprach sie wieder.

»So habe ich meinen Vater umgebracht.«

»So ist dein Vater ums Leben gekommen. Das ist ein Unterschied.«

»Ich habe das Bett in Brand gesteckt. Ich wusste, dass er sturzbetrunken war.«

»Du warst gerade mal zehn, Herrgott nochmal. Die Tatsache, dass er betrunken war, war seine Schuld, nicht deine, und aufgrund seiner Art, dich zu ›bestrafen‹ – dich danach mit einer Zigarette zu verbrennen –, hat sich dein Verstand wahrscheinlich automatisch Richtung Feuer bewegt. Es war nicht deine Schuld. Du warst ein Kind. Eltern haben die heilige Pflicht, ihre Kinder vor genau solchen Erfahrungen zu schützen, sie dürfen sie nicht herbeiführen. Der Mann war krank.«

»So wie ich jetzt krank bin?«

»Nein. Deine Krankheit ist das Ergebnis dieser schrecklichen Erfahrungen, seine war die Ursache dafür.«

»Die Ursache seiner Krankheit war der Tod seiner Frau.«

»Das war auch nicht deine Schuld, sie war genauso deine Mutter wie seine Frau, und wenn er das Gefühl hatte, mit dem Verlust nicht fertigzuwerden, hätte er sich Hilfe holen sollen, bei einem Arzt. Das hat er nicht getan. Er hat sich tiefer sinken lassen als eine Kanalratte und ist auch wie eine gestorben.«

»Ich glaube, es ging ihm gar nicht um Sex. Ich glaube, es war etwas anderes – Trost, ein Ersatz für meine Mutter, ich weiß es nicht. Er war mein Vater, und ich habe ihn geliebt.«

»Das war das Problem, denn das hat er ausgenutzt. Wenn du mich fragst, hat er bekommen, was er verdient hat. Ich bezweifle, dass du es jemals so sehen wirst, aber mich schüttelt es, wenn ich an ihn denke. Ich werde ihn nicht als böse bezeichnen, weil du sagst, er sei nicht er selbst gewesen, aber er war definitiv ein krankes Arschloch.«

»Die Wahrheit liegt wahrscheinlich irgendwo zwischen deiner und meiner Sichtweise«, stellte sie leise fest.

In dieser Nacht schliefen sie nicht miteinander, sondern setzten sich hin und redeten, vor allem über Feuer. Sie fragte Dave, warum er sie angerufen habe, da sie sich eigentlich sicher gewesen sei, dass er es nicht vorgehabt hatte, auch wenn er gesagt hatte, er würde es vielleicht tun.

»Das stimmt«, gab er ehrlich zu. »Das habe ich sogar zu Danny gesagt.« Er kratzte sich am Kopf. »Ich weiß es nicht. Ich habe jemanden zum Reden gebraucht, jemanden, der nicht Danny ist, und da musste ich immer wieder an dich denken.«

»Das nennt man Einsamkeit«, sagte sie, anscheinend überhaupt nicht wütend über seine sachliche Feststellung, dass er sie benutzte.

»Wahrscheinlich. Und ich mag dich.«

»Das musst du nicht sagen.«

»Weiß ich, aber ich tue es trotzdem. Ich finde dich anziehend, als Frau, was ich verblüffend finde, weil du eigentlich gar nicht mein Typ bist.«

»Du siehst das mit der Typfrage viel zu eng.«

»Vielleicht. Jedenfalls sind wir jetzt hier, und so wie es aussieht, werde ich dich auch nochmal anrufen.«

Sie lächelten sich an, da keiner von ihnen wusste, was er als Nächstes sagen sollte. Dann fiel Dave der Brandstifter ein, den er in dem Wohngebiet gesehen hatte, und er beschrieb ihr den Mann.

»Er sieht verdammt gut aus, das steht fest«, sagte Dave abschließend.

Vanessa fragte: »Und du meinst, er ist für die weißen Feuer verantwortlich?«

»Da war definitiv ein weißer Blitz, bevor der eigentliche Brand im Haus ausgebrochen ist. Er hat mich geblendet. So etwas habe ich noch nie gesehen, nur in diesen Dokumentationen über Atomexplosionen. Eine nukleare Explosion – so war es, nur einige Nummern kleiner natürlich.«

»Du glaubst also, jemand hätte so etwas Ähnliches wie eine Atombombe erfunden, eine Art Mini-Atombombe?«

»Nein, das nicht. Irgendeine Art Brandbombe, die eine weiße Explosion erzeugt. Vielleicht etwas auf Phosphorbasis. Ich muss mal die Forensiker fragen, ob ihnen dazu etwas einfällt. Ich will diesen Kerl kriegen. Unbedingt …«

Die Art, wie er das sagte, erschütterte Vanessa bis ins Mark. Dave hatte eine gehörige Portion Killer in sich; sie spürte es, wenn er von solchen Dingen sprach. Das machte ihr Sorgen. Es fühlte sich an, als würde sie mit jemandem schlafen, der jeden Moment explodieren und sie in Stücke reißen konnte, weil sie eine Brandstifterin war. Immerhin war ein Brandstifter verantwortlich gewesen für den Tod seiner Frau.

Er hatte seine Frau abgöttisch geliebt, daran zweifelte Vanessa nicht, und das Raubtier in ihm forderte Rache. Es war dieser Rachedurst, der ihm dabei half, die schlimmste Zeit seines Lebens durchzustehen. Er sorgte dafür, dass sein Geist sich mit etwas anderem beschäftigte als mit seinem Verlust, doch Vanessa fragte sich, was wohl passieren würde, wenn der Freak mit dem weißen Feuer gefasst war.

Irgendwie hatte er sich auf diesen einen Brandstifter fixiert, wodurch sie sich in seiner Gesellschaft ein wenig sicherer fühlte, aber als sie am Abend beobachtet hatte, wie er im Zimmer auf und ab ging, mit brennenden Augen und krampfhaft zuckenden Händen, hatte sie um ihr Leben gefürchtet. Obwohl er groß und schlank war, verfügte er über enorme Kraft, und die Rechtschaffenheit, die er an sich hatte, vergrößerte seine Stärke noch. Er würde eher sterben, als zuzulassen, dass ein schlechter Mensch ihn besiegt. Für Dave funktionierte die Welt nicht so, erkannte sie: Die Bösen gewannen einfach nicht. Sie sah ihn als einen modernen Roy Rogers, oder vielleicht auch als Superman. Nein, nicht Superman. Superman war schließlich ein Außerirdischer, er kam von einem anderen Planeten. Dave Peters war ein einheimischer Held, ein amerikanischer Ritter. Vielleicht doch Roy Rogers.

»Hast du jemals etwas Schlimmes getan, Dave?«

Er stand an der Spüle und wusch das Geschirr ab, das sie bei dem Abendessen benutzt hatten.

Er drehte sich um und musterte sie, wie sie mit verschränkten Armen am Türpfosten lehnte.

»Diese verdammten fragenden Augen«, murmelte er, während er ihr ins Gesicht sah. »Ja, ich habe einmal etwas Schlimmes getan.«

Sie lächelte.

»Was denn, in der Schule deinem Freund den Lolli geklaut?«

Sie dachte, er würde wütend werden, weil sie sich über ihn lustig machte, aber er wich nur hastig ihrem Blick aus.

»Nein, ich habe jemanden getötet.«

Als sie sah, dass er es ernst meinte, lief ihr ein eiskalter Schauer über den Rücken. Sie hatte Recht gehabt! In seinem Herzen war er ein Killer. Sie drehte sich um, aber er lehnte nur steif an der Spüle und starrte aus dem Fenster in die Dunkelheit hinaus. Dann sagte er: »Willst du nicht wissen, wie es passiert ist?«

»Eigentlich nicht«, erwiderte sie schnell.

»*Du* hast doch die Büchse der Pandora geöffnet.«

Sie zögerte und drehte sich um.

»Na gut. Willst du es mir erzählen?«

»Ja. Ja, ich glaube, das will ich. Das hatte ich noch nicht einmal Celia erzählt, deshalb weiß ich gar nicht, warum ich es jetzt dir sagen sollte, aber ich will es. Danny weiß auch nichts davon. Du wirst mein Geheimnis also ganz allein hüten müssen.«

»Ich fühle mich geschmeichelt. Ich werde es mit anhören wie ein Priester eine Beichte – nur für meine Ohren bestimmt.«

»Danke.«

Dann schwieg er und sie wartete lange, bis sie sich schließlich fragte, ob er überhaupt wieder anfangen würde zu reden. Als sie sich umdrehen und gehen wollte, weil sie dachte, er hätte es sich anders überlegt, brach es plötzlich aus ihm heraus: »Ich war damals siebzehn, und ich hing immer mit dieser Gang rum ...«

Erstaunt schaute sie ihn an.

»Du warst in einer *Gang*? Ich dachte, du wärst ein Musterknabe gewesen.«

»Unterbrich mich nicht«, sagte er scharf.

»Tut mir leid.«

»Das war keine Gang im klassischen Sinne – wir kamen alle aus gutbürgerlichen Familien. Wir waren einfach gelangweilt und meistens nur auf der Suche nach ein bisschen Spaß, aber wir dachten wirklich, wir könnten mit den harten Jungs mithalten, mit den Italienern, den Puerto Ricanern, den Schwarzen und den Iren. Die hätten Hackfleisch aus uns gemacht, aber sie interessierten sich nicht für unsere Gegend, und wir sind nie in ihre Reviere vorgedrungen. Ich glaube nicht, dass sie überhaupt wussten, dass wir existierten, und falls doch, haben sie sich totgelacht.

Der Anführer unserer Gang, die wir ›Die Puritaner‹ nannten – gar nicht schlecht für eine Mittelschichtgang, oder? –, war ein Typ namens Wexley Hunterman, ein blonder Junge, der von Natur aus breit gebaut war und dessen Arroganz von hier bis nach Kanada gereicht hätte. Hunterman verachtete die meisten anderen Gangmitglieder, außer ein oder zwei, vor denen er Angst hatte, aber mich hielt er für einen echten Wurm. Ich war ein hageres Kind und damals noch ziemlich schlaksig, es war wirklich nicht viel an mir dran.«

Er wandte sich wieder dem Abwasch zu und spülte mit langsamen Bewegungen die Teller, sogar die sauberen, doch sie unterbrach ihn nicht.

»Jedenfalls war Huntermans Vater Anwalt, was er uns immer wieder unter die Nase rieb, da Anwälte in seinen Augen allen anderen Menschen überlegen waren. Und dieser Anwaltssohn hatte einen Hang zur Grausamkeit, wie man ihn nicht einmal bei einem Gestapo-Offizier erwartet hätte. Er liebte es, wenn ihm die schwächeren Mitglieder der Gang hilflos ausgeliefert waren, schob ihnen Rasierklingensplitter in die Nasenlöcher …«

»Habt ihr nicht geblutet?«, fragte Vanessa schockiert.

»Natürlich, aber wenn wir mit einer blutigen Nase nach Hause kamen, sagten unsere Eltern nur: ›Na, na, hast du dich schon wieder geprügelt?‹ Er war ein cleverer Bastard, der kleine Hunterman, er wusste genau, womit er durchkommen konnte. Er hatte Dutzende Ideen wie die mit den Rasierklingen, einige davon drehten sich auch um die Geschlechtsteile – ich werde nicht ins Detail gehen.«

»Warum bist du nicht aus der Gang ausgestiegen?«

»Dazu komme ich noch. Ich wollte es ja, aber wie bei den meisten Gangs war aussteigen auch bei den Puritanern tabu. Trotzdem dachte ich mir: Was können sie mir schon antun, was sie noch nicht versucht hätten? Eines Tages bin ich dann nach der Schule nicht an unserem üblichen Treffpunkt aufgetaucht, und am nächsten Tag auch nicht. Dann sind sie gekommen, um mich zu holen. Sie haben mich zu einem verlassenen Wasserturm auf einem alten Fabrikgelände gebracht.«

Dave zögerte, und sie fragte sich, ob er fortfahren würde.

Nach einer langen Pause, in der sie sich absolut still verhielt, erzählte er seine Geschichte weiter: »Einer von ihnen hat ein Feuer gemacht. Hunterman hat die Klinge von seinem Messer in die Flammen gehalten, bis sie geglüht hat, und dann hat er … mir die Messerspitze direkt vor die Augen gehalten. Er hat so getan, als wollte er mir die Augen ausbrennen.

Ich habe die Lippen zusammengepresst. Ich wollte ihnen verdammt nochmal nicht die Genugtuung verschaffen, mich schreien zu hören. Denn das wollte Hunterman ja. Er brauchte meine Schreie. Er brauchte Angst. Und schließlich bekam er sie.

Er war wütend, weil ich nicht reagierte, also haben sie mir die Schuhe und Socken ausgezogen, und Hunterman hat mir die Messerklinge unter die Zehennägel geschoben, immer einen nach dem anderen, bis ich mir die Lunge aus dem Leib geschrien habe.«

Vanessa spürte, wie sie blass wurde, und plötzlich wurde ihr übel.

»Herr im Himmel«, flüsterte sie.

Dave lächelte grimmig.

»Oh, ich habe geschrien. Ich … kann … immer noch … das brennende … Fleisch … riechen. Mein eigenes Fleisch. Ich spüre immer noch, wie mir die Klinge den großen Zehennagel abschält. Es waren unvorstellbare Schmerzen, das sage ich dir. Ich konnte wochenlang nicht richtig laufen.

Sobald er seinen Schrei hatte, küsste Hunterman mich auf

den Mund und sagte: ›Weine, Baby. Weine nicht, Baby. Papa ist nicht mehr böse.‹

Sie haben mich gezwungen, auf den Wasserturm zu klettern, haben mir die Augen verbunden und die Hände hinter dem Rücken gefesselt. Dann haben sie mir ein Seil um die Fußgelenke gebunden und mich über die Kante geschubst. Dort ließen sie mich kopfüber hängen, zwanzig Meter über dem nackten Beton.«

»Gott …«

»Ich war total verängstigt. Als es dunkel war, kam Hunterman mit zwei seiner Speichellecker zurück und sie haben mich hochgezogen und losgebunden. Mir war schlecht, und ich war total erschöpft, aber sie waren noch nicht fertig mit mir. Sie sagten, jetzt sei es Zeit, mich runterzuschmeißen. Ich hatte solche Angst, dass ich mir in die Hosen gemacht habe. Dann winkten die beiden Speichellecker mir zu und meinten zu Hunterman, er solle das besser allein machen, es bräuchte ja keine drei Leute, um einen Schwächling wie mich von dem Turm zu schmeißen. Also gingen sie, kletterten wieder nach unten und ließen uns alleine.«

Dave hatte aufgehört zu spülen, aber seine Hände lagen immer noch im Spülwasser.

»Ich lag oben auf dem Tank des Wasserturms, einem langen, ovalen Stahltank, und Hunterman stand neben mir, die Arme verschränkt, und schaute auf mich herab. Ich weiß noch, wie er sagte: ›Küss mir den Hintern …‹«

Dave unterbrach sich und wischte mit den Fingern durch den Schaum.

»›Küss mir den Hintern, vielleicht lasse ich dich dann laufen.‹

Stattdessen habe ich wutentbrannt mit beiden Beinen ausgeholt und ihm gegen die Schienbeine getreten.«

Jetzt sah er ihr direkt in die Augen.

»Hunterman ist über die Kante gefallen, hat sich in der Luft einmal überschlagen, und ist dann *platsch*«, er schlug mit der nassen Hand heftig auf die Arbeitsfläche, so dass Vanessa bei dem scharfen Laut zusammenzuckte, »auf dem Beton unten aufgeschlagen. Ich habe ihn schreien hören, bis das Knirschen kam, dann haben die Schreie aufgehört. Immer noch zitternd bin ich runtergeklettert.

Ich hatte solche Angst – ich kann mich nicht daran erinnern, zu diesem Zeitpunkt Reue gespürt zu haben. Später, ja, aber damals nicht. Vielleicht war ich zu verängstigt, um überhaupt etwas zu empfinden. Ich habe den beiden anderen erzählt, was passiert war, aber sie haben mir nicht geglaubt. Sie dachten, Hunterman wäre ausgerutscht, meinten, dass ich ihnen nur Angst machen oder ein bisschen Ruhm einheimsen wolle. Sie haben ihren Eltern und den Cops erzählt, sie hätten gesehen, wie Hunterman von dem Turm runterklettern wollte und sich dann plötzlich seine Hände von der Leiter gelöst hätten. Ich habe es nie jemand anderem als diesen beiden gestanden, und die haben mir Gott sei Dank nicht geglaubt. Im Gegenzug habe ich nichts darüber verraten, was sie mir angetan hatten. Wir haben einfach behauptet, wir wären alle zusammen auf den Wasserturm geklettert, um eine gute Aussicht zu haben.«

Wieder zögerte er, bevor er sagte: »Ich glaube, ich erzähle dir das wegen des Teils mit der Folter. Wir haben als Kinder beide einiges durchgemacht, auch wenn mir klar ist, dass deine Erfahrungen wesentlich traumatischer waren als meine – kein Vergleich –, aber ich dachte, du wüsstest es vielleicht gerne.«

»Danke für dein Vertrauen«, sagte sie, obwohl sie sich fragte, ob sie diese Art Vertrauen wirklich wollte.

»Na ja«, er trocknete sich die Hände an einem Geschirrtuch

ab, »du hast mich gefragt, ob ich mal etwas Schlimmes getan habe. Die Antwort ist Ja, und zwar das Allerschlimmste. Ich habe jemanden umgebracht.«

»Aber nicht ohne Grund.«

»Der Grund spielt keine Rolle. Es gibt keine Entschuldigung dafür. Ich habe einen Menschen umgebracht, und bin, was noch schlimmer ist, davongekommen. Keine Ahnung, vielleicht war das, was mit Celia und Jamie passiert ist, ja die Strafe dafür. Falls es so war, hat irgendjemand da oben aber einen sehr seltsamen Sinn für Gerechtigkeit, denn die beiden hatten überhaupt nichts getan.«

»Gott würde dich nie auf diese Weise zur Rechenschaft ziehen, er ist kein strafender Gott.«

»In der Bibel schon.«

»Nur im Alten Testament. Wir haben uns seitdem weiterentwickelt. Jetzt ist er ein verzeihender Gott.«

»Er kann sich ändern?«

Sie lächelte.

»Das ganze Universum dreht sich nur um Veränderung, alle Dinge ändern sich, selbst Gott. Nichts ist unveränderlich. Hast du nie Keats gelesen?«

»Wen?«

»Egal, du solltest einfach davon ausgehen, dass Celia und Jamie wegen etwas gestorben sind, das ein *anderer* getan hat, und nicht du.«

»Wenn du das sagst.« Er legte eine Hand in ihren Nacken und küsste sie. »Ich liebe Intellektuelle – sie sind so … *intellektuell.*«

Sie lachte.

12

Danny und Rita saßen im Bett und tranken Kaffee. Ihre Kleider waren über den ganzen Raum verteilt, auf Stühlen, dem Kopfteil des Bettes, Lampen und dem Boden. Sie waren heute Morgen betrunken in der Wohnung angekommen und plötzlich von heftiger Leidenschaft gepackt worden. Rita hatte ganz vergessen, dass sie eine Nutte war, und zum ersten Mal seit vielen Jahren war Geld kein Thema. Sie hatte es genauso genossen wie er und nicht einmal einen Orgasmus vortäuschen müssen.

Jetzt hatte sie grimmig den Mund verzogen, während sie an ihrem Kaffee nippte.

»Wirst du mich heute Abend in deiner Beichte erwähnen?«, fragte sie.

Danny setzte seine Lesebrille auf, die er vor den Jungs auf der Wache geheim hielt, und schaute in ihr rundliches, aber freundliches Gesicht.

»Schätze schon«, sagte er dann. »Ich sehe nicht, was an der letzten Nacht anders gewesen sein soll. Es ist immer noch eine Sünde.« Er erinnerte sich an die ungezügelte Lust, die sie empfunden hatten, und wie sie beide schmutzige Worte geschrien hatten, während er zustieß. Als er daran dachte, spürte er, wie sein Schwanz wieder hart wurde, und glättete verlegen die Bettdecke. »Eigentlich war es letzte Nacht wahrscheinlich noch schlimmer als sonst.«

»Ich mag es nicht, wenn du mich beichtest«, erwiderte sie. »Dann fühle ich mich schmutzig. Ich meine, habe ich denn gar kein Mitspracherecht, wenn es darum geht, ob Gott davon erfährt, was wir miteinander tun?«

Danny dachte darüber nach und musste zugeben, dass sie nicht ganz Unrecht hatte.

»Ich nenne ja nicht deinen Namen, falls es das ist, was dir Sorgen macht. Ich sage nie, dass du es bist. Ich sage dem Priester nur, dass ich mit einer Frau geschlafen habe.«

»Hat es dir denn nicht gefallen mit mir, Danny?«

Sein Schwanz unter der Decke wurde noch härter, und er war froh, dass sie es nicht sehen konnte.

»Doch, sicher«, sagte er verlegen.

»Warum musst du das dann beichten? Wir sind zwei junge, verliebte Menschen …«

Abrupt setzte er sich auf.

»Sind wir?«

»Das hast du letzte Nacht zumindest gesagt, im Augenblick der Wahrheit.«

»Wann ist der Augenblick der Wahrheit?«

»Du weißt schon, Danny.«

Eigentlich konnte er sich nicht daran erinnern, irgendetwas von Liebe gesagt zu haben, obwohl es gut möglich war. In dem Zustand, in dem er gewesen war, hätte er alles Mögliche sagen können. Konnte er ihr versprechen, dass er es diesmal nicht beichten würde? Dann hatte er vielleicht die Last einer Kardinalssünde auf seiner sowieso schon befleckten Seele.

»Warum ziehst du nicht bei mir ein, Rita?«, fragte er sie. »Wir müssen ja nicht heiraten oder so, zumindest erst mal nicht. Aber wenn du bei mir einziehst, könnte ich dem Priester sagen, dass ich auf dem Weg bin, ein anständiger Mann zu werden. Die Wohnung ist zwar klein, aber wir würden schon klarkommen. Was meinst du?«

Sie umschloss sein Gesicht mit den Händen und sah ihm tief in die Augen.

»Du willst das wirklich, oder?«

»Ja, ja das will ich.«

»Und wovon soll ich leben?«

»Na ja, ich verdiene ja auch Geld. Was hast du denn gemacht, bevor du Nutte geworden bist?«

»Erst Kellnerin, dann war ich Sekretärin … so haben sie es zumindest genannt, aber eigentlich habe ich nur Ablage gemacht. Oh, und dann war ich auch einmal Empfangsdame.«

»Empfangsdame. Das ist doch ein guter Job. Man begegnet vielen Menschen, und die Tage sind abwechslungsreich. Warum versuchst du es nicht noch einmal damit?«

Rita starrte in ihren Kaffee.

»Ich denke, ich könnte mich ja mal bei einer Agentur anmelden.«

In ihrer Stimme schwang jetzt ein wenig Aufregung mit, und er wusste, dass er sie am Haken hatte. Sie hatte ihm erzählt, dass sie die Nase voll hatte vom Leben als Prostituierte. Erst war es eine Möglichkeit gewesen, Geld zu verdienen und die Rechnungen zu bezahlen. Dann wurde es zu einem Lebensstil. Letztendlich war es eine Falle, so dass sie nichts anderes mehr machen konnte. Ihr Zuhälter nahm ihr den Großteil des Geldes ab.

»Und was ist mit Span?«, fragte sie.

Danny kannte ihren Zuhälter; er war ein Einzelgänger, ohne Verbindungen zu einem der großen Mafiaclans, und er wusste, dass er mit ihm fertigwerden konnte.

»Überlass Span ruhig mir. Wenn ich verbreite, dass du zu mir gehörst, wird er dich in Ruhe lassen. Wenn es darauf ankommt, ist der Typ ein rückgratloser Haufen Scheiße. Er wird irgendein Mädchen leiden lassen, aber an mich traut er sich nicht ran.«

»Harter Kerl.« Sie grinste spöttisch.

»Jawohl.« Er grinste zurück.

Das war also geklärt, Rita würde bei ihm einziehen. Jetzt, wo sie sich entschieden hatten, schien es eine großartige Idee zu sein. Vielleicht würde es sogar funktionieren.

»Sollen wir unser Zusammensein vollziehen?«, fragte er.

»Voll … was?«

»Du weißt schon.«

»Hast du denn nach letzter Nacht noch was übrig?«

Er hob die Decke an und zeigte es ihr, wenn auch etwas schüchtern, weil er ungewohnterweise dabei nüchtern war.

Als er sich an diesem Morgen anzog, legte Danny einen dunklen Anzug, eine einfarbige Krawatte und ein Nadelstreifenhemd bereit. Er trug schwarze Lederschuhe, die gleiche Art, wie sein Vater sie schon getragen hatte. Das war der Konservative in ihm, der es notwendig fand, sich förmlich zu kleiden, weil er eine Verabredung mit einer Frau hatte. Er hatte ein Date mit Vanessa. Dave war nicht eingeladen, weil sie über ihn reden wollten, wofür jeder seine eigenen Gründe hatte.

Während der Schicht machte Dave eine Bemerkung über Dannys schickes Outfit, aber Danny erzählte ihm, er würde sich zum Mittagessen mit seiner Tante treffen und müsse sich dafür entsprechend kleiden. Dave meinte daraufhin, sie sollten sich später in einem Burgerladen treffen.

Danny saß nun in dem kleine Bistro, das Foxy eröffnet hatte, nachdem er aus dem Polizeidienst ausgeschieden war. Einige der Kollegen führten zu besonderen Anlässen ihre Frauen und Freundinnen hierher aus, aber das Bistro war kein Wasserloch für durstige Cops. Foxy sorgte absichtlich dafür, dass das auch so blieb. Er war bei der Polizei ausgestiegen, und er wollte sie nicht zur Hälfte mitnehmen, wie es so viele Typen machten, denen die Kameradschaft fehlte, wenn sie ihre Uniform an den Nagel hängten. Foxy hatte seine Marke und seine Waffe abgegeben, und jetzt war er ein ganz normaler Bürger, der das Recht hatte, sich von den Männern in Blau beschützen zu lassen, aber nicht mit ihnen seine Zeit verbringen musste.

Er mochte es, wenn einige seiner alten Freunde vorbeikamen, aber nicht die Arschlöcher, mit denen er sich früher bei Stokey's besoffen hatte, die jetzt um zwei Uhr morgens auf der Matte standen, die alten Zeiten heraufbeschworen und ihm kostenlose Drinks aus den Rippen leiern wollten, während sie in der universellen, plumpen Sprache des betrunkenen Machos seine Frau anmachten – mit den immer gleichen Sprüchen, die ungefähr so witzig waren wie eine nasse Zigarettenkippe in einem Pissoir.

Foxy servierte nur ein alkoholisches Getränk, nämlich Wein, und das war kein Feierabenddrink für einen Cop.

Das Bistro hieß Clementine's, nach Foxys Frau, und es schien ganz gut zu laufen mit seiner abwechslungsreichen Küche; es wurden Maryland-Krabben, Minutensteaks und Austernsuppe serviert. Foxy stand am Herd, während Clementine zusammen mit einer zweiten Frau die Gäste bediente. Auf den Tischen standen kalifornische und portugiesische Weinflaschen, die als Blumenvasen und Kerzenhalter dienten. Baguette im Korb war gratis, und man konnte auf das irische Leinentischtuch bröseln, so viel man wollte. Es herrschte eine Atmosphäre wie in Tausenden anderer Bistros auch, aber wie Clementine immer betonte, wollten die Leute genau das: familiäre Atmosphäre ohne jede Herablassung.

Danny war um Punkt ein Uhr da, Vanessa kam ein paar Minuten später. Danny stand auf.

»Hallo, Danny. Wie geht's?«

Sie trug ein weites schwarzes Kleid, in dem sie noch blonder wirkte als sonst. Außerdem trug sie schwarze Spitzenhandschuhe und schwarze Strümpfe. Ihre Augen waren stark geschminkt.

»Ist heute Gothic-Tag?«, fragte er, als sie sich setzte.

Sie schaute an sich herunter und verzog den Mund. Danny wünschte sofort, er hätte sich die Bemerkung verkniffen. Das war typisch für ihn, dass er bei Frauen immer zum falschen Zeitpunkt das Falsche sagte. Er versuchte, die Situation zu retten: »War nur ein Witz, du siehst großartig aus.«

»Nein, tue ich nicht, aber besser als gewöhnlich«, erwiderte sie. »Das liegt an Dave. Ich fühle mich gut. Und es ist mir egal, ob es dir gefällt oder nicht.«

Er war sich nicht sicher, ob sie damit ihren Kleidungsstil oder ihre Beziehung zu seinem Partner meinte.

»Hör mal, Vanessa, ich will mich nicht mit dir streiten. Ich kann nicht behaupten, dass ich glücklich darüber wäre, aber das liegt wahrscheinlich daran, dass ich neidisch auf ihn bin. Ich habe dich zuerst gesehen. Ich weiß, ich weiß, so funktioniert das nicht, das ist kein Sommerschlussverkauf. Aber trotzdem, ich kann meine Gefühle eben nicht kontrollieren. Ich bin verletzt. Ich habe dir meine Freundschaft angeboten, und ich dachte, das könnte zu etwas Stärkerem führen, und dann höre ich plötzlich, dass du mit meinem Partner in die Kiste gehüpft bist.«

»So war es nicht.«

»Nach dem, was ich gehört habe, war es *genau* so. Ich werde das Ganze jetzt nicht auf die Chemie schieben – es ist eben passiert. Aber du kannst nicht von mir erwarten, dass ich euch einfach lächelnd auf die Schulter klopfe.«

Danny brach das Baguette, das sich daraufhin halb in trockene Krümel auflöste, die auf das weiße Leinentischtuch schneiten. Die Butter kam direkt aus dem Kühlschrank und war steinhart. Er versuchte ein- oder zweimal, sie auf der krümeligen Oberfläche zu verteilen, entschied sich aber dann, sie in kleine Stücke zu schneiden und auf den Scheiben zu balancieren.

»Und was willst du jetzt machen?«, fragte Vanessa.

Danny zuckte mit den Schultern. »Gar nichts. Ich wollte nur, dass wir uns treffen und herausfinden, wo wir jetzt stehen. Ich lebe momentan mit einem Mädchen zusammen, sie heißt Rita.«

»Mit einer *Frau,* die Rita heißt, es sei denn, sie ist minderjährig, und in dem Fall würde ich dir in die Eier treten.«

Danny war gekränkt.

»Bitte nicht solche Kraftausdrücke hier, das ist ein respektables Restaurant. Nein, sie ist nicht minderjährig. Eigentlich geht sie dich aber auch gar nichts an. Ich habe sie nur erwähnt, um dir zu zeigen, dass ich nicht an gebrochenem Herzen leide. Und wenn ich sie als *Mädchen* bezeichnen will, und sie mich als *Jungen,* dann werden wir das verdammt nochmal auch tun, und zwar ohne vorher deine Erlaubnis einzuholen. Kümmer du dich mal um dich selbst, und Rita kümmert sich auch um sich selbst, das kann sie nämlich ganz gut.«

»Wirklich?«

»Was – willst du sie jetzt etwa auch bevormunden?«

»Ich denke, bemuttern würde es eher treffen, aber das ist jetzt unwichtig. Erzähl mir von Dave. Er hat seine Frau und sein Kind sehr geliebt, oder?«

Danny nickte.

»Leidenschaftlich. Hat für die beiden gelebt, und als Celia gestorben ist, ist er völlig zusammengebrochen. Sei besser vorsichtig mit ihm, denn innerlich ist er ziemlich zerbrechlich. Nach außen hin hart wie eine Riesengarnele, aber innen drin weich und voller Emotion, ganz rosa und zart.«

»Ich will ihn nicht verletzen. Er ist sowieso nicht in mich verliebt. Er mag mich, genießt meine Gesellschaft, aber da gibt es keine unwiderstehliche Leidenschaft.«

»Wahrscheinlich ist es so am besten. Mehr könnte er momentan auch nicht verkraften. Sag mal, wie ist er denn so, wenn ihr allein seid? Schau mich nicht so an, der Teil mit dem Sex interessiert mich nicht. Ich will wissen, ob er stabil ist, ob er sich wieder zusammenreißt, oder … weint er im Schlaf oder so was? Das würde er eher vor einer Frau als vor einem Mann machen, selbst wenn wir die besten Freunde sind.«

Die Suppe kam; Vanessa nahm ihren Löffel und begann zu essen. Danny wischte – sehr zum Ärger von Clementine – seinen Löffel erst an der Serviette ab, bevor er sich ihr anschloss.

»Er weint nicht im Schlaf, er weint an meiner Schulter«, sagte sie schließlich, »und das ist ganz normal. Gewisse Dinge lösen es aus – ein Lied, ein Ausschnitt aus einem Spätfilm oder vielleicht nur eine Erinnerung. Das heißt aber nicht, dass er labil ist.«

Als sie den Löffel zum Mund führte, griff Danny über den Tisch und packte ihr Handgelenk. Er drehte ihren Arm, damit er die Innenseite sehen konnte.

»Was ist das?«, fauchte er.

Mit verkniffenem Mund versuchte sie, ihren Arm loszureißen.

»Narben. Alte Brandmale von Zigaretten.«

»Bullshit, das da ist nicht alt«, widersprach er und zeigte auf eine Wunde, »und das da auch nicht. Das sind frische Wunden.«

Schließlich gelang es ihr, ihren Arm zu befreien.

»Wäre es dir lieber, wenn ich sein Bett in Brand stecke?«

Danny starrte sie an. Er kannte ihre Geschichte und konnte sich denken, was los war. Er war nicht ohne Grund Detective, und er war auf der Straße unterwegs, seit er zwölf war. Er kannte die Kehrseite der Medaille.

»Du fügst dir die Brandwunden selbst zu«, stellte er nüchtern fest.

»Ja«, gab sie zu.

»Wann?«

»Ich glaube nicht …« Sie richtete sich hochmütig auf, aber er fauchte nur wieder: »Wann?«

Da schien sie von innen heraus in sich zusammenzufallen und hing über der Tischkante.

»Nachdem wir miteinander geschlafen haben. Mein Vater hat das immer getan, um mich zu bestrafen, wenn er mich zum Sex gezwungen hatte. Jetzt tue ich es selbst. Ich weiß nicht, warum.«

Danny zuckte zusammen.

»Du bestrafst dich selbst, weil du ein böses Mädchen warst?«

»Ich schätze, so ist es. Auf eine verdrehte Art und Weise brauche ich es. Danach fühle ich mich sauber. Es reinigt meine Seele.«

»Das ist nicht nötig, Vanessa. Du tust nichts Falsches.«

Sie schaute hoch und lächelte.

»Da redet der Richtige. Wer rennt denn jeden Abend nach dem Sex zur Beichte?«

Danny versuchte, sich nicht ärgern zu lassen.

»Das ist etwas anderes. Ich verstümmele mich nicht selbst. Wenn du dich schlecht fühlst, warum kommst du nicht mit mir zur Beichte?«

»Da hätte der Priester seinen großen Tag, was? Rennt von einem Beichtstuhl zum anderen, hört sich unsere schmutzigen Geschichten an und versucht, seinen Ständer zu verbergen.«

Danny war so schockiert, dass er fast an seiner Suppe erstickte.

»So darfst du doch nicht über Priester reden.«

»Sei nicht so naiv, Danny! Sie sind Männer, oder nicht? Hör zu, ich werde versuchen, das nicht mehr zu machen. Ich hasse es, von etwas abhängig zu sein, aber es ist sehr schwer. Das musst du verstehen. Ich kann manchmal einfach nicht anders. Bitte sag Dave nichts davon.«

Danny dachte über das nach, was sie gesagt hatte, und beschloss, dass Dave ja schon von dem brennenden Bett wusste und er irgendwann auch von der Selbstverstümmelung erfahren würde, wenn sie das weiterhin machte. Dabei wäre ihm eine Einmischung von Danny gar nicht recht. Also entschied er, dass er nichts sagen würde.

»Meine Lippen sind versiegelt.«

Sie schenkte ihm ein Lächeln.

»Danke, Danny.«

Sie redeten noch ein bisschen über Dave, sich selbst und die ganze Situation, und kamen zu dem Schluss, dass sich alles zum Besten entwickelt hatte, was auch immer das heißen mochte. Die Suppenteller wurden abgeräumt, und der Hauptgang kam. Danny verputzte sein Fleisch und dachte nur flüchtig an das kleine Kälbchen, von dem es stammte. Er war nicht der Typ, der sich die Dinge zu genau ansah. Vanessa aß Forelle und fragte sich, wie lange es wohl her war, dass der Fisch in einem reinen kanadischen Strom geschwommen war. Sie war der Typ, der immer hinter die Fassade blickte.

»Bist du katholisch?«, fragte Danny schließlich.

»Nicht praktizierend«, erwiderte sie.

»Oh-oh, Höllenfeuer«, murmelte er, ohne nachzudenken, bereute es dann aber sofort. Er versuchte, die Situation zu retten, scheiterte zum zehntausendsten Mal in seinem Leben daran und war froh, als es Zeit wurde, nach der Rechnung zu fragen.

Als sie gerade gehen wollten, kam Foxy aus der Küche und schimpfte Danny, weil er ihm nicht gesagt hatte, dass er da war. Danny erwiderte, er habe gedacht, Foxy hätte nicht gerne Cops im Laden, aber Foxy erwiderte, dass einige Cops ihm immer willkommen seien, solange sie ihn Ray nannten. Sie wurden Clementine vorgestellt, die gerade viel zu tun hatte und ihnen nur ein Lächeln und ein »Freut mich« über die Schulter zuwerfen konnte.

Foxy bestand darauf, dass sie mit ihm einen Brandy tranken, und als sie eine halbe Stunde später gingen, hatte Danny ein warmes Gefühl im Bauch. Es spielte keine Rolle, dass manche Cops den Polizeidienst hassten, so wie Foxy es getan hatte: Wenn sie einmal draußen waren, vermissten sie ihn.

Menschen sind die widersprüchlichsten Lebewesen auf der Welt, dachte Danny. Wenn man ihnen etwas gibt, wollen sie etwas anderes. Leben sie in Ohio, wollen sie lieber nach Kalifornien. Wenn sie dann endlich in Kalifornien wohnen, reden sie die ganze Zeit nur von Ohio. Wenn man sie in einen Club reinlässt, wollen sie in einen anderen Club. Lässt man sie dann wieder raus, wollen sie unbedingt wieder rein. Danny hatte einmal gehört, wie ein berühmter Bergsteiger gesagt hatte: »Wenn ich bei kalten, schlechten Wetterbedingungen einen Berg besteige, dann wünschte ich, ich könnte mit meiner Frau zu Hause vor dem Kamin sitzen. Wenn ich zu Hause bin, sehne ich mich danach, auf einem Berg zu sein …«

Span war einen Meter siebenundachtzig groß, hatte einen beeindruckenden Oberkörper, den er durch jahrelanges Training im Fitnessstudio perfektioniert hatte, und zwei erbärmlich dünne Beinchen mit Füßen, um deren Schuhgröße ihn die meisten Frauen beneidet hätten. Spans Problem bestand darin, dass er Beintraining langweilig fand und er sich immer nur auf Arme und Torso konzentriert hatte, was zur Folge hatte, dass er nun wie ein Ausrufezeichen aussah. Wann immer er fotografiert wurde, bestand er darauf, nur vom Bauch aufwärts gezeigt zu werden.

Span hatte einen Stall von sieben Mädchen, und Rita war eine davon. Er passte auf seine Huren auf, überließ ihnen mindestens zehn Prozent von ihren Einkünften und stellte sicher, dass sie nicht von Freaks, Spinnern, Mafiosi oder Gangs drangsaliert wurden. Er hatte die korrupten Bullen für seinen Straßenabschnitt auf seiner Gehaltsliste und arbeitete schon seit Jahren für einen Lieutenant als Spitzel. Der Lieutenant beschützte ihn dafür vor unangekündigten Razzien. Außerdem zahlte Span an die örtliche Mafia und sorgte so für zusätzlichen Schutz. Gegen ehrliche Cops konnte er nichts tun, außer sich in schrillen Tönen darüber zu beschweren, dass er als Schwarzer ja ständig diskriminiert würde. Eigentlich war er kein Afroamerikaner; seine Eltern stammten aus Mauritius, aber nach jahrelanger Sonnenbanknutzung ging er als Schwarzer durch. Falls jemand fragte, sagte er immer, er hätte ein Tröpfchen Bleichmittel in sich.

Wie die meisten Zuhälter sorgte sich Span vor allen Dingen um sein Image, und so hatte er sich mit einer Ernsthaftigkeit, die ihm bei einem Collegeabschluss alle Ehre gemacht hätte, den Gang, den Kleidungsstil und das Verhalten seiner Kollegen angeeignet. Alles, was dieses Image gefährdete, löste Angst und Hass in ihm aus.

Als Span erfuhr, dass eines seiner Mädchen aussteigen wollte, um mit einem Cop zusammenzuleben, war er schwer gekränkt. Er hatte diesen Mädchen die besten Jahre seines Lebens geschenkt, und dann hauten sie einfach ab und ließen ihn im Stich. Er versuchte es bei Rita mit Hohn, dann mit Überredung, und schließlich drohte er, ihr mit einer Rasierklinge seinen Namen ins Gesicht zu ritzen. Das schien sie zu verstehen.

An diesem Abend ging Span wie immer ins Fitnessstudio und stemmte mit grimmiger Entschlossenheit schwere Eisen. Oben war er Arnold Schwarzenegger, unten Stan Laurel, aber er wurde unter Seinesgleichen als ein Mann angesehen, der sich nichts gefallen ließ. Span war bereit, Verletzungen und sogar den Tod hinzunehmen, um in dieser Welt der Zuhälter, Rausschmeißer, Spieler, Knackis und anderer Mittelklasse-Unterweltgrößen seinen Ruf zu verteidigen. Sein Image war sein Ego, und es war alles, was er hatte, abgesehen von jeder Menge Kohle.

Nach seinem Training ging er unter die Dusche, dann verschwand er in seiner Lieblingskabine, um sich zu erleichtern. Er saß da, wurde seine Ladung los und summte Songs aus seinem Lieblingsmusical *Kiss Me Kate,* als jemand die Tür aus den Angeln trat.

»Scheiße, was ...?«, schrie er und bückte sich, um das Klappmesser aus seiner Hose zu holen, die ihm über den Knöcheln hing.

»Vergiss es, Span.«

Ein Cop, den Span als Bruder Tuck kannte, stand vor ihm und hatte mit einer Hand seine Waffe auf ihn gerichtet, während er in der anderen eine Digitalkamera hielt.

»Willst du mich erschießen?«, fauchte Span.

»Nicht, wenn du tust, was ich dir sage«, erwiderte Bruder Tuck. »Und jetzt greif schön langsam nach oben und zieh die Spülung.«

Die Toilette war ein altmodisches Modell mit einem hängenden Spülkasten samt Kette. Span versuchte aufzustehen, aber Bruder Tuck signalisierte ihm, sitzen zu bleiben.

»Mach es im Sitzen.«

»Was soll der Scheiß?«

»Tu es, oder ich erschieße dich mit heruntergelassener Hose und dreckigem Arsch und schleife dich dann raus, mitten in das Studio.«

»Das würdest du nicht machen.«

»Führe mich nicht in Versuchung.«

Span starrte auf den Lauf der Waffe, auf das kleine schwarze Loch, das sein ganzes Universum ausfüllte. Dieser Cop hier, der sein Image in Gefahr brachte, machte ihn stinksauer. Aber er wollte nicht so sterben, mit nacktem Arsch. Bei diesen ehrlichen Cops konnte man nie wissen, manchmal drehten die einfach durch. Er griff nach oben und packte die Kette.

»Ziehen«, befahl Bruder Tuck.

»Hör mal, wenn hier drin eine Bombe ist, gehen wir doch beide drauf …«

»Tu verdammt nochmal, was ich dir sage.«

Span seufzte und zog an der Kette. Von oben kam ein knirschendes Geräusch, dann löste sich der schwere Metallspülkasten aus seiner rostigen Halterung und fiel dem Zuhälter auf den Kopf.

Span schrie und warf sich genau in dem Moment nach vorne, als der Kasten auf die Toilette krachte. Als er durch die Luft flog, sah Span es mehrmals aufblitzen, dann hörte er ein Krachen hinter sich und die Toilettenschüssel zersprang in hundert Scherben.

Als sich der Staub gelegt hatte, schaute er zu dem Cop hoch.

»Verdammtes Arschl …«, setzte er an, aber Bruder Tuck unterbrach ihn mit einem harten Tritt gegen die Hüfte.

»Hör gut zu, du Freak«, sagte der glatzköpfige Cop. »Ich habe hier diese Bilder von dir, wie du mit heruntergelassenen Hosen versuchst, dem Tod durch einen Spülkasten zu entgehen. Wenn das entwickelt wird, ergibt das ein paar sehr schöne Porträts. Ich werde sie vergrößern lassen, lebensgroß, und sie an jede Mauer im ganzen Viertel kleistern lassen. Dein Image wird im Arsch sein, hörst du? Es sei denn …«

Span seufzte.

»Es sei denn, ich lasse Rita in Ruhe.«

»Kluger Junge. Haben wir einen Deal?«

»Habe ich denn eine Wahl?«

»Ich wusste, dass du kooperieren würdest. Ich habe zu meinem Partner Dave gesagt: ›Span ist ein vernünftiger Mann. Er wird kooperieren, sobald ich ihm die Vorteile dieser Vereinbarung erklärt habe.‹«

»Ihr seid schon witzige Typen, ihr zwei.«

»Eigentlich nicht. Wir machen die Dinge nur gern auf unsere Art. Ich meine, wir gehören zu den Guten, und du bist ein Böser, also gewinnen wir traditionell am Ende immer. Mach dir deswegen keinen Kopf. Und erwarte nicht von mir, dass ich ein gutes Wort für dich einlege, wenn die Sitte dich irgendwann schnappt, denn das werden sie.«

»Ich werde daran denken, dass du nicht auf meiner Seite bist.«

»Gut. Entspann dich, Span. Genieß den Rest von deinem Schiss.«

13

Dave und Danny fuhren durch die Innenstadt, beide in Gedanken versunken. Danny fuhr, und Dave starrte auf die ausgebrannten Ruinen der Gebäude, die fast überall zu sein schienen, wo er hinblickte. Sie sahen traurig aus, einige bereits von Unkraut überwuchert, mit geschwärzten Holzresten und verzogenen Stahlträgern, die als Beweis dafür dienten, wie grausam ihr kurzer strahlender Moment gewesen war. Es waren die toten Sterne der Stadt, verglüht und jetzt nur noch Gesteinsreste.

Reece klebte ihnen immer noch am Hintern und lag ihnen damit in den Ohren, den Verursacher der weißen Feuer zu finden, den alle am Galgen sehen wollten. Und das, obwohl sie mehr Festnahmen machten als je zuvor. Dieser Mann war der Anführer, der Messias der Brandstifter. Sie benutzten ihn als Leitstern für ihre Sache.

Plötzlich wurde Dave aus seinen Gedanken gerissen und drehte sich nach den Leuten auf dem Bürgersteig um. Er stieß einen überraschten Schrei aus und rief: »Fahr rechts ran, Danny.«

»Was? Was ist los?« Danny steuerte den Wagen an die Seite und lenkte ihn so nah an den Bordstein, dass er eine Radkappe zerkratzte. Dann schaute er über die Schulter, um zu sehen, was Dave so aufgeregt hatte. »Überfall?«

»Nein, verdammt, das ist *er*«, zischte Dave.

»Er?«

»Der Oberbrandstifter, der mit dem weißen Feuer. Da«, Dave zeigte auf einen Mann, »schlendert einfach über den Bürgersteig.«

»Dieser Schönling?«

»Das ist der Dreckskerl. Schau nicht hin, er guckt gerade rüber. Wenn er an unserem Auto vorbei ist, folgen wir ihm.«

»Willst du ihn nicht festnehmen?«

»Wir haben doch noch nichts gegen ihn in der Hand. Ich will herausfinden, wo er sich so rumtreibt. Wenn wir ihn einfach im richtigen Viertel erwischen und dann die Forensiker an seine Hände rankommen … Scheiße, am liebsten würde ich ihn mir sofort schnappen.« Dave griff nach seiner Waffe.

»Dave!«, rief Danny warnend.

»Okay, okay. Schau, er biegt um die Ecke.«

Als die beiden Detectives aus ihrem Wagen sprangen, kam ein Verkehrspolizist auf sie zu, um ihnen zu sagen, dass sie dort nicht parken dürften. Sie wedelten kurz mit ihren Marken, woraufhin er nickte und ging. Die beiden Cops wieselten bis zur Straßenecke und gingen dann langsam hinter ihrem Verdächtigen her.

Er führte sie zu einem schäbigen Restaurant in einer Straße, die eine Abrissmannschaft mit offenen Armen willkommen geheißen hätte. Der Mann ging hinein, und Dave beschloss, ihm zu folgen. Er wusste, dass es falsch war, aber er war aufgeregt. Danny blieb dicht hinter ihm, da er seinem Partner bei allem außer Frauen vertraute.

Es gab nur einen weiteren Gast, einen alten Schwarzen mit Fusselbart, der in einer Ecke saß. Der Schönling saß im hinteren Teil des schmalen Raums, mit dem Gesicht zum Tresen, hinter dem die Küche lag. Er bekam gerade von einem Koch mit tätowierten Oberarmen so dick wie die eines Tennisspielers und einer Wampe, die aussah wie der Beutel eines Kängurus, eine Tasse Kaffee serviert. Er wirkte wie ein Navy-Mann, der an Land gegangen war.

»Zwei Kaffee«, rief Danny, »schwarz.«

Der alte Mann warf ihnen aus feuchten Augen einen scharfen Blick zu.

»Also ohne Milch«, erklärte Dave schnell. »Zwei.«

Schönling rührte langsam in seinem Kaffee, drehte sich beim Klang der Stimme aber nicht um.

Dave sog die Luft ein. Da war wieder dieses verdammte Aftershave, das er gerochen hatte, als das Haus des Mafioso abgebrannt war. Mandeln. Der Geruch von Mandeln. Seine Aufregung stieg. Das war *definitiv* sein Mann. Ohne ein Wort zu Danny ging er zum Tisch des Schönlings und setzte sich ihm gegenüber.

Er starrte dem Mann ins Gesicht.

»Hallo«, sagte Dave dann.

Schönling sah ihn mit sanftem Blick an. Er hatte hellgraue Augen, die an die eines Babys erinnerten. Trotz der unterdrückten Wut, die Dave gegen diesen Mann richtete, lief ihm ein Schauer über den Rücken. Das waren hypnotische Augen, unmenschlich, vielleicht sogar nicht menschlich. Aus irgendeinem Grund fühlte sich Dave sehr verwundbar, unbedeutend, wie eine Schnecke, über der ein riesiger Fuß schwebt, der sie zu zertreten droht. Doch der Mann, dem er gegenübersaß, war schmal, ein Leichtgewicht – Dave überragte ihn.

Dave sagte: »Macht es Ihnen etwas aus, wenn wir uns kurz unterhalten?«

Danny kam jetzt zu ihm und setzte sich neben ihn. Dave spürte, wie unwohl Danny sich fühlte, als er dem Blick dieser sanften grauen Augen ausgesetzt war, und er sah, wie sein Partner sich versteifte.

»Gleich zwei?«, fragte Schönling.

Der Koch stellte den Kaffee vor ihnen ab und meinte: »Cops. Ist denen auf die beschissenen Anzüge geschrieben.«

»Okay«, meinte Danny, der damit jemand anders gefunden hatte, mit dem er sich auseinandersetzen konnte, und lehnte sich in seinem Stuhl zurück. »Verzieh dich in deine Küche, Dumpfbacke.«

»Das ist mein Laden, hier drin sage ich, was mir passt.«

»Aber nicht zu mir. Wenn ich mir weiter solchen Mist anhören muss, werden wir jeden Tag hier vorbeischauen und deine Kakerlaken auf Einstichstellen untersuchen.«

Der Koch wischte sich die Hände an der dreckigen Schürze ab.

»Klugscheißer«, murmelte er, zog sich aber in den Hintergrund zurück.

»Also«, wandte sich Dave wieder an Schönling. »Haben Sie einen Namen?«

»Ich habe keine Zeit für dumme Spielchen.«

Die Selbstsicherheit des Mannes begann Dave zu nerven.

»Aber jede Menge Zeit, um ein paar Feuer zu legen, was?«, fauchte er. Am liebsten hätte er ihn am Kragen gepackt und sein Gesicht auf die fettige Tischplatte geknallt, aber irgendetwas sagte ihm, dass das gar nicht so einfach gewesen wäre.

Der Mann lächelte und lehnte sich zurück, wobei er dieselbe Haltung einnahm wie Danny. Seine weichen, makellosen Züge waren Dave ein Dorn im Auge. Sie passten so gar nicht zu dem Teufel, den er unter der Oberfläche vermutete. Das hier war die Kröte, die seine Frau und sein Kind getötet hatte, das spürte er. Er wollte ihm direkt ins Gesicht schießen, jetzt und hier: sechs solide Kugeln aus seiner 38er. Er wollte mit den Kugeln dieses Grinsen zerfetzen, zusehen, wie Fleisch und Knochen zerstört wurden, während er sie durchsiebte. Er musste seine gesamte Willenskraft aufbieten, um nicht seine Dienstwaffe zu ziehen und genau das zu tun.

»Haben Sie einen Namen?«, fragte Dave ruhig.

»Wenn Sie mich irgendwie nennen wollen, reicht Jophiel.«

»Jophiel«, wiederholte Danny und ließ seinen Stuhl, mit dem er geschaukelt hatte, knallend aufsetzen. »Ziemlich ausgefallener Name. Italienisch?«

Jophiel seufzte.

Dave musterte ihn aufmerksam und fragte sich, wie er am besten reagieren sollte. Entweder hatte der Typ sich davon überzeugt, dass sie nichts gegen ihn in der Hand hatten – das würde dann eine gewisse Vorgehensweise erfordern. Oder er wusste, dass sie seine Nummer durchschaut hatten, hatte sich aber dafür entschieden, den Bluff durchzuziehen, dann mussten sie es anders angehen. Jophiel, falls das wirklich sein Name war, wirkte, als wäre er ziemlich überzeugt von sich. Er war zu cool, zu beherrscht. Das würde das Ganze umso schwerer machen.

»Okay, Jophiel, wo wollen Sie denn von hier aus hingehen?«

»Sagen Sie es mir, Sergeant Peters. Ich bin doch hier derjenige, der belästigt wird.«

Dave war irritiert.

»Woher zur Hölle kennen Sie meinen Namen?«

Jophiel lächelte nur.

»Sie sind so ... durchschaubar. Und nicht nur das, Ihnen fehlt auch jedes Wissen, Sie sind beklagenswert ignorant. Sie glauben, ich hätte Ihre Frau und Ihren Sohn Jamie getötet. Und ich denke, höchstwahrscheinlich habe ich das tatsächlich getan. Sie sind tot, Sergeant, und an einem anderen Ort. Vergessen Sie sie.«

Dave griff nach seiner Waffe, aber Danny packte sein Handgelenk und hielt es fest.

»Lass es, Dave, dieser Clown wird nirgendwo hingehen. Und Sie, woher haben Sie diese Informationen?«

Danny hielt Daves Handgelenk weiter umklammert, auch wenn sein Partner sich wieder entspannt hatte.

»Was sind Sie, so eine Art Terrorist?«, fragte er.

»Es gibt nichts, was Sie mir antun könnten – niemand auf Erden kann mir etwas anhaben. Ich komme von einem Ort, der jenseits Ihrer Vorstellungskraft liegt. Ich bin ein Krieger des Herrn, hierher entsandt, um seine Feinde zu jagen, Deserteure, die vor der Schlacht aller Schlachten fliehen.« Er schaute zum anderen Ende des Restaurants. »Im Moment befindet sich einer von ihnen hier, er hat sich im Lagerraum hinter der Küche verkrochen. Er weiß, dass ich hier bin, und er weiß, dass ich weiß, dass er hier ist. Er sitzt in der Falle und wartet nur noch darauf, dass ich ihn auslösche.«

»Was hat dieser Mann Ihnen getan?«, fragte Danny.

»Mann? Er ist kein Mann, nicht einmal ein Mensch. Sein Körper ist, genau wie meiner, der eines Menschen, aber der

Geist, der darin steckt … Sie würden ihn als *Dämon* bezeichnen.«

Danny schüttelte den Kopf. Der Abscheu gegenüber diesem Irren war ihm deutlich anzusehen.

»Ein Dämonenjäger also. Kommen Sie aus Tennessee, Mann, oder aus Oklahoma? Sie klingen gar nicht wie ein Südstaatler.«

»Ihr seid alle wie kleine Kinder. Ihr habt Bilder im Kopf, die keinerlei Ähnlichkeit mit der Wirklichkeit haben. Bilder von geflügelten Wesen, die Hände im Gebet verschränkt, mit einem Ring aus Licht über dem Kopf. Bilder von Wesen mit Spitzbärten, Schwänzen, Hörnern und Hufen.«

Obwohl er ihn abstoßend fand, wollte Dave, dass der Mann weiterredete. Er wollte unbedingt wissen, wie er tickte. Er wollte Motive.

»Wenn die Typen, auf die Sie Jagd machen, Dämonen sind, was zur Hölle sind dann Sie?«

»Ich bin das, was Sie als *Engel* bezeichnen würden, auch wenn dieser Begriff eurer Sprache entstammt, nicht unserer.«

Danny unterbrach ihn triumphierend: »Und was ist mit ›Du sollst nicht töten‹?«

In die durchdringenden grauen Augen trat ein Hauch von Ungeduld.

»Sie verwechseln mich mit einem Sterblichen. *Du* sollst nicht töten, wie Sie so richtig feststellen, aber nicht ich. Die Zehn Gebote wurden den Menschen gegeben, nicht meiner Art. Sie vergeuden hier sowohl meine Zeit als auch die Ihre. Ich bin hier, um zu jagen. Es ist nicht mein Problem, wenn dabei Menschen sterben – sie werden sowieso irgendwann sterben. Der Tod ist das natürliche Ende«, erklärte er sanft, »und aus den Händen von Meinesgleichen kein Akt des Bösen. Unsere Moral gestaltet sich nicht wie Ihre, sie unterscheidet sich erheblich von ihr, denn wir sind erlöst von sterblicher Sünde, so wie wir auch über weltlichem Verlangen stehen. Einfach ausgedrückt könnte man sagen, wir sind göttlich.«

»Okay«, warf Dave ein, der immer wütender wurde, »wir haben jetzt genug von dieser Scheiße gehört.«

Jophiel stand auf und war schon an der Tür, bevor die beiden Detectives aufspringen konnten. Dort blieb er stehen und schaute bedeutungsschwer zum hinteren Teil des Restaurants.

»Ich denke, Sie würden es wahrscheinlich ›heiliges Feuer‹ nennen«, sagte er.

In diesem Moment ertönte das gedämpfte Geräusch von brennbarem Material, das sich entzündete. Im Hinterzimmer explodierte etwas. Ein einzelner, schriller Schrei wurde laut, wie der einer gequälten Katze, und dann drangen weißglühende Flammen durch die Ritzen in der Holzwand und verschlangen sie rasend schnell. Die dünne Tür zum Lagerraum war nach einem Augenblick verschwunden und die Flammen schlugen fast einen Meter weit über den Tresen hinaus. Dave, der bereits auf dem Weg zur Tür war, spürte, wie das Feuer hinter ihm tobte und die Haare an seinem Hinterkopf versengte. Danny war direkt hinter ihm, und zusammen taumelten sie auf die Straße hinaus. Sie mussten gegen einen starken Luftzug ankämpfen, als die Luft in das Lokal gesaugt wurde, um den Sauerstoff zu ersetzen, den das Feuer verzehrt hatte. Mit einem knallenden Geräusch erschienen Blasen auf der Theke, schwollen an und platzten.

Da sie mit dem Rücken zur Küche gestanden hatten, waren die beiden Detectives von dem weißen Feuer nicht geblendet worden, aber die plötzliche starke Hitze entzog ihnen alle Energie, so dass sie schnell am Rande der Erschöpfung waren.

Der Rücken von Dannys Anzug qualmte. Er riss sich das Jackett runter und schlug mit den Händen auf seine Hosenbeine ein. Sein Haar war angesengt und sein Nacken verbrannt.

Im Restaurant ertönten schreckliche Schmerzensschreie, und als Dave sich umdrehte, sah er den Koch, der mit brennender Kleidung, die Haare in Flammen, blind versuchte, über den schmelzenden Tresen zu klettern. An seinem Ellbogen stand eine Pfanne mit Pommes Frites, aus der in zischenden Stichflammen das Frittieröl geschleudert wurde, wie Lava aus einem kleinen Vulkan. Der alte Schwarze brannte ebenfalls, er hing zusammengesunken über einem Tisch und zuckte wild. Der widerliche Gestank von brennendem Fleisch drang aus dem Restaurant.

Dave versuchte, sich einen Weg durch die Flammen zu suchen, aber die diversen Bratfette waren explodiert und hatten den Raum mit lodernden Klumpen überzogen. Der ganze Raum brannte lichterloh, mit der rasanten Intensität von Napalm. Die fettverschmierte Tapete bildete einen Käfig um die zwei Körper, und der Kunststoff der Resopaltische schälte sich ab und rollte sich ein wie ein Lebewesen, bis er ebenfalls verbrannte. Aluminium begann zu schmelzen und in silbernen Flammen und Rinnsalen über den schmelzenden Tresen zu tropfen. Dave musste sich wieder auf die Straße zurückziehen. Eine Minute später explodierte das Fenster und schleuderte Glassplitter in die Menge, die sich langsam bildete – die Leute schrien auf und rannten davon.

Jetzt drangen in dichten Schwaden giftige Dämpfe aus dem Restaurant: gefährliche Gase von Resopal, Plastik und anderen synthetischen Substanzen. Der Gestank brannte in Nasenlöchern und Augen und ließ diejenigen, die zu dicht dran standen, husten und keuchen.

Als die enorme Hitze die brennbaren Materialien auf der anderen Seite der dünnen Wände über ihren Flammpunkt trieb, fingen die benachbarten Geschäfte Feuer. Ziegel wurden pulverisiert und bröckelten und der Mörtel brannte lichterloh, als das Feuer mit gierigen Fingern durch die Zimmerdecke griff und neues Holz fand, um seinen Hunger zu stillen.

Während das Feuer tobte zog Dave Danny weiter zurück, raus aus der Hitzeblase, die das Restaurant umgab. Ein Stück die Straße runter fanden sie einen Hauseingang und drängten sich hinein, um dem glühend heißen Luftkanal zu entkommen. Dicker schwarzer Rauch stieg zwischen den Wolkenkratzern auf und trieb die Menschen in ihren Büros an die Fenster.

Dave hörte, wie in dem Restaurant die Getränkedosen explodierten, als ihr flüssiger Inhalt kochte und sie in kleine Bomben verwandelte. Mit einem Knallen wie von Gewehrschüssen zerbrachen Eisensiebe und Flaschen. Glühende Aschestückchen schwebten durch die Luft und an den Strommasten direkt vor dem Restaurant begannen die Drähte zu schmelzen. Eine schlanke, blaue Stichflamme schoss quer über die Straße – eine Gasleitung war geplatzt und zur Drachenzunge geworden.

Sirenengeheul durchdrang den Lärm auf der Straße. Plötzlich wurde durch eine neue Explosion Schutt auf die Straße geschleudert. Als Dave den Kopf abwandte, sah er in einer Gasse eine Gestalt, direkt gegenüber dem Schauplatz. Es war der Mann, der das Inferno ausgelöst hatte, Jophiel, der unfassbarerweise das Feuer aus sicherer Entfernung beobachtete.

Dave zog seine Waffe, ließ Danny einfach stehen und rannte über die Straße, wobei er fast von einem Löschfahrzeug überfahren wurde. Als er den Eingang der Gasse erreichte, ging Jophiel mit schnellen Schritten durch das dunkle Sträßchen. Er hatte schon fast das Licht am anderen Ende erreicht, als Dave sich auf ein Knie fallen ließ und seine 38er auf ihn anlegte. Zwischen Waffe und Ziel lagen knapp dreißig Meter. Er wusste, dass ihn das seine Marke kosten würde – wenn er einen unbewaffneten Mann niederschoss –, aber er wollte ihn tot sehen. Dieser Mann hatte zugegeben, seine Familie umgebracht zu haben, und sein Tod war jede Bestrafung, die da kommen mochte, wert.

Eine letzte Chance.

»Keine Bewegung, Arschloch!«

Jophiel drehte sich um und schenkte ihm ein Lächeln, das Dave rasend machte.

Wut und Frustration bildeten einen solchen Klumpen in Daves Kehle, dass er die Warnung nicht wiederholen konnte. Als Jophiel sich wieder umdrehte und gehen wollte, drückte Dave ab. Er gab fünf Schüsse auf Jophiels Rücken ab, und bei jedem spürte er, wie die Waffe in seiner Hand zuckte. Die Befriedigung der Rache verschaffte ihm ein warmes Gefühl im Bauch.

Es wurde fast sofort von Ungläubigkeit verdrängt. Er hatte gesehen, wie die Schüsse ihr Ziel fanden, aber die sich immer weiter entfernende Gestalt zeigte keinerlei Reaktion. Ein toter Mann, der einfach weiterging, als wären Pistolenkugeln nichts weiter als Mücken.

Dave dachte: Er trägt eine kugelsichere Weste!

Jophiel war nicht einmal stehen geblieben. Am Ende der Gasse drehte er sich um und sah ihn an. In seiner Verzweiflung zielte Dave sorgfältig und drückte noch einmal ab. Die Kugel traf Jophiel mitten im Gesicht. Jophiel winkte abfällig mit seiner wachsbleichen Hand, dann ging er.

Sechs Schüsse, alle mitten ins Ziel, und kein Ergebnis.

Dave ließ sich auf beide Knie sinken. Übelkeit stieg in seinem Magen auf. In diesem Moment wusste er, dass er es hier mit etwas zu tun hatte, das sich weit außerhalb seiner Kontrolle bewegte. Er wollte Rache, aber wie sollte er die bekommen, wenn der Mörder sich weigerte, sich hinzulegen und zu sterben?

»Oh Gott, Celia«, flüsterte er. »Es tut mir leid.«

14

»Welcher Wichser hat mein Meldebuch angezündet?«, kreischte der Diensthabende am Tresen, Sergeant Bronski. Auf den Wartebänken saßen reihenweise Brandstifter, die alle begeistert jubelten. Irgendwie hatte es einer von ihnen geschafft, zum Tresen zu schleichen, Feuerzeugbenzin über das Buch zu schütten und es anzuzünden.

Ein Streifenpolizist schlug laut mit seinem Schlagstock auf den Tresen. Der Cop drohte, ein paar Schädel zu zertrümmern, während Bronski angewidert ein Glas Wasser über die brennenden Seiten seines kostbaren Buches schüttete. Den Rest des Tages würden die Leute leiden, denn wenn Bronski unglücklich war, waren alle in seiner Umgebung ebenfalls unglücklich.

Captain Reece schloss die Tür zu seinem Büro, um den Lärm auszusperren. Da die Scheiben, aus denen das halbe Büro bestand, nicht doppelt verglast waren, war der Versuch vergeblich und diente nur dazu, Bronski zu ärgern, der schon doppelt so lange bei der Polizei war wie der Captain und nicht einsehen wollte, warum die höheren Ränge nicht denselben Alltagsstress durchmachen sollten wie pflichtbewusste alte Hasen, und das schloss auch den Lärm mit ein. Das gehörte alles zum Job, und wenn man von der Schikane des täglichen Lebens verschont bleiben wollte, musste man eben Manager in einem Einrichtungsgeschäft werden, mit einem schönen Büro samt weichem Teppich und einer vollbusigen Sekretärin, die nur im Flüsterton sprach.

Vor Reeces Schreibtisch saßen Dave und Danny. Danny war an Schultern und Händen dick bandagiert. Dave betastete immer wieder seinen Nacken, wo die Haare durch den Feuersturm im Restaurant kurz und gekräuselt waren.

»Nur, damit ich das richtig verstehe«, sagte Reece, ging um den Schreibtisch herum und setzte sich wieder in seinen Sessel. »Nur, damit ich das auch ja absolut richtig verstehe. Sie hatten diesen Typen in diesem Restaurant. Sie sind sich sicher, dass dieser Kerl für das weiße Feuer verantwortlich ist, aber Sie haben ihn nicht sofort verhaftet, weil Sie nichts Konkretes gegen ihn in der Hand hatten. Dann explodiert die Bombe in dem Lagerraum, die von eben diesem Kerl dort platziert wurde, und Sie … lassen ihn laufen.«

»Wir wissen, wie er aussieht. Wir wissen, dass er irre ist. Wir wissen, in welcher Gegend er sich aufhält. Wir kriegen ihn wieder.«

Reece wandte sich an Dave: »Sie haben auf ihn geschossen?«

»Ja, Sir. Ich habe ein paar Schüsse abgegeben«, log er, »aber ich war gerade durch ein enormes Feuer gegangen. Meine Hände waren versengt, und meine Augen brannten von dem Rauch. Ich war nicht in der richtigen Verfassung, um auf diese Distanz zu schießen, und ich hätte es besser gelassen. Es war reine Verschwendung – die beiden Schüsse gingen daneben.«

»Die beiden Schüssen gingen daneben. Sie haben für nichts und wieder nichts die Öffentlichkeit in Gefahr gebracht? Wollen Sie etwa sagen, der Täter war nicht bewaffnet?«

»Ich dachte, ich hätte im letzten Moment etwas gesehen, und es war niemand in der Nähe, der hätte getroffen werden können. Nur er und ich, an entgegengesetzten Enden einer Gasse.«

»Sie dachten, Sie hätten etwas gesehen.«

»Eine Waffe – in seiner Hand hat etwas geglitzert. Wie schon gesagt, Captain, ich war durch den Rauch halbblind, und ich hatte gerade eine ziemlich heftige Erfahrung hinter mir. Waren Sie jemals in einem Raum, in dem eine Brandbombe explodiert ist? Man weiß nicht mehr, wo oben und unten ist. Schon allein wegen des Blitzes kann man seine Augen vergessen.«

Reece beruhigte sich ein wenig, auch wenn er eindeutig wütend und frustriert war, dass die Möglichkeit, die Ursache seines Ärgers zu schnappen, so knapp verpasst worden war. In solchen Momenten ließ er seine Wut gerne an seinen Männern aus, so wie jetzt auch. Schreibtischtäter und Frontarbeiter halten sich generell gegenseitig für faul und inkompetent.

»Verdammt nochmal, Dave«, sagte Reece und überraschte Dave, da er seinen Vornamen benutzte. »Das war schon das zweite Mal, dass Sie so nah an diesem Typen dran waren.«

»Ich weiß. Meinen Sie denn, ich wollte ihn nicht genauso gern schnappen wie Sie? Ich will diesen Freak so sehr, dass ich einen Arm geben würde, um ihn zu kriegen.«

Danny räusperte sich, dann sagte er auch etwas: »Könnte sein, dass das kein normaler Typ ist, Captain.«

Dave erstarrte. Er hatte eine Vorahnung, was Danny gleich sagen würde, und das war nichts Gutes. Danny wusste von den sechs Schüssen. Dave hatte ihm erzählt, dass alle sechs den Verbrecher irgendwo am Körper getroffen hatten, der aber nicht einmal zusammengezuckt war. Beide Polizisten wussten, dass sie es hier mit jemandem zu tun hatten, der nicht ganz normal war. Vielleicht war er ein Irrer mit anormaler mentaler Stärke, so dass er selbst starke Schmerzen ignorieren konnte – solche Wahnsinnigen gab es –, oder vielleicht noch etwas Größeres, etwas, das über das normale Vorstellungsvermögen hinausging? Es war möglich, dass die ersten fünf Schüsse keine lebenswichtigen Organe getroffen hatten, aber der letzte hatte sein Gesicht durchschlagen, direkt unter dem linken Auge, und trotzdem hatte er nicht gezuckt. Danny war rechtzeitig dazugekommen, um das noch zu sehen. Danach meinte er, sie hätten es mit etwas so Seltsamem zu tun, dass er davon Alpträume bekäme.

»Was meinen Sie damit?«, fragte Reece.

»Dieser Typ ist vielleicht anders als … alle anderen.«

»Sie meinen, er hat Verbindungen? Wohin?«

»Zu wem«, korrigierte Danny ihn, wahrscheinlich ohne nachzudenken.

Der Captain sah aus, als würde er gleich explodieren. Langsam sagte er: »Wovon zur Hölle reden Sie, Spitz?«

»Er sagte, sein Name sei Jophiel.«

»Und?«

Danny sah so aus, als fühle er sich extrem unwohl, aber Dave wusste, dass er es durchziehen würde. Innerlich litt er mit seinem Partner. Er wusste, wie sehr Danny lose Enden hasste.

»Na ja«, meinte Danny, »Jophiel ist der Name eines Engels.«

Reece schaute verwirrt drein, und Dave ahnte, dass der Captain sich gerade fragte, ob er einen Teil der Unterhaltung verpasst hatte. Wahrscheinlich ging Reece im Kopf jeden ihm bekannten Straßenjargon durch, um herauszufinden, wo die Verbindung zu dem Begriff »Engel« lag.

Schließlich fragte er: »Was ist ein *Engel?*«

»Sie wissen schon, die Himmlischen Heerscharen, ein Engel des Herrn? Sie wissen doch, was ein Engel ist, Captain.«

Reece traten die Augen aus den Höhlen.

»Dieser Typ hat Ihnen gesagt, er sei ein Engel Gottes?«

»Er hat es angedeutet, und als ich wieder in meiner Wohnung war, habe ich ›Jophiel‹ nachgeschlagen. Jophiel ist ein niederer Erzengel. Also, Dave meint, er sei irre, und Dave hat wahrscheinlich Recht damit, aber … aber als er mich angesehen hat, habe ich etwas *gespürt.*« Danny war kurz davor, in Tränen auszubrechen, als wäre er ein kleiner Junge, der verzweifelt darum kämpfte, dass Reece etwas glaubte, von dem er wusste, dass die Erwachsenen es ungläubig abtun würden..

Reece sagte: »Sehen Sie mich an, Spitz. Schauen Sie mir direkt in die Augen. Wissen Sie, wie ich mit Vornamen heiße?

Na? *Michael.* Mein Vorname ist Michael. Michael John Reece. Wissen Sie, woher der Name Michael kommt?«

Danny wirkte elend.

»Er ist einer der Erzengel.«

»Richtig«, nickte Reece und blähte empört die Nasenflügel. »Einer der Erzengel. Sehe ich für Sie vielleicht aus wie ein bescheidener Erzengel?« Reece sagte nie *beschissen,* immer *bescheiden,* so wie manche Leute immer nur *Scheibenkleister* statt *Scheiße* sagten und sich so vormachten, sie würden nicht fluchen. »Na? Hören Sie mit diesem Blödsinn auf! Ich will, dass Sie diesen Kerl festnageln. Ich will, dass er gekreuzigt wird, verstanden?«

»Wir werden unser Bestes tun, Captain«, erwiderte Dave.

»Ich will mehr als nur Ihr Bestes, ich will alles, was Sie haben. Ich brauche den Kopf von diesem Kerl an meiner Wand, verstanden? Er wird auf sieben Kontinenten gesucht. Er ist wie ein Phantom, mal hier, mal da, überall. Heute Morgen kam ein Fax aus Frankreich mit der Beschreibung von deren Brandstifter mit weißem Feuer.« Er nahm ein Blatt Papier und reichte es Dave. »Lesen Sie.«

Dave las es und nickte. Es war eine Beschreibung von Jophiel. »Das ist er.«

»Wie schafft er es, innerhalb so kurzer Zeit auf zwei Kontinenten aufzutauchen?«, fragte Reece.

»Mit der Concorde?«, schlug Dave vor.

Reece nickte. »Tja, wir werden die Flughäfen überwachen. Sie schwingen Ihren Hintern wieder raus auf die Straße und bringen mir etwas, vorzugsweise diesen Freak in Handschellen. Und Sie, Spitz, werden offenbar gerade zum religiösen Fanatiker. Wollen Sie mal zum Polizeipsychologen gehen?«

»Nein, Captain.«

»Dann verschwinden Sie und gehen Sie an die Arbeit.«

»Ja, Captain«, sagte Dave und schob Danny zur Tür.

Sie verließen das Büro und gingen durch den chaotischen Aufenthaltsraum, wobei sie sich vielsagende Blicke zuwarfen. Sobald sie im Auto saßen, sagte Dave wütend: »Was zur Hölle sollte das denn?«

Danny wirkte immer noch elend.

»Ich weiß auch nicht, ich bin verwirrt. *Du* hast doch gesagt, er sei nach sechs Treffern noch gelaufen. Vielleicht sollten wir an diese Sache einfach offen rangehen.«

»Hör mir jetzt gut zu, Danny. So etwas wie Feen gibt es nicht.«

»Wir reden hier ja auch nicht von Feen, sondern von Engeln. Engel sind real.«

»Nicht in meiner Welt.«

»Du bist ein verdammter Heide.«

»Hey, werd jetzt nicht persönlich.«

Sie schwiegen einen Moment, dann fragte Dave: »Du glaubst *ernsthaft* an dieses Zeug?«

»Na ja, also, nicht so, aber ich denke einfach, wir sollten für alles offenbleiben. Wir sollten uns gegen keine Möglichkeit verschließen.«

»Und was machen wir jetzt?«

Danny lehnte sich in seinem Sitz zurück und zündete sich eine Zigarette an, bevor er sprach.

»Er scheint unmittelbar ein Feuer entzünden zu können, einfach nur, indem er daran denkt. Ein Feuer, das heißer ist als ein Hochofen. Wenn wir ihn nicht erschießen oder verhaften können, was zur Hölle *können* wir dann tun? Wie verhaftet man so jemanden?«

»Vielleicht hatte er die Brandbombe schon vorher platziert?«

»Warum sollte er dann zurückgehen, kurz bevor sie hochgeht? Und die Forensiker haben die Trümmer durchsiebt. Sie sagen, es gab keine Bombe. Wie bei den anderen weißen Feuern. Das Feuer ist in dem Körper des Mannes ausgebrochen, den man hinten gefunden hat, dem, von dem er gesagt hat, er sei ein Dämon, und er, Jophiel, sei gekommen, um ihn zu töten. Von anderen Feuern wissen wir, dass sie genauso ausgebrochen sind. Was glaubst du denn, was hier vorgeht, Dave? Eine Welle spontaner Selbstentzündungen? Eine Epidemie, bei der sich die inneren Organe überhitzen? Komm schon, Dave, ich bin ja gerne bereit zu akzeptieren, dass es eine wissenschaftliche Erklärung geben könnte, und keine übernatürliche, aber hier geht definitiv etwas Seltsames vor.«

Sie starrten auf das Armaturenbrett, als könnten sie dort Antworten finden.

Schließlich sagte Dave: »Er muss eine kugelsichere Weste getragen haben, als ich auf ihn geschossen habe.«

»Du hast mir erzählt, dass er nicht mal gezuckt hat. Selbst mit einer Weste tun die Kugeln aus einer 38er verdammt weh. Ich habe gesehen, wie dein letzter Schuss seinen Schädel getroffen hat. Sein Gehirn müsste Rührei geworden sein. Was ist damit?«

Dave umklammerte das Steuer und meinte wütend: »Ich bin momentan nicht ganz zurechnungsfähig. Vielleicht werde ich ja verrückt. Der Tod von Celia und Jamie … solche Sachen fordern eben ihren Tribut. Vielleicht habe ich meine Trauer nicht richtig verarbeitet und jetzt drehe ich durch. Woher soll ich denn wissen, was hier passiert? Ich weiß nur, dass man eine Kugel nicht mit dem Gesicht aufhalten kann, also muss ich danebengeschossen haben, oder sie ist durch seine Wange wieder ausgetreten oder so. Ich muss mich geirrt haben.«

»In allem?«

»In allem.«

Langsam sagte Danny: »Weißt du, Dave, du wirst nicht verrückt. Ich habe schon genug Verrückte gesehen.«

»Die Irren verhalten sich doch alle unterschiedlich.«

»Nein, so leicht kommst du da nicht raus. Du *weißt,* dass hier etwas nicht stimmt. Du weißt es. Ich verstehe dich ja. Aber du kannst dein Gehirn nicht einfach blockieren. Finde mehr heraus. Tu das, was du immer tust – untersuche den Fall. Aber wende dich nicht davon ab.«

»Du willst, dass ich die Möglichkeit in Betracht ziehe, dieser Typ könnte ein übernatürliches Wesen sein?«

Danny schrie jetzt fast: »Warum denn nicht? Bist du allwissend? Eine wandelnde Enzyklopädie? Ein Experte für das Paranormale?«

Dave erkannte, dass diese ganze Geschichte Danny ziemlich mitnahm. Sein Partner war eindeutig erschüttert. Wenn hier jemand verrückt wurde, dann war das Danny. Na ja, und er auch.

»Ich werde mit Vanessa reden. Sie ist die Expertin für Religion. Zufrieden?«

»Gute Idee.« Danny schien erleichtert zu sein, dass das Problem für eine Weile vom Tisch oder vielleicht sogar auf jemand anderen abgewälzt war. »Finde heraus, was sie denkt.«

Am Abend rief Dave Vanessa an und verabredete sich für acht Uhr in einem österreichischen Restaurant namens Schule's mit ihr. Danach wollten sie noch ins Clementine's gehen, aber Vanessa meinte, sie wolle nicht jedes Mal dort essen, wenn sie ausgeführt werde; sowohl Danny als auch Dave hatten sie schon einmal dorthin mitgenommen. Keiner seiner Freunde wusste, dass Dave Anteile am Clementine's besaß. Er sah keinen Grund, warum er es ihnen sagen sollte.

Dave hatte sich schick gemacht, um Vanessa zu beeindrucken. Er trug einen dunkelblauen Anzug, eine Krawatte, die etwas weniger bunt war als eine, die er für Celia ausgesucht hätte, und ein schlichtes Hemd. Vanessa mochte nichts Aufdringliches, während Celia auch einen gehäkelten Poncho mit Glöckchen am Saum akzeptiert hätte. Dave war das egal. Er wählte seine Kleidung, um anderen zu gefallen, nicht sich selbst.

Vanessa trug ein schwarzes Kleid und eine Halskette aus Süßwasserperlen. Das Haar hatte sie hochgesteckt. Offenbar hatte sie sich mit dem Make-up viel Mühe gegeben, auch wenn es schlicht war, und ihre Augenbrauen waren perfekt geschwungen. Sie sah elegant aus, sogar ziemlich hübsch, aber ernst – wie eine Königin, die einen Mann zum Tode verurteilt.

»Hi«, sagte sie, als sie kurz nach ihm ankam. »Wie geht es dir?«

»Einigermaßen«, erwiderte er. Er versuchte aufzustehen, aber die Tische standen sehr eng zusammen, und er kam nur halb hoch. Sie winkte ab.

»Schon okay, du hast es versucht«, meinte sie und setzte sich. »Das weiß ich zu schätzen. Sag mal, Danny lebt jetzt angeblich mit einer Frau zusammen. Jemand namens Rita?«

»Ja, sie kennen sich schon eine Weile.«

»Alte Schulfreunde?«

»Eher nicht.« Dave sah keinen Grund, warum er nicht die Wahrheit sagen sollte. »Es scheint ganz gut zu funktionieren. Sie hat sich einen Job in einem Kaufhaus gesucht. Ich hoffe, sie bleibt dabei und fängt nicht an, sich zu langweilen.« Dave zögerte.

»Weißt du, der Grund, warum ich dich hierhergebeten habe …« Er sah, wie sie den Mund verzog, und wusste, dass der Satz ein Fehler gewesen war. »Nein, es gibt zwar einen Grund, aber es ist wirklich schön, dich wiederzusehen. Du siehst fantastisch aus. Ein bisschen wie Draculas Schwester, aber fantastisch.«

Das brachte sie zum Lachen.

»Wenigstens hast du nicht gesagt wie Draculas *Mutter.*«

»Ernsthaft, ich habe mich sehr darauf gefreut, schon seit ich mir diese Ausrede ausgedacht habe, um dich anzurufen. Du musst einfach verstehen, ich werde noch eine Weile brauchen, um Celia aus meinem System zu kriegen. Im Moment will ich auch gar nicht, dass sie aus meinem System verschwindet. Ich liebe sie immer noch und wüsste nicht, warum ich dagegen ankämpfen sollte. Ich mag dich – ich mag dich sogar sehr. Und ich glaube, du magst mich auch. Aber die Hälfte der Zeit laufe ich noch unter einer Käseglocke herum. Manchmal schaue ich auf die Uhr und denke: ›Ich muss es nach Hause schaffen, bevor Celia Jamie ins Bett bringt.‹ Und dann zucke ich innerlich zusammen. Es ist nicht so, als würde ich vergessen, dass sie nicht mehr da sind, ich weiß, dass sie tot sind, aber manche Gewohnheiten lassen sich trotzdem nicht abschütteln. Zwei Systeme laufen parallel. Verstehst du, was ich meine?«

Sie lächelte.

»Sehr gut sogar. Ich habe einmal eine Geschichte über einen Farmer gehört, der jeden Morgen um halb sechs aufgestanden ist, achtzig Jahre lang. Als er gestorben ist, war ihm diese Angewohnheit so in Fleisch und Blut übergegangen, dass seine Knochen von ganz allein aufgestanden sind und die Leute fast zu Tode erschreckt haben. Aber im Ernst: Ich lasse die Sache gerne langsam angehen, und wenn nichts dabei rauskommt, na ja, dann können wir wenigstens sagen, wir haben es versucht.«

Er war erleichtert, und seine Anspannung verflüchtigte sich. Behutsam griff er über den Tisch und berührte ihre Hand.

»Du bist ein guter Mensch, Vanessa.«

»Nein, bin ich nicht.« Sie schaute auf ihre Narben.

»Das bist nicht du, das ist jemand anders, den wir aus dir rauskriegen müssen.«

Sie bestellten ihre Getränke und redeten dann über Alltägliches.

Schließlich sagte Vanessa: »Ich schätze, abgesehen davon, dass du die Gesellschaft meiner schillernden Persönlichkeit genießen wolltest, hast du mich ausgeführt, um mit mir über diese Sache zu reden, die wir schon am Telefon besprochen haben?«

»Es ist schwer zu glauben, oder? In zwei Minuten wirst du wahrscheinlich aufstehen und gehen, weil du mich für verrückt hältst.«

»Dann wären wir ja schon zu zweit.«

»Also, hier läuft irgendetwas Merkwürdiges ab. Und es macht mir Sorgen, weil ich glaube, dass ich langsam den Verstand verliere.«

»Okay, gehen wir alles noch einmal durch.«

»Dieser Brandstifter, der mit dem weißen Feuer, dem wir gestern begegnet sind. Ich habe mich an ihn erinnert, weil ich ihm vor dem Haus des Mafioso begegnet war – weißt du noch, dass ich dir erzählt hatte, wie er mich quer über die Straße geschleudert hat? Selbes Aussehen, selber Geruch nach Mandeln. Also haben Danny und ich ihn verfolgt, bis zu einem Laden in der Bellam Street, und als wir ihn in die Ecke gedrängt hatten, hat er uns gesagt … gesagt …«

»Er hat euch gesagt, er sei ein Engel.«

»Ja. Er hat uns quasi erzählt, er sei eine Art spiritueller Krieger. Ich meine, er hat es nicht so ausgedrückt, aber er sagte, er sei auf der Jagd nach Dämonen, und noch andere Sachen.« Dave wurde das langsam peinlich, und er spielte mit seiner Serviette, bis Vanessa über den Tisch griff und ihre Hand auf seine legte. »Ein Engel, hat er gesagt.«

Dave starrte Vanessa an, die ihm offen in die Augen sah. Schließlich sagte sie: »Komm schon, erzähl mir alles, damit ich mir selbst eine Meinung bilden kann.«

Dave wurde bewusst, dass er den Atem angehalten hatte, und stieß ihn nun in einem langen Seufzer aus.

»Tatsache ist, er hat Dinge getan, die wir uns nicht erklären können. Er hat einfach so die Küche dieses Lokals in die Luft gejagt, ohne vorher irgendeine Bombe dort platziert zu haben. Er hatte gar keine Zeit dazu, und die Forensiker haben hinterher auch nichts gefunden. Er hat uns gesagt, dass er es tun würde, und es ist passiert. Hat einen alten schwarzen Mann und den Besitzer des Ladens getötet; beide sind bei lebendigem Leibe verbrannt. Danny und ich sind rausgekommen, aber Danny hat sich Verbrennungen geholt. Er ist immer noch bandagiert. Ich wurde nur ein bisschen angekokelt. Und er sagte uns, sein Name sei Jophiel, und Danny sagt, das sei der Name irgendeines Erzengels.«

»Damit hat Danny Recht, auch wenn es bezüglich der Namen der Erzengel verschiedene Meinungen gibt«, erklärte sie.

»Ich habe ihn natürlich nicht ernst genommen, aber nach dem Feuer habe ich ihn in eine Gasse verfolgt. Ich habe alle sechs Kugeln aus meiner Waffe in das Arschloch gejagt, und er hat sich nur umgedreht und mich angegrinst. Einer dieser Schüsse ging direkt ins Gesicht. Er ist einfach durchgegangen, ohne eine Spur zu hinterlassen.«

»Warum sollte der Engel Jophiel hier auf Erden sein?«, fragte sie schlicht.

Dave musterte ihr Gesicht auf der Suche nach Anzeichen dafür, dass sie sich über ihn lustig machte, fand aber keine.

»Er sagt, er sei hier, weil die Dämonen sich vor irgendeiner Schlacht drücken – Danny glaubt, es sei das Arma … irgendwas. Ich bin nicht religiös. Ich war nicht mehr in der Kirche, seit ich ein Kind war.«

»Armageddon. Die letzte Schlacht zwischen Gut und Böse.«

»Genau die. Jedenfalls desertieren diese Dämonen oder gefallenen Engel und versuchen, sich auf der Erde zu verstecken. Dieser Jophiel hat es auf sich genommen, ihnen hierher zu folgen und sie zur Strecke zu bringen, indem er sie mit heiligem Feuer vernichtet. Vielleicht hat er ja irgendeine Art von Brandbombe in dem Restaurant platziert, die sich selbst auslöst, aber ich kann mir einfach nicht erklären, warum er sich selbst in Gefahr bringen sollte, indem er zurückgeht und zusieht, wie sie hochgeht. Und es schien ihm auch völlig egal zu sein, ob wir wissen, wer er ist. Er hat zugegeben, das Kaufhaus abgefackelt zu haben, in dem meine Frau und mein Kind gestorben sind. Er wusste, wer ich bin, kannte meinen Namen. Den hätte er sich ja irgendwie besorgen können, aber wir sind ihm ganz zufällig über den Weg gelaufen, verstehst du? Er schien sich auf uns *vorbereitet* zu haben. Und wie kann ein Mann sechs Kugeln abfangen, ohne mit der Wimper zu zucken? Und dann ist da noch dieser Ex-Cop, Foxy. Er hat gesehen, wie Jophiel vor drei Monaten ein Feuer in einem Gebäude ausgelöst hat und hinterher völlig unverletzt da rausspaziert ist, während alle anderen verbrannt sind. Ich werde noch wahnsinnig, Vanessa, und ich brauche Hilfe.«

»Hol tief Luft«, befahl sie, »und beruhige dich. Hast du dir mal überlegt, dass du vielleicht einfach nicht glauben *willst,* dass dieser Mann ein übernatürliches Wesen sein könnte? Denn wenn er es ist, kriegst du vielleicht nicht die Rache, die du dir so dringend wünschst. Also glaubst du lieber, dass du verrückt bist.

Wir müssen von der Annahme ausgehen, dass dieser Mann nicht das ist, was er zu sein behauptet. Er muss ein gewöhnlicher Mensch sein. Andererseits scheinst du mir nicht verrückt zu sein, und Danny hat dasselbe erlebt und hat, wenn ich dich richtig verstehe, dieselben Probleme mit seiner Sichtweise dieser Dinge.«

Dave nickte.

»Vielleicht liegt die Antwort irgendwo zwischen den beiden Extremen. Jophiel hat dich dazu gebracht, an deinem Verstand zu zweifeln, aber er könnte auch einfach ein außergewöhnlicher Mensch sein – einer, der dich davon überzeugen kann, dass alles, was du siehst und hörst, auch genau so passiert. Es gibt einige Menschen auf der Welt, Dave, die sehr gut darin sind, das menschliche Bewusstsein zu manipulieren, Leute, die dich durch Hypnose dazu bringen können, so ziemlich alles zu glauben. Vielleicht ist Jophiel nichts anderes als ein sehr guter Hypnotiseur.«

Dave dachte darüber nach, und es ergab Sinn. Er erinnerte sich daran, wie Jophiel ihn mit seinen seltsamen Augen in seinen Bann gezogen hatte, und daran, wie einlullend seine Stimme gewesen war. Außerdem fiel ihm wieder ein, wie er einmal eine Hypnoseshow besucht hatte. Neben ihm hatte Celia gesessen, jung und schüchtern, die plötzlich aufgesprungen war, geschrien hatte: »Wir gehen jetzt auf eine Party!«, und dann mit einem Dutzend anderer Leute aus dem Publikum durch den Mittelgang getanzt war. Als man ihr später befohlen hatte aufzuwachen, konnte sie sich an nichts mehr erinnern und fragte Dave immer wieder, warum sie vorne auf der Bühne gewesen sei.

»Vielleicht hast du Recht«, meinte er schließlich. »Danny meint, wir sollten für alles offen sein. Wahrscheinlich hat er das damit gemeint. Wie nennt man das, paralleles Denken?«

»Ich würde Danny Recht geben. Bleib offen. Gib dich nicht mit meiner Erklärung zufrieden, vielleicht gibt es noch ein halbes Dutzend andere. Und verschließe dich auch nicht völlig vor dem Übernatürlichen.« Das überraschte ihn. »Lass einfach alles köcheln, bis du die Wahrheit herausfindest. Wenn du anfängst, bestimmte Theorien auszuschließen, bevor du die richtige Antwort gefunden hast, verrennst du dich in Sackgassen.«

»Du siehst so aus, als wüsstest du, wovon du redest.«

Vanessa schüttelte den Kopf.

»Ich sage dir das, weil ich mit einem Medium befreundet bin. Sie hat mir erzählt, dass einige ihrer Kollegen, echte Hellseher, verstörende psychische Strömungen wahrgenommen haben, die fast schon zu metaphysischen Erdbeben angewachsen sind. Wie alles andere auch befinden sich die spirituellen Dinge in einem gewissen Gleichgewicht, und dieses Gleichgewicht ist durch irgendeine kosmische Erschütterung gestört worden. Die Atmosphäre des spirituellen Umfelds hat sich vor kurzem verändert – sie ist instabil geworden. Das stand auch schon in Zeitungen und Zeitschriften. Im Fernsehen haben sie Theorien diskutiert, um dieses Phänomen zu erklären. Du musst wirklich mit dem Kopf im Sand gelebt haben.«

Er hustete.

»Unter normalen Umständen würde ich mir nicht die Mühe machen, solche Artikel zu lesen. Sie würden mich nicht interessieren.«

Traurig schüttelte sie den Kopf.

»Meine Freundin meint, dass in der spirituellen Welt irgendetwas Großes passiert, was sich auf die wirkliche Welt auswirkt. Ich weiß, du bist Polizist und Pragmatiker, deshalb ist es für dich schwer, solche Sachen zu schlucken, aber sei nicht bigott. Schieb nicht Ideen beiseite, nur weil sie nicht in deine Vorstellung davon passen, wie die Welt sein sollte. Ich bin selbst sehr sensibel, was solche Dinge angeht. Leute wie ich leben in derselben Welt wie du, aber wir sehen die Dinge anders als ihr Pragmatiker. Verstehst du, was ich dir damit sagen will?«

Er lehnte sich in seinem Stuhl zurück.

»Du sagst, ich sei ein engstirniger Spießer.«

Sie lächelte.

»Ein sehr netter engstirniger Spießer.«

»Touché«, erwiderte er, »Treffer für den Dracula-Freak.«

Sie bestellten den Hauptgang und blieben bei normalen Themen, während sie auf das Essen warteten, beide froh, eine Pause hinsichtlich des schwierigen Themas einlegen zu können.

Beim Kaffee kehrten sie zu ihrer Diskussion über Engel zurück.

»Ich bin total verwirrt«, meinte Dave. »Ich meine, gehen wir mal ganz offen an die Sache ran«, machte er sich über sich selbst lustig, »und sagen, dass Jophiel tatsächlich ein Engel oder so etwas ist. Alles, was man mir als Kind eingetrichtert hat, besagt, dass Engel gute Wesen sind, die Freudenbotschaften überbringen, keine Brandstifter, die Leute anzünden. Das ist doch sicher *böse?*«

»Es gibt verschiedene Arten von böse.«

»Was soll das heißen?«

»Na ja, was du und ich als böse ansehen, würde ein bibelverliebter Fundamentalist aus Alabama nicht unbedingt böse nennen.«

»Also, wenn ich etwas von Vergewaltigung oder Mord höre, dann ist das für mich böse. Hitler war böse. Pol Pot war böse. Dieser Jophiel ist ebenfalls böse, weil er unschuldige Menschen umbringt.«

»Ganz genau, für dich ist böse, wer Böses tut. Aber es gibt Menschen, die glauben an *das* Böse, an eine Art übernatürliche Macht. Sie reden von Menschen, die von bösen Geistern besessen waren. Eine Person tut vielleicht überhaupt nichts Böses und wird trotzdem als böse angesehen, weil sie Gott leugnet oder lästert oder einfach den Eindruck erweckt, böse zu sein. Da gibt es diesen ungreifbaren Schrecken, der in Körper eindringt und ihre Besitzer dazu zwingt, böse Dinge zu tun. Man nennt es *das Böse*, und es wartet hinter jeder Ecke, bereit zum Sprung.«

Dave schnaubte. Solche Sachen konnte er auf den Tod nicht ausstehen, solche hirnrissigen Theorien, die man weder beweisen noch widerlegen konnte, die aber fundamentalistischen Predigern Zündstoff und Macht über ihre Anhänger verschafften.

»Jophiel hat uns gesagt«, fuhr Dave fort, »dass die Zehn Gebote für Engel nicht gelten würden, sondern nur den Sterblichen gegeben wurden. Er behauptet, Engel könnten während der Jagd auf Dämonen so viele Sterbliche töten wie sie wollen, und Gott würde ihnen trotzdem den Kopf tätscheln und eine Belobigung aussprechen.«

Die Rechnung kam, und während Dave bezahlte, hörte er sich selber fragen, ob Vanessa die Nacht mit ihm verbringen wolle.

Sie schenkte ihm ein leises Lächeln und sagte Ja.

Später im Bett hatte Dave das Thema Engel noch weiter verfolgt. Er lotete ihr Wissen über Engel aus, ein weites und diffuses Feld, das aus unterschiedlichen Quellen gespeist wurde, von denen die Bibel noch die geringste war. Gelehrte, Poeten und Schriftsteller hatten ebenfalls ihren Teil dazu beigetragen, wie zu einem Patchworkmantel, einer mystischen Ansammlung übernatürlicher Wesen, die widersprüchlich dokumentiert und zweifelhaft belegt war.

»Was meinst du, was dieser Engel ist?«, fragte Dave. »Also, wenn ich mich richtig erinnere, ist Engel nicht gleich Engel.«

Das war Vanessas Fachgebiet.

»Es gibt drei Klassen von Engeln, die sogenannten Triaden: Erste, Zweite und Dritte Triade. Die Erste Triade umfasst die

Seraphim, Cherubim und Throne. Die Zweite die Herrschaften, Mächte und Gewalten. In der Dritten Triade findet man die Fürsten, Erzengel und Engel. Alle zusammen kennt man unter dem Sammelbegriff *Engel.*«

»Ich dachte, Erzengel würden ganz oben mitspielen.«

»Nein«, erwiderte sie, »in der Triadenstruktur bilden sie den zweitniedrigsten Engelschor, aber diese Hierarchie ist nicht unumstritten, genauso wie die Experten sich uneins sind, wer genau die Erzengel sind. Im Islam gibt es nur vier Erzengel, im Christentum sieben. Jedenfalls bildet Gott das Zentrum aller Dinge, sein göttliches Licht ist absolut, und um ihn herum bilden sich die Triaden, wobei die Seraphim im hellsten Licht stehen.«

Dave rutschte auf der Matratze hin und her.

»Seraphim und Cherubim? Auf den Bildern, die ich kenne, sind das nur geflügelte Babys.«

Vanessa lächelte.

»Ja, im Laufe der Zeit wurden sie darauf reduziert, aber eigentlich sollen sie schreckliche Wesen sein. Manche Quellen beschreiben sie als Wesen mit Millionen von Augen, Tausenden von Flügeln und scharfen Krallen. Die Cherubim sind die ehrfurchtgebietenden Wächter am Tor zum Garten Eden, die ein loderndes Flammenschwert schwingen. Seraphim sind mit dem Feuer der Liebe ausgestattet, was auch immer das sein mag – ich bezweifle allerdings, dass es besonders liebevoll ist.«

»Vielleicht ist unser Engel ja einer von denen.«

»Na ja, kann sein, aber vielen Engeln wird Feuer als Attribut zugeschrieben. Chasmal, einer aus der Schar der Herrschaften, wird der feuersprechende Engel genannt, aber interessanterweise gilt weißes Feuer als Vorrecht der Throne. Der Todesengel soll ein Thron sein.«

»Der Todesengel«, murmelte Dave, »der erste Serienmörder.«

»Ist das nicht ein bisschen hart? Immerhin haben die Ägypter das hebräische Volk unterdrückt.«

»Ich bin ein Cop.« Er lächelte. »Mir geht es um das Gesetz, nicht um Gerechtigkeit.«

»Typisch«, schnaubte sie.

Dabei beließen sie es dann.

Als Dave endlich neben ihr eingeschlafen und sein Atem langsam und ruhig geworden war, konnte Vanessa nachdenken. Sie hatte neben ihm gelegen und fast hören können, wie sich die Rädchen in seinem Gehirn drehten, während er sich hin und her warf und seine ganz eigenen Monster bekämpfte. Vanessa wusste, dass sie Dave nie haben konnte, nicht so wie Celia ihn gehabt hatte, vollständig und ganz. Selbst wenn sie und Dave den Rest ihres Lebens miteinander verbringen würden, wäre da immer der Geist von Celia, der zwischen ihnen läge. Das musste man akzeptieren, und viele Frauen, auch viele Männer, schafften es, unter diesen Umständen glückliche Beziehungen zu führen. Warum also nicht auch sie?

Es war zwei Uhr morgens, als Manovitch seinen BMW über die Pratt Street lenkte, die Straße, die hinter dem Clementine's vorbeiführte. Im Kofferraum seines schicken europäischen Autos, das er mehr liebte als seine Tochter und ganz bestimmt mehr als seine Frau, befanden sich vier Kanister mit Benzin, mit denen der Bewährungshelfer das neue Bistro in Brand stecken wollte. Wie die meisten anderen, die etwas mit der Polizeiwache des Bezirks zu tun hatten, war er dort gewesen und so lange geblieben, bis Foxy den Cognac rausgeholt hatte; dann hatte er sich mit dem Ex-Cop gepflegt betrunken. Clementine war auch da gewesen, aber es störte sie nicht, wenn ihr Mann »zu Hause« trank; nur wenn er wegblieb, um in Bars zu gehen, hatte sie etwas dagegen.

In einer langen, alkoholisierten Rede hatte Foxy preisgegeben, dass er einen Geschäftspartner hatte, einen stillen Teilhaber, und dass dieser Mann Dave Peters war. Manovitch hatte dagesessen und sich eine Liste aller Tugenden von Mutter Teresa anhören müssen, bis er so angewidert war, dass er sich fast übergeben hätte. Irgendwann während dieser Rede kam dem Bewährungshelfer die glänzende Idee, das Bistro abzufackeln. Mit Bruder Tuck konnte – und würde – er jederzeit fertigwerden, bald schon, aber Mutter Teresa war der selbstgerechte Schwanzlutscher, dem eigentlich sein Hass galt, und der dringend eine Abreibung brauchte. Beide Cops hatten ihm wegen dieser Vangellen-Schlampe einen Besuch abgestattet, aber nur Peters hatte den Racheengel gespielt, mit seiner Moralpredigt und seinen fiesen Drohungen.

Manovitch machte die Scheinwerfer des BMW aus und fuhr langsam am Bordstein entlang, bis er nur wenige Meter von der Rückseite des Bistros entfernt war. Dann saß er lange Zeit da, ließ ein oder zwei Autos vorbeifahren, und starrte auf das Gebäude, um sicherzugehen, dass sich drinnen nichts rührte. Als er sich davon überzeugt hatte, dass alles ruhig war, zog er den Zündschlüssel ab und wollte gerade den Türgriff ziehen, als ein Schatten über ihn fiel. Jemand lehnte sich auf das Dach des Autos.

»Was läuft denn so, Manovitch?«

Manovitch spähte ängstlich nach oben und sah Mutter Teresa; der Cop musterte ihn mit grimmigem Raubvogelblick.

Der Bewährungshelfer verriegelte hastig die Türen und fuhr das Fenster ein Stückchen runter.

»Was wollen Sie, Peters?«

»Steig aus dem Wagen«, befahl der Detective.

»Nein.«

»Warum nicht?«

»Weil ich hier drinbleibe, deswegen. Was wollen Sie, verdammt nochmal? Kann ein Mann, der unter Schlaflosigkeit leidet, nicht friedlich durch die Gegend fahren, ohne gleich von euch Typen belästigt zu werden?«

Mutter Teresa schaute weiterhin grimmig.

»Die meisten schon, aber du nicht, Manovitch. Steig aus, ich will etwas mit dir besprechen.«

»Was denn?«

»Die Art, wie du eine bestimmte Klientin behandelst.«

»Geht Sie gar nichts an. Das ist vertraulich. Warum sind Sie überhaupt hier? Das ist doch kein Zufall.«

»Nein, allerdings nicht. Ich habe dich verfolgt. Ich habe dich im Auge behalten, und ich werde dich auch weiterhin im Auge behalten, bis du einer gewissen Dame ein bisschen mehr Respekt entgegenbringst.«

»Dieser Nutte?«

Peters machte eine schnelle Bewegung, und Manovitch schlug schreiend die Hände vors Gesicht, als die Windschutzscheibe unter dem Schlag eines Hammers zerbrach. Glasscherben regneten wie Diamanten auf den Bewährungshelfer herab. Dann wurde er an den Haaren gepackt und über das Lenkrad gezogen, bis seine Kehle über einer Scherbe im Rahmen der kaputten Scheibe schwebte. Er schluckte schwer, als er von Panik erfasst wurde.

»Und jetzt hör mir gut zu, du fettes Stück Scheiße«, fauchte Peters. »Wenn du es auch nur wagst, ihr noch einmal deinen Zigarrenrauch ins Gesicht zu pusten, werde ich persönlich vorbeikommen und dir den Kopf abreißen.«

»Mein Wagen«, stöhnte Manovitch.

Peters drehte Manovitchs Gesicht nach oben, damit er ihm in die Augen sehen konnte, dann knallte er den Hammer auf die Motorhaube und hinterließ eine große Beule in dem glänzenden Metall.

»Hast … du … mich … verstanden? Das ist die letzte Warnung, du jämmerliche Missgeburt von einem Menschen. Du sollst auf diese Leute aufpassen, nicht sie ausnutzen. Sie werden dir anvertraut. Kennst du dieses Wort überhaupt? Vertrauen? Du bist der reinste Abschaum, und irgendwann werde ich jemanden finden, der vor Gericht gegen dich aussagt, und dann werde ich dich wegsperren.« Manovitch wurde schmerzhaft an den Haaren gezogen. »Hörst du? Ich hätte gute Lust, deine Speiseröhre über diesen Rahmen zu ziehen. Könnte ein schlimmer Verkehrsunfall sein.«

»Nein«, flüsterte Manovitch gepresst, da das Lenkrad gegen seine Brust drückte. »Bitte nicht.«

Die Angst hing in seiner Kehle fest wie das Floß eines Fischers auf einem ruhigen Teich.

»Was zur Hölle machst du überhaupt hier draußen, um diese Zeit? Das ist doch Foxys Laden.«

Manovitch bekam vor lauter Angst kaum noch Luft. Wenn Peters in den Kofferraum schaute und dort das Benzin entdeckte, würde er eins und eins zusammenzählen. Der Cop würde ihm nichts nachweisen können, aber er würde es wissen, und Manovitch wusste, dass Peters ihn nicht gehen lassen würde, bevor er ihn irgendwie verletzt hatte. Vielleicht würde er ihn sogar töten.

Der große, schlanke Detective war bekannt für seine strenge Moral, aber in letzter Zeit flackerte in diesen Augen etwas auf, das sagte, dass er nicht mehr unbedingt und jederzeit ruhig und rational reagierte. Er stand an einer Kante, über die man ihn leicht treiben konnte. Seit dem Tod seiner Frau war Peters ein anderer Mensch. Er schrie nach Blut. Die Leute meinten zwar, nach dem Blut des Brandstifters, aber vielleicht würde er sich ja auch mit jemand anders zufriedengeben, wenn die Situation außer Kontrolle geriet? Peters war ein latenter Irrer, der nur auf den richtigen Zeitpunkt wartete, um durchzudrehen.

»Es tut mir leid«, krächzte Manovitch. »Ich werde sie von jetzt an ganz korrekt behandeln. Bitte.«

»Ich habe dich etwas gefragt. Was machst du hier? Das ist doch auch kein Zufall.«

»Ich bin gekommen, um … zu sehen, ob Foxy vielleicht mit mir einen trinken geht. Ich leide unter Schlaflosigkeit. Foxy und ich, wir haben früher in Franks Bar oft einen zusammen gehoben. Ich wollte nur sehen, ob noch Licht brennt.«

»Warum versuchst du es dann nicht vorne?«

»Manchmal hat Foxy im Hinterzimmer ein Pokerspiel laufen, dann kann man Licht sehen.«

Mutter Teresa starrte ihn durchdringend an, und Manovitch wand sich, bis er sah, wie das Misstrauen aus dem Blick des Polizisten verschwand. Dann verlegte er sich auf gespielte Empörung, da er wusste, dass der Detective in dieser Hinsicht verwundbar war.

»Hören Sie, so etwas können Sie mit mir nicht machen. Ich bin ein Diener des Gerichts. Wenn Sie etwas gegen mich in der Hand haben, verhaften Sie mich. Ansonsten lassen Sie meine Haare los.«

Der harte Griff in seinem Haar lockerte sich ein wenig.

»Du solltest besser anfangen, deine Leute anständig zu behandeln, Manovitch, denn wenn es nur noch eine einzige Beschwerde gegen dich gibt, von irgendjemandem, werde ich über dich kommen wie ein Atomsprengkopf. Verstanden?«

»Verstanden.«

Dann ließ Peters ihn los, aber während Manovitch noch an der Zündung rumfummelte, schlug der Hammer immer wieder auf die Motorhaube, in einem festen Rhythmus, bumm-bumm-bumm-bumm, bis der Wagen endlich ansprang und

Manovitch davonraste. Der kalte Wind brannte in seinen Augen und kleine Stücke der Windschutzscheibe flogen ihm wie Kugeln ins Gesicht, wenn sie sich im Fahrtwind lösten. Bevor er zwei Blocks weit gekommen war, wandte sich auch das Wetter gegen ihn, und es begann in Strömen zu regnen, so dass das Wasser in den Wagen drang, wie Nadelstiche auf seine Haut einschlug und die teure Polsterung des Wagens durchnässte.

»Ich werde diesen verdammten Wichser umbringen«, schrie der schluchzende Manovitch, als er sah, wie sich das Licht der Straßenlaternen in den Beulen an seinem geliebten BMW brach. »Den krieg ich.«

Doch der Wind und der Regen schlugen ihm ins Gesicht und drückten ihm die Worte wieder in die Kehle, so dass er Gefahr lief, an seinen eigenen Drohungen zu ersticken.

15

Danny erklärte dem Priester, dass er an diesem Abend nicht beichten, sondern über etwas anderes sprechen wolle. Was?, fragte der Priester vorsichtig. Nichts Schlimmes, beruhigte ihn Danny, er wolle nur reden, etwas mit ihm besprechen; ein Erlebnis, mit dem er allein nicht klarkomme.

Der Priester, Vater Feiffer, bat ihn, mit ihm in den hinteren Teil der Kirche zu kommen, wo sie sich ungestört unterhalten könnten. Vater Feiffer ging voraus.

»Also, worum geht es?«, fragte der Vater. »Haben Sie sich in Schwierigkeiten gebracht?«

Danny wusste nicht, ob er beleidigt sein sollte, beschloss aber, die Bemerkung zu übergehen.

»Nein, keine Schwierigkeiten. Muss ich in Schwierigkeiten stecken, um zu Ihnen zu kommen, Vater?«

»Nun, *müssen* sicher nicht, aber normalerweise ist das so, wenn die Leute mich konsultieren. Wenn sie hierherkämen, *bevor* sie in Schwierigkeiten geraten, würde es vielleicht gar nicht erst so weit kommen.«

»Tja, diesmal ist es anders. Ich will Sie etwas fragen, Vater, und bitte werden Sie nicht sauer bei der Frage, aber … kann ein Engel böse sein?«

Der Priester merkte, wie verstört Danny war, und ergriff seine bandagierte Hand.

»Warum stellst du mir so eine Frage, mein Sohn?«

Danny fühlte sich unwohl mit der weichen Hand auf seiner, aber er zog sie nicht zurück.

Er erklärte: »Da ist dieser Mann … er ist kein Mensch, er ist etwas anderes … und er nennt sich Jophiel. Er hat angedeutet, er sei ein Soldat Gottes, der auf die Erde gekommen sei, um Dämonen zu vernichten, die vor Armageddon fliehen. Mein Partner und ich haben versucht, ihn zu verhaften, aber er hat uns beide verbrannt und dabei noch zwei Leute getötet. Dave, das ist mein Partner, hat sechsmal auf die Kreatur geschossen, und sie ist einfach weggegangen, als sei gar nichts passiert. Ich habe es gesehen, Vater. Er hat einfach gelächelt und ist gegangen.«

»Du glaubst, dieser Mann sei ein übernatürliches Wesen?«

»Ja … nein, also … ich weiß nicht. Wissen Sie, ich habe etwas gespürt, hier drin.« Er tippte sich an die Brust. »Ich habe Angst, Vater. Ich weiß nicht, was ich glauben soll.«

Jemand betrat die Kirche, ging zum Altar und zündete eine Kerze an, die er zu den anderen bereits brennenden Votivkerzen in das Sandbecken stellte. Der Neuankömmling, anscheinend eine alte Frau, suchte sich eine Bank und ging zum Gebet auf die Knie. Danny konnte ihr Gemurmel hören, war aber nicht nahe genug dran war, um die Worte zu verstehen.

Vater Feiffer drückte Dannys Hand, wahrscheinlich um ihm Trost zu spenden, doch Danny fühlte nur Schmerzen.

Der Priester sagte: »Würde ein Engel des Herrn zur Erde herabsteigen, um Leben zu zerstören? Natürlich hat es auch böse Engel gegeben, die Hölle ist voller gefallener Engel, allen voran Luzifer … Satan. Aber wenn die auf die Erde kommen würden, wären sie Teufel und Dämonen, mein Sohn, keine Engel. Es muss Täuschung im Spiel sein. Ich wurde schon gerufen, um Häuser zu exorzieren oder die Echtheit von Hellsehern zu bestätigen, und jedes Mal fand ich Betrug. Die Welt ist voller Scharlatane, mein Sohn.«

Danny wurde langsam wütend und zog seine Hand zurück.

»Ja, das weiß ich auch, aber tausend Scharlatane bedeuten ja nicht, dass es keine echten Mysterien gibt.«

»Ich sage ja nur, dass man bei einer solchen Behauptung sehr vorsichtig sein muss. Wir lesen und glauben daran, dass früher einmal Boten in der Gestalt von Engeln vom Himmel kamen, aber wir leben heute in einem wesentlich pragmatischeren Zeitalter. Das sind symbolische Passagen der Bibel …«

Danny riss die Augen auf.

»Sie glauben nicht an Engel?«

Jetzt wurde die Gereiztheit des Priesters in seiner Stimme deutlich, die einen zischenden Klang bekam: »Doch, doch, natürlich glaube ich an das Prinzip von Engeln, aber ich habe auch eine Meinung als Individuum, und die lautet, dass Dinge des Geistes auch geistig bleiben und keine fleischliche Gestalt annehmen, sie ziehen nicht durch die Straßen und laufen Amok.«

»Sie glauben nicht an Engel«, stellte Danny trocken fest. »Mein eigener Priester glaubt nicht an das, was er predigt, verdammte Scheiße. Zu wem soll ich denn gehen, wenn ich mich nicht an Sie wenden kann?«

»Ich will Ihnen nur helfen.«

»Tja, dann sollten Sie erst mal *glauben,* was ich Ihnen erzähle. Halten Sie mich etwa für einen Lügner?«

Der Priester schüttelte den Kopf.

»Nein, nicht für einen Lügner, Danny. Aber vielleicht versuchen Sie, sich aus Gründen, die Ihnen nicht bewusst sind, davon zu überzeugen, dass Ihnen etwas Außergewöhnliches widerfährt. Vielleicht brauchen Sie mehr Aufmerksamkeit, als ich Ihnen schenken kann? Warum reden Sie nicht einmal mit einem Freund von mir?«

Danny grinste höhnisch.

»Sie meinen, mit einem Seelenklempner?«

»Mit einem verständnisvollen Mann, Danny, der Ihnen zuhören und versuchen wird herauszufinden, was Sie bedrückt.«

»Ich weiß ganz genau, was mich bedrückt. Ich habe gesehen, wie ein Kerl sechs Kugeln abgekriegt und darüber gelacht hat«, rief Danny. »Das bedrückt mich. Ich habe gesehen, wie ein Typ mental ein Feuer entzündet hat. Das bedrückt mich.«

»Senken Sie Ihre Stimme«, forderte Vater Feiffer scharf, als die alte Frau von ihrem Gebet aufblickte und in das Halbdunkel im hinteren Teil der Kirche starrte. »Wir wissen, was Sie bedrückt, wir müssen allerdings herausfinden, worin der Grund für diese Probleme liegt.«

»Jesus Christus!«, stöhnte Danny.

»Keine Blasphemie hier drin!«

»Das war keine Blasphemie, sondern ein Hilferuf«, schrie Danny. »Sie können mir nicht helfen, also muss ich woanders um Hilfe bitten.«

»Dann tun Sie das im Gebet, voller Ehrfurcht.«

Danny wurde klar, dass er hier nicht weiterkam, und kniete sich in eine Kirchenbank, wodurch er Vater Feiffer quasi entließ, indem er ihn aus seinem Bewusstsein ausschloss. Er kniete mit geschlossenen Augen und versuchte etwas zu finden, was er sagen könnte, um mit Gott in Verbindung zu treten, aber ihm fiel nichts ein. Als er die Augen wieder öffnete, war der Platz neben ihm leer, und der Priester stand vorne am Altar.

Danny blieb noch zehn Minuten in der Kirche, dann ging er hinaus in den Regen.

Trotz der Wassermassen, die vom Himmel stürzten, heulten Sirenen, und der Himmel über der Stadt leuchtete. Irgendwo brannte es, Regen oder nicht.

Danny stiefelte durch überschwemmte Straßen; innerhalb von Minuten war sein Mantel durchweicht, und der Regen drang durch sein Jackett und sein Hemd. Seine Gedanken waren in Aufruhr. Wieder und wieder ging er die Ereignisse des Vortages durch, führte sich jedes noch so kleine Detail vor Augen, versuchte herauszufinden, wie Jophiel sie hereingelegt hatte. Er entdeckte nichts. Da war einfach nichts. Andererseits musste er an diesen Zauberer denken, der auf der Party zu seinem achten Geburtstag seine Tricks vorgeführt hatte. Da hatte er unfassbare Dinge gesehen, die er hinterher noch tagelang mit seinen Freunden durchgekaut hatte und die ihn nachts wach gehalten hatten, weil er versuchte, ihnen auf den Grund zu gehen. Damals hatte er auch nichts entdeckt.

Vielleicht hatte der Priester ja Recht, vielleicht war der Kerl eine Art Illusionist. Diese Leute, die scheinbar in der Luft schweben konnten und dabei durch Reifen glitten: Sie vollbrachten direkt vor den Augen ihrer Zuschauer das Unmögliche. Aber es war nicht echt, es waren nur Tricks.

Aber was war mit diesem *Gefühl,* das Danny gespürt hatte? Das machte ihm am meisten zu schaffen. Ihm war in diesem

Moment völlig klar gewesen, dass er sich in der Gegenwart eines sehr mächtigen Wesens mit unglaublich starker psychischer Energie befand. Natürlich hatte er Dave nichts davon erzählt, da der sich sonst Gedanken über die Verlässlichkeit seines Partners gemacht hätte. Was Dave anging, zählte nur das, was man hören und sehen konnte, keine Gefühle.

War es möglich, dass zwischen Jophiel und diesen Gefühlen gar kein Zusammenhang bestand? Dass Danny zwar einer starken Macht begegnet war, diese aber nichts mit dem zu tun hatte, was in dem Burgerladen passiert war?

Danny ging zurück zu seiner Wohnung. Er kam an einer Mauer vorbei, an der Werbeplakate für ein Popkonzert hingen. Die Gruppe nannte sich, ganz dem Zeitgeist folgend, *Firestorm*. Danny musste daran denken, wie schnell die Öffentlichkeit sich an den Gedanken gewöhnt hatte, dass Brände unausweichlich waren. Als die Feuer so überhandnahmen, dass sie mehr als ein kleines Ärgernis waren, hatten die Leute erst mit Besorgnis reagiert, dann mit Wut, und wenig später dann mit Akzeptanz. Für die Menschen war es nur ein kleiner Schritt von der Wut zur Akzeptanz. Inzwischen war die Feuerbesessenheit schon in den Straßenslang eingedrungen. Wenn jemand »eingeäschert« wurde, konnte das alles Mögliche bedeuten, von einem schweren Verlust beim Pferderennen oder beim Poker bis hin zu seiner Ermordung. *Er wurde eingeäschert.* Und der neueste Spruch, wenn man die Aufrichtigkeit eines Angebots anzweifeln wollte, lautete: »Willst du mich anfachen?«

Die menschliche Rasse war sehr anpassungsfähig. Am Anfang war das ein Vorteil gewesen. Aber Anpassungsfähigkeit hatte auch ihre Nachteile. Sie bedeutete, dass die Menschen sich, als sie schließlich große Städte bauten, die in ihrem Inneren wieder zu Dschungeln wurden, schnell an den Gedanken gewöhnten, dass sie und ihre Habe immer wieder Übergriffen ausgesetzt sein würden. Sie gewöhnten sich schnell an den Gedanken, dass Mord ein alltägliches Verbrechen war und in den Straßen einer Stadt mehr Menschen eines gewaltsamen Todes starben als bei einem Kriegseinsatz.

Und jetzt hatten sie eben akzeptiert, dass jeden Tag in irgendeiner Stadt mindestens ein Großbrand ausbrach. Vor einem Jahr wäre das noch undenkbar gewesen, und die politische Führung wäre zum Rücktritt gedrängt worden. Heute kamen und gingen die Feuer und wurden mit einem Achselzucken abgetan. *Schon wieder ein Feuer? Siebzehn Tote? Und was gibt es sonst noch an Neuigkeiten?*

Danny erreichte seine Wohnung und stellte fest, dass alles dunkel war. Rita war derzeit immer hundemüde, wenn sie nach Hause kam, und wenn er nicht bis zehn Uhr da war, ging sie ohne ihn ins Bett. Früher hatte er gedacht, dass Nutten Nachteulen wären, die jede Nacht durchfeierten, aber seit Rita bei ihm eingezogen war, hatte er festgestellt, dass zumindest diese hier ein ziemlich häusliches Wesen war. Das gefiel ihm. Er mochte diese ruhige Heimeligkeit. Auf der Straße gab es jede Menge Scheiße und Gewalt, aber zumindest seine Wohnung war eine Insel des Friedens.

Er schlich ins Schlafzimmer und schaute zufrieden auf den langen Hügel im Bett.

»Bist du das, Danny?«, fragte eine verschlafene Stimme.

»Ja, ich bin's.«

Er mochte es, wie sie sich gegenseitig das Offensichtliche bestätigten.

Er zog leise seine Schuhe aus, dann die restlichen Klamotten, kroch neben ihren warmen, weichen Körper, legte den Arm um sie und zog sie an sich.

»Ich mag das, wenn du mich so knuddelst«, murmelte sie. »Wie bin ich bisher nur ohne das ausgekommen?«

»Heute habe ich Hintergedanken«, sagte er und legte eine Hand auf ihre Brust.

Sie drehte sich um.

»Habe ich nichts dagegen. Ich habe auf dich gewartet, aber du hast so lange gebraucht, dass ich dann doch ins Bett gegangen bin. Aber erst vor fünf Minuten.«

Er spürte ihren Atem auf seinem Gesicht.

»Ja, tut mir leid, ich war noch in der Kirche. Ich wollte Vater Feiffer etwas fragen, aber er war ungefähr so hilfreich, wie ich es erwartet hatte.« Ihm schoss ein Gedanke durch den Kopf, und er fügte schnell hinzu: »Hatte nichts mit dir oder unserem Zusammenleben zu tun. Es war etwas ganz anderes.«

»Kein Glück gehabt?«, kam ihre Stimme aus der Dunkelheit.

Er wollte ihre Augen sehen, wenn er mit ihr sprach.

»Hör mal, macht es dir etwas aus, wenn ich das Licht anmache?«

»Nein, nur zu.«

Er wandte sich ab und knipste die Nachttischlampe an.

Als er sich wieder zu ihr umdrehte, verkrampfte sich sein Magen, und er sprang mit einem Schrei aus dem Bett. Sein Herz raste, und der Puls pochte in seinen Schläfen. Auf ihrem Hals saß ein haariger Kopf mit einer heraushängenden Zunge und gelblichen Fangzähnen. Das Maul öffnete sich, und ein Knurren ertönte.

Sie hatte den Kopf eines Hundes.

»NIMM DAS AB!«, kreischte er und seine Stimme kippte vor Angst.

»Was ist denn los?«, schrie sie, offenbar genauso verängstigt wie er selbst.

Er blinzelte, und der Hundekopf verschwand.

»Was … wie hast du das gemacht?«

»Wie habe ich was gemacht?« Sie wirkte ängstlich und fragte sich wahrscheinlich selbst gerade, was zur Hölle hier los war.

»Ich … es tut mir leid. Ich dachte … ich dachte, ich hätte etwas gesehen.«

Sie schaute sich hektisch um und schrie: »Eine Spinne?« Offenbar hatte sie eine Spinnenphobie.

»Nein, nein, keine Spinne, ich dachte, du hättest – ein anderes Gesicht. Ist schon okay, ich habe mir nur was eingebildet. Mach dir keine Sorgen. Tut mir leid, wahrscheinlich bin ich überarbeitet.«

Aber trotzdem konnte er sich ihr noch eine ganze Weile nicht nähern und beobachtete sie aus dem Augenwinkel, um zu sehen, ob sie sich wieder veränderte. War das eine Halluzination gewesen? Seit er als Kind von einem Schäferhund gebissen worden war, hatte er Angst vor Hunden. Man hatte ihm gesagt, es sei eine Phobie, aber als er das Wort nachgeschlagen hatte, hatte er herausgefunden, dass eine Phobie eine »irrationale Angst« vor irgendetwas war. Da Hunde aber Kiefer voller scharfer Zähne hatten, die sie völlig unberechenbar einsetzten, hielt er seine Angst vor den Viechern für ziemlich logisch und vernünftig und kein bisschen irrational.

Er machte ihnen eine Tasse Kaffee und beruhigte Rita mit sanften Worten, während er bei ihr auf der Bettkante saß. Sie fragte ihn immer wieder, ob das ein Witz sein sollte, aber er versicherte ihr, dass er etwas gesehen hätte, selbst wenn es nur das Produkt seiner Fantasie gewesen sei. Er schaffte es nur mit Mühe, seinen Kaffee zu trinken, ohne zu zittern, wollte Rita nicht noch mehr beunruhigen. Was zur Hölle war das gewesen? Warum ein *Hundekopf*? Jetzt drehte er wirklich langsam durch. Vielleicht hatte er ja einen Nervenzusammenbruch. Es wurde ihm offenbar alles zu viel, der Druck, der Stress.

Als er wieder ins Bett stieg, ging es ihm besser, aber keiner von ihnen wollte jetzt noch Sex haben. Sie legten sich in ihre übliche Schlafposition, sie mit dem Rücken zu ihm, er mit dem Arm um ihre Hüfte.

Mitten in der Nacht wachte er schweißgebadet auf, weil er Haare in ihrem Gesicht spürte, aber es waren menschliche Haare, kein Hundefell, und so versank er wieder in tiefen Schlaf.

16

Nach der Arbeit fuhr Dave Vanessa zurück zu ihrer Wohnung. Unterwegs fragte er sie, ob sie es schaffte, Manovitch in Schach zu halten, und sie meinte, der Typ sei ein Ekel, aber wenigstens habe er in letzter Zeit nicht versucht, sie anzufummeln.

»Ich melde mich bei ihm, wenn ich muss, und er versucht immer noch, mich durch kindische Tricks einzuschüchtern, zum Beispiel, indem er mir Zigarrenrauch ins Gesicht bläst, aber zumindest hat er nicht mehr versucht, mir unter den Rock zu fassen.«

»Sollte er auch besser nicht«, meinte Dave wütend. »Dann breche ich ihm nämlich beide Beine.«

»Das würde uns ja auch enorm helfen. Am besten hältst du dich einfach von ihm fern, Dave, und lässt mich die Sache regeln, falls da noch was kommt. Ich kann ganz gut auf mich selbst aufpassen.«

Er ließ das Thema fallen und erzählte ihr nicht, dass er Manovitch hinter Foxys Bar bedroht hatte. Aber am liebsten wäre er direkt zu Manovitch nach Hause gefahren und hätte seine hässliche Fresse ins Klo gedrückt. Der Mann war eine Schande für seinen Beruf. Sobald Vanessa ihn los war, würde er sich ein für alle Mal um Manovitch kümmern, das schwor sich Dave. Bis dahin würde es keinem von ihnen helfen, wenn er Ärger machte, da hatte Vanessa schon Recht.

Als sie in ihrer Wohnung ankamen, machte sie ihnen Drinks, und sie setzten sich, um sich noch ein bisschen zu unterhalten.

Anscheinend wollte sie, dass diesmal Dave das Reden übernahm, also erzählte er ihr von seiner Kindheit, statt wieder auf die Diskussion zurückzukommen, die sie im Restaurant geführt hatten. Er berichtete ihr, dass er in seinen jüngeren Jahren ein regelmäßiger Kirchgänger gewesen sei.

»Ich dachte, du wärst Atheist«, meinte sie.

»Jetzt bin ich das auch, schätze ich, aber früher war ich mal sehr religiös.«

So plätscherte das Gespräch bis in die frühen Morgenstunden dahin, bis sie müde genug waren, um ins Bett zu gehen. Sobald sie unter der Decke lagen, hatten sie Sex, und dann schliefen sie eng umschlungen ein. Dave mochte eigentlich keinen Körperkontakt, wenn er versuchte einzuschlafen, weil er nach dem Sex einen gewissen Freiraum brauchte, aber er traute sich nicht, sie loszulassen. Er dachte, sie könnte sich aus dem Bett stehlen und sich Brandwunden zufügen. Also hielt er sie fest, und sie reagierte aus reiner Zuneigung heraus entsprechend.

Am Morgen lagen sie allerdings einen halben Meter weit auseinander. Dave wurde als Erster wach, stahl sich aus dem Bett und schlich ins Badezimmer, um zu duschen, bevor sie wach wurde. Dann machte er Kaffee, weil er gerne etwas zu trinken hatte, während er sich anzog. Es half ihm dabei, den Rest des Tages zu planen und sein Arbeitspensum Stunde für Stunde durchzuorganisieren.

Er nahm zwei Tassen mit ins Schlafzimmer und stellte eine

auf das Regelbrett neben dem Bett. Ihr Kopf war noch unter der Decke vergraben, also riss er sie weg und rief fröhlich: »Komm schon, Schlafmütze, es wird Zeit, die …«

Der Satz endete in einem erstickten Gurgeln, und er wich entsetzt bis ans Fenster zurück. Der Körper im Bett bewegte sich unkontrolliert, wie Aas, das von innen heraus aufgefressen wird. Er versuchte zu atmen, als Vanessa sich aufsetzte und ihn mit den Überresten ihrer Augen anstarrte. Am liebsten hätte er sich übergeben.

»Was ist denn los, Dave?«

Die Haut in ihrem Gesicht hatte sich in eine Masse sich windender Maden verwandelt. In ihrer Brust klafften große Löcher voller dicker Fliegenlarven, die mit einem ploppenden Geräusch auf die Bettdecke fielen. Als sie den Mund öffnete, fielen sie auch dort heraus.

Kurz bevor er sich tatsächlich übergab, verschwanden sie. Gerade noch war ihr Fleisch von Maden bedeckt, im nächsten Moment war sie sauber und makellos. Er konnte immer noch nicht sprechen.

»Dave?«, fragte sie wieder. »Du machst mir Angst.«

Dave nahm sich einen Moment, um tief Luft zu holen, dann sagte er nur: »Mir geht's nicht gut. Ich glaube, ich habe mir etwas eingefangen.«

»Du bist weiß wie eine Wand. Warum hast du mich so angesehen? Habe ich irgendwas getan?«

»Nein, nein. Gar nichts. Ich … ich glaube, ich habe gar nicht dich angestarrt. Ich habe einfach nur … gestarrt. Du weißt schon, Löcher in die Luft geguckt? Da war dieses furchtbare Ziehen in meinem Magen, als hätte ich etwas Falsches gegessen. Jetzt ist es weg. Es wird schon wieder werden.«

Er wollte ihr nicht sagen, was er gesehen hatte, weil er Angst hatte, dass sie sich aufregen könnte. Es schien sich alles in seinem Kopf abgespielt zu haben, denn offenbar hatte sie nichts gespürt. Düstere Befürchtungen packten ihn. Was zum Teufel war nur los mit ihm? Obwohl er kein Fieber hatte, war er offensichtlich krank.

»Könntest du mir etwas zu trinken holen?«, fragte er und setzte sich auf die Bettkante.

Besorgt ging sie, um ihm ein Glas Wasser zu holen. Er beobachtete sie aus dem Augenwinkel und erwartete, dass sie sich ganz plötzlich wieder verwandeln würde. Nichts. Sie brachte das Wasser, und er trank. Dann zog er sich an. Sie wickelte sich in einen Bademantel. Sie gingen in die Küche, aber Dave war nicht nach Frühstück zumute, also trank er nur noch einen Kaffee und ging dann.

Er holte Danny ab, und dann saßen sie noch eine Weile zusammen vor Dannys Apartmenthaus im Auto. Danny schien es auch nicht eilig zu haben, irgendwohin zu kommen. Er wirkte nachdenklich, irgendwie abwesend.

Schließlich wachte er aus seiner Trance auf und drehte sich zu seinem Partner um.

»Mutter Teresa, du siehst heute aber nicht sonderlich scharf aus.«

»Du auch nicht, Bruder Tuck.«

Manchmal erlaubten sie sich gegenseitig, ihre Spitznamen zu benutzen, besonders, wenn es ihnen nicht gutging. Jeder andere Cop hätte dafür eine reinbekommen.

Danny sagte: »Ich habe eine wirklich fiese Erfahrung hinter mir.«

»Ich auch«, nickte Dave.

»Nicht so grauenhaft wie meine.«

»Schlimmer«, meinte Dave. »Wie würdest du es finden, wenn du morgens aufwachst, und die Frau neben dir ist völlig von Maden überzogen?«

Danny zuckte zusammen.

»Vanessa? Vanessa ist voller Maden?«

»Nein, aber ich dachte, sie wäre es. Ich habe ihr heute Morgen die Bettdecke vom Gesicht gezogen, und dann lag da dieser Zombie, wie aus einem Horrorfilm, voll mit diesen … Dingern. Ich hasse Maden. Von allen Dingen auf dieser Welt hasse ich Maden am allermeisten.«

Danny kniff die Augen zusammen.

»Du hasst Maden. Du hast eine Art Madenphobie, stimmt's? Da war irgendwas in deiner Kindheit.«

Dave schaute seinen Partner überrascht an.

»Ja. Ich meine, es war kein Trauma oder so, aber mein Vater war Angler. Er liebte es, mich zum Angeln mitzunehmen. Jedes andere Kind wäre begeistert gewesen, aber, na ja, ich habe es *gehasst*. Ich habe es gehasst, weil er mich immer gezwungen hat, die Maden an den Haken zu machen – diese ekelhaften Schmeißfliegenlarven. Er hat sie in einer eckigen Tabakdose aufbewahrt, und dann hat er die Dose immer aufgemacht, sie mir unter die Nase gehalten und gesagt: ›Nimm eine, David, mach den Köder an den Haken, mein Sohn. Junge, heute werden wir einen dicken Fang machen, du wirst schon sehen.‹ Und dann war da diese Masse aus sich windenden, kriechenden Dingern, die aus den Fliegeneiern geschlüpft waren, und das direkt vor meiner Nase. Ich sage dir, Danny, ich habe mir fast in die Hosen gemacht, aber ich habe mich einfach nicht getraut, irgendwas zu meinem Vater zu sagen, denn sonst hätte er gleich eine Riesensache draus gemacht. Er hätte mich gezwungen, weiterzumachen, mit dem Argument, dass Gewohnheit Verachtung erzeuge, und dass ich, wenn ich meine Hand in ein Glas mit Maden stecke und sie drin lasse, irgendwann nichts mehr als Verachtung für diese kleinen Parasiten empfinden würde.«

Dannys Augen waren immer noch zusammengekniffen, ein sicheres Zeichen dafür, dass er angestrengt nachdachte. Deshalb fragte Dave irgendwann: »Was?«

»Wir werden reingelegt«, sagte Danny. »Du hast eine Madenphobie, und ich habe tödliche Angst vor Hunden.«

»Und?«

»Letzte Nacht, als ich das Licht angemacht habe, hatte Rita einen Hundekopf. Ich bin völlig ausgerastet und habe sie zu Tode erschreckt, als ich mir die Seele aus dem Leib gebrüllt habe. Ich habe es dann auf Übermüdung geschoben, weil ich zu hart gearbeitet habe. Aber jetzt kommst du mit den Maden an. Das ist wie eine Wiederholung dessen, was ich letzte Nacht erlebt habe.«

Sie starrten gemeinsam durch die Windschutzscheibe.

»Jophiel«, sagte Dave schließlich.

»Warum? Und wie?«

»Das ist doch offensichtlich. Er versucht, uns abzuschrecken. Er hat einen dieser posthypnotischen Schalter in uns platziert. Er hat uns das ins Gehirn gepflanzt, während wir ihm in die sanften grauen Augen geschaut haben. Eine Art Warnung. Lasst die Finger davon. Er hat es vorbereitet, damit es aktiv wird, wenn wir mit unseren Frauen zusammen sind.«

»Und was, wenn wir keine Frauen gehabt hätten, zu denen wir gehen können?«

»Ich kenne nicht alle Antworten.« Dave zögerte. »Aber er schien doch alles über uns zu wissen, erinnerst du dich? Dieser Typ versucht, uns damit Angst einzujagen, damit wir die Sache fallenlassen. Tja, aber wenn er meint, dass wir ihn einfach so in Ruhe lassen, sollte er besser nochmal nachdenken. Ich werde mir dieses Arschloch schnappen, und wenn es das Letzte ist, was ich tue.«

»Sag so etwas nicht«, mahnte Danny. »Du meinst also, dass

er nicht die Menschen verändert hat – also Rita und Vanessa –, sondern dass das alles nur in unseren Köpfen stattgefunden hat. Er hat uns so hypnotisiert, dass es erst später wirksam geworden ist, als er nicht mehr dabei war und als wir am wenigsten damit gerechnet haben.«

»Ganz genau.«

»Hör mal«, fuhr Danny fort. »Wir sind beide skeptisch, was die übernatürliche Theorie angeht, richtig? Du noch stärker als ich. Wir sind schließlich Cops, oder? Und wir mögen es, wenn das Leben einfach und durchschaubar ist. Aber irgendwo in uns gibt es diese Stimme, die sagt: ›Etwas ist hier verdammt komisch, irgendwie schief.‹ Stimmt's?«

Das musste Dave zugeben. »Manchmal glaube ich irgendwie dran, und dann tue ich es wieder als Unsinn ab. Ständig ändere ich meine Meinung. Ich gehe die Ereignisse immer wieder durch, bis mir der Kopf schwirrt wie nach einem Feuerwerk.«

»Stimmt«, nickte Danny, »geht mir genauso. Wir müssen irgendetwas *tun.* Und ich habe auch schon eine Idee. Vielleicht können wir den Kerl aus der Reserve locken.«

»Und wie?«

»Wenn da draußen der Engel rumläuft, dann müssen ja auch die Dämonen da sein. Tja, und da habe ich ... nun, ich habe zwei oder drei Hohepriester kontaktiert ...«

»Priester?«

»Nein, Hohepriester. Schwarze Magie. Leute, die wir ab und zu hochgenommen haben, wegen Verführung Minderjähriger oder Erregung öffentlichen Ärgernisses. Sie halten diese schwarzen Messen ab, in verlassenen Kirchen und so ... Ich weiß, was du jetzt denkst«, sagte Danny hastig, »aber wir müssen sie einsetzen. Sie werden noch am ehesten wissen, wo man einen Dämon finden kann.«

»Und wozu brauchen wir einen Dämon?«

»Informationen. Wir brauchen alles, was wir kriegen können, Dave, und das sind die Typen … oder besser gesagt die Kreaturen, die uns alles sagen können. Wenn wir uns einen Dämon schnappen, können wir rausfinden, was zum Teufel eigentlich los ist – entschuldige das Wortspiel. Wenn wir keinen finden, sind wir vielleicht wirklich auf dem Holzweg.«

»Und was sollen wir tun? Rumsitzen und abwarten, bis einer deiner schwarzen Priester ein Meeting arrangiert?«

»Jetzt hast du's«, nickte Danny.

Dave starrte seinen Partner an und versuchte herauszufinden, wie ernst es ihm mit diesem verrückten Plan war. Aus Dannys Blick ließ sich schließen, dass er meinte, was er sagte.

»Wenn du falschliegst, schminkst du dir das Gesicht schwarz und singst auf einem Bein ›Ol' Man River‹, und zwar direkt vor der Versammlungshalle der Aryan Nations.«

»Bei diesen Wichsern?«

»Tja, das ist der Deal. Du musst dir dabei schon verdammt sicher sein, Danny, denn indem ich dich das durchziehen lasse, gebe ich dir in gewisser Weise schon Recht. Ich meine, wenn deine patriotischen Brüder dir dann irgendwas antun, dich lynchen oder so, können wir sie dafür wenigstens einsperren. Ich habe schon seit Wochen keine anständige Verhaftung mehr vorgenommen.«

»Du verarschst mich doch.«

Dave nickte. »Stimmt, ich verarsche dich.«

»Vertrau mir, Dave, ich werde einen Weg finden.«

»Und was sollen wir Reece sagen?«

Danny wirkte überrascht. »Machst du Witze?«

»Na ja, der Captain geht sonntags in die Kirche, mit seiner ganzen Familie, ich habe ihn dort gesehen. Er sollte verstehen, was du hier machst, da er doch ein Glaubensbruder ist.«

»Mach dich nicht über mich lustig, Dave, das passt nicht zu

dir. Reece geht zur Kirche, weil ihm das politische Vorteile einbringt. Er will Chief werden.«

»Ich weiß das, du weißt das, aber wissen die Dämonen das auch?«

»Leck mich«, erwiderte Danny und zog seinem Partner sein Notizbuch über den Schädel. Genau in diesem Moment kam Rita aus dem Haus, um zur Arbeit zu gehen. Sie starrte die beiden Männer an, die immer noch im Auto saßen, und schüttelte langsam den Kopf. Dann kam sie zu ihnen rüber und lehnte sich in Daves offenes Seitenfenster.

»Irgendwie wusste ich ja schon immer, dass die Bullen eigentlich nicht viel arbeiten«, meinte sie. »Wollt ihr den ganzen Tag hier rumsitzen?«

»Nö«, erwiderte Danny. »Wir müssen ja auch mal was essen, oder nicht?« Er schaute auf die Uhr. »In ungefähr einer Stunde fahren wir rüber zu Mario's, auf eine Focaccia und einen Kaffee.«

Sie nickte genauso bedächtig, wie sie den Kopf geschüttelt hatte. »Wie ich es mir gedacht habe.«

Dave protestierte: »Wir haben gearbeitet, Rita, und zwar hier im Auto. Das ist der einzige Ort, an dem wir ein bisschen Ruhe haben. Wenn wir auf der Wache ankommen, lassen die alle den Stift fallen und sagen: ›Hey, da ist das berühmte Duo, D&D, ob ich wohl ein Autogramm bekommen könnte?‹«

Lächelnd trat sie vom Wagen zurück. »Na ja, sie sagen wohl eher: ›Hier kommen diese Spinner, Bruder Tuck und Mutter Teresa. Ich frage mich, was sie heute wieder vermasseln werden?‹«

Damit ging sie mit schwingender Handtasche weiter, während die beiden zähneknirschend zurückblieben und krampfhaft nach einer schlagfertigen Antwort suchten.

17

Als Dave die Vorhänge zurückzog, um den Tag reinzulassen, hing ein feiner Nieselregen über der Stadt, wie man ihn sonst aus Irland kannte. Die Regentropfen klebten am Fenster wie Motoröl vom Highway an der Windschutzscheibe. Die Luftverschmutzung zog sich in tief hängende Sturmwolken zurück; der Regen war dreckig und hing in einer verdreckten Atomsphäre an verdreckten Scheiben. Für jemanden, der nicht aus der Stadt kam, sah das vielleicht trostlos aus, aber Dave war daran gewöhnt und wäre überrascht gewesen, wenn es anders gewesen wäre.

Natürlich mochte er den Regen nicht. Regen behinderte die Polizeiarbeit.

Das Telefon klingelte. Es war Danny.

»Wir haben was, Dave.«

»Und was?«

»Eine Antwort von einem Hohepriester.«

»Als ich das letzte Mal nachgesehen habe, hatten wir ungefähr ein Dutzend Antworten. Und es waren alles Spinner.«

»Diesmal ist es was Echtes. Es fühlt sich richtig an.«

»Ja, ja, wenn du meinst. Okay, ich bin in dreißig Minuten bei dir.«

Er ging unter die Dusche, rasierte sich, zog Hemd, Krawatte, Hose und Schuhe an. Wäre es nach ihm gegangen, hätte er Freizeitkleidung bevorzugt, aber Reece wollte, dass seine Polizisten anständig gekleidet waren, auch wenn es sie bei der Arbeit auf der Straße behinderte. Er nahm eher eine misslungene Aktion in Kauf als einen ungepflegten Cop unter seinem Kommando. Natürlich gab es auf der Wache auch »bärtige Hippies«, wie der Captain sie nannte, aber die waren alle bei der Nachtschicht. So bekam Reece sie nicht oft zu Gesicht.

Deswegen trug Dave Anzug. Seinem Partner Danny gefielen die Klamotten, die sie tragen sollten, weil Danny, wenn man ihm die Wahl ließ, sowieso ein Anzugträger war. Er war rigoros, was seine Kleidung anging. Danny war zwei Jahre bei der Army gewesen, doch das hatte ihn nicht gegen Uniformen aufgebracht, sondern genau das Gegenteil bewirkt. Das war wahrscheinlich einer der Gründe, warum er zur Polizei gegangen war. Aber nach nicht allzu langer Zeit fand er sich dann bei den Zivilbullen wieder. Ein Anzug kam da einer Uniform noch am nächsten.

Dave holte Danny ab, der das Steuer übernahm und sie zum McLaren Park fuhr. Dort blieben sie im Auto sitzen und schauten auf das schmutzig grüne, nicht gerade üppige Gras. Was sie hier machten, war inoffiziell. Auf keinen Fall würden sie Reece sagen, dass sie auf der Suche nach einem Dämon waren.

»Spuck's aus«, forderte Dave.

»Da ist dieser Kerl, der sich selbst Großinquisitor nennt. Er hat mich heute Morgen angerufen und mir mitgeteilt, er hätte hier ein Treffen mit einem Dämon arrangiert. Er wird sich um neun mit uns treffen – also, der Dämon.«

»Einfach so«, meinte Dave sarkastisch. »Sie möchten einen Dämon kennenlernen, Mr. Peters? Dann gehen Sie einfach um neun Uhr in den Park. Er wird auf der dritten Bank links von der alten Eiche sitzen. Oh, ja, natürlich werden Sie ihn erkennen können – er hat diese kleinen Hörner auf dem Kopf und einen langen, roten, spitz zulaufenden Schwanz …«

»So ist es nicht«, fauchte Danny. »Der Kerl sieht genauso aus wie du oder ich. Oder, um es noch genauer zu sagen, er sieht aus wie der Engel.«

»Warum sollte er wie der Engel aussehen?«

»Weil er genau das ist, du Idiot. Ein gefallener Engel. Also, ziehen wir das jetzt durch oder nicht?«

»Haben wir denn eine Wahl?«, knurrte Dave. »Aber warum im Park?«

»Das war meine Idee. Er wollte sich in irgendeinem Drecksloch in der Innenstadt mit uns treffen.«

»Okay, dann warten wir.«

Sie lasen gerade Zeitung, als sich der Kerl auf die Bank setzte, die Danny bei seinem Anruf genannt hatte. Sie beobachteten, wie er eine Zigarette hervorholte, sie anzündete und sie anschließend sofort an seiner Schuhsohle wieder ausdrückte.

»Das ist das Signal«, meinte Danny. »Es geht los.«

Es nieselte immer noch ein wenig, als sie durch den Park auf den Mann zugingen. Sie wollten sich zu beiden Seiten neben ihn setzen. Während Dave sich dem Typen näherte und ihn genauer musterte, wurde ihm klar, dass er seinen Geist noch ein ganzes Stück weiter würde öffnen müssen als bisher.

Der Mann hätte ein jüngerer Bruder von Jophiel sein können. Er war dunkelhaarig, schlank und extrem gut aussehend, mit der Ausstrahlung eines jungen Latino. Er verfügte über die Art von männlicher Schönheit, bei der Frauen weiche Knie bekamen. Die Art, die sie von selbstbewussten, durchtrainierten, athletischen Ehemännern weglockte und die Männer geschockt und verständnislos zurückließ. Als er sich eine zweite Zigarette anzündete, bewegte er sich mit lässiger Eleganz, so dass Dave ihn als Tänzer oder Zirkusartisten eingestuft hätte. Seine undefinierbare Weichheit hätte Machos spotten lassen, während sie sie gleichzeitig verunsichert hätte. Aber als geübter Beobachter erkannte Dave, dass er unter dieser natürlichen Grazie hart und skrupellos war.

»Also«, sagte Dave, nachdem sie sich gesetzt hatten, »wir sind diejenigen, die um Ihre Hilfe gebeten haben.«

»Und wer genau seid ihr?«, fragte der Mann.

Dave erwiderte: »Sie zuerst.«

»*Ihr* habt *mich* kontaktiert.«

»Sie müssen etwas von uns brauchen, sonst hätten Sie diesem Treffen gar nicht erst zugestimmt.«

Der Mann seufzte, als wäre er das Spiel leid.

»Okay, mein Name ist Malloch. Jemand ist hinter mir her, jemand, der … mich umbringen will. Ich hätte gerne, dass sich jemand um diese Person kümmert.« Er schnippte die Asche von seiner Zigarette. »Offen gesagt, ich bin verzweifelt. Ich klammere mich an Strohhalme. Und, was habt ihr anzubieten?«

Diesmal redete Danny: »Wir sind Cops, und wir sind hinter dem Kerl her, der Sie jagt.«

Malloch nickte.

»Wir wollen diesen Kerl unbedingt kriegen«, erklärte Dave. »Unbedingt. Vielleicht hat keiner von uns etwas, das er dem anderen geben könnte, aber zumindest können wir zusammenwerfen, was wir haben. Also, dieser Brandstifter nennt sich Jophiel, und er behauptet, er sei eine Art Naturwunder«, erklärte Dave vorsichtig.

Lächelnd zog Malloch an seiner Zigarette. »Ihr meint, es bezeichnet sich selbst als *Engel?*«

»Ja«, nickte Dave, »das heißt, er hat sich nicht direkt so genannt, aber er hat es angedeutet.«

»Tja, da kann ich euch beruhigen.«

»Wirklich?«, fragte Dave erwartungsvoll.

Malloch nickte. »Es ist genau das, was es zu sein behauptet. Wo wir herkommen, benutzen wir den Begriff *Engel* nicht, aber da wir uns auf der Erde befinden, müssen wir eure Terminologie verwenden. Mich würdet ihr als«, er schaute wehmütig drein, »*Dämon* bezeichnen. Mir gefällt der Begriff. Hat eine gewisse Tiefe. ›Gefallener Engel‹ mag ich nicht. Das hat etwas Negatives an sich. Dämon ist ein viel positiverer Begriff.«

Abrupt fragte Danny: »Können Sie das beweisen?«

»Eigentlich muss ich es gar nicht beweisen, weil es mir vollkommen egal ist, ob ihr mir glaubt oder nicht. Im Moment möchte ich auch gar kein Dämon sein, da meine Stellung in der Großen Kette des Seins beinhaltet, dass ich einen rachsüchtigen Engel am Hintern kleben habe, der mich in ein Häufchen Asche verwandeln will.«

»Haben Sie irgendwelche besonderen Kräfte?«, fragte Danny hoffnungsvoll.

»Keine, die mir dabei helfen könnten, der Auslöschung durch meinen Feind zu entgehen. Ich verfüge über Körperkraft, die ungefähr zehnmal so groß ist wie die eines Sterblichen. Ich kann nur durch zersetzende Hilfsmittel getötet werden, die mein Fleisch zerstören, wie Säure oder Feuer. Hier auf der Erde verfügen wir nicht über mentale Kräfte. Stellt euch mich als Meteoriten vor, der in die Erdatmosphäre eintritt: Am Anfang war ich ein Gigant, aber als ich landete nicht mehr als ein qualmender Stein, kaum größer als ein Ziegelstein.«

»Wir können euch also nicht töten, keinen von euch?«, fragte Danny weiter.

»Wir können zerstückelt, verstümmelt oder verkrüppelt werden, aber es wird immer noch Leben in uns sein. Feuer ist die reinste Form der Auslöschung. Es fegt alles weg.«

»Wie kommt es dann, dass Jophiel Superkräfte besitzt?«, wollte Dave wissen.

»Ich wünschte, ihr würdet das Wesen nicht auch noch ermutigen, was diesen Namen angeht. Er gehört ihm nicht, er gehört einem Erzengel. Dieses Wesen hat keinen Namen.«

»Aber es ist sehr mächtig«, widersprach Danny.

»Nur im Vergleich zu Sterblichen, die so schwach sind, dass

selbst der jämmerlichste Dämon sie auspusten kann wie eine Kerzenflamme. Dieses Wesen hat beim Abstieg seine Kräfte behalten, weil es ist, was es ist. Engel haben die Möglichkeit, die Erde zu besuchen – unter anderem als Boten.«

»Sie sagen ständig ›es‹«, stellte Dave fest.

Malloch nickte. »Engel sind asexuell, sie sind weder männlich noch weiblich.«

»Und Dämonen?«

Malloch grinste. »Wir sind das, wonach wir aussehen.«

Einen Moment lang schwiegen sie alle, dann meldete sich Dave wieder zu Wort: »Lassen Sie mich eines klarstellen: Ich bin derjenige, den Sie von dieser ganzen Engel-Dämonen-Sache überzeugen müssen. Mein Freund hier ist schon gläubig. Tun Sie irgendetwas, um mich davon zu überzeugen, dass es sich lohnt, Ihretwegen vom Regen durchnässt zu werden.«

»Ich sagte doch bereits, dass ich kein Interesse daran habe, meine Identität zu beweisen.«

Spöttisch erwiderte Dave: »Ach, kommen Sie, seien Sie kein Spielverderber ...«

Malloch zuckte mit den Schultern, dann schossen seine Hände mit der Schnelligkeit einer Schlange nach vorne. Einen Moment später hatte er Dave entwaffnet und hielt seine Dienstwaffe in der Hand. Bevor Danny reagieren konnte, presste der Dämon sich den Lauf gegen den Bauch und drückte ab. Kurz zuckte Schmerz über das Gesicht des Dämons, doch er verging schnell wieder.

Dann gab Malloch dem schockierten Dave seine Waffe zurück.

»Heilige Scheiße«, flüsterte Danny. »Er hat sich selbst erschossen.«

»Ihr habt gesagt, ich solle einen Beweis erbringen«, meinte Malloch, »und abgesehen von einer Kraftprobe, bei der ihr mich nur für außergewöhnlich hättet halten können, ist mir nichts anderes eingefallen. Da ich es bisher noch nie gemacht hatte, war ich mir nicht sicher, wie weh es tun würde. Ich darf hinzufügen, dass es verdammt wehtut, aber zum Glück nicht lange. Die Kugel steckt irgendwo in meinem Bauch fest, aber abgesehen davon hat sich die Wunde selbst geheilt.«

Dave steckte die Waffe zurück ins Holster.

»Zeigen Sie mir die Eintrittswunde«, befahl er.

Der Dämon knöpfte sein Hemd auf und zeigte den beiden Polizisten, wo die Kugel in seinen Körper eingedrungen war. Er hatte eine faltige Delle in der Haut, aber weder offenes Fleisch noch Blut waren zu sehen. Es sah aus wie eine Narbe, die schon mehrere Jahre alt war.

»So«, meinte Malloch dann, »ihr habt mich aus einem bestimmten Grund hierherbestellt. Bringen wir es hinter uns. Ich bleibe nicht gerne zu lange an einem Ort. Es ist mir schon einmal zu nahe gekommen.«

»Die Wunde ist tatsächlich verheilt«, sagte Dave. »Ich weiß nicht. Vorher war ich mir sicher, dass an Ihnen nichts Besonderes ist, aber jetzt bin ich verwirrt. Ich gebe zu, ich weiß nicht mehr, was ich glauben soll. Wenn dieser Engel das ist, was Sie behaupten und wofür Danny ihn hält – wie werden wir ihn dann wieder los?«

»Ihr könnt es mit Beten versuchen, aber ich glaube nicht, dass das funktionieren wird. Ihr werdet keine göttliche Hilfe bekommen. Er wird sich nicht einmischen, nicht jetzt. Ihr habt den freien Willen bekommen, also müsst ihr selbst mit euren Problemen fertigwerden, selbst über euer Schicksal entscheiden. Wenn die göttliche Hand einmal eingreift, könnte sie genauso gut eine Million Mal eingreifen und jedes Problem auf der Welt lösen. Dann wärt ihr Sklaven der wohlwollenden Einmischung. Nichts, was ihr tut, würde noch eine Rolle spielen, denn sobald ihr einen Fehler macht, würde er korrigiert werden. Also, Gott wird euch ebenso wenig helfen, wie er uns hilft. Der Engel ist ohne höheren Auftrag hier. Die anderen … na ja, zu den direkten Vorgesetzten des Engels könnt ihr keinen Kontakt aufnehmen. Und das ist der einzige Weg, um das Wesen aufzuhalten, indem man ihnen Bescheid sagt. Aber wie ihr das anstellen könntet, weiß ich nicht.«

»Was machen Sie eigentlich, Sie und Ihre … Leute?« Dave brachte es nicht über sich, sie Dämonen zu nennen. »Versammeln Sie sich?«

»Diese Zeiten sind vorbei. Wir waren zusammen auf dem Schlachtfeld und sind geflohen, desertiert. Jetzt sind wir auf dem Rückzug, und Armeen auf der Flucht versammeln sich nicht; sie kehren auch nicht um, um sich dem Kampf zu stellen. Sie fliehen immer weiter, jeder für sich. Ich habe es bisher geschafft, dem Wesen aus dem Weg zu gehen, und das werde ich auch weiterhin tun. Ich glaube nicht, dass ihr mir helfen könnt. Ihr könnt euch ja kaum selbst helfen. Ich dachte mir schon, dass es so ist, aber einen Versuch war es wert.«

»Versammelt euch«, schlug Danny vor. »Zusammen fällt euch vielleicht etwas ein, irgendeine Verteidigungsstrategie gegen diesen heiligen Irren.«

»Genau«, bestätigte Dave.

Bevor sie sich trennten, sagte Danny zu Malloch: »Was ich nicht verstehe und was *mich* wirklich verwirrt, ist die Frage, warum Dämonen eigentlich *böse* sind. Ich meine, was habt ihr getan, das so schrecklich wäre? Bringt ihr Menschen um?«

»Nein«, meinte Malloch, »eigentlich nicht. Ich meine, aus Notwehr würden wir es natürlich tun, genau wie ihr auch, aber nicht aus Habgier oder böswillig. Wo wäre denn da der Sinn?«

»Überfallt ihr die Menschen, bestehlt ihr sie?«

»Nein.«

»Vergewaltigt ihr Frauen ... oder Männer? Irgendwelche Sexualdelikte?«

Malloch lachte herzlich.

»Sieh mich an. Meinst du wirklich, ich hätte es nötig, mich jemandem aufzudrängen? Außerdem würde es uns nicht guttun, derart die Aufmerksamkeit auf uns zu lenken. Sicher, wir sind regelmäßig an Orten der Sündhaftigkeit anzutreffen, aber das ist unsere Tarnung.«

»Das ist es ja, was ich meine, ihr seid eigentlich gar nicht böse.«

»Du verwechselst Moral und Gesetz. Wir sind böse, weil wir Luzifer gefolgt sind.«

»Der was getan hat? Sich Gott widersetzt?«

»Ganz genau.«

»Ich kenne Leute, die sich jeden Tag Gott widersetzen, und niemand hält sie deswegen für böse. Niemand jagt sie in die Dunkelheit. Niemand verfolgt sie bis in die Hölle. Hier ist irgendwas ganz schön verdreht.«

Dann verließ Malloch sie und ging eilig durch den Park davon.

Der Nieselregen drang inzwischen schon durch ihre Kleidung.

»Lass uns von hier verschwinden«, meinte Danny. »Irgendwie fühle ich mich komisch. Soweit es uns betrifft, sind die bösen Jungs die Guten und der Gute ist eigentlich der Böse. Findest du das nicht auch seltsam? Ich meine, der Engel tötet unsere Leute, deswegen ist er für uns der Böse. Und die Dämonen, so wie Malloch, stammen aus der Armee des Teufels – aber sie sind die Underdogs, die Unterdrückten, die Hilflosen. Sie sind die Guten, weil sie das Gesetz respektieren. Sie sind auf unserer Seite. Ich meine, da wird doch das gesamte Konzept von Gut und Böse auf den Kopf gestellt.«

Dave erwiderte nichts. Er ging zurück zum Auto. Er dachte daran, wie stark Malloch war, über welch übermenschliche Kraft er verfügte. Die Macht hinter Malloch war anders als alles, was Dave je gesehen oder gespürt hatte. Wenn diese Typen keine Engel und Dämonen waren, waren sie jedenfalls nicht von dieser Welt, und wenn Dave so viel zugeben konnte, konnte er es auch gleich ganz schlucken und sie als das akzeptieren, was sie zu sein behaupteten.

Ein Engel hatte seine Frau und sein Kind getötet und verbrannte jeden Tag weitere Menschen, einfach, weil er sich an ein paar erschöpften Dämonen rächen wollte. Er musste aufgehalten werden. Der Engel musste aufgehalten werden. Es gab keine andere Möglichkeit.

Aber wie zur Hölle sollten sie das anstellen?

18

Der Engel bewegte sich durch die Straßen, ein rastloses Wesen, ohne das Bedürfnis nach Ruhe. Bei der Jagd und Zerstörung seiner Feinde war es unermüdlich. Es verfügte über große Macht, wenn es sich unter Sterblichen aufhielt, und konnte sich mühelos zwischen den verschiedenen Orten bewegen. Dies war nicht sein erster Besuch auf der Erde, weshalb es seinen Feinden ohne Führung oder Wissen eines Oberen hierher folgen konnte.

Ja, es war schon hier gewesen, als Bote: Der Bote des Todes, der Engel des Todes. Seitdem sprachen die Menschen über den Schatten seiner dunklen Schwingen. Damals hatte sich das Wesen am Tod gelabt, war über den Häusern geschwebt, deren Türrahmen vor Blut trieften, hatte die Erstgeborenen eines ganzen Volkes aufgespürt, ihnen den Atem aus den Lungen gesaugt und zugesehen, wie sie blau anliefen, dann grau, und hatte sie mit aufgerissenen, leeren Augen und entstellten Körpern zurückgelassen. Bett für Bett, Leben für Leben. Schreiende Mütter, klagende Väter, das Chaos brach aus, wo er erschien. Diese Mission war voll dunkler Energie gewesen, hatte viele Entscheidungen erfordert, doch letztlich hatte das Wesen die blutverschmierten Häuser verschont, allerdings nur widerstrebend, denn es war wie ein Fuchs im Hühnerstall, all die Tode hatten eine notwendige Pflicht in pure Lust verwandelt. Es war genug Arbeit für viele Engel, doch man hatte nur auf einen verzichten können, und so war es allein seine Aufgabe.

Nach einer Nacht des Tötens war der Tod zu einer Droge geworden, zu einem Bedürfnis, das nur schwer gestillt werden konnte, außer durch noch mehr Tod. Der Engel war auf ein Schlachtfeld voller Tode zurückgekehrt, zehntausend Tode im Mund, deren Geschmack zunächst bitter gewesen war, jetzt aber süß wurde, und hatte sich mit neuer Wut in den Kampf gestürzt.

Das Wesen war voller Energie, wie ein unendliches Universum des Sonnenlichts. Es war das Licht im Licht. Es war voll aufgeladen mit der Kraft des Guten, konnte sich an einer Feuerquelle bedienen, die mit genug Sonnen versehen war, um ewig zu brennen. Hier auf der Erde war es unbesiegbar, auch wenn sein Name nicht Jophiel war. Der Engel hatte keinen Namen. Auf der spirituellen Ebene wurde er kaum wahrgenommen, doch auf der Erde würde es allen schlecht ergehen, die seine Anwesenheit ignorierten.

Der Engel glaubte, dass sich noch immer Hunderte von gefallenen Engeln auf der Erde versteckten. Sie konnten überall sein, aber selbstverständlich war es wahrscheinlicher, dass sie sich in den Städten aufhielten. Und ebenso selbstverständlich kamen immer noch welche hier an; sie desertierten immer noch von den Schlachtfeldern, wo sie von den Mächten des Guten überwältigt wurden.

Die Dämonen hielten sich aus dem einfachen Grund in den Städten und nicht in den Wüsten und Urwäldern auf, weil sie hier unten der Schwäche der Menschen unterworfen waren. Nur ihre körperliche Kraft überstand die Reise aus den anderen Ebenen, aber nicht ihre anderen Fähigkeiten: ihre düstere Magie, ihre Gestaltwandlerfähigkeiten, ihre Unverwundbarkeit gegenüber physikalischen Kräften. All das verloren sie bei der schrecklichen Reise durch Licht und Dunkelheit, es strömte aus ihren flüchtenden Gestalten wie Energie aus einem gebrochenen Stern. Verschwendung. Wenn sie die physische Welt erreichten, hatten sie nicht mehr übrig als den schwachen Lebensfunken, der allen Sterblichen innewohnte.

Es gab noch andere Wege, auf denen die Dämonen reisen konnten, aber sie mussten dazu eingeladen werden, diese Kanäle zu benutzen, von Anhängern der schwarzen Magie oder Teufelsanbetern. Sie konnten nicht aus eigenem Antrieb aufbrechen, sondern brauchten Führung und ein Portal zur physischen Welt, das von jenen, welche die schwarzen Künste beherrschten, bereitgestellt werden musste.

Aus diesem Grund waren sie denselben Mühen unterworfen wie die Sterblichen. Sie brauchten Nahrung und Wasser, um ihre körperliche Gestalt aufrechtzuerhalten. Sie mussten das schwache Fleisch, das ihren Geist umgab, vor Feuer und anderen zerstörerischen Einflüssen schützen. In den Wüsten und Urwäldern wären sie eine leichte Beute für den Engel. In den Urwäldern und Wüsten gab es wenig Böses, um ihre eigene Verderbtheit abzuschirmen. Ihr Fleisch verfügte über größere

Heilfähigkeiten als das menschliche, aber in mancher Hinsicht waren sie schwächer als die Menschen.

Also rannten sie in die Städte, die auch eine Art Urwald waren, voller Korruption, hinter der sie ihre eigenen Laster verstecken konnten. Sie suchten sich Orte der Sünde und des Frevels, wo sie sich wohler fühlten, und benutzten dieses Übel, um eine Barriere gegen das geistige Radar des Engels zu errichten. In der Hölle tummelten sie sich wie die Kakerlaken in der Kanalisation, aber dort gehörten Dämonen ja auch hin, denn selbst für gefallene Engel war die Hölle kein Ort des Trostes. Sie war das metaphysische Äquivalent einer überfüllten Grube voller Morast, durch den die Dämonen waten mussten, im ständigen Kampf um einen Platz, an dem sich ihre negierten Seelen ausruhen konnten.

Und die Hölle würde am Ende zerstört werden.

Die gefallenen Engel waren auf die Erde geflohen, um dem Tod zu entkommen, dem Tod eines Dämons – was bedeutete, sich in Nichts aufzulösen, nicht einmal in Dunkelheit, nicht einmal in luftleeren Raum. Doch hier fanden sie eben diesen Tod durch die Hand des Engels, dessen Macht sich über den gesamten Planeten erstreckte.

Wenn seine Oberen die Anwesenheit des Engels auf der Erde entdeckten, würden sie ihn zweifellos zurückrufen und eine Erklärung für seine Taten verlangen. Doch im Gegensatz zu dem Meister, dem sie dienten und der sich aus den fieberhaften Aktivitäten seiner Geschöpfe, denen er den freien Willen geschenkt hatte, heraushielt, waren diese Wesen nicht allwissend.

Der Engel fegte durch die Straßen, von Schatten umgeben, seine menschliche Gestalt ein notwendiges Hindernis in dieser physischen Welt. Er war einem weiteren Dämon auf der

Spur, der ihm schon seit Stunden immer wieder entwischte. Die Spur des Bösen zog sich durch die Clubs des Amsterdamer Rotlichtviertels wie die silbrige Spur einer Schnecke.

Schließlich betrat der Engel eine hell erleuchtete Spelunke im Teggen-Viertel und setzte sich an einen Tisch. Er sah sich im Raum um, da er nichts dem Zufall überlassen wollte. Dann fand er sein Opfer, das mit dem Rücken zur Bar stand und sich in einer Gruppe junger Nachtschwärmer versteckte.

Der Engel ließ ein menschliches Lächeln über sein Gesicht huschen.

Er stand auf. Der Dämon Hedrag drehte sich um, und die Angst überzog sein Gesicht wie ein spröder grauer Film. Er machte einen letzten, verzweifelten Versuch, dem Engel zu entgehen. Hedrag nahm eine Frau als Geisel und drückte sie an sich. Dann zeigte er auf den Engel.

»Es wird mich umbringen!«, schrie Hedrag.

Der Engel setzte sein Opfer von innen heraus in Brand, eine Explosion, die in einer weiß glühenden Flamme endete, die nicht nur den Dämon, sondern auch den Menschen in seinen Armen verzehrte. Einige andere Menschen schrien gequält, als das weiße Feuer auf sie übersprang und Teile ihrer Körper verbrannte. Diese heilige Flamme war so mächtig, dass sie alles Brennbare sofort in Asche verwandelte und die Substanz feuerfester Materialien ernsthaft angriff.

Eine Frau rannte auf den Ausgang zu. Ihr Kleid stand in Flammen, und ihre Stimme war nur noch ein schrilles Pfeifen. Sie stolperte über einige geblendete Gäste und fiel auf einen Tisch, wobei sie Gläser, Flaschen und andere Dinge mit sich riss. Durch die überwältigende Hitze, die von der riesigen weißen Flamme an der Bar ausging, hatte sich die Temperatur im Raum so erhöht, dass Selbstentzündungen immer wahrscheinlicher wurden, und das Kleid der Frau setzte außerdem andere Stoffe in Brand, die nur auf einen Funken gewartet hatten.

Fast alle Anwesenden bedeckten ihre Augen, da der strahlende Schein des brennenden Dämons sie blendete.

Hedrag war inzwischen zu einer gigantischen Kerzenflamme geworden, die bis zur Decke aufragte. Die Reste seines Geistes verbrannten und verliehen dem weißen Feuer seine ganz eigenen Farben. Die Flamme war nicht einfach deswegen weiß, weil sie rein war, sondern auch wegen der Hitze, die sie hervorbrachte. Ein Zigarettenetui aus Edelstahl, das nur knapp einen Meter entfernt lag, verwandelte sich in eine kleine Pfütze.

Das Feuer war so heftig und stark, dass Tische und Stühle innerhalb kürzester Zeit anfingen zu brennen. Die Bar fing Feuer, und das qualmende Gesicht des Barkeepers wurde plötzlich völlig schwarz, als wäre jemand mit einem Teerpinsel darübergefahren. Er brach zusammen und war bereits tot, als er auf die Regalbretter mit schmelzenden Gläsern und Flaschen fiel und der freigesetzte Alkohol brüllende Stichflammen erzeugte. Die Kette, mit der der Kronleuchter an der Decke befestigt war, schmolz und riss; der Leuchter über der Bar fiel mit einem lauten Krachen und dem Geräusch von splitterndem Glas herunter.

Als immer mehr Opfer in Brand gerieten, stiegen ein Zischen und der Geruch von kochendem Fleisch auf. Die Leute waren in Panik, schrien und schlugen um sich, um die unzureichenden Notausgänge zu erreichen, einige noch halbblind durch den weißen Blitz. Sie stürmten los, stolperten über herumliegende Gegenstände, einige fielen direkt in die Flammen, wo sie von anderen niedergetrampelt wurden. Die Dämpfe der synthetischen Materialien verpesteten die Luft, und die Menschen fielen einfach um, drückten die Hände vor die Brust und wanden sich wie verletzte Ratten auf dem Boden. Es kam zu Erstickungstod und Herzinfarkten.

Den Engel interessierte nichts von alledem.

Er stieg über die Leichen hinweg, entfernte sich von dem Feuer, das er selbst hervorgerufen hatte, und verschwand durch einen Seiteneingang. In der Gasse neben dem Club plante er seinen nächsten Schritt. Er musste nach London, zu einer Wohnung in Soho.

Dann zurück nach Amerika, in die Stadt, wo diese beiden dummen Polizisten stümperhaft nach ihm suchten. Ihre Anstrengungen waren kaum der Rede wert, und der Engel versuchte, sie aus seinem Kopf zu verdrängen, doch es fiel ihm nicht leicht. Die beiden waren irritierend. Der Engel hatte bereits Zeit und Energie verschwendet, als er ihnen hypnotische Warnungen ins Bewusstsein eingepflanzt hatte, die sie besser beachtet hätten. Langsam wurde ihre Verfolgungsjagd lästig.

Wenn sie weiter so hartnäckig blieben, würde der Engel sie vernichten müssen, allein schon, um sich Ruhe zu verschaffen. Sie weckten Zweifel in ihm, was für einen Engel gefährlich war. Wenn Engelswesen nicht an ihre eigene Rechtschaffenheit glaubten, gerieten sie in den Fokus ihrer Oberen. Sie überwachten ständig die Seelen ihrer Untergebenen, und jeder Funke eines spirituellen Zweifels wurde untersucht. Die Oberen waren ja vielleicht nicht daran interessiert, wo sich die Engel aufhielten, in welcher Dimension oder Ebene sie sich befanden, aber sie waren immer besorgt, wenn es um den Zustand ihrer Seelen ging.

Eine Revolution im Himmel war bis in alle Ewigkeit genug.

Diese beiden Sterblichen brachten den Engel dazu, seinen Eifer infrage zu stellen. Warum sollte er sich Gedanken machen um das Leben von ein paar tierhaften Menschen, die so oder so in absehbarer Zeit sterben würden? Die Lebensspanne eines Sterblichen war nur ein kleiner Knoten im seidenen Lebensfaden eines Engels, warum also Bedauern, warum Rücksicht? Ein Jahr, ein Jahrzehnt, ein Jahrhundert: Das waren nur Momente im großen Fluss der Ewigkeit.

Bei ihrem Treffen in dem Restaurant hatte einer der beiden Sterblichen seinen Geist geöffnet und seine Trauer über den Tod seiner Frau und seines Kindes offenbart. Das hatte den Engel stärker beunruhigt, als er sich eingestehen wollte. Solch ungehemmte Emotionen gehörten nicht zu seiner Erfahrungswelt. Dies war wie der intime Einblick in eine blutende Wunde im Herzen eines verwandten Geistes. Er hatte den Schock sofort unter Kontrolle gebracht, aber der Engel mochte es nicht, wenn man ihm solche Dinge zeigte. Er wollte weder wissen noch verstehen, welche Trauer, welche schrecklichen geistigen und seelischen Schmerzen ein Mensch durchmachen musste, der einen solchen Verlust erlitt.

Wenn diese beiden Kreaturen ihn also weiter belästigten, würde dem Engel keine andere Wahl bleiben als sie aufzuspüren und loszuwerden. Sie behinderten die Arbeit eines Kriegers, störten die heiligen Pflichten eines Soldaten Gottes, und verhinderten, dass die Sünder Gerechtigkeit erfuhren.

Der Engel hatte sich keine Gedanken darüber gemacht, wie er sie aufspüren wollte, denn inzwischen war seine Macht so gewachsen, dass er unter den Millionen herumwuselnder Sterblicher ganz gezielt einen bestimmten Geist ausmachen konnte. Dazu mussten sie allerdings in seiner Nähe und offen für einen solchen Eingriff sein. Außerdem waren ihm die Gewohnheiten der Menschen und ihre Art der Kommunikation und Fortbewegung fremd. Er wusste nur sehr wenig über die Welt, in die er gekommen war. Benzin und seine brennbaren Eigenschaften kannte er, da ein Dämon versucht hatte, diese Substanz gegen ihn einzusetzen, jedoch kläglich gescheitert war. Ansonsten war nicht viel in seinen beschränkten Erfahrungsschatz vorgedrungen.

Er nahm einfach das Böse seiner Feinde wahr, verfolgte sie anhand ihrer bösen Ausdünstungen und zerstörte sie. Er verfügte über seine ganz eigene Art des Reisens, die er in jener Nacht perfektioniert hatte, als er von Haus zu Haus gezogen war und die Erstgeborenen getötet hatte. Bei dieser Fortbewegungsart brauchte man keine materiellen Dinge, und der Engel griff nur auf Sprache zurück, wenn es absolut notwendig war.

Das Wesen kannte seine Schwächen, tat sie aber als unwichtig ab, bis die Zeit kommen würde, wenn es vielleicht dazulernen musste.

19

Dave verbrachte den Abend in einer Bar, trank stetig und starrte Löcher in die Luft. Er hatte sich endlich damit abgefunden, dass er sich in einer Situation befand, die weder mit Hilfe des Gesetzes noch durch eine Waffe gelöst werden konnte. Ob er wirklich an Gott, Engel, Dämonen und solche Sachen glaubte, spielte keine Rolle. Wichtig war nur, dass er wusste: Er hatte es mit etwas zu tun, was außerhalb seines Verständnisbereichs lag: mit etwas Paranormalem oder Übernatürlichem. Er hatte bisher noch nicht viel Kontakt mit mystischen Sachen gehabt und wusste nicht, wo er anfangen sollte. Da war diese vage Vorstellung, einen Priester in die Gleichung aufzunehmen, aber das würde nur noch mehr Erklärungen erfordern, um den Priester davon zu überzeugen, was hier vorging.

Danny war deswegen schon mit einem seiner drei Priester aneinandergeraten, und es war erstaunlich wenig dabei herausgekommen. Einerseits waren da Danny und Dave, zwei bodenständige Cops, die sich mit dem Gedanken abfinden mussten, dass sie es hier mit der Welt des Übernatürlichen zu tun hatten. Und dann war da dieser Priester, der angeblich jeden Tag mit der geistigen Welt in Kontakt stand, und der lehnte jeden Gedanken an das Paranormale ab. Das allein ergab doch schon keinen Sinn.

Natürlich dachte keiner der beiden Cops daran, zu Reece zu gehen, da der völlig ausrasten würde. Sie waren also auf sich allein gestellt, sie drei – oder vielleicht vier, falls man Rita mitzählte –, wenn es darum ging, das Feuerproblem der Welt zu lösen. Wenn sie den Engel loswerden konnten, würden die Nachahmungstäter nach und nach ausgeschaltet werden oder verschwinden. Der Engel beflügelte ihre Vorstellungskraft. Wenn man sie wieder ihren eigenen Angelegenheiten überließ, würden die Freaks und alle anderen sich bald irgendeinem anderen verrückten Spiel zuwenden, das nicht so zerstörerisch war.

Malloch hatte gesagt, dass man den Engel nur loswerden konnte, indem man mit seinen Vorgesetzten Kontakt aufnahm. Und wer war das? Wahrscheinlich die Erzengel. Und wie sollten sie das anstellen? Danny meinte, er würde es mit Gebeten versuchen, hatte aber gleich hinzugefügt, dass man nicht zu den Erzengeln betete, sondern nur zu Gott, seinem Sohn und dem Heiligen Geist. Die Heilige Dreifaltigkeit, ja, aber nichts darunter. Gott würde nichts unternehmen. So viel wusste Dave.

Also, wie kommt man an einen Erzengel heran?

»Willst du noch einen?«, unterbrach der Barkeeper Daves Grübeleien.

»Nein, danke. Ich muss los, Al.«

Er zog seinen Regenmantel an und legte das Geld auf den Tresen.

Al meinte nur: »Alles klar, Dave. Man sieht sich.«

Dave ging nach draußen. Es hatte aufgehört zu regnen, aber der Himmel war schmutzig gelb, als würde der Abend wie eine Schwefelwolke heraufziehen. Danny hatte den Wagen, also nahm er ein Taxi zu Vanessas Wohnung.

Als er mit dem Schlüssel, den sie ihm gegeben hatte, die Wohnungstür öffnete, war sie nicht da. Er kochte sich in der winzigen Küche, die eigentlich nur eine Nische im Wohnzimmer war, Kaffee und machte es sich dann in einem Sessel gemütlich, um auf sie zu warten.

Als sie endlich kam, zuckte sie heftig zusammen, als sie Dave im Halbdunkel sitzen sah.

»Verdammt«, fluchte sie, »du hast mich erschreckt.«

»Tut mir leid«, entschuldigte sich Dave.

»Warum hast du denn kein Licht angemacht?«

»Ich habe nicht daran gedacht. Ich war völlig in Gedanken versunken und habe gar nicht bemerkt, dass es dunkel geworden ist.«

Sie zog ihren Mantel aus, machte das Licht an und beschäftigte sich dann mit ein paar Unterlagen.

»Hast du etwas gegessen, oder soll ich dir etwas machen?«

Er stand auf.

»Das kann ich doch selbst machen; sag mir einfach, wo alles ist. Ein Omelette wäre gut – willst du auch was?«

»Ich war in der Uni. Setz dich wieder hin. Es macht mir nichts aus zu kochen, du hast mich einfach nur erschreckt, und nach so etwas brauche ich immer ein wenig Zeit, um mich wieder zu beruhigen. Ich bin es nicht gewohnt, jemanden in meiner Wohnung vorzufinden, normalerweise rufen die Leute vorher an.«

Er nickte.

»Das verstehe ich. Ich hätte anrufen sollen. Nächstes Mal werde ich daran denken.«

Sofort wurde sie weich.

»Also, was ist los?«

»Weißt du noch, wie ich dir an diesem Abend im Clementine's gesagt habe, ich würde nicht an Übernatürliches glauben? Na ja, da sind ein paar Sachen passiert, und ich denke, jetzt glaube ich doch daran. Ich glaube, dieser Kerl, mit dem wir es zu tun haben, ist ein Wesen – ich schätze, ich muss ihn wohl als Engel bezeichnen – von irgendwoher, wo solche Wesen eben herkommen. Himmel? Hölle? Wer weiß das schon? Heute bin ich einem Typen begegnet, der behauptet, er sei ein Dämon, und solange es nicht eine weltweite Verschwörung gibt, die darauf abzielt, Dave Peters zu verarschen, werde ich ihm wohl glauben müssen. Er wusste Dinge, hat Sachen gesagt … und nicht nur das, Vanessa, ich habe die Wahrheit *gespürt.* Hier drin.«

Er klopfte auf sein Herz.

»Und hier.«

Auf seinen Kopf.

»Manchmal muss man seinem Instinkt folgen, seinem Gefühl. Dieser Typ, er nannte sich Malloch, sagte, dass ein Engel hinter ihm her sei …«

»Jophiel?«

»Na ja, Malloch sagt, dass es nicht Jophiel ist, sondern ein niederer Engel, der sich nur als Erzengel ausgibt oder so. Malloch behauptet, dass dieser hier gar keinen Namen hat, dass er ein Niemand sei. Deswegen ist er wahrscheinlich auch hier und tobt sich aus, um sich einen Namen zu machen. Wo er herkommt, ist er völlig unwichtig. Aber hier unten stellt er eine ganze Armee dar, und er zerstört unsere Welt, Vanessa. Malloch meint, es gibt nicht viel, was wir dagegen tun könnten. Wir können dieses Monster nur loswerden, wenn wir die Aufmerksamkeit der Erzengel auf ihn lenken, weil er ohne Auftrag von oben hier ist. Also, Vanessa, was ich jetzt wissen will, ist Folgendes: Wie zur Hölle sollen wir das machen? Danny ist in der Kirche und betet sich die Knie wund zu einem Gott, der ihm nicht zuhören wird, weil er sich nicht einmischen will. Wir müssen einen Weg finden, dieses Arschloch loszuwerden und ihn wieder dahin zu schicken, wo er hergekommen ist. Ich persönlich würde ihn gerne brennen sehen, so wie er meine Familie verbrannt hat, aber wenn ich meine Rache nicht haben kann, gebe ich mich auch damit zufrieden, wenn er sich einfach in Luft auflöst.«

Vanessa setzte sich und schaute aus dem Fenster.

»Hör mal«, sagte sie.

Dave hörte.

Von der Straße drang der übliche, nervige Verkehrslärm herauf, und in der Wohnung nebenan fand gerade ein lauter, erbitterter Streit statt. Unter diesen beiden Lärmquellen lag noch eine Vielzahl anderer Geräusche, die ihn, wenn er sich darauf konzentrierte, nervös machten. Die Stadt war ein Ort voller Druck und Stress, aber wer konnte schon auf dem Land leben, es sei denn, man war dort geboren und kannte die Regeln zum Überleben? Man musste dort sein, wo die Menschen sich ihren Lebensunterhalt verdienen konnten, und zusammengepferchte Menschen schufen eben eine angespannte Atmosphäre.

Dave sah durch das Fenster das Glühen der Stadt, die wie alle Städte nie ganz zur Ruhe kam. Spannung zog durch die Straßen und lauerte in den Gassen.

»Und?«, fragte er sie nach einer Weile, als er ungeduldig wurde.

»Ist das ein wundervolles Leben? Ist das eine gute Welt, in der du gerne lebst? Wird es dir leidtun, wenn sie nicht mehr da ist?«

»Sie hat ihre Schattenseiten, aber ja, ich will nicht sterben, genauso wenig wie jeder andere auch.«

»Wird es dir leidtun, das alles zurückzulassen, oder hast du einfach nur Angst vor dem Tod?«

Darüber musste er eine Weile nachdenken.

»Ich schätze, es ist ein bisschen von beidem«, erwiderte er schließlich.

»Und wie viel davon ist die *Angst* vor dem Tod? Die Sorge, was danach kommen könnte? Beunruhigung, dass man vielleicht einfach für immer verschwindet, spurlos, sich in Nichts auflöst?«

Dave verstand nicht, worauf sie hinauswollte.

»Was soll das? Ist jetzt plötzlich Fragestunde? Das ist mir zu hoch, ich muss mich gerade um andere Dinge kümmern.«

»Worauf ich hinauswill«, erklärte Vanessa, »ist Folgendes: Nicht jeder denkt so wie du. Mir macht es nichts aus zu sterben. Ich freue mich nicht gerade darauf, aber es beunruhigt mich auch nicht so sehr wie dich. Hier auf der Erde gibt es auch eine Hölle, und einige von uns leben darin. Ich habe sogar einmal versucht, Selbstmord zu begehen, obwohl ich katholisch bin. Hast du Sylvia Plath gelesen?«

Dave fühlte sich bei diesem Gespräch zunehmend unwohl.

»Wer ist das?«

»Eine Dichterin, die du irgendwann mal lesen solltest. Sie hat über Selbstmord geschrieben und sich schließlich auch umgebracht, und es war ein Triumph.«

»Woher willst du das denn bitte wissen? Sie ist doch nicht etwa von den Toten zurückgekehrt, oder? Woher willst du also wissen, dass sie es nicht bitter bereut hat, sich das Leben genommen zu haben, sobald sie es getan hatte? Komm schon, Vanessa, hör auf, dir die Sachen zurechtzubiegen, bis sie zu deiner Argumentation passen. Worauf willst du hinaus? Du willst dich umbringen, weil du hier auf der Erde eine schwere Zeit hattest. Weil du gelitten hast. Ich weiß, dass du ein paar heftige Sachen …«

»Kein Selbstmord, ich sagte doch, das geht gegen meine Religion. Aber sterben? Manchmal klingt das für mich nach einem wundervollen Ausweg. Eigentlich *sollte* es uns erlaubt sein, diese Wahl zu haben.«

Dave war sprachlos. Er hasste es, über Dinge wie Sterbehilfe und so zu sprechen. Das ganze Thema machte ihm Angst. Wenn Frauen im Bett zu dominant wurden, anfingen, über den Tod zu sprechen oder über monströse Gewalttaten, die von Männern verübt wurden, wie Vergewaltigung, oder auch nur über die *Schwächen* der Männer und die emotionalen Wunden, die Frauen erlitten, fühlte er sich unzureichend. Mit so etwas konnte er nicht umgehen. Er verstand, dass sie Bedürfnisse hatten, Wut spürten, Schmerz, Sorgen, Ängste, Eifersucht, Hass, Lust, Liebe. Aber er konnte diese Emotionen nicht *spüren* oder eine Verbindung zu ihnen herstellen, weil sie nicht so klangen, als seien sie wie die Gefühle, die er empfand.

Bei solchen Gelegenheiten wurden Frauen zu seltsamen Ozeanen mit großen Tiefen, unbekannten Strömungen und Bewegungen, die drohten, ihn zu ertränken. Dann hatte er manchmal regelrecht Angst vor Frauen, Angst vor diesem weiten Meer aus Gefühlen, die er nur erraten konnte, Angst vor etwas, das für ihn reine Dunkelheit war. Er wusste, dass er sich von diesen Gewässern mit ihren Strudeln fernhalten musste, die ihn in die alptraumhafte Welt der weiblichen Emotionen saugen würden.

»Was willst du eigentlich sagen, Vanessa?«, fragte er flehend. »Keine Spielchen.«

Sie beugte sich vor und sah ihm in die Augen.

»Ich will damit sagen, dass wir eine Botschaft an die richtige Stelle schicken müssen und dazu einen Boten brauchen, der sie überbringt.«

Plötzlich begriff er: Sie redete davon, dass einer von ihnen sterben musste.

»Himmel, wie meinst du das?«

»Du weißt, wie ich das meine.«

»Ich *denke,* ich weiß es, und ich bin geschockt. Die Idee ist reiner Wahnsinn.«

»Wirklich?«

»Du meinst also, einer von uns muss sterben, um die Botschaft zu den Erzengeln zu bringen?«

»Davon bin ich überzeugt. Und um noch einen Schritt weiterzugehen: Ich wäre die logische Wahl. Ich meine, du könntest nicht gehen.«

»Nur so aus Neugier: warum nicht?«

»Weil du glaubst, ein Mörder zu sein.«

Er wollte schon heftig protestieren, als ihm wieder einfiel, dass er ihr die Geschichte aus seiner Kindheit erzählt hatte. Er hatte sich eigentlich nie für einen Mörder gehalten, aber sie hatte Recht, er war einer. Das Wort stach in seiner vollen Bedeutung in sein Herz.

»Du hast auch getötet«, erwiderte er.

»Ich wollte meinen Vater nicht töten, aber du sagst, du hättest diesen Jungen mit Vorsatz umgebracht, auch wenn ich bezweifle, dass du es überhaupt getan hast. Ich habe so ein Gefühl, dass die beiden anderen Jungen vielleicht Recht hatten, dass das Kind einfach abgestürzt ist, du dir aber eingeredet hast, du wärst dafür verantwortlich, weil du der Grund für seinen Tod sein *wolltest,* weil du dich dafür rächen musstest, was er dir angetan hatte. Unser Geist versorgt uns mit dem, was wir wollen, Dave, unabhängig davon, ob es wirklich passiert ist.«

»Ich war verantwortlich …«

»Die Umstände sind fragwürdig, aber es bleibt die Tatsache bestehen, dass *du* an deine Schuld glaubst, und daran, dass du einen Mord geplant hast, während du kopfüber an diesem Turm gehangen hast.«

Daves Verstand war in Aufruhr, schwankte zwischen Glauben und Nichtglauben an Gott und ein Leben nach dem Tod. Er hatte akzeptiert, dass ein übernatürliches Wesen unter ihnen war, und es schien vielleicht eine logische Schlussfolgerung zu sein, dass es eine höhere Macht geben musste, wenn ein Engel unterwegs war. Und wenn es einen Gott gab, gab es zweifelsohne auch ein Leben nach dem Tod.

Dem stand jedoch Daves eingefleischter Glaube gegenüber, dass sterben so ähnlich war, als würde ein Lichtschalter umgelegt. Man kippte um, und das war's. Sonst nichts. Warum sich etwas vormachen? Warum sich nicht der Tatsache stellen, dass der Tod leer war, leer wie das Leben vor der Empfängnis im Bauch der Mutter? Nur Feiglinge klammerten sich an die Vorstellung, dass es nach dieser noch eine weitere Welt gab.

Und der Engel? Na ja, der war zur Tatsache geworden, aber wer wusste schon, woher er kam, welche Rolle er spielte und wer seine Herren waren? Vielleicht gab es noch eine andere Ebene, auf der Wesen wie der Engel existierten, aber das hieß ja nicht automatisch, dass Menschen dorthin kamen, oder dass es ein Ort des Friedens war, ein Rückzugsort nach dem Tod. Es konnte zum Beispiel auch Leben auf anderen Planeten geben, und das hatte ja auch nichts mit der Unsterblichkeit der Seele zu tun.

Er stand am Scheideweg zwischen Glauben und Unglauben. Und obwohl er sich einerseits nicht diesen zufriedenen Menschen anschließen wollte, die überzeugt davon waren, dass es ein Leben nach dem Tod gab, wollte er andererseits unbedingt seine Frau und seinen Sohn wiedersehen.

War es möglich, gleichzeitig an ein Danach zu glauben und auch wieder nicht?

Er zuckte mit den Schultern und versuchte, diese Last abzuschütteln.

»Das ist doch alles reine Theorie«, sagte er zu Vanessa. »Keiner von uns wird sich umbringen. Du hast selbst gesagt, dass Selbstmord ausscheidet. Selbstmörder kommen nicht in den Himmel. Der Bote würde also gar nicht auf den gewünschten Empfänger treffen.«

»Nein, aber wenn du mich töten würdest, sähe es schon anders aus.«

Es dauerte eine Weile, bis er die Bedeutung dieser Worte verstanden hatte. Als es so weit war, packte ihn eine seltsame Wut. Sie erfüllte seinen gesamten Geist und sein Herz und erhitzte sein Blut.

»Was soll der Scheiß? Hör bloß auf mit dem Quatsch. So etwas ist gefährlich. Manche verstricken sich in solche Sachen und kommen da dann nicht mehr raus«, protestierte er. »Ich werde mir diesen Mist nicht länger anhören.«

»Okay«, sagte sie gelassen. »Dann entspannen wir uns einfach und machen den Fernseher an.«

Als sie zum Gerät ging, um es einzuschalten, ließ sie ihn völlig ausgelaugt zurück, wie einen alten Putzlappen. Eine Weile lang flossen die bewegten Bilder vor seinen Augen vorbei, der Ton schwebte durch seine Ohren, aber sein Verstand registrierte nichts davon, bis nach und nach die Stimmen Sinn bekamen und er langsam wieder an die Oberfläche zurückfand.

Joey Cabeza war ein junger Puerto Ricaner, der nichts von Gangs hielt, sondern lieber als einsamer Tiger durch den Großstadtdschungel zog. Diese Wahl hatte Vor- und Nachteile.

Die Vorteile waren, dass man nicht in sinnlose Gangkämpfe verwickelt wurde, bei denen man umkommen konnte, dass man nicht so oft von den Bullen angemacht wurde wie wenn man eine Jacke mit einem Zeichen trug, dass man nicht die Anweisungen von irgendeinem Idioten befolgen musste und dass man weglaufen oder sich stellen, kämpfen oder abhauen konnte, ganz wie man wollte, ohne dass einem hinterher irgendjemand erzählte, was man hätte tun sollen.

Der größte Nachteil bestand darin, dass man nicht den Schutz der Gruppe genoss, wenn man einer Gang in die Quere kam. Und es war ganz einfach, einer Gang in die Quere zu kommen: Man musste sich einfach nur in ihrem Revier aufhalten.

Joey hatte das getan, was die meisten einsamen Tiger tun mussten, und sich als harter Kerl etabliert, der auf keiner Seite stand. Er genoss den Ruf der absoluten Unabhängigkeit, war kein Verräter und würde sich niemals einmischen, wenn es um Gang-Angelegenheiten ging, weder bei einzelnen Mitgliedern noch bei der ganzen Gruppe. Wenn man ihm allerdings blöd kam, zögerte er nicht, seine Knarre zu benutzen. Er war der Mann mit der Waffe und hatte keine Angst, sie einzusetzen.

Ein weiterer wesentlicher Punkt in seinem Tigerdasein war die Überzeugung der anderen, er pflege Verbindungen zur Mafia. In Wahrheit wusste das örtliche Syndikat nicht einmal, dass Joey überhaupt existierte, aber er schaffte es hin und wieder, im Gespräch mit niedrigen Mitgliedern gesehen zu werden, was seinen potenziellen Feinden Anlass zum Nachdenken gab. Joey hielt zum Bespiel einmal Freddie Pinella auf, als er vom Friseur kam, und fragte ihn in verschwörerischem Flüsterton, ob er einen Tipp für den nächsten Schwergewichtskampf habe. Freddie, der sich immer geschmeichelt fühlte, wenn man ihn nach seiner Meinung fragte, auch wenn er ständig danebenlag, schenkte dem Jungen daraufhin ein paar Minuten seiner kostbaren Zeit. Joey nickte ernst, als er seinen Tipp bekam, und ging dann eilig davon, als befinde er sich auf einer Mission für die Mafia. So zweifelten die Spitzel der Gangs nicht daran, dass Joey für die großen Jungs arbeitete und man sich besser nicht mit ihm anlegte.

Joeys Gebiet umfasste auch die Straße, in der Vanessas Wohnung lag, und manchmal ging er auf dem Bürgersteig daran vorbei. Joey war ein Womanizer, der es nie versäumte, den Mädels ein Nicken und ein Lächeln zu schenken, selbst solchen Feuerleitern wie dieser Süßen mit den strähnigen blonden Haaren. Dann musste man eben an diesen endlosen Beinen hochklettern, um ranzukommen. Für Joey war das okay, solange sie ihn für die Arbeit bezahlte. Ihm war es egal, ob sie groß oder klein waren, ebenso ihre Maße, außer vielleicht, sie waren so breit wie hoch. Einmal hatte er absichtlich seine Jacke offen gelassen, damit sie die Waffe in seinem Hosenbund sehen konnte. Er wusste, dass es die Frauen total scharfmachte, wenn ein Kerl eine Waffe trug. Verdammt, er bekam ja selbst einen Ständer, wenn er daran dachte, und da er zu diesem Zeitpunkt eine hautenge Jeans trug, konnte sie das auch sehen.

Er kannte ihren Namen, Vanessa Vangellen, weil er einmal ihre Post durchsucht hatte. Joey wusste gerne, was in seinen Straßen so abging. Es war ein stilvoller Name, deshalb war er auch ein wenig überrascht, als sie ihn eines Tages aufhielt und fragte, ob er etwas für sie tun könne, oben in ihrer Wohnung. Offenbar war sie eine dieser älteren Frauen, die auf schlanke junge Latinos wie ihn standen, mit straffen Körpern und jeder Menge Energie. Er wusste, dass er bei den älteren Frauen den Ruf genoss, weitermachen zu können, wo andere erschlafften, und Frauen redeten miteinander über solche Dinge. Wenn sie unter sich waren, ohne ihre Ehemänner und Freunde, waren sie da schlimmer als Männer. Joey konnte dafür sorgen, dass diese Schlampen mehrmals nach Jesus kreischten, kam dann aber selbst immer noch nicht. Sie liebten seinen kleinen Knackarsch und seine weiche, haarlose Brust, sagten sie.

»Klar«, sagte er zu der Vangellen und grinste. »Wie viel zahlen Sie denn?«

»Ich werde es Sie wissen lassen«, erwiderte sie nur.

20

Bronski hatte an diesem Morgen Dienst am Empfang. Obwohl er heute übergewichtig und näher an einem Herzinfarkt war als an seiner Pensionierung, hatte er zu seinen besten Zeiten in der Polizeimannschaft geboxt und war gegen andere Organisationen angetreten, sogar gegen die Strafgefangenen, als das Gefängnis eine Mannschaft aufgestellt hatte.

Das war in der guten alten Zeit gewesen, bevor San Francisco voller Brandstifter gewesen war, unter denen kein einziger guter Kämpfer zu finden war. Der durchschnittliche Brandstifter kreischte und nahm die Beine in die Hand, wenn es um einen Faustkampf ging; ihre langen, schlanken Finger eigneten sich offenbar nur dazu, ein Streichholz zu halten. Früher hatte man hauptsächlich Straßenräuber und Mörder hinter Gitter gesteckt, von denen einige wirklich gut mit ihren Fäusten umgehen konnten, und Bronski hatte sie genüsslich und gnadenlos verdroschen, bis sie zu Boden gingen. Er sagte immer, das sei die Revanche für die Beulen und Blutergüsse, die er sich zuzog, wenn er sie verhaftete.

Als dieser schicke Typ reinkam und fragte, ob die Detectives Peters und Spitz im Gebäude seien, stand Bronski also am

Tresen. Er war ein von Natur aus streitlustiger Mensch, dessen Devise lautete »Aggressivität vor Höflichkeit«, falls Letztere überhaupt nötig war. Außerdem war Bronskis Tag bisher gar nicht gut verlaufen, da ihn eine Nutte in die Hand gebissen hatte. Der Biss machte ihm Sorgen: Was, wenn er sich mit irgendeiner Krankheit angesteckt hatte, einer, über die er lieber gar nicht genauer nachdenken wollte?

»Wer will das wissen?«

»Ich will das wissen«, sagte der schleimig aussehende Typ.

Bronski erwiderte: »Könnte sein, dass sie gerade Dienst haben, aber ich will trotzdem wissen, wer *Sie* sind.«

Bronski wusste, dass D&D gerade nicht im Dienst waren, aber er würde gar nichts rauslassen, bevor er nicht einen Namen hatte.

Der Freak trug irgendein seltsames Aftershave, das Bronski in der Nase kitzelte. Bronski war der Meinung, dass Menschen natürlich riechen sollten. Er griff nach einem Bericht, um etwas darin zu notieren, da das eine gute Methode war, jemanden zu reizen, der noch auf eine Antwort wartete.

Der Zuhälter – Bronski war sich sicher, dass er ein Zuhälter war, da er wie einer aussah – beugte sich über den Tresen.

»Ich will es wissen, *sofort.*«

Bronski liebte es, wenn sie feindselig wurden. Das verschaffte ihm einen Vorwand, sie zu beleidigen. Er schaute nicht einmal hoch, als er leise murmelte: »Tja, scheiße gelaufen, Sir. Kein Name, keine Auskunft.«

Die Hand des Mannes schoss vor und packte Bronskis Krawatte. Dann zerrte er ihn halb über den Tresen. Seine Mütze rollte zwischen die Füße der Nutten und Zuhälter auf den Wartebänken. Zwei andere Polizisten, die sich gerade im Raum befanden, standen einfach nur erstarrt da und fragten sich, was sie jetzt tun sollten.

Bronski tat, was er in solchen Situationen immer tat. Er setzte seine massige Faust ein und schlug seinem Gegner voll ins Gesicht.

Unglücklicherweise entsprach das Ergebnis nicht seinen Erwartungen. Schmerz schoss in seinen Arm, über den Ellbogen bis hoch zur Schulter. Er spürte eine richtige Erschütterung. Es war, als würde man auf eine massive Metallstatue einschlagen. Eine Hand packte seine Faust und drückte zu. Bronski hörte, wie seine Knochen brachen, und spürte, wie ihm das Blut übers Handgelenk lief. Er brüllte, sowohl vor Schmerzen als auch aus Wut.

Er tastete mit der linken Hand nach unten, um seine Waffe zu ziehen, aber der Mann schnappte sich sein Handgelenk und brach ihm so mühelos den Unterarm, als wäre er ein verrotteter Ast. Wieder schrie der Sergeant. Dann wurde er hochgehoben und in Richtung Tür geschleudert. Er landete schwerfällig auf den Füßen und verstauchte sich dabei einen Knöchel, was eine neue Schmerzwelle durch seinen Körper jagte. Er wusste, wann er geschlagen war, und selbst wenn der Typ aussah wie ein Schwächling, seine Kraft überstieg die von Bronski.

Die beiden anderen Cops lösten sich aus ihrer Starre. Beide zogen ihre Waffen und brüllten: »Ganz ruhig, Mister, ganz ruhig. Keine Bewegung, ich will nicht einmal ein Schnaufen hören«, und ähnlich kreative Anweisungen, die der Mann alle ignorierte.

Bronski wollte nur noch weg von dem Kerl. Das war offensichtlich ein Irrer, und jeder wusste, dass Psychopathen zehnmal stärker waren als normale Männer. Sie brachten einen schneller um, als man schauen konnte, und Bronski hätte einen Zwanziger darauf gewettet, dass der Typ eine abgesägte Flinte unter dem Mantel hatte. Bronski wollte in zwei Jahren in Pension gehen, falls sein Blutdruck ihn nicht vorher erledigte, und er wollte es ganz bestimmt vermeiden, vorher noch eine Ladung Schrot ins Gesicht zu bekommen.

Der Sergeant kroch zwischen den Eingangstüren hindurch auf die Vortreppe. Rechts und links von der Tür standen zwei schwere Keramiktöpfe, die zu groß waren, als dass die lokale Bevölkerung sie ohne Kran und Laster hätte stehlen können. Es waren schon lange keine Pflanzen mehr drin, und die Erde, mit der sie gefüllt waren, verschwand unter einer dicken Schicht ausgedrückter Zigarettenkippen. Bronski kroch hinter den linken Topf, bis sein massiger Körper von der breiten Urne verdeckt wurde.

Aus der Wache kamen jetzt Schüsse, und Bronski dachte: *Macht das Arschloch fertig, ich will ihm in die verdammte Fresse treten. Er hat mir die Hand gebrochen. Er hat mir den Arm gebrochen. Er hat mir das Bein gebrochen. Ich will ihn am Boden sehen.*

Dann kam ein leises *Wuuuschhhh* aus dem Gebäude, gefolgt vom schrillen Kreischen der Nutten. Irgendjemand rannte aus der Tür. Seine Kleidung stand in Flammen, und er stürzte, rollte über die Stufen auf die Straße hinunter. Gerade donnerte ein Truck vorbei. Da er dem brennenden Mann nicht ausweichen konnte, erfasste ihn der Truck und schleuderte den Körper gegen ein geparktes Auto.

Ein paar Sekunden später kam der Zuhälter mit dem weichen Gesicht durch die Tür. Er drehte sich auf den Stufen noch einmal um, bevor er hinunterging, und schien sich für einen Moment auf etwas zu konzentrieren. In verschiedenen Ecken des Gebäudes folgten schwere, gedämpfte Explosionen, als wäre eine Reihe Brandbomben gezündet worden. Bronski griff mit seiner verkrüppelten Hand nach seiner 38er, aber mit den gebrochenen Fingern bekam er sie einfach nicht zu fassen. Die andere Hand hing nutzlos an seinem gebrochenen Unterarm.

Der Zuhälter sah Bronski an und schenkte ihm ein schmales Lächeln, bevor er die Stufen hinunterging und verschwand. Der Typ warf nicht einmal einen Blick auf die Menge, die sich um den brennenden Mann gebildet hatte, der von dem Truck überfahren worden war.

Hinter dem nun stehenden Truck staute sich inzwischen der Verkehr, und ein Hupkonzert setzte ein. Nichts ging mehr. Die Fahrer aus den vordersten Autos hatten begriffen, dass etwas Schlimmes passiert war, ihre Fahrzeuge verlassen und sich den Leuten angeschlossen, die um den brennenden Mann herumwieselten. Ein Ladenbesitzer kam mit einem Topf voll Wasser angerannt, das er auf den Leichnam schüttete, wo es wirkungslos zischte und verdampfte, aber nicht die Flammen löschte.

Und mittendrin drängte der Fahrer des Trucks die Leute dazu, ihm zuzuhören, wenn er beteuerte: »Ich hatte keine Chance. Er ist einfach so auf die Straßen gerannt, seine Klamotten haben gebrannt. Wie sollte ich da noch anhalten?«

Die Aufmerksamkeit der Aasgeier am Rand der Menge wurde nun von den Explosionen abgelenkt, die das Polizeigebäude erschütterten; viele von ihnen zeigten auf die Fenster und wichen auf die andere Straßenseite zurück. Neben Bronskis Füßen leckten Flammen unter der dicken Glastür hervor. Bronski spürte die Hitze durch die Mauern dringen, und neben ihm rasten Flammen durch eine Regenrinne. Er kroch die Stufen hinunter auf die Menge zu, die wie eine verwirrte Viehherde herumlief und versuchte, sich von dem Feuer zu entfernen. Sein Bein war inzwischen taub, aber der Schmerz in seinem Arm trieb ihm die Tränen in die Augen. Als er hinschaute, konnte er den Knochen sehen, der sich durch die Haut gebohrt hatte. Ihm wurde schlecht.

Ein junger Polizist sprang aus seinem Streifenwagen, der im Verkehr stecken geblieben war.

Als er zurückblickte, sah Bronski, dass die gesamte Wache brannte; an jedem Fenster sah man Flammen. Die Eingangstüren, die sich nach innen öffneten, waren von verzweifelten Menschen blockiert, die versuchten, sie zu öffnen. Unglücklicherweise wurden die Vorderen von einer Meute hysterischer Männer und Frauen hinter ihnen dagegengepresst, so dass kein Platz blieb, um die Türen zu öffnen. Einer der Männer hämmerte mit seiner Faust gegen das dicke Glas und versuchte, es einzuschlagen, während neben ihm ein Gesicht gegen die Scheibe gedrückt wurde, völlig verzerrt mit weit aufgerissenen Augen.

Der junge Cop, der aus seinem Wagen gesprungen war, warf sich seinen Mantel über den Kopf und rannte die Stufen hinauf, um mit dem Griff seiner Pistole die Tür einzuschlagen. Er brauchte drei Schläge, bevor die Scheibe brach, dann rannte er wieder die Stufen hinunter. In seinem Gesicht hatten sich Brandblasen gebildet. Einer Frau gelang es, durch das Loch zu kriechen, das er geschlagen hatte, doch sie schnitt sich an den Glasscherben die Haut auf. Sie rutschte die Stufen hinunter und wurde von Zuschauern in Sicherheit gebracht, wobei sie eine rote Spur hinter sich herzog wie eine verwundete Schildkröte.

Bronski hatte sich auf ein Bein aufgerichtet und gegen ein Auto gelehnt, das auf der anderen Straßenseite stand. Er schrie einen gaffenden Verkäufer an, er solle die Feuerwehr rufen. Der Mann, der den Blick nicht von dem Inferno abwandte, meinte nur, das sei schon geschehen.

Auf der anderen Straßenseite landete mit einem dumpfen Knall ein Körper auf dem Bürgersteig und blieb mit grotesk verdrehten Gliedmaßen liegen. Jemand war aus dem Fenster im sechsten Stock gesprungen. An anderen Fenstern tauchten ebenfalls Gesichter auf, dunkle Silhouetten mit starren Augen, die alle paar Sekunden erschienen und wieder verschwanden. Bronski konnte sehen, wie die Leute versuchten, die Fenster zu öffnen, um die Feuerleitern zu erreichen, aber die meisten waren durch ein Dutzend Lackschichten verklebt, die von unterbezahlten Handwerkern aufgetragen worden waren, die ihren Job einfach nur hinter sich bringen wollten. Wegen der Klimaanlage musste man die Fenster im Sommer nicht aufmachen, und im Winter wollte sowieso niemand kalte Luft im Büro haben. Ein eingeschlossener Polizist schaffte es, im zweiten Stock ein Fenster aufzureißen, nur um dann von hinten von einer Stichflamme erfasst zu werden, die aussah, als käme sie aus einem Flammenwerfer. Indem er das Fenster geöffnet hatte, hatte er dem Inferno einen Sauerstoffschub verpasst, und es hatte sich bei ihm bedankt, indem es ihn auffraß.

»Oh Gott«, schrie Bronski, »irgendjemand muss etwas tun. Sie sind alle da drin. Tut doch etwas!«

Es war hoffnungslos, die Flammen brauchten für ihren Weg durch alle Stockwerke gerade mal so viel Zeit, wie ein Mensch gebraucht hätte, um eine Treppe hinunterzulaufen. Dieses Feuer war unnatürlich, zu heftig und zu schnell für ein normales Feuer, und weiß, so verdammt weiß. Es verzehrte innerhalb von Sekunden alles, womit es in Berührung kam, die Fensterscheiben explodierten oder schmolzen, und wenn die Luft seinen unersättlichen Appetit noch weiter anregte, nährte das Feuer sich selbst, so dass seine Energie schier endlos war. Die Zuschauer zogen sich ans Ende der Straße zurück.

Die Autos, die am nächsten an dem brennenden Gebäude geparkt waren, explodierten und schleuderten Einzelteile durch die Gegend. Bis die Löschfahrzeuge sich einen Weg durch den Stau bahnten, war das Chaos perfekt. Die Feuerwehr beschränkte sich darauf, die beiden angrenzenden Gebäude zu befeuchten, damit sich das Feuer nicht weiter ausbreiten konnte. Die Polizeiwache selbst war verloren: eine leere Hülle, in der die Flammen wüteten. Die Zuschauer, die beim Gedanken an eine brennende Polizeiwache zunächst gejubelt hatten, waren nun voller Entsetzen verstummt. Nicht nur Polizisten verbrannten da, sondern auch Dutzende Bürger aus der Gegend, Freunde und Verwandte, die einen Termin gehabt hatten oder in den Zellen festsaßen. Es war eine Katastrophe, eine Tragödie, die das gesamte Viertel betraf.

Nur zwei Menschen entkamen dem Inferno: Bronski und die Frau, die durch das Loch in der Scheibe geklettert war. Und selbst sie war in einem schlimmen Zustand. Immer wieder murmelte sie etwas von einem Mann, der mehrere Schüsse abbekommen habe und unverletzt verschwunden sei.

»Er ist nicht mal hingefallen«, murmelte sie. »Stand einfach nur da und hat die Leute angezündet.«

Bronski weinte, als der Krankenwagen mit ihr davonfuhr; natürlich nicht ihretwegen. Er weinte um all seine Freunde, die jetzt nur noch verkohlte Klumpen in einer qualmenden Ruine waren.

»Warum, verfickt nochmal?«, schrie er immer wieder. »Warum?«

Eine der ersten Besucher von Bronski waren D&D, Mutter Teresa und Bruder Tuck.

»Was ist passiert?«, fragte Dave.

Bronski fühlte sich elend, aber mit diesen beiden wollte er dringend reden.

»Dieses Arschloch hat nach euch gefragt. Ich habe versucht, ihm zu sagen, dass er sich verpissen soll. Irgendwie hatte ich das Gefühl, dass der nur Ärger macht. Ihr wisst doch, dafür habe ich einen Riecher. Dieses Gefühl, wenn man ihnen in die Augen schaut und dahinter einfach nur ein Riesenberg Scheiße sieht. Dann ist er fies geworden. Hat mich zusammengeschlagen. Dann das Gebäude in Brand gesteckt. Fragt mich nicht wie, ich habe keinen Kanister oder so gesehen. Es ist einfach abgebrannt, als wäre eine verdammte Bombe hochgegangen oder so.«

»Er hat *dich* zusammengeschlagen?«, hakte Danny nach.

Bronski wandte beschämt das Gesicht ab.

»Ja, das war ein verdammt starker Zuhälter.«

Dave klinkte sich wieder ein: »Warum meinst du, er wäre ein Zuhälter?«

Bronski schüttelte nur den Kopf.

»Einfach das Aussehen, wisst ihr. Er war entweder ein Zuhälter oder eine Schwuchtel. Sah geleckt aus, irgendwie mit einem Hauch Latino, hatte aber so sanfte graue Augen. Weiß nicht. Hatte auch so einen Geruch an sich. Irgendetwas, wovon mir regelrecht schlecht geworden ist.«

»Mandeln?«, fragte Dave. »Hat er nach Mandeln gerochen?«

»Weiß nicht«, erwiderte Bronski zögernd. »Ja, glaube schon.«

Dann wurde dem großen Exboxer, der keine menschliche Faust fürchtete, bewusst, dass er weinte. Er versuchte, aus dem Bett zu steigen, um sich irgendwo zu verstecken, aber D&D packten ihn und zwangen ihn, sich wieder hinzulegen.

»Er hat sie alle umgebracht«, heulte Bronski. »Hat alle verbrannt. Es war schrecklich, Dave, so etwas habe ich noch nie gesehen. Leute sind direkt vor meinen Augen verbrannt. Freunde von mir. Kumpel, die ich schon seit Ewigkeiten kenne, standen einfach am Fenster und wurden von den Flammen gefressen. Man konnte ihre Schreie hören. *Bitte, bitte, Gott, hilf mir.* Kennt ihr diese eine Sekretärin? Die Kleine aus dem sechsten Stock? Sie ist gesprungen. Ist auf dem Bürgersteig aufgeschlagen wie eine Schweinehälfte, Dave. Und als er dann weggegangen ist, dieser Wichser, da hat er mich angelacht. Er hat *gelacht,* das Arschloch hat *gelacht.*« Ärger stieg in seiner Stimme auf, und die Tränen versiegten. »Wenn ich dieses Schwein kriege, werde ich ihm die Arme ausreißen. Hörst du, Danny? Ich werde ihm das verdammte Genick brechen.«

»Sicher, Bron, klar machst du das. Aber jetzt ruh dich erst mal aus und überlass das Ganze Dave und mir. Wir wissen, wer dieser Typ ist – er ist der Irre mit dem weißen Feuer. Wir werden ihn kriegen, mach dir da mal keine Sorgen.«

»Er hat nach euch beiden gefragt«, wiederholte Bronski. »Er wollte euch sehen. Ich glaube, er hatte es auf euch abgesehen. Deshalb hat er wohl auch das Gebäude abgefackelt; er ist wütend geworden, weil ihr nicht da wart.«

Danny schüttelte den Kopf.

»Nein, Bron. Er hat es abgefackelt, weil er dachte, wir *wären* da. Er will uns tot sehen.«

Bronski stützte sich auf seinen gesunden Ellbogen.

»Du meinst, er hat all diese Menschen getötet, Captain Reece, die kleine Sekretärin, die ganzen Jungs, nur um euch zwei zu erledigen?«

»Das vermuten wir zumindest«, nickte Danny.

Bronski ließ sich in die Kissen zurücksinken.

»Der muss ja verdammt sauer auf euch sein.«

Danny schüttelte den Kopf.

»Nein, wahrscheinlich war er nur gerade in der Gegend und hat sich gedacht: ›Gehe ich doch mal rein und fackele diese beiden Cops ab, die mich neulich so genervt haben.‹ Dieser Typ ist einer von den ganz harten Fällen, Bron. Er muss uns nicht umbringen, weil er genau weiß, dass wir ihm nichts anhaben können, aber wir gehen ihm auf die Nerven, so wie eine Fliege, die immer um einen herumsummt. Er hat nur mal kurz nach uns geschlagen, mehr nicht.«

Als sie das Krankenhaus verließen und über den Parkplatz gingen, sagte Dave zu Danny: »Meinst du wirklich, dass er die Wache deshalb abgefackelt hat? Weil er dachte, wir wären irgendwo da drin?«

»Du hast Bron doch gehört. Er hat nach uns gefragt.«

»Meinst du nicht, dass vielleicht ein Dämon im Gebäude war, in einer Zelle oder so?«

Danny schüttelte den Kopf.

»Er hatte es auf uns abgesehen. Wenn er hinter jemand anders her gewesen wäre, hätte er doch nach dem gefragt. Ich sage dir eins, Dave: Er ist sich seiner Sache zu sicher, er wird nachlässig. Ich glaube, er fängt an, Fehler zu machen. Er sieht das wahrscheinlich nicht so, aber ich schon. In diesem Fall scheint es zwar keine Regeln zu geben, aber verdammt nochmal, es gibt welche, Dave. In diesem Universum gibt es für alles Regeln, Gesetze, um die Dinge unter Kontrolle zu halten, selbst die übernatürlichen. Alles bewegt sich zyklisch. Alles folgt einem gewissen Gleichgewicht. Und wenn man dieses Gleichgewicht stört, bricht alles über einem zusammen.«

Dave schloss das Auto auf, und Danny ließ sich auf den Beifahrersitz fallen.

Dave meinte: »Ich glaube nicht, dass es so funktioniert, Danny. Dieser Engel, oder was er auch sein mag, mordet immer weiter, und er wird damit durchkommen. Ich weiß einfach nicht, was ihn aufhalten sollte.«

21

Als Dave und Danny sich am späten Nachmittag trennten, stand Dave immer noch unter Schock. Es war schwierig, die Tatsache zu realisieren, dass die meisten seiner Kollegen massakriert worden waren. Ohne die Wache und Reece fühlte er sich haltlos. Er hatte Reece nicht besonders gemocht, aber das war in ihrem Job auch gar nicht nötig. Wichtig war nur, dass er sich auf seinen Boss hatte verlassen können, wenn es darum ging, Rückendeckung zu bekommen. Reece hatte sich nie gescheut, Entscheidungen zu treffen, selbst dann nicht, wenn seine eigene Karriere mit auf dem Spiel stand. Die schlimmsten Chefs waren die unsicheren, die mit Minderwertigkeitskomplexen, denn solche Captains trafen oft irrationale Entscheidungen und brachten dadurch ihre Männer in Gefahr. Reece hatte nie unterlegen gewirkt. Seine Männer nannten ihn Arschloch, weil er sie sich krallte und zusammenstauchte, aber bestimmt nicht, weil er schwach war.

Einen Moment lang wusste Dave nicht, wohin er gehen sollte. Bis sie eine vorübergehende Unterkunft für die Wache gefunden hatten, konnte er tun und lassen, was er wollte. Die alte Wache würde lange nicht nutzbar sein, und am Ende würde man dort ein brandneues Gebäude hinstellen müssen.

Während er durch die Nebenstraßen der Innenstadt streifte, stieß er auf eine kleine, protestantische Kapelle. Dave war Calvinist und mit den Lehren der Presbyterianer aufgewachsen, ein starker Gegensatz zu Dannys und Vanessas Katholizismus. *Wäre ich noch religiös,* dachte er sich, *würde ich die spartanische Grundhaltung der Sekte meiner Eltern ihren überladenen Ritualen vorziehen.* Ganz spontan betrat er die Kapelle und setzte sich auf eine der hinteren Bänke.

Unter dem Rundbogenfenster im vorderen Teil der Kirche stand ein schlichter Altar mit einem Messingkreuz. In dem Buntglasfenster waren ein Hirte und seine Schafe dargestellt. Der Raum strahlte eine Geradlinigkeit aus, die ihm gefiel und ihm dabei half, seine chaotischen Gedanken auf die wichtigsten Überlegungen zu konzentrieren.

Ein durchgedrehter Engel. Das war diese Kreatur doch, durchgedreht, ein Gesetzloser. Vielleicht hatte Danny ja Recht. Vielleicht hatte der Engel endlich eine entscheidende Grenze überschritten? Immerhin waren in den Feuern, die er ausgelöst hatte, bisher immer nur zufällig Sterbliche umgekommen, er hatte sie nicht absichtlich getötet. Aber der Brand in der Polizeiwache war eine *gezielte* Handlung gewesen, er hatte sie mit voller Absicht vollzogen, um sich von den Moskitos Peters und Spitz zu befreien. Und eine solche Zerstörung unschuldigen Lebens konnte doch nicht unbemerkt bleiben, selbst wenn die zehn Gebote nicht für Engel galten. Es war eine Sache, wenn in den Feuern, die für die Feinde der Engel gedacht waren, zufällig auch Menschen starben. Aber es war etwas ganz anderes, das Ziel zu wechseln, von Dämonen zu Menschen.

Der Engel befand sich im Krieg, er jagte in einem fremden Land seine Feinde. Wenn Zivilisten starben, weil sich die Dämonen zwischen ihnen versteckten, war das die unglückliche Folge einer Kampfsituation. Die Schuld lag hier eher bei den Umständen des Krieges, nicht bei dem Engel selbst.

Aber wenn Soldaten anfingen, Zivilisten abzuschlachten, einfach, weil sie den Befreiern im Weg standen, verkehrte sich der gesamte Anlass des Krieges von einer gerechten Sache zu einer grausamen, mörderischen Mission.

Der Engel hatte sich in einen durchgedrehten Besatzer verwandelt. Seine Arroganz hatte seine Integrität ausgehebelt.

Dave rief sich das Gespräch ins Gedächtnis, das er mit Jophiel geführt hatte, und den anschließenden Austausch mit Danny. Armageddon. Was, wenn dieser Krieg zwischen Gut und Böse zur Folge gehabt hatte, dass die Dämonen schon seit Hunderten von Erdenjahren hierherflohen? *Vielleicht sind sie ja schon lange unter uns,* dachte Danny, *zumindest nach unserer Zeitrechnung.*

Gegen Dämonen können wir uns mit unseren religiösen Glaubensbekenntnissen und Ritualen schützen, aber wir haben keine Verteidigungsmöglichkeiten gegen Engel.

Dave starrte auf das bunte Glasfenster, in dem der Hirte über seine Schafe wachte und sie vor den Wölfen beschützte. Auch wenn sie in dieser Szene nicht zu sehen waren, hatte der Hirte bestimmt seine Hunde, die ihm dabei halfen, seine Schützlinge zu bewachen. Aber was, wenn einer der Hütehunde durchdrehte und anfing, die Schafe zu reißen?

Jesus, dachte er, *du bist der Hirte. Bitte, Herr, unternimm etwas gegen diesen tollwütigen Hütehund, der sich unter uns befindet.*

Hinter dieser Bitte lag das Gewicht von Dannys Glauben und Vanessas Überzeugungen, aber auch das von Daves Wut.

Dave verließ die Kirche, da er das dringende Bedürfnis hatte, mit Vanessa zu sprechen. Sie war das Gehirn ihres Trios. Sie hatte Milton und Dante und diese ganzen Typen gelesen, die wirklich Ahnung hatten, wenn es um Schlachten zwischen Engeln und Dämonen ging. Klar, das waren Dichter, aber das Übernatürliche war ja auch kein Gebiet, auf dem man es mit Fakten zu tun hatte.

Auf dem Weg zu ihrer Wohnung ging er kurz in eine Bibliothek, da er sich erst ein wenig bewaffnen wollte. Er hasste es, dass er sich auf manchen Gebieten so wenig auskannte. Er fand ein Bibel-Wörterbuch und schlug »Engel« nach. Der

Eintrag verriet ihm, dass der Begriff sich vom griechischen *angelos* herleitete, was Bote bedeutete. (»Los Angeles«, murmelte er vor sich hin, »ganz genau.«) Außerdem erfuhr er dort, dass Engel die Instrumente der göttlichen Gerechtigkeit seien, und zwar in drei Funktionen: erstens, um seine Botschaften zu überbringen (»Postbote«, grunzte Dave); zweitens, um seine Menschen zu beschützen (»Hirte«); drittens, um *seine Feinde zu bestrafen.* Das war die Krux. Die göttliche Vergeltung gegen Gottes Widersacher, Satan und seine Dämonen. Daves Blick wanderte zurück zum Anfang des Artikels, und er las noch einmal die Einführung. *Die Hauptaufgaben der Engel bestehen darin, Gott zu preisen, seine Schöpfung zu bewachen und als ein Instrument der göttlichen Gerechtigkeit seinen Willen auszuführen.* Aber war es Gottes Wille, dass in diesem Prozess die Menschheit zerstört wurde?

Bevor er die Bibliothek verließ, holte er sich noch ein paar Bildbände und sah sich verschiedene Engelsdarstellungen an, darunter Leonardos *Die Verkündigung* und *Die Madonna in der Felsengrotte.* In beiden Bildern waren die Engel wunderschön und hatten Flügel, im ersten Bild war der Engel etwas maskuliner als im zweiten. Oder, wie Foxy sagen würde, eine Sissi. Raphaels Engel waren zu hübsch. Aber in Verrochios *Taufe Christi* gab es auch einen Engel, der von Leonardo gemalt worden war, diesmal ohne Flügel, und der hätte als Mensch durchgehen können. Ohne den Heiligenschein sah er Daves und Dannys Gegner ziemlich ähnlich. Vielleicht hatte sich diese eitle Kreatur in Leonardos Unterbewusstsein eingeschlichen? Oder vielleicht sahen alle Engel gleich aus? Diese Fragen zogen nur noch mehr Fragen nach sich.

Als er bei Vanessa ankam, war es schon spät, und im Haus war es ruhig. Als Dave mit seinem Schlüssel die Haustür aufsperrte, ging zufällig gerade der Hausmeister durch die Eingangshalle und erkannte ihn. Der Hausmeister lebte in dem Bewusstsein, dass das Leben ihm regelmäßig Tiefschläge bescherte, obwohl er eigentlich etwas Besseres verdient hatte. Jedenfalls waren alle anderen viel besser dran als er, weil sie alle Arschlöcher waren, die auf Menschen wie ihm herumtrampelten. Wann immer er konnte, holte er sich von diesen Leuten etwas zurück. Das war das Einzige, was dafür sorgen konnte, dass er sich gut fühlte. Es machte ihm Spaß, zwischen seinen Mitmenschen Zwietracht zu säen.

»Sie wollen zu Nummer Siebenundzwanzig?«, fragte er Dave.

»Kann sein. Was geht Sie das an?«, erwiderte Dave.

Der Hausmeister grinste schmierig. »Nix, aber vielleicht interessiert es Sie ja, dass sie schon Besuch hat. Junger Kerl. Jünger als Sie.«

Der Hausmeister grinste Dave noch einmal an, dann schlurfte er zu seiner Wohnung, in dem Bewusstsein, wieder jemandem den Abend ruiniert zu haben.

Dave schaute dem alten Mann hinterher und fragte sich, ob er nur Mist erzählt hatte, oder ob Vanessa wirklich jemanden mit in ihre Wohnung genommen hatte. Natürlich hatte sie jedes Recht dazu, und er war erstaunt, dass ihn ein kurzer Stich der Eifersucht durchzogen hatte, als er das gehört hatte. Natürlich hatte der Hausmeister es auch übertrieben. *Junger Kerl. Jünger als Sie.* Vielleicht war es ja auch jemand, den Vanessa gar nicht bei sich haben wollte?

Träum weiter, dachte er, drehte sich um und wollte gehen. Aber bevor er die Haustür erreichte, saß da wieder die Eifersucht in seiner Brust, und er ging doch die Treppe zu ihrer Wohnung hoch. Als er sie erreichte, prüfte er kurz die anderen, geschlossenen Wohnungstüren, bevor er ein Ohr an die Wand legte. Drinnen waren leise Stimmen zu hören, eine davon männlich. Dave spürte, wie er immer wütender wurde.

Er steckte den Schlüssel ins Schloss und drehte ihn um, dann schob er leise die Tür auf.

Es herrschte Halbdunkel. Aus dem Schlafzimmer, dessen Tür angelehnt war, drangen Stimmen. Während er einerseits Angst vor dem hatte, was er vielleicht gleich sehen würde, und sich andererseits dafür hasste, dass er den Drang verspürte nachzusehen, schlich Dave zur Schlafzimmertür und spähte durch den schmalen Spalt, wobei er die Tür langsam weiter aufschob.

Vanessa saß voll angezogen auf der Bettkante und ihr gegenüber stand ein vielleicht siebzehnjähriger Junge. Er war schlank und hatte dunkles, zurückgegeltes Haar. Bekleidet war er mit einer lilafarbenen Jacke, auf deren Rücken ein Tiger zu sehen war, Jeans und schmutzigen Turnschuhen. Der Junge hatte etwas in der Hand, und auch wenn es nicht das war, was Dave erwartet hatte, war es trotzdem erschreckend.

Er hielt eine Pistole in der Hand und drückte den Lauf gegen Vanessas Schläfe. Seine Hand zitterte heftig.

Einen Moment lang war Dave überrumpelt und starrte nur durch den immer breiter werdenden Spalt. Seine Gedanken überschlugen sich. Wenn der Junge sich in diesem Moment umgedreht hätte, wäre Dave quasi hilflos gewesen. Sein Körper war in Reglosigkeit erstarrt.

Nach und nach beruhigte sich sein Verstand wieder, und die Bewegungsfähigkeit kehrte in seine Glieder zurück. Sein Gehirn schlug ihm ein Dutzend Lösungen für die Situation vor, einige durch Erfahrung erworben, andere aus den Geschichten anderer Cops gesammelt. Alles, was er tun konnte, barg ein gewisses Risiko, und es war dabei entscheidend, den Charakter des Angreifers zu kennen, aber diese wertvollen Informationen hatte Dave nicht. Der Junge war ihm völlig fremd. Dave beschloss, dem Jungen die unverrückbare Überzeugung einzupflanzen, dass er sterben würde, sobald er auf die Frau schoss. Solange der Junge kein totaler Psychopath war, würde ihm sein eigenes Leben etwas bedeuten, und das Ganze würde funktionieren.

Dave zog seine Pistole aus dem Holster und dachte: *Noch nicht schießen, Kleiner. Warte noch. Warte.*

Dann stieß er die Tür ganz auf und sagte sanft: »Sobald du abdrückst, werde ich dein Gehirn an den Wänden verteilen, Junge.«

Der Junge sprang vor Schreck in die Luft, und Vanessa stieß einen überraschten Schrei aus. Dummerweise zeigte die Waffe immer noch auf sie, auch wenn der Lauf jetzt gesenkt war. Wenn der Kleine jetzt abdrückte, würde die Kugel in ihre Brust einschlagen. Kurz schoss Dave der Gedanke durch den Kopf, dass der Finger durch seinen unangekündigten Auftritt noch enger am Abzug liegen könnte.

»Leg einfach die Waffe weg, schön langsam«, befahl Dave. »Wenn du auch nur mit der Wimper zuckst, werde ich dich erschießen.«

Es verging eine Ewigkeit, bevor die Worte das Gehirn des Jungen erreichten. Daves Erfahrung verriet ihm, dass der Junge durch das Adrenalin (oder irgendetwas anderes) absolut high und weggetreten war. Seine Hände zitterten, sein Gesicht war schweißnass, seine Pupillen erweitert. Er war durch und durch angespannt, jeder Muskel und jede Sehne zum Sprung bereit. Ein Fehler, ein externer Faktor wie eine Sirene auf der Straße, ein klingelndes Telefon oder ein Schrei aus der Nachbarwohnung konnte den Finger am Abzug dazu bringen, dass er abdrückte. Jetzt musste man mit höchster Vorsicht vorgehen, als wollte man eine zarte Blume pflücken oder einen Schmetterling fangen.

»Wo bist du, Junge? Komm wieder runter, aber langsam,

ganz langsam. Entspann dich, ein Schritt nach dem anderen. Lass die Waffe einfach auf den Boden fallen. Lass sie fallen.«

Aber die schlanken Finger hatten sich um den Griff der Waffe verkrampft. Dave verfluchte ihn wortlos, da er wusste, dass er es hier mit einem extrem nervösen Gangster zu tun hatte. Einige von ihnen konnte man kleinkriegen, ihre Gehirne waren wie verstopfte Rohre, die nur auf den Klempner warteten, der sie wieder freimachte. Aber der hier war ein anderes Kaliber, bei ihm rauschten Blut und Adrenalin wie eine Flutwelle durch den Körper.

»Ganz ruhig, Junge«, murmelte Dave. »Es ist vorbei. Leg die Waffe vorsichtig hin. Wenn du es richtig machst, wird gar nichts passieren. Jetzt ...«

Der Junge stieß geräuschvoll die Luft aus, erschreckte sich bei dem Geräusch selbst, und da wurde Dave klar, dass der Kleine seit seinem Erscheinen in der Tür die Luft angehalten hatte.

»Nicht schießen ...«, sagte der Junge.

Das war ein gutes Zeichen. Immerhin hatte er erkannt, dass er in Lebensgefahr schwebte. Er wollte nicht sterben. Was auch immer er sich von dieser Situation versprochen hatte, der Tod stand nicht auf seiner Liste, das war sicher. Plötzlich ließ er die Pistole noch weiter sinken und drehte sie dabei zur Seite. Jetzt zeigte sie auf den Kleiderschrank, und Dave war kurz versucht, den Jungen zu erschießen, bevor er herumwirbeln und abdrücken konnte. Ein anderer Polizist hätte es vielleicht getan und wäre vor Gericht auch damit durchgekommen, aber Dave war Mutter Teresa.

»Lass sie einfach fallen, Kleiner. *Sofort.*«

Endlich folgte der Junge dem Befehl.

Dave ging zu ihm rüber und trat die Waffe, eine kleinkalibrige italienische Pistole, in eine Zimmerecke. Sie schlug gegen die

Wand, ein Schuss löste sich und die Kugel schlug in den Putz. Dave erkannte, dass die Waffe schon entsichert gewesen war.

»Jesus«, seufzte er.

Der Junge musterte Dave aus dem Augenwinkel, und als er dessen Wut sah, zuckte er zusammen. Offenbar erwartete er, unverzüglich bestraft zu werden, wie ein kleiner Junge, der eine Ohrfeige verpasst bekommt, wenn er beim Frühstück eine Tasse umschmeißt. Er stöhnte kurz und duckte sich weg, wobei er schützend die Hände um den Kopf legte.

Dave schwitzte, seine Hände waren nass, aber er war erleichtert. Es war die Erleichterung darüber, nicht töten zu müssen, insbesondere keinen Minderjährigen. Für Dave gab es nichts Schlimmeres, als für den Tod eines Kindes verantwortlich zu sein.

»Stell dich da drüben an die Wand«, schnauzte er.

»Sie hat mich dazu gezwungen«, schrie der Junge. »Sie hat mich gezwungen.«

»Stell dich an die Wand!«

Diesmal gehorchte der Junge und stellte sich mit dem Gesicht zur Wand. Er fing an zu weinen. Vanessa kam ihm zu Hilfe. Die Worte brachen aus ihr hervor: »Er hat Recht, Dave, ich habe ihn gebeten, mir dabei zu helfen. Du weißt schon, wir haben doch darüber gesprochen, und du wolltest mir ja nicht helfen, also habe ich mir jemanden gesucht, der es tun würde.«

Dave schwirrte der Kopf.

»Wovon redest du da?«

»Wir haben doch darüber gesprochen, Dave. Einer von uns muss sterben, um Kontakt mit den Vorgesetzten des Engels aufnehmen zu können, und dieser Jemand muss ich sein. Das ist der einzige Weg, um ihn aufzuhalten.«

Der Junge drehte sich um und starrte sie an. Auf seinen Wangen waren Tränenspuren.

»Ihr seid ja irre«, heulte er, »alle beide. Verrückte Idioten. Was macht ihr denn mit mir?«

Dave verpasste ihm einen leichten Arschtritt.

»Verschwinde. Wenn ich dich noch einmal sehe, breche ich dir beide Beine, verstanden?«

Der Junge drehte sich zu Vanessa um, da er sich offenbar noch nicht sicher war, ob er wirklich so einfach davonkommen sollte.

»Geh schon, Joey«, sagte sie.

Ein drittes Mal musste man es Joey nicht sagen. Er huschte aus der Tür wie ein Hase, dem die Meute auf den Fersen ist. Sie hörten, wie er die Wohnungstür hinter sich zuschlug. Es klang so, als würde er immer drei Treppenstufen auf einmal nehmen.

Eine Weile herrschte Schweigen, dann steckte Dave seine Waffe weg und schüttelte den Kopf. Er war stinksauer auf sie, nicht nur, weil sie versucht hatte, sich umzubringen, sondern auch, weil sie einen Jugendlichen dazu benutzen wollte. Sie wirkte übermüdet, erschöpft. Jetzt, wo ihr die Sicherheit des Todes genommen worden war, musste sie die Qual durchstehen, dem Leben wieder gegenüberzutreten: den Schmerz, wenn Blut durch Adern fließt, die durch fehlende Zirkulation betäubt waren. Ihr eingefrorener Geist war wieder aufgetaut.

»Vanessa«, seufzte er, »warum willst du dich umbringen?«

»Weil ...«

»Nein, *warum?* Wirklich, warum?«

Sie ließ sich rückwärts aufs Bett fallen und starrte an die Decke. Dann stürzte sie sich in einen langen Monolog: »Ich weiß es nicht, doch, ich weiß es schon, ich war in letzter Zeit so glücklich, mit dir, und ich weiß, dass das nicht lange anhalten kann, das tut es nie, so etwas wird mir immer wieder weggenommen, schau doch« – sie entblößte ihren Unterarm –, »ich habe sogar damit aufgehört, mich zu verbrennen, du hast mich geheilt, keine brennenden Betten mehr, keine Zigaretten auf der Haut, du bist der Einzige, mit dem ich schlafen kann, ohne dass so etwas passiert, und das ist seltsam, denn du bist in so vielen Dingen meinem Vater so ähnlich, da sollte man doch meinen, das sei ein Auslöser, man sollte meinen, das würde mich an ihn erinnern und alles nur noch schlimmer machen, aber das tut es nicht, vielleicht, weil er ja schon tot ist, er ist schon verbrannt, und so etwas kann einem ja nicht zweimal passieren, ich weiß auch nicht, ich weiß nur, dass ich im Moment einfach glücklich bin, und das ist der beste Zeitpunkt, um es zu tun, man soll gehen, wenn es am schönsten ist, nicht, wenn man deprimiert ist und die ganze Welt hasst …«

Er unterbrach sie, indem er über ihre Wange streichelte.

»Vanessa, ich hätte diesen Jungen fast getötet. Ich hätte ihn fast erschossen.«

Sie sah ihm ins Gesicht.

»Nein, hättest du nicht. Du tust so etwas nicht, Mutter Teresa.«

Er versteifte sich.

»Wo hast du diesen Namen her?«

Jetzt lächelte sie.

»Manovitch.«

»Oh, *der.*« Dave nickte. »Tja, ich schätze du hast Recht, aber lenk jetzt nicht ab. Hier geht es darum, dass du versucht hast, Selbstmord zu begehen, egal, ob du es selbst getan oder jemanden beauftragt hast, das macht keinen Unterschied. Niemand sagt, dass das mit uns ewig halten wird, aber verdammt nochmal, du musst es auch nicht absichtlich verkürzen. Ich genieße es nämlich auch.«

»Du … brauchst mich?«

»Im Moment brauche ich dich mehr als irgendjemanden sonst. Erst als der Hausmeister mir gesagt hat, du hättest Besuch, habe ich erkannt, dass … erkannt, wie sehr ich mit dir zusammen sein will, wie sehr ich will, dass du zu mir gehörst. Du hast ja keine Ahnung, wie eifersüchtig ich war. Ich hatte Angst vor mir selbst. Ich wollte diesen Jungen töten, und zwar noch bevor ich die Waffe in seiner Hand gesehen habe. Eigentlich war ich sogar erleichtert, als ich sie gesehen habe. Wie in diesem alten Witz: Ich hatte etwas Schlimmeres erwartet als eine Konfrontation auf Leben und Tod. Ich hatte erwartet, euch beide … egal.«

Sie lächelte schwach und nahm seine Hand.

»Alles klar, ich weiß Bescheid.«

Der Gedanke daran, dass sie nackt hier auf dem Bett lag und ihre langen Beine um die Hüften eines anderen schlang, erregte ihn. Er schämte sich dafür, dass sein Unterbewusstsein solche Gedanken zuließ, aber so war es nun einmal, also fragte er sie rau, ob sie mit ihm schlafen wolle.

Sie sagte: »Ja, natürlich«, und zog sich für ihn aus, dann fielen sie in einen sanften, gefühlvollen Rhythmus, und als sie fertig waren, weinte sie. Er wusste, dass er sie gar nicht nach dem Warum fragen musste, denn seiner Erfahrung nach wusste sie es selbst nicht. Also hielt er sie einfach im Arm, bis sie sich beruhigte. Er hatte schon vor langer Zeit akzeptiert, dass es nicht immer Antworten gab, wenn es um menschliche Emotionen ging.

Anschließend lagen sie zusammen in der Dunkelheit und redeten.

»Heute ist die Wache abgebrannt«, erzählte er.

»Ich weiß, ich habe es in den Nachrichten gehört.«

»Die meisten von den Jungs …«

»Ich weiß, ich weiß.«

»Er hat einen Fehler gemacht, Vanessa, das spüre ich. Danny hat das zuerst festgestellt, aber dieses eine Mal bin ich seiner Meinung. Der Irre ist zu weit gegangen. In dem Gebäude gab es keine Dämonen. Er hat es einfach abgefackelt, um an Danny und mich ranzukommen.«

»Meinst du wirklich?«

»Ja. Ich hoffe, dass sich daraus irgendetwas ergibt … ich weiß nicht, vielleicht Aufmerksamkeit von oben.«

»Und was wird dann aus deiner Rache?«, fragte Vanessa.

»Vergiss meine Rache. Wir müssen diesen Wichser einfach nur loswerden, ihn dahin zurückschicken, wo er hergekommen ist. Sollen die ihn doch auf ihre Art bestrafen. Ich will nur, dass die Zerstörung endlich ein Ende hat. Wir müssen die Scherben aufsammeln, die Bevölkerung beruhigen und anfangen, die Brandstifter abzuspritzen, wenn ihr Mentor erst mal weg ist.«

»Und was ist mit den ganzen Dämonen? Werden die dann nicht durchdrehen?«

»Wenn du mich fragst, sind die schon seit langem hier, und vielleicht macht der eine oder andere von ihnen ab und zu Ärger, aber vergiss nicht, dass sie sich hier verstecken. Sie müssen die Füße still halten. Sie sind wie die Naziverbrecher, die in Südamerika abgetaucht sind, sie müssen unauffällig bleiben, brav bleiben, egal wie hinterhältig und grausam sie in ihrer Heimat waren. Sie verstecken sich ja nicht nur vor diesem Engel, sondern vor dem Blick des Himmels.«

»Du hast das wirklich gut durchdacht, wie?«

»Heute Abend, in einer Kirche. Vielleicht hat ja jemand für mich gedacht. Und es mir dann ins Hirn eingesetzt. Wer weiß?«

»Als Nächstes erzählst du mir noch, du hättest mit Jesus geredet.«

Er erwiderte nichts, da er nicht wusste, was er darauf antworten sollte.

Manovitch war völlig entspannt. Er war mit dem Auto durch Fisherman's Wharf gekurvt, aber jetzt hatte er angehalten, um aufs Meer hinauszuschauen. Dort draußen konnte er die Lichter von Alcatraz sehen. In der beliebten Touristenattraktion erzählte heutzutage die Stimme von Leon »Whitey« Thomson, eines ehemaligen Häftlings, den Besuchern von der schrecklichen und berüchtigten Vergangenheit der Gefängnisinsel. Whitey war in der ganzen Welt berühmt. Die Japaner, die Chinesen, Europäer, Australier, Neuseeländer, Leute aus Ratonga, Tahiti und von den Malediven, aus Afrika und Südamerika, sie alle hatten schon fasziniert Whiteys aufgezeichneter Stimme gelauscht.

Das zeigt ja mal wieder, dachte Manny, *dass man nie weiß, was die Zukunft so bringt.* Gestern war Whitey noch ein Verbrecher gewesen, von der Gesellschaft verachtet, und heute war seine Stimme denen der Wächter gleichgestellt und wurde von der Gesellschaft ebenso akzeptiert wie der Präsident der Vereinigten Staaten. *Zeigt einem, dass Geschichte Geschichte ist und der Gangster von gestern der Held von morgen sein kann,* dachte Manny. Wenn man heute etwas wirklich Schlimmes anstellte, konnte es sein, dass man morgen schon Applaus dafür bekam. Jetzt hielt niemand mehr Whitey für einen schlechten Menschen. Sie hielten ihn für ein Opfer von gestern.

Wenn Manny seinen Kopf um neunzig Grad nach links drehte, konnte er auch die Lichter der Golden Gate Bridge sehen. Mitten auf der Brücke stand ein brennendes Auto – fast schon ein Scheiterhaufen, denn Manny hatte gerade im Autoradio gehört, dass eine Frau in dem Wagen eingeklemmt gewesen war, als er explodierte. Das Auto hatte die Balken und

Trossen in seiner Nähe mit in Brand gesteckt. Feuer hatte etwas Schönes an sich, etwas Magisches.

Manny fühlte sich entspannt und erleichtert.

Er hatte davon gehört, dass diese Polizeiwache abgefackelt worden war, und er war froh gewesen, dass die Arschlöcher Peters und Spitz zu dieser Zeit nicht in ihrem Büro gewesen waren. Das hieß, dass sie noch am Leben waren. Manny wollte nicht, dass die beiden Cops in einem Feuer starben, das er nicht selbst gelegt hatte. Er wollte sie selbst töten, mit seinen eigenen Methoden.

»Diese Arschlöcher«, knurrte Manny vor sich hin. »Ich werde mir einen nach dem anderen schnappen. So habe ich die doppelte Befriedigung.«

Nach dem verpatzten Anschlag auf Foxys Bistro hatte er sich bereits einen neuen Plan überlegt. So leicht wurden die Wichser ihn nicht los. Aber langsam. Er hatte jede Menge Zeit. Wenn er sie zu schnell tötete, würde er es gar nicht genießen können. Sobald sie tot waren, waren sie tot, und der Spaß hätte ein Ende.

Plötzlich wurde Manny ganz elend zumute, und er war voller Selbstmitleid, als er an all die Ungerechtigkeiten dachte, die ihm widerfahren waren. Immer waren die Leute hinter ihm her, demütigten ihn, nahmen ihm seinen Stolz als Mann. Besonders Frauen. Diese Vangellen-Schlampe, die würde auch leiden, aber langsam. Manny würde ihr das Gehirn rausvögeln, ihr dann die Kehle durchschneiden und zusehen, wie sie verblutete. Kein schnelles Feuer für Vangellen. Ein langsames Ausbluten, mit offenen Augen, während ihr Mund versuchte zu sprechen.

»Ich werde es ihnen zeigen«, schluchzte Manny. »Ich werde es allen zeigen.«

22

Den Menschen würden die Verhaltensweisen der Engel seltsam und facettenreich vorkommen und ihre Art, sich miteinander zu verständigen, einzigartig, ohne jeden Vergleich. Eine Ahnung, ein Gefühl, kann eine ebenso laute Botschaft verkünden wie eine Fanfare. Der Engel hatte den Drang verspürt, nach Hause zurückzukehren, ein Gefühl, das tief aus seinem Inneren aufstieg, aber er ignorierte diesen Ruf und schrie gepeinigt auf.

Die Sterblichen hatten sich solche Mühe gegeben, einen Weg zu finden, um die Vorgesetzten des Engels zu erreichen, um sie über seine Verbrechen zu informieren. Doch eigentlich war das reine Energieverschwendung gewesen.

Was die Sterblichen nicht wussten, war die Tatsache, dass jeder Engel sein eigener Richter ist. Er untersucht seine Beweggründe, besonders jene, die dafür sorgen, dass er einem Aufruf zur Rückkehr nicht nachkommt, und entscheidet dann über sein Schicksal. Was er in Unwissenheit getan hat, kann vergeben werden, aber was er in voller Absicht vollzogen hat, muss mit einer Strafe belegt werden, wenn es nach eingehender Prüfung für falsch befunden wird.

Als der Engel den Ruf spürte, haderte er damit, dass er zum falschen Zeitpunkt kam, haderte damit, wie ungerecht es war, gehen zu müssen, bevor sein Werk vollendet war und er alles beglichen hatte.

Frustriert und voller Zorn verschob er seine Abreise, obwohl er genau wusste, dass eine solche Verzögerung geradezu zu einer Bestrafung einlud, einer Strafe, die sich danach richten würde, wie seine eigene Einschätzung lautete: Wie weit war er vom Weg abgekommen, wie stark hatte er sich befleckt?

Die Verzögerungstaktik war an sich noch schlimmer als der ursprüngliche Fehltritt. Es war der Befehl gekommen, nach Hause zurückzukehren, und der Engel war auf der Erde geblieben. Und der Engel hatte *noch immer* nicht gehorcht, denn er war in seinen eigenen Untergang verstrickt, hatte sich in einer Besessenheit verfangen, die seine Vernichtung bedeuten würde. Die Unausweichlichkeit seines Falls war vielleicht vorherbestimmt. Der Engel wollte gehen, um nicht in Ungnade zu fallen, aber er *konnte* nicht gehen, da seine Wut ihn auf der Erde festhielt.

Und dann hatte er zu lange gewartet. Es war zu spät.

Ungehorsam. Die eine, unverzeihliche Sünde der Engel. Luzifer war gestürzt, weil er ungehorsam gewesen war. Er hatte persönliches Verlangen über die Gewissheit des Gefühls gestellt, hatte sich über sein Selbst erhoben, und seine Arroganz hatte heller gestrahlt als die Essenz seines Seins.

Dann wusste der Engel, dass er sich in eine unhaltbare Position manövriert hatte, denn er war sich bewusst, wie groß die Schande war, die er durch seine Taten auf sich geladen hatte, und er wusste auch, dass seine Bestrafung schwerwiegend sein musste.

Engel *fallen,* sie werden nicht in den Abgrund gestoßen.

Dieser Engel wurde nicht hinuntergeschubst: Er hatte sich selbst über die Kante geworfen. Er hatte sich unbewusst aufgemacht, um sich zu zerstören, ohne es zu wollen, und das hatte er nun geschafft. So funktionieren die furchtbaren, konzentrischen Widersprüchlichkeiten der Macht über das eigene Selbst, wenn ein Wesen sein eigener Wächter und sein eigener, strengster Richter ist. Ein kleiner Same der Selbstverherrlichung sät die Fäulnis im tiefsten Kern, bis der Geist seine Erleuchtung verliert und in die Dunkelheit stürzt.

Es stimmte schon, dass die Gebote, die Moses gegeben wurden, für die Menschen und nicht für die Engel Gültigkeit hatten, aber dieser Engel hatte einen Krieg auf Erden ausgetragen, was beispiellos war. Jeder Besuch erforderte einen Auftrag. Der Engel hätte Übereifer anführen, um Vergebung flehen, auf mildernde Umstände hinweisen können: die Hitze des Gefechts, die wilde Jagd bis in die hintersten Winkel von Himmel und Hölle, den unbewussten Übertritt – aber jetzt nicht mehr, jetzt war es zu spät. Jetzt konnte der Engel sich einfach nicht mehr selbst davon überzeugen, dass er im Recht war. Er war zu lange auf der Erde geblieben, hatte unter den flüchtigen Schatten, die die Sterblichen waren, zu viele Tode verursacht.

Wenn er ganz ehrlich sein wollte, musste er zugeben, dass er schon immer ein wenig eingebildet gewesen war, ein bisschen zu arrogant. Er hatte sich selbst mehr als einmal für diesen offensichtlichen Stolz bestraft. Irgendwann hatte sein Stolz ihm eingeflüstert, er sei für Höheres bestimmt, und seine Ungeduld hatte ihn zu diesem übereifrigen Verhalten verleitet. Jetzt sah er sich seinem Sturz gegenüber.

Der Engel saß nackt auf den kahlen Dielenbrettern eines verlassenen Hauses, mit hängenden Schultern, rundem Rücken und hängendem Kopf. Sein wunderschönes Gesicht hatte er in die Hände gestützt und mit den schmalen Fingern bedeckt. Die Beine waren angewinkelt und unter den Hintern gezogen. Er war wie ein Ei, das wartete.

Plötzlich pulsierte etwas durch seine Lendengegend, gefolgt von einem schrecklichen, unerträglichen Schmerz. Es begann in seinem Unterleib, in diesem weichen Bereich zwischen seinen Beinen, und breitete sich aus, bis der Schmerz ihm ins Gehirn schoss. Wie Nadeln, die auf sein Fleisch einprasselten, als wären alle Nervenenden in seinem Körper ausgerissen und dann wieder eingepflanzt worden.

Als das furchtbare Brennen von schnellem Wachstum, von

Fleisch, das zu schweren Knospen anschwoll, reifte und dann zu der Blume zwischen seinen Beinen erblühte, ihn panisch zusammenzucken ließ und er sich in diesem Schmerz noch enger zusammenrollte, fühlte er sich zum ersten Mal als *Er*, als geschlechtliches Wesen.

Sein Schmerzensschrei zerriss ihm fast den Schädel, als er den Schrecken der Verwandlung durchlebte.

Körperlicher Schmerz, geistiger Schmerz.

Der Geist wurde ebenfalls von einer Wandlung erfasst, genau wie der Körper. Während seine Genitalien grotesk erblühten und wie eine große, hässliche Frucht zwischen seinen Oberschenkeln heranwuchsen, wurde seine Seele von einem Geschwür beschmutzt, das wie Säure in ihm brannte. Während das Ding zwischen seinen Beinen auf enorme Größe anschwoll und aus ihm hervorstach wie der Ast eines Baumes, begleitet von seinem verschrumpelten Sack, vertrocknete der Geist in seinem Inneren wie Haut auf totem Fleisch.

Gefühle, die es bisher in ihm nicht gegeben hatte, durchfluteten ihn.

Angst und Hass, Furcht und dumpfes Misstrauen, Trotz und Böswilligkeit, und viele, viele noch seltsamere, unwillkommene Gefühle. Er spürte den hässlichen, aufgeblähten Horror der Lust, den ekelhaften Geschmack von ungezähmtem Verlangen, die Frustration ungestillter Rache. Da waren Bedürfnisse, die erfüllt, maßlose Gier, die befriedigt, eigenes Verlangen, das gestillt werden musste. All das erfüllte seinen Geist und seinen Körper wie eigenständige kleine Dämonen und rang mit ihm um die Kontrolle über sein Selbst. Kleine Stimmen, die nach seiner Aufmerksamkeit schrien, damit er sie wahrnahm, und die für sein früheres Wesen abstoßend waren.

Der Schmerz der Verwandlung hielt mehrere Menschenstunden an, während derer er um Gnade flehte, wütend spuckte und fauchte, seinen Hass gegen alle Menschen und Engel hinausbrüllte, seinen Feinden den Tod an den Hals wünschte, fluchte und schreckliche Versprechen und Schwüre abgab. Als es vorbei war, fand er sich als widerwärtige, verabscheuungswürdige Kreatur wieder, ohne Reinheit der Seele, ohne Reinheit des Fleisches. Seine körperliche Erscheinung hatte sich nur wenig verändert. Bis auf die übergroßen männlichen Genitalien schien er makellos zu sein. Doch er fühlte sich wie ein hässliches, groteskes Monster.

Es verbitterte ihn, wie die Dinge sich entwickelt hatten. Er musste zugeben, dass er am Anfang nicht vorgehabt hatte, die Geschehnisse auf der Erde so durcheinanderzubringen, wie es dann geschehen war, und sich dadurch den Hass vieler Sterblicher zuzuziehen. Er hatte einfach nur Dämonen vernichten wollen, was seine Aufgabe gewesen war, seit Luzifer gestürzt war und der Krieg begonnen hatte.

Als in den Feuern auch Menschen gestorben waren, hatte er das nicht sonderlich schlimm gefunden. Immerhin befreite der Tod den Geist, die Seele, aus dem Gefängnis der körperlichen Hülle. Und das war doch bestimmt etwas Gutes? Was er nicht bedacht hatte, da es für ihn als Engel nie eine Rolle gespielt hatte, waren die körperlichen Schmerzen, die er verursacht hatte, und das emotionale Leid, das er bei den Überlebenden hervorgerufen hatte. Engel fühlten keinen Schmerz, weder emotional noch körperlich, also waren diese beiden Aspekte seiner Zerstörungswut ihm unbekannt gewesen.

War das seine Schuld? Hätte er es wissen müssen? Das Wissen über Schmerz war vorhanden, aber er hatte kein Bedürfnis gehabt, es eingehender zu untersuchen. Seine Ignoranz war sein Untergang gewesen, und ja, das war bitter für ihn. Der Schmerz in seiner Brust war stark.

Er gab immer noch diesen beiden Sterblichen die Schuld,

diesen Polizisten. Sein fataler Fehler hatte darin bestanden, nach den beiden zu suchen und sie zerstören zu wollen. Diese bewusste Tat hatte die Seele in seinem Inneren zerstört.

Verdammt seien diese Polizisten, verdammt seien ihre Seelen.

Doch es war nicht an ihm, über ihre Verdammnis zu entscheiden, und eigentlich war sie das Geschenk der Polizisten an den Engel, denn sie hatten die Wahrheit über den Ehrgeiz aufgedeckt, der tief in ihm verborgen gewesen war, hatten ihm sein Licht gestohlen. Er war an die Dunkelheit gefesselt – die Strafe für seinen Ungehorsam –, und jene, die er bisher gejagt hatte, waren nun seine Weggefährten, seine Waffenbrüder. Er war zu dem geworden, was er verabscheut hatte – ein gefallener Engel, ein Dämon –, und nun wurde ihm bewusst, dass es genau das war, was sie alle gemeinsam hatten, diese Abscheu.

Dämonen lieben nicht, sie hassen, und die meisten von ihnen hassen das, was aus ihnen geworden ist: Sie verabscheuen die anderen gefallenen Engel und den Teufel. Sie folgen Satan, aber sie hassen Satan. Sie hassen die Welt, das Fleisch und alles außer Gott, denn Gott kann man nicht hassen, nur fürchten, eine distanzierte Macht, die unberührbar ist, außer durch Liebe.

Er war in Ungnade gefallen.

Er war ein Dämon geworden.

Er erkannte, dass er nun einen Namen hatte.

Nethru.

Sein Name war Nethru.

Seine Macht, durch Dunkelheit und Licht zu reisen, seine schnelle Fortbewegung durch den Raum, war verschwunden. Er war nun viel verletzlicher, sein Körper bestand nur noch aus Fleisch, Knochen und Blut.

Und er hatte Angst vor Feuer.

Was er bisher als Waffe benutzt hatte, konnte nun gegen ihn eingesetzt werden.

Nethru ging in der zunehmenden Abenddämmerung hinunter zum Hafen. Er erforschte, wie langsam seine Bewegungen nun waren, und würde wütend auf sich selbst. Auch wenn er immer noch schneller war als der fitteste Mensch, so war es doch ein wahres Schneckentempo, wenn man es mit seiner früheren Geschwindigkeit verglich. Der Nebel schob sich durch die Metallgitter und zwischen den Pfeilern der Brücken hindurch. Er lehnte sich über die Kante und starrte in das wirbelnde, fließende Wasser. Zunächst wollte er Malloch finden und sich an dem Dämon rächen, aber dann entschied er, doch die beiden Polizisten aufzuspüren, David Peters und Daniel Spitz.

»Hey, Sie da!«

Nethru drehte sich um und sah sich drei jungen Männern gegenüber, alle in weiten Jacken. Jeder von ihnen hatte irgendeine Waffe in der Hand: der große Schwarze ein Jagdmesser mit breiter Klinge und einer Quaste am Griff; der Breitschultrige ein kurzes Metallrohr; der Letzte – weiß, langgliedrig, Gesicht wie ein Äffchen – eine kleine Pistole.

Äffchen, der offenbar der Anführer war, sagte: »Was machen Sie denn da?«

Nethru seufzte und wandte sich von ihnen ab, da er nicht einmal daran dachte, eine solche Frage mit einer Antwort zu würdigen.

»Hey!«

Nethru drehte sich zurück. »Geht weg, bevor ich euch wehtun muss. Ich habe keine Zeit für solche Sachen.«

»Keine Zeit?«, wiederholte Äffchen. »Scheiße, ey. Wirf uns einfach deine Brieftasche und die Uhr rüber.«

»Ich besitze keins von beidem.«

Mr. Rohrstück trat vor und schwenkte seine stumpfe Waffe. »Ich werde Ihnen einfach die Arme brechen, Mister.«

Jetzt verlor Nethru die Geduld mit ihnen. Er packte den schwingenden Arm seines Angreifers und brach ihn. Dann, noch bevor der Junge schreien konnte, krallte sich Nethrus Hand um seinen Kiefer und drückte zu, wobei seine krallenartigen Nägel sich tief ins Fleisch gruben. Als die starke Hand weiter zudrückte, brach der Unterkiefer. Weiße Knochensplitter stachen durch das Fleisch wie Nadeln.

Mit einer Hand hob Nethru den Jungen vom Boden auf und warf ihn über die Kante ins Wasser. Er schlug klatschend auf dem Wasser auf, versank, trieb wieder an die Oberfläche, aber mit dem Gesicht nach unten. So blieb er liegen und würde wohl früher oder später aufs offene Meer hinaustreiben.

Äffchen rannte hin und starrte hinunter ins Wasser, wo sein Freund von der Strömung davongetragen wurde.

»Heilige Scheiße, du hast ihn umgebracht!«, schrie der Junge mit brechender Stimme. »Du verdammter Wichser, du hast Joey kaltgemacht. Er war ein echt guter Kerl, und du …«

Der Junge brachte nur noch schluchzende Laute hervor. Vielleicht waren es Worte, aber sie waren so verzerrt, dass Nethru sie nicht verstand.

»Ich habe euch doch gesagt, ihr sollt weggehen.«

»Fick dich.«

Äffchen drehte sich um und schoss noch aus der Bewegung heraus. Die Kugel traf Nethru an der Wange und trat an der Rückseite seines Schädels wieder aus. Unwillkürlich riss er die Augen auf. Das gefiel ihm nicht. Blitzartig steigerte sich seine Wut noch weiter.

Innerhalb eines Augenblicks stand er neben Äffchen, hatte ihm die Waffe aus der Hand gerissen und die Finger zerquetscht. Er schlug dem Jungen mit der Faust gegen die Schläfe, so dass der Schädel des Jungen zersplitterte und in sich zusammenfiel. Sein Kopf nahm die Farbe und Konsistenz von pürierten Erdbeeren an. Äffchen war bereits tot, als sein Körper auf dem Boden aufschlug.

Der verbliebene Teil des Trios, der Große, drehte sich um und nahm die Beine in die Hand. Nethru bückte sich, riss eine Gehwegplatte aus dem Boden und warf sie hinter dem fliehenden Jungen her, als wäre sie ein Frisbee. Sie traf ihn knapp unter dem rechten Ellbogen und riss ihm den Unterarm ab. Klugerweise lief der Junge einfach weiter. Er schrie und blutete unkontrolliert, aber er rannte trotzdem weiter.

Nethru ließ ihn gehen, hob aber die zweite Leiche auf und warf sie ebenfalls in den Fluss.

Als er sein Gesicht abtastete, hatte sich die Wunde bereits geschlossen.

»Gewalttätiges Volk«, murmelte Nethru. »Warum sind diese Menschen immer so gewalttätig?«

Nethru machte sich auf den Weg in ein Viertel, wo er die Art von Gesellschaft zu finden hoffte, die bisher die Dämonen beschützt hatte, die vor ihm geflohen waren. Er machte sich keine Gedanken darüber, dass er vielleicht erkannt werden könnte. Selbst wenn er ein Racheengel gewesen war, jetzt war er ein Dämon. Sein Duft war verschwunden: Das Aroma, das er als Engel verströmt und das ihm dabei geholfen hatte, den ekelerregenden Gestank der Welt zu bekämpfen, in die er gekommen war, war nun nicht länger notwendig, denn der Geruch der Welt war nun zu seinem geworden. Die Dämonen, die er gejagt hatte, würden ihn nicht so leicht erkennen, denn sie hatten ihn bisher nicht an seinem Aussehen, sondern an der Aura erkannt, die ihn umgeben hatte. So oder so wären sie erleichtert, dass er seine Jagd auf sie eingestellt hatte, und würden ihn genauso hassen, wie sie alles andere hassten, aber sie würden es nicht darauf anlegen, ihn zu vernichten. Die meisten von ihnen waren ziemlich phlegmatische Wesen, die sich lieber in ihrem eigenen Dreck suhlten, als herumzulaufen und ihre Feinde zu vernichten.

Es hatte also auch Vorteile, ein Dämon zu sein. Nicht viele, aber ein paar. Und Nethru würde das Beste daraus machen.

Er ging schnell, aber natürlich war sein überirdisches Tempo verschwunden, und selbst die schnellste Fortbewegung kam ihm vor wie das Kriechen einer gestrandeten Schildkröte. Sein früherer Feuerschein war von ihm abgefallen; er hatte das Licht abgestreift und war nun in Dunkelheit gehüllt.

Die Straßen verwirrten ihn, und voller Frust bog er immer wieder falsch ab, bis er schließlich an einem abgebrannten Kaufhaus vorbeikam, das er selbst angezündet hatte. Hier würde es keine anderen Dämonen geben, denn der Ort stank nach dem Tod von einem von ihnen. Er fand eine Stelle in der feuchten Asche, wo er vor den Augen der Welt verborgen war und sich ausruhen konnte. Dort, in dem durchweichten Müll und dem Dreck, wo die Ratten freie Bahn hatten und die Kakerlaken zu Hause waren, weinte er um seine frühere Pracht.

Er konnte nicht mehr mit Engelszungen sprechen, und so schrie er nach Vergeltung, mit der rauen Stimme eines Dämons, immer wieder, die ganze Nacht hindurch. Seine innere Schönheit war verschwunden, und an ihre Stelle war eine Hässlichkeit getreten, die er abstoßend fand. Wo einst sein lieblicher, fantastischer Geist gewesen war, hatte er nun ein verschrumpeltes Ding, wie eine uralte Walnuss in der Schale. Es war hart, bitter und nutzlos.

»Gib mir meine Herrlichkeit zurück«, schrie er.

Doch es war niemand da, der ihn gehört hätte, nur die Straßenkatzen, die diese Kreatur der Finsternis aus sicherer Entfernung anspuckten, mit gesträubtem Fell und angewidert verzogenem Maul.

»Du hast mir mein Licht gestohlen.«

Das Licht war verschwunden – doch nicht gestohlen, sondern weggeworfen.

23

Dannys Anruf riss Dave aus einem seltsamen Schlaf, der einerseits tief, andererseits aber immer wieder von Wachphasen unterbrochen war. Die beleuchteten Ziffern des Weckers auf seinem Nachttisch strahlten in der Dunkelheit. Es war drei Uhr einunddreißig. Er brauchte eine Weile, um richtig wach zu werden, aber endlich krächzte er: »Ja, ja, ich bin da. Was ist los?« Irgendetwas an dem kurzen Schweigen, das nun folgte, warnte ihn, dass etwas Schlimmes passiert war.

Dann hörte er Dannys Stimme, rau und voller Anspannung: »Er hat … er hat Rita getötet.«

Dave musste nicht fragen, wen Danny meinte. Er legte sich wieder aufs Bett und starrte an die Decke.

»Danny«, sagte er dann vorsichtig, »das tut mir leid. Wie ist es passiert?«

»Sie saß in einem Taxi. Es ist explodiert. Sie und der Taxifahrer sind komplett verbrannt. Hat auch einen Riesencrash gegeben. Dabei sind noch andere gestorben.«

In Daves Kopf schwirrten noch einige andere Möglichkeiten umher.

»Bist du sicher, dass *er* das war? Vielleicht war es eine ganz normale Brandbombe, die irgendein anderer Scherzkeks dort platziert hat. Vielleicht war es nur ein tragischer Zufall. So etwas gibt es, weißt du.«

Danny klang angewidert.

»Das war er, ich weiß, dass er das war. Zeugen haben von einer weißen Feuersäule gesprochen. Er hat Rita umgebracht, um es uns heimzuzahlen, da dürfen wir uns nichts vormachen. Wir haben es hier mit einem verdammt abgewichsten Engel zu tun, und es interessiert ihn einen Scheißdreck, wer dabei verletzt wird, solange nur alles so läuft, wie er das will.«

Dave nickte, da er völlig vergessen hatte, dass Danny ihn nicht sehen konnte.

»Danny, bist du okay? Ich meine …«

Die Stimme am anderen Ende der Leitung klang dumpf, und Dave wusste, dass er genauso geklungen hatte, wenn er nach Celias Tod über seine Gefühle gesprochen hatte. Irgendwie bleiern, und wenn man diesen Ton hörte, konnte man meinen, dem Sprecher sei alles, wirklich alles, völlig egal. Wenn man ihm sagte, das Ende der Welt stünde bevor, würde er sagen, ja, okay, um welche Uhrzeit denn?

»Ja, ja, mir geht es gut. Ich fühle mich innerlich nur irgendwie tot, weißt du. Ich meine, im Moment würde ich mich am liebsten einfach zusammenrollen und schlafen, einfach alles vergessen. Ich habe einmal was über diese Typen gehört, die eine Expedition gemacht haben, ich glaube, in die Antarktis. Die Kälte hat sie so angegriffen, dass sie einfach nur noch einschlafen und wegdriften wollten, um nie wieder aufzuwachen. Ungefähr so fühle ich mich. Sehr kalt und sehr müde. In solchen Momenten wünschte ich mir, ich würde Crack rauchen. Dann hätte ich einen Ort, an den ich gehen könnte. Irgendein Fantasieland, wo die Leute, die man mag, einem nicht einfach wegsterben …«

Aus dem Hörer drang ein Schluchzen.

Dave sagte: »Danny …?«

Wieder ein langes Schweigen. Dave fragte sich, ob er den Hörer hatte fallen lassen.

»Danny?«

Jetzt war die Stimme hart und wütend. Danny bekam die Worte kaum über die Lippen. Dave konnte sein Gesicht vor sich sehen, verkrampft und rot vor Wut, wie damals, als sie diese Sechsjährige gefunden hatten, die vergewaltigt und deren Kehle durchgeschnitten worden war, um sie zum Schweigen zu bringen, bevor ihr Körper in einem Müllcontainer gelandet war.

»Ich will diesen Kerl kriegen, selbst wenn es mich umbringt. Rita und ich, na ja, wir haben uns nicht geliebt … nicht so wie du und Celia … aber wir waren auf dem Weg dahin, verstehst du? Sie war ein großartiges Mädchen, und irgendwie wird dieses Arschloch dafür bezahlen, oder ich stecke meinen Kopf in den Fleischwolf.«

»Wir werden ihn kriegen, Danny. Wir werden ihn kriegen, für Celia und für Rita. Irgendwie. Irgendeine Schwachstelle *muss* er einfach haben.«

»Wenn ich mit ihm fertig bin, wird er mehr als eine Schwachstelle haben.«

»Das wird schon, das wird schon.«

Dave spürte, dass Danny sich langsam beruhigte und sich wieder unter Kontrolle bekam. Es dauerte lange, bis der kleine Mann wütend wurde, und er regte sich immer schnell wieder ab. Deshalb war er auch so ein guter Partner. Er verlor in Stresssituationen nicht den Kopf, und wenn ihn etwas aufregte, verwandelte sich seine Wut in kühle Entschlossenheit, noch bevor er einen Tatort verließ.

»Ja, also, ich muss mich um Ritas Beerdigung kümmern, na ja, was eben noch von ihr übrig ist. Und ich muss ihre Mutter anrufen. Darauf freue ich mich echt nicht.«

»Okay, wir hören uns später.«

»Alles klar.«

Plötzlich kam Dave ein Gedanke und er sprang alarmiert aus dem Bett.

Der fette Student, der in Vanessas Vorlesung über »Die Natur des Bösen« in der hintersten Reihe saß, war schon wieder eingeschlafen. Dafür war sein Gegenstück mit dem fusseligen Bart hellwach. Dieses Paar verursachte Vanessa immer Kopfschmerzen, da der eine ihren Ausführungen überhaupt keine Aufmerksamkeit schenkte, der andere wiederum zu viel. Fusselbart war einer von denen, die mit verschränkten Armen ganz vorne saßen und stets alles infrage stellten, was die Dozenten erzählten. Er wusste über jedes Thema besser Bescheid als irgendein anderer Sterblicher auf diesem Planeten.

»Eigentlich«, führte Fusselbart gerade aus, »ist doch das böse, was wir in unserer Gesellschaft so bezeichnen. Wenn wir Mord böse nennen und auch daran glauben, dann ist Mord böse. Doch wenn Mord ein allgemein anerkannter Weg wäre, in einer überbevölkerten Welt die Herde auszudünnen, oder irgendein rituelles Opfer – wie bei den Azteken –, na ja, dann ist er doch nicht böse, oder? Ich meine, was ist denn mit Krieg? Männer werden zu Helden, indem sie im Krieg töten.«

»Wir sprechen hier aber nicht darüber, dass einfach nur getötet wird. Wir sprechen von Mord, von einer *gesetzeswidrigen* Tötung. Und glauben Sie nicht, dass wir ein instinktives moralisches Gespür haben? Wie Sie bereits sagten, wird das Töten im Krieg befürwortet, aber bedeutet das auch, dass die Menschen, die unter diesen Umständen töten, keinerlei Schuld oder Reue verspüren? Ich bin der Meinung, dass wir in enormen Schwierigkeiten stecken würden, wenn der Homo sapiens nicht über ein innewohnendes Bewusstsein von Richtig und Falsch verfügen würde.«

Der Student lächelte selbstzufrieden.

»Lady, wir *stecken* doch bereits in enormen Schwierigkeiten. Lesen Sie denn keine Zeitung? Momentan werden mehr als ein Dutzend Kriege geführt, und es passiert wahrscheinlich ungefähr ein Mord pro Minute.«

Ihre Stimme wurde kalt und versuchte, ihn einzufrieren.

»Ich bin keine *Lady.* Für Sie bin ich Ms. Vangellen.«

Der Junge zuckte mit den Schultern und schaute sich unterstützungheischend um, die aber nicht kam. Trotzdem änderte er weder seine Miene noch seine Einstellung.

»Also gut, *Miss* Vangellen. Tut mir leid, wenn ich Ihnen auf die Zehen getreten bin.«

Sie ging zu seinem Tisch, stützte sich mit beiden Armen auf und brachte ihren Mund ganz nah an sein Ohr, damit die anderen Studenten nicht hören konnten, was sie sagte: »Jetzt hör mir mal gut zu, du kleiner Scheißer: Mein Freund ist ein Cop, und ich denke, er wüsste wirklich gerne, was du da zwischen die Seiten in dem Buch über tropische Fische gestopft hast – haben wir uns verstanden?«

Der Junge wurde blass, und die feinen Haare an seinem Kinn bebten.

»Ich habe nichts …«, setzte er an, aber sie unterbrach ihn beiläufig: »Hör zu, Koksnase, selbst wenn er nichts findet, wird er dir seine Aufmerksamkeit schenken, wenn er weiß, dass ich das will. Also, was soll es sein? Ein bisschen Kooperationsbereitschaft oder ein Knie in die Eier? Einfache Wahl.«

Er nickte kurz, woraufhin sie auf ihren ursprünglichen Platz zurückkehrte.

Was Fusselbart gesagt hatte, war durchaus relevant und ergab einen Sinn, aber die Art, wie er es gesagt hatte, sorgte dafür, dass sie am liebsten seinen Kopf gegen eine Ziegelmauer gerammt hätte. Er war zu selbstzufrieden, grinste dämlich und war einfach viel zu arrogant.

Sie wandte sich mit einer neuen Frage an den Kurs: »In der Religion haben wir ein Problem mit dem Bösen. Denn wenn Gott omnipotent und allwissend ist und alles, inklusive sich selbst, erschaffen hat, dann muss er doch auch das Böse erschaffen haben, oder?«

Fusselbart wollte anfangen zu diskutieren, doch dann erinnerte er sich offenbar an ihre Drohung, denn er ließ sich wieder in den Sitz fallen und spielte mit seinem Stift. Er vollführte diesen Trick, den sie scheinbar alle beherrschten, bei dem man den Stift wie einen Propeller kreisen ließ. Vanessa hatte es versucht und war gescheitert, woraus sie geschlossen hatte, dass die jungen Leute *Stunden* damit verbracht haben mussten, diese nutzlose Spielerei zu üben.

Eine Studentin mit brauner Hornbrille sagte: »Vielleicht war es eine indirekte Schöpfung, eine Art Nebenprodukt? Vielleicht haben die Menschen das Böse erfunden? Okay, Gott hat den Menschen erschaffen, aber er hat ihn unvollkommen erschaffen, damit er Fehler machen und daraus lernen und seinen freien Willen einsetzen kann. Und indem er diese Freiheit nutzte, hat der Mensch das Böse erfunden.«

»Gut«, lobte Vanessa, »noch andere Ideen?«

Fusselbart nahm das als Einladung, es noch einmal zu versuchen.

»Das Böse ist nichts, was *erfunden* wurde. Bei dir klingt das so, als wäre es ein greifbarer Gegenstand oder ein Gas, das durch die Luft fliegt. Das Böse bedeutet, böse Dinge zu tun.«

Vanessa hörte mehr Respekt in seiner Stimme und ließ ihn wieder mitspielen.

»Ach, ist es das wirklich?«, hakte sie nach. »Ist die böse Tat eines guten Mannes schlimmer als eine ähnliche Tat eines bösen Mannes?«

»Das meine ich ja«, erwiderte der Junge mit gequälter Miene. »Sie nennen jemanden böse, ohne zu definieren, was böse ist.«

»Okay, formulieren wir es anders: Da ist dieser Chorleiter, der sein Leben lang den Menschen geholfen hat, den Alten und Schwachen, den Armen und Bedürftigen, und dann rastet er plötzlich aus und überfällt eine Bank, wobei ein Kassierer getötet wird. Vor dieser Tat war er ein leuchtendes Beispiel an Anständigkeit und Güte und wurde von allen geliebt, die mit ihm in Kontakt kamen. Er sagt, diese böse Tat sei ein einmaliger Fehltritt, und so etwas würde nie wieder vorkommen. Sein Komplize bei dem Mord ist ein Mann, der sein Leben damit verbracht hat, die Ersparnisse seiner Mutter zu verspielen, bis sie am Hungertuch nagte. Er war in diverse Bandenkriege verwickelt, hat immer wieder gestohlen und verschiedene Sexualdelikte begangen, und er zeigt keine Reue, was all diese Taten angeht. Er lacht Richter und Gerichtsbeamten aus und droht den Geschworenen Gewalt an, falls er verurteilt werden sollte. Ist der zweite Mann *böser* als der erste? Sollte der Chorleiter eine geringere Strafe bekommen, wenn das Gericht beide Männer wegen der Tat verurteilt?«

Fusselbart blieb hart.

»Wenn sie beide für den Tod des Kassierers verantwortlich waren, wenn es eine Tat war, dann sollten sie gleich hart bestraft werden. Ihre Vorgeschichte, oder wie sie ihre Tat beurteilen, spielt keine Rolle. Nur die Tat zählt, nichts anderes. Handelt man böse, ist man böse.«

»Ja, aber …«, setzte Vanessa an.

Sie wurde von einer Stimme an der Tür unterbrochen.

»Ich stimme dem Jungen zu. Eigentlich bin ich der Meinung,

der gute Mann sollte sogar härter bestraft werden, weil er der bösere von den beiden ist.«

Sie wirbelte herum, wütend über diese Unterbrechung, und entdeckte Dave, der am Türrahmen lehnte.

Er sagte: »Da ist beispielsweise dieser Engel, der Amok läuft, auf die Erde kommt und anfängt, Menschen bei lebendigem Leibe zu verbrennen. Ist er weniger böse als ein Dämon, der das Gleiche tut? Ich behaupte, er ist sogar böser, weil er eigentlich der Wächter des Guten sein und die Prinzipien dessen aufrechterhalten sollte, was richtig ist. Ein Engel, der Amok läuft, ist wie ein bestechlicher Cop, er missbraucht das Vertrauen, das in ihn gesetzt wird. Von einem Dämon oder einem Kriminellen erwartet man nicht, dass man ihm vertrauen kann; sie versprechen nichts dergleichen. Aber ein Engel und ein Cop versprechen, das Böse zu bekämpfen, nicht, mit ihm gemeinsame Sache zu machen. Bei Engeln und Cops lässt unsere Wachsamkeit nach, weil wir von ihnen *erwarten,* dass sie vertrauenswürdig sind, und wenn sie dieses Vertrauen missbrauchen, sind sie nicht genauso schlimm wie Dämonen und Verbrecher, sondern *schlimmer.«*

Vanessa sah lächelnd zu Boden.

»Vielen Dank für diesen Beitrag, Sergeant.«

»Gern geschehen.«

Vanessa drehte sich zu Fusselbart um. »John, das hier ist Dave Peters, der Polizist, von dem ich Ihnen erzählt habe.«

Fusselbart wurde rot und schob nervös ein Buch in die Sporttasche unter seinem Tisch.

»Angenehm«, krächzte er.

»Ebenso«, erwiderte Dave.

»Okay«, sagte Vanessa laut und schaute auf ihre Armbanduhr. »Wir haben nur noch fünf Minuten bis zur Pause. Sie können jetzt gehen, wenn Sie leise sind. Wecken Sie Jefferson nicht auf«, sie deutete mit dem Kopf auf den schlafenden fetten Studenten, »wir wollen seine Träume nicht stören.«

Die Studenten sammelten leise ihre Bücher ein und gingen zur Tür. Fusselbart war als Erster draußen und warf Dave noch einen ängstlichen Blick zu, bevor er im Gang verschwand.

Als außer Dornröschen alle weg waren, fragte Dave: »Was war das denn?«

»Was?«

»Der Junge mit dem Dreck am Kinn. Hat er dir unter den Rock gefasst, oder was?«

»Du hast eine sehr einseitige Fantasie, Dave Peters. Er ist einfach nur eine Nervensäge, also habe ich ihm mit dem Schwarzen Mann gedroht, falls er sich nicht zusammenreißt. Und du bist eben der Schwarze Mann.«

»Na, vielen Dank auch.«

»Keine Ursache. Eigentlich ist das ein sehr cleverer Junge, aber er hat ein Problem mit seiner Einstellung. Ich hasse besserwisserische kleine Spinner, die der festen Überzeugung sind, ihr Gehirn habe den Durchmesser unseres Planeten.«

»Dann hättest du mich auch gehasst, als ich noch ein Frischling bei der Polizei war.«

Sie lächelte.

»Schätzungsweise. Aber egal, was verschafft mir diese Ehre? Du bist noch nie hierhergekommen. Und dann auch noch um zehn Uhr morgens?«

»Rita ist tot.«

Ihr Lächeln verblasste.

»Oh, nein. Was ist passiert?«

»Danny ist fest davon überzeugt, dass es der Engel war. Er zieht die Schlinge zu, und du könntest die Nächste sein. Ich bin gekommen, um dich abzuholen.«

Die Beerdigung war eine triste Angelegenheit. Passenderweise fand sie an einem düsteren, verregneten Nachmittag statt. Der Priester war ein großer, hagerer Mann, der sich ständig vorbeugte, während er sprach, so dass er im Takt der Worte auf- und abwippte. Sein Ton war streng, fast verdammend, während er Ritas Leistungen und Vorzüge aufzählte, die Danny ihm genannt hatte.

Ritas Mutter kam aus L.A., in schwarzem Kleid mit schwarzen Handschuhen: eine plumpe Frau, die aus ihrer Unterwäsche quoll. Vanessa konnte sehen, wie die stützenden Wäschestücke geometrische Muster in das Kleid drückten. Ihr Make-up entsprach dem Trend der Sechziger: heller Lippenstift und viel Mascara. Sie hatte dicke Tränensäcke, und ihre Wangen hingen schlaff herunter. Sie sprach in gedämpftem Ton mit Vanessa, die sie für die beste Freundin ihrer Tochter hielt, und ihr Blick verriet, wie beeindruckt sie war, als sie erfuhr, dass Vanessa Collegeprofessorin war.

»Rita hat sich immer mit anständigen Menschen umgeben«, erklärte sie und drückte Vanessas Hand. Das sollte ein Kompliment sein, sowohl für sie selbst als auch für Vanessa. Immerhin rechnete sie es sich an, ihre Tochter richtig erzogen zu haben.

Sie blieb nur lange genug, um zu sehen, wie der Sarg unter der Erde verschwand. Sie schniefte sich durch die Messe, spielte mit einem kleinen Spitzentaschentuch und nickte bestätigend, als der Priester erwähnte, was für eine gute Tochter Rita gewesen sei.

»Sie hat mir immer Geld geschickt, wissen Sie«, flüsterte sie Vanessa zu, »und immer so liebe Briefe geschrieben.«

Die Mutter lehnte Dannys Angebot, sie zum Essen einzuladen ab; irgendwie schien sie ihn zu missbilligen.

Als Dave ihn danach fragte, erklärte Danny: »Sie wusste, dass wir nicht verheiratet waren, und dachte, ich hätte ihre Tochter nur ausgenutzt. Sie glaubt, Rita sei Einkäuferin für eine Kaufhauskette gewesen. Ich habe es nicht für nötig gehalten, an diesem Glauben etwas zu ändern. Die meisten dieser Mädchen haben Eltern, die sie für Geschäftsfrauen halten.«

Vanessa merkte an: »Na ja, das sind sie ja auch.«

»Wahrscheinlich schon«, nickte Danny.

»Lasst uns etwas trinken gehen und unseren nächsten Schritt gegen das Arschloch planen, das für all das verantwortlich ist«, schlug Dave vor.

Sie entfernten sich von der presbyterianischen Kapelle und gingen in eine Bar, die ein Stück weit die Straße runter lag. Es gab allerdings nicht sonderlich viel zu besprechen. Keiner von ihnen wusste, wo der Engel sich aufhielt, und selbst wenn sie es gewusst hätten, hatten sie nichts weiter anzubieten. Sie waren noch genauso hilflos wie zuvor.

Sie blieben bis abends um acht dort, dann gingen zu zusammen zu Dave und tranken Kaffee, nach dem Vanessa sich dann entschuldigte und mit dem Taxi nach Hause fuhr.

Tom Shimchak wartete in der Dunkelheit. Er saß im Sessel, rauchte eine Zigarette und genoss das entspannte Gefühl, ohne Einladung in der Wohnung einer Frau zu sein. Er musterte die Glut seiner Zigarette, wie manch anderer einen Stern gemustert und seine Schönheit bewundert hätte. Tom hatte schon immer gerne geraucht, aber für ihn war es auch eine Notwendigkeit: Er arbeitete als Anwalt für einen Tabakkonzern. Von ihm wurde erwartet, dass er rauchte.

Tom war der Enkel eines polnischen Einwanderers. Der Vater seines Vaters war 1939 aus Warschau geflohen, als die Nazis das jüdische Ghetto eingerichtet hatten. Damals hatte man den Familienname noch Szymczak geschrieben, aber Tom hatte ihn geändert, als er nach Harvard gegangen war. Es war schon okay, polnische Wurzeln zu haben, darauf war er sogar stolz, aber es war furchtbar nervtötend gewesen, jedem Behördenmenschen dreimal seinen Namen buchstabieren zu müssen.

Tom war in die Wohnung gekommen, weil er Vanessa vermisste, seit sie sich getrennt hatten. Er hatte ihren Bewährungshelfer angerufen und mit dem geredet und dann beschlossen, sie auf gut Glück zu besuchen. Sie würde überrascht sein, ihn zu sehen, aber jetzt, wo er den Schock des Feuers überwunden hatte und wusste, was das alles zu bedeuten hatte, konnte er besser damit umgehen.

Er hörte, wie sie die Tür aufschloss, und setzte ein Lächeln auf.

Vanessa kam herein, hantierte mit ihrer Tasche und machte das Licht an. Sie machte noch ein paar Schritte in den Raum, bevor sie hochschaute. Als sie ihn entdeckte, sprang sie erschrocken zurück.

»Scheiße«, rief sie wütend, »was machst du denn hier?«

Er drückte seine Zigarette im Aschenbecher aus.

»Ich vermisse dich«, erklärte er. »Und ich dachte, dir ginge es vielleicht genauso.«

Sie legte ihre Handtasche weg und zog ihren Mantel aus.

»Ich treffe mich mit einem anderen.«

Eine Hand drang in Toms Brustkorb ein und zerquetschte seine Lunge. Wortlos starrte er sie an. Sie trug eine schicke weiße Bluse und einen engen blauen Rock. Ihre Augen waren wie immer eulenhaft, aber hübsch. Sie sah hinreißend aus. Er hatte keine Frau mehr gehabt, seit sie sich getrennt hatten, da er nach diesem Scheiß mit dem Feuer zu nervös gewesen war, um ein Schlafzimmer zu betreten, in dem sich eine Frau befand. Er war ein sensibler Mann. Er nahm seine Brille ab und gab vor, sie zu putzen, um seine Beschämung und seinen Ärger zu verbergen. Dann setzte er sie wieder auf, da er wusste, dass er ohne das schillernde Gestell irgendwie kraftlos wirkte. Sein blasses Gesicht brauchte eine Verzierung, die ihm Stärke und Farbe verlieh.

»Du … du tust was?«

»Ich … treffe … mich … mit … einem … anderen … Mann«, sagte sie mit übertriebener Betonung, als wäre er ein Sechsjähriger, was ihn nur noch wütender machte. »Ist das so schwer zu verstehen?«

»Nein, nein, nicht schwer zu verstehen. Kein Grund, mich runterzuputzen. Es ging nur ziemlich schnell, das ist alles. Wer ist es?«

Ihre Stimme wurde ein wenig weicher, aber sie sagte: »Das geht dich überhaupt nichts an, Tom.« Sie verschränkte die Arme vor der Brust und starrte ihn an. »Hör mal, Tom, es tut mir leid, was passiert ist. Das war eine schreckliche Sache, und ich wünschte, ich könnte sie ungeschehen machen, aber du hast mich angezeigt. Du hattest deine Rache, deine Gerechtigkeit, wie immer du es nennen willst. Und jetzt ist alles vorbei. Wenn du ein bisschen verständnisvoller gewesen wärst, versucht hättest, den Grund dafür rauszufinden …«

Er stand auf und strich mit den Fingerspitzen über ihre Ellbogen.

»Das will ich doch. Ich will es verstehen.«

»Dazu ist es zu spät. Es ist vorbei.«

Sie versuchte, von ihm zurückzuweichen. Sein Ärger verwandelte ihn plötzlich; er packte sie, hielt ihre Arme an ihren Seiten fixiert und spürte ihre Brüste an seinem Hemd. Es war nicht fair. Er brauchte sie. Er hatte eine Erektion.

»Bitte, Vanessa, um der alten Zeiten willen.«

»Lass mich los, Tom.«

Sie kämpfte gegen ihn an und klang ein wenig ängstlich.

Doch das beschämte ihn nicht, sondern spornte ihn nur weiter an. Er spürte Hitze in sich aufsteigen.

»Halt still, verdammt, ich werde dir nicht wehtun.«

»Du wirst *gar nichts* tun, Tom.«

Als er versuchte, sie zu küssen, und sie den Kopf zurückriss, fiel ihre Brille zu Boden.

Außer sich vor Wut schleuderte er sie auf den Teppich und ließ sich schwer auf sie fallen, wobei er an ihrer Bluse zerrte und das Vorderteil zerriss. Er war jetzt völlig weggetreten, in seinem Kopf dröhnte ein hohes Summen. Er riss ihr den BH runter und biss in das weiche, weiße Fleisch darunter. Ein schriller Schrei brachte ihn wieder zur Vernunft.

Er starrte in ihr schmales Gesicht, in ihre Augen. Seine Zähne hatten einen leuchtend roten Fleck auf ihrer Brust hinterlassen. Er blinzelte hektisch.

»Tom«, keuchte sie, »tu das nicht, bitte, Tom.«

»Du willst es doch«, erwiderte er.

»Nein, nein, ich bin nicht erregt. Ich habe Angst, Tom. Mach nicht diesen Fehler. Dave wird dich umbringen, wenn er es herausfindet.«

Er packte sie noch fester.

»Dave?«

»Er ist ein Cop. Er wird dich umbringen.«

»Nein, wird er nicht. Er wird es nicht wissen. Du darfst es ihm nicht sagen.«

Tom griff nach unten und zog am Bund von ihrem Rock, bis dieser aufriss. Dann drückte er mit seiner rechten Hand gegen ihre Kehle, damit sie liegen blieb, und zog ihr mit der linken den Rock aus. Dann zerfetzte er Strumpfhose und Slip. Seine Stärke überraschte ihn. Er hatte immer gedacht, er sei körperlich eher schwächlich, aber eigentlich war er sogar ziemlich stark.

»Oh, Gott«, schrie Vanessa. »Bitte, tu das nicht, Tom.«

»Mach doch nicht so ein Drama draus. Wir haben das schon mal gemacht, Dutzende Male sogar. Erinnerst du dich? Denk einfach an früher, es ist genau das Gleiche. Früher hast du mich darum *gebeten.* Du hast mich angerufen und gesagt, lass es uns heute noch tun, irgendwo …«

»Das war *damals,* das war … Lass meinen Hals los, Tom. Lass los. Ich ersticke. Okay, du darfst es tun. Ich werde es dich tun lassen. Wir tun es noch ein letztes Mal.«

Er entspannte seine rechte Hand. Der Geruch ihres Parfums hing ihm in der Nase. Es machte ihn wahnsinnig. Teure Marke. Er hatte es ihr selbst gekauft. Ein Geschenk, als sie noch zusammen gewesen waren. Er hatte es am Flughafen gekauft, als er einmal aus Florida zurückgekommen war.

»Schon besser. Alles wird gut, du wirst schon sehen. Es wird dir gefallen, wie es dir immer gefallen hat.«

Sie strich ihm übers Haar.

»Tom, würdest du für mich … du weißt schon, was? Du weißt doch, wie ich es gern hatte. Du warst der Einzige, der das für mich getan hat.«

Er lächelte.

»Sicher, Süße. Ich weiß, was zu tun ist.«

Er glitt an ihrem Körper hinunter und küsste die Innenseite ihrer Schenkel. Plötzliche kreuzte sie die Beine und umschlang seinen Hals. Er spürte, wie sein Kinn zurückgeschoben wurde, ihr Venushügel gegen seinen Hals drückte und ihre Schamhaare rau an der zarten Haut an seiner Kehle kratzten. Ihr Schambein presste sich gegen seinen Adamsapfel.

»Hey«, brüllte er, aber es klang erstickt.

Sie rollte sich auf die Seite, um ihre Beinklammer zu verstärken. Jetzt lagen sie im rechten Winkel zueinander, er starrte an die Decke, während sie auf der Seite lag, das rechte Bein über seiner Kehle, das linke in seinem Nacken. Sie verstärkte den Druck, so dass sein Kopf zurückgezwungen wurde. Er versuchte, sie zu packen und zu kneifen, damit sie losließ, aber je mehr Schmerz er ihr zufügte, umso fester drückte sie ihre starken Beine zusammen, bis er dachte, dass gleich sein Rückgrat brechen würde.

»Bitte«, flehte er und suchte vergeblich an ihren Oberschenkeln nach Halt, um ihre Beine auseinander zu ziehen. »Vanessa.«

»Du Mistkerl, ich sollte dir das Genick brechen.«

Ihre Vagina presste sich fest an seinen Hals, aber es war kein angenehmes Gefühl. Sie erwürgte ihn. Er wurde schwächer. Er bekam zwar noch ein wenig Luft, aber ihr Knochen drückte auf eine Arterie, die hinter seinem Ohr verlief. Grelle Lichtflecke erschienen vor seinen Augen. Das Zimmer begann sich aufzulösen. Er wusste, dass er sterben würde, wenn sie ihn nicht losließ.

Dann spürte er, wie ihre Beine sich lösten. Er wurde von einem Fuß zur Seite geschoben. Er rollte sich zusammen und hustete, dann wurde er von Schwindel gepackt, als das Blut in seinen Kopf rauschte. Sie trat noch einmal nach ihm, mit der nackten Ferse. Wahrscheinlich war ihr gar nicht bewusst, wie wenig noch gefehlt hätte, ihn umzubringen. Schließlich setzte er sich auf und sah sie an.

»Verschwinde«, hörte er sie sagen. »Steh auf und verpiss dich.«

Sie reichte ihm seine Brille, die er während des Kampfes verloren hatte. Als er so dort saß, spürte er Feuchtigkeit im Schritt. Er schaute nach unten und sah, dass seine Hose offen war. Wann hatte er sie denn aufgemacht? Er zog den Reißverschluss hoch. Schließlich kam er unsicher auf die Füße und ließ sich von ihr zur Tür schieben.

»Es tut mir leid«, flüsterte er rau. »Entschuldige.«

»Komm nie wieder, Tom. Ich will nie wieder etwas von dir sehen oder hören, verstanden? Ich werde das hier niemandem erzählen, aber ich will, dass du für immer aus meinem Leben verschwindest.«

Sie öffnete die Wohnungstür und versetzte ihm einen Stoß.

Er nickte und stolperte in den Flur hinaus.

Draußen auf der Straße war es kalt. Er zündete sich eine Zigarette an, inhalierte langsam und starrte über die leere Straße. Er konnte immer noch ihr Parfum auf seiner Kleidung riechen, aber sein Bild von ihr hatte sich verändert. Das Bild, das er früher an diesem Abend noch in sich getragen hatte, war nun von Wildheit verzerrt. Es war, als hätte er eine Ikone mit sich rumgetragen, die nun von einer Vandalin zerfetzt, verunstaltet und geschändet worden war.

Nethru streifte durch die Straßen und Gassen, immer auf der Suche nach einer Spur von der Frau. Er war ihr bis hierher gefolgt und hatte sie dann an der letzten Ecke verloren. Sie musste irgendwo in der Nähe sein. Aber wo? Diese Wohnblöcke beherbergten Hunderte, wenn nicht sogar Tausende von Sterblichen. Wie sollte er sie in dieser Vielzahl von Unterkünften finden? Wäre sie ein Dämon gewesen und er ein Engel, wäre es relativ einfach gewesen. Er hätte den Geruch des Bösen bis zu seiner Quelle verfolgen können.

Aber sie war kein Dämon, und er war kein Engel. Nethru war nicht klar gewesen, wie schwierig es werden würde, normale Menschen zu finden, wenn man ein Fremder war, der kaum etwas darüber wusste, wie die Dinge in dieser Welt der Sterblichen funktionierten. Er war ihr zufällig begegnet. Das würde wohl kaum noch einmal passieren. Als Engel hatte er keine Transportmittel gebraucht, oder einen Schlafplatz und

Schutz vor der kalten Nachtluft. Jetzt war er ein Dämon, und all diese Dinge waren notwendig, und er hatte keine Ahnung, wie er sie bekommen sollte oder wie man sie benutzte, wenn man sie einmal hatte. Er würde es lernen müssen, und zwar sehr schnell, wenn er diese Polizisten finden wollte.

Eine Gestalt ging am Ausgang der Gasse vorbei, in der Nethru stand und nachdachte. Nethru nahm einen Duft wahr, der von einer leichten Brise in die Gasse getragen wurde. In seinen Lenden zuckte etwas, gefolgt von einem seltsamen Gefühl. Sein Penis war steif. Jetzt war da etwas, das er der Frau antun konnte, bevor er sie tötete. Schnell folgte er der Gestalt.

Doch als Nethru aus der Gasse trat, sah er, dass es gar nicht sie war, sondern ein Mann. Hastig ging er hinter dem Mann her und holte ihn an der nächsten Ecke ein.

»Du warst bei der Frau«, sagte er. »Du hast ihren Geruch an dir.«

Der Mann wirkte erst überrascht, dann schuldig.

»Was?«

Der Mann blinzelte nervös. Seine blauen Augen in dem fahlen Gesicht blickten ängstlich. Er zog sich mit zitternden Händen die lose Kleidung zurecht. Nethru erkannte, dass irgendetwas geschehen war, aber er war sich nicht sicher, was es gewesen sein könnte.

»Die Frau, wo ist sie?«

»Ich habe keine Ahnung, wovon Sie reden. Welche Frau? Sie sehen mir nicht wie ein Cop aus. Wer zur Hölle sind Sie?«

Nethru packte den Mann an der Kehle und drückte ihn gegen eine Mauer. Das Gesicht des Sterblichen verzerrte sich wütend.

»... verdammt nochmal, lass los!«, schrie der Mann und trat heftig mit den Füßen nach Nethrus Schienbeinen.

»Ich will wissen, wo die Frau ist.«

»Ich habe keine Ahnung, wovon du redest, du Spinner. Ich bin Anwalt. Dafür werde ich dich drankriegen.«

Der Mann fühlte sich weich an. Er hatte schöne, helle Haut. Nethrus Erregung, die durch das Parfum und andauernde Gedanken daran, was er mit der Frau anstellen würde, wenn er sie gefunden hatte, geweckt worden war, war noch immer da. Vielleicht würde diese Sache auch mit diesem hellhäutigen Mann funktionieren? Er berührte den Mann an einer intimen Stelle seines Körpers.

Wieder schrie der Mann auf.

»Was zur Hölle machst du da? Lass mich in Ruhe, du Schwuchtel!«

»Warum?« Nethru umschlang den Mann wie in einer Umarmung und drückte ihn gegen die Mauer.

Angst, die tief aus seinem Inneren aufstieg, verzerrte das Gesicht des Mannes. Nethru hatte irgendeinen dunklen Schrecken heraufbeschworen, der dafür sorgte, dass er sich noch wesentlich heftiger wehrte als bei reiner Gewaltandrohung. Außergewöhnliche Stärke breitete sich in ihm aus, und der Mann begann, um sich zu schlagen, zu treten und den Dämon mit einer Wildheit in Wangen und Nase zu beißen, die Nethru einem solchen Wesen gar nicht zugetraut hätte. Die Angst vor einer Vergewaltigung machte den Mann fast wahnsinnig, und er begann, Nethru seinen Kopf ins Gesicht zu rammen, wobei seine Brille kaputtging. Hier fand kein Denkprozess mehr statt, es gab nur noch wahnsinnige Angst, die den Menschen zu außergewöhnlichen Kraftanstrengungen trieb.

Es war nutzlos. Diese Wesen waren alle nutzlos für ihn. Keiner von ihnen konnte ihm helfen. Vielleicht rochen ja alle Frauen gleich? Nein, das stimmte nicht. Aber vielleicht einige von ihnen. Nethru entschied, dass er mit diesem Lebewesen hier seine Zeit verschwendete.

Mit einer schnellen Bewegung schlug Nethru den Schädel des Mannes gegen die Mauer, so dass er an mehreren Stellen brach und der Körper in seinem Griff schlaff wurde. Dann trat er auf die Fahrbahn, hob einen Gullideckel an und ließ die Leiche in den Kanal fallen. So würde sie in einen anderen Teil der Stadt getragen und vielleicht für eine Weile unentdeckt bleiben. Er wollte die Frau nicht in Alarmbereitschaft versetzen. Es war am besten, wenn sie ahnungslos blieb, bis er sie gefunden hatte. Falls sie diesen Sterblichen kannte und er tot in ihrem Viertel gefunden wurde, könnte sie misstrauisch werden.

Er sah sich noch einmal prüfend in den Straßen um, bevor er sich schnell zurückzog.

24

Sie trafen sich zu dritt in Daves Wohnung und versuchten, eine vernünftige Lösung für ihr Dilemma zu finden.

»So wie ich das sehe, stehen unsere Chancen nicht allzu gut«, meinte Danny. »Wenn dieses Wesen uns kriegen will, wird es das auch. Wir können uns nirgendwo verstecken, es gibt keinen Ort, wo er uns nicht finden könnte. Wir haben keine Waffe, die wir gegen ihn einsetzen könnten – oder zumindest wissen wir von keiner. Was können wir da noch machen?«

»Wir können hoffen, dass irgendetwas passiert«, erwiderte Dave und ließ die Eiswürfel in seinem Glas klappern. »Ihn weiter einkreisen. Um ihn herumschleichen. Vielleicht passiert ja etwas. Irgendwas.«

Aus reiner Gewohnheit stand Dave, sobald er seinen ersten Durst gestillt hatte, auf und ging zu seinem Anrufbeantworter. Er drückte die Abspieltaste. Eine Nachricht von Celias Eltern, um den Kontakt nicht abreißen zu lassen. Dann kam Mallochs Stimme aus dem Lautsprecher: »Ich muss euch sehen. Am Telefon will ich nicht darüber reden. Trefft mich bei dieser Adresse …« Es folgte der Name eines Lagerhauses in der Nähe.

»Bingo!«, rief Dave.

Vanessa meinte: »Bist du nicht ein bisschen voreilig? Das könnte alles Mögliche bedeuten.«

»Meinst du, er würde sich die Mühe machen anzurufen, nur um uns schlechte Neuigkeiten zu überbringen? Was könnte denn schlimmer sein als das, was wir schon hinter uns haben? Hunderte von Menschen sind bei lebendigem Leibe verbrannt. Jeder von uns hat auf diese Weise jemanden verloren. Wir werfen nicht einfach das Handtuch, nur weil wir ein paarmal danebengelegen haben. Dieser Gegner muss irgendwie zur Strecke gebracht werden, und wir kommen bestimmt nicht weiter, indem wir nur auf unseren Hintern sitzen und uns beklagen, dass wir nichts tun können.«

Er hob die Zeitung auf, die neben dem Zeitschriftenständer lag, wo er sie hingeworfen hatte.

»Lies! Wir haben in diesem Bezirk der Stadt keine Polizeiwache und keine Cops mehr. In drei Tagen werden sie in einer ehemaligen Sporthalle ein provisorisches Hauptquartier für uns einrichten. Sie werden Polizisten aus anderen Stadtteilen verpflichten und versuchen, eine gewisse Ordnung in das Chaos zu bringen, das unser Freund hinterlassen hat. In der Zwischenzeit versammelt sich hier der Abschaum der ganzen Stadt. Es ist wie bei dem großen Blackout in New York: Alle Galgenvögel versuchen, so viele Straftaten wie möglich zu begehen, bevor die Jungs wieder im Einsatz sind. Hier werden Menschen verletzt.«

»Okay, okay«, murmelte Danny. »Lass uns gehen und uns anhören, was Malloch zu sagen hat.«

»Und was ist mit mir?«, wollte Vanessa wissen. »Ich will nicht alleine hierbleiben.«

»Sie sollte besser mitkommen«, meinte auch Danny.

Dave nickte.

»Ja, ich schätze, du bist sicherer, wenn du bei uns bist. Rita war allein, und jetzt ist sie tot.«

Als sie das Lagerhaus erreichten, war dort alles dunkel. Das einzige Geräusch bildete der übliche Hintergrundlärm der Stadt. Sie kamen auf dem Weg dorthin an zwei Bränden vorbei, aber es hatte keinen Sinn, anzuhalten und sie zu untersuchen. Wenn der Engel sie ausgelöst hatte, wäre er längst weg. Außerdem hatten sie immer noch keine Ahnung, was sie tun sollten, wenn sie ihn endlich gestellt hatten.

Dave stellte den Motor ab und sah sich gründlich um. Auf dem Parkplatz standen keine Autos, und es schien sich nirgendwo etwas zu rühren, nur ein paar leere Fast-Food-Schachteln wehten über die Straße. Ansonsten war es hier still und, der Gedanke drängte sich einem geradezu auf, ein wenig unheimlich. Während er in die Dunkelheit starrte, verspürte Dave keinerlei Bedürfnis, auszusteigen und in den finsteren Ecken nach Dämonen zu suchen. Ihm war der Gedanke gekommen, dass der Engel wahrscheinlich ein brillanter Imitator war: Er verfügte über die Macht von Licht und Dunkelheit, und man musste davon ausgehen, dass er auch andere physikalische Gesetze manipulieren konnte. Am Telefon Mallochs Stimme zu imitieren wäre für so ein Wesen ein Leichtes. Unwillkürlich zitterte Dave, und zum ersten Mal in seinem Leben war seine Angst stärker als sein Pflichtgefühl.

Die beiden anderen waren genauso still geworden wie er,

und es schien, als würden sie darauf warten, dass er den ersten Schritt machte oder zumindest vorschlug, wie der aussehen sollte.

Also sagte Dave zu Danny: »Einer von uns muss reingehen und nach ihm suchen.«

»Mach du das«, erwiderte Danny. »Ich hasse düstere Lagerhäuser.«

»Na, das ist ja mal eine tolle Ausrede«, fauchte Dave. »Ich mag sie auch nicht besonders.«

»Es war deine Idee.«

Vanessa mischte sich ein: »Ist das die übliche Vorgehensweise der Polizei in dieser Stadt? Zwei Cops streiten sich darüber, wer im Wagen bleibt und wer die Verhaftung vornimmt?«

»Hier wird es keine Verhaftung geben«, erwiderte Dave, »sonst würden wir beide reingehen.«

Seufzend schluckte Dave seine Angst runter und holte eine Taschenlampe aus dem Handschuhfach. Dann stieg er aus und schaltete die Taschenlampe ein. Danny blieb im Wagen, was Dave zu der Frage brachte, ob sein Partner ihm nun folgen würde oder nicht. Er sah sich nicht nach ihm um, denn falls Danny gerade dabei war, seinen Mut zusammenzunehmen, würde ein Blick zurück seinen Partner nur demütigen.

Dave ging zu dem großen Tor, durch das die Lkws während der Geschäftszeiten in die Halle fuhren. Es war verschlossen. Er rüttelte daran und überprüfte die Scharniere, aber nichts rührte sich.

Er ging um die Ecke und suchte die Außenmauer ab. Auf dieser Seite gab es keinen Zugang. Also marschierte er zur anderen Ecke. Hier hatte er mehr Glück. Im Schein der Taschenlampe entdeckte er eine schmale Tür, die von einem Luftzug aufgedrückt wurde.

Er ging hindurch und betrat die Halle. Drinnen war alles leer, bis auf ein paar Pappkartons, die in einer Ecke aufgestapelt waren. Dave suchte nach einem Lichtschalter, fand aber keinen.

»Malloch?«, rief er. Seine Stimme hallte durch das leere Lagerhaus.

Dann knarrte eine Tür. Dave hob seine Taschenlampe und entdeckte eine Reihe von Büros auf einer Empore. Der Strahl wurde von einem Fenster reflektiert, und Dave zuckte kurz zusammen, bevor er realisierte, was das war. Sein Herz pochte in seiner Brust wie das eines kleinen Tierchens, das vor einer Raubkatze hockt. Er spürte, wie seine Hände feucht wurden.

»Sind Sie da oben, Malloch?«

Immer noch keine Antwort. Wieder knarrte die Tür. Oder war das ein anderes Geräusch? Ein leises, menschliches Stöhnen? Dave konnte sich gerade noch davon abhalten, wieder nach draußen zu rennen. Hätte sich in diesem Lagerhaus eine brutale Straßengang versteckt, wäre er voller Entschlossenheit weitergegangen, vielleicht sogar voller Eifer, doch jetzt, wo er es mit übernatürlichen Kräften zu tun hatte, widerstrebte es ihm, auch nur einen Schritt in die Richtung zu machen, aus der das Geräusch kam.

Dave nahm die Taschenlampe in seine linke Hand und holte mit der rechten seine Pistole aus dem Holster. Ihr Gewicht vermittelte ihm ein Gefühl von Sicherheit. Sie mochte ja nutzlos sein, aber mit ihr fühlte er sich wesentlich wohler.

Irgendwo auf der Empore über ihm schwang eine Tür auf, und jetzt konnte er einen starken Geruch wahrnehmen. Wie verbranntes Gummi. Er strömte zu ihm herunter und zerrte an seinen Nerven.

»Wer auch immer Sie sind, ich komme jetzt rauf«, rief Dave, wobei er versuchte, das Zittern aus seiner Stimme zu verdrängen.

Er ging Stufe für Stufe die Treppe hinauf, die 38er schussbereit ausgestreckt. Das Geräusch seiner Ledersohlen auf den Stufen kam ihm monströs vor: Als würde ein Riese auf eine Trommel einschlagen. So werden Hausmeister erschossen, sagte er sich, aber darüber konnte er sich jetzt keine Gedanken machen. Die Sorge, gleich sterben zu können, trieb ihm den Schweiß auf die Stirn. In ein paar Sekunden würde er wahrscheinlich in Flammen aufgehen, aber er wollte zumindest noch ein paar Schüsse abgeben.

Als er oben ankam, hörte er wieder dieses Geräusch, und diesmal erkannte er es als schmerzerfülltes Stöhnen. War das ein Trick? Wenn es Malloch war, warum meldete er sich dann nicht und zeigte, dass er es war? Er wusste doch, dass Dave kommen würde. Es ergab keinen Sinn.

An der ersten Tür blieb Dave stehen und schob sie mit dem Fuß auf. Sie schwang schnell auf, prallte gegen die Wand, die zur Hälfte aus Glas bestand, und ließ die Scheibe klirren. Dave ließ den Strahl der Taschenlampe durch den Raum gleiten, entdeckte einen Schreibtisch und einen Aktenschrank, dessen leere Schubladen neben dem Korpus aufgestapelt waren. Das war alles, bis auf ein paar Flugblätter, die über den staubigen Boden verteilt waren.

Der Geruch war hier stärker, und es roch jetzt nicht mehr nach qualmendem Gummi. Es war verbranntes Fleisch. Verkohltes Fleisch.

Er zögerte, da das schlechte Gefühl, das dieser Ort ihm vermittelte, ihn durchdrang und in seinem Magen rumorte.

Vielleicht sollte er besser Danny holen?

Er entschied sich dagegen und ging weiter. Das nächste Büro unterschied sich kaum von dem ersten. Dann erreichte er das dritte Zimmer. Als er die Tür öffnete, hätte der Geruch ihn fast umgehauen. Er ließ den Lichtstrahl über den Boden gleiten. Ein Tisch und ein Aktenschrank.

Sonst nichts.

Dann machte es in seinem Gehirn klick.

Er richtete den Strahl wieder auf den Aktenschrank. An der von ihm abgewandten Seite ragte etwas Schwarzes heraus, etwas Widerwärtiges. Das widerwärtige schwarze Ding bewegte sich und jagte Dave einen eiskalten Schauer über den Rücken. Er wollte wirklich nicht sehen, woran dieses schwarze, widerliche Etwas befestigt war.

Wieder so ein leises Stöhnen.

Dave ging langsam in den Raum, hielt sich möglichst weit von dem Aktenschrank entfernt und richtete den Lichtstrahl auf die Stelle zwischen dem Schrank und der Zimmerecke. Was er dort sah, ließ ihn zusammenzucken und weckte, obwohl er halb damit gerechnet hatte, den Wunsch in ihm, schreiend aus der Halle zu laufen. Stattdessen schluckte er schwer und würgte die Galle hinunter, die ihm in die Kehle stieg.

In den Zwischenraum war eine verkohlte schwarze Masse gequetscht, die den Gestank verströmte. Die Masse hatte zweigartige Auswüchse, die einmal Arme und Beine gewesen waren, und einen mit furchtbaren Blasen überzogenen Klops auf etwas sitzen, das wohl früher seine Schultern gebildet hatte. Am Oberkörper hingen Überreste von Kleidung, die immer noch leicht qualmten. Die Augen waren in der Hitze geplatzt und über den freigelegten Wangenknochen verlaufen.

Wieder ein Stöhnen.

»Peters.«

Diesmal schlug Daves Gehirn Purzelbäume. Dieses ekelhafte Ding, das einmal ein lebendiges Wesen gewesen war, flüsterte seinen Namen.

Er musste seine gesamte Willenskraft aufbringen, um durch das Zimmer zu gehen und sich neben die sterbende Gestalt zu knien.

»Der Engel?«, fragte er, während er ein Würgen unterdrückte.

»Weg«, kam die schwache Antwort.

»Was ist passiert? Wer bist du?«, fragte Dave und schluckte hektisch, als ihm wieder der bittere Geschmack in den Mund stieg.

»Peters«, krächzte die Gestalt, »ich bin … ich bin …« Es klang wie *Maler.* Malloch?

»Malloch? Sind Sie das?«

Die Kreatur nickte.

»Wer hat das getan? Der Engel?«

Wieder ein Nicken, dann schoss ein spröder, zweigartiger Arm vor und packte ihn am Kragen. Verkohlte Finger, die erstaunlich stark waren, zogen ihn zu den verbrannten Lippen hinunter, wie zu einem Kuss. Dave zuckte angewidert zurück und stieß einen Schrei aus. Bei dem Versuch, dem Griff des Dämons zu entkommen, zerriss er sich das Hemd, doch sein Gegner ließ ihn nicht los. Schließlich gab Dave nach und hielt sein Ohr an den von Blasen überzogenen Mund.

»Der Engel«, krächzte Malloch.

»Ja, das habe ich doch gesagt.«

»Nicht mehr.«

Es dauerte ein paar Sekunden, bis er diese Aussage verstanden hatte. Der Engel war kein Engel mehr. Aber was war er dann?

»Ist er jetzt menschlich?«, fragte Dave.

Der verbrannte Schädel bewegte sich hin und her.

»Gefallen«, formten die Lippen.

Dann konnte Dave sich zurückziehen, um über dieses Wort nachzudenken. Es gab keinen Zweifel, was es bedeuten sollte. Gefallen. Der Engel war gefallen. Er war in Ungnade gefallen, hatte die direkte Verbindung verloren, die zwischen Gott und allen Wesen, die er geschaffen hatte, bestand. Der Engel war jetzt ein Dämon, wie alle, die er jagte – gejagt *hatte.*

»Kann er sterben?«

»Nicht normal«, flüsterte Malloch. »Feuer, nur Feuer. Besser heiliges Feuer. Benutzt heiliges Feuer.«

Wo zur Hölle bekam man heiliges Feuer her?

»Okay, ich habe verstanden. Er ist jetzt ein Dämon, der durch Feuer zerstört werden kann. Hat er dir das angetan?«

Der schreckliche Kopf nickte.

»Womit hat er das getan?«

»Benzin, Bombe.«

»Oh, wie tief die Mächtigen doch fallen. Diesmal hat man ihm so richtig die Flügel gestutzt. Was ist mit dir, Malloch? Kann ich irgendetwas für dich tun?«

Kopfschütteln.

»Lass mich.«

»Wirst du sterben?«

»Ja, bald. Haut weg. Fleisch verbrannt. Sterbe, starke Schmerzen.«

Der Dämon tat Dave leid.

»Kann ich … kann ich es dir irgendwie leichter machen, dafür sorgen, dass es schneller geht? Vielleicht mit meiner Waffe?«

Kopfschütteln. Nein, es gab keine Möglichkeit, den Tod eines Dämons zu beschleunigen. Er musste sich in seinem eigenen Tempo auflösen. Malloch hatte noch eine Information, die er loswerden wollte. Seine Lippen öffneten sich noch einmal: »Dämon heißt Nethru.«

»Nethru?«

25

Nethru war überrascht, wie wenig Befriedigung ihm der Tod von Malloch verschaffte. Vor diesem Erfolg hatte er gedacht, er würde von einem erhebenden Gefühl des Triumphs erfasst werden. Jetzt war es vorbei, Malloch war vernichtet, aber er spürte nur eine geistige Leere. Er fragte sich, ob ihm jetzt, wo er ein Dämon war, je wieder irgendetwas Befriedigung verschaffen würde.

Er versuchte, sich durch ein paar optimistische Vorhersagen zu seinen geplanten Aktionen aufzumuntern.

Wenn ich die beiden Polizisten töte, wird es anders sein, sagte er sich. Was ist schon der Tod eines anderen Dämons, verglichen mit dem Tod dieser penetranten Sterblichen? Die Süße der Rache stellte sich bestimmt nur bei den höchsten Zielen ein. Spitz und Peters waren seine wahren Ziele.

Aber erst musste er sie finden.

Wenn man selbst ein Mensch war, waren andere Menschen bestimmt leicht aufzuspüren, überlegte er. Bei der einen Gelegenheit, als er diese zwei Menschen finden wollte, hatte er sich an ihrem Beruf orientiert. Er war einfach dorthin gegangen, wo es Polizisten gab. Und sogar da war er gescheitert. Menschen verließen ihre Arbeitsstätten, um sich auszuruhen, aber Nethru hatte keine Ahnung, wie er diese Nester finden sollte, in denen die Menschen manchmal aßen und schliefen.

Er würde Waffen brauchen: Sie waren nicht so dumm, ihn nahe an sich heranzulassen. Außerdem war er jetzt ebenfalls verwundbar, und zwar gegenüber der Waffe, die er gegen andere eingesetzt hatte. Die Polizisten waren nicht dumm. Sie würden wissen, was man gegen ihn einsetzen konnte.

Waffen waren also absolut notwendig, aber Nethru mochte keine Schusswaffen. Das waren komplizierte mechanische Dinger, für ein übernatürliches Wesen absolut geschmacklos. Nethru war immer noch der Meinung, dass das Ätherische dem Physischen vorzuziehen war. Das lag in seiner Natur.

Und wenn man es genau nahm, arbeiteten Schusswaffen sehr simpel. Sie verliehen einem Geschoss hohe Geschwindigkeit, damit es in das Fleisch des Opfers eindringen konnte. Diese Geschosse waren nicht immer effektiv, sondern durchstießen manchmal den Körper, ohne eine tödliche Wunde zu hinterlassen. Das konnte Nethru auch erreichen, indem er einfach einen Stein schleuderte.

Es war schwierig, sich etwas anderes vorzustellen als Feuer, denn das war schon immer seine Waffe gewesen. Verbrennung. Das war sauber. Es war auf künstlerische Art zerstörerisch. Das war die Art der Engel. Er liebte das reine Konzept von Feuer. Man fand sein Ziel und brannte es nieder. Asche zu Asche. Rauch im Wind. Er hatte die Legionen der Ungläubigen in Feuerregen ertränkt, hatte zugesehen, wie sie durch die Hitze seiner Flammen zu einem Nichts verglühten. Er hatte sie mit Tod überzogen, Licht zum Himmel geschickt und das Böse zurückgeschleudert in die qualmenden Regionen der Hölle.

War das wirklich erst gestern gewesen, dass er die Macht des heiligen Feuers in seinen Fingerspitzen gehabt hatte? Er betrauerte seinen Verlust und fragte sich, wie er das ersetzen sollte. Neben der Fähigkeit, selbst Feuer zu erzeugen, würde jedes Gerät, das er benutzte, plump wirken.

Der Feuersturm, den er erschaffen hatte, um einen Dämon in Tokio zu töten, hatte beispielsweise einen ganzen Landstrich verwüstet. Tausend oder mehr Sterbliche waren in diesem Feuer gestorben: ein sauberer, süßer Tod. Er hatte beobachtet, wie sie verbrannt waren, hatte sich dafür aber nicht weiter interessiert, da er nur die Faszination für das Feuer spürte, für die Flammen, die bis zu den Wolken aufstiegen. Feuer war *Licht.*

Feuer war Feuer.

Das Hilfsmittel, für das Nethru sich schließlich widerstrebend entschied, ähnelte dem, das er auch schon sehr erfolgreich bei Malloch eingesetzt hatte. Die Menschen nannten es einen Molotowcocktail: eine Flasche voller Benzin mit einem Lappen als Zündschnur. Für einen gefallenen Engel war diese Brandbombe eine primitive Waffe, aber sie war effektiv. Und irgendwie war sie auch ein Tribut an Luzifer, den Lichtbringer, nun Satan, Fürst der Finsternis.

Er versteckte ungefähr ein halbes Dutzend Molotowcocktails in den Taschen seines Regenmantels.

Er hatte sie aus kleinen Bierflaschen gemacht, deren Glas dünner war als das der meisten anderen Behältnisse, die man ganz leicht in Müllcontainern finden konnte. Das Benzin hatte er aus einigen Autos abgezapft, wobei er mit einer schnellen Drehung des Handgelenks die Tankdeckel abgerissen hatte. Das Mittel zur Zündung des Benzins schließlich hatte er einem Passanten gestohlen, der erst überrascht und dann wütend gewesen war, als ihm das Feuerzeug aus der Hand gerissen wurde, während er sich eine Zigarette anzünden wollte. Doch Nethru war so schnell, dass dem Opfer nicht genug Zeit blieb, um nach Hilfe zu schreien.

Jetzt war er bewaffnet. Und er war bereit, seinen Feinden eine Nachricht zu schicken.

Der uniformierte Polizist ging nach seiner Nachtschicht nach Hause und wählte eine Abkürzung durch eine Seitengasse.

Binny Wilson, schwarz wie Teer und stolz darauf, war immer froh, wenn er die Nachtschichten hinter sich hatte. Der erste Teil war noch okay, wenn man sich warm und geborgen fühlte in einer schlafenden Welt, und auch ein bisschen besonders, weil man wach und wachsam war.

Aber später, so gegen halb fünf, wenn die Dunkelheit sich langsam verdrückte und graues Licht sie durchzog wie träger Rauch, dann nahm die Welt die Farbe von Zigarettenasche an, und alles war anders. Der Blutzuckerspiegel sackte ab, die Müdigkeit wurde immer drückender, und man dachte, man würde es nie schaffen, ohne zusammenzuklappen. An diesem Punkt einer Schicht könnte man auch auf einer Rasierklinge schlafen.

Gegen sechs überwand man dann die Trägheit und begann sich zu fragen, ob die Freundin wohl noch im Bett war, wenn man nach Hause kam. Man fing an, sich den Geruch der Laken vorzustellen, auf denen sie gelegen hatte, und den völlig anderen Duft ihres Parfums, der noch im Kopfkissen hing. Das eine der warme Geruch eines Körpers, das andere ein Duft, der einen in das Traumland der Fantasien schickte.

Und danach Steak mit Eiern.

Nach sechs kam einem die Nachtschicht schon nicht mehr so schlimm vor.

Als er die Gasse halb durchquert hatte, rappelte sich einer der drei Penner, die sich dort einen Schlafplatz gesucht hatten, hoch und baute sich vor Binny auf, was dem die heitere Stimmung verdarb.

»Wohin des Wegs?«, fragte der Penner und schlug seinen Regenmantel zurück. Er stand da wie einer der Revolverhelden in den Italowestern, die immer diese langen Ledermäntel trugen. Er sah aus, als wollte er gleich seinen Colt Peacemaker ziehen und jemanden ins Himmelreich befördern.

»Heim«, sagte der Cop. »Und jetzt mach den Weg frei, ich hab's eilig. Oder willst du, dass ich dich einbuchte?«

Er legte seine Hand auf seine 38er.

»Nur zu«, erwiderte der Penner lächelnd und nickte. Er hatte ein Feuerzeug in der Hand, das bereits zischend eine lange Flamme ausspuckte.

Der Cop war perplex. *Jesus,* dachte Binny, *das kann auch nur mir passieren, dass ich auf dem Heimweg nach dem Dienst auf so einen Spinner treffe. Warum konnte das nicht während der Schicht passieren, als ich etwas Ablenkung gebraucht hätte?* Man konnte diesen Pennern gut zureden oder man konnte sie mit Drohungen einschüchtern. Für die erste Methode war er zu genervt.

»Ich sollte dir eine Arschtritt verpassen, du verdammtes Stück Scheiße«, sagte er ruhig, während er sich gleichzeitig fragte, wozu das Feuerzeug gut sein sollte.

Der Penner grinste.

»Nimm ruhig deine Waffe. In weniger als einer Sekunde werde ich meine benutzen, und wenn ich vor dir anfange, wäre das nicht fair. Fertig?«

Binny schaute dem Spinner in die Augen und erkannte, dass er es ernst meinte. Die Straßen waren voller Irrer, und manche davon waren gemeingefährlich. Vielleicht hatte sich dieses Arschloch irgendwo eine Waffe besorgt und beschlossen, mit der Gesellschaft abzurechnen? Binny würde bestimmt nicht einfach so dastehen und sich von irgendeinem Psycho abknallen lassen.

Er griff nach seiner 38er.

Nethrus Hand war schneller als die jedes Westernhelden. Sie schoss in die Innentasche des Regenmantels und kam mit einer gefüllten Flasche wieder heraus. Er hielt das Feuerzeug an die benzingetränkte Lunte und warf die Flasche dann direkt über dem Cop an die Wand. Sie zersprang und ließ Flammen auf Kopf und Schultern des Polizisten regnen.

Binny, der immer noch mit dem Verschluss des Pistolenholsters kämpfte, schrie schmerzerfüllt auf. Er griff sich an die Augen und versuchte, die Flammen in ihnen zu ersticken.

Nethru holte einen zweiten Molotowcocktail hervor, der den Cop am Schädel traf, dort zerbrach und die blaue Uniform mit brennendem Benzin tränkte. Mit einem dumpfen Geräusch ging der Polizist in Flammen auf. Die beiden anderen Penner wurden abrupt geweckt, als Schreie an ihre Ohren drangen.

Sie sahen eine Feuersäule, die durch die Gasse torkelte und immer wieder gegen die Mauern stieß. Die Säule hatte Arme und Beine, mit denen sie wedelte, und schrie jetzt so laut, dass sie die ganze Nachbarschaft weckte. Die Penner beobachteten entsetzt, wie die menschliche Fackel gegen einen Müllcontainer prallte und dann unter krampfhaften Zuckungen zusammenbrach.

Der andere Typ, der bei ihnen in der Gasse geschlafen hatte, stand daneben. »Sagt Peters, das war Nethru ... sagt ihm, das war *der Engel*«, befahl er.

Dann ging der Typ davon. Er schien mit sich zufrieden zu sein. Vielleicht war er einer von diesen Brandstiftern, die auf Feuer abfuhren, aber es war einfach nicht richtig (meinte Jake), voller Freude zuzusehen, wie ein *Mensch* verbrannte. Nein (erwiderte Deke), das war es verdammt nochmal wirklich nicht.

Das sagten sie auch den anderen Cops, als diese ein paar Minuten später eintrafen, fingen dann aber an, miteinander zu streiten, als es darum ging, den Mann zu beschreiben, den sie gesehen hatten. Einer sagte, er sei blond gewesen mit einem Schnauzbart, der andere behauptete, dunkelhaarig mit randloser Brille.

Die beiden Penner wurden in das neue, provisorische Büro der Brandstiftungsermittler gebracht, zu D&D.

»Sie sind doch Mutter Teresa, oder?« Deke grinste und zeigte dabei seine fauligen Zähne.

»Für dich immer noch Detective Sergeant Peters, Deke«, meinte Dave.

Deke richtete sich empört auf.

»*Mr.* Deke … Trindall, Detective.«

»Du heißt aber nicht Trindall, sondern Turner.«

Deke nickte.

»Weiß schon, hatte es nur vergessen, deshalb hab ich mir was ausgedacht. Aber nah dran, oder?« Er grinste wieder.

Dave ertrug den Geruch, den der Penner verströmte, gerade lang genug, um eine grobe Beschreibung des Mörders zu bekommen. Deke erzählte, dass zu dieser Zeit noch ein anderer Penner in der Gasse gewesen sei, einer, der sich Jethro nannte und den Detective kannte.

»Er sagte, er würde mich kennen?«

Deke nickte. »Jepp. Meinte, wir sollten Ihnen sagen, dass es Jethro war.«

Jake, der gerade von Danny verhört wurde, schnaubte.

»Nicht *Jethro,* sondern *Ned Glue* der Engel, so hat der geheißen.«

»*Nethru?*«, fragte Dave scharf.

»Das hat er gesagt«, nickte Jake.

Die Forensiker riefen an und schilderten Dave den Tathergang.

»Wir haben Glasscherben auf und rund um Officer Wilsons Leiche gefunden«, erklärte Forensiker Dermot. »Unser Kollege ist durch eine selbst gebastelte Brandbombe umgekommen – genauer gesagt zwei, beide aus Bierflaschen. Lobo, ein mexikanisches Bier, wird in kleinen Flaschen aus dünnem, hellgrünem Glas verkauft. Der Mörder weiß, was er tut. Wenn ich einen Molotowcocktail bauen wollte, würde ich so eine Art von Flasche benutzen. Dünnes Glas, das beim Aufprall leicht bricht. Eine wurde mit solcher Wucht geworfen, dass sie auf dem Kopf des Opfers zerplatzt ist.«

»Woher wissen Sie das?«

»Durch Glassplitter, die im Kopf des Officers stecken.«

»Warum hat er den Kerl nicht erschossen?«

»Also, das ist jetzt aber wirklich Ihr Job«, meinte Dermot. »Ich liefere Ihnen nur die Puzzleteile, zusammensetzen müssen Sie sie schon selbst. Aber wenn ich raten müsste, würde ich sagen, dass die erste Bombe auf die Augen gehen sollte. So haben die Chinesen es immer gemacht, während der Tong-Kriege, auch wenn ihre Waffen ein wenig anders waren. Sie haben Glühbirnen genommen, in denen die Säure aus Autobatterien steckte. Erst die Augen, dann der tödliche Schlag – Messer, Beil, was auch immer. In diesem Fall eben Feuer.«

»Danke, das war sehr hilfreich.«

»Keine Ursache.«

Dave gab die Details an Danny weiter.

»*Zwei* Molotowcocktails?«, wunderte sich Danny. »Ist das nicht ein bisschen übertrieben? Was meinst du, was das soll?«

»Keine Ahnung, aber Dermot meinte, er braucht vielleicht erst mal etwas, das sein Opfer blendet, damit es nicht seine Waffe einsetzen kann. Es besteht immerhin die Möglichkeit, dass es etwas dagegen hat, verbrannt zu werden, und sich wehrt, bevor man das Streichholz anreißen kann.«

»Dermot ist ein Genie.«

»Ja, muss wohl das Alter sein«, meinte Dave. »Wenn man dreiundfünfzig wird, erlangt man wahrscheinlich ganz plötzlich absolute Weisheit.«

»Träum weiter«, meinte Danny. »Wenn wir diesen Typen nicht bald schnappen, können wir von Glück reden, wenn wir unseren nächsten Geburtstag noch erleben. Warum diese ganze Scheiße mit den Molotowcocktails?«

Dave seufzte schwer und nickte dann.

»Weißt du, was mich an dieser ganzen Sache wirklich ankotzt? Wir können hier kein sauberes Spiel spielen. Wir können das Arschloch nicht verhaften und vor einen Richter schleifen. Wir wären tot, bevor wir auf einen Meter an ihm dran wären. Wir müssen ihn umbringen, Danny.«

»*Töten.* Würdest du einem tollwütigen Hund seine Rechte vorlesen, bevor du ihn erschießt?«

»Nein.«

»Na, siehst du, Dave. Wir müssen ihn kriegen, bevor er uns kriegt, denn Nethru will uns genau das servieren, was Officer Wilson heute Morgen bekommen hat.«

26

Dave und Danny fuhren in ihrem Zivilwagen durch die nächtlichen Straßen. Da draußen in der Menge waren Dutzende von Süchtigen und Dealern unterwegs; den ein oder anderen konnten die beiden Cops auch identifizieren, aber heute Nacht ging es D&D nicht darum, Junkies oder Dealer zu schnappen, auch keine Zuhälter oder Nutten, Straßengangs oder Einbrecher. Sie suchten nach den Werkzeughändlern, bei denen man die Ausrüstung zum Töten kaufen konnte.

Sie schlichen durch das Rotlichtviertel, klapperten dann diverse versteckte Bars ab und schließlich, so gegen Mitternacht, die Clubs.

Sie parkten vor dem Smiley's, einer abgehalfterten Bar, die

sich nur über Wasser halten konnte, weil die Mafia sie als Umschlagplatz benutzte und hier gewisse Dinge gegen andere Dinge eingetauscht werden konnten. Hierher kam niemand, um sich zu amüsieren, es sei denn vielleicht, es waren ahnungslose Touristen. Smiley hatte den Laden von dem Gewinn gekauft, den er sich beim Billard erspielt hatte – in den Nächten, wenn es ums große Geld ging, wobei er schließlich auch Rick »der Filz« Foley den Rang abgelaufen hatte. In diesem Club hatte es noch nie eine gute Show gegeben.

Smiley war schon seit Jahren tot, war in einer nahe gelegenen Billardhalle von einem reizbaren Einwanderer mit einem Colt erschossen worden. Er hatte den Typen nur so zum Spaß vom Tisch gefegt. Doch er starb mit seinem berühmten Grinsen im Gesicht, das nie ein Ausdruck von Freude gewesen war, sondern das erstarrte Überbleibsel einer Muskelkrankheit, die Smiley als Kind gehabt hatte.

Seine Frau führte jetzt den Laden und übernahm auch manchmal eine Gesangsnummer, wenn eines der Mädchen krank war, wobei sie die Gäste mit ihren schrillen, verzerrten Songs aus der *West Side Story* wahnsinnig machte. Hin und wieder führte die Polizei mal eine Razzia durch, aber da sie keinerlei Drogen oder Waffen im Club erlaubte – sie hatte einen Türsteher namens Adam, gebaut wie ein Bulldozer, der die Gäste durchsuchte –, fanden die Cops immer nur ein paar Schränke voller Sachen, von denen sie schwor, dass sie dachte, sie seien völlig legal.

Um sieben Minuten nach Mitternacht wurden D&D fündig. Ein Typ namens Swanton Morely, von dem Danny wusste, dass er mit Waffen dealte, kam aus dem Keller und ging zu einem geparkten Auto an der Straße. Er war allein.

D&D fuhren mit quietschenden Reifen los und kamen neben Morely zum Stehen, als dieser gerade seine Wagentür öffnen wollte. Instinktiv duckte sich Morely, das Gesicht angstverzerrt, und schlang die Arme um den Kopf. Die Cops hatten keinen Zweifel daran, dass der Hehler davon ausging, gerade Opfer eines Anschlags zu werden.

Danny sprang aus dem Wagen und fuchtelte mit seiner 38er herum.

»Rein da!«, befahl er und riss die hintere Wagentür auf.

Morely wollte etwas sagen, aber Danny brüllte: »Rein da, sonst grabe ich dir einen Kanal in den Schädel!«

Morely stieg ein.

Danny folgte ihm, und Dave fuhr quietschend an und hinterließ eine breite Reifenspur auf dem Asphalt. Eine Weile lang fuhren sie schweigend. Morely schaute sich seine Entführer inzwischen an und stellte erleichtert fest, dass es wohl doch kein Anschlag werden würde. Als er das Funkgerät am Armaturenbrett bemerkte, murmelte er »Cops«, beließ es aber dann dabei. Da er sich dachte, dass sie ihm schon rechtzeitig sagen würden, was das Ganze zu bedeuten hatte, entspannte er sich. Was sollte er in der Zwischenzeit schon anderes tun? Er hatte den Lauf einer Waffe an den Rippen. Eines war sicher, eine Verhaftung war das nicht. Dafür fuhren sie in die falsche Richtung.

Als sie auf einem Schrottplatz anhielten, geriet er wieder in Panik, da es ja vielleicht doch ein Anschlag sein konnte. Schließlich gab es keinen Grund, warum sie nicht Cops sein und trotzdem noch für andere Auftraggeber arbeiten konnten.

»Was geht hier ab?«, fragte er.

Niemand antwortete. Die beiden Cops wirkten grimmig.

»Hey«, schrie Morely schrill und spürte Hysterie in sich aufsteigen, »was soll das alles? Wer will mich einäschern? Ich habe niemanden angefacht, meine Geschäfte sind alle sauber, da könnt ihr jeden fragen.«

»Raus«, befahl der Cop neben ihm.

Der Fahrer war um den Wagen herumgegangen und zerrte ihn jetzt aus der Tür. Morelys Knie wurden weich, er konnte kaum stehen. Plötzlich musste er ganz dringend auf die Toilette. Wenn jemand ein Kopfgeld auf ihn ausgesetzt hatte und das hier wirklich ein Anschlag war, dann konnte er sich da nicht rausreden. Profikiller, insbesondere wenn sie auch noch Cops waren, gehörten nicht zur Zuhörerfraktion. Sie hatten einen Job zu erledigen, so schnell und effizient wie möglich, und nichts auf der Welt würde sie dazu bringen, es sich anders zu überlegen. Da wäre es einfacher, Gott dazu zu überreden, einem noch ein paar zusätzliche Jahre zu schenken.

Der leere Platz war gruselig, nur von einem Feuer in einer nahen Straße beleuchtet, wo vor einer halben Stunde ein Brandstifter am Werk gewesen war. Die beiden Männer führten Morely zu einem verlassenen Auto, dessen Räder sich jetzt wahrscheinlich an der Karre von irgendeinem Siebzehnjährigen befanden und dessen Motor und Getriebe unter den Anwohnern des Viertels aufgeteilt worden waren.

»Hey, ihr«, krächzte Morely voller Verzweiflung, »ihr seid Cops, ihr könnt das doch nicht machen.«

Keine Antwort.

Er wurde gegen das Wrack gedrückt, die Nase auf dem kalten Metalldach, die Hände an den Ablaufrinnen. Sie traten ihm die Beine auseinander, um ihn aus dem Gleichgewicht zu bringen, und dann wurden ihm nicht nur eine, sondern gleich zwei Waffen sanft hinter die Ohren gedrückt, direkt am Haaransatz. Morely war sich sicher, dass er jetzt sterben würde.

»Heilige Mutter Gottes«, flüsterte er.

Einer der Cops, der Typ, der mit ihm hinten im Wagen gesessen hatte, sagte endlich etwas.

»Bist du katholisch?«

Morely klammerte sich an den Strohhalm.

»Ja, ja praktizierender Katholik. Ich brauche meine letzte Ölung.«

Eine der Waffen wurde zurückgezogen, doch die andere blieb, wo sie war.

»Verdammt, Frank«, sagte der Cop, »ich kann keinen Katholiken kaltmachen. Das musst du alleine machen. Ich warte im Auto auf dich.«

Morely hörte, wie sich Schritte entfernten.

Die Stille war nervenzerfetzend, und am liebsten hätte er geschrien, doch stattdessen sagte er: »Können wir uns nicht irgendwie einigen? Ein Geschäft vielleicht? Bitte?«

»Vergiss es«, sagte der verbliebene Cop Frank, »ich bin Presbyterianer.«

Fast hätte Morely geschrien *ich auch,* aber ihm war klar, wie dämlich das klingen würde.

»Das meinte ich nicht, ich meine Geld.«

»Geld?«

»Irgendwas.«

»Irgendwas?«

»Was wollt ihr? Alles, solange ich es euch geben kann. Und wenn nicht, kann ich es euch besorgen.«

Wieder ein unergründliches Schweigen. Morely erwartete jede Sekunde, das Dröhnen einer Waffe an seinem Kopf zu hören und das zu erleben, was die letzte Erfahrung aller Lebenden ist. Allein das kalte Metall des Pistolenlaufs bohrte hinter Morelys Ohr schon ein Loch in seinen Schädel, während er auf eine Antwort wartete. Dann geschah das Unfassbare. Der Typ hatte tatsächlich über Morelys Angebot nachgedacht. Als er sprach, klang es wie die pure Hoffnung.

»Ich brauch ein Werkzeug«, sagte der Cop. »Heute Nacht noch.«

Das war alles? Jesus, war das wirklich alles? Morely hätte sich fast in die Hose gemacht vor Erleichterung. Sie brauchten ein Werkzeug. Nur darum ging es. Verdammte Bullen! Sie konnten nicht einfach reinkommen und nach dem Zeug fragen, sie mussten einem erst eine Scheißangst einjagen, bis man kurz vor dem Herzinfarkt stand.

»Ich bin dreiundfünfzig Jahre alt«, sagte Morely. »Weißt du, was dieser Abend meinem Herz angetan hat? Was genau wollt ihr? Vielleicht eine Maschinenpistole? Irgendwas Schweres, hm?«

Er bekam seine Antwort.

»Einen Flammenwerfer.«

Fast wäre Morely explodiert, da er gerade auf das brennende Gebäude schaute, das jetzt nur noch ein glühender Punkt in der Skyline war.

»Einen Scheiß-*Flammenwerfer?* Wo soll ich denn verdammt nochmal so etwas herkriegen, mitten in der Nacht?«

»Na schön.«

Morely spürte, wie der Finger am Abzug sich spannte.

»Okay, okay«, kreischte er. »Lass mich nachdenken. Darf ich nicht mal ein bisschen jammern? Okay, jetzt hab ich's, ich kenne da jemanden. Lass mich kurz telefonieren.«

»Du solltest dir damit wirklich sicher sein, denn wenn nicht, werden wir dir die Fersen an die Kehle binden und zusehen, wie du dich selbst langsam strangulierst.«

»Alles klar, spar dir deine Drohungen. Ich besorge euch euren Flammenwerfer, aber dazu muss ich einen Anruf machen. Und das kann ich nicht, während ich mir hier draußen den Arsch abfriere. Bringt mich zu einer Telefonzelle.«

»Wie wär's mit deinem Handy?«

»Hab ich nicht, die Strahlung kann einen umbringen!«

Er wurde wieder zum Wagen geführt, wo der kleine, kahlköpfige Cop auf der Motorhaube hockte und den letzten Zug von seiner Zigarette nahm. Er schleuderte die noch brennende Kippe weg und richtete sich auf.

»Was soll denn das jetzt, Frank?«, rief er. »Wir sollten diesen Scherzkeks doch abfackeln.«

»Abfackeln?«, fragte Morely.

»Jepp«, erwiderte der Cop namens Frank. »Ich sollte dich k.o. schlagen und dann in dem Autowrack verbrennen ...« Er zeigte mit der Waffe auf den Kofferraum. Dort stand ein Benzinkanister.

»Jesus«, flüsterte Morely.

Er spürte regelrecht das Feuer auf seinem Körper, wie es von seinen Genitalien nach oben und von seinen Haaren aus nach unten kroch, den beiden Stellen, die als erste Feuer fangen würden.

»Pass auf, Rico«, erklärte Cop Frank, »er hat versprochen, mir einen Flammenwerfer zu besorgen.«

Cop Rico schlug mit der Faust auf das Autodach, und das Geräusch ließ den nervösen Morely senkrecht in die Höhe springen.

»Sie haben uns gesagt, wir sollen ihn abfackeln«, fauchte Cop Rico, »und ich denke, wir sollten tun, was sie sagen, Frank. Ich denke, wir sollten aus dem Arsch von diesem Freak Holzkohle machen.«

»Hör mal, er ist Werkzeughändler ...«

»Ist mir egal, was er ist. Er kennt jetzt unsere Namen.«

»Ich kenne eure Namen gar nicht«, platzte Morely raus, der sich fragte, ob er wirklich schon vom Haken war, »ich habe noch nie etwas von euch gehört. Namen vergesse ich immer sofort wieder. Die gehen beim einen Ohr rein und beim nächsten wieder raus, ohne eine Spur zu hinterlassen, ihr könnt mir also helfen. Ihr wollt einen Flammenwerfer? Bringt mich zu einem Telefon. Ich werde euch einen Flammenwerfer besorgen, schneller als ihr schauen könnt, ich schwöre.«

»Ich will einen mit vollem Tank«, erklärte Frank. »Ich will nicht mitten in der Nacht auf Spritsuche gehen müssen. Du besorgst mir einen mit versiegeltem Tank, verstanden?«

»Was? Wie soll ich denn …?«

Frank fauchte: »Hör zu, Morely, es gibt Typen, die zünden ihre eigenen Läden an, inzwischen fast täglich, und du bist es, der sie mit der Ausrüstung versorgt. Und jetzt besorg mir einen mit einem vollen Tank.«

»Alles klar, ich hab's kapiert.«

Dave und Danny, die ihren Triumph kaum verbergen konnten, fuhren Morely zu einer Telefonzelle, wo er einen kurzen Anruf tätigte. Dann stiegen sie alle wieder ins Auto und fuhren zu einer Adresse, die Morely ihnen nannte. An einer Ecke in der Nähe wartete ein Typ, der eine schwarze Sporttasche neben sich stehen hatte. Morely stieg zusammen mit Dave aus, während Danny neben dem Wagen stehen blieb und mit gezogener Waffe den Typen mit der Tasche im Auge behielt.

Es gab keine Schwierigkeiten. Morely öffnete den Reißverschluss und überprüfte den Inhalt der Tasche. Er bezahlte den Mann, nahm die Tasche und trug sie, gefolgt von Dave, zum Auto. Sie stellten die Tasche in den Kofferraum und fuhren davon.

Danny sagte: »Halt an und lass uns die Ware anschauen.«

Dave hielt an, Danny stieg aus, ging zum Kofferraum und holte die Tasche heraus.

Morely beteuerte: »Das ist ein gutes Teil, noch originalverpackt, glaubt mir. Ist sogar eine Bedienungsanleitung dabei, von der Armee. Das hat man ganz schnell raus, wie das geht.«

»Ich war bei der Army«, unterbrach ihn Dave, »ich weiß, wie man mit so etwas umgeht.«

»Gut, sehr gut.«

Dave und Danny wühlten in der Tasche herum, dann fluchte Dave und murmelte: »Zweiter-Weltkrieg-Scheiß.«

Er wandte sich an Morely: »Hättest du mir nicht wenigstens einen sowjetischen LPO-50 besorgen können? Irgendwas mit etwas größerer Reichweite? Der hier schafft ja gerade mal knapp zwei Meter.«

»Du sagst das so, als hätte ich eine Wahl. Ich nehme, was die mir geben, und reiche es weiter. Außerdem hat er auch ein paar Vorteile. Erstens ist es ein amerikanisches Produkt, also ist die Anleitung … Ja, ich weiß, du kannst das Scheißteil auch noch im Kopfstand bedienen. Jedenfalls hat man beim LPO-50 nur drei Schüsse á zwei Sekunden, einen aus jedem Tank. Dann kann man das Ding wegschmeißen. Dieses Baby haut *zehn* zwei-Sekunden-Schüsse raus, aus einem Fünfzehnlitertank.«

»Zwei Meter«, knurrte Dave.

Morely zuckte mit den Schultern. »Wie weit wollt ihr denn kommen? Zwei Meter sind doch eine ganz nette Distanz, oder?«

Sie wickelten den Flammenwerfer ein, verstauten ihn wieder in der Tasche und legten die Tasche in den Kofferraum.

Als sie wieder einstiegen, stupste Danny Dave mit dem Ellbogen an und sagte: »Hey, das ist schon ein gutes Teil, das wir da haben. Wir könnten es dazu benutzen, den Spinner abzufackeln und so immer noch den Vertrag erfüllen.«

»Das dürft ihr nicht«, sagte Morely und wurde blass. »Ich habe meinen Teil des Deals erfüllt.«

»Schon, aber uns kann man eben nicht trauen, weißt du? Wir sind Cops. Hast du schon jemals was von einem Cop mit

Integrität gehört?«, fragte Danny. »Ich meine, Gaunerehre, klar – aber bei Cops?«

Dave fand, dass sie den Mann jetzt genug gequält hatten. »Okay, Morely, steig aus.«

»Was?«

»Raus. Laufen. Ich will dich nie wiedersehen. Ich würde dir raten, in den Ruhestand zu gehen. Auf den Bahamas. Bermuda. Mit dem, was du mit deinen Waffengeschäften verdient hast, kannst du dir das leisten. Wenn ich dich je wieder zu Gesicht kriege, werde ich dich einbuchten, verstanden?«

»Ihr … ihr werdet mir nicht in den Rücken schießen, während ich vom Auto weggehe?«

»Wir?«, fragte Danny empört. »Wir verteilen auf dem Heimweg immer Süßigkeiten an die Sonntagsschüler.«

»Ja, darauf wette ich. Aber wenn ihr Cops euch einmal die Hände schmutzig gemacht habt, seid ihr die Schlimmsten von allen.«

»Raus!«, brüllte Dave.

Morely riss die Tür auf, stolperte in die kalte Nachtluft hinaus und rannte los. Sie wussten, dass er sie für das hassen würde, was sie ihm heute angetan hatten, aber das kümmerte sie nicht weiter. Sie hatten bekommen, was sie wollten, und es war unwahrscheinlich, dass sie ihn je wiedersehen würden. Vielleicht befolgte er ja sogar ihren Rat.

Sie fuhren zu einem Hotel in der Nähe, wo sie die Nacht verbringen wollten. Es wäre mehr als dämlich gewesen, wieder in ihre Wohnungen zurückzukehren. Vanessa war schon im Hotel und hielt ihnen ein Zimmer frei. Es war die Art von Laden, wo der Rezeptionist nicht einmal mit der Wimper zuckte, wenn zwei Männer und eine Frau eincheckten und gemeinsam in einem Zimmer schlafen wollten, in dem es nur ein Doppelbett gab.

Sie parkten den Wagen und holten den Flammenwerfer aus dem Kofferraum, den sie dann in seiner schwarzen Tasche zu ihrem Zimmer im ersten Stock brachten. Auf der Treppe schepperte der Metallkanister in der Tasche. Danny schaute zurück zur Rezeption, dann folgte er Dave, der die Ausrüstung schleppte.

Der über siebzigjährige Mann an der Rezeption schaute kaum hoch, als sie an ihm vorbeigingen, seine Aufmerksamkeit war voll auf die Sportseite der Zeitung gerichtet. Kurz schoss ihm durch den Kopf, dass in der Tasche, die ziemlich schwer aussah, vielleicht Handschellen, Ketten und Peitschen sein könnten, aber was interessierte ihn das schon? Er hatte schon alles gesehen. Einiges davon hatte er früher selbst schon gemacht. Sex. Nichts Besonderes, zumindest nicht für einen Achtundsiebzigjährigen mit einem schielenden Auge und einer eingefallenen, chronisch verschleimten Brust. Die Sportseite, ja, das war etwas wirklich Wichtiges.

27

In dem schäbigen Hotelzimmer ging das Trio seine Pläne durch. Das war der finale Showdown.

Jeder von ihnen hatte in seiner Wohnung eine Nachricht hinterlassen, da sie sich sicher waren, dass Nethru, egal wie schwierig es für ihn sein mochte, irgendwann herausfinden würde, wo einer von ihnen wohnte. Er war alles andere als dumm, sondern einfach nur nicht mit den Gegebenheiten in dieser Welt vertraut. Es würde der Punkt kommen, an dem er entdeckte, dass er wesentlich besser weiterkam, wenn er den

Leuten Fragen stellte und nicht einfach nur durch die Straßen lief und hoffte, einem von ihnen zufällig zu begegnen. Und irgendwann würde ihm jemand zeigen, wie man im Telefonbuch eine Adresse nachschlägt.

Ihr Nachrichten lauteten alle gleich:

WIR TREFFEN UNS IN DER KIRCHE

Unter diesen mutigen Worten hatten sie die Adresse der Kathedrale hinterlassen. Sie planten, Nethru dort hinzulocken und dann den Flammenwerfer gegen ihn einzusetzen. Eine schaurige, aber notwendige Aufgabe, wenn sie sich retten wollten. Es schien ein angemessenes Schlachtfeld zu sein; der OK-Corral der Gegenwart. Auf dem Friedhof und rund um die Kathedrale hatten sie genug Bewegungsfreiheit, während es gleichzeitig ziemlich unwahrscheinlich war, dass unschuldige Zuschauer ins Kreuzfeuer gerieten. Besonders nicht in den dunklen Stunden kurz vor Sonnenaufgang.

Als Ausbilder bei der Army hatte Dave Soldaten beigebracht, wie man einen Flammenwerfer bediente, doch er wollte, dass Danny das übernahm. Sie brauchten ein Ablenkungsmanöver: Jemanden, der sich zeigte und dem Dämon ein Angriffsziel bot, damit sie nah genug an ihn herankamen. Dave wusste, dass das der gefährlichste Teil des Plans war, und er wollte Danny nicht den Brandbomben des rachsüchtigen Nethru aussetzen. Dave sah es als seine Pflicht an, sich aus der Deckung zu begeben. Also brachte er Danny sorgfältig bei, wie man den Flammenwerfer benutzte.

Er begann mit seinem Standardvortrag, den er in allen Kursen während seiner Militärzeit gehalten hatte.

»Feuer wird schon seit Jahrtausenden als Waffe eingesetzt. Assyrische Inschriften zeigen Städte, die von Armeen mit brennenden Fackeln angegriffen werden, und die alten Griechen entwickelten das sogenannte »Griechische Feuer«, einen Brennstoff, dessen Zusammensetzung schwierig zu entschlüsseln ist. Es basierte auf Rohbenzin, aber die genaue Formel ist nach wie vor ein Geheimnis …«

»Spar dir den Mist, Dave«, unterbrach ihn Danny, »dafür haben wir keine Zeit.«

Dave schüttelte den Kopf und sah Vanessa hilfesuchend an, aber von ihr kam keine Unterstützung.

»Ich will, dass du verstehst, womit wir es hier zu tun haben, Danny.« Er zog den Reißverschluss der Sporttasche auf. »Das ist eine schreckliche Waffe. Sie kann sich gegen ihren Benutzer wenden, und ich will dir ihre Gefahren einbläuen, bevor du anfängst, damit herumzuspielen. Ich weiß, wie du mit Waffen umgehst – tief in deinem Herzen bist du ein verdammter Cowboy, ein Revolverheld. Für dich sind das alles Spielzeuge.«

»Nein, das stimmt nicht«, wehrte sich Danny, der aufrichtig verletzt zu sein schien. »Ich weiß, wie wichtig es ist, respektvoll mit Waffen umzugehen.«

»Tja, die hier verlangt jede Menge Respekt, denn sie ist nicht wirklich effizient und ziemlich gefährlich für den Nutzer, und wenn sie im Kampf eingesetzt wurde, war sie verhasst. Wenn du mit einem dieser Dinger auf dem Rücken erwischt wurdest, hat dir der Feind das Gehirn weggeblasen, bevor er irgendwelche Fragen gestellt hat. Wenn du Glück hattest. Sie untergräbt jede Kampfmoral. Männer, die ohne Probleme gegen Kugeln und Bajonette angetreten sind, stundenlangen Artilleriebeschuss ertragen haben, sind durchgedreht, wenn man ihnen gesagt hat, dass da draußen irgendwo ein Flammenwerfer ist, und jeder, der schon einmal mit einem konfrontiert war, würde sie verstehen.«

»Ich hab's kapiert«, sagte Danny ruhig. »Komm schon, Dave, wir sind hier nicht in der Schule.«

»Doch, sind wir«, erwiderte Dave gelassen.

Er holte das Gerät aus der Sporttasche und legte es fast ehrfürchtig auf den Boden: den schwarzen Brenner, der wie eine Schweineschnauze aussah, den Tank, den man sich auf den Rücken schnallte, und die Verbindungsschläuche. Er ging die verschiedenen Einzelteile durch, demonstrierte in der Theorie, wie durch Drücken des Abzugs eine Magnesiumpatrone entzündet wurde, die den Gelstrahl in Brand setzte, der wiederum durch den Druck aus der Düse gepresst wurde, der von einem reaktionsträgen Gaszylinder erzeugt wurde.

»Wahrscheinlich Stickstoff«, erklärte Dave. »Da drin herrscht ein ungefährer Druck von einhundertachtunddreißig Bar, der durch ein Federventil auf einen Arbeitsdruck von knapp sieben Bar reduziert wird …« Vanessas Blick war glasig geworden, aber Danny war immer noch voll bei der Sache. »… der dann das Brandgel aus der Düse presst, direkt am Zündmechanismus vorbei, der eine Feuerdecke erzeugt. Das hier ist ein kleiner Napalmkanister, Danny – dasselbe Zeug, das unsere Truppen in Vietnam verwendet haben –, und ich schätze, auch wenn es eine alte Waffe ist, ist sie wohl mit modernem Brennstoff geladen. Vermutlich ist dem Brenngel etwas beigemischt, damit es immer weiterbrennt, bis auf die Knochen, selbst wenn das Opfer sich mit Wasser tränkt, in einen Fluss springt oder sonst etwas. Versuche, dir nichts davon aufs Hemd zu spritzen.«

Bei dieser flapsigen Bemerkung riss Danny die Augen auf, da ihm jetzt endgültig bewusstgeworden war, dass er es hier mit einer Waffe zu tun hatte, die ihm allen Respekt abverlangte, den er aufbringen konnte.

»Bist du dir sicher, dass du damit klarkommst, Danny?«

»Ich glaube schon«, nickte der. »Hilfst du mir mal, ihn anzulegen, Vanessa?«

Vanessa wirkte überrascht, da sie intensiv den schwarzen Tank und den kurzen Brenner gemustert hatte, alles etwas abgenutzt, so dass man stellenweise das blanke Metall durchscheinen sah. Die Waffe hatte etwas an sich, das jeden sensiblen Menschen abstieß. Der Brenner sah aus wie eine groteske Schnauze, der Tank erinnerte an einen buckligen Zwerg.

»Ich werde dieses hässliche Monstrum nicht anfassen.«

Dave nickte.

»Das ist er wirklich, nicht wahr? Und er erledigt einen monströsen Job. Aber wir haben keine Wahl. Entweder er oder wir.«

Als Danny mit dem Flammenwerfer ausgestattet war, reichte Dave Vanessa eine Pistole, eine Ersatzwaffe von Danny. Er zeigte ihr schnell, wie man sie benutzte, und lud sie dann für sie.

»Gegen Nethru wird sie wahrscheinlich nicht viel bringen«, sagte Dave, »aber man weiß ja nie.«

Sie nahmen noch einen Drink für die Nerven, bevor sie zu ihrer Mission aufbrachen. Vanessa war seltsam still, bis Dave sie fragte, was denn mit ihr los sei. Sie ließ sich auf das Bett fallen und starrte an die Decke.

»Ach, ich weiß nicht«, meinte sie. »Ich glaube, es liegt einfach daran, dass wir jetzt zum entscheidenden Punkt kommen. Diesmal müssen wir ihn kriegen, sonst sind wir geliefert. Oder zumindest ihr beide. Inzwischen will er mich wahrscheinlich auch drankriegen, da er ja weiß, dass ich mit euch in Verbindung stehe.«

Sie drückte ihre Zigarette in dem Aschenbecher neben dem Bett aus, bevor sie fortfuhr.

»Wahrscheinlich habe ich wieder einmal über Feuer nachgedacht. Es verfolgt mich schon mein ganzes Leben. Wusstest du, dass es in der Bibel mehr als dreihundertmal erwähnt wird? Habe ich dir das erzählt? Von der Zerstörung von Sodom und Gomorrha über Abrahams Fast-Opferung seines Sohnes bis zu Moses und dem brennenden Dornbusch oder der Feuersäule. Und so geht das immer weiter. Und dann sind da noch die ganzen anderen Feuer: Rom, London, Alexandria, Dresden, ich kenne sie alle. Früher dachte ich, sie wären meine Freunde.« Sie schenkte Dave ein Lächeln. »Du warst furchtbar geduldig mit mir, weißt du das eigentlich? Ich weiß, dass ich verkorkst bin, aber ich bin gerade dabei, da rauszukommen, glaube ich. Das hat der Engel bei mir bewirkt. Ich will nicht mehr auf einem Scheiterhaufen verbrannt werden wie Johanna von Orleans oder eine mittelalterliche Hexe. Und jetzt werden wir einen Dämon vernichten, und zwar durch das Mittel, das ich immer benutzt habe, um mich zu reinigen, mein ganzes Leben lang … Feuer.«

Danny zitierte: »›Und das Tier ward gegriffen und mit ihm der falsche Prophet; lebendig wurden diese beiden in den feurigen Pfuhl geworfen, der mit Schwefel brannte.‹«

»Offenbarung, Kapitel Neunzehn, Vers Zwanzig«, stellte Vanessa fest.

Dave schüttelte den Kopf und musterte die beiden bedrückt. »Ein Haufen Intellektueller. Ich brauche Ninjakämpfer, um gegen Dämonen zu kämpfen, stattdessen bekomme ich ein paar Nerds.«

»Nur weil wir was im Hirn haben«, wehrte sich Danny, »heißt das noch lange nicht, dass wir kein Muskelschmalz haben.«

»Typische Nerd-Antwort«, meinte Dave nur. »Kommt schon, meine Akademiker, wir müssen pünktlich in der Kirche sein.«

Die beiden anderen nickten.

Dave zögerte: »Hört mal, ihr zwei, bevor wir gehen, muss ich euch noch etwas sagen.«

Danny und Vanessa sahen ihn aufmerksam an.

»Also, was ich sagen will …«

»Wir wissen, was du sagen willst, Dave«, unterbrach ihn Danny, »und das muss nicht in Worte gefasst werden. Morgen um diese Zeit werden wir im Clementine's sitzen und feiern, und der einzige Fleischgeruch wird von Foxys Braten kommen. Packen wir's an.«

Sie fuhren zur Kathedrale, wobei sie jede Bewegung in der Dunkelheit registrierten. Als sie das hohe Gebäude mit den Zwillingstürmen und dem Kennedy-Fenster erreichten, näherten sie sich der Kirche von hinten und schlüpften schweigend zwischen den Grabsteinen hindurch.

Es war dunkel, und Wolken dämpften das Mondlicht. Die Kathedrale war immer geöffnet, da ihre Schätze während der Nachtstunden in einem Safe im Wohnsitz des Dekans eingelagert wurden, der sich ganz in der Nähe der Kathedrale befand. Danny sah sich mit schussbereitem Flammenwerfer auf dem Gelände um und zuckte bei jedem Schatten zusammen, während Vanessa und Dave hineingingen, um die dunklen Nischen und Ecken zu überprüfen.

Dave erkundete den vorderen Bereich rund um die Sakristei, wobei seine einzige Lichtquelle das Licht am Altar und die Votivkerzen waren, die noch nicht niedergebrannt waren. In der Kathedrale hatte eine Mitternachtsmesse stattgefunden, gefolgt von Gebeten für die Opfer der jüngsten Brände, inklusive der tragischen Verluste der Polizei. In dem Sandbecken beim Altar brannten über zweihundert Votivkerzen.

Vanessa, die sich von der Dunkelheit weniger stören ließ als Dave, ging in die unterirdische Krypta und benutzte eine kleine Taschenlampe, um den Weg durch die Finsternis zu finden.

Da unten war nichts außer toten Priestern und Wohltätern der Kathedrale.

Beiden war bewusst, dass sie wahrscheinlich sterben würden, wenn sie Nethru aufstöberten, aber ein Schrei würde ausreichen, um Danny zu alarmieren, den Mann mit der Waffe.

Als beide auf ihrer Suche nichts entdeckten, wussten sie, dass sie vor Nethru eingetroffen waren. Bisher lief alles nach Plan. Danny hatte auf dem Friedhof hinter ein paar Grabsteinen Stellung bezogen. Dave versteckte sich in den Schatten eines Strebepfeilers, jederzeit bereit, sich zu zeigen, wenn Nethru das Gelände betrat.

Vanessa, die mit Dannys zweiter 38er bewaffnet war, die Dave ihr aufgedrängt hatte, blieb in der Kathedrale und versteckte sich in der Nähe des Altars hinter einem Pfeiler. Sie wusste, dass die Waffe gegen Nethru nichts ausrichten konnte, aber das Gefühl, sie zu haben, und ihr Gewicht waren beruhigend, außerdem brauchte sie *irgendetwas* in der Hand. Dave hatte die Türen hinter sich geschlossen, so dass sie sich jetzt von den beiden Männern abgeschnitten fühlte.

Während sie wartete, kam der Mond hinter den Wolken hervor und schien durch das große, runde Buntglasfenster über dem Altar, so dass die Kathedrale farbig erleuchtet wurde.

Das verlieh dem Ort eine unheimliche Atmosphäre. Vanessa ließ sich auf die Hacken sinken und packte die Pistole mit beiden Händen. Sie fragte sich, wie Danny sich wohl gerade fühlte. Er war es, der das tödliche Feuer spenden musste, das den gefallenen Engel zerstören würde. Wenn er scheiterte, waren sie alle gescheitert, denn es gab keinen anderen Weg, diese Kreatur loszuwerden. Nethru würde sie bestimmt ohne jeden Skrupel töten, wahrscheinlich sogar mit Genuss, wenn der Flammenwerfer ihn nicht erwischte.

Vanessa sah sich in der Kapelle um, die in gedämpfte Farben getaucht war. Das Tabernakel wurde von zwei Seiten angestrahlt, einerseits von den Altarkerzen und andererseits vom Mondlicht, das durch das John-F.-Kennedy-Gedenkfenster darüber fiel. Die Szene schien eine Art hoffnungsvollen Frieden auszustrahlen. Und da fragte sie sich: Würde der Dämon es überhaupt wagen, eine Kirche zu betreten? Immerhin war es ein Gotteshaus. Vielleicht war man hier drin vor der Kreatur geschützt?

Dann wurde ihr klar, dass das genau der Grund war, warum Dave sie hier drin postiert hatte.

Verdammtes Mannsbild, dachte sie. Warum musste er immer so beschützend sein? In dieser Hinsicht war er so altmodisch und klammerte sich an diese blöden Macho-Ideale. Warum konnte er nicht wie die modernen Männer sein, mit denen sie sonst ausging? Weil er Polizist war? Nein. Sie musste es sich eingestehen: Weil er sie liebte. Vielleicht war da ja gar nichts Schlimmes dran, aber Liebe sollte nicht allzu beschützend werden, sonst wurde sie erdrückend. Das würde sie ihm noch austreiben müssen in den Jahren, die ihnen gemeinsam noch blieben. *Bis wir sechzig sind, wird er ein etwas moderneres Frauenbild haben,* dachte sie kläglich.

Während Dave unter dem leeren Blick der Wasserspeier im Schatten eines Stützpfeilers wartete, dachte er über die Engel und Dämonen nach, mit denen er groß geworden war. Sie waren ganz anders als Nethru. Die Engel aus Daves Kindheit waren wie der steinerne neben dem nahen Grab, den er im Mondlicht sehen konnte: wunderschöne Frauen ohne Busen in griechischen, weißen Roben mit mächtigen, gefiederten Flügeln, die aus ihren Schulterblättern wuchsen. Die Dämonen aus seinen Kindertagen waren Kreaturen mit gespaltenen

Hufen, schmalen Gesichtern, Ziegenaugen, Fledermausflügeln und natürlich Pfeilschwänzen und Hörnern.

Nethrus Aussehen hatte sich offenbar nicht verändert. Als Engel war er ein gut aussehender junger Mann gewesen. Als Dämon blieb er der Gleiche.

Dave fragte sich, ob er etwas sagen sollte, wenn er Nethru sah, etwa: *»Du lachst über meinen Esel. Mein Esel mag es nicht, wenn man über ihn lacht«*, entschied sich dann aber dagegen. Wenn er ehrlich war, machte er sich vor Angst fast in die Hose.

Der zweite Mann, der sich fast nass machte, war Danny. Er hockte hinter einem Grabstein und hielt sich bereit, um eine tödliche Flammenzunge auszustoßen. Er fühlte sich unbeholfen, dick und verletzlich. Im Moment wünschte er sich innigst, er läge eingekuschelt in seinem Bett, neben sich eine plumpe Frau namens Rita – aber es würde keine gemütlichen Nächte mit Rita mehr geben, nur immer mehr Beichten bei seinen drei Lieblingspriestern, wenn er nachts durch die Stadt gezogen war.

Scheiße, dachte Danny, *ich wünschte, das Arschloch würde endlich kommen, und wir könnten es hinter uns bringen. So oder so.*

28

Manovitch fand die Nachricht, als er gerade dabei war, Flugbenzin in Dave Peters' Wohnung zu verteilen und Möbel, Teppiche und Vorhänge damit zu tränken. Er war über die Feuerleiter hochgestiegen und hatte dann ein Fenster aufgebrochen. Die Nachricht war an einem Besenstiel befestigt, der an der Wohnzimmertür lehnte. Er las sie im Licht seiner Taschenlampe. Die Nachricht war kurz. Sie lautete:

WIR TREFFEN UNS IN DER KIRCHE

Darunter eine Adresse.

Manny brach der Schweiß aus, und er stopfte sich den Zettel in die linke Hosentasche. Wie zur Hölle hatten sie wissen können, dass er kommen würde? Er hatte das hier zwar schon lange geplant, aber alles nur in seinem Kopf. Niemand wusste, dass er hier war. Er hatte keiner Menschenseele etwas gesagt.

Dann dachte er, dass seine erste Einschätzung vielleicht ein wenig voreilig gewesen war. Vielleicht war die Nachricht gar nicht für ihn? Vielleicht erwartete Peters einen ganz anderen Besucher? Manny konnte nur hoffen, dass der Detective als Erster nach Hause kam, vor seinem Besucher.

Manny hatte das Benzin bei einem Freund erstanden, einem Wartungstechniker, der am Flughafen arbeitete. Flugbenzin wurde gasförmig, wenn es mit Luft in Kontakt kam. Es war wesentlich leichter brennbar als normales Benzin und ließ sich viel schneller entzünden. Ein Funke würde genügen, um aus der gesamten Wohnung einen riesigen Feuerball zu machen.

Als Erstes musste er den Lichtschalter an der Tür präparieren. Er untersuchte ihn im Licht der Taschenlampe. Dann schraubte er die Abdeckung ab und verteilte eine Handvoll Eisenspäne zwischen den Kabeln. Das würde dafür sorgen, dass anständige Funken flogen, wenn das Licht eingeschaltet wurde. Dann setzte Manny die Abdeckung wieder drauf.

Er verteilte großzügig das Flugbenzin, tränkte Möbel und Teppiche damit. Schnell erfüllten die scharfen Dämpfe den Raum, so dass es Manovitch schwerfiel, normal zu atmen.

Wenn Peters nach Hause kam, würde der Funke aus dem

Lichtschalter die Dämpfe entzünden und das Arschloch würde bei lebendigem Leib verbrennen.

Manny stand in dem dunklen Raum und begutachtete im silbernen Licht seiner Taschenlampe sein Werk. Das ganze Zimmer stank jetzt nach dem tödlichen Benzin. Natürlich würde die Explosion einem ehemaligen Häftling angelastet werden, oder noch besser, dieser Schlampe, mit der Peters es trieb. Dann hätte Manny die Nutte da, wo er sie haben wollte. Sie würde schon noch für ihn die Beine breit machen.

Vielleicht würde ja auch jemand anders durch die Tür getrampelt kommen, das Licht anschalten und sich zu Kartoffelchips machen? Spielte keine allzu große Rolle, solange Manny nicht mehr da war. Vielleicht würden sie dann sogar Peters beschuldigen, die Falle gestellt zu haben. Das wäre Manny auch ganz recht.

Manny atmete mühsam in der stickigen Luft und machte sich auf den Weg zum Fenster.

Er hatte es erst zur Hälfte geschafft, als die Wohnungstür aus den Angeln gerissen wurde und ihn mit solcher Wucht traf, dass es ihn von den Füßen riss. Sein gedrungener Körper flog über die Rückenlehne des Sofas, dann knallte er mit dem Kopf gegen die Wand.

Einen Moment lang lag er benommen da und sog keuchend die Benzindämpfe in seine Lungen, dann riss er die Augen auf und schrie so laut er konnte: »NICHT DEN LICHTSCHALTER ANFASSEN! UM HIMMELS WILLEN NICHT DAS LICHT ANMACHEN! LASS DAS LICHT AUS!«

Eine Stimme an der Tür knurrte: »Ich habe das Benzin schon gerochen, als ich noch hundert Meter entfernt war. Meinst du, ich bin dämlich, oder was?« Plötzlich wurde die Stimme vorwurfsvoll: »Du wolltest mich verbrennen.«

»Nein, nein, nicht Sie.«

Mühsam kam Manny auf die Füße und rieb sich das Gesicht. Als er sie wegnahm, war seine Hand feucht, woran er erkannte, dass seine Nase blutete. Er holte ein Taschentuch hervor und wischte sie ein paarmal ab. Sein Kopf schmerzte; seine Nase hatte mit voller Wucht die Tür abbekommen und tat jetzt so weh, dass ihm die Tränen in die Augen stiegen.

Er fragte die dunkle Silhouette, die von hinten aus dem Flur angeleuchtet wurde: »Wer zur Hölle sind Sie? Und warum brechen Sie Türen auf?«

»Wo ist der Polizist?«, fragte die Gestalt leise.

Manny erinnerte sich an die Nachricht und zählte eins und eins zusammen. Dieser Typ, vielleicht ein Exhäftling, der noch eine Rechnung offenhatte, war auf der Suche nach Peters. Der Cop hatte gewusst, dass er kommen würde, und eine Nachricht hinterlassen. In der städtischen Kathedrale würde es irgendeinen Showdown geben.

»Er ist nicht hier«, erwiderte Manny.

»Wo ist er?«

»Wer will das wissen?«

Jeder außer Manovitch hätte den Hinweis verstanden, als die Tür eingetreten wurde. Jeder andere hätte sich gedacht: *Das ist ein verdammt starker Idiot da draußen.* Jeder außer Manovitch.

Die Gestalt kam rein und packte Manny an der Kehle. Er spürte, wie die Finger zudrückten und seinen Kehlkopf zerquetschten. »Hey«, grunzte er, ließ das Taschentuch fallen und versuchte, die Finger aufzubiegen. »Hey«, keuchte er wieder, diesmal mit mehr Panik in der Stimme, doch es klang nur wie *Hugghh.*

Seine Hand huschte in seine Hosentasche wie eine verängstigte Krabbe und kam mit der zerknüllten Nachricht wieder zum Vorschein, mit der er seinem Angreifer vor der Nase herumwedelte.

Er wurde losgelassen und konnte sich den Hals reiben, während der andere im schwachen, vom Flur hereindringenden Licht die Nachricht las.

»Wo ist dieser Ort? Wie komme ich dorthin?«

»Jesus«, grunzte Manny, »zeigen Sie es einfach einem Taxifahrer, verdammt nochmal.«

»Taxi?«

»Ja, Taxi. Wo kommen Sie denn her?«

Der Mann nickte verstehend. »Die Autos zur Miete.«

Manny versuchte, einen Blick auf das Gesicht des Spinners zu werfen, aber er wurde immer noch von hinten angeleuchtet, und so konnte er nur die Augen erkennen, die ihn finster musterten. Es wurde eine Entscheidung gefällt, bei der Manny keinerlei Mitspracherecht hatte, und plötzlich wurde er von Panik erfasst.

»Hey, Mister, hören Sie, ich werde nicht …«

Aber schon wurden seine Arme gepackt und an seinen Seiten fixiert, und ein Knie traf seine Weichteile. Er wurde losgelassen, und sofort wanderte sein Hand zu seinen Eiern. Er stöhnte vor Schmerz. Dann traf ihn eine Faust zwischen den Augen. Sein Hirn explodierte vor Schmerzen, und der Boden schien auf ihn zuzurasen. Manny verlor das Bewusstsein.

Als er wieder zu sich kam, war ihm schlecht und schwindelig, und obwohl der Raum dunkel war, wusste er instinktiv, dass sein Sehvermögen beeinträchtigt war. Er lag direkt neben einem halbvollen Kanister mit Flugbenzin, und seine Lungen waren voller Gas. Sein Kehle war trocken, seine Eier fühlten sich an, als wären sie unter einen Dampfhammer geraten, und sein Kopf tat immer noch weh.

Er schrie: »Hey, hallo, ich brauche Hi …«, verstummte aber abrupt, als ihm der Lichtschalter wieder einfiel. Als er mühsam aufstand, konnte er nicht den geringsten Lichtschimmer erkennen, woraus er schloss, dass die Tür wieder in die Öffnung gesetzt worden war. Wer auch immer hereinkam, würde automatisch auf den Lichtschalter drücken und im wahrsten Sinne des Wortes die Bude zum Kochen bringen. Es war also nicht klug, nach Hilfe zu rufen. Die Benzindämpfe erfüllten den Raum. Er hätte weniger Überlebenschancen als ein Schneeball in der Hölle. Manny brach der kalte Schweiß aus, wenn er nur daran dachte.

Er beschloss, einen Weg zur Tür zu suchen, indem er sich an der Wand entlangtastete, aber als er losging, wurde ihm übel und so schwindelig, dass er bei jedem Schritt glaubte, gleich zusammenzubrechen. Blöderweise schaffte er es schon bei seinen ersten Schritten, den Kanister umzustoßen und das Benzin über seine Beine zu schütten. Er ignorierte die Nässe und ließ den gluckernden Kanister auf dem Teppich liegen. Stück für Stück tastete er sich zur Wand vor, dann schob er sich um eine Ecke, prallte gegen Möbel und warf Dinge um. An einer Ecke rannte er in eine Keramiklampe, die mit einem lauten Scheppern zerbrach. Manny geriet in Panik, weil er glaubte, dass jemand ins Zimmer kommen würde, und fiel rückwärts in den Raum zurück.

Als er wieder aufrecht stand, stolperte er in eine andere Richtung los, nur um gleich wieder über einen Stuhl zu fallen. Er begann zu weinen, die Tränen liefen über seine fetten Wangen, doch dann spürte er, Gott sei Dank, Holz unter den Fingern und hatte die Türklinke in der Hand. Er zog an der Tür, die sich auch leicht öffnen ließ, doch dann begann er zu wimmern, als ihm klarwurde, dass es nur eine Zimmertür war, nicht die Wohnungstür.

Diese ganze Geschichte hatte sich zu einem Alptraum entwickelt, und als er unsicher zurück ins Wohnzimmer torkelte, dachte er darüber nach, was für ein Idiot er doch war, jemals einen solchen Plan geschmiedet zu haben. Er wollte nach Hause, in sein Bett, zu seiner unförmigen Frau Perl. Weg von diesem Ort des Wahnsinns mit seiner schwankenden Finsternis und dem drohenden Tod.

Als Nächstes versuchte er, das Fenster zu finden, durch das er eingestiegen war, aber er hatte hinter sich die Vorhänge zugezogen, damit man von draußen seine Taschenlampe nicht sehen konnte. Jetzt wünschte er sich, er hätte nur einen kleinen Spalt gelassen, damit er den Weg zur Feuertreppe finden könnte, dort in der wabernden Schwärze.

Aber er traf nur auf nackte Wände, die sich ihm entzogen, wenn er sich an ihnen abstützen wollte. Zweimal fiel er rückwärts um, als hätte ihn ein heftiger Windstoß getroffen, doch es war nur der Schwindel.

Dann, als er schon völlig verzweifelt war, hörte er Schritte draußen im Hausflur. Er hielt den Atem an, bis er sicher war, dass niemand hereinkommen würde, dann kroch er auf das Geräusch zu. Er fand den Kanister und machte sich dabei die Jacke nass, aber er ließ sich nicht ablenken und setzte seinen Weg fort, bis er die gegenüberliegende Wand erreichte. Er tastete sich daran entlang, immer ganz behutsam, falls seine Hand zufällig auf dem Lichtschalter landen sollte, und endlich fand er voller Erleichterung die Tür.

Wie er schon befürchtet hatte, klemmte sie.

Erst versuchte er es mit dem Knauf, doch nichts passierte. Er drehte ihn einmal ganz rum, was jedoch nicht den geringsten Effekt zeigte. Als Nächstes trat er gegen die Tür und begann nach fünf Minuten frustriert zu weinen, als sich die Tür nur einen halben Zentimeter weit bewegt hatte, so dass auf ihrer linken Seite ein schmaler Lichtstreifen erschien. Er wollte dieses Licht erreichen, dann könnte er endlich diesem heftigen Schwindelgefühl nachgeben und sich der Bewusstlosigkeit überlassen, in die sein Geist abdriften wollte.

Immer wieder trat er zu und warf sich mit der Schulter gegen die Tür, wobei er mit jeder Sekunde ängstlicher und nervöser wurde. In seinem Kopf hörte er das Brüllen des brennenden Benzins, und es wurde mit jedem Moment lauter. Manny wollte nicht sterben, nicht so, nicht wie ein Stück Fleisch, das man auf dem Grill vergessen hatte. In seiner Vorstellung konnte er das brennende Fleisch riechen, hörte, wie es zischte.

Dann endlich, als er wie wild gegen den Fuß der Tür trat, gab sie nach. Entgegen seiner Erwartung fiel sie nach innen und begrub seinen Kopf und seine Schultern unter sich, so dass er sich darunter hervorwinden musste.

Er spürte, wie der Triumph in seiner Brust aufflammte, da er wusste, dass er in ein paar Minuten draußen im Hausflur sein und sich langsam aus der Gefahrenzone bringen würde.

Genau in diesem Moment, als er sich entspannte und sich schon in Sicherheit glaubte, ertönte ein Klicken. Es war kein besonders lautes Geräusch, aber für Manny war es, als sei eine Atombombe explodiert. In den Sekundenbruchteilen, als er zwischen Leben und Tod schwebte, erkannte Manovitch, dass die Heizung der Wohnung mit einem Timer versehen war.

Ein kleiner Funke genügte.

Eine Sekunde später, und Manny wäre im Hausflur gewesen, um die Ecke, *in Sicherheit.*

Aber er hatte keine Sekunde mehr, nicht einmal den Bruchteil einer Sekunde.

Manny hatte nicht einmal mehr genug Zeit oder Atem, um sich selbst als Arschloch zu beschimpfen.

Das Feuer raste durch die Wohnung, drang in jede Ritze, jede Ecke, bis es auch den kleinsten Hohlraum ausfüllte, sogar Mannys Lunge. Es breitete sich T-förmig auf beiden Seiten im Hausflur aus, löste die Farbe von den Türen, weichte das Linoleum auf und ließ Glühbirnen platzen. Dann zog es sich wieder in die Wohnung zurück als läge dort ein Drache, der seinen Feueratem in seine Brust zurücksog. Der halbleere Kanister explodierte und bespritzte die Überreste des Mobiliars, dann fraßen sich hartnäckigere Flammen fest und begannen, nach und nach den Inhalt des Wohnzimmers zu verschlingen.

Mit als Erstes fraß sich das Feuer in die Überreste des Wesens, das sich neben der Tür wie eine Eidechse auf dem Boden wand.

29

Der Dekan litt unter unheilbarer Schlaflosigkeit.

Momentan lag diese Schlaflosigkeit in seinem Job begründet, der hauptsächlich darin bestand, sich um die finanzielle Situation der Kathedrale zu kümmern, doch es hatte schon immer irgendeinen Grund dafür gegeben. Als er noch ein Junge gewesen war, so um die fünfzehn, und von den Mysterien und Ehren des Priestertums nur träumen konnte, hatte ihn nachts die Angst wach gehalten, er könnte sich irgendeine schreckliche Geschlechtskrankheit einfangen. Die anderen Jungen im Internat hatten ihm erzählt, dass er sich eine solche Krankheit auf öffentlichen Toiletten holen könnte, und so verbrachte er manchmal einen ganzen Schultag, ohne zu urinieren, was zu starken Schmerzen führte, als würde ihm jemand eine heiße Nadel in den Schritt rammen. So lernte er, Schmerzen zu hassen.

Damals hatte er Angst vor der Schande gehabt, denn er war überzeugt, niemand würde ihm glauben, dass er nicht bei einer Prostituierten gewesen war. Das hatte ihn wach gehalten, und er hatte schwitzend im Dunkeln gelegen, Stunde um Stunde. Einmal hatte er sich in einen solchen Angstzustand hineinfantasiert, dass seine Oberschenkelmuskeln verkrampften und die Blutzufuhr zu seinen Beinen unterbrochen wurde. Als er versuchte, aus dem Bett zu steigen und sich hinzustellen, trugen seine Beine ihn nicht mehr, und er schrie nach der Hausmutter, da er davon überzeugt war, sich im Schwimmbad irgendein Virus einfangen zu haben.

Heutzutage hatte die Schlaflosigkeit weniger dramatische Gründe.

Man hatte ihm gesagt, dass die Kathedrale an der nordöstlichen Ecke langsam absackte, und dass es eine Menge Geld kosten würde, sie abzustützen. Die Wohnräume des Dekans befanden sich in einem großen Sandsteinhaus, das sich ganz nah bei der Kathedrale befand. Regelmäßig ging er mitten in der Nacht zur Kathedrale und starrte auf den Punkt der Ecke, wo die Steine auf die Erde trafen, um zu sehen, ob er eine Bewegung entdeckte.

Für ihn sah immer alles gut aus, beständig wie ein Berg, aber sie behaupteten, das Gebäude würde absinken. Er hatte die Steine kurz über dem Boden mit einem wischfesten Stift markiert. Der Abstand zwischen der Markierung und dem Boden schien nicht kleiner zu werden. Er sah immer gleich aus. Er hatte schon gedacht, dass Gott vielleicht seine Gebete erhört hatte. Doch als die Experten vor einer Woche wiedergekommen waren, hatten sie ihm gesagt, dass das Gebäude immer noch absank. Eine Bewegung, die nur die Experten ausmachen konnten. Als er ihnen von seiner Markierung erzählt hatte, hatten sie ihn nur angesehen, aber diese Blicke waren vielsagend gewesen: *Mischen Sie sich nicht in Dinge ein, die Sie nicht verstehen.*

Er wollte ihnen sagen: *Das Mysterium der Schöpfung, die*

Rätselhaftigkeit des Todes und die Wege des Herrn verstehe ich auch nicht, soll ich deshalb aufhören, mich damit auseinanderzusetzen?

Sie erklärten ihm geduldig, dass die nächste Bewegung plötzlich erfolgen könne, oder sehr langsam, dass jegliche Erdbewegungen unvorhersehbar seien. Sie sagten, solche Dinge seien immer mit einer gewissen Unsicherheit behaftet. Sicher sei jedoch, dass die Kathedrale kippe, und auch wenn Gebete sicher nicht schaden könnten, sei es doch das Beste, mit Beton und Stahl auf Nummer sicher zu gehen.

Priester, die zu Besuch kamen, meinten, er solle sich keine Sorgen machen. Die Kathedrale stünde doch jetzt schon seit hundert Jahren, oder etwa nicht? Warum sollte sie also nicht noch tausend Jahre stehen? Oder zehntausend? Man müsse sich doch nur mal den Schiefen Turm von Pisa ansehen! Der stand doch immer noch, nach wie langer Zeit jetzt? Achthundert, neunhundert Jahre? Und sie kannten noch ein anderes Monument, oder zumindest hatten sie davon gehört, irgendwo in Asien oder Südamerika oder im pazifischen Raum, jedenfalls sei dessen Untergang schon vor Jahrhunderten prophezeit worden, und trotzdem habe es alle Experten überdauert.

Die Experten bezweifelten natürlich, dass religiöser Glaube stark genug sein könnte, um Tausende Tonnen von Granit zu stützen. Sie setzten ihren Glauben lieber in Stahlträger. Sie verstanden nicht, dass der Dekan der Meinung war, sein Glaube sei stärker als Stahl. Gott hatte Erde und Stein überhaupt erst geschaffen; danach konnte er damit tun, was ihm gefiel. Wenn Gott beschloss, die Kathedrale mit seiner Faust in den Boden zu rammen, würde er es tun. Doch falls er bereit sein sollte, die Gebete des Dekans zu erhören, würde das Gebäude bis in alle Ewigkeit stabil bleiben. Was waren schon ein paar tausend Tonnen, wo er doch Milliarden Tonnen in einem Vakuum schweben ließ, dafür sorgte, dass sie sich im Raum drehten, und erlaubte, dass darauf das Leben erblühte? Er hatte den Planeten erschaffen, der sich im Nichts drehte und in einem exakten Winkel geneigt war, und das ohne durch irgendetwas im Gleichgewicht gehalten zu werden. Er hatte unzählige solcher Welten erschaffen: ein ganzes, endloses Universum voller Welten.

Die Experten hätten sich die Argumentation des Dekans geduldig und voller Toleranz angehört, ihr sanft zugestimmt und dann darauf erwidert: *Ja, Herr Dekan, schon, aber wir haben es hier mit einer großen Schwachstelle zu tun … wir sind hier in San Francisco. Das ist Erdbebengebiet. Selbst ein kleines Beben …* Anscheinend verlief unter dieser Ecke ein tiefer unterirdischer Strom, der nach und nach die Fundamente abgetragen hatte, seit die Kathedrale 1883 erbaut worden war. Sie konnte noch ein Jahr stehen, noch zehn, vielleicht sogar noch hundert oder fünfhundert, ohne einzustürzen. In der Geologie war Zeit relativ. Vielleicht würde der San-Andreas-Graben auch erst in tausend Jahren wieder aktiv werden.

Aber das hier war eine Kathedrale. Sie sollte *für immer* an ihrem Platz stehen. Sie hatte das Beben von 1906 überstanden und seitdem noch einige andere, aber aufgrund des Stroms und der Erdbewegungen glaubten die Experten, dass ihre Tage gezählt seien, und damit meinten sie kleine Zahlen.

Dann waren da noch das Dach und die neue Schule, die man versprochen hatte, und viele, viele andere Kosten, sowohl laufende als auch einmalige.

Der Dekan hatte seine Position nicht nur dadurch erlangt, dass er ein guter Mensch war, obwohl er, wenn man nach den gängigen Standards ging, fest im Glauben stand. Aber er war außerdem ein guter Geschäftsmann, der wusste, wie man mit den Leuten umging und sie dazu brachte, ihn zu unterstützen, anstatt im Weg zu stehen. Deswegen war er heute auch kein Gemeindepriester mehr wie Vater Morgan, der zur selben Zeit die Weihen empfangen hatte wie er. Er konnte nichts für dieses Talent, und auch wenn er es im Dienste Christi einsetzte, hatte es den Nebeneffekt, dass es ihn auf der Karriereleiter nach oben trug. Es beunruhigte ihn und raubte ihm manchmal den Schlaf, dass seine Ziele sich so leicht hatten realisieren lassen. Er war der Ansicht, der Herr sollte es ihm schwerer machen, so dass der Erfolg schwierig, aber mit größerer Befriedigung zu erlangen war.

Der Dekan wanderte an der Kathedrale vorbei und war völlig in den dauernden inneren Kampf verstrickt, der ihn so vereinnahmte, dass er kaum mehr als vier Stunden Schlaf pro Nacht bekam. Zunächst bemerkte er den Mann nicht, der sich in den Schatten unter dem Stützpfeiler versteckte, doch dann erregte eine leichte Bewegung seine Aufmerksamkeit. Er blieb stehen und starrte in die Dunkelheit. Sein Puls beschleunigte sich.

»Wer ist da?«, rief er. »Wer ist da, mitten in der Nacht?«

Er fürchtete sich ein wenig davor, körperlichen Schaden zu nehmen, und war auch nicht der Ansicht, dass er sich für diese kleine Schwäche bei Gott entschuldigen müsste, falls es denn eine war. Viele Menschen scheuten Schmerzen: Man sollte sie schließlich auch nicht genießen. (Wenn man es tat, konnte das allein schon eine Sünde sein.) Und wenn man vor Schmerzen zurückscheute, gab es keinen Grund, warum man keine Angst vor ihnen haben sollte.

»Kommen Sie da raus!«

Ein großer Mann mit schmalem Gesicht trat aus den Schatten und sprach den Dekan leise an: »Ich bin Polizist. Wir haben Grund zu der Annahme, dass es hier nachts zu kriminellen Aktivitäten kommen könnte. Sind Sie der Bischof?«

»Der Dekan, aber ich verstehe nicht ganz.«

»Mein Partner und ich warten auf einen Brandstifter und Mörder, und es könnte zu Schwierigkeiten kommen. Es wäre besser, wenn sie nicht hierbleiben, Herr Dekan.«

Der Dekan konnte den anderen Mann jetzt auch sehen, er stand zwischen den Grabsteinen. Er trug etwas auf dem Rücken, das aussah wie diese Spritzapparate, mit denen man Insekten tötete. Manchmal sah man Gärtner in den städtischen Parks, die mit solchen Geräten die Büsche einsprühten …

Plötzlich schoss aus der Schnauze des Geräts eine dicke Feuerzunge über die Grabsteine hinweg. Sie beleuchtete die ganze Kathedrale. Stechender Benzingeruch hing in der Luft, der auf den Nasenschleimhäuten des Dekans brannte. Vor seinen Augen stieg schwarzer Rauch auf.

Der Dekan griff sich ins Gesicht, damit das Brennen aufhörte. Ihm rutschte das Herz in die Hose, und einen Moment lang konnte er nicht sprechen.

Dann stieß der Mann selbst einen Schrei aus.

»Er ist hier, Dave. Ich habe ihn mit dem ersten Stoß verpasst.«

Der Polizist hinter dem Dekan rief: »Wo ist er jetzt, Danny?«

»Er ist hintenrum gelaufen.«

Der Dekan war geschockt. Offensichtlich hatten sie es hier mit einem Verrückten zu tun. Aber warum benutzten sie diese seltsame Waffe? Eigentlich sollten sie doch Revolver oder so etwas einsetzen, höchstens vielleicht ein Gewehr, oder nicht? Warum das Feuer?

Der Dekan begann zu laufen, rannte stolpernd zwischen den Grabsteinen hindurch zu der Mauer, die den Friedhof umgab. Sobald er sie erreicht hatte, kauerte er sich hin und versteckte sich so hinter dem Wald aus Grabmalen. Jeder wollte im Friedhof der Kathedrale beerdigt werden, und sie packten sie in die

Erde wie Karotten in eine Dose. Es gab Kreuze, Steine, Engel und Obelisken und kaum einen Meter Abstand zwischen ihnen. Die Toten würden ihn beschützen, ihn verbergen, da er auf sie achtgegeben und sich um ihre Überreste gekümmert hatte.

Der Dekan hatte große Angst. Tief in sich konnte er spüren: Da draußen war etwas Furchtbares unterwegs, und es bewegte sich auf dem heiligen Grund seiner Kathedrale. Der Dekan war ein sehr spiritueller Mensch und in dieser Hinsicht wesentlich sensibler als die meisten seiner Kollegen. Seine Seele brannte vor Sorge. Irgendein schreckliches Wesen entweihte diese heilige Stätte. Es weckte eine Angst in dem Dekan, wie er sie noch nie gekannt hatte. Er presste sich die Knöchel seiner rechten Hand in den Mund und biss darauf, um nicht zu schreien. Durch seinen Geist wirbelten Gebete, *Heilige Maria, Mutter Gottes …*

Was war das für eine Waffe? Ein Flammenwerfer? Er spähte über den Wald von Steinen hinweg, als der Mann einen zweiten Feuerstoß losließ, der die Kathedrale unheimlich beleuchtete. Jetzt war sein Ziel dort, nur dreißig Meter vor ihm, doch die Kreatur hatte einen riesigen Grabstein aus der Erde gerissen und hielt ihn wie einen Schild vor sich. Das Feuer leckte an dem Stein.

»Er ist außer Reichweite, Danny, spar's dir!«, schrie der erste Polizist. Seine Stimme klang angespannt, voller Angst. Aber wenn er schon ängstlich klang, dann übertraf ihn der andere Polizist auf jeder Angstskala, die der Dekan je benutzt hatte.

»Ich weiß. Verdammt, ist der schnell. Ich kann ihm einfach nicht folgen, Dave. Er ist wie eine Schlange …«

Jetzt, wo er sie gesehen hatte, wusste der Dekan, was für eine Kreatur das war. Er *spürte* es tief in seiner Seele. Sie jagten da draußen einen Dämon: ein Wesen aus der Hölle. Ein widerwärtiges Monster, das irgendwie aus seiner eigentlichen Heimat geflohen und auf die Erde gekommen war, um seine Kathedrale zu zerstören. Kein Wunder, dass sie Feuer einsetzten. Kein Wunder, dass sie Angst hatten.

Der Dekan wäre an seiner eigenen Angst fast erstickt. Er biss sich noch fester auf die Knöchel und wimmerte leise. Am liebsten wäre er mit der Ziegelmauer verschmolzen. Er wünschte, die Marmorblöcke würden aus der Erde springen und eine Barriere zwischen ihm und diesem bösartigen Wesen bilden, das die Heiligkeit seines Heims beschmutzte.

Da registrierte er eine leichte Bewegung neben sich, und als er hochschaute, sah er die glühenden Augen der Kreatur, die ihn anstarrten. Der Dekan stieß einen leisen Schrei aus, doch das schlanke Wesen packte ihn sofort mit seinen unglaublich starken Händen und hielt ihn hoch, um ihn als Schild zu benutzen. Der spirituelle Gestank, der vom Körper des Dämons ausging, erinnerte an Verwesungsgeruch und sorgte dafür, dass der Dekan sich erbrach. Die Kreatur interessierte sich kein bisschen für ihn: Der Dekan war ein Werkzeug, mehr nicht.

»Lasst die Flammenmaschine fallen«, knurrte der Dämon, »oder ich zerbreche sein Genick wie einen Zweig.«

Der Polizist mit dem Flammenwerfer trat hinter einem Grabstein hervor. Er stand knapp zwanzig Meter vom Dekan und seinem Angreifer entfernt. Der Flammenwerfer war einsatzbereit und zeigte direkt auf den Dekan. Jederzeit konnte aus seiner hässlichen schwarzen Schnauze der Tod aufflammen und ihn in Kohle verwandeln. Der Dekan bereitete sich darauf vor zu sterben, murmelte seine Gebete und hoffte, danach noch lange genug zu leben, um vom Bischof die letzte Ölung empfangen zu können.

Er versuchte, sich die Schmerzen vorzustellen, wenn man bei lebendigem Leib verbrannte wie einer dieser protestierenden Buddhistenmönche, die er in den Nachrichten gesehen hatte, und die Vorstellung war grauenvoll, schlimmer, als er es ertragen konnte. Wenn die Haut am Körper versengt wurde, bereitete das dem Opfer unerträgliche, unfassbare Schmerzen. Der Dekan konnte sich noch gut daran erinnern, wie er sich einmal in der Kathedrale an einer Votivkerze den Finger verbrannt hatte, und dieser Schmerz war schon unglaublich schlimm gewesen. Nur eine kleine Stelle am Zeigefinger! Wie würde er sich fühlen, wenn sein ganzer Körper brannte und zischte wie das Kerzenwachs unter dem Gitter? Der Schmerz würde so intensiv sein, dass er es hören könnte, wie das Geräusch von Zikaden. Nur das nicht. Alles, nur das nicht.

Er wand sich in den Armen des Dämons, in der Hoffnung, dass er ihm das Genick brechen und er nach nur kurzem Schmerz sterben würde.

»Was soll ich tun, Dave? Ich kann ihn nicht verbrennen, er hat den Priester.«

Der Dekan war überrascht, als er plötzlich seine eigene Stimme hörte, die dem Polizisten befahl, das Gegenteil dessen zu tun, was er eigentlich wollte.

»Verbrennen Sie ihn, nehmen Sie keine Rücksicht auf mich. Verbrennen Sie das Böse …«

Eine Hand schloss sich über seinem Mund und drückte ihm die Lippen gegen die Zähne, bis er spürte, wie ihm Blut aufs Kinn tropfte.

»Ruhe, oder ich breche dir das Genick, ich schwör's.«

Der Polizist, den der andere Dave genannt hatte, sagte: »Lass ihn gehen, Nethru. Du bist doch hinter uns her.«

Nethru war unsicher, was er als Nächstes tun sollte. Er hatte richtig geraten: Sie würden den Priester nicht töten. Aber genauso wenig würden sie den Flammenwerfer aufgeben, das konnte er sehen. Warum sollten sie auch? Sie würden den Priester nicht verbrennen, das war gegen ihr Gesetz. Also musste er sich an dem Priester festhalten und ihn als Schild benutzen.

Aber er konnte nicht ewig dort stehen bleiben, während der Mann sich wie ein Fisch in seinen Händen wand. Er musste etwas unternehmen. Er würde nicht verschwinden, ohne die beiden getötet zu haben. Deswegen war er hergekommen, und das würde er tun. Jetzt musste er sie dazu bringen, irgendwohin zu gehen, wo sie ihre Waffe nicht einsetzen konnten.

In die Kathedrale?

Danny wusste nicht, was er tun sollte. Er war kurz davor, den Flammenwerfer fallen zu lassen. Aber er wusste, wenn er das tat, würde er sterben, und Dave auch, und wahrscheinlich auch der Dekan. Aber wenn er *nicht* tat, was Nethru sagte, würde der dem Dekan das Genick brechen. Danny würde es sich nie verzeihen, wenn der Dekan getötet wurde. Das wäre dann seine, Dannys, Schuld, und er würde es sich für den Rest seines Lebens vorwerfen. Für den Tod eines Priesters verantwortlich zu sein, war so, als ob man ein Kind überfuhr. Mit einer solchen Schuld konnte man nicht leben. Es machte einen wahnsinnig.

Jetzt steckten sie also in einer klassischen Pattsituation, und Danny wünschte sich, er wäre irgendwo anders, vielleicht in Philadelphia oder so.

Dave fühlte sich hilflos. Er hatte keine Ahnung, was er als Nächstes tun sollte. Er konnte sehen, dass Danny stärker unter Spannung stand als ein Tennisschläger. Dave hatte keine Ahnung, was Danny in diesem Moment durch den Kopf ging, aber er wusste, dass er gleich entweder den Flammenwerfer fallen lassen oder den Abzug drücken würde. Dafür kannte er

Danny gut genug. In mancher Hinsicht kannte er Danny besser, als der sich selbst kannte.

Dann war da noch der Dekan, dessen Angst man auf fünfzig Meter Entfernung riechen konnte. Aber der Mann hatte Mut. Als Mann des Glaubens war er mit dem Tod sicherlich im Reinen. Der Dekan hatte Angst, wie jeder in seiner Situation, aber wovor? Vor dem Dämon? Oder davor, vom Bösen der Kreatur beschmutzt zu werden, die ihn umklammerte? Oder hatte er trotz seines Glaubens doch Angst vor dem Tod?

Und zum Schluss war da noch Nethru, der zwar unberechenbar war, dessen praktische Ziele sich aber einschätzen ließen. Nethru wollte die beiden Polizisten töten. Er wollte Rache. Wenn er den Priester tötete, würde er sie nicht bekommen, denn dann würde er wenig später durch Feuer zerstört werden. Inzwischen musste dem Dämon klargeworden sein, dass Danny den Flammenwerfer nicht wegwerfen würde, sonst hätte er es bereits getan. Also war auch Nethru in einer Zwickmühle gefangen.

»Tu mir nicht weh«, hörte Dave den Priester sagen, »ich kann Schmerzen nicht ertragen.«

In diesem Moment erkannte Dave die Lösung, und er musste lächeln.

Er zog seine Pistole aus dem Holster und zielte. Nethru grinste abfällig, aber er wusste ja auch nicht, was passieren würde.

Der Priester sah Dave in die Augen, und die beiden verstanden sich.

Dave sagte: »Halt den Flammenwerfer bereit, Danny. Ich werde den Dekan mit einem sauberen Schuss töten. Der Dekan hat keine Angst davor zu sterben. Ist es nicht so, Herr Dekan?«

Der Dekan nickte bestätigend.

»Töten Sie mich«, bat er.

Nethru spürte, wie sich der Priester in seinen Armen entspannte. Nein, der Priester hatte wirklich keine Angst zu sterben. Alles an ihm wehrte sich gegen Schmerzen, aber nicht gegen den Tod. Würde dieser Polizist den Priester tatsächlich töten? Ja, Nethru glaubte, dass er es tun würde, um an ihn heranzukommen, an den Mörder seiner Frau und seines Sohnes. Dieser Polizist war bereit, sich selbst und seinen Freund zu opfern, warum also nicht auch irgendeinen Fremden?

Nethru hatte sich allerdings einen Fluchtweg offengelassen, den die Polizisten bestimmt übersehen hatten.

Er ließ den Priester los, sprang mit einem hohen Rückwärtssalto über die Mauer und landete auf der anderen Seite auf dem Bürgersteig. Da die Kathedrale an einem Hang stand, befanden sich Straße und Fußgängerweg an dieser Stelle ungefähr zwei Meter unterhalb des Friedhofsniveaus. Nethru war dadurch außerhalb der Reichweite der Polizisten, die erst auf eine knapp zwei Meter hohe Mauer klettern und dann fast vier Meter tief springen müssten.

An diesem Punkt hätte Nethru weglaufen und so entkommen können, aber deswegen war er nicht hier. Er war hier, um sie zu töten, und die Feuermaschine würde ihn nicht von seinem Vorhaben abbringen. Sie würden sterben, heute Nacht, durch seine Hand.

Der Dämon hatte seine eigenen Waffen mitgebracht. In den Taschen seines Regenmantels steckten sechs Molotowcocktails, und einen davon holte er jetzt hervor. Er zündete die Lunte an, warf ihn über die Mauer und hörte, wie er zerschellte, wahrscheinlich an einem der Grabsteine. Auf das Rauschen der sich entzündenden Flammen folgte das befriedigende Geräusch eines Schreis.

Nethru hatte auf die Stelle gezielt, wo er den Priester zurückgelassen hatte.

Ein Stück weit die Straße runter stand ein Betrunkener. Der Name des Betrunkenen war Billy Dranton, und er war auf dem Weg nach Hause zu seiner Frau, nachdem ihm das Geld und der Alkohol ausgegangen waren. Billy brauchte unbedingt noch ein paar Schluck, bevor er Maria gegenübertreten konnte, die immer höllisch zickig wurde, wenn er mal mit den Jungs einen trinken ging. Beim letzten Mal hatte sie ihn mit dem Brotmesser angegriffen, obwohl es ihr hinterher leidgetan hatte, als er den Küchenfußboden vollgeblutet hatte.

Billy war abrupt stehen geblieben, als er gesehen hatte, wie jemand aus dem dunklen Himmel fiel und vor ihm auf dem Bürgersteig landete. Er hatte verwirrt zu den Sternen hochgeschaut, halb in der Erwartung, dass da noch mehr kommen könnte. Dann holte der Typ, der vom Himmel gefallen war, eine Flasche mit gutem Sprit aus der Tasche – so wie es aussah, war die Flasche *voll* – und zündete sie oben an.

»Hey«, sagte Billy zu Nethru. »Hey, was mach'n Sie'n damit?« Am Flaschenhals züngelten Flammen hoch.

Zu Billys großem Ärger und Verdruss warf der Mann die Flasche in den Friedhof. Warf sie einfach *weg*. Irrer Spinner. Verdammter, irrer Freak. Eine *ganze* Flasche.

Es musste guter Stoff gewesen sein, denn auf der anderen Seite der Mauer explodierte er und spuckte Feuer.

»Wassurhölle? Warumhamsiesnichmirgegebn?«, schrie Billy, stinksauer über eine solche Dämlichkeit.

Der Mann, ein dürrer Arsch mit einem Weibergesicht, rannte auf Billy zu, und instinktiv kauerte sich Billy zusammen, um den Typen mit einem Football-Tackle zu Boden zu reißen. Vielleicht hatte der dürre Wichser ja noch eine *andere* Flasche dabei? Billy brauchte unbedingt einen Drink, also würde Billy es herausfinden.

Nethru rannte auf den Betrunkenen zu und stieß ihm die

Schulter gegen die Brust. Der Säufer packte sich Nethrus Mantel und hing für einen Moment an ihm dran. Nethru rammte ihm den Ellbogen ins Gesicht, wodurch der Mann auf die Straße geschleudert wurde, auf einem Stück Müll ausrutschte und auf den Hintern fiel. Seine Nase blutete heftig.

»Hey!«, schrie er wieder. »Hey!«

Aber der Betrunkene hielt jetzt etwas in der Hand. Er hatte eine Flasche aus einer von Nethrus Taschen gezogen. Nethru machte einen Schritt in seine Richtung, aber der Betrunkene hatte bereits den Lappen aus dem Flaschenhals gezogen und einen tiefen Schluck von dem Benzin genommen, bevor Nethru ihn erreichen konnte.

Er stieß ein befriedigtes »Ha« aus.

Dann quollen dem Mann plötzlich die Augen aus dem Schädel, und er begann zu husten und zu keuchen. Er umklammerte seine Kehle und wand sich auf der Straße. Die Flasche fiel aus seinem Griff und rollte davon, wobei sie eine Benzinspur bis zum Gully zog.

Nethru hielt nur kurz inne, um die Benzinspur anzuzünden, dann rannte er weiter. Einen Moment später hörte er, wie der Cocktail hochging, und dann noch ein dumpferes Geräusch, wahrscheinlich die Lungen des Säufers, die explodierten.

Nethru rannte im Schatten der Mauer schnell zur Rückseite der Kathedrale zurück, wo er über die Mauer kletterte. Dann schlüpfte er zwischen die Grabsteine, von denen aus marmorne Engel jede seiner Bewegungen mit gleichgültigen Augen verfolgten.

Er begann, die Rückwand des Gebäudes zu erklimmen.

Danny kreischte: »Hast du das gesehen?«

Dave hatte es gesehen. Die Bewegung war unfassbar schnell gewesen. Im einen Moment war der Dämon noch dagestanden, die Arme um den Dekan geschlungen, und im nächsten war er weg gewesen, hatte irgendeinen artistischen Sprung hingelegt, mit dem er über die Friedhofsmauer verschwunden war.

Danny rannte gerade zur Mauer, als der Molotowcocktail angeflogen kam und neben dem Dekan zerschellte. Er duckte sich hinter einen Grabstein, da er wusste, dass das Feuer nicht an die Tanks auf seinem Rücken gelangen durfte, da er sich sonst in eine Feuersäule verwandeln würde, gegen die die Türme der Kathedrale winzig wären.

Der Priester wurde mit brennendem Benzin bespritzt und begann zu schreien, als es seine Haut verbrannte. Dave rannte auf ihn zu und zog sich dabei die Jacke aus. Er wickelte sie dem Dekan um Kopf und Oberkörper und erstickte so die Flammen. Dann zog er den Dekan aus dem Feuerring, in dem das Benzin noch immer brannte. Der Dekan stöhnte, stand nach einem Moment aber wieder auf.

»Es geht mir gut«, sagte er mehrmals, »machen Sie sich keine Sorgen. Mir geht's gut. Mir geht's gut.«

Wie ein Hysteriker, der mehr sich selbst als die anderen überzeugen will, wiederholte der Dekan den Satz immer wieder. Dave leuchtete ihn kurz mit seiner Taschenlampe ab und entdeckte nur oberflächliche Brandwunden. Zum Glück würde es dem Dekan wirklich schnell wieder gutgehen.

Auf der anderen Seite der Mauer wurden Schreie laut, dann der Knall einer weiteren Explosion. Danny richtete sich wieder auf, schaute über die Mauer und rief dann über die Schulter: »Er hat noch jemanden angezündet. Jesus, der arme Kerl …«

Der nächste Schrei kam vom Dekan: »Da ist er!«

Der Dekan zeigte auf die Rückwand der Kathedrale, und für einen Moment vergaß er sogar seine Wunden. Nethru kletterte zügig daran hoch, schob Finger und Zehen in jeden Spalt wie eine gigantische schwarze Spinne, die an einem Felsen hinaufläuft. Es war ein unheimlicher Anblick. Der Dämon konnte sich mit der Geschwindigkeit einer zuschlagenden Schlange bewegen und mit seinen krallenartigen Händen an den glattesten Oberflächen hinaufklettern.

Dave kannte einige Kletterer, die senkrechte Wände ersteigen konnten, solange es nur winzige Spalten, Risse und Vorsprünge gab, die in jeder aus einzelnen Steinen errichteten Mauer zu finden waren. Aber niemals so schnell. Der Aufstieg eines Kletterers war gezielt und vorsichtig, keine hastige, krabbelnde Bewegung, die jeden Krebs am Strand hätte alt aussehen lassen.

Danny rannte auf die Kathedrale zu und fummelte am Brenner des Flammenwerfers herum, aber bevor er in Reichweite kam, hatte Nethru bereits das Kennedy-Fenster erreicht. Während er sich mit der rechten Hand an einem Wasserspeier festhielt, schlug er mit der linken Faust das runde Buntglasfenster ein. Dann war er weg, durch das Loch im Fenster verschwunden. Drinnen schien er sich fallen zu lassen, statt zu klettern.

»Der Sturz wird ihn umbringen!«, schrie Danny.

Aber Dave wusste, dass das nicht passieren würde. Nethru war nicht wie der Dekan. Nethru interessierten Schmerzen nicht. *Er* fürchtete nur Vernichtung. Und der Dämon konnte nur durch Feuer vernichtet werden. Ein Sturz würde ihm ein oder zwei Knochen brechen, die aber in kürzester Zeit, vielleicht schon in Sekunden, wieder heilen würden.

Jetzt war der Dämon in der Kathedrale. Dave verstand, warum er dort hineingeklettert war. Er wollte sie reinlocken. In dem beengten Raum wäre der Flammenwerfer schwieriger einsetzbar, und es gab viele Verstecke. Dave würde Danny an der Tür positionieren und den Dämon aus seinem Versteck aufscheuchen müssen, vielleicht aus der Krypta oder aus einem der vielen kleinen Räume mit lateinischen Namen, die es in katholischen Kathedralen gab.

Dann fiel es Dave wieder ein.

»Mein Gott, Vanessa ist da drin …«

30

Vanessa hatte auf die Schreie von draußen gelauscht und daraus geschlossen, dass der Dämon nicht verbrannt worden war. Die Geräusche klangen nach Frustration und Verfolgung, danach war alles still. An der Rückwand des Gebäudes ertönte ein Kratzen, dann mehr aufgeregte Schreie. Plötzlich zerbrach das Fenster über dem Altar mit einem Knall, der sie ängstlich zusammenzucken ließ. Buntes Glas und Bleifassungen fielen zu Boden und zersplitterten um sie herum auf den Steinplatten, zerbrachen in kleinere Stücke, die durch den gesamten Altarraum purzelten.

Sie schaute an dem Pfeiler, hinter dem sie hockte, vorbei nach oben. Durch die Lücke in dem runden Fensterrahmen kam eine Gestalt. Das musste Nethru sein. Sie sah zu, wie sich der Dämon aus enormer Höhe fallen ließ und sein Regenmantel sich bauschte wie ein Umhang. Er landete wie eine Katze auf allen vieren hinter dem Altar. Dann ein Geräusch, als würde eine Flasche zerbrechen: Das Klirren war gedämpft, als wäre das Glas in Stoff gewickelt. Sie roch Benzin. Beim Sturz war einer seiner Molotowcocktails zerplatzt. Sie war sich sicher, dass er in den Taschen dieses weiten Regenmantels noch mehr davon hatte.

Ihr Herz raste, und nackte Angst packte sie, als sie darauf wartete, dass er hinter dem Altar hervortrat. Dann kam ihr der Gedanke, dass Nethru zwar vielleicht nicht verletzt, aber durch die Heiligkeit des Gotteshauses in seiner Bewegung eingeschränkt war. Das Kruzifix, die Marienstatue, der heilige Boden, das ganze geweihte Umfeld – vielleicht waren das alles neutralisierende Einflüsse, die dem Dämon seine Kräfte raubten. Draußen, zwischen den Gräbern, gab es nur wenige starke heilige Symbole. Nur ein paar steinerne Engel, vereinzelte Steinkreuze. Nichts, das wirklich Kraft besaß. Aber hier drin gab es heilige Dinge, Weihwasser, heilige Bücher.

Das war das erste Mal gewesen, dass sie die Kreatur gesehen hatte, und sein dramatischer Auftritt hatte nicht gerade dazu beigetragen, ihre Ängste zu mindern. Sie hatte einen dunklen, schmalen Schatten gesehen, katzengleich, sehr beweglich, der durch das zerbrochene Kennedy-Fenster gesprungen und gebückt auf dem Boden gelandet war. Vanessa hasste Katzen. Ihre Augen starrten einem bis in die Seele, und sie grinsten über alle Sünden.

Gerade als sie sich zu fragen begann, ob der Sturz das Wesen vielleicht doch verletzt hatte, stand es auf, und sein blasses Gesicht wurde im Licht der Altarkerzen sichtbar. Vanessa duckte sich hastig wieder hinter den Pfeiler und umklammerte die 38er mit beiden Händen. Sie bot ein bisschen Trost – nicht viel, aber ein bisschen. Nach einer Weile riskierte Vanessa wieder einen Blick und sah, wie Nethru abfällig das Altarkreuz zur Seite stieß. So viel zu ihrer Idee, dass Geheiligtes ihm seine teuflische Stärke rauben könnte. Er sah sich in der Kathedrale um, und das Licht der Kerzen spiegelte sich in seinen dunklen Augen. Wieder duckte Vanessa sich weg.

An der Wand, an die sie schaute, flackerte ein Schatten. Sie zuckte zusammen. Er ging umher, doch sie konnte keine Schritte hören. Das machte ihr Angst. Auch wenn er direkt auf sie zukam, würde sie es nicht merken. Dann hörte sie, wie etwas umfiel –, ein Stapel Gesangbücher oder Bibeln – und wusste, dass er auf der anderen Seite des Mittelgangs sein musste.

Vanessa steckte die Waffe in die Tasche ihres dicken Wollrocks und schlich von einem Pfeiler zum nächsten. Sie hoffte, es so bis zum Altar zu schaffen, um sich dann dahinter zu verstecken. Dort war er schon gewesen, und er würde sich wahrscheinlich nicht die Mühe machen, noch einmal hinzugehen, selbst wenn er ahnen sollte, dass sie hier drin war.

»Ich kann dein Parfum riechen«, sagte eine Stimme.

Das ließ sie vor Angst erstarren. Seine Stimme war genauso, wie sie es sich vorgestellt hatte: rau, misstönend und gepresst.

»Ich weiß, dass du das bist. Ich habe dich schon einmal gerochen, als ich dir durch die Straßen gefolgt bin. Du hast ja keine Ahnung, wie nah du an diesem Tag deiner Vernichtung gekommen bist. Das musste ich mit einem anderen Tod kompensieren. Es war ein Mann, dünn, blass, mit schlechten Augen. Er hatte eine Brille, die bei verschiedenem Licht die Farbe gewechselt hat …«

Tom.

»… und er war bei dir gewesen. Ich habe dein Parfum an ihm gerochen. Ich habe mit meiner Hand sein Gesicht zerquetscht. Dann habe ich ihn in die Kanalisation geworfen. Inzwischen haben die Ratten ihn bestimmt aufgefressen.«

Er hatte Tom getötet, an dem Tag, als Tom versucht hatte, sie zu vergewaltigen. Der arme, dumme Tom. Er war ein Idiot gewesen, aber er hatte es nicht verdient zu sterben. Wozu erzählte der Dämon ihr das alles? Erwartete er, dass sie wild schreiend aus ihrem Versteck gerannt kam und Vergeltung für den Tod ihres Exmannes suchte? Das war möglich. Es war genauso gut möglich, dass er versuchte, sie mit einem – wie er meinte schlauen – Trick aus der Reserve zu locken. Ohne Zweifel hatte er inzwischen verinnerlicht, wie sehr die beiden Männer seine

Zerstörung wünschten, weil er ihre Frauen umgebracht hatte. Warum sollte eine Frau nicht das Gleiche empfinden, wenn es um ihren Mann ging?

Nur, dass Tom nicht mehr ihr Mann gewesen war und sie sich bestimmt nicht um seines Andenkens willen verraten würde. Da hatte Nethru sich böse verrechnet, und wenn er solche Fehler machen konnte, hieß das, dass er verwundbar war. Es gab immer noch Hoffnung, dass er zerstört werden konnte.

»Kommst du jetzt raus, oder muss ich hier alles auseinandernehmen, um dich zu finden?«

In diesem Moment schabte etwas an der Tür, und Vanessa erkannte, dass jemand reinkommen wollte, und zwar möglichst leise. Sie hoffte, dass es Danny mit dem Flammenwerfer war: Dann musste sie den Dämon ablenken.

»Warum willst du das?«, fragte sie, und ihre Stimme hallte in dem großen Raum wider.

»Weil ich dich benutzen kann«, erwiderte er.

Er begann, sich in ihre Richtung zu bewegen, doch im selben Moment kamen Dave und Danny in die Kathedrale. Einen Augenblick lang standen sie im Türrahmen, zwei dunkle Silhouetten vor dem in Mondlicht getauchten Friedhof.

»Vanessa?«, rief Dave. »Geht es dir gut?«

Danny hob die Schnauze des Flammenwerfers und zielte auf den Dämon, doch Dave schrie: *»Nein!* Vanessa ist irgendwo hier drin.«

Da erreichte Nethru die Stelle, an der sie sich zu verstecken versuchte, und packte sie an der Kehle. Er zerrte sie aus dem Versteck und zeigte sie den beiden Männern. Vanessa hielt es für vollkommen sinnlos, sich zu wehren. Dieser Mann, diese *Kreatur*, war so stark, dass sie ihr mit einer Bewegung das Rückgrat brechen konnte. Sie wurde schlaff und ließ sich von dem Dämon tragen.

»Ich habe die Frau«, sagte Nethru schlicht.

Danny senkte den Flammenwerfer.

Drückendes Schweigen folgte, dann sagte Dave verbittert: »Was verlangst du von uns?«

»Nehmt die Waffe ab. Werft sie nach draußen.«

»Danny, nicht …«, kreischte Vanessa, aber Nethru drückte ihr die Kehle zu und brachte sie so zum Schweigen. Sie versuchte, die Pistole aus der Tasche zu ziehen, aber der Hahn hatte sich im Stoff verfangen, außerdem wurde sie immer schwächer.

Dann griff Nethru mit der rechten Hand in seinen Mantel und zog einen Molotowcocktail hervor. Er zündete ihn an einer Kerze an und schleuderte die kleine Flaschenbombe.

Dave ließ sich instinktiv fallen und hob die Arme über den Kopf.

Danny wich mit offenem Mund zwei Schritte zurück, da er natürlich wusste, dass sein Rücken explodieren würde, wenn die Flasche aufschlug, zerbrach und alles um sich herum mit Flammen überzog. Er würde in einem Feuerball aufgehen und Dave mit sich reißen.

Die Benzinbombe traf weder die Steinplatten noch eine der Bänke. Stattdessen streifte sie Danny an der Schläfe und schlug ihn k.o.. Dann wurde die Flasche von Dannys Schädel abgelenkt und flog durch das offene Portal auf die Eingangsstufen der Kathedrale. Dort zerbrach sie und fing Feuer, so dass die Nacht strahlend erhellt wurde.

Zum Glück für die beiden Polizisten spritzte nur wenig Benzin durch die Tür in den Innenraum zurück. Ein bisschen davon landete auf Dannys Schultern, nachdem er krachend auf den Steinplatten zusammengebrochen war, aber Dave schlug die Flammen schnell mit den Händen aus.

Dann drehte sich Dave zu dem Dämon um.

»Lass sie gehen«, sagte er zu Nethru. »Du kannst uns haben. Lass sie einfach gehen.«

Vanessa wollte Dave deutlich machen, wie wütend sie auf ihn war, und ihm signalisieren, er solle verschwinden, weglaufen und Hilfe holen.

Doch Dave blieb, wo er war. »Ich kann das einfach nicht zulassen. Nicht noch einmal.«

Sie wusste, dass er von Celia sprach.

Nethru lachte.

»Das ist leicht. Viel zu leicht.«

Er ließ Vanessa los und war mit wenigen Schritten bei Dave. Der Dämon packte den Polizisten, hob ihn hoch und warf ihn den Mittelgang hinunter. Dave landete auf der Seite und rutschte weiter bis vor den Altar, wo die Aufbauten mit einem lauten Scheppern über ihm zusammenbrachen. Stöhnend blieb er liegen. Vanessa rannte zu ihm und kniete sich neben ihn. Dave atmete noch, aber sein linker Arm stand in einem grotesken Winkel vom Körper ab.

Nethru nahm Dannys lebloser Gestalt den Flammenwerfer ab, verbog den Brenner, bis er nutzlos war, und warf ihn in die Nacht hinaus.

Dann kam er durch den Mittelgang auf Dave zu.

»Ich werde dich verbrennen«, verkündete er.

Vanessa rannte ans andere Ende der Kathedrale und kauerte sich dort zusammen. Hier schaffte sie es endlich, die 38er aus der Tasche zu holen. Sie versteckte sie hinter ihrem Rücken, wie ein Kind, das ein Geheimnis hütete. Als Nethru sie erreichte, packte er sie an den Haaren und zerrte sie auf die Füße. Sie spürte keinen Schmerz, nur das ansteigende Adrenalin, das durch ihren Körper floss. Ihre Hand war ruhig. Er zerrte sie zu der Stelle, wo Dave lag, halb ohnmächtig auf den Stufen zum Altar.

Plötzlich stieß sie dem Dämon die Waffe ins Gesicht und drückte ab.

Der Schuss löste sich, traf sein Ziel, und die Waffe zuckte in ihrer Hand und fiel dann klappernd zu Boden. Der Knall des Schusses war ohrenbetäubend, wie eine Explosion, da das Geräusch in der großen Kathedrale um das Zehnfache verstärkt wurde. In Vanessas Ohren dröhnte es.

Nethrus Kopf wurde abrupt zurückgerissen, und er musste sie loslassen. Er stöhnte schmerzerfüllt. Seine Hand wanderte zu seinem Gesicht.

Die Kugel hatte sein linkes Auge zerstört.

»Du …«

Die Wut in diesem einen, leisen Wort jagte ihr einen Schauer über den Rücken. Da wusste sie, dass sie ihn verletzt hatte, dass er große Schmerzen litt. Und sie wusste, dass er zwar heilen würde, ihm aber etwas genommen worden war, das er nicht ersetzen konnte. Sie hatte ihm eines seiner Augen gestohlen, und jetzt würde er sie zerpflücken wie ein Insekt.

Dave, dessen einer Arm offenbar gebrochen und damit nutzlos war, versuchte, mit seiner gesunden Hand Nethrus Knöchel zu packen, und bekam dafür einen heftigen Tritt ins Gesicht verpasst, der seinen ganzen Kopf zurückschleuderte.

Vanessa hob hastig die Pistole auf und rannte zurück zu einem Pfeiler.

Danny war am anderen Ende des Mittelgangs inzwischen wieder auf die Füße gekommen und stolperte unsicher in Nethrus Richtung. Er hatte seine Waffe gezogen. In seinem Gesicht lag ein Ausdruck hemmungsloser Wildheit.

Vanessa schrie: »Ziel auf sein rechtes Auge!«

Danny blieb stehen und blinzelte, daran erkannte sie, dass er ihre Botschaft verstanden hatte. Der kleine, kahlköpfige Cop ließ sich auf ein Knie sinken, zielte sorgfältig und drückte sechsmal ab. Die Schüsse donnerten durch die Kathedrale, und Vanessa sah, wie Nethrus Kopf zurückzuckte. Als er sich zu ihr umdrehte und sie ansah, hatte er zwei Löcher in der rechten Wange und eines knapp über dem gesunden Auge.

Danny hatte das Ziel verfehlt.

Nethru hob das Altarkreuz auf und schleuderte es durch den Gang. Es traf Danny an der rechten Schulter, so dass er herumgeschleudert wurde und neben der Tür zu Boden ging. Stöhnend blieb er liegen.

Vanessa wich zurück, als Nethru sich ihr näherte.

»Du hast mir Schmerzen bereitet«, sagte er nur.

Vanessa stieß mit dem Rücken gegen den Pfeiler.

Der Dämon kam immer näher.

Sie hob noch einmal die 38er, diesmal mit beiden Händen, damit sie sich nicht aus ihrem Griff lösen konnte. Sie hatte noch fünf Schüsse. Ihr Verstand war eiskalt geworden. In ihr war keine Angst mehr. Sie drückte den Abzug durch, wie Dave es ihr gezeigt hatte. Viermal schoss sie und versuchte, Nethrus Gesicht zu treffen. Jedes Mal traf sie entweder zu hoch oder zu tief. Es hätte an ein Wunder gegrenzt, wenn sie aus dieser Entfernung sein gesundes Auge getroffen hätte, bei so wenig Erfahrung im Umgang mit Waffen.

Drei Kugeln gingen daneben, eine traf seine Kehle. Dann drückte sie ein letztes Mal ab und traf ihn an der Stirn.

Die Kraft dieses letzten Schusses trieb ihn ein kleines Stück zurück, und er stieß gegen den Ständer mit den brennenden Votivkerzen, von denen einige schon ziemlich heruntergebrannt waren und wild flackerten.

Bei seinem Sturz durch das Fenster war Nethrus Regenmantel mit Benzin getränkt worden. Das fing jetzt Feuer. Das Benzin war zwar schon fast verdampft, aber es war noch genug übrig, um eine dünne, blaue Flamme an seiner linken Körperseite emporzüngeln zu lassen. Im Gesicht des Dämons zeigte sich eine Erkenntnis. Er trat von den Kerzen weg und schlug auf die zarten Flammen ein, die über seinen Körper zu tropfen und ihm durch die Finger zu rinnen schienen. Vanessa verstand nicht, warum die kleine blaue Flamme den Dämon so beunruhigte. Sie hatte schon schlimmeres Feuer gesehen, wenn ein Pudding flambiert wurde. Ihr war nicht klar, dass er sich gerade in einer sehr gefährlichen, verwundbaren Position befand.

Doch in solchen Situationen funktioniert das Gehirn eines Polizisten schneller.

»Nethru!«

Als er Daves Stimme hörte, schaute der Dämon hoch. Vanessa sah kontrollierte Panik und hemmungslose Angst in seinem Gesicht. Dave hatte seine 38er in der gesunden Hand und zielte damit auf Nethru, der endlich begriffen hatte, was seine Schwachstelle war. Seine eigenen Waffen waren seine Schwäche, seine größte Angst. Und der Detective wusste das ebenfalls.

Dave lächelte, doch es war kein angenehmes Lächeln. Es war tödlich. Er sprach ganz sanft, als hätte er Angst, sein Atem könnte die zarte Flamme auspusten, die am Mantel des Dämons züngelte.

»Immer noch Benzin an dir, Freundchen?«

Während er sprach, drückte der Detective sechsmal ab. Er verteilte die Schüsse sorgfältig über den Oberkörper des Dämons. Als die Flaschen in seinen Taschen platzten, huschte ein Ausdruck gequälter Überraschung über Nethrus Gesicht.

Dann verwandelte er sich in eine riesige Feuerblume, die fast bis zum Dach der Kathedrale hinaufreichte.

Die Hitze der Flammen trieb Vanessa zurück Richtung Fenster, doch sie hörte das knisternde, zischende Geräusch und roch den Gestank von brennendem Fleisch. Ein hoher, ferner Schrei setzte ein. Er schien aus einer anderen Welt zu kommen. Es war der Schrei eines Tieres, das unerträgliche Schmerzen litt. Es war der Schrei einer sterbenden Kreatur, der sich die Haut vom Leib schälte. Er war laut und schrill genug, um Trommelfelle platzen zu lassen. Es war der Schrei einer Feuerzunge, einer Kehle, deren Fleisch brannte, einer Lunge, die in der Hitze kochte.

Die Wucht der Schüsse, die seine Brust trafen, hatte den Dämon zurückgetrieben, so dass er nun in den Ständer mit den Votivkerzen fiel. Dort brannte er weiter wie eine Wachsfigur, zuckte und kämpfte gegen unsichtbare Qualen. Er wurde von heiligem Feuer verzehrt, von den heiligen Kerzen der Gläubigen, und sein Fleisch brannte lichterloh. Sein verbliebenes schwarzes Auge warf Vanessa einen durchdringenden, wütenden Blick zu, bevor es in der Hitze des Infernos schmolz. Er stolperte auf sie zu und streckte seine schwarzen, qualmenden Finger nach ihr aus. Vanessa wich ihm aus und sah zu, wie er brennend umhertorkelte.

Dann rannte er los, wobei er noch immer diese schrillen, gequälten Töne ausstieß. Irgendwie schaffte er es zum Eingang der Kathedrale und stolperte durch die Tür nach draußen.

Für einen Moment erleuchtete er die Nacht, bevor sie ihn verschluckte.

Vanessa rannte hinaus. Dort sah sie den Dämon, der, immer noch brennend, voller Hast an einem der Kirchtürme hinaufkletterte. Er war eine lodernde Fackel, kroch blind über die Steine, fand wie durch ein Wunder immer wieder Halt für seine Finger und Zehen. Es war so, als versuche er auf einer Leiter den Himmel zu erreichen, den Ort, den er immer noch für sein rechtmäßiges Heim hielt. An der Spitze des Turms gab es kein Weiterkommen mehr für ihn, also klammerte er sich an das Metallkreuz, das den Turm krönte, das aber durch sein Gewicht aus seiner Verankerung gerissen wurde.

Einen Moment lang schien er in der Luft zu hängen, nur seine Füße berührten noch die Turmspitze.

Dann fiel er zur Erde, und der Luftstrom um seinen Körper fachte die Flammen an, so dass sie sich weit um ihn ausbreiteten wie flatternde Laken. Sie streckten sich wie rote Flügel an seinen Seiten aus. Diese stürzende Gestalt mit den Feuerflügeln war ein gleichzeitig schöner und grauenhafter Anblick.

Für ein paar Sekunden war Nethru der leuchtende Buchstabe eines uralten Schriftstücks.

Vanessa sah zu, wie er auf dem Boden aufschlug, dann ging sie hinein, um den Männern zu helfen.

Dave erklärte ihr, dass der Schmerz in seinem gebrochenen Arm nur minimal schlimmer sei als der in seiner gebrochenen Nase. Vanessa half ihm auf die Füße. Danny hatte es geschafft, sich aufzusetzen, und hielt sich die Schulter, die schlimm aussah. Er versuchte zu grinsen, doch es verzerrte sich zu einer Grimasse.

Zu dritt humpelten sie in die Nacht hinaus und sahen sich um. Sie suchten nach den Überresten des gefallenen Engels.

Nethrus verkohlter Körper war nicht weit entfernt.

Er lag auf einem Grabstein, verdreht, zusammengekrümmt und rauchend, wie etwas, das in flüssige Lava getaucht worden war. Über ihm ragte auf dem Grabstein eine klassische Engelsstatue auf: ein wunderschönes, frauenhaftes Wesen mit großen, ausgebreiteten Flügeln. Ihr Kopf war leicht geneigt, und sie hatte die Arme elegant über den Kopf gehoben, wo sie die Form einer Tulpenblüte bildeten. Ihr Gesicht war zwar schön, aber ausdruckslos.

Sie blickte mit mitleidlosen Augen auf den Haufen Asche herab: steinern statt mitfühlend.

Zweiter Teil

ERZENGEL

»Denn er weiß, ein schrecklicher Feind
folgt dicht auf seine Schritte.«
Coleridge, Die Ballade vom alten Seemann

PROLOG

Neun Uhr morgens, Sonntag vor Aschermittwoch im Jahre des Herrn 2002, New York.

Bischof Cates hatte eine sehr menschliche Schwäche: Er hatte Angst davor zu sterben. Tot zu sein beunruhigte ihn nicht weiter, da er sich ziemlich sicher war, am richtigen Ort zu landen, aber das Sterben war normalerweise mit Schmerzen und Stress verbunden, und davon hatte er in seinem Leben bereits genug gehabt. Während er in den Sechzigern als Kaplan in Vietnam gewesen war, hatte er jede Menge Schmerz und Stress gesehen, die eine ganze Nation in die Knie gezwungen hatten.

Der Bischof befand sich auf dem Weg zum Kennedy Airport, und er war nervös. Immer wieder sah er durch die Heckscheibe nach draußen, um zu überprüfen, ob das Taxi verfolgt wurde. Sein Herumgezappel machte wiederum den Fahrer nervös, der sich bereits fragte, ob er ein Mitglied der *Cosa Nostra* in seinem Taxi sitzen hatte: Vielleicht war das der Kerl, der John Gotti an das FBI verraten hatte? Der Taxifahrer war geborener Jamaikaner und ehemaliges Mitglied einer Straßengang. Er hatte seine Heimatinsel verlassen, weil er ein weniger gefährliches und finanziell bessergestelltes Leben führen wollte, und fand sich schließlich in einem der gefährlichsten Jobs in einer der gefährlichsten Städte der Welt wieder.

»Hey, Mann, was geht'n mit dir ab?«, fragte der Fahrer und fuhr rechts ran. »Jemandem die Socken geklaut, oder was?«

Der Akzent verwirrte den Bischof für einen Moment, aber das Wichtigste hatte er verstanden, ebenso die Tatsache, dass der Fahrer sich Sorgen machte, sein Auto könnte von irgendwelchen Straßenräubern überfallen werden.

»Nein … äh … ich bin ein Mann Gottes, mein Sohn …«

»Ich bin nicht dein Sohn, Weißkäse.«

»Nein, natürlich nicht, das sagt man nur so«, lachte der Bischof nervös. »Es stimmt schon, es könnte sein, dass mir jemand folgt; vielleicht will man mich sogar umbringen, aber es hat nichts mit der Mafia oder so zu tun. Es sind Terroristen …«

Der Jamaikaner riss die Augen auf. »Du meinst solche Terroristen aus dem Mittleren Osten? Hey, Mann, schwing dein Gepäck aus meinem Taxi! Du hast Probleme, mit denen ich nichts zu tun haben will.«

»Es sind nicht unbedingt Moslems. Viel wahrscheinlicher ist, dass sie aus unseren Südstaaten kommen – christliche Fundamentalisten. Ich bin auf dem Weg zu einer wichtigen Konferenz in London. Und es gibt Leute, die mich davon abhalten wollen, dort anzukommen. Es geht um Angelegenheiten, die die ganze Welt betreffen.«

Ein Streifenwagen hielt neben ihnen, und der Polizist brüllte rüber: »Hey, Cabbie, setz deine Kiste in Bewegung. Du stehst im Halteverbot. Also weg da.«

Der Taxifahrer wollte keinen Ärger mit der Polizei. Ärger mit Terroristen war übel, aber Ärger mit der Polizei bedeutete Abschiebung. Sein Visum war abgelaufen, und er hatte keine Arbeitserlaubnis. Er grinste breit, winkte fröhlich und fädelte sich wieder in den Verkehr ein, beobachtete aber immer wieder über den Innenspiegel den Bischof. Als sie am Flughafen ankamen, rannte er um den Wagen herum, schmiss das Gepäck auf den Gehweg, schnappte sich sein Geld, sprang in sein Taxi und gab Vollgas.

Der Bischof seufzte. Dann rollte er seinen Koffer durch die automatischen Türen und wurde prompt von einem Kollegen angesprochen, der von irgendwoher zurückkam.

»Bischof? Wohin wollen Sie denn?«

»Ah, Kardinal Jefferson.« Der Bischof lachte nervös. »Hallo. Ich … ich bin auf dem Weg nach London. Der Erzbischof von York – der *alte,* Sie wissen schon – hat mich zu einem Seminar über, äh, die Ansichten der katholisch-anglikanischen Kirche zu sexueller Promiskuität bei Jugendlichen eingeladen. Ich habe es leider sehr eilig …«

Er eilte weiter und ließ einen ziemlich verwirrten Kardinal zurück. Bischof Cates durfte niemandem, absolut niemandem etwas von der Konferenz erzählen. Er hatte es dem Taxifahrer gesagt, weil ihm auf die Schnelle nichts anderes eingefallen war, aber ein New Yorker Taxifahrer würde einer solchen Bemerkung keine weitere Beachtung schenken. Ein Bischof auf dem Weg zu einer Konferenz in London? Na und? Doch der Kardinal wäre mehr als neugierig, was für eine Konferenz das wäre, und würde sicher etwas darüber weitergeben.

In den Pynchon Conference Rooms in London würden sich Repräsentanten aller großen Sekten und Weltreligionen einfinden, und der Bischof war stolz, einer von ihnen zu sein.

Aber trotzdem hatte er Angst. Es gab viele, die auch morden würden, um eine solche Konferenz zu sabotieren, um zu verhindern, dass man eine Einigung erzielte, wie sie in diesem Fall angedacht war – zu dem einzigen Tagesordnungspunkt. Der Bischof wollte nicht zum Märtyrer werden. Er war ganz glücklich als Bischof. Er strebte keine Heiligsprechung an, vor allem nicht, wenn man eine Kugel in den Kopf kriegen musste, um das zu erreichen.

Er fand seinen Schalter, checkte ein und ging dann sofort zur Abfluglounge, wo er sich ein wenig entspannen konnte. Bis er an Bord der Maschine ging, unterhielt er sich mit einer Familie, die eine Europarundreise machen wollte.

Erst als das Flugzeug sich auf der anderen Seite des Atlantiks im Landeanflug auf Heathrow befand, kehrte seine Anspannung zurück. Doch diesmal war es keine physische Bedrohung, die ihm Sorgen machte. Eine Art spirituelles Unwohlsein überkam ihn wie ein Ausschlag, und er fing an, heftig zu schwitzen, wie bei dem einen Mal, als er verdorbenes Curry gegessen hatte. Doch dieses Mal war es keine Lebensmittelvergiftung.

Der Bischof verfügte über viel Vorstellungskraft, und seine mentalen Szenerien der Schrecken des Bösen waren so eindringlich wie die Bilder von Hieronymus Bosch. Er konnte sich die Folter vorstellen, die Vergewaltigung seiner Seele, die Schmerzen eines gepfählten und gegeißelten Geistes. Diese Art von Qualen war für ihn sehr real, und in der Situation dort unten lag eine potenzielle Bedrohung dieser Art, sowohl für ihn persönlich als auch für die gesamte Öffentlichkeit. Er war so verängstigt, dass er sich fast übergeben hätte.

»Ist alles in Ordnung, Sir?«, fragte die Stewardess der Ersten Klasse, blieb neben seinem Sitz stehen und sah ihn prüfend an. »Die Spucktüten befinden sich in der Sitztasche vor Ihnen.«

»Es geht mir gut«, log er und ließ sich tiefer in seinen Sitz sinken.

Aber es ging ihm ganz und gar nicht gut. Da war etwas in der Stadt unter dem Flugzeug. Eine starke, böse Präsenz. Sie ließ ihn innerlich zurückweichen wie vor dem Gestank des Bösen.

Es war etwas faul in der Hauptstadt von England.

1

Am Südufer der Themse war die Frau des Priesters heute ausgegangen, um ihre Mutter zu besuchen, und er brachte die Kinder allein ins Bett. Samantha, die Älteste, hatte im Erdgeschoss der großen Doppelhaushälfte ihr eigenes Zimmer. David und Noel teilten sich ein Zimmer unter dem Dach.

»Soll ich euch noch eine Geschichte vorlesen?«, fragte ihr Vater, als er sie zugedeckt hatte. »Wie wäre es mit ›Der Kleine Mann‹? Den mögt ihr doch beide.«

»Zieh die Vorhänge weiter zu«, befahl Noel und verkroch sich unter seiner Decke. »Ich kann das Schwarze noch sehen.«

Der Priester erfüllte ihm seinen Wunsch und schloss die Lücke zwischen den Vorhängen. Er wusste aus Erfahrung: Wenn er es nicht tat oder versuchte, Noel davon zu überzeugen, dass da nichts Schlimmes war, war an ruhigen Schlaf nicht zu denken. Noel würde die ganze Nacht wimmern, weil er Alpträume hatte.

»Also gut, jetzt zur Geschichte …«

Er las vor, gab den Jungs einen Gutenachtkuss und ließ das Nachtlicht an.

Dann ging der Priester ins Erdgeschoss hinunter, wo er seine Tochter vor dem Fernseher fand, obwohl sie eigentlich ihre Hausaufgaben machen sollte.

»Hast du deine Aufgaben gemacht?«, fragte er.

»Gleich, ich will nur das hier noch sehen.«

Es war eine Soap Opera. Alle Kinder schienen sich diese Soap Operas anzusehen. Der Priester seufzte. »Aber sobald das vorbei ist, machst du dich an deine Hausaufgaben, Sam – hast du verstanden?«

»Ja, Dad.« Ihre Augen lösten sich keine Sekunde vom Bildschirm.

Skip, der Golden Retriever der Familie, lag zu ihren Füßen und ließ sich geistesabwesend am Ohr kraulen. Ab und zu wurde er ausgiebiger gestreichelt, und jedes Mal, wenn dieser Genuss vorbei war, sah er Samantha aus seinen feuchten, braunen Augen hingebungsvoll an.

Doch sobald die Sendung vorbei war, schaltete Samantha wie versprochen den Fernseher aus und machte sich an ihre Pflicht. Ihr Vater erstellte selbst einige Unterlagen. Schließlich war das letzte Wort geschrieben, und Samantha verkündete, dass sie jetzt ins Bett gehen würde.

»Darf ich noch Jacky anrufen, bevor ich schlafen gehe?«

»Nein, du kannst morgen in der Schule mit ihr reden.«

»Aber ich will sie nur was wegen der Hausaufgaben fragen.«

Wieder seufzte der Priester. »Bist du dir denn sicher, dass sie noch wach ist?«

»Klar. Sie darf viel länger aufbleiben als ich«, erwiderte seine Tochter.

»Also schön, aber nur ganz kurz.«

Der Anruf drehte sich, wie er bereits vermutet hatte, nicht um die Hausaufgaben, sondern um die Serie, die sie vorher gesehen hatte.

Endlich kam Samantha zurück, küsste ihn auf die Wange und sagte: »Gute Nacht, Paps.«

»Für dich immer noch Vater.«

»Gute Nacht, *Dad.*« Sie grinste.

Skip tappte hoffnungsvoll hinter ihr her, wurde vom Priester aber ins Wohnzimmer zurückgerufen.

»Keine Hundehaare in den Betten, vielen Dank«, sagte er streng zu dem Tier.

Skip tappte brav zurück zu seinem warmen Platz auf der Matte neben dem Sessel, so als würde er das Problem genau verstehen.

Sobald er der Meinung war, die Kinder würden schlafen, machte sich der Priester an den Abwasch.

Als das erledigt war, fiel ihm auf, dass die Spüle ziemlich schmutzig war. Er holte das Putzmittel aus dem Schrank und begann, sie sauberzumachen. Als er es halb geschafft hatte, meinte er draußen ein Geräusch zu hören, also trat er ans Küchenfenster und schaute in den Garten hinaus.

Das Haus befand sich in einer sehr ruhigen Gegend, und auch wenn hin und wieder mal ein Betrunkener herumlief und für ein wenig Unruhe sorgte, gab es ansonsten eigentlich nichts, was die Nachbarschaft erschüttert hätte. Natürlich bestand immer die Gefahr von Einbrechern, und genau daran dachte der Priester auch, als er in die Dunkelheit hinaussah. Neulich hatte er schon überlegt, ob er einen Bewegungsmelder installieren sollte, hatte dann aber befürchtet, dass Katzen und Füchse ihn ständig auslösen und dadurch seine Frau beunruhigen könnten.

Da er draußen nichts entdeckte, kehrte der Priester zur Spüle zurück. Während er weiterschrubbte, musste er plötzlich an Serienmörder denken. Mussten die jemals abwaschen und die Spüle putzen? Machten sich zum Beispiel Terroristen Gedanken darum, ob ihre Krawatte schief saß oder ihre Schuhe sauber waren? All diese kleinen Alltäglichkeiten, um die sich normale Menschen, Menschen, die nie etwas getan hatten, das die Menschheit erschütterte, automatisch kümmerten: Beschäftigen sich die Mörder und Vergewaltiger dieser Welt ebenfalls damit? Kümmerten sie sich darum, ob sie die passenden Farbkombinationen trugen, dass am Wochenende der Rasen gemäht oder das Auto gründlich gewaschen wurde, dass ihre Lieblingsbücher keine Fettflecken bekamen oder dass ihnen kein Fauxpas unterlief? Dachten sie überhaupt jemals an irgendetwas außer Essen, Trinken und Töten?

Das lag außerhalb seines Horizonts, aber der Priester konnte sich einfach nicht vorstellen, dass jemand sich Gedanken um seinen Haarschnitt machen und gleichzeitig den nächsten Mord planen konnte. So wie er einerseits überlegte, ob er für die Messe am Sonntag noch ein sauberes Chorgewand hatte und *gleichzeitig* plante, womit er sich in seiner nächsten Predigt beschäftigen würde. Für ihn beschäftigten sich Mörder immer nur mit zwei Themen: den Morden, die sie schon begangen hatten, und den Morden, die sie noch begehen würden.

Draußen war ein kratzendes Geräusch zu hören, als würde jemand auf das Dach klettern.

Sein Puls raste, als der Priester die Hintertür öffnete und in den Garten ging. Seiner Frau sagte er immer, sie solle die Polizei rufen, wenn ihr irgendetwas verdächtig vorkam, aber jetzt hielt er sich nicht an seinen eigenen Rat, da er Angst hatte, sich lächerlich zu machen. Er schlich bis zum äußersten Rand des Gartens und schaute dann nach oben.

Er sah das Nachtlicht der Jungs, das durch einen winzigen Spalt im Vorhang hindurchschimmerte. Er suchte die V-förmigen Vertiefungen im Dach ab, um zu sehen, ob da oben vielleicht eine Katze unterwegs war. Aber die Nacht war ziemlich dunkel, und obwohl die Sterne zu sehen waren, gab es keinen Mond. Er überlegte kurz, ob er hineingehen und sich eine Taschenlampe holen sollte, damit er das Dach anleuchten und sich Gewissheit verschaffen konnte, doch dann entschied er, dass das albern wäre. Wahrscheinlich war es nur eine Taube oder sonst ein Vogel gewesen, der längst weg war.

Als er wieder reinging, beschloss der Priester, den Hund in den Garten zu lassen. Er war kein schlechter Wachhund, obwohl er auch Katzen und andere Hunde verbellte, was ihn draußen ziemlich nutzlos machte.

Zunächst bellte Skip freudig, weil er rausdurfte, aber nach einer Weile knurrte und fiepte er nur noch ein bisschen, als wollte er sich über diese Behandlung beschweren.

Der Priester verschloss die Hintertür und ging in sein Arbeitszimmer, um das Manuskript fertigzustellen, das er früher am Abend begonnen hatte. Es behandelte die Sonntagsgebete für einen erfolgreichen Ausgang des Treffens, das zurzeit in den Katakomben unter London stattfand. Der Priester war sehr gespannt, was dieses Treffen anging, und wie die meisten Kleriker erwartete er aufgeregt die Ergebnisse. Er hatte all die Gewalt satt, die im Namen Gottes verübt wurde, in seinem und vielen anderen Ländern. Sie diente doch nur einem Zweck: die Korrupten mit menschlichem Blut zu füttern. Es gab keine Entschuldigung für solche Massaker, und er hoffte, dass die Verurteilung durch die vereinten Weltreligionen ausreichen würde, um die Fanatiker und Extremisten endgültig aufzuhalten.

Ungefähr um zehn Uhr hörte er einen entsetzen Schrei aus dem Zimmer der Jungs. Als er hastig aus dem Arbeitszimmer lief, entdeckte er, dass seine Tochter aufgewacht war und durch den Flur wanderte.

»Was war das?«, fragte sie.

»Geh wieder ins Bett, Schatz«, erwiderte der Priester. »Ich glaube, Noel hat einen Alptraum.«

Samantha gehorchte und der Priester stieg die Treppe hinauf und ging zum Zimmer der Jungen. Als er den Raum betrat, fand er Noel aufrecht im Bett sitzend vor. Er war nassgeschwitzt und weinte. Sein Bruder im Bett daneben schlief tief und fest.

»Was ist denn los, Sohnemann?«, fragte der Priester sanft. »Schlecht geträumt?«

Zuerst antwortete Noel nicht, sondern schluchzte nur, während er sich in den Arm seines Vaters kuschelte.

Schließlich starrte der kleine Junge mit Tränen in den Augen zum Fenster und sagte: »Daddy, da hat jemand versucht, reinzukommen.«

Der Priester schaute kurz zum Fenster und sagte dann: »Das war bestimmt nur ein Traum, Noel. Nur ein dummer Traum.«

Der Priester holte ein Handtuch und rubbelte seinen Sohn ab, dann streichelte er ihm noch eine Weile die Stirn, und so lag der Junge bald wieder auf seinem Kissen und schlief ein. Der Priester blieb noch einen Moment sitzen und musterte ihn. Dann musterte er die Dachluke. Er stand auf, zog den Vorhang zur Seite und starrte in die Dunkelheit hinaus. Sehen konnte er nichts, aber er spürte etwas.

Das beunruhigte ihn: Innerlich standen ihm die Haare zu Berge. Er war sehr sensibel für verstörende Schwingungen. Er sagte sich, dass es natürlich sehr viel Böses in der Welt gab und es deswegen nicht verwunderlich war, wenn man manchmal das Gefühl hatte, der Geist werde gestört. Ein Mann wie er, der es jeden Tag mit dem Metaphysischen zu tun hatte und sensibel auf Stimmungen reagierte, musste hin und wieder ein Zwicken spüren, ganz besonders in der Nähe der Innenstadt mit ihren Nachtwesen.

Doch noch während er dort saß und sich einredete, dass im Haus alles in Ordnung war, verstärkte sich seine Beunruhigung. Er hatte das eindeutige Gefühl, dass über ihm etwas war, etwas in dem Spalt zwischen den beiden Dächern lag und wartete. Und was auch immer dieses etwas war, es war kein Mensch.

Der Priester hatte nie zu den Klerikern gehört, die daran glaubten, dass der Teufel ein stoffliches Wesen ist, ein Wesen aus Fleisch und Blut, das unter uns wandelt und böse Taten vollbringt. Er hielt das Böse für einen festen Bestandteil der menschlichen Natur und war der Meinung, dass der Teufel in der Menschheit stecke und dass Männer und Frauen sich selbst im Blick haben sollten, statt irgendein übernatürliches Wesen, das irgendwo herumspukte und schändliche Taten beging.

Doch als er dort am Bett seines jüngsten Sohnes saß, spürte er, dass etwas Schreckliches in seiner Nähe war, etwas Beängstigendes, direkt über ihm. Dem Priester schossen Bilder durch den Kopf, Illustrationen, die er in alten, heiligen Büchern gesehen hatte, die in der Bibliothek des College verwahrt wurden, an dem er seinen Abschluss in Theologie gemacht hatte. Er wurde den Gedanken nicht los, dass zwischen seinen beiden Söhnen und einer bösartigen Entität nur ein paar Dachziegel und Holzpfeiler lagen.

Er hatte das Gefühl, dass nur eine einzige Macht dafür sorgte, dass dieses *Ding* nicht ins Haus kam, und diese Macht war seine eigene Anwesenheit. Er war ein Priester, ein Mann Gottes, und deshalb wirkte er abstoßend auf diabolische Wesen mit mörderischen Absichten.

Das Gefühl war so stark, dass er auf der Stelle in seinem eigenen Haus einen Exorzismus durchgeführt hätte, wenn er gewusst hätte, was man dafür brauchte. Bisher war er nur ein ziemlich durchschnittlicher Geistlicher gewesen, der drei Kirchen im Bezirk betreute und dessen mystische Seite nie weiter strapaziert worden war als für gewöhnliche Gebete und das Erteilen der Sakramente.

Er überlegte kurz, ob er unten in seinem Arbeitszimmer eine Eucharistiefeier abhalten sollte, doch es fiel ihm schwer, das Zimmer seiner Söhne zu verlassen.

Vielleicht wäre er einfach so sitzen geblieben, wenn nicht die Haustür zugeschlagen worden wäre.

Er stand auf und ging schnell nach unten, wo seine Frau gerade hereingekommen war. Sie nahm im Flur Schal und Mantel ab und hängte sie an die Haken neben der Treppe.

»Alles in Ordnung?«, fragte sie, ohne ihn anzusehen, und erwartete die übliche Antwort.

»Ich weiß es nicht«, erwiderte er.

Sie drehte sich um und starrte ihn prüfend an. »Was ist los?«

»Na ja«, murmelte er und beschloss dann, dass er sie nicht beunruhigen wollte, »Noel hatte einen Alptraum.«

Sie wirkte erleichtert. »Ach ja, der arme Kleine, er hat momentan ein bisschen Schnupfen. Dann kriegt er immer Fieber. Ich gehe hoch und sehe mal nach ihm.«

Sie ging die Treppe hinauf; der Priester sah ihr hinterher und fragte sich, ob er sie begleiten sollte. Doch dann hatte er das Gefühl, dass vielleicht seine Fantasie mit ihm durchgegangen war. Es steckte eine Menge Noel in ihm – beziehungsweise es steckte viel von ihm in Noel. Sie waren beide sehr sensibel, Menschen, die nahe an der Kante standen, wenn es um Stimmungen ging.

Der Priester seufzte und ging ins Wohnzimmer, um die Zeitschriften aufzuräumen, die seine Tochter auf dem Boden verteilt hatte.

Dann ging er zur Hintertür, um Skip für die Nacht reinzuholen.

»Skip?«, rief er. »Hierher, Junge.«

Keine Reaktion.

»Skip?«

In diesem Moment wurde der Priester von einem unverwechselbaren Übelkeitsgefühl gepackt. Hastig schloss er die Tür und atmete tief durch. Dieser Gestank! Er hatte ihm den Atem genommen. Er ließ ihn vor Angst keuchen. Da draußen war etwas: ein Wesen aus einer anderen Dimension. Der Priester lehnte sich gegen die Tür und fragte sich, was er jetzt tun sollte. Was wollte dieses Wesen überhaupt von ihm und seiner Familie?

Da fiel ihm eine Textpassage ein, die er vor kurzem in einem alten religiösen Werk gelesen hatte, das ein Mönch im elften Jahrhundert auf der Insel Lindisfarne geschrieben hatte.

Er rannte zu seinem Schreibtisch, holte das Buch aus dem Regal und suchte die entsprechende Stelle: »... wenn von Satan ein Dämon auf die Erde entsandt wird, ist die erste Tat dieses Dämons, das bluterfüllte Herz eines unschuldigen Wesens zu essen, etwa eines Kindes, um nach der langen Reise aus den Höllenkreisen seinen Hunger und Durst zu stillen.«

Der Priester starrte lange auf den Text. Sein Magen rebellierte. Er spürte, wie ihm die Galle in die Kehle stieg und ihn zu ersticken drohte. Panik und Angst lähmten ihn, doch dann rannte er plötzlich aus dem Zimmer und durch den Flur zum Zimmer seiner Tochter. Er riss die Tür auf und schrie: »Samantha?«

»Daddy?« Das Mädchen saß aufrecht im Bett.

Sie wirkte verängstigt, ihre Augen waren weit aufgerissen – aber so weit er sehen konnte, war sie unverletzt.

»Alles in Ordnung, Schatz«, sagte er. »Keine Sorge.« Er starrte sie noch einen Moment prüfend an, dann rannte er nach oben zum Zimmer der Jungen. Als er ins Zimmer stürzte, sammelte seine Frau gerade in der schummrigen Beleuchtung des Nachtlichts ein paar verstreute Spielsachen ein. Überrascht schaute sie hoch.

»Gott sei Dank!«, schluchzte der Priester, als er sah, dass seine beiden Söhne friedlich schliefen.

Der Priester ging wieder nach unten und nahm auf dem Weg ein Kreuz aus einer Fensternische mit. Ohne einen Gedanken an seine eigene Sicherheit zu verschwenden, ging er in den Garten. Auf halbem Weg über den Rasen stolperte er über etwas. Als er im Licht, das durch das Küchenfenster drang, nach unten schaute, entdeckte er Skip. Der Körper des Hundes lag ausgestreckt, kalt und steif auf dem Rasen.

Skips aufgerissener Brustkorb war wie eine gruselige, leere Höhle, das Herz fehlte. Es schien so, als hätte ihn jemand an den Vorderpfoten gepackt und sie auseinandergerissen, um ihn so in der Mitte aufzubrechen. Dann hatte dieser Jemand in seinen Brustkasten gegriffen und das wichtigste Organ herausgerissen.

Der Priester wich einen Schritt zurück. Ihm wurde schwindelig, dann übergab er sich auf den Rasen.

Als er das Schwindelgefühl überwunden hatte, ging er wieder hinein und verriegelte die Hintertür. Er ging zum Küchentelefon und wählte den Notruf.

»Die Polizei, bitte«, sagte er zur Zentrale. »Hier gab es … wir hatten … mein Hund wurde … bitte, Sie müssen jemanden herschicken, sofort.«

Dann setzte sich der Priester neben das Telefon und wartete auf die Polizei. Die Männer kamen ungefähr zehn Minuten später. Er öffnete ihnen die Tür und bedankte sich für die schnelle Reaktion. »Es geht um meinen Hund«, erklärte er. »Er liegt hinten im Garten.«

Er führte sie hin und zeigte ihnen den entstellten Körper auf dem Rasen, woraufhin die Polizisten meinten, sie würden sich gerne einmal umsehen.

Sie benutzten dic Leiter des Priesters, um im Licht einer Taschenlampe die Dachziegel zu untersuchen, und fanden dabei in der Regenrinne sowie auf dem Dach ringsum Blutspuren und Gewebefetzen. Einer der Polizisten meinte, es sehe aus, als habe dort oben etwas ein Picknick gemacht, ein wildes Tier oder ein Raubvogel.

Sein Kollege auf dem Boden, der glaubte, er wolle einen Scherz machen, ermahnte ihn, nicht so makaber zu sein.

»Bin ich nicht«, erklärte der erste Polizist, »das war vollkommen ernst gemeint.«

Noch verstörender waren allerdings die tiefen Kratzspuren an einer Ecke der Dachluke, die so aussahen, als habe etwas mit Krallen versucht, an die Kinder heranzukommen, es dann aber aufgegeben.

Als sie das dem Priester erklärten, wartete er nur noch ab, bis sie gegangen waren, und hielt dann sofort eine Eucharistiefeier ab. Anschließend verteilte er Weihwasser rund um das Haus und betete den Rest der Nacht, um das Böse von seinem Heim fernzuhalten.

Am nächsten Tag verfrachtete er seine Familie ins Auto und fuhr mit ihr nach Derbyshire.

2

Erzdiakon Lloyd Smith setzte sich ruckartig im Bett auf. Er war einer der wenigen, die innerhalb der *Square Mile* wohnten, einem Bezirk, der vor allem aus Banken, Finanzzentren, Kirchen und anderen Institutionen bestand. Irgendetwas hatte Lloyd gestört. Ein Gefühl der Unruhe war bis in seinen Schlaf vorgedrungen. Jetzt war er wach und wachsam.

Die Schlafzimmervorhänge waren nicht ganz zugezogen, und der schwarze Schatten eines mittelalterlichen Kirchturms erstreckte sich über den Boden. Der Umriss des filigranen Eisenkreuzes, das auf der Turmspitze stand, floss über die weiße Bettdecke, starr und doch durch die Falten in der Decke verzerrt. Es schien ihn verschlingen zu wollen wie eine geflügelte Schlange der indischen Göttin Manasa Devi. Ein finsterer

Wasserspeier versuchte, durch die Lücke im Vorhang ins Zimmer zu kommen. Wenn der Wind wehte, zitterten sein hässlicher Kopf und seine Flanken, setzte der Wind aus, wurde er still.

Normalerweise hatte Lloyd keine Probleme mit nächtlichen Ängsten, aber jetzt zitterte er und umklammerte seine Decke.

Im Raum herrschte ein seltsames Zwielicht. Lloyd starrte auf das Bild an der gegenüberliegenden Wand – ein Druck von Botticellis *Geburt der Venus,* das er seit dem Tod seiner Frau zunehmend erotisch fand. Venus schien ihm zu sagen, er solle aufstehen, sich aus den zerwühlten Laken erheben, wie sie sich aus ihrer gewellten Muschel erhob.

Warum war er so angespannt? Warum hatte er das Gefühl, er müsse aufstehen und rausgehen? Warum dieses Gefühl der *Bedrohung?*

Es war kein Traum gewesen, da war er sicher.

Ein Geräusch? Er war jetzt dreiundsechzig und nicht mehr so stark wie früher, und so begann er langsam, Risiken wie Kämpfe mit Einbrechern zu fürchten. In letzter Zeit waren in London einige Männer vergewaltigt worden, was Lloyd eine furchtbare Angst einjagte. Weniger die Vergewaltigung selbst machte ihm Angst, obwohl die sicher auch schlimm genug war, sondern mehr, dass er sich von dem Vergewaltiger irgendetwas Schlimmes einfangen könnte. Gut, die meisten dieser Verbrechen waren in der U-Bahn passiert und von Leuten verübt worden, von denen es hieß, sie seien gar nicht schwul. Lloyd glaubte, dass es bei solchen Übergriffen, wie bei der Vergewaltigung von Frauen ja auch, weniger um Sex ging, sondern mehr um die Ausübung von Macht.

Während er angestrengt auf irgendwelche Geräusche lauschte, schlüpfte Lloyd aus dem Bett und zog sich an. Als er Unterhose, Unterhemd, Socken und Schuhe angezogen und sich seine Brille aufgesetzt hatte, ging er zur Wohnungstür und trat in den Hausflur. Auch andere Hausbewohner kamen mehr oder weniger unbekleidet nach draußen.

Lloyd schaute durch das Fenster am Treppenabsatz, das auf die Themse hinausging, und bemerkte, dass die Wasseroberfläche von vielen kleinen Wellen aufgewühlt wurde. Der Wasserstand des Flusses war so außergewöhnlich hoch, dass er drohte, über die Ufer zu treten. Das kam dem Erzdiakon seltsam vor, da er wusste, dass der Fluss zu dieser Zeit eigentlich Niedrigwasser führen sollte.

Lloyd schloss sich den anderen an und ging auf die Straße hinaus.

Es war sehr, sehr kalt.

Schon während er zitternd und beschämt, weil er nur Unterwäsche trug, weiterging, fragte er sich immer wieder: *Was tue ich hier eigentlich? Wohin gehe ich?* Aber der Gedanke, nicht weiterzugehen oder umzukehren, kam ihm nicht. Er musste einfach gehen.

Die Straßen der Innenstadt waren voller Menschen. Sie liefen nicht alle in dieselbe Richtung, doch sie verließen alle ein bestimmtes Gebiet. Als wäre eine Sirene losgegangen – ein Flieger- oder Überschwemmungsalarm. Die Innenstadt von London würde durch irgendetwas verwüstet werden und alle mussten sich retten, in eine sichere Zone außerhalb.

Sie gingen an Gassen vorbei, durch Torbogen, durch enge Sträßchen, und alles schweigend. Es war ein Exodus, aber niemand wusste, wovor sie eigentlich flohen.

Vielleicht, dachte Lloyd, ist der Jüngste Tag endlich gekommen, und auf den Friedhöfen von London tanzen die Toten.

Als er ungefähr fünfhundert Meter von seinem Haus entfernt war, drehte er sich wie viele andere um und schaute zurück.

»Da«, schrie jemand und zeigte in den Himmel.

Lloyd starrte hinauf.

Eine Sternschnuppe oder ein Meteor schien auf die Stadt zuzurasen. Instinktiv wich Lloyd einen Schritt zurück und trat dabei jemandem auf den Fuß. Schnell drehte er sich um und wollte sich bei dem jungen Mann im Tweed-Bademantel entschuldigen. Er hätte sich keine Gedanken machen müssen. Der Mann war zu sehr auf den Himmel konzentriert, als dass er sich um diesen leichten Schmerz gekümmert hätte. Lloyd wandte seine Aufmerksamkeit wieder dem Meteoriten zu, der allem Anschein nach sein Haus zerstören würde.

Je näher es der Erde kam, umso heller und strahlender wurde das Licht. Die meisten Leute mussten den Blick abwenden, aber Lloyd trug eine Brille mit phototropen Gläsern, die sich in dem grellen Licht verdunkelten. Er konnte den Meteor bis kurz vor dem Aufprall beobachten.

Während er ihn musterte, hätte Lloyd schwören können, im Inneren des Lichtballs eine Gestalt zu sehen. Nicht nur die verschwommene Form eines Stein- oder Mineralklumpens, sondern eine richtige Gestalt, mit Armen, Beinen, Torso und Kopf, doch sicher war er nicht. Dann schlug das Ding auf der Erde auf, es folgte der Knall einer Explosion, und der Stadtkern ging in Flammen auf. Schließlich war das Licht so hell, dass selbst Lloyd sich abwenden und Richtung Holborn auf die funkelnden Fensterscheiben schauen musste. Ihm war nicht mehr kalt. Die Hitze des Feuers in seinem Rücken war überwältigend.

»Habt ihr das gesehen?«, schrie der Mann neben ihm überflüssigerweise. »Habt ihr das gesehen?«

Eine Frau, die neben dem jungen Mann im Bademantel stand, flüsterte: »Wundervoll.«

Lloyd wirbelte herum, um sie anzusehen. Im Licht des gefallenen Sterns konnte Lloyd sehen, dass sie unglaublich gut aussah, und Lloyd hielt sich für einen unvoreingenommenen Gutachter, wenn es um weibliche Schönheit ging. Sie war atemberaubend: eine Statue aus schwarzem Opal. Sein Neffe Holden, ein Fotograf, hätte sich ein Bein ausgerissen, um so ein Model vor die Linse zu bekommen. Sehr selten. Im Gegensatz zu den anderen war diese Frau vollständig angezogen, wenn auch ohne Mantel. Sie trug ein schlichtes weißes Kleid, das die zarte Struktur ihrer dunklen Haut betonte. Das Haar fiel ihr wie ein schwarzer Wasserfall über die nackten Schultern. Sicher war sie eine äthiopische Prinzessin oder eine nubische Tempeljungfrau.

»Wie bitte?«, fragte Lloyd.

»Ist das nicht wundervoll?«, rief sie und richtete ihre strahlenden braunen Augen auf ihn. »Ist das nicht atemberaubend?«

»Na ja, ich würde eher Worte wie spektakulär oder beeindruckend verwenden – etwas, das nicht ganz so enthusiastisch klingt. Immerhin ist das Ding auf meinem Haus gelandet. All meine kleinen Schätze befinden sich in meiner Wohnung. Die sind inzwischen wahrscheinlich schon zu Asche zerfallen.«

»Oh, Sie dürfen sich nicht an so weltliche Dinge klammern. Die lassen sich leicht ersetzen. Sie durften gerade eine Erfahrung machen, um die sie alle beneiden werden, die nicht Zeuge dieses Ereignisses geworden sind.«

»*Und Edelleut' in Knightsbridge, jetzt im Bett, verfluchen einst, dass sie nicht hier gewesen*«, paraphrasierte Lloyd.

»Ja, ich denke schon«, sagte die Frau ernst, ohne den Witz zu verstehen.

»Es war nur ein Meteor«, schnaubte der Erzdiakon abfällig.

Das Feuer tobte jetzt, und das Geräusch, mit dem die Luft in das entstehende Vakuum gesaugt wurde, war beängstigend.

Oh Gott, dachte er plötzlich, das Treffen!

Hinter Lloyd drangen der Lärm von Explosionen, das Krachen und Rumpeln von einstürzenden Gebäuden aus dem Herz der Flammen. Hunde, Katzen, Mäuse und Ratten liefen an den Menschen vorbei, auf der Flucht vor dem Feuer. Sie ignorierten sowohl die Menschen als auch einander und waren gespenstisch still, völlig darauf fixiert, sich in Sicherheit zu bringen. Es war eine wilde, surrealistische Szene, wie aus einer gruseligen Gutenachtgeschichte. Lloyd lief weiter, zusammen mit vielen anderen, duckte sich immer wieder instinktiv, wenn eine neue Explosion den jungen Morgen erschütterte. Die älteren Kinder, fit und durch das Ereignis aufgedreht, liefen vorne weg. Am langsamsten waren Eltern, die ihre Kleinkinder trugen, oder Menschen, die ihren kranken Nachbarn halfen. Im Mittelfeld befanden sich Leute wie Lloyd, deren Alter und bequemer Lebensstil sie bei der Flucht behinderten.

Jetzt hörte er auch die Sirenen der Feuerwehrwagen, die langsam das Randgebiet der Feuersäule erreichten. Sie fegten wie Streitwagen zwischen den Flüchtlingen hindurch, auf dem Weg, den mächtigen Feind zu bezwingen. Einige Kinder jubelten. Lloyd wusste, dass dies kein normales Feuer war, das von den Kräften der hervorragenden Londoner Feuerwehr, die auf terroristische Anschläge mit Brandbomben spezialisiert war, leicht unter Kontrolle gebracht werden könnte.

Sein Gehirn spulte immer wieder die Fakten zum großen Feuer von 1666 ab, wie ein eingängiges Lied, das einfach nicht verschwinden wollte. In der Schule hatte er die Zahlen und Ereignisse einmal für einen Geschichtstest auswendig lernen müssen, und jetzt kamen sie alle wieder zum Vorschein.

Das Feuer von 1666 war in einer Bäckerei in der Pudding Lane ausgebrochen und laut der Legende am Pie Corner gestoppt worden. Vier Fünftel der Innenstadt waren zerstört worden: Dreizehntausend Gebäude, darunter auch die alte St.-Paul's-Kathedrale und siebenundachtzig Gemeindekirchen.

Lloyd erkannte, dass Pudding Lane wie durch einen erstaunlichen Zufall nur ein paar Hundert Meter von der Absturzstelle des Meteors entfernt und jetzt von den Flammen eingeschlossen war. Er fragte sich, ob es tatsächlich Feuerpunkte gab, so ähnlich wie Kraftlinien, die schwächer und anfälliger für Feuer waren als andere Regionen der Erde. Er war kein Fan von abergläubischen Theorien, aber es kam ihm doch seltsam vor, dass in dieser Gegend gleich zwei große Feuer ausgebrochen waren – vielleicht sogar mehr, doch um das zu überprüfen, bräuchte man die vollständigen historischen Aufzeichnungen über diese Gegend.

Die junge Frau, die neben ihm herlief, unterbrach mit einer Frage seine Überlegungen: »Wenn es nur ein Meteor war, warum laufen Sie dann in Unterwäsche hier rum? Warum haben Sie überhaupt Ihre Wohnung verlassen? Warum sind diese ganzen Leute hier aus ihren Häusern gekommen? Glauben Sie wirklich, ein Meteor würde eine Warnung vorausschicken, dass er gleich aufschlägt?«

»Nein, natürlich nicht«, erwiderte er unbehaglich. Er war sich seines schwabbeligen Körpers nur zu bewusst und hätte in diesem Moment nur zu gerne eine Hose und ein Hemd angehabt. »Aber vielleicht hat er in seiner Umgebung irgendeine Art von Strahlung erzeugt, Vibrationen oder so etwas …« Noch während er es aussprach, wusste er, wie dämlich das klang.

Es war immer noch schwierig, das Feuer direkt anzusehen. Jetzt trafen auch Polizei und Rettungswagen ein. An die nicht ausreichend bekleideten Alten und Kinder wurden Decken verteilt. Lloyd entschied, dass er für ein oder zwei Stunden durchaus einer von den Alten sein konnte, zumindest bis er irgendwo anständige Kleidung auftrieb, auch wenn er sich normalerweise gegen eine solche Bezeichnung sträubte.

Als er sich umdrehte, um sich weiter mit der schönen Frau

zu unterhalten, war sie gegangen. Da er neugierig geworden war, folgte er ihr.

In seiner Decke kam er sich vor wie ein Indianer, als er die Frau endlich einholte. »Wo gehen Sie hin?«, fragte er sie.

»In ein Hotel. Wohin denn sonst? Ich habe keine Verwandten hier in der Gegend.«

»Haben Sie denn Geld dabei?«

»Ja. Möchten Sie etwas davon haben?«

Haben, nicht *leihen.* Sie war wirklich eine sonderbare Frau.

»Vielen Dank. Ich würde auch lieber in ein Hotel gehen, statt die Nacht in irgendeiner improvisierten Notunterkunft zu verbringen. Ich denke immer noch, dass es eine schreckliche Sache ist, trotz Ihrer … Ihrer Vorstellungen.«

»Weil Sie es noch nicht verstehen. Aber das werden Sie noch.«

»Und Sie verstehen es, nehme ich an? Ist Ihnen eigentlich klar, dass in diesem Feuer immer noch Menschen eingeschlossen sein müssen? Nicht alle werden es nach draußen geschafft haben. Es wird ein oder zwei Betrunkene geben und Obdachlose, die dem Ruf nicht folgen konnten.«

Sie nickte fröhlich. »Ihnen wird nichts passieren.«

»Sie scheinen sich da ziemlich sicher zu sein.«

Sie sah ihn wieder mit diesen dunklen Augen an. »Ich bin mir *absolut* sicher. Ah, das sieht doch nach einem Hotel aus. Es wird wahrscheinlich von allen möglichen dubiosen Gestalten frequentiert, aber sie werden ja wohl Zimmer haben. Möchten Sie, dass ich Ihnen eines besorge?«

Lloyd musterte kritisch das schäbig wirkende Hotel, das in einer Seitenstraße lag. Es nannte sich *Majestic,* und die eine Hälfte des Neonschildes leuchtete nicht mehr. Die andere knisterte so heftig, als würde sie jeden Moment explodieren. Der Eingangsbereich bestand nur aus einem schmalen Flur hinter einer normalen Haustür, es gab keine Lobby, kein Foyer.

Als die Straße noch zu einem anständigen Wohngebiet gehört hatte, war es zweifelsohne ein normales Wohnhaus gewesen. Er fragte sich, ob die Bettwäsche müffeln oder es, noch schlimmer, Flöhe geben würde.

Aber hatte er denn eine Wahl? Am Morgen könnte er einige Freunde anrufen und sich nach etwas Besserem umsehen. Doch im Moment war er einfach nur zum Umfallen müde.

»Ja, vielen Dank. Ich werde Ihnen das Geld morgen zurückzahlen.«

Sie lächelte. »Wenn Sie unbedingt wollen.«

Sie gingen in das Hotel, wobei Lloyd sich in seiner Decke sehr nackt vorkam. An der Tür drehte er sich noch einmal um und warf einen letzten Blick auf die zerstörte Innenstadt.

»Da ist nichts mehr übrig«, murmelte er.

»Oh, doch«, widersprach die Frau. »Die Pynchon Conference Rooms. Unter und innerhalb dieser Lichtkuppel befinden sich die Führer der größten Weltreligionen und arbeiten immer noch auf ein gemeinsames Ziel hin.«

»Ach ja«, meinte Lloyd wütend. »Das haben wir teuer bezahlt – dieses Ding hat die Chance auf Einheit und Weltfrieden zerstört.«

»Sie verstehen nicht«, sie lächelte wieder. »Es ist gekommen, um das Treffen zu *beschützen.* Das war kein Meteor, das ist ein Erzengel.«

Er konnte sich nicht an seinen Namen erinnern.

Zuerst befürchtete der junge Mann, er würde wahnsinnig werden, aber schließlich erreichte die Orientierungslosigkeit einen Punkt, an dem er sich nicht mehr um Wahnsinn oder andere Gemütszustände kümmerte. Er spürte, dass sein Geist, seine gesamte Psyche langsam abgetragen wurde, aufgefressen von irgendeiner fremden Macht, die in seinen Körper eingedrungen war. Dieses *Ding* in ihm sprach mit ihm und versuchte, ihn in Diskussionen zu verwickeln.

Er war auf dem Friedhof in Highgate gewesen und hatte Fotos vom Grab von Karl Marx gemacht, von denen eines wahrscheinlich für einen Artikel über den Vater des Kommunismus benutzt werden würde. Die Sonnenstrahlen waren in einem ganz bestimmten Winkel auf den Marmor gefallen und hatten einen Glanz erzeugt, der all seine Fähigkeiten als Fotograf herausgefordert hatte.

Er mochte solche Schwierigkeiten. Sie gaben ihm das befriedigende Gefühl, weit gekommen zu sein, seit er mit Aufnahmen vom Bürgerkrieg im ehemaligen Jugoslawien seine Karriere begonnen hatte. Damals war Tim Page sein romantisches Vorbild gewesen, der als junger Mann in den Sechzigern nach Vietnam gegangen und verstört, aber begnadet zurückgekehrt war. Er stellte sich gerne vor, dass seine Erfahrungen denen von Page ähnlich waren.

Als er gerade eine verwinkelte Aufnahme aus südwestlicher Richtung geschossen hatte, schien plötzlich ein Schatten über den Grabstein zu fegen, und er spürte Kälte in sich aufsteigen. Der Schatten schien direkt aus einer Esche zu kommen, die in der Nähe stand. Normalerweise hätte ihn so etwas genervt, wenn er gerade ein Foto schoss, aber diese Sache machte ihm Angst.

Er kehrte sofort ins Studio zurück, mit dem Taxi, doch bereits unterwegs spürte er, wie etwas heimtückisch durch seinen Körper kroch wie ein bösartiges Geschwür.

Versuch nicht, gegen mich anzukämpfen, schien eine Stimme zu flüstern, du hast keine Chance.

Aber er versuchte trotzdem zu kämpfen und litt dabei große Schmerzen.

»Alles klar, Mann?«, fragte der Taxifahrer, als er diesem mit zitternden Händen das Geld gab.

»Ja … ja, ich glaube schon. Muss was Falsches gegessen haben.«

»Sie sollten sich hinlegen. Sie sehen aus wie der Tod persönlich.«

Er fühlte sich auch wie der Tod. Er fühlte sich, als wäre der Tod auf dem Friedhof in ihn eingedrungen.

»Gott«, flüsterte er, als er die Studiotür aufschloss, »was passiert mit mir?«

Jetzt zerfiel alles: seine Gedanken, seine Erinnerungen, seine Seele. Nach außen hin war er normal. Innerlich löste er sich auf wie ein Stück verkohltes Papier. Kleine Stücke brachen ab und verschwanden, wurden von der fremden Macht in ihm verschluckt.

Die Katze griff ihn an, sobald er durch die Tür trat – mit ausgefahrenen Krallen, gebleckten Zähnen und gesträubtem Fell. Er würgte sie, brach ihr das Rückgrat und schleuderte den Kadaver dann quer durch den Raum, der dann in der Ecke liegen blieb, verdreht und regungslos. Da er sehr tierlieb war, hatte er diese Katze fast wie ein Kind geliebt.

Er schrie, als sein Geist in seinem Inneren zerquetscht wurde, stolperte durch den Raum, zerbrach Stative und warf mit Linsen um sich. Vom ersten Eintritt in seinen Körper bis zur Zerstörung des letzten Stücks seines Selbst dauerte es keine halbe Stunde.

Dann war er wirklich tot und das neue Wesen entspannte sich und sah sich um. Oberflächlich betrachtet sah es genauso aus wie der junge Mann, aber aufmerksame Beobachter würden bemerken, dass seine Gesten, seine Bewegungen und seine Haltung sich verändert hatten. Diejenigen, die den jungen Mann gekannt hatten, würden bemerken, dass sein Lächeln nun ein völlig anderes war.

3

An Bord des Jumbo 767–500, der sich gerade im Landeanflug auf Heathrow befand, saßen zwei Polizisten aus den USA. Dave Peters und Danny Spitz, zwei Ermittler aus San Francisco, waren zur London Metropolitan Police abkommandiert worden. Lieutenant Dave Peters war groß, schlank und kantig im Vergleich zu seinem kleineren, rundlicheren Partner, einem Detective Sergeant.

Im heimischen Umkleideraum in San Francisco kannte man sie als Mutter Teresa und Bruder Tuck, doch sie wurden nie offen so genannt. Dave mochte es nicht, Mutter Teresa genannt zu werden, weil er es als Respektlosigkeit gegenüber dieser fantastischen Frau empfand. Man sagte, er hätte sich diesen Spitznamen verdient, weil er die Moral mit Löffeln gefressen hatte und deshalb schon fast ein Heiliger war – oder zumindest heiliger als der Rest seiner Zeitgenossen.

Danny, pummelig und mit schwindendem Haaransatz, war besonders schlecht auf seinen Spitznamen zu sprechen. Er führte dagegen ins Feld, dass er weder maßlos fraß und trank, noch zölibatär lebte und deshalb nichts mit einem Mönch gemeinsam hätte, besonders nicht mit dem legendären Tuck. Natürlich hatten all diese Argumente dafür gesorgt, dass die Spitznamen an ihnen klebten wie Honig.

»Gott, schau dir das an«, meinte Danny und lehnte sich vor, um aus dem Fenster auf London hinabschauen zu können.

Dave starrte ehrfürchtig auf die weiße Lichtkuppel unter ihnen. Etwas Derartiges hatte er noch nie gesehen, nicht einmal während des Terrorregimes des Engels, als 1996 alle Brandstifter von San Francisco aus ihren Löchern gekrochen waren und die Stadt beinahe in Schutt und Asche gelegt hatten. Und im Zentrum dieser blendenden Halbkugel sollte angeblich ein Erzengel sitzen.

Ein Erzengel! Aufgrund ihrer früheren Erfahrungen in dieser Richtung waren Mutter Teresa und Bruder Tuck von der britischen Regierung angefordert worden, um ihnen bei der Suche nach einer Lösung des Problems zu helfen.

Keiner von ihnen, auch nicht ihre Beraterin in theologischen Fragen, Professor Vanessa Vangellen, Daves Freundin in San Francisco, hatte eine Ahnung, wie man den unwillkommenen, zerstörerischen Besucher aus dem Himmel wieder loswerden konnte. Vanessa, die am meisten über das Thema gelesen hatte, hatte die beiden Männer gebrieft, bevor sie ins Flugzeug gestiegen waren. Sie hatte ihnen gesagt, dass der Erzengel, falls es tatsächlich einer war, sich im heiligsten Gebäude von ganz London niederlassen würde.

»Ach, wirklich?«, hatte Dave erwidert. »Du meinst St. Paul's Cathedral?«

»Niemals«, widersprach Danny schnell. »Ein Erzengel würde sich niemals in St. Paul's niederlassen.«

Dave hob eine Augenbraue und schaute zu Vanessa, die auf die unausgesprochene Frage hin nur mit den Schultern zuckte.

»Okay«, seufzte Dave schließlich. »Warum nicht St. Paul's?«

»Das ist eine protestantische Kirche«, erklärte Danny, der überzeugter Katholik war. »Ein Erzengel würde sich niemals in einer protestantischen Kirche niederlassen.«

Dave hatte genickt. »Okay, fein. Ich werde mich nicht mit dir streiten, denn genau das willst du ja, aber …«

Vanessa, die wusste, dass Dave sich gerade in Rage redete, war ihm ins Wort gefallen: »Also, bevor ihr euch wieder in die Haare kriegt: Es ist die Bank von England, nicht St. Paul's und auch sonst keine Kirche. Der Erzengel ist mitten im Bankenviertel runtergekommen.«

Die beiden Männer starrten sie einen Moment lang wortlos an, dann sagte Danny: »Er versucht uns etwas darüber zu lehren, dass Geld die Wurzel allen Übels ist.«

»Die *Liebe zum* Geld ist die Wurzel allen Übels«, korrigierte Dave, froh um den neuen Streitpunkt, mit dem er den ersetzen konnte, den Vanessa ihnen genommen hatte. »Das ist etwas völlig anderes. Du solltest an deinen Zitaten arbeiten. Ich dachte immer, du wüsstest solche Sachen, aber offensichtlich weißt du nicht einmal mehr als ich, und ich bin nun wirklich kein Intellektueller …«

In der Ankunftshalle wurden sie von einem Mann empfangen, der sich als Lloyd Smith vorstellte. Er erklärte ihnen, dass er ein Erzdiakon der Anglikanischen Kirche sei.

»Kein Hundehalsband?«, erkundigte sich Dave.

»Nein, mein Aufgabenbereich liegt mehr in der Verwaltung, nicht im direkten ministeriellen oder seelsorgerischen Bereich. Ich kümmere mich um finanzielle Angelegenheiten, Investitionen der Kirche und so etwas, und manchmal kümmere ich mich um Besucher aus Übersee. Wissen Sie schon, dass in London momentan eine wichtige Konferenz stattfindet?«

»Sie meinen die der religiösen Führer?«, fragte Danny. »Ja, das ist schon eine verdammt gute Sache. Wurde auch Zeit, dass sie sich mal alle zusammensetzen.«

»Ganz meine Meinung«, sagte Lloyd glatt und lächelte. »Lassen Sie mich Ihnen einen Überblick über die aktuellsten Entwicklungen geben, dann werden Sie wahrscheinlich schnell verstehen, warum wir nach Ihnen geschickt haben. Man glaubt, dass vor einigen Tagen jemand – ein Wesen – hier angekommen ist. Ich habe um Ihre Unterstützung gebeten, da Sie auf diesem Gebiet gewisse Erfahrungen gemacht haben. Soweit ich weiß, waren Sie beide dafür verantwortlich, als vor ungefähr fünf Jahren in San Francisco ein Engel bezwungen wurde.«

»Vor sechs Jahren«, korrigierte Danny, »und als wir ihm den Arsch weggepustet haben, war er ein gefallener Engel – sozusagen ein Dämon. Niemand kann einen Engel erledigen, geschweige denn einen Erzengel, das haben wir dabei definitiv gelernt. Deshalb fragen wir uns ja auch, was zur Hölle wir hier eigentlich sollen.«

»Darüber wollte ich gerade mit Ihnen sprechen. Sie sind nicht hier, um den Erzengel zu, äh, *erledigen*. Wir glauben, dass der Erzengel die Konferenz beschützt, die unter seinen Flügeln stattfindet. Doch es gibt hier auch ein böses Element, das darauf aus ist, das Treffen zu sabotieren. Und in Bezug auf dieses Element brauchen wir Ihre Unterstützung.«

Dave fragte: »Woher wissen Sie denn, dass es wirklich ein Erzengel ist? Ich meine, ich habe die Lichtkuppel gesehen, weißes Licht, wie ich es schon einmal gesehen habe, also bin ich geneigt, Ihnen zuzustimmen, dass es eine göttliche Präsenz ist. Aber wie kamen Sie darauf, dass es ausgerechnet ein Erzengel ist?«

Lloyd Smith wirkte verlegen und schien der Frage ausweichen zu wollen, überlegte es sich dann aber offenbar anders.

»Es gibt eine … eine Frau, die behauptet, in direktem Kontakt zu dem Erzengel zu stehen, in telepathischem Kontakt. Sie sagt, sie sei als seine Sprecherin auserwählt worden. Draußen wartet ein Wagen, der uns zu ihr bringt. Wir haben sie im Bedford Arms Hotel in Holborn untergebracht, das ist so nah wie möglich an dem Engel, ohne noch von seinem Strahlen beeinträchtigt zu werden. Oder sind Sie zu erschöpft, um sich sofort mit ihr zu treffen? Ich würde es verstehen, wenn Sie erst eine Dusche und ein wenig Schlaf bräuchten.«

»Verdammt nein, packen wir's an«, meinte Danny.

»Lieutenant Peters?«, hakte Smith nach. Er sprach es *Lef*tenant aus, was Dave kurz aus der Bahn warf.

»Mir geht es gut. Auf nach Hoe-bun.«

Lloyd Smith führte sie zum Ausgang, wobei sie von Zivilpolizisten flankiert wurden, drehte sich im letzten Moment aber nochmal um und fragte: »Ich gehe davon aus, dass Sie unbewaffnet sind?«

»Wir konnten keine Waffen ins Flugzeug mitnehmen«, bestätigte Dave.

»Einige unserer Polizisten tragen inzwischen auch Schusswaffen. Wenn Sie möchten, kann ich Ihnen Waffen besorgen. Ich weiß ja, dass Sie und Ihre Kollegen im Umgang mit solchen Dingen ausgebildet sind.«

Sehr zur Verärgerung von Danny, der sich immer sicherer fühlte, wenn er ein schweres Eisen bei sich trug, schüttelte Dave den Kopf.

»Kein Bedarf«, meinte Dave. »Wir sind ja nicht auf der Jagd nach Verbrechern. Eine Schusswaffe schützt einen nicht gegen Engel – oder Dämonen, wenn wir schon dabei sind.«

»Na ja, wir haben da eine sehr spezielle Waffe«, meinte Lloyd Smith. »Ich werde es Ihnen später erklären. Und London ist auch nicht mehr so sicher, wie es einmal war. Erst gestern wäre meine Schwester fast von einem Betonbrocken erschlagen worden, als sie in ein Auto einsteigen wollte. Er kam aus einem Fenster der Royal Festival Hall.«

Auf dem Weg in die Stadt erkundigte sich Dave bei Lloyd Smith, wic groß der Schaden war, den der Erzengel verursacht hatte, und wie viele Todesopfer es gegeben hatte.

Lloyd Smith saß ihm in der Limousine gegenüber. Seine kleinen, dunklen Augen funkelten besorgt hinter der Brille. In der kurzen Zeit, seit sie sich begegnet waren, hatte Dave festgestellt, dass Smith etwas an sich hatte, was ihn beunruhigte. Er war schon einigen Engländern begegnet – auch Schotten, Walisern und Iren, San Francisco war sehr kosmopolitisch, was das anging –, doch es war nicht Smiths kulturell bedingte Zurückhaltung, die bei Dave dieses Unwohlsein auslöste. Es war etwas tiefer Gehendes. Smith schien sich gegen etwas gerüstet zu haben, er schien bereit zu sein, sich aufs Stichwort gegen die Welt zu verteidigen, und das beunruhigte Dave. Er entschied, dass der Mann entweder vor kurzem von einer persönlichen Tragödie getroffen worden war – oder dass er versuchte, etwas Wichtiges vor ihnen zu verheimlichen.

Sowohl Dave als auch Danny war es wichtig, über jeden, der mit einem Auftrag in Verbindung stand, möglichst alles zu wissen, und so machte Dave es sich zur Aufgabe, Smiths Geheimnis aufzudecken.

»Der Erzengel hat keine Todesopfer gefordert«, erklärte Smith gerade, »aber der finanzielle Schaden durch die Zerstörung ist enorm. Milliarden. Dieser Erzengel könnte direkt aus der Offenbarung des Johannes stammen.«

Dave sah Lloyd fragend an.

»Die Engel in der Offenbarung«, erklärte der, »sind sehr zerstörerische Wesen. Sie teilen die Welt in Drittel auf – und die Sonne, den Mond und die Sterne. Wermut und Blut vergiften das Wasser, Feuer und Hagel gemischt mit Blut zerstören ein Drittel der Wälder und das gesamte Gras, die Flüsse und ein Drittel des Firmaments. Ziemlich grausame Sachen.«

»Aber in diesem Fall ist niemand umgekommen.«

Smith schüttelte den Kopf. »Nein, in diesem Fall nicht. In der Offenbarung werden die Bösen von den Engeln hingerichtet, aber dieser Erzengel hat vor seiner Ankunft gewarnt – auf unterbewusster Ebene – und es so auch den Bösen erlaubt, sich in Sicherheit zu bringen. Ich wohne selbst in der Gegend, die jetzt mitten in dem weißen Feuer liegt. Ich wurde durch ein, na ja, ein *Gefühl* geweckt, mehr war es nicht. Aber es war ein Gefühl, das man unmöglich ignorieren konnte, verstehen Sie? Also bin ich gegangen. Alle um mich herum haben das Gleiche getan. Sobald alle das Gebiet verlassen hatten, fand der Aufprall statt. Ein paar Tiere sind wohl gestorben, aber die meisten von ihnen haben es auch geschafft. Eine sehr seltsame Erfahrung, das kann ich Ihnen sagen.«

»Leben Sie allein?«, fragte Dave, dem etwas an Smiths Ton aufgefallen war.

Die Augen des alten Mannes wurden feucht. »Ja, ähm, ja, allein.«

»Dann sind Sie also nicht verheiratet?«, hakte Danny nach, der mühelos in den Verhörmodus verfiel.

»Sind Sie es denn?«, fragte Smith scharf zurück.

»Nein«, erwiderte Danny nervös. Er schaute sich hektisch um. »Keiner von uns ist verheiratet – nicht mehr.«

Smith nahm seine Brille ab und putzte sie mit einem Taschentuch, das er aus der Tasche zog.

»Tut mir leid«, sagte er dann. »Ich wollte Sie nicht derart anfahren.«

Dave meinte: »Sie müssen uns für schrecklich neugierig halten, aber wir sind nun einmal Cops, und wenn wir spüren, dass etwas nicht stimmt, reden wir nicht lange drum herum, sondern fragen direkt nach. Mir kommt es so vor, als würde sie etwas beschäftigen. Etwas, das Sie selbst betrifft. Hat das irgendetwas mit Ihren Erfahrungen mit dem Erzengel zu tun? Ich meine, wenn Sie irgendwelche Ideen dazu haben, sollten Sie uns einweihen. Wir müssen alles wissen.«

Smith lächelte traurig. »Sie sind sehr einfühlsam für einen …« Er unterbrach sich abrupt und Dave vervollständigte den Satz für ihn: »Für einen Cop?«

Der Erzdiakon lachte. »Eigentlich wollte ich sagen ›für einen Amerikaner‹, was eine noch größere Beleidigung wäre, nicht wahr? Sie müssen mir meine Vorurteile verzeihen; ich versichere Ihnen, sie sitzen nicht sehr tief. Irgendwie habe ich sie mir auf meinen Reisen angeeignet. Jedenfalls hatten Sie Recht, es gab da jemanden, der mir sehr nahestand. Wir haben dreiundzwanzig Jahre lang zusammengelebt. Und jetzt bin ich allein.«

»Hat sie Sie verlassen?«, fragte Dave.

Smith zögerte nur kurz, bevor er antwortete: »Sie hat mich verlassen und ist wenig später gestorben. Krebs. Ich glaube, sie wollte mir den Schmerz ersparen, ihr beim Sterben zusehen zu müssen, also hat sie mir erzählt, sie würde mich nicht mehr lieben und wolle mich verlassen …« Jetzt liefen ihm die Tränen über die Wangen, und als ihm bewusstwurde, wie unangenehm das für seine Gäste sein musste, versuchte er zu lächeln. »Ich sage, sie stand mir sehr nahe, aber das ist eine Untertreibung. Die Briten nutzen das Understatement als Schutzschild, wissen Sie, um kitschige emotionale Reaktionen zu vermeiden. Wir sind nicht sehr emotional – nicht so wie Sie.«

»Nein«, meinte Danny, »das sieht man.«

»Eigentlich«, fuhr Smith fort, der offenbar dringend das Thema wechseln wollte, »habe ich sogar Verbindungen nach Amerika. Mein jüngster Bruder ist amerikanischer Staatsbürger geworden, als er eine Frau aus Kalifornien geheiratet hat. Sein Sohn, also mein Neffe, arbeitet hier als Fotograf. Er nennt sich Holden Xavier. Natürlich ist das nicht sein richtiger Name, aber Smith sieht im Briefkopf eben nicht so toll aus.

Mein Bruder Samuel hat jeden Kontakt abgebrochen, nachdem er England verlassen hatte. Er fing an, für eine Zeitschrift zu schreiben, und nannte mich einen britischen Kolonialherrn. *Mich.* Er war doch derjenige, der in die Kolonien gezogen ist, warum bin ich dann der Kolonialherr? Wie dem auch sei, jetzt wissen Sie, woher meine Vorurteile stammen. Es macht mich immer noch etwas wütend … und jetzt wissen Sie auch, was mich bedrückt, und dass es nichts mit dem Erzengel zu tun hat.«

Dave hatte herausgefunden, was er wissen musste, und sich davon überzeugt, dass es keinen Einfluss auf ihre Zusammenarbeit haben würde. Ihn hatte die Vorstellung beunruhigt, dass der Erzengel das Unterbewusstsein der Menschen kontrollieren konnte. Denn wenn das so war, wie konnten er und Danny dann wissen, ob sie nicht durch diesen Smith manipuliert wurden? Das Wesen im Zentrum des weißen Lichts konnte hier sein, um die Zerstörung des gefallenen Engels von 1996 zu rächen. Es könnte das Trio in eine bestimmte Lage manövrieren wollen, bevor es sie zerstörte. Luzifer war der Lichtbringer gewesen. Vielleicht war dieser weiße Ball ja auch gar kein Erzengel. Vielleicht war es der größte und mieseste Höllenbewohner von allen, der gekommen war, um den Tod seines Rekruten zu rächen. Sechs Jahre später, in Höllenzeit wahrscheinlich eine Nanosekunde. Dave ware nur seinem Bauchgefühl gefolgt, und das hatte ihm geraten, sich um Smiths Probleme zu sorgen. Jetzt, wo er wusste, worum es sich handelte, war es okay.

Nach ein paar Minuten sagte Smith: »Ich hoffe, mein kleiner Ausbruch war Ihnen nicht zu unangenehm?«

Danny musste lachen. »Scheiße, wir sind aus San Francisco, Mann.«

»Ja«, meinte Smith lächelnd, »ich war einmal da. Eine schöne Stadt, nicht wahr?«

»Schön? Ich hoffe, das war eine ihrer typisch britischen Untertreibungen«, rief Danny. »Es ist verdammt nochmal die beste Stadt der Welt!«

»Oh, das würde ich nicht sagen«, ließ sich Lloyd Smith auf das Spiel ein. »Ich persönlich denke, Florenz hat ein wenig mehr zu bieten als San Francisco.«

»Sie sollten sich den Mund auswaschen«, konterte Danny.

Damit ließen sie das Thema fallen. Dave starrte durch die stark getönten Scheiben des Wagens auf die Lichtkuppel, die immer näher kam, und fragte sich, was darin wohl vorging. Falls darin ein lebendiger Erzengel saß, woran dachte er dann wohl? Und warum hatte er beschlossen, unbeweglich zu bleiben? Warum jagte er das Böse nicht selbst, statt sich dabei auf Sterbliche zu verlassen?

Dave empfand es als großes Privileg, in diesem Fall ermitteln zu dürfen, auch wenn er nicht aufgrund seiner Arbeit als Polizist ausgesucht worden war, sondern wegen einer zufälligen Geschichte, in die er und seine Freunde sechs Jahre zuvor verwickelt gewesen waren. Das spielte keine Rolle. Er war hier, hatte einen wichtigen Auftrag und genoss es.

Hätte er gewusst, was durch die Straßen von Südlondon streifte, hätte Dave seine Meinung vielleicht geändert.

4

Er wollte seine Basis in und um den Richmond Park einrichten, wo er sich von seinen Anstrengungen erholte. Als er hier angekommen war, war er sehr schwach gewesen, aber seitdem hatte er durch Nahrungsaufnahme einiges an Stärke aufgebaut. Ein paar Nächte nachdem er den Körper des jungen Mannes übernommen hatte, stand er im Richmond Park und fing an zu predigen. Seine Botschaft war nicht die der üblichen Seifenkisten-Propheten, die die Leute dazu aufforderten, ihrem sündhaften Lebenswandel abzuschwören und dem Weg der Bibel zu folgen. Eigentlich schien er sogar darauf zu bestehen, dass sie das Gegenteil tun sollten.

Anfangs wurde er ignoriert, doch dann blieb eine Gruppe betrunkener Schlägertypen stehen, um ihn in die Zange zu nehmen. Er behandelte sie für einen Laienprediger auf ziemlich spektakuläre Art und Weise: Er drohte ihnen mit Gewalt und Chaos. Dadurch grölten sie nur noch lauter. Einer der Jugendlichen griff ihn an, und daraufhin schlug der sanftmütig wirkende Prediger den Rowdy mit einem einzigen Schlag seiner feingliedrigen Faust bewusstlos.

Seine blauen Augen funkelten und sein Mund verzog sich zu einem roten Halbmond, als er rief: »Wenn dein Bruder dich gängelt, so schlage ihn nieder. Wenn dein Bruder dich noch weiter gängelt, dann tritt sein Gesicht in den Staub, zersplittere seine Knochen mit deinem Stiefel, zerstöre ihn ganz und gar, denn er ist es nicht wert, noch länger *Bruder* genannt zu werden. Er muss für seine Ausschweifungen mit seinem Leben bezahlen.«

Das klang sehr biblisch, als wäre es ein Zitat aus dem Alten Testament. Die Leute, die es hörten, glaubten es zu erkennen. Auch wenn es etwas verdreht zu sein schien, waren sie sicher, es irgendwo schon einmal gehört oder gelesen zu haben, vielleicht in der Kirche oder in der Schule. Es klang jedenfalls genau richtig, wenn es darum ging, die Gangs, Autodiebe, Einbrecher, Diebe, Vergewaltiger und Mörder in den Griff zu kriegen.

Die anderen Jugendlichen wollten ihrem Freund helfen, der jetzt auf dem Boden lag, während der Prediger auf seinem Kopf herumtrampelte. Sie holten ihre Eisenstangen, Hammer, Messer und Fahrradketten raus und wollten diesem Prediger eine Lektion erteilen. Doch stattdessen richtete sich die Lektion gegen sie, als einem der Jungen der Arm gebrochen wurde und einem anderen der Kiefer. Der Priester war ein blitzschneller Kämpfer. Seiner schmalen Gestalt sah man nicht an, wie stark er war und dass er wie eine Wildkatze kämpfen konnte. Die Jugendlichen flüchteten, zerrten ihre Verwundeten mit sich und schrien Zeter und Mordio.

Inzwischen hatte sich eine Menschenmenge versammelt.

»Ihr müsst euch diese Art von Einschüchterung nicht gefallen lassen«, sagte der attraktive junge Prediger. »Wenn euch jemand bedroht, dann gebt ihm, was er verdient. Wir haben uns so lange von Schlägertypen und Feiglingen einschüchtern lassen. Wenn nachts ein Fremder in euer Haus eindringt, dürft ihr ihn dann angreifen?«

Eine Stimme im Publikum rief: »Es verstößt gegen das Gesetz, mehr Gewalt anzuwenden als absolut notwendig.«

»Aber woher weiß man, wie viel Gewalt notwendig ist? Woher wisst ihr, dass er nicht gekommen ist, um euch umzubringen? Ich rate euch, ihm bei der ersten Gelegenheit ein Messer in die Rippen zu jagen oder eine Schusswaffe zu benutzen, falls ihr eine habt. Erklärungen kann man später immer noch geben.«

Obwohl sie sich dagegen sträubten, waren die Leute von dieser faschistischen Rhetorik fasziniert. Normalerweise hätten sie solche Reden als beunruhigend empfunden, aber wenn sie dem jungen Mann in die Augen sahen, hatten sie das Gefühl, endlich die Wahrheit zu hören. Er sah nicht so aus, als könnte er sich verteidigen, aber trotzdem hatten sie gesehen, wie er sieben bewaffnete Jugendliche in die Flucht geschlagen hatte. Das war bestimmt eine Art Kung-Fu-Puritaner, der die Welt von ihrem Abschaum reinigen wollte.

Er sprach so sanft, mit hypnotischer Stimme. Dieser junger Mann, der so engelsgleich aussah, konnte doch gar nicht böse sein, oder? Und wenn er nicht böse war, na ja, dann musste er doch gut sein und das, was er sagte, richtig und anständig.

Sie erlagen seinem Zauber, nahmen seine Worte in sich auf

und nickten sich gegenseitig zu: Ja, er hat Recht, warum sollten wir uns das gefallen lassen? Warum haben wir diese Barrikadenmentalität? Wir sollten das Gesetz selbst in die Hand nehmen und die Sachen auf unsere Art angehen. Wenn wir das nächste Mal sehen, wie jemand eine Handtasche klaut, einen Laden überfällt oder eine Wand besprüht, sollten wir ihn lynchen und ihn am nächsten Laternenmast oder Baum aufknüpfen. Wir sollten ihn an ein Auto binden und durch die Nachbarschaft schleifen. Danach wird er so etwas bestimmt nie wieder tun.

Die Predigt wurde immer aufwühlender und fütterte den primitiven Teil in ihnen, doch die Menge, die inzwischen in die Hunderte ging, hörte nur etwas, das sie für gesunden Menschenverstand hielt. Viel zu lange, wurde ihnen gesagt, hätten sie schon gelitten und die andere Wange hingehalten; jetzt, genau jetzt, sei die Zeit gekommen, aufzustehen und zurückzuschlagen. Die Worte des jungen Mannes drangen in den animalischen Teil ihres Wesens vor, den Mr. Hyde, der sich jetzt regte, erwachte und *zuhörte.* Das Biest in ihnen allen wuchs, erfüllte ihre Seelen und ihr Bewusstsein. Der reine Teil ihres Geistes löste sich und flog davon, zurück blieb nur der verdorbene, kranke Teil, der nun die Regie übernahm.

Man beschlagnahmte den Wagen eines Politkandidaten, dessen Lautsprechersystem es dem jungen Hitzkopf ermöglichte, bequem zu den Tausenden zu sprechen, zu denen die Menge vor ihm angeschwollen war. Er sagte ihnen, dass er gekommen sei, um sie zu retten – nicht vor der Sünde, sondern vor der Unterdrückung. Er war gekommen, um sie aus der Wildnis der Verfolgung in eine Zukunft zu führen, die frei von Angst war. Doch zunächst würde das Blut der Schuldigen und der Verantwortlichen die Straßen überschwemmen.

»Ihr müsst euch erheben und für das kämpfen, was euer ist,

und dürft nicht zulassen, dass sich jemand zwischen euch und die Gerechtigkeit stellt.«

Sie jubelten wild. Jeder, der kritisch die Stimme erheben wollte, wurde vom Mob niedergebrüllt oder von jungen Männern und Frauen zum Schweigen gebracht, die irgendwie zum Team des Predigers zu gehören schienen. Sie waren als Individuen gekommen, doch sie erkannten einander sofort und sahen in dem Prediger eine verwandte Seele. Es war so, als hätten sie nur auf ihn gewartet, als wäre er eine Art Messias, der sie führen würde.

Ein Mannschaftswagen der Polizei traf ein; einige Polizisten stiegen aus und bahnten sich einen Weg durch die Menge nach vorne.

»Zeit, nach Hause zu gehen«, rief ein älterer Polizist. »Kommt schon, Leute, auf geht's.«

Der Prediger schien irgendwie größer zu werden, und sein Gesicht wurde zu einer schrecklichen Maske. Jetzt war seine Stimme nicht mehr sanft. Er brüllte in sein Mikrofon: »Diese Polizisten sind korrupt. Sie nehmen Schmiergeld von der örtlichen Mafia an. Die Kriminellen benutzen sie, während wir voller Angst durch die Straßen wandern, in unseren Häusern sitzen, in unseren Betten liegen. Die Schuldigen kommen frei, während die Unschuldigen in Zellen geworfen und geschlagen werden, manchmal sogar zu Tode geprügelt, und zwar von genau den Menschen, die uns eigentlich beschützen sollten. Sie verdienen es, gesteinigt zu werden …«

Es waren nicht seine Worte, sondern der Ton in seiner Stimme, der den Mob durchdrehen ließ. Die Männer in Uniform wurden zu Boden gerissen, getreten und geschlagen, während sie versuchten, sich einen Weg durch die Menge zu bahnen. Einer von ihnen, ein junger Constable, der nicht älter als zwanzig war, geriet in Panik, zog seinen Schlagstock und begann, damit um sich zu prügeln. Er wurde von den Bodyguards des Predigers gepackt und festgehalten. Zwei Frauen stemmten ihn in die Krone eines Baumes und erhängten ihn vor der plötzlich schweigenden Menge mit seinem eigenen Gürtel. Sein Gesicht war völlig verzerrt vor Angst, als er verzweifelt an dem Lederstrang an seinem Hals zerrte, bis seine Beine nicht mehr austraten, seine Augen glasig wurden und er erschlaffte.

Ein Teil der Menge löste sich auf und verschwand in den Seitenstraßen, offenbar entsetzt über das, was sie gerade gesehen hatten. Andere, die noch immer wie in Trance waren, blieben. Der Prediger begann nun, den Pöbel mit ruhiger Stimme weiter anzupeitschen, indem er sie daran erinnerte, welche Schandtaten die Straßengangs und Diebesbanden ihnen angetan hatten – genau wie die Polizei. Sie holten Benzin aus dem Polizeiwagen und anderen Autos rund um den Park und setzten Dinge in Brand. Sie zogen die geschlagenen Polizisten aus und verbrannten ihre Uniformen. Sie hielten Autos an, zogen die Insassen aus den Wagen und zertrümmerten und verbrannten die leeren Fahrzeuge.

»So sollen die Unrechten bestraft werden«, schrie der junge Prediger. »So sollen unsere Feinde vergehen.«

Die Menge brüllte entzückt.

»Und nun geht«, rief der Sprecher. »Geht und zerrt die Selbstgefälligen aus ihren Häusern, sagt ihnen, dass den Sanftmütigen *niemals* die Erde gehören wird und dass nur die Starken überleben. Und wenn sie euch sagen, dass sie uns nicht beistehen wollen, dann verbrennt ihre Autos, verbrennt ihre Häuser, lasst sie für ihre Selbstgefälligkeit zahlen …«

So begann der Aufstand, der sich in den Straßen von Richmond und darüber hinaus ausbreitete. Es lag Wahnsinn in der Luft, Blutdurst, der auf jede nur erdenkliche Art gestillt wurde:

Mord und Vergewaltigung, alte Rechnungen, die sofort beglichen wurden, Fehden, die wiederbelebt und zu einem schrecklichen Ende gebracht wurden.

Acht Stunden lang regierte das Chaos. Die Straßen von Richmond waren blutbesudelt. Das Böse hatte sich in der Gegend festgesetzt, und nicht einmal bewaffnete Polizeieinheiten und Soldaten konnten es wieder ausrotten.

Auf der Karte wurde ein ungleichmäßiger Ring um Richmond gezogen und das Innere dieses wabernden Kreises zur Gefahrenzone erklärt: Ging eine Frau ohne Schutz auf die Straße, wurde sie garantiert angegriffen, und ein Mann wurde überfallen und verprügelt, oft sogar getötet, wenn er nicht schnell und mit verschlossenen Türen durch die Straßen fuhr.

»Wurdest du geschickt, um uns zurückzuholen?«, fragten die Bodyguards den Prediger.

»Nein, aber es wäre klug von euch, wenn ihr mir assistieren würdet, während ich hier bin«, erwiderte er. »Sobald wir gewonnen haben, wenden wir uns denen zu, die uns im Stich gelassen haben. Es wird euch weniger schlimm ergehen, wenn ich melden kann, dass ihr mir von Nutzen wart.«

Die jungen Männer nickten einander zu. »Sag uns, was wir tun müssen«, baten sie.

So schuf sich der Prediger eine Basis, und sein verderblicher Einfluss breitete sich aus, bis sie im Osten fast bis nach Hounslow und im Westen fast bis Wandsworth reichte. Barnes und Surbiton bildeten die nördliche und südliche Grenze. Innerhalb dieses Gebiets war sein Einfluss unglaublich stark und verdarb nicht nur die ehrlichen, anständigen Bürger sondern auch Polizei, Beamte, Politiker und das gesamte System.

Am helllichten Tag wurde gemordet und vergewaltigt, mitten auf der Straße, mit jubelnden Zuschauern, die die Täter noch anfeuerten. Recht und Gesetz brachen zusammen, die

Polizei ließ sich bestechen und bildete eine eigene gesetzlose Gruppe. Öffentliche Unzucht, Trunkenheit, Kidnapping, Auftragsmorde, Prügeleien und jede andere Art von Verbrechen waren an der Tagesordnung. Wilde Ausschreitungen wurden befürwortet: Die Sanftmütigen wurden unter den Stiefeln der Schläger zermalmt.

Aus anderen Stadtteilen wurden saubere Polizisten abgestellt, doch auch die wurden korrumpiert, sobald sie ihren Einsatzort erreichten. Wer sich nicht bestechen ließ, wurde von einem Auto überfahren oder von seinen Vorgesetzten gezwungen, Schändlichkeiten zu begehen; oder man fand ihn einfach tot im Rinnstein. Der Drogenmarkt florierte, Kirchen wurden geschlossen, angezündet oder für abartige Zwecke missbraucht.

Wer nicht Teil der Szene in dem finsteren Ring werden wollte, floh entweder aus dem Gebiet oder wurde gnadenlos eingeschüchtert. Im Herzen von Richmond saß die Verderbtheit, ein Krebsgeschwür, das man unmöglich herausschneiden konnte. Es kam so weit, dass kein Außenstehender mehr sich in das Ghetto wagte, es sei denn, er war selbst böse. Wer nördlich des Flusses oder in den sauberen Gegenden im Süden mit dem Gesetz in Konflikt kam, floh in den Schutz dieser verdorbenen Gegend.

In Richmond war der übliche Kampf gegen das Verbrechen aufgegeben worden, und die Kriminellen konnten tun und lassen, was sie wollten. Der Drogenhandel fand hier ungehindert statt, und überall boten Dealer ganz offen Kokain, Crack und Heroin an, sowie alles andere, was der Drogenkunde so wünschte.

»Warum bist du hier?«, fragten die neuen Anhänger den Prediger, als er im Richmond Park eine schwarze Messe zelebrierte, wobei seine Assistenten ihm als Bodyguards dienten.

»Solange ich hier bin«, lachte der Prediger, »wird meine Anwesenheit Verzweiflung, Terror, Aufstände, Gewalt und Tod hervorbringen. Noch bevor ich mit ihnen fertig bin, werden die Menschen all diese religiösen Idioten vertreiben. Die Menschen werden das *selbst* tun. Ich muss sie nur mit Schrecken überziehen.«

5

Während sie noch in der Limousine saßen, reichte Lloyd den beiden Amerikanern dunkle Brillen. Als der Wagen schließlich vor ihrem Hotel hielt, stiegen sie aus und starrten Richtung Stadtzentrum. Hätten sie nicht die Sonnenbrillen getragen, wären sie von der riesigen Lichtkuppel geblendet worden, die fast drei Quadratkilometer des Londoner Finanzdistrikts überspannte. Sie hatte Ähnlichkeit mit dem Gleißen, das bei der Explosion einer Nuklearwaffe erzeugt wird, nur dass das Licht hier wie eingefroren und dauerhaft war. Dave hatte es natürlich im Fernsehen gesehen, aber die Kameraleute hatten Filter benutzt, und das ganze Spektakel war, auch wenn es nach wie vor ein beeindruckender Anblick war, auf dem Bildschirm irgendwie gedämpft erschienen.

»Was befindet sich im Inneren, abgesehen von dem Erzengel?«, fragte Dave.

Lloyd zählte auf: »Die Bank von England, die Börse, St. Paul's, St. Olave's – eine sehr schöne mittelalterliche Kirche –, die Royal Exchange, der Mithras-Tempel, noch mehr Banken, mehr Kirchen, mehr Versicherungen – sogar der Old Bailey hat etwas abbekommen. Der Tower ist dem Feuerkreis knapp entronnen. All diese Einrichtungen waren dort, bevor der Erzengel kam, aber jetzt sind sie wahrscheinlich nur noch Asche.«

Dave war überwältigt, als er auf die weiße Kuppel starrte. Das Licht war so intensiv, dass er nichts darin erkennen konnte. Es schien fast eine körperliche Präsenz zu haben, stofflich, undurchdringlich, als würde eine kleine Sonne es abstrahlen. Er hatte das Gefühl, dass er von dieser Weiße umfangen und von ihrer Dichte aufgelöst werden würde, sollte er hineingehen. Das war ein Licht, wie die Welt es noch nie zuvor gesehen hatte. Das war das stoffliche Licht eines Erzengels, das Licht, um das sich gewöhnliche Engel scharten wie die Motten, ein wundervolles Licht, das zuerst von Luzifer gewoben worden war, bevor der ehrgeizige Engel von Stolz erfasst und mit einem Schlag in die widerlichen Abgründe geschleudert worden war, über die er nun herrschte.

Und trotzdem hatte Dave das Gefühl, dass dieses atemberaubende Licht nichts weiter war als eine Kerzenflamme, wenn man es mit dem Licht des Schöpfers verglich.

»War da schon jemand drin?«, fragte er Lloyd.

Lloyd lächelte. »Da drin befindet sich ein Erzengel. Die Polizei hat Straßensperren errichtet und Wachen aufgestellt, aber es gibt immer ein paar, die durch die Maschen schlüpfen. Aber soweit ich weiß, ist noch niemand wieder rausgekommen.«

»Ich meine, offizicll.«

»Ja, natürlich, aber wir konnten keinen Kontakt herstellen. Niemand kann sich einem solchen Wesen nähern. Man hielt es für das Beste, den Bereich zur Sperrzone zu erklären, nicht einmal Politiker oder Militär dürfen hinein.«

»Erzählen Sie uns die ganze Geschichte«, forderte Dave und warf Lloyd einen scharfen Blick zu.

»Offen gesagt«, erwiderte Lloyd, »versuchen wir, die Leute durch Abschreckung davon abzuhalten, in die Kuppel vorzudringen. Da drin findet ein wichtiges Treffen statt. Wir wollen diese heikle Situation nicht noch schlimmer machen, indem irgendein Idiot den Erzengel provoziert, also sagen wir der Öffentlichkeit, das Licht sei gefährlich. Was es in Wirklichkeit nicht ist. Wir haben einige Teams reingeschickt, aber sie konnten keinen Kontakt zu dem Wesen da drin herstellen; und sie fanden es unheimlich. Sie kamen zitternd wieder raus. Man erreicht nichts, wenn man das Wesen direkt angeht. Wir wissen, was es will, aber dazu komme ich später noch.«

»Dieses Licht«, meinte Danny abwesend, fast so als wäre er allein, »ist *reines* Licht. Stellt euch vor, darin zu baden. Stellt euch vor, wie es durch euren Körper strömt, ihn reinigt, die Sünde von eurem Geist nimmt. So ist es. Den Körper wäscht man mit Wasser, aber die Seele reinigt man mit Licht – mit *diesem* Licht.«

Lloyd drehte sich langsam um und starrte den kleinen, beseelten Mann neben sich an.

»Wie bitte?«, murmelte er.

»Beachten Sie ihn gar nicht«, meinte Dave gelassen, »er ist ein religiöser Freak.«

»Bin ich gar nicht«, fauchte Danny. »Ich bin nur … na ja, du kennst ja meine Sünden, Dave.«

»Du meinst also, du könntest es jede Nacht mit einer Nutte treiben, dann in deine Wohnung gehen, eine Dusche aus heiligem Licht nehmen, und alles wäre wieder okay? Du könntest den Kuchen essen und ihn gleichzeitig behalten? Ist es das?«

»Ja«, meinte Danny leise.

Dave schüttelte den Kopf. »Du wirst dich nie ändern, Danny. Was ist mit den Frauen. Verdienen sie es nicht auch, gereinigt zu werden?«

»Sie könnten ja mit mir duschen«, schlug Danny vor. »Ich dusche gerne mit ihnen.«

Während Lloyd sich den Wortwechsel der beiden anhörte, beschlich ihn das Gefühl, dass seine Regierung einen Fehler gemacht haben könnte, als sie die beiden nach London holte. Sie waren doch wohl eher ein Comedy-Duo aus einem Kabarett und nicht zwei ernstzunehmende Polizisten, auf deren Unterstützung man zählen konnte.

Dave merkte, dass er angestarrt wurde.

»Lassen Sie sich dadurch nicht täuschen«, meinte er beruhigend, »wir wissen, was wir tun. Das ist nur unsere Art, Stress abzubauen.«

»Ah, ja«, meinte Lloyd zweifelnd. »Nun, sollen wir reingehen?«

Als sie die Hotellobby betraten, nahmen sie die Sonnenbrillen ab. Nachdem sie eingecheckt hatten, gingen sie an die Bar. Lloyd bestellte Getränke und führte sie dann zu einem Tisch, an dem bereits eine Frau saß.

Die Frau war die größte Schönheit, die sie je gesehen hatten. Danny blieb abrupt stehen und starrte sie offen an. Dave knurrte leise: »Mach den Mund zu, Danny-Boy, du sabberst.«

Danny schaffte es, die Kontrolle über seine Beine zurückzugewinnen, stolperte zum Tisch und setzte sich, konnte aber den Blick nicht von der Frau wenden, die ihm nun gegenübersaß. Lloyd stellte sie vor, und Danny schnappte den Namen Petra auf. Für einen Moment hielt er ihre weiche, seidige Hand, dann musste er sie wieder loslassen.

Die Getränke kamen; er nahm mechanisch sein Glas und hielt es fest, bis Lloyd »Cheers« sagte. Er hatte einen Dimple Scotch bestellt, den er sich nur selten gönnte, aber jetzt trank er ihn, ohne den Geschmack wahrzunehmen. Erst als er ein Brennen im Bauch spürte, wurde ihm bewusst, dass er alles in einem Zug getrunken hatte. Petra trank anscheinend Mineralwasser.

»Heute Abend habe ich die beiden schönsten Dinge der Welt gesehen«, sagte Danny kehlig, »und eines davon betrachte ich jetzt gerade.«

Zum ersten Mal sprach Petra ihn direkt an. Ihre Stimme war so weich und seidig wie ihre Hand. Sie ließ Dannys Bauch kribbeln. Es war das gleiche Gefühl, das ihn überkam, wenn er an einer Klippe stand und in die Tiefe schaute, die ihn lockte zu springen.

»Schönheit ist oberflächlich«, sagte sie. »Davon darf man sich nicht beeindrucken lassen.«

»Ach nein?«, erwiderte Danny, und die Worte schienen sich in seinem Mund zu verhaken. »Sagen Sie, woher kommen Sie? Aus der Karibik?«

»Ich stamme von hier.« Lächelnd nippte sie an ihrem Wasser und sah ihn aus großen, braunen Augen an. »Großbritannien. Trotz meiner Hautfarbe bin ich geborene Britin und auch hier aufgewachsen.«

»Ja, klar, tut mir leid. Sie müssen es satthaben, dass man Ihnen diese Frage stellt. Ziemlich dämlich, was?«

»Es ist nur natürlich, dass die Frage kommt, aber viele Einwanderer der zweiten Generation nervt es.«

»Das glaube ich sofort«, nickte Danny und versuchte, aus seinem leeren Glas zu trinken.

»Hey, Danny, wir sind auch noch da«, rief Dave vom anderen Ende des Tisches. »Nicht absaufen, Freundchen, ich brauche dich noch.«

»Ja, klar.« Widerwillig löste Danny den Blick von Petra. »Ich höre zu.«

»Von wegen«, knurrte Dave. »Also, Miss …«

»Nennt mich einfach Petra.«

»Also gut, Petra. Uns wurde gesagt, du hättest Kontakt zu der Kreatur in der Kuppel da draußen.«

»Kreatur?«

»Dem Erzengel. Stört es dich, wenn ich dir ein paar Fragen stelle?«

Sie schüttelte den Kopf.

»Okay. Also erstens: Wie kommunizierst du mit ihm? Ist es Telepathie?«

»Zumindest nennt Mr. Smith es so.«

»Und wie nennst *du* es?«

»Ich benenne es gar nicht. Ich habe einfach diese Träume.«

Dave nickte. »Ah, okay, du träumst also. Was träumst du? Dass der Erzengel mit dir spricht? Oder ist es ein Austausch von Bildern, oder wie? Benutzt er Symbole?«

Ein Hauch von Sarkasmus hatte sich in seine Stimme geschlichen.

Petra stand abrupt auf, als wollte sie gehen. »Wie ich sehe, glaubst du nicht daran, dass ich Kontakt habe, also können wir es auch dabei belassen.« Sie wirkte wütend und erregt.

»Ich glaube dir schon«, rief Danny und sprang ebenfalls auf.

»Lass uns professionell bleiben, Danny«, mahnte Dave. »Wenn diese Frau wirklich authentisch ist, werden wir das schnell herausfinden, aber das können wir nur, indem wir Fragen stellen.« Er wandte sich wieder an Petra: »Hör mal, wo ist denn das Problem dabei, ein paar Fragen zu beantworten, selbst wenn du sie unverschämt findest? Ich muss einfach sicher sein, dass du nicht irgendeine Irre bist, die uns nur verarscht. Also, wenn du gehen willst, tu das, aber wenn du ehrlich zu uns bist, kommst du sowieso wieder. Man kann die Gedanken eines Erzengels nicht für sich behalten – ich glaube nicht, dass das möglich ist. Wenn er dich wirklich dazu benutzt, mit uns zu kommunizieren, dann wirst du das auch tun. Du wirst gar nicht anders können.«

Petra blieb stehen und starrte Dave an.

Danny sagte: »Hör mal, warum sagst du Dave nicht einfach, was er wissen will? Was ist schon dabei?«

»Er demütigt mich«, erwiderte Petra.

»Er ist ein Cop«, meinte Danny. »Er versucht, *jeden* zu demütigen – manchmal sogar mich –, weil er glaubt, es wäre sein Recht, an die Wahrheit heranzukommen, egal mit welchen Mitteln. Warum tust du ihm nicht den Gefallen?«

Dave warf Danny einen scharfen Blick zu und runzelte irritiert die Stirn, aber Petra setzte sich wieder.

Sie räusperte sich und sagte ruhig: »Er sagt, hier in London sei eine tote Seele unterwegs, eine tote Seele aus der Hölle.«

»Was ist eine *tote Seele?*«, fragte Danny.

An dieser Stelle mischte sich der Erzdiakon ein: »Die Seele eines toten Sterblichen, die natürlich entweder in den Himmel oder in die Hölle kommt, je nachdem, wie das Urteil ausfällt. Wir wissen, dass südlich des Flusses irgendetwas passiert ist – dort liegt ein Gebiet, das zu einem der schlimmsten kriminellen Brennpunkte der Stadt geworden ist, dort sind die Dinge völlig außer Kontrolle geraten. Wir glauben, dass diese tote Seele sich dort eine Art Basis für ihre bösen Aktivitäten eingerichtet hat.«

»Aber wozu ist sie hier?«, fragte Dave.

»Ihr wisst doch von dem Treffen, oder?«, fragte Petra. »Wir denken, dass sie geschickt wurde, um einen erfolgreichen Ausgang der Konferenz zu verhindern. Der Erzengel ist hier, um die Konferenz zu schützen. Aber eine direkte Konfrontation der beiden würde die gesamte Stadt verwüsten, Millionen würden sterben. Wir müssen also alles tun, was in unserer Macht steht, um einen solchen Konflikt zu verhindern.«

»Und wie nennt sich das Ding?«, fragte Dave. »Diese tote Seele? Wer war sie, als sie noch lebte?«

Petra murmelte: »Sie nennt sich Manovitch.«

Einige Zeit sagte niemand etwas, dann brach Dave unsicher das Schweigen: »Also, selbst wenn ich deine Geschichte erst nicht geglaubt habe … jetzt glaube ich dir.«

Der Mann war ziemlich groß und hatte ein kantiges Gesicht. Er trug einen langen Regenmantel. Seine Hände waren schmal, wirkten aber kräftig. Sein Name war John Fields.

Die Frau an seiner Seite trug einen Wollmantel. Mit dem rechten Arm hatte sie sich bei ihm untergehakt. Ihr Name war Susan Fields.

Es war zwei Uhr morgens, und das Paar war nach einem Besuch bei Freunden auf dem Heimweg. Diese Gegend galt als nicht besonders gefährlich, obwohl man in diesen Tagen nirgendwo in London wirklich sicher war, und so reagierte Fields überrascht und vorsichtig, als plötzlich der junge Mann aus den Schatten trat und sich vor ihm aufbaute.

»Sie haben mich erschreckt«, meinte Fields, der nun wütend wurde. In den wenigen Sekunden, die sie sich im Licht der Straßenlaterne musterten, schätzte er den anderen ab und kam zu der Erkenntnis, dass er wohl der Stärkere und Geschicktere der beiden war.

»Peters?«, fragte der Mann.

»Wovon redet er da, John?«, fragte die Frau mit schriller Stimme. »Komm, lass uns nach Hause gehen.« Sie versuchte, ihren Mann auf die Straße zu ziehen, damit sie an dem Typen vorbeigehen konnten, der sie belästigte.

»Sie sind nicht Peters«, stellte der Mann fest.

»Nein, bin ich nicht«, erwiderte Fields, dem langsam klarwurde, dass es sich hierbei nicht um einen Überfall handelte, wahrscheinlich eher um eine Art Fehde. Er war sogar ein wenig erleichtert. Er war nicht Peters. Dieser junge Mann hatte ein Problem mit Peters, nicht mit ihm. Der junge Mann hatte etwas *Bestialisches* an sich, das Fields Angst machte und ihn dazu trieb, möglichst schnell zu verschwinden.

Seltsame Augen starrten ihn an, und in ihnen stand eine Bösartigkeit, wie Fields sie vor dieser Nacht noch bei keinem anderen Menschen gesehen hatte.

Fields ließ sich von seiner Frau vom Bürgersteig auf die Straße ziehen und wollte um den Mann herumgehen, als der andere plötzlich vortrat und ihn an der Kehle packte. Fields ließ sofort den Arm seiner Frau los und versuchte, die Finger an seinem Hals aufzubiegen. Sie waren unglaublich stark. Es fühlte sich an, als würde nicht nur seine Luftröhre zerquetscht, sondern auch seine Halswirbelsäule gebrochen werden.

Er hörte seine Frau schreien. Sie trat nach der Gestalt, die nun vor Fields' Augen verschwamm. Eine Hand zuckte und schleuderte sie auf die Straße vor ein heranfahrendes Auto. Bremsen quietschten.

Fields spürte, wie seine Augen aus den Höhlen traten und seine Zunge aus dem Mund quoll. Er trat heftig nach den Genitalien seines Angreifers, verfehlte sie aber und traf nur den Oberschenkel. Jemand kam ihm zu Hilfe, wohl der Fahrer des Autos, und er spürte, wie der Druck nachließ. Er taumelte gegen eine Mauer und keuchte. Vor seinen Augen tanzten weiße Lichter.

Als er hochschaute, sah er, wie der Autofahrer in die Höhe gehoben wurde, eine zappelnde Gestalt, die nur aus Armen und Beinen zu bestehen schien, und dann gegen den Rinnstein geschleudert wurde. Irgendwo im Körper des Autofahrers knackte etwas hart. Fields drehte sich um und rannte los.

Susan lag mitten auf der Straße. Sie stöhnte. John wollte zu ihr gehen, aber er konnte nicht. Stattdessen lief er immer weiter, einfach nur weg, und schluchzte voller Erniedrigung,

Angst und Schmerz. Er hatte es schon fast bis ans Ende der Straße geschafft, als ein Pflasterstein ihn am Rücken traf und seinen Körper durchdrang.

6

Manovitch«, wiederholte Danny leise. »Dieser Wichser. Das hat uns gerade noch gefehlt.«

Manovitch war 1996 gestorben, während der großen Brandstiftungswelle, die alle größeren Städte der Welt überschwemmt hatte, während der Zeit des Feuerengels. Seine Leiche, die nur noch anhand der Zähne hatte identifiziert werden können, war in der völlig ausgebrannten Wohnung gefunden worden, die zu dieser Zeit Detective Sergeant Peters gehört hatte. Manovitch hatte versucht, in dem Gebäude eine Brandbombe zu legen, der er dann selbst zum Opfer gefallen war.

»Es kann Manovitch nicht zweimal geben«, murmelte Dave, »nicht solch einen Manovitch.«

»Dann haben Sie ihn also gekannt?«, fragte Lloyd.

Wieder hatte Dave das Gewühl, dass Lloyd Smith bereits über die Verbindung zwischen ihm und Manovitch Bescheid wusste, doch er erklärte trotzdem geduldig, dass er und Danny einige Male mit Manovitch aneinandergeraten waren.

Lloyd beugte sich vor und starrte Dave durchdringend an. »Okay, also, Sie sind hier, um uns dabei zu helfen, Manovitch zu kriegen, bevor er unsere Konferenz zerstört – oder bevor der Erzengel beschließt, dass er sich selbst um Manovitch kümmern muss. Petra hat mir gesagt, dass der Erzengel in erster Linie hier ist, um durch seine Anwesenheit das Treffen auf dieser Seite des Flusses zu schützen, aber anscheinend ist Manovitch auf den Schlachtfeldern von Armageddon einer von Satans erfolgreichsten und beliebtesten Generälen, und der Erzengel will ihn unbedingt kriegen.«

Dave starrte Lloyd ebenfalls an und entschied, dass es Zeit wurde für einen Show-down. »Werden wir hier verarscht?«, fragte er direkt und beugte sich vor. »Werden wir dazu benutzt, Manovitch aus seinem Versteck zu locken?«

»Ja«, stimmte Danny ihm zu, »das klingt so, als wären wir der Köder.«

»Das ist sehr krude formuliert«, erwiderte der Erzdiakon, der seine Finger knetete und völlig unbeeindruckt schien. »Dies ist eine sehr komplizierte Situation und ich denke, Sie vereinfachen die Dinge doch sehr, wenn Sie hier von ›Köder‹ und ›verarschen‹ reden. Das ist … das ist *einer* der Gründe, warum Sie hier sind.«

Dave fragte: »Haben die Brandstiftungen in London in den letzten Tagen zugenommen?«

Lloyd nickte. »Wir versuchen, das geheim zu halten, damit keine Nachahmungstäter aus ihren Löchern kriechen. Das große Feuer, das von dem Erzengel verursacht wurde, fesselt sie im Moment alle noch, aber wenn sie herausfinden, dass es auch wieder mehr kleinere Brände gegeben hat, hätten wir es schnell wieder mit einer ganzen Welle von Brandstiftungen zu tun, genau wie 1996. Die Medien beschweren sich lauthals, aber die Regierung hat ihnen untersagt, etwas darüber zu veröffentlichen.

Die Mordrate ist auch dramatisch angestiegen – wir denken, dass Manovitch selbst dafür verantwortlich sein könnte. Hauptsächlich Strangulierungen, oft nach einer Vergewaltigung, und zwar bei Männern *und* Frauen. Petra hat mir erklärt, dass jetzt, wo er wieder eine irdische Gestalt angenommen hat, sein sexueller Appetit sehr groß sein dürfte. Wenn Sie die Opfer sehen könnten, würde sich Ihnen der Magen umdrehen.« Unwillkürlich schauderte Lloyd.

Dave nickte. »Sie sagten, wir wären nicht nur als Köder hier.«

»Na ja, das sind sie schon, aber wie ich bereits sagte, es ist alles nicht so einfach. Petra sagt, dass Manovitch es spürt, wenn Sie in der Stadt sind, also wird er sich vermehrt herumtreiben und so gegenüber seinen Jägern verwundbarer sein, egal ob Engel oder Menschen. Wir haben wortwörtlich Hunderte von Leuten da draußen, die nur darauf warten, dass Manovitch seinen Zug macht. Wenn er es tut, werden wir ihn vernichten.«

»Bevor er uns kriegt, hoffe ich doch mal«, knurrte Danny. »Und was sagt Ihr Plan zu dem Thema, *womit* Sie ihn zerstören wollen? Wie zerstört man eine tote Seele?«

Petra, deren Augen nun weit geöffnet waren, beantwortete seine Frage: »Genauso, wie man einen Engel oder einen Dämon zerstört, der auf die Erde kommt. Mit heiligem Feuer, falls das möglich ist.«

Lloyd ergänzte: »Wir haben eine neuartige Schusswaffe entwickelt, die Brandprojektile abschießt. Wenn sie auf ein Objekt treffen, verdampfen sie beim Aufprall, und die Energie, die verbraucht wird, um das feste Material in Gas zu verwandeln, reicht aus, um sie zu entzünden. Sie werden später beide eine solche Waffe bekommen.«

»Gut zu wissen«, grunzte Danny. »Aber wo bleibt der ›heilige‹ Teil bei der Sache?«

Bei dieser Frage wirkte Lloyd peinlich berührt und murmelte: »Wir haben die gesamte Munition von niemand Geringerem als dem Erzbischof segnen lassen, in demselben Verfahren, mit dem auch Weihwasser hergestellt wird, also …« Seine schlanken, blassen Hände flatterten in seinem Schoß.

»Ein Erzbischof hat eine Vernichtungswaffe *gesegnet?*«, rief Dave.

Lloyd wand sich auf seinem Stuhl. »Na ja, es schien uns eine gute Idee zu sein. Wir sind uns nicht sicher, ob es funktionieren wird – das kann uns nicht einmal Petra sagen. Aber wie ich bereits erwähnte, gibt es verschiedene Gründe, warum Sie hier sind«, fuhr er ein wenig munterer fort. »Oder zumindest gibt es mehr als einen. Erstens wird Manovitch Sie wesentlich intensiver jagen und dadurch angreifbarer sein. Zweitens können Sie ihn identifizieren, da Sie ihn kannten, als er noch lebte. Drittens können Sie sich auf die Jagd nach ihm machen, während er gleichzeitig Sie jagt. Viertens …«

»Vergessen Sie's«, winkte Dave müde ab. »Das lässt sich alles in einem Wort zusammenfassen: Köder. Tja, wenn das der Grund ist, warum wir hier sind, okay. Danny und ich sind Cops, und wir werden unsere Pflicht tun.«

»Ich möchte Petra noch eine letzte Frage stellen, bevor mein Hirn völlig taub ist«, sagte Danny. »Als der Engel 1996 auf die Erde gekommen ist, hat er jede Menge unschuldige Menschen getötet. Er hat behauptet, er sei nicht den Zehn Geboten unterworfen, und da die Seelen der Opfer ja nicht für immer verloren seien, wären seine Taten aus der Sicht der Engel kein wirklicher Verstoß. Jetzt hat der Erzengel bei seiner Ankunft jede Menge Dinge zerstört, aber keine Menschen. Warum?«

»Warum?«, wiederholte Petra.

»Ja, warum diese Änderung in der Engelspolitik?«

»Der Erzengel wollte das Risiko minimieren.«

Danny war verwirrt. »Welches Risiko?«

»Das Risiko für ihn selbst. Der Erzengel wollte nicht in dieselbe Falle tappen wie der Engel. Engel sind es nicht gewohnt, von lebenden Sterblichen umgeben zu sein, und der letzte Engel wurde verseucht, korrumpiert. Während seiner Anwesenheit hier wurde er verwirrt und ist vom Pfad des Gehorsams und der Wahrheit abgewichen. Er wurde von unserer Welt befleckt.«

Dave nickte langsam, und sein Mund verzog sich zu einem schmalen Strich. »Na klar, jetzt hab ich's – es war gar nicht die Schuld des Engels, dass er zum Dämon wurde, die Menschheit war schuld. Der Erzengel hat keine Angst davor, Menschen zu verbrennen, er hat nur Angst um seinen Platz in der ewig währenden Engelskaste. So ein Scheiß.«

Da er erschöpft war und dringend schlafen musste, fragte er, ob man ihm jetzt sein Zimmer zeigen könnte. Danny blieb mit Petra und Lloyd sitzen. Dave schätzte, dass Danny dortbleiben würde, bis er an Altersschwäche starb oder bis Petra ging – je nachdem, was zuerst eintrat.

Als er in seinem Zimmer war, ließ er sich auf eines der Betten fallen. »Wieder mal getrennt schlafen«, sagte er und starrte an die Decke. »Verdammtes Nomadenleben.«

Er griff zum Telefon, rief Vanessa in San Francisco an und genoss einfach nur den Klang ihrer Stimme.

7

Manovitch versammelte seine Jünger in einem verlassenen Lagerhaus am Südufer des Flusses. Nachdem er sich erfolgreich eine starke Festung eingerichtet hatte, wollte er nun einen gezielten Angriff auf die heiligen Männer planen, die nördlich des Flusses zusammensaßen. Er wusste, dass die religiösen Führer sich sehr lange, vielleicht sogar nie wieder an einem runden Tisch versammeln würden, wenn es ihm gelänge, diese Konferenz aufzulösen. Einige von ihnen hatten in ihren eigenen Glaubensgemeinschaften heftigen Widerstand gegen eine geeinte Front erfahren, und ihre Gegner würden ein Scheitern der Konferenz nutzen, um anzudeuten, dass eine solche Vereinigung gegen ihre Ordnung der Dinge verstieß.

»Jede Religion folgt ihrem eigenen Gott oder ihrer eigenen Version von Gott«, erklärte Manovitch. »Die Widerständler in ihren Reihen werden alle schreien, dass der Wunsch ihrer Führer nach einer Einigung falsch ist, und dann werden sie sichergehen, dass es keinen zweiten Versuch geben wird.«

Ein Sukkubus namens Skellank, elegant und schön wie alle anderen Kreaturen im Raum, fragte: »Warum verüben wir nicht einfach einen Anschlag auf die Konferenz?«

Manovitch erwiderte: »Meinst du, das hätte ich nicht schon versucht? Ich habe gestern drei von euch rübergeschickt.«

Skellank schaute sich in der Gruppe um, auf der Suche nach fehlenden Gesichtern, und ihre Miene zeigte, dass von den zwei Dutzend, die sich das letzte Mal getroffen hatten, tatsächlich drei fehlten.

»Was ist mit ihnen passiert?«, fragte ein anderer Dämon.

Manovitch sagte: »Der Erzengel hat sie verbrannt.«

Unruhe breitete sich aus, dann Schweigen. Diese Dämonen hatten sich im Angesicht der Vernichtung schon einmal als Feiglinge herausgestellt. Sie hatten den Zorn und den langen Arm Satans riskiert und waren von den Schlachtfeldern des Armageddon geflohen, um sich auf der Erde zu verstecken. Nachdem sie bereits einmal vor der drohenden Zerstörung weggelaufen waren, hatten sie keine Lust, ihr noch einmal zu nahe zu kommen, selbst wenn ihnen dafür ihre ursprüngliche Fahnenflucht verziehen wurde.

»Also«, meldete sich der gut aussehende Bakan zu Wort, »was machen wir jetzt?«

»Wir versuchen es mit einem indirekten Angriff«, fauchte Manovitch. »Wir müssen den Arschlöchern am Verhandlungstisch das Leben so schwermachen, dass sie alle in ihre Heimatländer zurücklaufen. Und jetzt brauche ich ein paar Ideen, wie wir das schaffen könnten.«

»Ich habe eine Idee«, rief Skellank. Ihre Augen funkelten im gedämpften Licht. »Warum nehmen wir nicht etwas aus ihrem Programm, aus ihrem *Buch?* Warum suchen wir uns nicht irgendwelche Strafen, die über Sünder verhängt wurden, und kopieren sie – nur, dass wir es besser machen? Wir zeigen den heiligen Männern an diesem Tisch, dass wir jede Strafe verhängen können, die von den Mächten Gottes ausgeteilt wurde, nur noch wesentlich schlimmer.«

Manovitch nickte anerkennend. »Das gefällt mir. Das gefällt mir sogar sehr ...«

8

Der Jetlag hatte bei Dave seinen Tribut gefordert, und als er es schließlich schaffte, aus dem Bett zu kriechen, war es schon elf Uhr vormittags. Er duschte, zog sich an und ging dann runter in den Speisesaal.

»Haben Sie kolumbianischen Kaffee?«, fragte Dave die Kellnerin, als er sein Frühstück bestellte.

»Keine Ahnung, ich werde nachfragen«, sagte sie. Offenbar war sie es nicht gewohnt, dass Gäste Kaffee aus bestimmten Regionen verlangten.

»Kenianischen«, erklärte sie, als sie zurückkam, »oder ganz normalen.«

»Was zur Hölle ist *normaler?* Instantkaffee? Verdammt, dann muss ich wohl den kenianischen nehmen«, grummelte Dave. Dann fügte er hinzu: »Tut mir leid, ist ja nicht Ihre Schuld.«

»Ich könnte Ihnen wahrscheinlich in einem Coffeeshop kolumbianischen Kaffee besorgen«, schlug sie vor.

»So wichtig ist es nicht«, log er, »bringen Sie mir den kenianischen. Und getoastete Focaccia.«

»Getoastete was?«

»Egal.« Er seufzte.

In diesem Moment bekam er Gesellschaft von einem verquollen aussehenden Danny, der wesentlich schlimmer aussah, als er sich wahrscheinlich fühlte.

»Was ist denn mit dir noch passiert, gestern Nacht?«, fragte Dave unschuldig. »Hast du überhaupt Schlaf bekommen?«

Danny riss den Kopf hoch, während er sich setzte. »Natürlich! Warum sagst du so etwas? Was willst du damit andeuten?«

Dave blinzelte überrascht und schüttelte den Kopf. »Gar nichts«, sagte er. »Ich wollte dich nur fragen, wie du geschlafen hast. Zur Hölle, wen interessiert das überhaupt?«

Danny wirkte verlegen. »Okay, okay. Ich hatte eine furchtbare Nacht, wenn du es wissen willst. Ich bin so gegen drei Uhr aufgewacht und konnte nicht mehr einschlafen. Was gibt's zum Frühstück?«

»Keinen kolumbianischen Kaffee, so viel ist sicher«, brummte Dave.

»Wen interessiert das schon, solange er stark und schwarz ist?«, erwiderte Danny und grinste die Kellnerin an.

Die meinte: »Ein Mann nach meinem Geschmack.«

»Kaffee und Toast«, gab Danny seine Bestellung auf.

»Vollkorn oder normal?«, fragte sie verschnupft und wollte

Dave dadurch wohl beweisen, dass dieses Hotel durchaus auch exotischere Wünsche erfüllte.

»Vollkorn, vielen Dank.«

Er wurde mit einem strahlenden Lächeln belohnt, das sich ganz offensichtlich nicht auf weitere Personen am Tisch erstreckte.

»Du scheinst mit den Frauen hier ja gut klarzukommen«, meinte Dave. »Erst die junge Dame gestern Abend und jetzt die Kellnerin.«

»Was weißt du schon von gestern Abend?«, fragte Danny, plötzlich wieder schnippisch.

»Gar nichts«, erwiderte Dave, »aber wenn du mich weiterhin so anmachst, taucht da ein gewisser Verdacht auf.«

Sein Verdacht bestand aus der Vermutung, Danny sei noch in die Stadt gegangen und habe sich eine Nutte besorgt. Danny hatte nie viel Erfolg bei Frauen gehabt, und soweit Dave wusste, war er für Sex immer zu Nutten gegangen. Einmal war er dort sogar auf Liebe gestoßen, bei einem Mädchen namens Rita. Doch Rita war in einem brennenden Auto ums Leben gekommen, ein weiteres Opfer des Engels, der 1996 in San Francisco in Ungnade gefallen war.

»Wirst du heute zur Beichte gehen?«, fragte Dave.

Danny, ein Katholik, den jedes Mal furchtbare Schuldgefühle quälten, wenn er mit einer Prostituierten sündigte, sagte: »Nein, werde ich nicht, auch wenn dich das überhaupt nichts angeht. Wer bist du, mein Vater?«

Danach wandten sie sich schweigend ihrem Frühstück zu, bis Lloyd Smith zu ihnen stieß.

»Letzte Nacht hat es wieder einen Mord gegeben«, erzählte Lloyd. »Ein Mann wurde erwürgt und verstümmelt. Seine Arme und Beine waren über die ganze Straße verteilt, und sein Kopf steckte auf einem Eisenzaun.«

Danny meinte: »Das erzählen Sie uns doch nicht ohne Grund. Ich bin mir sicher, dass es mehr als den einen Mord gegeben hat. Wie hat das Opfer ausgesehen?«

»Als er noch lebte? Wahrscheinlich groß und schlank, definitiv kantiges Gesicht.«

Die beiden Männer starrten auf Dave, der unwillig mit den Schultern zuckte. »Könnte auch Zufall sein«, sagte er abwehrend.

»Nein«, widersprach Lloyd. »Alle Opfer dieses Serienmörders hatten entweder Ähnlichkeit mit Ihnen, Lieutenant Peters, oder mit Ihnen, Sergeant Spitz.«

»Ich wünschte, Sie würden Luu-tenant sagen, und nicht Leftenant – das bringt mich immer aus dem Konzept«, meinte Dave. »Also, was glauben Sie? Meinen Sie, diese Männer wurden umgebracht, weil Manovitch dachte, sie wären wir?«

»Nein«, sagte Lloyd wieder. »Ich glaube, er hat sie umgebracht, weil sie *nicht* Sie waren. Ich denke, er will Sie unbedingt haben, aber wenn er einen von Ihnen erwischt, wird er ihn am Leben lassen, bis er sich auch den anderen geschnappt hat; er wird seine Geisel als Köder benutzen. Zumindest denkt Petra das, und mir erscheint das logisch. Ich glaube, er tötet diese anderen aus Wut, wenn er herausfindet, dass es keiner von Ihnen beiden ist.«

»Hat irgendjemand etwas gesehen?«, fragte Dave.

»Ja, es gab ein oder zwei Zeugen. Die eine steht noch unter Schock – die Frau des Opfers. Sie sagte, der Mann, der ihn getötet hat, sei jung gewesen, groß, sehr gut aussehend, schlank. Nach dem Mord sei der Täter wie eine Spinne eine Hauswand hochgeklettert und über die Dächer verschwunden. Es hat eine Weile gedauert, bis wir dieses Detail aus ihr rausgekriegt hatten – sie hat noch mindestens eine Stunde lang nur geschrien, nachdem man sie ins Krankenhaus gebracht hatte.«

»Scheiße. Allerdings hört sich das nicht nach Manovitch

an, das klingt mehr nach unserem Freund, dem Engel«, stellte Dave fest.

»Laut Petra, die, wie Sie ja wissen, direkten Kontakt zum Erzengel hat, wählen alle Dämonen und toten Seelen die Gestalt attraktiver junger Männer. Warum auch nicht? Wenn ich meinen Körper austauschen könnte, würde ich es genauso machen, Sie nicht?«

»Ich denke, ich würde eher so aussehen wollen wie Clint Eastwood in *Ein Fremder ohne Namen* und nicht wie Rudolph Valentino in *Der Scheich*«, meinte Danny.

»Nun, das ist Ihr Geschmack«, erwiderte Lloyd. »Mir würde Valentino schon genügen.«

»Wie dem auch sei«, wechselte Danny das Thema, »Sie meinen also, dieser Serienkiller, der würgt und dann verstümmelt, wäre Manovitch.«

»Petra ist sich ziemlich sicher, dass es so ist.«

»Wo steckt sie eigentlich?«, erkundigte sich Dave.

Danny wurde rot und murmelte: »Sie wird gleich runterkommen.«

Am Tisch herrschte ein paar Sekunden lang verblüfftes Schweigen, dann pfiff Dave anerkennend. »Du meinst, sie ist in *deinem* Zimmer? Kein Wunder, dass du so fertig aussiehst, mein Freund. Ihr müsst euch ja die ganze Nacht die Köpfe heiß geredet haben.«

Danny sagte zu Dave: »Sehr witzig«, dann nickte er und schenkte dem Erzdiakon ein träges Grinsen. »Sie mag mich«, erklärte er. »Ist das zu fassen?«

»Sie, äh, scheinen doch ein netter Mensch zu sein.«

»Klar, nett schon, aber hässlich. Aber Petra sagt, sie sieht die Schönheit in meinem Inneren. Sie sagt, ich sei der schönste Mann, dem sie je begegnet sei …«

Dave merkte an: »Das ist extrem unprofessionell.«

»Ach, komm schon«, erwiderte Danny. »Das tut doch niemandem weh. Wenn sie einen Freund gehabt hätte, hättest du keinen Gedanken daran verschwendet. Tja, jetzt bin ich eben ihr verdammter Freund, also könnt ihr alle noch eine Weile darauf herumkauen, bis sie kommt. Und da kommt sie schon.«

Petra trat in einem afrikanischen Kleid mit Turban an ihren Tisch. Dave stellte fest, dass sie zum Anbeißen gut aussah. Es kam ihm unglaublich vor, dass sie etwas mit seinem unansehnlichen alten Kumpel Bruder Tuck anfangen könnte. Was zur Hölle sah sie in ihm – also wortwörtlich *in* ihm? Danny war das Salz der Erde, aber was Aussehen oder Persönlichkeit anging, hatte er nicht viel vorzuweisen. Sicher, es gab hässliche Männer, die schöne Frauen abkriegten, aber die verfügten meistens noch über etwas anderes – Charisma oder Geld oder Macht, doch Danny hatte nichts davon. Ein guter Charakter allein weckte normalerweise kein weibliches Interesse.

»Guten Morgen«, begrüßte Dave sie.

»Guten Morgen«, erwiderte Petra.

»Hast du auch schlecht geschlafen?«, fragte Dave hinterhältig. »Wie mein kleiner Partner hier?«

»Das reicht jetzt, Dave«, mahnte Danny. »Kommen wir zum Geschäftlichen. Petra, Lloyd hat uns gerade erzählt, dass es wieder einen Mord gegeben hat. Er meinte, du hättest ein paar Theorien dazu, was da auf der Straße los ist.«

»Es sind keine Theorien«, widersprach sie. »Ich weiß es. Manovitch ist frustriert. Er tötet Menschen, weil er nicht an euch zwei rankommt – und weil sie einfach da sind.«

»Also«, wandte sich Dave an Lloyd, »was steht für heute auf dem Programm?«

»Als Erstes möchte ich Ihnen die Waffe zeigen, die wir entwickelt haben. Sie werden alle eine brauchen, also geben wir Ihnen eine Einführung. Falls Sie schon einmal eine Pistole abgefeuert haben – und ich bin mir sicher, dass Sie das haben, außer vielleicht Sie, Petra? –, werden Sie feststellen, dass diese Waffe sehr ähnlich funktioniert. Sollen wir gehen?«

Sie wurden zu einem Schießplatz im Norden von London gebracht, wo man ihnen die Waffen zeigte, die irgendwie stupsnasig wirkten. Dave probierte sie als Erster aus. Er zielte auf einen Heuballen am Ende des Platzes und drückte ab. Die Waffe zuckte und der Heuballen ging in Flammen auf. Beeindruckt sah Dave zu, wie ein Mann die Flammen mit Wasser löschte.

»Hey, womit haben Sie das Heu getränkt, Benzin?«

»Das Heu war überhaupt nicht präpariert«, erklärte Lloyd. »Es war einfach nur trockenes Heu. Würden Sie es jetzt gerne probieren, Sergeant?«

»Aber der Ballen ist ja noch nass vom Löschwasser.«

»Zielen Sie bitte einfach darauf und feuern Sie«, erwiderte Lloyd, »aber schießen Sie zwei- oder dreimal.«

Danny zuckte mit den Schultern und befolgte die Anweisung, indem er dreimal hintereinander abdrückte. Wieder ging das Heu in Flammen auf. Es brannte jetzt zwar nicht mehr ganz so heftig wie vorher, aber es brannte. Anscheinend waren die Brandpatronen sogar in der Lage, ein nasses Ziel zu entzünden.

»Das ist eine gute Waffe«, lobte Danny und strich sich mit dem Lauf über die Wange. »Die will ich behalten.«

Schließlich waren sie alle ausgerüstet und bereit für die Straße.

»Und jetzt«, erklärte Lloyd, »machen Sie gute, alte Straßenarbeit. Ich habe die Stadt in Sektoren eingeteilt, einen Sektor pro Tag. Sie werden in getrennten Fahrzeugen von erfahrenen Fahrern langsam durch die Gegend kutschiert – Sergeant Spitz und Petra im einen Wagen, Lieutenant Peters im anderen. Wir benutzen offene Jeeps, damit Sie über dem normalen Verkehr sitzen und eine gute Sicht haben.«

»Sie meinen wohl eher, damit wir für Manovitch gut sichtbar sind.«

Lloyd Smith zuckte mit den Schultern. »Nur so können wir ihn dazu kriegen, sich zu zeigen. Und vergessen Sie nicht: Er muss nah genug an Sie herankommen, um seine Hände benutzen zu können. Das sind momentan seine einzigen Waffen. Sie sind also klar im Vorteil.«

9

Dave sagte zu seinem Fahrer: »Richtung Osten, junger Mann.«

»Sie können da nicht rein«, erwiderte der Fahrer. »Wir haben die Kuppel abgesperrt. Man weiß ja nicht, was alles passieren kann, wenn man dem Erzengel zu nahe kommt.«

»Das ist mir schon klar, aber ich will mir das Ganze nochmal genauer ansehen, als das bisher möglich war.«

Der unverbraucht wirkende junge Constable, der den Wagen fuhr, war ein Londoner namens Rajeb Patel. Er fuhr zunächst über die Theobalds Road und dann Richtung Gray's Inn. »Okay, ich bringe Sie bis zur Grenze. Vielleicht dürfen wir sogar ein Stück weit reinfahren, wenn wir denen sagen, wer Sie sind. Sollen wir Mr. Smith anfunken?«

»Sie meinen, über's Telefon? Nein, ich will keine Umstände machen. Ich bin einfach nur neugierig, mehr nicht. Sonst würde ich mich fühlen wie ein Tourist, der nach Pisa fährt und sich dann nicht einmal die Zeit nimmt, beim Schiefen Turm vorbeizuschauen.«

»Der wäre letztes Jahr fast umgefallen«, bemerkte Rajeb.

»Die Leute schauen sich echt alles an, was irgendwie ungewöhnlich ist. Der Erzengel zieht Tausende von Touristen an. In ganz London kriegt man schon Erzengel-T-Shirts. Postkarten. Spezielle Reiseführer. Und auf allem ist dieses Bild von einem nackten Kerl mit Flügeln und ohne Marquess …«

»Ohne *was?*«, fragte Dave.

»Penis«, erklärte Rajeb.

Dave schüttelte verwirrt den Kopf. »Wie kommt man denn darauf?«

»Marquess of Lorne, *Horn*. Horn ist gleich Penis. Das ist Cockney Rhyming Slang.«

Rajeb grinste, schaute aber weiter auf die Straße. »Tut mir leid, Lieutenant, ich stamme aus Stepney und gebe gern mit meinen Wurzeln an. Deshalb bin ich auch nicht gerade ein Fan des Erzengels, er hat meinen Teil von London abgefackelt. Wussten Sie, dass er sogar St. Paul's erwischt hat? Und die Alte Dame der Threadneedle Street?«

»Alte Dame?«, hakte Dave nach. »Eine alte Dame wurde verbrannt? Ich dachte, bei dem Feuer sei niemand gestorben.«

»Die Bank von England«, erklärte Rajeb seufzend, als hätte er es mit einem Kleinkind zu tun.

Achselzuckend setzte Dave seine Sonnenbrille auf. Während sie durch die Straßen mit ihren hohen Gebäuden fuhren, blitzte das Strahlen immer wieder auf, als sie sich der hellen Lichtkuppel näherten. Schließlich erreichten sie eine Absperrung aus Stacheldraht. An der Hauptstraße war eine Sperre errichtet, und Soldaten patrouillierten davor, damit niemand die verbotene Zone betrat. Ein Polizist mit einer Maschinenpistole hob die Hand, und Rajeb brachte den Jeep neben ihm zum Stehen.

Rajeb zog seinen Ausweis hervor. »Patel, Sergeant. Nördlicher Distrikt. Das hier ist Lieutenant Peters aus San Francisco. Er wollte sich den Erzengel mal aus der Nähe ansehen.«

»Ich kann Sie nicht reinlassen«, sagte der Sergeant. »Das sollten Sie eigentlich wissen.«

Dave schaltete sich ein: »Ich weiß, Sergeant. War denn in letzter Zeit mal jemand drin?«

»Es gibt immer ein paar Spinner, besonders, wenn es um Religion geht«, erwiderte der Sergeant.

»Wie Recht Sie haben. Was passiert mit denen? Ich meine, kommen sie wieder raus, oder was?«

»Es ist noch niemand wieder rausgekommen«, bestätigte der Sergeant. »Wahrscheinlich wandern die da drin alle rum, blind wie die Maulwürfe, oder … na ja, wer weiß das schon?«

»Okay«, nickte Dave und starrte in das grelle weiße Licht, das die Skyline vor ihm erhellte. »Das wollte ich nur wissen. Rajeb, fahren Sie wieder los … einfach durch die Stadt. Sagen Sie, *spüren* Sie etwas? Irgendeinen Kick?«

»Was meinen Sie?«

»Ich hätte gedacht, dass man *irgendetwas* spürt, ein Gefühl, dass etwas Mächtiges in der Nähe ist. Ich meine, ich finde dieses Licht fantastisch, aber ich *spüre* nichts.«

Rajeb brachte sie ans Südufer des Flusses. Dave konzentrierte sich auf die Passanten in den Straßen, merkte aber, wi er zunehmend in Hoffnungslosigkeit versank. Wie sollten sie in einer Stadt mit so vielen Menschen Manovitch jemals finden? Beziehungsweise wie sollten sie sich von Manovitch finden *lassen?*

Vielleicht war er ja auch als Hund oder Ratte auf die Erde zurückgekehrt – was zumindest passend wäre, dachte Dave – und gar nicht als Mensch. Es war so frustrierend, einfach dazusitzen und darauf zu warten, dass er zuschlug, sich in alle Richtungen umzusehen, immer in der Hoffnung, ihn zu erkennen, bevor er sie erwischte.

»Wohin fahren wir zuerst?«, fragte Dave.

»Richmond«, erwiderte Rajeb. »Vor ein paar Tagen hat es da einen Aufstand gegeben, bei dem einige Menschen getötet wurden. Es ist eine echte Gefahrenzone. Komisch ist nur, dass das nicht eines von unseren heruntergekommenen Armenvierteln war, mit Mietskasernen und haufenweise Arbeitslosen. Es war ein gepflegtes Wohngebiet – Börsenmakler, Banker und so was. Die meisten Aufständischen kamen aus der sogenannten respektablen Mittelschicht. Man sagt, dass ein Mann zu der Menge gesprochen habe – er hat sie angeheizt, bis sie von einer Art Hysterie gepackt wurden. Wissen Sie, so wie Hitler im letzten Jahrhundert seine Nazis aufgestachelt hat. So etwas eben. Und jetzt ist diese Gegend ein verdammter Sündenpfuhl, voller Verbrecher.«

»Manovitch?«

»Klingt fast so.«

Danny war sowohl euphorisch als auch ängstlich, eine Kombination, die ein Mann, der in eine schöne Frau verliebt ist, oft erleidet, zumindest in der ersten Phase der Beziehung. Wie konnte das sein?, dachte er. Wie konnte sich diese umwerfende schwarze junge Frau für einen kleinen, molligen weißen Mann mit schütterem Haar interessieren? Aber anscheinend war es so, denn sie hatten die ganze Nacht über Sex gehabt – erst wild, dann sanfter und besonnener, immer darauf bedacht, auch zu geben und nicht nur zu nehmen, voller Zärtlichkeit.

Ihr Körper war zart, weich und kurvig. Sie verfügte über versteckte Täler und geheime Orte, die er in seinem gesamten Leben noch nie erforscht hatte. Jede ihrer Bewegungen erregte ihn. Selbst jetzt, als sie im Zimmer herumlief, waren ihre fließenden Bewegungen für ihn so faszinierend wie ein wundervolles, himmlisches Phänomen.

Und sie roch fantastisch – irgendwie nach Moschus, wie eine

Löwin, die faul in der heißen afrikanischen Sonne unter einem Dornbusch liegt.

»Warst du schon mal in Afrika?«, fragte er sie, während sie ihren Schmuck zusammensuchte, den sie letzte Nacht im Zimmer verteilt hatte.

Sie sah auf und lächelte. »Nein, ich bin hier in Großbritannien geboren.«

»Ja, ich glaube, das hast du mir schon erzählt. Manchmal bin ich echt blöd. Es ist nur … die Art, wie du dich bewegst, und alles. Du hast diesen Hüftschwung … ach, ich weiß auch nicht. Wahrscheinlich will ich einfach nur sagen, wie wunderschön du bist.«

Stirnrunzelnd sah sie ihn an. »Bitte leg nicht immer so starke Betonung auf mein Aussehen«, mahnte sie. »Das ist das Unwichtigste an mir.«

»Ja, klar, weiß ich doch«, log er und versetzte sich innerlich einen Tritt, weil sie ihm diesen Fauxpas schon einmal vorgehalten hatte. »Aber trotzdem ist es doch ein Teil dessen, was du bist, oder nicht? Ich meine, ich kann es schlecht ignorieren.«

»Ich wünschte, du würdest genau das tun.«

»Okay, okay, denn werde ich eben versuchen, mir vorzustellen, du wärst hässlich.«

Sie kam zu ihm rüber, legte die Arme um seinen Hals und küsste ihn leidenschaftlich. Dann starrte sie ihn aus nächster Nähe an, so dass er sie nur schwer ansehen konnte. Er sah nur ihre großen braunen Augen.

»Hey«, krächzte er, »machen wir uns jetzt an die Arbeit, oder was?«

»Ja, tun wir«, erwiderte sie und drückte ihn noch einmal.

Sie gingen hinunter ins Foyer, wo sie von ihrem Fahrer Stan Gates erwartet wurden, einem Sergeant der Metropolitan Police.

»Guten Morgen, Sergeant«, grüßte Stan.

»Gleichfalls«, erwiderte Danny. »Wohin geht's?«

»Zum Südufer. Ich werde Sie einfach durch die Straßen kutschieren, damit Sie ein Gefühl für die Örtlichkeiten bekommen.«

»Alles klar, dann mal los.«

»Hast du deine Waffe dabei?«, fragte Petra.

»Was?«, fragte Danny erschrocken, beruhigte sich aber schnell wieder. »Oh, ja, klar, die habe ich hier«, er tätschelte sein Schulterholster.

»Dann kann es ja losgehen«, meinte sie und ging auf die Drehtüren zu.

Sie überquerten die Waterloo Bridge und fuhren in südwestlicher Richtung weiter. Danny rechnete an jeder Ecke und jeder roten Ampel damit, von seinem alten Feind angesprungen zu werden. Aber natürlich würde es nicht so einfach werden. Manovitch versteckte sich zwischen Millionen von Menschen. Sie mussten darauf warten, dass er den ersten Zug machte, aber da sie Cops waren, hatten sie das Gefühl, in der Zwischenzeit auch etwas tun zu müssen.

Nach vier Stunden fuhr Stan über die Oxford Street zurück. Während sie an einer Ampel warteten, schob sich ein junger Mann an den Wagen heran und starrte Danny ins Gesicht. Dannys Hand schloss sich um den Griff seiner Waffe.

Aber der Junge flüsterte nur: »Brauchen Sie 'ne Uhr, Mann? Cartier? Longines? Rolex? Fast echt!«

»Nein, danke«, erwiderte Danny. »Die kriege ich auch in New York.«

»Wie wäre es mit ein bisschen schmutziger Software?«

»Verzieh dich«, meinte Stan Gates. »Bevor ich dich einbuchte.«

Sie fuhren wieder an und ließen einen enttäuschten Jungen zurück.

Während sie weiter die Oxford Street entlangfuhren, musterten sie die Gesichter in der Menge. Danny war sich der Tatsache bewusst, dass Manovitch nicht wie Manovitch aussehen würde, aber er hoffte, dass ihm seine Intuition zu Hilfe kommen würde. Vielleicht erkannte er ja irgendeine unbewusste Angewohnheit, die Art, wie er ging, einen Tick oder ein Zucken, irgendetwas, von dem Manovitch vielleicht selbst gar nicht wusste, dass er es hatte.

»Mir ist egal, wie Manovitch jetzt aussieht«, sagte er zu Petra. »Ich bin mir sicher, dass ich ihn erkenne, wenn ich ihn sehe.«

Als sie am Bendy Yellow Store vorbeifuhren, stieß Petra einen Schrei aus: »Schau mal, da!«

Danny sah in die Richtung, in die sie zeigte. Ein junger Mann mit zurückgekämmtem Haar musterte ihr Auto. Ein dunkler Typ und auf eine Art schön, an die Danny sich noch gut erinnerte. Er war ganz in Schwarz gekleidet und trug einen bodenlangen, eleganten Mantel, der ihn aus der Masse hervorstechen ließ. Seine Augen funkelten bösartig: Er sah aus wie ein Wesen aus einem Renaissancegemalde. Was Danny allerdings mehr als alles andere interessierte, war seine Haltung: Er wirkte angespannt und schien jederzeit zur Flucht bereit zu sein, wie eine verängstigte Katze.

»Ich sehe ihn«, meinte Danny.

In dem Moment, als er die Worte aussprach, rannte der Typ Richtung Tottenham Court Road und verschwand dann in einer Seitenstraße. Da der Verkehr sehr dicht war, konnten sie ihm mit dem Auto nicht folgen. Danny sprang raus und nahm die Verfolgung auf. Er hatte seine neue Waffe gezogen.

»Hey, pass doch auf, Mann!«, schrie ein großer blonder Mann, als Danny ihn im Vorbeilaufen streifte.

Danny ignorierte ihn, er war voll auf den Mann mit den gegelten Haaren konzentriert, der gerade in einem Kaufhaus mit verschnörkelten Uhren und Orientteppichen im Fenster verschwand. Danny folgte ihm und schlängelte sich zwischen den opulenten Verkaufstischen und wohlhabenden Kunden hindurch. Erst dachte Danny, er hätte seine Beute verloren, doch dann sah er, wie der schwarze Mantel in einem achteckigen Glaskasten verschwand.

Während Danny darauf zulief, erkannte er, dass es einer dieser Terrariumaufzüge war, in denen die Leute einen Blick über das gesamte Kaufhaus hatten, während sie hoch und runter fuhren. Danny schaute hoch und sah, wie der Typ ihn durch das grünliche Glas angrinste. Zweifellos kannte er einen Fluchtweg durch eines der oberen Geschosse.

Scheiße, dachte Danny. War das da oben Manovitch?

Plötzlich verschwand das Grinsen aus dem Gesicht und wurde durch einen Ausdruck panischer Angst verdrängt. Der Mann machte einen Satz nach vorne und drückte die Hände gegen das Glas, als wollte er zwischen zwei Stockwerken aussteigen. Seine Augen waren weit aufgerissen, seine Lippen ängstlich verzerrt.

Was zur Hölle ist da los?, dachte Danny. Er hatte seine Waffe nicht auf den Kerl gerichtet. Sie zeigte Richtung Boden, falls sich aus Versehen ein Schuss löste. Trotzdem hätte Danny schwören können, dass der Mann aussah, als würde er gleich sterben, und zwar auf eine Art, die er schon einmal gesehen hatte, 1996. Instinktiv schirmte Danny mit einer Hand seine Augen ab.

In der nächsten Sekunde gab es einen grellen, weißen Blitz, als das Innere des Aufzugs in einem leuchtenden Funkenregen explodierte. Obwohl die Explosion auf so engem Raum stattfand, war das Licht so grell, dass Danny es durch seine Hand hindurch sehen konnte. Einige Leute schrien. Danny suchte in seiner Tasche nach seiner Sonnenbrille.

Der Aufzug hing nun wie eine riesige Lampe auf halber Höhe über demErdgeschoß und erhellte den gesamten Raum.

In seinem Inneren brannte etwas so heftig wie eine Acetylenfackel: Es hatte die Form einer riesigen Kerze, und seine Hitze begann, die Glasscheiben zum Schmelzen zu bringen. Geschmolzenes Glas tropfte auf einen Verkaufstisch, der mit Parfumflaschen bedeckt war. Ein Verkäufer kreischte, als ihn ein Tropfen an der Schulter traf und sich bis aufs Fleisch durchbrannte.

Die Leute rannten jetzt blind in alle Richtungen, rammten Verkaufsstände und warfen die Waren um. Haufenweise Glasschmuck fiel krachend zu Boden; Stapel mit ledergebundenen Notizbüchern brachen zusammen, und die Bücher rutschten über den Marmorboden; eine Statue des ägyptischen Pharao Amenhotep geriet ins Wanken und begrub schließlich einen Glastresen voller Glitzerzeug unter sich.

»Keine Panik«, schrie Danny. »Bleiben Sie alle stehen.«

Natürlich beachtete ihn kein Mensch.

Der Aufzug fuhr weiter auf das Glasdach des Gebäudes zu, wie ein Stern, der an seinen Platz am Himmel zurückkehrte.

Sobald das Glas so weit geschmolzen war, dass mehr Sauerstoff in die Kabine eindringen konnte, verstärkte sich das Feuer im Inneren noch, und als schließlich durch den Rauch die Sprinkleranlage ausgelöst wurde, war das Wesen schon fast völlig verbrannt.

Danny stürzte nach vorne, schnappte sich den Mann, der von dem geschmolzenen Glas verbrannt worden war, und zerrte ihn mit sich.

Die Sprenkler löschten die kleineren Brände, die rund um die eigentliche Brandquelle aufgeflammt waren, die nun hoch über Dannys Kopf einem schnellen Tod entgegenflackerte. Danny war klar, dass nur das Sicherheitssystem eine größere Tragödie verhindert hatte, denn die meisten Kunden und Angestellten krochen immer noch halbblind und panisch auf dem Boden herum. Ein oder zwei einfallsreiche Ladendiebe stopften sich in dem Chaos Dinge in Taschen, die sie nur erfühlen konnten. Cop hin oder her, Danny konnte sich nicht dazu überwinden, jemanden zu verhaften. Er war immer noch schockiert von dem, was passiert war.

Was war eigentlich passiert? Der Typ war vor ihm weggelaufen, vor Danny Spitz, und dann war der arme Idiot von innen heraus explodiert. Danny war diese Szene zu vertraut, als dass er sie als zufälliges Phänomen hätte abtun können. Irgendjemand hatte dafür *gesorgt,* dass der Kerl explodierte, genau wie der Engel vor sechs Jahren in San Francisco Dämonen verbrannt hatte.

Als er sich umsah, hatte Danny den Eindruck, dass niemand ernsthaft verletzt war, und der Notarzt war sowieso schon auf dem Weg. Während er sich zur Tür vorarbeitete, hörte Danny, wie jemand etwas von Terroristen sagte, aber er wusste es besser.

Als er auf die Straße trat, wurde er von einer leichenblassen Petra erwartet. Danny, der durch die Sprinkleranlage klatschnass war, starrte sie nur an.

»Hast du das gesehen?«, fragte er schließlich. »Warst du da?«

»Ich … ich bin gerade erst gekommen«, erwiderte sie.

»Wer hat das getan?«, fragte Danny und zeigte auf das Chaos in dem Laden.

»Ich denke, das muss wohl der Erzengel gewesen sein, oder nicht?«, meinte Petra. »Ich meine, war es früher nicht auch so?«

»Du meinst, als der Engel unterwegs war? Ja. Ich habe einmal gesehen, wie er das mit einem ganzen Restaurant gemacht hat. Dave und ich wurden auf die Straße geschleudert, als es hochging. Ich glaube, der Laden hier wurde nur dadurch gerettet, dass der Typ in dem Aufzug stand. Ich will mir gar nicht vorstellen, was passiert wäre, wenn er gerade in der Gardinenabteilung gewesen wäre.«

»Das Feuer hätte außer Kontrolle geraten können«, erwiderte Petra.

»Hätte können? Ganz bestimmt wäre es das – selbst wenn die Sprinkleranlage sich sofort eingeschaltet hätte. Das da oben war eine menschliche Fackel.«

»Er war nicht menschlich«, protestierte Petra schnell.

Danny starrte sie eindringlich an, wobei er spürte, wie ihm das Wasser aus den Schuhen quoll.

»Nicht menschlich? Ich vergesse immer wieder, dass du diese mentale Verbindung hast. Was war er dann? Es wäre wohl zu schön, um wahr zu sein, wenn es sich da oben um die qualmenden Überreste unseres Freundes Manovitch handeln würde.«

»Ich fürchte, das war nicht Manovitch. Das war nur ein Dämon.«

»Nur ein einfacher, alter Dämon, was?« Danny hustete, als das Wasser von seiner kahlen Stelle über sein Kinn lief. »Der ganze Aufstand nur wegen eines schlichten alten Dämons. Wer hätte das gedacht? Ein Fahnenflüchtiger von, äh, den Armageddon-Schlachtfeldern?«

»Ganz genau«, nickte Petra. »Dann weißt du also von ihnen?«

»Ich hatte einmal einen guten Freund unter ihnen, er hieß Malloch.«

»Du warst mit einem gefallenen Engel befreundet? Einem Deserteur aus Satans Armee?«

»Na ja, vielleicht übertreibe ich da ein bisschen. Er war nicht wirklich ein Freund. Mehr ein Verbündeter, als wir versucht haben, den eigentlichen Feind loszuwerden. Der arme Kerl wurde von dem Engel abgefackelt. Eigentlich war der Engel zu diesem Zeitpunkt wohl selbst schon gefallen, also war es ein Kampf zwischen Dämonen. Er hatte ihm diese ausgeklügelte Falle gestellt – eine Leuchtstoffröhre mit Petroleumfüllung –, und der arme alte Malloch stand genau drunter, als sie angeschaltet wurde …«

Stan hatte es endlich geschafft, den Wagen bis vor die Tür zu fahren.

»Haben wir ihn schon erwischt?«, fragte er.

»Nein, nur einen gemeinen Gartendämon, mehr nicht«, erwiderte Danny. »Niemand Wichtiges. Bringen Sie uns zurück zum Hotel, okay? Ich muss aus diesen nassen Sachen raus. Wir können unterwegs reden.«

Im Auto sagte Petra: »Der Tod irgendeines Dämons ist wirklich ziemlich unwichtig. Schließlich wollen wir Manovitch.«

»Das weiß ich«, erwiderte Danny, »aber ich will das trotzdem noch mit den anderen besprechen. Ich bin mir immer noch nicht ganz sicher, was da passiert ist.«

»Ich habe dir doch erklärt, was passiert ist«, meinte Petra und sah ihn mit ihren brauen Augen durchdringend an. »Der Erzengel hat eingegriffen und den gefallenen Engel zerstört.«

»Warum sollte er so etwas tun?«, fragte Stan. »In all den Vorträgen nach '96 hat man uns gesagt, dass es auf der Welt nur so vor Dämonen wimmele, aber dass sie relativ harmlos seien – quasi bloß ein paar Kriminelle auf der Flucht, nicht gefährlicher als ein Zuhälter oder ein Taschendieb. Das habe ich jedenfalls gehört.«

»Sie haben Recht, Stan«, bekräftigte Danny, klopfte ihm mit einer nassen Hand auf die Schulter und wandte sich an Petra. »Stan hat Recht. Die Welt ist voller Dämonen. Warum sollte der Erzengel ausgerechnet diesen einen töten wollen?«

»Zerstören, nicht töten«, korrigierte Petra.

»Reine Semantik«, murmelte Danny. »Es war immer noch ein Wesen, das man auch hätte in Ruhe lassen können.«

»Wenn der Erzengel von der Anwesenheit eines Dämons erfährt, zerstört er ihn.«

Danny sah Petra prüfend an. »Wer hat es ihm gesagt? Du?«

Sie antwortete nicht, sondern schaute nur aus dem Seitenfenster.

»Wie dem auch sei«, meinte Stan vom Fahrersitz aus, als er die Spannung im Wagen spürte, »das war doch mal eine Wunderkerze, oder? Was für eine Art zu sterben. Wie in der Guy-Fawkes-Nacht.«

»Guy-Fawkes-Nacht?«, fragte Danny verständnislos.

Petra drehte sich wieder zu ihm um. Sie wischte sich mit einem kleinen Spitzentaschentuch, das roch, als hätte man es in himmlische Quellen getaucht, grazil das Gesicht. Wären sie allein gewesen, hätte es Danny wahnsinnig gemacht. Er dachte an ihre zarte schwarze Seidenunterwäsche, die ebenfalls nach diesem Parfum duftete. Er erinnerte sich, dass er vor ein paar Stunden am liebsten in diesem Duft ertrunken wäre.

»Guy-Fawkes-Nacht«, bestätigte sie. »Am fünften November. Da machen wir ein großes Feuerwerk und verbrennen das Abbild eines Mannes, der versucht hat, die Houses of Parliament in die Luft zu sprengen.«

»Und wie lange gibt es dieses heidnische Ritual schon?«, erkundigte sich Danny.

»Seit 1605«, erklärte Petra lächelnd. »Guy Fawkes war Teil einer Verschwörung, die damals die Regierung zerstören wollte – wir nennen es den Gunpowder Plot.«

»Komm zurück, Guy Fawkes, alles ist vergeben«, sagte Danny. »Den Kongress könnte er jederzeit in die Luft jagen. Momentan sitzen da die Republikaner drin.«

»Bist du ein Demokrat?«

»Worauf du wetten kannst. Ihr Briten habt jetzt also seit über *vierhundert Jahren* jedes Jahr das Bild dieses armen Kerls verbrannt? Vierhundertmal ist der Kerl in Flammen aufgegangen, nur weil er versucht hat, ein paar Politiker loszuwerden? Verdammt, wir haben auch schon ein paar Präsidenten verloren, aber niemand ist auf die Idee gekommen, ihre Mörder zu verbrennen.«

»Anscheinend seid ihr nicht so heidnisch wie wir – oder nicht so nachtragend«, stellte Petra fest. »Wenn hier jemand auf die Oberschicht losgeht, muss er dafür bezahlen. Man kann ruhig einen Bauern umbringen, das kümmert keinen, aber wenn jemand die Frechheit besitzt, einen Mordanschlag auf den Adel zu planen, wird regelmäßig an sein Schicksal erinnert, für den Fall, dass irgendein anderer Emporkömmling ebenfalls sein Glück versuchen möchte.«

In diesem Moment kam das Auto am Hotel an, und Danny schlurfte tropfend ins Foyer. Er warf einen langen Blick auf den Aufzug, verzichtete dann aber und nahm die Treppe. Als er in einer heißen Badewanne lag, schrubbte Petra ihm den Rücken. Ihr Duft stieg ihm wieder in die Nase und schickte ihn ins Land der Träume.

10

Delia Marcole hatte sich in die tiefsten Höhlen des Lasters begeben und es immer geschafft, unbeschadet wieder herauszukommen. Ihr unerschütterlicher Glaube an die Macht des Guten hatte sie rein gehalten. Sie war inzwischen Mitte dreißig und hatte seit ihrem dreiundzwanzigsten Lebensjahr in den drogenverseuchten Vierteln der Innenstadt gearbeitet, wo sie Religion statt Heroin anbot und den Süchtigen etwas gab, womit sie ihre Abhängigkeit von dem weißen Zeug ersetzen konnten, von dem sie behaupteten, es zu brauchen. Es war eine schmutzige, gefährliche Arbeit, doch Delia hatte eine Berufung, und der folgte sie ohne zu zögern.

Delia hatte keine Angst davor, verletzt oder getötet zu werden, zumindest keine große Angst. Ihre Arbeit, mit der sie Menschen vor ihren eigenen Schwächen rettete, war wichtiger als ihr Leben. Manche nannten sie eine Heilige, aber sie war bescheiden genug, das abzutun, da es ihr peinlich war. Und sie war auch schon bedroht, verprügelt und mit Messern verletzt worden. Einmal hatte ihr sogar jemand Säure ins Gesicht geschüttet, trotzdem hörte sie nicht auf, das zu tun, von dem sie spürte, dass Gott es von ihr verlangte – den Hilflosen zu helfen. Sie war einer der Menschen, die ihr gesamtes Leben in den Dienst am Nächsten stellen, und sie tat es mit leuchtendem Geist, voller Liebe und Licht.

Es war Mitternacht, und Delia war gerade in einem Haus in einer zweifelhaften Gegend südlich des Flusses gewesen. Einige der Straßenlaternen waren zerschlagen, und die Straße lag im Halbdunkel. Ihr war bewusst, dass sie verfolgt wurde.

Das Geräusch ihrer eigenen Schritte auf dem Pflaster half ihr dabei, ihren Herzschlag zu beruhigen. Es war ein tröstliches Geräusch. Sie betete, während sie weiterging, sprach mit dem Einen, von dem sie sicher war, dass er immer zuhörte. Als sie ihre Nerven gestählt hatte und das Ende der Straße erreichte, drehte sie sich um, um sich ihrem Verfolger zu stellen. Es war ein Mann, ein gut aussehender, junger Mann, der nun stehen blieb und sie in dem gelblichen Licht der letzten Straßenlaterne anlächelte. Doch sein Lächeln beruhigte sie nicht. Delia war schon so lange in ihrem Job, dass sie spürte, wann sie es mit Bösartigkeit zu tun hatte.

Sie wusste, dass sie einem Mann, der sie verfolgte, keine Fragen stellen durfte, da er diese nur dazu benutzen würde, sie einzuschüchtern. Stattdessen sagte sie einfach: »Gehen Sie weg.«

»Weggehen? Wohin denn?«, erwiderte der junge Mann, der immer noch dieses widerlich schleimige Grinsen aufgesetzt hatte. »Soll ich mit Ihnen weggehen?«

»Ich habe kein Geld«, erklärte Delia vorsichtig. »Nehmen Sie stattdessen die hier.«

Sie warf ihm ihre Handtasche zu. Er fing sie geschickt auf und warf sie spielerisch zurück.

»Die brauche ich nicht.«

Da glaubte sie zu wissen, worauf er es abgesehen hatte, und sie sammelte all ihre Kraft, richtete sich auf und starrte ihn abweisend an.

Er grinste noch dreckiger. »Ganz richtig«, sagte er, »aber ich werde dich zu nichts zwingen – ich werde dich nicht vergewaltigen.«

Sie begann zu zittern. »Was dann?«

Er zog ein Bündel Geldscheine aus der Manteltasche.

»Das sind fünftausend Pfund. Ich will, dass du dich da hinten auf dem Müll in dem Garten von mir ficken lässt. Fünftausend. Mit fünftausend könntest du eine Menge anstellen. Viele Junkies davon abhalten, ihr Leben im Klo runterzuspülen.«

Verwirrt starrte sie auf das Geld. Warum wollte er ausgerechnet sie? Sie war nicht besonders attraktiv. Ihre Kritiker nannten sie hausbacken. Sie hatte ein paar Kilo zu viel und keine nennenswerten Kurven, ihr Gesicht war nie besonders hübsch gewesen, und seit der Säureattacke war ihre Haut zerklüftet, vernarbt und hässlich. Und warum ausgerechnet im Dreck einer umgedrehten Mülltonne? Sie hatte ja schon von einigen perversen Neigungen gehört, aber das war das erste Mal, dass ihr etwas so Seltsames begegnete.

»Ich verstehe nicht«, sagte sie schließlich.

Er lehnte sich gegen den Laternenpfahl und musterte sie ausgiebig. »Du hast doch keine Angst, oder? Das ist gut. Tja, kann dir doch egal sein, warum ich es will.«

Aber eines musste sie wissen. Sie hob das Kinn und stellte die Frage, hinter der sich ihrer Meinung nach der Schlüssel zu dem Ganzen verbarg: »Was wäre, wenn ich Ja sage, aber das Geld nicht will?«

Er runzelte irritiert die Stirn. »Nein, ich *muss* dich dafür bezahlen.«

Sie entspannte sich ein wenig. Jetzt verstand sie, was hier vorging. Irgendjemand wollte ihr eine Falle stellen und sie zur Prostitution zwingen. Irgendein Dealer aus dem Viertel, der die lästige Frau loswerden wollte, die ihm seine Drogengeschäfte versaute. Irgendjemand, der sie ruinieren wollte, indem er einen Pressefuzzi Fotos von ihr machen ließ, während sie es mitten in der Öffentlichkeit für Geld mit einem Kerl trieb. Tja, da würde wohl jemand enttäuscht werden.

»Nein«, sagte sie, drehte sich um und wollte gehen.

Der junge Mann packte sie am Arm. »Nein, hör mal – ich gebe dir auch zehntausend, zwanzigtausend, was auch immer du verlangst.«

»Lassen Sie mich los.«

»Schau dich doch um«, sagte der Mann. »All diese Häuser, das Grundstück da drüben. Du kannst es haben. Ich kann es dir geben. Du musst nur tun, was ich verlange. Lass mich dich ficken, da drüben im Dunkeln. Niemand wird es sehen …«

»Außer Ihrem Fotografen.«

Er schüttelte heftig den Kopf, so dass ihm das blonde Haar in die Stirn fiel.

»Kein Fotograf. Nur wir beide. Ich weiß, was du denkst. Ja, ich versuche, dich zu korrumpieren – aber nur für mich selbst, niemand wird davon erfahren. Nur ich allein.«

Sie versuchte, seine starken Finger von ihrem Arm zu lösen, und überlegte, ob sie um Hilfe rufen sollte. Doch sie wusste instinktiv, dass er sie umbringen würde, falls sie versuchte, Aufmerksamkeit auf sie zu lenken. Das spürte sie in ihrem Herzen. Und sie konnte es in seinen Augen sehen. Er würde sie ohne das geringste Zögern töten, so als würde er eine Fliege erschlagen. In diesen Augen gab es kein Mitgefühl, keine Gnade.

»Versuch nicht wegzulaufen«, warnte er sie, »das würde dir nichts bringen.«

»Ich weiß. Sie wollen mich verletzen. Dann töten Sie mich eben«, sagte sie abwehrend. »Ich bin bereit für den Tod.«

Wieder starrte er sie an, dann ließ er ihren Arm los und lachte. »Du hast Recht, du bist wirklich bereit. Tja, aber ich gebe den Leuten nicht das, was sie *wollen.* Ich *nehme* mir das, was sie wollen. Ich gebe ihnen, was sie *nicht* wollen – aber ich werde dir nicht dabei helfen, ein Märtyrer zu werden. Hau ab, lass mich bloß in Ruhe. Und nimm deine ekelhafte Güte und dein Licht mit – davon wird mir ganz schlecht. Da dreht sich mir der Magen um.«

Sie hatte immer noch etwas Angst vor ihm, war jetzt aber entschlossen herauszufinden, warum er es auf sie abgesehen hatte. »Und was haben Sie jetzt vor?«, fragte sie. »Soll ich für Sie beten?«

»Für mich *beten?*«, fauchte der junge Mann angewidert. »Was ich jetzt vorhabe? Ich werde mir eine andere wie dich suchen und sie dazu überreden zu tun, was ich will … oder vielleicht auch ihn. Ich muss meine Batterien wieder aufladen.« Er lachte. »Du hast keine Ahnung, wovon ich rede, oder, blöde Schlampe? Du hältst mich nur für irgendeinen Perversling.«

Er ging die Straße hinunter, und Delia wurde klar, dass sie wie durch ein Wunder entkommen war. Sie war nur einen

Schritt vom Tod entfernt gewesen. Doch er hatte sie aus einer Laune heraus leben lassen. Die Stärke seiner Finger hatte ihr verraten, dass er ihren Schädel wie einen faulen Apfel hätte zerquetschen können, wenn er das gewollt hätte. Sie dankte Gott für dieses Wunder, dann lief sie davon.

Sie hatte sehr wohl gewusst, wovon er gesprochen hatte, selbst wenn sie vielleicht eine »blöde Schlampe« war – sie wusste, hinter was der junge Mann her gewesen war. Er war eine schändliche Kreatur der Finsternis, ein Wesen aus der Brut des Teufels. Das hatte nichts damit zu tun, sexuelle Gelüste zu stillen. Es ging dabei um Macht. Nicht darum, dass er Macht über sie ausübte, sondern darum, die Macht des Bösen zu stärken, indem das Gute korrumpiert wurde. Sie war für ihn nur ein Symbol, eine der Ikonen des Guten, die er zerstören wollte, um seine eigene Kraft zu verstärken, seine Macht, durch die er Nekromantie betreiben konnte.

Sobald er sie entwürdigt und ihre Güte besudelt hätte, hätte er sie getötet, das erkannte sie nun.

Sie eilte weiter und war sich dabei sehr bewusst, wie laut ihre Schritte auf dem Pflaster hallten.

11

Die Nachbesprechung des Tages fand in der Jasmine Suite statt, einem Tagungsraum im Hotel, der für die Gruppe reserviert war. Alle waren anwesend, sogar die beiden Fahrer Stan Gates und Rajeb Patel. Danny fing an, indem er die Geschichte von dem Dämon erzählte, der am Nachmittag verbrannt worden war.

Dave zuckte im Lauf der Geschichte mehrmals zusammen, da er an seine Frau und sein Kind denken musste. Auch wenn er jetzt in Vanessa verliebt war, hatten sich die Wunden von vor sechs Jahren noch nicht ganz geschlossen. Feuer in einem Kaufhaus war wie das Wiederaufleben eines alten Alptraums.

»... und das nächste, woran ich mich erinnere«, sagte Danny gerade, »ist Petra, die in der Tür steht.«

»Haben Sie diesen, äh, Dämon auch gesehen?«, wandte sich Lloyd an Petra.

»Ich war die Erste, die ihn entdeckt hat, genau in dem Moment, als der Dämon erkannt hatte, was ich bin ...«

»*Was* Sie sind?«, hakte Lloyd stirnrunzelnd nach.

»Er hat meine Verbindung zu dem Erzengel erkannt. Ich wusste, was er war – solche Dinge kann ich *spüren*. Ich wusste, dass er ein Dämon war. Dann ist er weggelaufen, und Danny hinterher. Ich bin ihnen ein paar Sekunden später gefolgt.«

Lloyd wandte sich an Stan Gates: »Und was ist mit Ihnen, Sergeant?«

Stan war dieses ganze Gerede über übernatürliche Dinge offenbar nicht geheuer; er sah aus, als würde er lieber *wirkliche* Verbrecher jagen, echte Menschen, die nicht plötzlich in Flammen aufgingen. Stan Gates raste gerne in einem schnellen Auto mit laufender Sirene durch die Gegend, in dem Bewusstsein, dass seine Zielperson ein Mensch aus Fleisch und Blut war. Er rutschte unbehaglich auf seinem Stuhl herum, so dass dieser laut quietschte, was wiederum an Lloyds Nerven zerrte.

»Also?«, fragte Lloyd schärfer als beabsichtigt.

»Äh, ich habe das, äh, Opfer gesehen – langer schwarzer Mantel, gegelte, zurückgekämmte Haare, komische Augen. Er stand auf dem Bürgersteig und hat in unsere Richtung gestarrt, als würde er jemanden wiedererkennen. In dem Moment dachte ich, das wäre unser Mann; dass die Anwesenheit von Sergeant Spitz ihn aus der Reserve gelockt hätte, aber die junge Dame hat ja klar gemacht, dass wir uns das aus dem Kopf schlagen müssen. Ich bin nicht ausgestiegen; mir wurde gesagt, ich solle im Wagen bleiben, also kann ich die, ähm, Explosion nicht bezeugen.«

Lloyd sagte zu Petra: »Und Sie sind sich absolut sicher, dass das nicht Manovitch war?«

»Absolut. Genauso sicher, wie ich weiß, dass das Opfer kein Sterblicher war …«

Dave unterbrach sie: »Haben wir irgendeinen Grund, daran zu zweifeln, dass Petra *tatsächlich* mit dem Erzengel in Kontakt steht? Ich will nur sicher sein, dass sie kein falsches Medium ist, das nur versucht, berühmt zu werden.«

Sofort kam Danny Petra zur Hilfe: »Hey …«

»Nein, hör mir zu, Bruder Tuck. Wir wissen alle, dass diese mysteriöse junge Frau dich an den Eiern hat, aber das heißt ja noch lange nicht, dass sie auch aufrichtig ist. Sie könnte sich ja auch selbst etwas vormachen. Wir haben schließlich keine Beweise, oder?«

»Nein, jetzt hörst *du* mal zu, Mutter Teresa«, erwiderte Danny. »Bemüh dich verdammt nochmal um ein bisschen Glauben. Werde mal deinem Spitznamen gerecht.«

»Meine Herren, bitte«, mischte sich Lloyd ein. »Kein Grund zur Aufregung. Ich persönlich bin davon überzeugt, dass Petra über die Kräfte verfügt, die sie zu haben behauptet, aber natürlich hat Lieutenant Peters das Recht zu zweifeln. Also, sehen wir uns die bisherige, allgemeine Situation an. Wir haben irgendwo draußen in den Vororten eine bösartige, unberechenbare tote Seele. Soweit wir wissen, hat sie schon mehrere Menschen getötet, ist aber immer im Verborgenen geblieben. Auf der anderen Seite haben wir einen Erzengel – nur der zweitniedrigste in der Engelshierarchie. Engel werden in neun Chöre und drei Triaden unterteilt. In der ersten Triade sind Seraphim, Cherubim und Throne, in der zweiten Herrschaften, Mächte und Gewalten, und in der dritten Fürsten, Erzengel und Engel. Was passiert also, wenn der Erzengel versagt? Vielleicht wird ein Vertreter eines höheren Chores geschickt, vielleicht sogar aus der ersten Triade. Und was würde passieren, wenn ein Seraphim auf die Erde kommt, um Manovitch zu zerstören?«

»Auf Wiedersehen, lieber Planet?«, riet Danny.

Lloyd nickte ernst. »Sie sehen also, wir *müssen* ihn einfach erwischen. Könnten wir jetzt also Petra fragen, wie geduldig der Erzengel wohl sein wird?«

»Der Erzengel sagt, dass er auf die Erde gekommen ist, um die Konferenz vor Manovitchs Einfluss zu schützen.«

»Na prima«, meinte Dave sarkastisch. »Aber das beweist immer noch nicht, wer *du* eigentlich bist. Nach allem, was wir wissen, könntest du auch ein Dämon sein – hübsch genug wärst du ja. Ich schätze mal, es gibt auch so etwas wie weibliche Dämonen, habe ich nicht Recht, Bruder Tuck? Sukkubi heißen die, oder nicht?«

»Überspann den Bogen nicht, Dave«, warnte Danny. »Ich weiß auch so, dass dir das mit Petra und mir nicht passt.«

»Was sollte mir daran denn nicht passen?«, knurrte Dave. »Ich versuche nur, dich zu beschützen, du Idiot. Wir wissen rein gar nichts über diese Frau.« Er starrte Petra durchdringend an. »Nur das, was man uns gesagt hat. Ich persönlich bin skeptisch, und ich will einen Beweis dafür sehen, dass sie ist, wer oder was sie zu sein behauptet, und zwar bevor wir weitermachen.«

Lloyd fragte: »Wie ist es mit den anderen?« Dann sagte er zu Petra: »Verzeihen Sie mir, meine Liebe, aber irgendwie müssen wir das regeln.«

»Natürlich«, erwiderte sie mit ausdrucksloser Miene.

Stan Gates sagte leise: »Ich stimme dem Lieutenant zu. Ich bin altmodisch. Ich brauche einen Beweis.«

Rajeb Patel nickte, um zu zeigen, dass er ebenso dachte.

Petra sagte: »Tja, den werden Sie aber nicht kriegen, Lieutenant, denn ich muss mich vor niemandem beweisen, und am allerwenigsten vor Ihnen. Sie werden mir einfach glauben müssen, so wie alle anderen auch. Das ist alles.«

Mit diesen Worten stand sie auf und verließ den Raum.

12

Auf der Westminster Bridge stand ein Mann und schaute hinunter auf die Themse. An seiner Erscheinung war nichts Auffälliges: ein grauer Mann in einem grauen Anzug. Der Anzug war zerknittert, genau wie der Kragen seines Hemds, das er ohne Krawatte trug. Seine gesamte zerzauste Gestalt strahlte Verzweiflung aus: Das war ein Mann, dessen chronische Depressionen ihn an den Rand des nassen Todes getrieben hatten, und nun war er kurz davor, diesen Rand zu überschreiten. Ein kalter, grauer Morgen ist eine gute Zeit für einen verbitterten, grauen Mann, um Selbstmord zu begehen; er verschafft ihm genau die Ermutigung, die er noch braucht, um sein trauriges Leben zu beenden.

Seiner Meinung nach hatte die Stadt um ihn herum nicht viel Schönes zu bieten. Ihre Großartigkeit berührte ihn nicht, die schlafenden Häuser lösten nichts in ihm aus, und auch wenn ihr mächtiges Herz gerade stillstand, konnte Walters abgestumpfte Seele daran vorbeigehen, ohne ihm einen zweiten

Blick zu gönnen. Nur der gutmütige, dahinströmende Fluss interessierte ihn.

Seufzend dachte Walter Rainforth an sein Geschäft, daran, wie es in den frühen Jahren floriert hatte und in den Neunzigern langsam aber sicher geschrumpft war, bis es nun hoch und unwiderruflich verschuldet war, reif für den Gerichtsvollzieher. Walter war ein stolzer Mann, dessen Vater ihm immer gesagt hatte, dass aus ihm nie etwas werden würde, und nun hatte sich dieser Fluch bewahrheitet. Walter hasste es, dass sein Vater Recht behielt, war aber gleichzeitig froh, dass der alte Mann tot war und die endgültige Erniedrigung seines Sohnes nicht mehr miterleben konnte. Walter fragte sich, ob der alte Dreckskerl ihn wohl schon lachend auf der anderen Seite erwartete. Das war mal ein *wirklich* deprimierender Gedanke.

Er stieg auf das Brückengeländer und setzte sich auf die Kante. Walters Frau würde keine Lebensversicherung ausbezahlt bekommen, weil es ja Selbstmord wäre, aber Walter mochte seine Frau sowieso nicht besonders. Sie hatte ihn vor fünf Jahren wegen eines Metzgers sitzenlassen. Walter hatte geweint, als sie ging, aber er hatte sein Testament nicht geändert. Sie war seine einzige lebende Verwandte. Er hatte sonst niemanden, dem er seine Schulden hinterlassen konnte, außer vielleicht einem Tierasyl. Aber Walter hasste Tiere noch mehr als seine Frau. Man sollte vielleicht erwähnen, dass Walter zu diesem Zeitpunkt jedes Wesen hasste, das auf dieser selbstsüchtigen, unerbittlichen Erde wandelte – sogar sich selbst.

»Hey, Sie!«

Walter drehte sich um und entdeckte einen Streifenwagen, der langsam auf der anderen Straßenseite vorbeirollte. Ein Constable lehnte sich aus dem Fenster. Er machte eine vage Geste in Walters Richtung. »Seien Sie vorsichtig, Mann«, rief der Polizist. »Oder wollen Sie vielleicht reinfallen?«

»Ja«, sagte Walter.

Der Streifenwagen hielt an.

»Sind Sie besoffen, oder was?«, rief der Polizist. »Machen Sie keine Dummheiten. So schlimm kann es doch gar nicht sein.«

»Oh doch«, erwiderte Walter, »eigentlich ist es sogar noch schlimmer.«

Der Polizist stieg aus dem Wagen und kam über die Straße.

»Ich werde springen«, drohte Walter.

Der Polizist blieb sofort stehen und ging dann zum Wagen zurück. Er sagte etwas zu seinem Kollegen am Steuer, der daraufhin das Funkgerät nahm und hineinsprach. Walter wusste, dass sie Verstärkung anforderten, und ließ seinen Hintern langsam von dem Geländer rutschen, so dass er immer weiter auf den Abgrund über dem fließenden Wasser in der Tiefe zuglitt.

In diesem Moment wäre er fast gesprungen, doch dann stieg die Sonne über den Horizont, und der Anblick war so wunderschön, dass er plötzlich innehielt. Er klammerte sich an den Beton und starrte. Er hatte schon lange nicht mehr gesehen, wie die rote Scheibe aufstieg und ihre Strahlen über die erwachende Welt schickte. Ihr zart rosafarbenes Licht beschien die Wolken und die Dächer der Häuser. Selbst die Kuppel des Erzengels hatte einen zarten Schimmer.

»Morgenrot – Schlechtwetter droht«, murmelte Walter. »Na ja, mir wird's nicht den Tag verregnen«, fügte er mit einer gewissen, verbitterten Befriedigung hinzu.

Er starrte wieder hinunter auf das Wasser, das jetzt rot leuchtete.

»Alles klar?«, rief der Polizist. »Machen Sie keine Dummheiten.«

Unter Walter fuhr ein Lastkahn hindurch, der Gasflaschen stromaufwärts transportierte. Walter zuckte zusammen. Wäre er jetzt gesprungen, dann hätte er sich auf den Metallflaschen das Rückgrat gebrochen und seine Situation nur noch weiter verschlimmert. Sein Ziel war der Tod, nicht ein Krankenhausaufenthalt mit zerschmetterter Wirbelsäule.

Der Kahnführer schaute ins Wasser und wirkte verwirrt. Trotz der deprimierenden Situation wurde Walter plötzlich neugierig. Der Fluss war sein allerletztes Ziel im Leben, und wenn er jemanden stutzig machte, wollte er wissen, warum.

»Was ist los?«, rief Walter.

Der Kahnführer schaute hoch und sagte: »Das Wasser ist ganz rot.«

»Das ist die Sonne«, meinte Walter.

»Nein, ist es nicht«, widersprach der Kahnführer. »Es ist das Wasser – ist ganz dick und zähflüssig. Und riecht auch irgendwie süßlich. Das ist *Blut.* Ich schwöre es. Da kommt Blut von stromaufwärts. Was machen Sie überhaupt da oben? Sie sollten besser vorsichtig sein, sonst fallen Sie noch runter.«

Blut? Walter klammerte sich krampfhaft an das Geländer, um nicht weiter abzurutschen. Jetzt konnte er das Blut riechen. Irgendjemand musste wohl Vieh schlachten, oben in der Nähe von Marlow, draußen auf dem Land. Walter wollte nicht in Kuhblut ertrinken. Das war widerlich.

»Helfen Sie mir«, rief er dem Polizisten zu. »Helfen Sie mir, ich rutsche ab.«

Der Polizist, der sich sowieso wieder langsam angeschlichen hatte, hechtete über die Straße. Er erwischte Walters Jacke genau in dem Moment, als Walters Hintern vom Geländer abrutschte. Walter schrie. Der Polizist umklammerte krampfhaft den Saum der Jacke.

Walter hing über den zähen Wellen der blutigen Themse, die Arme durch das Gewicht seines Körpers zu einem V über seinem Kopf verzerrt. Der Polizist lehnte sich über die Brüstung und riss verzweifelt am Rückenteil der Jacke. Walters Arme rutschten zentimeterweise nach unten und drehten die Ärmel langsam aber sicher von innen nach außen.

»Halten Sie mich!«, kreischte Walter. »Ich will so nicht sterben!«

Der Kahnführer starrte auf den faszinierenden Anblick in der Höhe, dann verschwand der Kahn unter der Brücke.

Der Polizist versuchte, Walter hochzuziehen, aber Walter rutschte immer weiter aus seinen Ärmeln, bis er sich nur noch mit den Fingern an die Manschetten klammerte. Er versuchte, mit den Füßen Halt an der Brückenkante zu finden, doch gerade als er einen Spalt entdeckt hatte, hörte er, wie die Ärmel mit einem lauten Geräusch von der Jacke abrissen. Sein Geschäft war schon so lange auf Talfahrt gewesen, dass er irgendwann angefangen hatte, billige Kleidung vom Markt zu kaufen.

»Verdammte Jacke«, heulte er, als er fiel.

Das waren seine letzten Worte, bevor er in die klebrige Brühe stürzte. Er verschwand unter der Oberfläche und schluckte dabei jede Menge Blut. Dann strampelte er in der warmen Flüssigkeit, die ihm guten Auftrieb gab, und glitt an die Oberfläche. Es war *grauenhaft.* Er hoffte, dass es tatsächlich Tierblut war, was schließlich schon schlimm genug wäre. In Menschenblut zu treiben – das wäre unvorstellbar gewesen. Trotzdem konnte er nicht anders, er musste es sich vorstellen.

»Oh Gott!«, kreischte er. »Holt mich hier raus.«

Er schluckte wieder eine Portion, als er sich auf den Bauch rollte. Dann trieb er mit der Strömung. Plötzlich fühlte er etwas hartes, scharfes an seinem Hemdkragen und wäre fast erstickt, als er zu einem Boot gezogen wurde. Hände griffen nach unten und packten seinen klebrigen, roten Körper, um ihn dann an Bord eines Bootes der Wasserschutzpolizei zu hieven.

»Alles klar, wir haben Sie«, sagte ein Mann. »Sind Sie okay? Keine Verletzungen, oder?«

Walter setzte sich hustend auf und schaute an sich herunter. Er war von Kopf bis Fuß mit Blut bedeckt.

»Wie zur Hölle soll ich das erkennen?«, fragte er dann.

»Diesen Teil der Bibel kennt ihr alle«, sagte Petra. »Die Geschichte von Moses und dem Auszug aus Ägypten kennt jeder. Wir haben es hier mit einem Nachahmungstäter zu tun. Manovitch demonstriert uns seine Macht.«

»Die zehn biblischen Plagen!«, stellte Mutter Teresa fest.

»Und neun davon stehen uns noch bevor«, ergänzte Bruder Tuck.

Von Oxford bis zum Meer war die Themse dickflüssig und rot. An der Quelle in den Cotswold Hills, in der Nähe von Cirencester, war das Wasser noch kristallklar, aber irgendwo um Oxford herum veränderte es seine Farbe und Konsistenz, bis es zu einer Flüssigkeit wurde, die aussah wie Blut und alle chemischen Eigenschaften von Blut aufwies.

Im Rest von London führten alle kleineren Nebenflüsse, die meisten davon unterirdisch, nun ebenfalls Blut. Der Serpentine See im Hyde Park, die Brunnen am Trafalgar Square und alle Teiche, Seen, die kleinen Reinigungsrinnsale in Leichenschauhäusern, die Kanäle und Gullies, die Flüssigkeit, die aus Wasserhähnen und Toiletten kam, alles, alles war Blut, überall nur Blut. Es verstopfte die Rohre, blockierte die Abflüsse, tötete die Koi-Karpfen in den mit Marmor eingefassten Teichen der Reichen. Es füllte die Swimmingpools und die Wassertanks auf den Dächern und sprühte rote Tropfen aus den automatischen Rasensprengern in Parks und Gärten. London war blutgetränkt.

Die einzigen Menschen, die dieser Plage entgingen, waren

die Teilnehmer der Konferenz, da sie über eine unabhängige Wasserquelle verfügten.

Lloyd erklärte den anderen: »In der offiziellen Stellungnahme heißt es, dass die Fließgeschwindigkeit der Themse ungewöhnlich hoch ist und dadurch eine bisher unbekannte rote Lehmbank aufgewühlt wird, wodurch sich das Wasser verfärbt.«

»Ist das nicht die gleiche Ausrede, zu der die Berater des Pharaos auch schon beim ersten Mal gegriffen haben?«, fragte Dave säuerlich.

»Es ist nur eine Stellungnahme«, meinte Lloyd. »Die glaubt sowieso niemand. Die Leute brauchen etwas, worüber sie reden können, während sie für ihr Wasser anstehen, das mit Tanklastern von außerhalb geholt wird.«

»Kann man denn tatsächlich ganz London so versorgen?«

»Wir benutzen Los Angeles als Vorbild. Erinnern Sie sich noch, wie da vor drei Jahren Terroristen die Reservoire vergiftet hatten? Wenn Los Angeles genügend Wasser von außerhalb zur Verfügung stellen kann, dann kann London das auch. Außerdem glauben wir nicht, dass es lange dauern wird.«

»Und woher kommt das Blut in Wahrheit?«, wollte Dave wissen.

Der Erzdiakon zuckte zusammen. »Bei Oxford ist der ganze Fluss mit Leichen verstopft – mit menschlichen Überresten, das Blut ist also Menschenblut. In den Wasserreservoiren schwimmen ebenfalls Leichen. Das Blut scheint also echt zu sein, allerdings …«

»Allerdings was?«, fragte Danny, dem schlecht wurde, als ihm wieder einfiel, dass er in der Nacht ein Glas Wasser getrunken hatte, ohne dabei das Licht anzumachen.

»Allerdings scheint es keine Vermissten zu geben. Es hätte schon ein Massaker für so viele Tote gebraucht, ein schreckliches Gemetzel, ein Blutbad. Aber die Polizei sagt, es habe in der vergangenen Nacht nur die üblichen zwei, drei Morde gegeben, und diese Leichen sind registriert worden.«

Petra erklärte: »Totenbeschwörung. Irgendwie hat Manovitch es geschafft, genug Kraft zu sammeln, um diese Leichen aus dem Nichts zu erschaffen. Satan hat ihn mit seinem Blut ausgestattet.«

»Dann sind sie also *nicht* echt«, meinte Danny erleichtert.

»Natürlich sind sie echt«, fauchte Petra. »Sie sind doch *da,* oder nicht? Und das ist immer noch Blut in deinem Glas.«

Lloyd murmelte: »Es wird sowieso einige Tote geben – durch Seuchen ...«

Lloyd war am Telefon von Leuten angebrüllt worden – sehr wichtigen Leuten –, die von ihm verlangten, schnellstens Ergebnisse vorzulegen, sonst ... Er war sich nicht ganz sicher, was dieses »sonst« bedeuten sollte, aber es gefiel ihm nicht.

»Wie es scheint, kommen wir nicht weiter«, sagte er genervt. »Wir müssen die Dinge ein wenig beschleunigen. Hat irgendjemand eine Idee? Petra, warum schluckt Manovitch den Köder nicht? Hat er vielleicht Angst vor uns?«

Petra schüttelte den Kopf. »Er hat keine Angst vor uns, er hat Angst vor dem Erzengel. Er wird im Verborgenen bleiben und auf eine Gelegenheit hoffen, um sich Dave und Danny zu schnappen. Seine Rache ist für ihn zweitrangig. Wir können nur hoffen, dass er bald eine Chance sieht und anfängt Risiken einzugehen.«

»Aber«, wandte der frustrierte Lloyd ein, »wir haben doch überall verbreitet, dass sie hier sind, sogar im Fernsehen.«

»Vielleicht lebt er in irgendeinem Loch, irgendwo in der Kanalisation, wo er keinen Zugang zu elektronischen Geräten hat. Er ist eine tote Seele und damit an die unerträglichen Bedingungen in der Hölle gewöhnt, an Dreck und Elend, wie wir es uns gar nicht vorstellen können. Wie auch immer seine Lebensbedingungen hier sind, im Vergleich dazu ist es das reinste Paradies. Er versteckt sich bestimmt nicht in einem Luxushotel, wo es in jedem Zimmer einen Fernseher gibt.«

»Was ist mit den Zeitungen? Man findet in fast jedem Mülleimer eine.«

»Haben Sie schon mal daran gedacht, dass er vielleicht nicht lesen kann? Nicht nur die Seele entwickelt sich in der Hölle rückläufig, sondern auch die intellektuellen Fähigkeiten. Sein Verstand hat sich in ein wildes, verzerrtes Ding verwandelt, in das Bewusstsein eines Tieres in der Dunkelheit, und seine ehemalige Bildung wird verloren sein. Seine Verschlagenheit wird sich um das Zehnfache verstärkt haben; er ist jetzt ein Krieger und ein Jäger, aber akademisch gesehen ist er jetzt wahrscheinlich eine taube Nuss.«

»Als Analphabet ist er aber kein ernstzunehmender Gegner«, meinte Lloyd abfällig, der ein bisschen versnobt war, wenn es um Bildung ging. Er selbst war in Harrow gewesen.

»Erklären Sie das mal Attila dem Hunnenkönig«, knurrte Dave.

Lloyd verstand, was er sagen wollte.

Danny stellte fest: »Solange er sich in dunklen Ecken herumdrückt, können wir ihm nur durch Zufall begegnen. Es wäre schön, wenn er einfach ungeduldig würde und dahin zurückgeht, wo er hergekommen ist.«

Petra wirkte schockiert. »Das wäre eine Katastrophe«, meinte sie. »Auch wenn er hier unten ziemlich ungeschickt ist, auf dem spirituellen Schlachtfeld ist Manovitch eine schreckliche Macht. Wenn die Engel auf den Schlachtfeldern von Armageddon überwältigt werden, ist das Gute verloren und das Böse wird die Erde regieren.«

»Ich dachte, das könnte gar nicht geschehen«, wandte Danny ein. »Zumindest nicht langfristig gesehen. Ich dachte immer, dass das Böse letztendlich verlieren *muss.*«

»Ja, letztendlich wird Gott triumphieren, aber willst du die nächsten zehn Millionen Jahre unter der Herrschaft von Satan und seinen Leuten leben? Man muss dabei an unzählige Generationen von Menschen denken, nicht nur an sich selbst. Wir müssen Manovitch hier unten festhalten, wo er verwundbar ist, auch wenn es wehtut.«

»Es gibt momentan auch schon verdammt viel Böses auf der Welt – Kriege, unrechtmäßige Gefangenschaft, Folter. Fast jeden Tag hört man von neuen schrecklichen Ereignissen«, wandte Lloyd ein.

»Das ist nichts, *absolut gar nichts,* im Vergleich dazu, wie es wäre, wenn die Schlacht von Armageddon verlorengeht. Dann wird es keine Macht mehr geben, um die Dämonen aufzuhalten. Sie werden zu Zehntausenden bei uns einfallen. Wir wissen alle, dass schon ein paar hier sind und dass sie relativ wenig Ärger machen, aber das liegt nur daran, dass sie Deserteure sind, die sich sowohl vor Satan als auch vor Satans Feinden verstecken. Siegreiche Truppen werden etwas ganz anderes sein. Nicht einmal das Wetter werden sie in Ruhe lassen. An einigen Orten wird es unerträglich heiß werden, an anderen bitterkalt werden. Es wird keine Rückzugsmöglichkeit geben, keine gemäßigten Klimazonen mehr. Sie werden die Erde vergewaltigen und die Toten haufenweise in der Hitze verwesen lassen. Sie werden einfach alles zerstören und die Menschheit um eine Million Jahre zurückwerfen. Wir werden uns gegenseitig auffressen ...«

»Ich denke, wir können es uns alle vorstellen.« Lloyd seufzte schwer. »Ich wünschte, wir würden nicht in diese übernatürlichen Schlachten mit hineingezogen, aber ich denke, Petra hat Recht. Wir müssen es weiter versuchen. Hat irgendjemand noch neue Vorschläge zu machen?«

Anscheinend hatte niemand eine Idee.

»Eines sollten wir im Hinterkopf behalten«, meinte Petra.

»Was denn?«, fragte Lloyd.

»Die letzte Plage ist die schrecklichste. Bis dahin *müssen* wir Manovitch einfach gefunden haben.«

13

Dave hatte es sich angewöhnt, nachts das Bett zu verlassen und durch die Straßen zu wandern. Er dachte sich, dass Manovitch sich während der Nacht sicherer fühlen und deshalb zwischen Sonnenuntergang und Sonnenaufgang unterwegs sein würde. Deshalb war es nur logisch, rauszugehen und ihn während der Zeit zu suchen, in der der Feind ebenfalls suchend unterwegs war.

Während der letzten paar Tage war London von Seuchen heimgesucht worden, verursacht von dem stinkenden Blut, das immer noch überall zu finden war. Die Krankenhäuser waren voller Infizierter, von denen einige schon gestorben waren. Und noch viele weitere würden sterben. Es war eine widerwärtige und infame Art, eine Stadt zu terrorisieren.

Die heiligen Männer und Frauen blieben standhaft und trugen ihre Differenzen immer noch am Konferenztisch aus, obwohl die Situation sehr instabil war und jederzeit zusammenbrechen konnte.

Dave war froh, dass Vanessa nicht mit ihm nach London gekommen war. Sie hatte schon lange akzeptiert, dass er auf seine ganz eigene Art arbeitete und jegliche Einmischung in seinen Job als Polizist weder wünschte noch tolerierte. Ihre Beziehung respektierte auch nach einigen Jahren noch die Unabhängigkeit des Partners. Trotzdem wusste er, dass Vanessa wach liegen und sich Sorgen machen würde, wenn er nachts durch die Straßen zog.

Zwei Nächte, nachdem das letzte Blut aus dem Fluss ins Meer geflossen war, ging Dave wieder auf die Jagd. Es war zwei Uhr morgens, als er eine Straße in Kensington entlanglief. In London wurde es niemals richtig dunkel, da das Licht des Erzengels wie eine Lampe wirkte, aber Dave hatte herausgefunden, dass man nachts – ohne das Verkehrschaos und die überfüllten Straßen – in kürzerer Zeit wesentlich weiter laufen konnte. Kensington war ruhig, und er konnte seine eigenen Schritte auf dem Pflaster hören.

In den Gassen, wo einige Obdachlose auf Pappkartons und unter Zeitungen oder verschlissenen Decken lagen, jagten sich die Schatten. Katzen und ein oder zwei streunende Hunde wirkten wie Teile der Dunkelheit, wenn sie zwischen den Mülltonnen umherzogen und nach weggeworfenem Essen suchten. Hin und wieder erschienen Leute auf dem Weg zu oder von einer Party. Streifenwagen fuhren vorbei, oft ziemlich schnell, und überwachten die Stadt.

Da er nicht wusste, wo er suchen sollte, suchte er überall und hoffte immer, etwas Ungewöhnliches zu entdecken. Um halb drei frischte der Wind auf, spielte mit dem Abfall und jagte ihn wie ein Lebewesen über den Asphalt. Die Bäume ließen ihre Blätter rauschen und knarrten mit ihren Ästen. Eine schmale Mondsichel tauchte hinter einer Wolke auf, doch das Licht des Erzengels ließ sie zu fahlem Silber verblassen. Alles ganz normal, alles nur das Übliche.

Dave seufzte und wurde für einen Moment unkonzentriert,

als er daran dachte, wie absurd sein Auftrag eigentlich war. Hier war er, in den Straßen unterwegs, auf der Suche nach jemandem, den keiner von ihnen erkennen konnte. Und dann war da noch Danny, der von einer verrückten Frau besessen war und glaubte, endlich die Liebe gefunden zu haben. Und was war mit diesem Lloyd, der jeden Tag nervöser wurde und alle in den Wahnsinn trieb? Das war alles ein Riesenchaos, und es gab keinen Weg, um es zu bereinigen.

Ein Kieselstein fiel auf das Pflaster.

Was war das? Wo war das hergekommen? Ein Vogel? Vögel flogen nachts normalerweise nicht.

Dave starrte nach oben und suchte die Fenster und Simse ab. Alles schien friedlich zu sein. Dann glaubte er etwas zu sehen – eine dunkle Gestalt, die über die Dächer kroch. War das ein Mann? Dave schob sich in einen Hauseingang und starrte weiter zu den Dächern auf der anderen Straßenseite. Ja! Da war er wieder, schlich lautlos über die Dachziegel, schwang sich über ein Geländer. Jetzt kauerte er auf dem Flachdach eines Ladens.

Dave überlegte kurz, ob er die Gestalt alleine jagen sollte, entschied sich dann aber vernünftigerweise dagegen. Es ging ihm nicht um seine persönliche Sicherheit, auch wenn das ein Aspekt war, sondern vielmehr darum, dass er seine Beute verlieren könnte. Er brauchte Verstärkung. Es war wichtig, die Beute zu ermüden und irgendwo in die Ecke zu drängen, wo man sie verbrennen konnte. Bei dem Gedanken lief ihm ein kalter Schauer über den Rücken.

Dave holte sein Handy aus der Tasche. Er rief Danny an und lauschte dann ungeduldig auf das Freizeichen. Instinktiv wusste er, dass niemand drangehen würde. Als Nächstes wählte er die Nummer des Netzwerks, durch das alle alarmiert werden sollten – Danny, Lloyd, Stan Gates, Petra und Rajeb Patel –, und diesmal verriet ihm ein willkommenes Klicken, dass jemand abgehoben hatte.

»Hier Patel«, meldete sich eine verschlafene Stimme.

»Rajeb, hier ist Dave Peters. Ich war auf einem Spaziergang und habe etwas entdeckt. Kommen Sie, so schnell Sie können …« Dave sah sich um und entdeckte knapp hundert Meter weiter ein Straßenschild. »… in die Holland Park Road«, ergänzte er.

»Das ist W8, oder? Keine Sorge, ich schaue unterwegs nach. Bin in ungefähr zehn Minuten bei Ihnen.«

Rajeb lebte in einem kleinen Apartment in der Nähe des Gunnersbury Parks. Er schaltete die Nachttischlampe ein und sprang nackt aus dem Bett. Als er sich seine Unterhose anzog, wachte Daphne auf.

»Was zur Hölle machst du da?«, fragte sie.

»Kam gerade ein Anruf«, erklärte Rajeb knapp, während er mit seinem Pulli kämpfte. »Wähl mal schnell für mich 702 36 58.«

»Ich bin nicht deine Minna«, protestierte sie und setzte sich auf.

Er grinste sie an, bis sie nachgab.

Sie nahm sein Handy, wählte und gab es ihm, als das Freizeichen kam. Rajeb nahm das Telefon und erteilte ein paar Anweisungen. Als er sicher war, dass man alles verstanden hatte, klappte er das Handy zu und schob es in seine Gesäßtasche.

Daphnes blondes Haar lag wie ein Vorhang über ihren weißen Brüsten, auf denen einige Sommersprossen zu sehen waren. Er konnte nicht anders, als hinzusehen, auch wenn er es eilig hatte, und wie immer bemerkte sie, dass er sie anstarrte.

»Tja, das hilft jetzt auch nichts mehr, oder? Daran hättest du gestern Abend denken sollen.«

»Ich war müde«, rechtfertigte er sich. »Ich war den ganzen Tag unterwegs, das war anstrengend.«

»Du solltest mal versuchen, den Blagen in Brixton beizubringen, wie man addiert«, schnaubte sie, »dann weißt du, was anstrengend ist.«

Daphne war Lehrerin. Sie hatten sich in Indien kennengelernt, wo sie beide als Rucksacktouristen unterwegs gewesen waren. Inzwischen hatte Daphne zugegeben, dass sie sich damals nur mit Rajeb zusammengetan hatte, weil sie gedacht hatte, er sei ein Einheimischer und könnte ihr mit der Sprache helfen. Da er allerdings genau wie seine Eltern in Stepney geboren war, sprach er nur den dort üblichen Dialekt.

»Kein Hindi?«, hatte sie gefragt. »Kein Urdu?«

»Nö.« Er hatte sie frech angegrinst. »Und auch kein Tamil – eine echte Schande, ne?«

»›*Ne*‹? Mann, du sprichst ja nicht mal Englisch.«

»Und wie ich das tue.«

»Aber nicht korrekt.«

Aber Rajeb war ein cleverer junger Mann, der solche Gespräche nicht zum ersten Mal führte. »Englisch ist eine lebendige Sprache«, erklärte er ihr. »Sie verändert sich durch den Gebrauch. Man benutzt sie, um zu kommunizieren. Wenn alle ›ne‹ sagen, dann ist das auch korrekt. Und alle, die ich kenne, sagen ›ne‹.«

»Dann sind wohl alle, die du kennst, Plebejer.«

»Plebejer?«, hatte er in gespieltem Schrecken wiederholt. »Was ist das denn für ein Wort? Das ist doch bestimmt kein Englisch, ne?«

An dieser Stelle hatte sie aufgegeben, da sie erkannt hatte, dass sie geschlagen war.

»Das ist – das ist Latein, oder zumindest fast ein lateinisches Wort. Plebs, das war der Begriff für die Bürger der Unterschicht im alten Rom. Die Oberschicht nannte man Patrizier.«

»Ach so, ja, da hast du mich falsch verstanden«, hatte er erklärt und sie damit schon wieder überrascht, »denn ich bin ein Patrizier. Mein Großvater war ein Raja.«

Eifrig hatte sie gefragt: »Wirklich?«

»Nö, aber dich kann man echt leicht beeindrucken, oder? Du solltest dich schämen. Du bist ein verdammter Snob.«

Als er ihr später gesagt hatte, dass er ein Londoner Cop war, war sie sogar noch beschämter gewesen, aber bis dahin hatte sie sich bereits in ihn verliebt, also konnte sie nicht mehr viel dagegen tun. Sie hatte darüber nachgedacht, ob sie ihn einfach nicht mehr anrufen sollte, als sie wieder in England war, aber bald hatte sie von seinem schlanken, gebräunten Körper geträumt, von seinem dichten, schwarzen Haar und seinem fröhlichen Lächeln. Sie sehnte sich danach, seine Stimme und sein Lachen zu hören. Rajeb hatte ein angenehmes, entspanntes Wesen, das beruhigend auf sie wirkte.

Also hatte sie ihn in der Arbeit angerufen.

»Du weißt, warum ich anrufe, oder?«, hatte sie gefragt, da sie sich unbedingt noch einen letzten Rest Stolz bewahren wollte.

»Ja«, erwiderte er frustrierenderweise, »weil ich so ein netter Kerl bin.«

»Von wegen! Es ist nur, weil ich noch etwas von dir habe – dieses Buch, das du mir geliehen hast.«

»Ich habe dir ein Buch geliehen?«

»Ja, und das will ich dir zurückgeben.«

Rajeb lachte laut. »Das ist ein guter Trick, Süße, den muss ich mir merken. Behalte etwas, dann kannst du später anrufen und so tun, als wolltest du es zurückgeben. Komm schon, gib es zu, du bist doch nur scharf auf meinen Körper …«

»Bestimmt nicht«, schrie sie in den Hörer. »Eigentlich würde es mich kein bisschen stören, wenn ich dich nie wiedersehe.«

»Warte mal einen Moment«, sagte er. Kochend vor Wut wartete sie, während er im Hintergrund etwas murmelte, dann war er wieder da.

»Was sagtest du gerade?«

»Ich sagte«, knurrte sie, »dass ich hoffe, du fällst tot um. Ich dachte, dieses Buch sei dir wichtig, und habe mir extra die Zeit genommen, dich anzurufen, und dann muss ich mir so einen Mist anhören.«

»Du bist also nicht in mich verliebt?«

»Hundertprozentig nicht.«

»Das ist schade, denn ich bin ziemlich verliebt in dich – ich habe versucht, dich zu finden, seit ich wieder hier bin. Du hast mir eine falsche Nummer gegeben.«

Das brachte sie aus dem Konzept, aber ihr schrecklicher Stolz ließ nicht zu, dass sie ihm ihre Gefühle gestand. Sie behauptete, sie hätte ihm absichtlich eine falsche Nummer gegeben, um ihn aus ihrem Leben fernzuhalten. Dann warf sie den Hörer auf die Gabel und brach in Tränen aus.

Zehn Minuten später klingelte es an der Tür.

Sie öffnete und fand Rajeb auf der Schwelle. Er grinste.

»Wie … wie hast du …?« Sie verstummte und wischte sich die Tränen ab.

»Habe den Anruf zurückverfolgt«, erklärte er und grinste noch breiter. »Schlau, ne? Ich bin schließlich nicht umsonst Polizist. Hey«, meinte er dann besorgt, »du hast ja meinetwegen Tränen vergossen.«

»Ich habe Zwiebeln geschält«, fauchte sie.

»Von wegen«, erwiderte er und betrat die Wohnung. Zehn Minuten später landeten sie in ihrem Bett, und zwei Wochen später war sie bei ihm eingezogen. Das war vor einem Jahr gewesen, und sie hatte es nie bereut – bis jetzt.

Rajeb ließ sie im Bett sitzend zurück und sprang drei Stufen auf einmal nehmend die Treppe hinunter. Sein Auto stand hinter dem Haus. Wenig später raste er durch die helle Nacht Richtung Holland Park Road.

Dave stand an der Ecke.

»Wo ist er?«, fragte Rajeb und sprang aus dem Wagen.

»Irgendwo da oben auf dem Dach. Haben Sie Verstärkung angefordert?«

»Schon unterwegs«, nickte Rajeb, »könnte aber noch eine Weile dauern, bis die hier sind. Sollen wir hochklettern und ihn verfolgen?«

»Ich denke schon – wir wollen ihn schließlich nicht verlieren.«

An der Außenmauer gab es keine Feuerleitern, also gingen sie zur nächsten Tür und traten sie ein. Dann liefen sie durch einen Korridor und über eine Hintertreppe. Sie waren sich nicht ganz sicher, wohin der Weg führte, aber so lange es aufwärts ging, waren sie zufrieden. Auf einem Treppenabsatz tauchte plötzlich ein Mann vor ihnen auf. Er wirkte verängstigt.

»Was wollen Sie?«

»Polizei«, keuchte Rajeb. »Wie kommen wir aufs Dach?«

»Eigentlich gar nicht. Durch das Schlafzimmerfenster, würde ich sagen.«

Er zeigte ihnen das Schlafzimmer, und Dave sprang sofort auf das Bett einer Frau mittleren Alters, die vor Angst erstarrt zu sein schien. Doch nur so konnte er das Fenster auf der anderen Seite des Raums erreichen. Die Frau, deren Haar in Lockenwicklern aufgedreht war, verschränkte die Arme vor der Brust, als Dave über sie hinwegstieg. »Bert?«, wimmerte sie.

»Ist schon gut, Liebling, das sind Polizisten«, erklärte Bert ihr.

Dave öffnete das Fenster und sah nach unten. Sie waren im vierten Stock. Er schob sich auf das Fensterbrett und packte mit beiden Händen die Regenrinne, die über seinem Kopf hing. Dann zog er sich hoch, wobei er darum betete, dass die Rinne sich nicht aus ihrer Verankerung lösen würde. Was sie nicht tat. Bald zog er sich über die Dachkante und landete auf vermoosten Ziegeln. Rajeb war dicht hinter ihm, jünger, beweglicher und wesentlich schneller als Dave. Sie krochen geduckt weiter, bis sie den Dachfirst erreichten.

Direkt hinter dem Dach, über das sie schlichen, lagen verschiedene Flachdächer. Auf dem dritten davon hatte Dave die Gestalt gesehen.

»Da drüben«, flüsterte er Rajeb zu.

Beide Männer zogen ihre Waffen und entsicherten sie. Dann rutschten sie über die Ziegel nach unten, bis sie auf dem angrenzenden, geteerten Flachdach landeten.

Dave sagte leise: »Ich werde mich ihm nähern, Sie bleiben ungefähr fünfzehn Meter hinter mir – wenn ich danebenschieße, werden Sie ihn selbst festnageln müssen. Lassen Sie ihn nicht zu nah rankommen. Er bricht Ihnen mit einer Bewegung das Genick. Wenn es ein Dämon ist, verfügt er über die Kraft von zwanzig Männern.«

»Alles klar«, krächzte Rajeb. »Hab's kapiert.«

Dave schob sich langsam voran, die Waffe ausgestreckt in beiden Händen.

Vom dritten Dach kam kein Laut, aber Dave hatte es beobachtet, seit er die bedrohliche schwarze Gestalt gesehen hatte, und er war sicher, dass derjenige sich nicht wegbewegt hatte – zumindest nicht über die Dächer. Es gab vier große Belüftungsschächte, jeweils in einer Holzverkleidung. Hinter jedem von ihnen hätten sich leicht zwei oder drei Männer verstecken können.

Je näher Dave kam, umso vorsichtiger wurde er. Er hatte die strangulierten, entstellten Opfer von Manovitchs Kreuzzug gesehen und nicht vor, selbst so zu enden. Er wollte nicht, dass seine Arme und Beine in alle Himmelsrichtungen verstreut wurden und sein Kopf auf einen Wetterhahn gesteckt wurde, so dass sein Mund den Ostwind einfangen konnte.

Er sah sich einmal kurz um, um zu sehen, ob Rajeb auf Position war, und stellte befriedigt fest, dass der junge Polizist voll bei der Sache war. Rajeb stand genau da, wo er sein sollte, und hielt seine Waffe bereit. Dave begann, auf den dritten Luftschacht zuzugehen.

Plötzlich öffnete sich eine Klappe und eine Gestalt schob sich aus dem Luftschacht auf das Dach.

14

Keine Bewegung!«, rief Dave. »Ich bin bewaffnet!«

Plötzlich wurde ihm klar, dass eine gewöhnliche Waffe Manovitch nicht sonderlich beeindrucken würde. Eine Demonstration musste her.

Er zielte auf das andere Ende des Daches und drückte ab. Die Waffe zuckte. Eines der Holzhäuschen, in denen die Luftschächte untergebracht waren, ging in Flammen auf, und brennende Holzteile flogen durch die Luft. Nach ein oder zwei Sekunden brannte der gesamte Luftschacht wie ein Scheiterhaufen bei einer Hexenverbrennung.

»Nicht schießen!«, kreischte die Gestalt und kam mit erhobenen Händen hinter dem Luftschacht hervor. »Um Gottes Willen, nicht schießen!«

»Treten Sie vor!«, befahl Dave, den plötzlich ein komisches Gefühl beschlich. »Legen Sie sich flach auf das Dach, Arme und Beine ausgestreckt.«

Die Gestalt in Schwarz folgte dem Befehl. Rajeb schloss zu Dave auf, und während Dave die Gestalt auf dem Boden mit seiner Waffe in Schach hielt, ging Rajeb zu ihr hinüber. Der Luftschacht brannte jetzt lichterloh und die Flammen stiegen hoch in den Himmel hinauf. Das silbrige Licht des Erzengels im Osten wurde durch diese rote, brüllende Fackel ergänzt. Mit diesen beiden Lichtquellen war es taghell auf dem Dach.

»Scheiße!«, schrie Rajeb. »Das ist Mort Darthy – ein verdammter Einbrecher.«

»Mist«, murmelte Dave. »Irgendwie habe ich geahnt, dass es nicht Manovitch ist.«

»Ihr hättet mich fast umgebracht«, kreischte Mort vom Boden aus. »Ihr Arschlöcher hättet mich fast bei lebendigem Leib verbrannt.«

»Solltest eben nicht auf Raubzug gehen, Darthy«, meinte Rajeb, »dann würdest du auch nicht in solche Sachen verwickelt. Wir dachten, du wärst ein Terrorist. Eigentlich sind wir uns immer noch nicht ganz sicher. Soweit wir wissen, könntest du der Mann sein, hinter dem wir her sind.«

»So was mache ich nicht. Ich war nur …« Er unterbrach sich. »Ich war nur hier oben, um ein bisschen frische Luft zu schnappen.«

»Aber klar doch«, knurrte Dave, der schwer enttäuscht war. »Ein ehrlicher Mann wie Sie?«

Mort spähte zu Dave hoch und sagte: »Ein Yankee? Warum zur Hölle darf ein verdammter Yankee auf mich schießen? Hey, das hier ist nicht das beschissene New York. In diesem

Land braucht man einen Grund, um auf Leute zu schießen. Was ist das überhaupt? Ein verfickter Raketenwerfer?«

Die Holzverkleidung knisterte und krachte, und die alte Farbe verbrannte mit einer hübschen, blauen Flamme. Unten auf der Straße wurden jetzt Geräusche laut. Ein Wagen mit einer Eingreiftruppe war angekommen. Außerdem ein Krankenwagen und mehrere Feuerwehrfahrzeuge. Rajeb ging zur Dachkante und brüllte runter: »Ist in Ordnung, wir haben ihn in Gewahrsam. Irgendjemand sollte das Feuer löschen.«

Die Feuerwehr fuhr ihre Leitern aus, entrollte Schläuche und verteilte sich auf dem ganzen Gebäude. Bald hatten sie das Feuer unter Kontrolle. Streifenpolizisten übernahmen Mort Darthy, und Dave überließ es Rajeb, ihnen die Details der Festnahme zu schildern. Lloyd traf ein, er sah müde aus. Zum Schluss kam dann auch Danny.

»Besser spät als nie«, knurrte Dave. »War dein Großvater eigentlich am Little Bighorn dabei?«

»Lass gut sein, Dave«, erwiderte Danny wütend. »Ich bin los, sobald ich den Anruf gekriegt habe. Ich musste auf Stan warten.«

Widerstrebend musste Dave sich eingestehen, dass Danny sich in der Stadt nicht auskannte und deshalb auf seinen Fahrer angewiesen war.

»Na ja, vergiss aber nicht, warum wir hier sind, Danny. Es freut mich ja, dass du mit der Prinzessin eine schöne Zeit hast, aber wir sind zum Arbeiten hier, nicht um Urlaub zu machen.«

»Jetzt reib's mir nicht noch rein. Es tut mir leid, dass ich zu spät komme. Mann, glaubst du etwa, ich wollte die ganze Action verpassen?«

»Keine Ahnung«, erwiderte Dave.

Danny ging weg und schmollte. Stattdessen kam Lloyd zu Dave und sagte: »Wenn ich das richtig verstehe, haben wir den falschen Bösewicht geschnappt.«

»Ja, das war nur ein gewöhnlicher Einbrecher-Vergewaltiger-Mörder-Bösewicht, also nichts Besonderes.«

»Sehr schade«, meinte Lloyd. »Trotzdem freut es mich, dass Sie sich so einsetzen, Lieutenant. Nach allem, was ich gehört habe, hätte es genauso gut Manovitch sein können. Ich bin mir sicher, dass wir noch mehr als einmal falschen Alarm haben werden.«

»Ich hoffe nicht – das zerrt an den Nerven.«

Dave war deprimierter, als er es sich anmerken ließ. Das Problem war, dass Vorfälle wie dieser sie keinen Zentimeter näher an Manovitch heranbrachten. Hier ging es nicht darum, Polizeimethoden anzuwenden, sorgfältig Hinweise auszuwerten, herumzurennen, immer wieder die winzigen Fortschritte zu analysieren und so ganz langsam weiterzukommen. Sie würden Manovitch nur rein zufällig finden – oder *er* würde *sie* finden. Lloyd hatte Recht, Dave konnte so etwas noch tausendmal machen und danach immer noch nicht näher an seiner Beute sein.

Lloyd fuhr ihn ins Hotel zurück, wo er sofort Vanessa anrief, weil er ihre Stimme hören musste. Er erzählte ihr, was in den letzten zwei Tagen passiert war, inklusive seiner Eskapaden in dieser Nacht.

»Ich bin froh, dass ich nicht bei dir bin«, sagte sie schließlich. »Aber ich bin auch nicht die typische Frau eines Soldaten im Kampfeinsatz.«

»Stimmt auch wieder«, meinte Dave.

»Dein Ton sagt mir, dass du Manovitch nicht geschnappt hast.«

Dave legte sich ins Bett und stellte sich vor, ihr langer, warmer Körper läge neben ihm. »Ich will ihn nicht *schnappen* – ich will ihn vom Angesicht dieses Planeten fegen.«

»Okay, lass es mich anders formulieren: Ich nehme mal an, du hast ihn nicht vom Angesicht des Planeten gefegt.«

Dave seufzte. »Nein, es war ein Einbrecher. Was für eine dämliche Art von Verbrechern ist das überhaupt? Kriechen auf Dächern herum und bringen Cops dazu, sie für tote Seelen zu halten.«

»Das ist also passiert?«, fragte Vanessa. »Du … du hast ihn aber nicht bei lebendigem Leib verbrannt, oder?«

»Nein; das, was die von uns wollen, kann ich einfach nicht: erst schießen und dann Fragen stellen. So bin ich einfach nicht. Herrgott nochmal, ich bin ein guter Cop …«

»Mutter Teresa.«

»Meinetwegen auch Mutter Teresa, aber ich kann nicht einfach einen Mann anzünden, nur weil die entfernte Möglichkeit besteht, dass er derjenige sein könnte, den ich suche. Manovitch schicke ich innerhalb einer Sekunde ins Nirvana, aber ich kann keine Unschuldigen abfackeln, nicht einmal Kriminelle.«

»Das liebe ich ja so an dir, Dave Peters. Aber ich habe auch Angst. Manovitch wird keine Sekunde zögern, dich umzubringen. Wenn er meint, dadurch an dich ranzukommen, bevor du ihn erwischst, wird er tausend unschuldige Menschen umbringen. Deine ritterliche Ader könnte dein Ende bedeuten.«

»Na ja, heute Nacht hatte ich gute Verstärkung.«

»Ach, Danny war auch da?«

»Danny?« Dave schnaubte abfällig. »Der hat geschlafen, und zwar nicht allein. Ich hatte Rajeb Patel dabei. Das ist ein guter Mann. Momentan besser als Danny. Danny hat nur Titten im Kopf.«

»Sei nicht zu hart mit ihm, Dave«, mahnte Vanessa. »Danny ist ein guter Cop, das hast du selbst immer gesagt. Er ist da im Moment einfach in etwas verstrickt. Das passiert selbst den Besten ab und zu.«

»Aber warum muss er ausgerechnet jetzt den Kopf verlieren?«

»Ich denke nicht, dass er sich den Zeitpunkt ausgesucht hat; und ich glaube, er hat eher sein Herz verloren, nicht seinen Kopf.«

»Soweit es mich betrifft, ist es beides. Verdammter Bruder Tuck. Warum kann er nicht so sein wie der echte Bruder Tuck und sich nur um seinen Magen sorgen?«

»Der echte Bruder Tuck war wahrscheinlich immer hinter den Chorknaben her.«

»Tja, wenn Danny nicht für mich da sein kann, muss ich eben ohne ihn auskommen. Im Moment hätte ich jedenfalls gute Lust, ihn in die Staaten zurückzuschicken. Nutzloser Esel.«

»Das würdest du niemals tun«, flüsterte Vanessa. »Also mach dir nichts vor, Dave.«

Dave wusste, dass sie Recht hatte, aber er war stinksauer auf Danny, und er tröstete sich mit dem Gedanken, dass *er* der Lieutenant war und Danny nur der Sergeant. Und wenn sich die Dinge zwischen ihnen noch weiter verschlechtern sollten, dann würde er ihn sehr wohl nach Hause schicken.

Als Rajeb Patel in seine Wohnung zurückkam, saß Daphne in der winzigen Küche am Tisch.

»Willst du Tee?«, fragte sie. Sie trug diesen pinkfarbenen gerüschten Morgenmantel, den er so hasste. Darin sah sie immer so matronenhaft und eindrucksvoll aus, wenn sie sauer war, und wenn sie es nicht war, stand er ihr noch weniger. Er traute sich allerdings nicht, ihr zu sagen, was er von dem Ding hielt: Daphne war nicht der Typ Frau, der Kritik gut aufnahm.

»Klar, warum nicht? Danke.«

Als er einen dampfenden Becher in der Hand hatte, fragte er sie: »Warum bist du schon auf? Es ist gerade mal fünf.«

»Weil ich mir Sorgen um dich gemacht habe, was denkst du denn?«, erwiderte sie scharf. Sie trank ihren Tee als hätte sie es eilig, irgendwo hinzukommen und wäre genervt, dass sie mit ihm reden musste.

»Wirklich? Besorgt, um *mich?*« Er grinste.

Sie warf ihm einen finsteren Blick zu. »Manchmal bist du echt dämlich, Raj.«

Das wischte ihm das Grinsen aus dem Gesicht. »Tut mir leid. So bin ich nun mal. Anders kann ich nicht sein. Ich kann nicht sein, was du erwartest, Daphne, ich kann nur das sein, was ich bin. Wenn du meinst, mich ändern zu können, vergiss es. So funktioniert das nicht, weißt du. Man kann sich nicht gegenseitig ändern. Man kann Kompromisse machen, aber man kann nicht jemand anders werden. Ich muss mit solchen Dingen flapsig umgehen, sonst kann ich es gar nicht. Es tut mir leid, dass dich das so aufregt.«

Sie brach in Tränen aus. Sie liefen über ihr sommersprossiges Gesicht und tropften auf ihren Morgenmantel. Er stand auf und nahm sie in den Arm. Ihr »Heulatem« roch säuerlich und muffig. Das störte ihn nicht. Intimität war für ihn nichts Beunruhigendes.

»Schau mal, Süße«, sagte er. »Ich war doch schon ein Bulle, als du mich kennengelernt hast. Ich will nichts anderes sein. Ich würde dir ja auch nicht verbieten, Lehrerin zu sein, oder? Und wenn ich es täte, würdest du mir eine reinhauen. Ich traue mich ja nicht mal, dir gewisse Kleinigkeiten zu sagen ...«

Sie hob den Kopf von seiner Schulter. Ihre Nase war rot und geschwollen, und auf ihren Wangen waren Tränenspuren. »Welche Kleinigkeiten?«, fragte sie misstrauisch.

»Na ja, eben Sachen, die mir auf die Nerven gehen – genau wie manche Sachen, die ich mache, dir auf die Nerven gehen.«

»Zum Beispiel? Was für Sachen?«

»Dieser Morgenmantel«, platzte er heraus. »Ich hasse ihn.«

Erstaunt schaute sie an sich herab.

»Den hat mir meine Mutter vor fünf Jahren zu Weihnachten geschenkt.«

»Das ist doch egal, oder? Ich hasse ihn trotzdem. Selbst wenn er vom Dalai Lama gesegnet wäre oder einer der Heiligen Drei Könige ihn Jesus zum Geburtstag geschenkt hätte – ich würde ihn trotzdem hassen. Darin siehst du aus wie jemand aus einer billigen Soap Opera.«

»Ach, ja?«, schrie sie wütend. Sie zog den Morgenmantel aus und warf ihn auf den Boden. »Na gut, dann kannst du ja Putzlumpen draus machen. Los, nur zu!«

Hastig griff er nach dem Stein des Anstoßes und wollte sich sofort mit der Küchenschere ans Werk machen, aber sie riss ihm den Morgenmantel aus der Hand. »Andererseits … wenn ich ihn tragen will, dann werde ich das verdammt nochmal auch tun.«

»Scheiße, knapp vorbei«, murmelte er. Dann sagte er: »Verdammt, es ist doch nur ein Morgenmantel.«

Er riss ihn ihr wieder weg, lief zum Fenster, öffnete es und warf den Mantel hinaus. »Da, fort mit Schaden. Jetzt siehst du aus wie Aschenputtel und nicht mehr wie eine der hässlichen Stiefschwestern.«

Daphne starrte ihn fassungslos an, während Wut und Entsetzen um die Vorherrschaft in ihrem Gesicht rangen. Dann fing sie plötzlich an zu lachen. »Du dämlicher Mistkerl«, rief sie. »Du blöder Idiot.«

Rajeb beruhigte sich genauso schnell wieder, wie er hochgegangen war.

Er lachte laut. »Ja, so bin ich. Wir sind wie die Kinder, ne? Streiten uns wegen eines Morgenmantels! Komm her.« Er ging zu ihr rüber. Jetzt trug sie nur noch ein weit ausgeschnittenes

T-Shirt, eines von den langen, die sie als Nachthemd benutzte. Vorne waren ein Bild von Bugs Bunny, der an einer Karotte nagte, und der Spruch ›Mein Name ist Hase‹ aufgedruckt.

Rajeb küsste sie sanft, bis sie sich an ihn lehnte. Er roch den Schlaf an ihr. Ihre diversen Düfte erregten ihn immer. Sie hatte Tausend Duftnoten, alle unterschiedlich, manche schwach, manche ausgeprägt, und fast alle davon turnten ihn an. Er drückte sich an sie, und die Berührung ihres warmen Körpers sorgte dafür, dass er eine Erektion bekam. Dann griff er nach unten und zog das T-Shirt hoch, um ihren kurvigen Körper zu enthüllen, und zwickte sie in den süßen Babyspeck am Bauch, mit dem er sie immer aufzog. Er beugte sich vor und küsste nacheinander ihre Brustwarzen, wobei er wie immer die Geografie ihres Körpers bestaunte, die Sommersprossen, die wie Sternbilder auf den Rundungen ihrer Brüste lagen. Das war ein Land, das nur er allein erforschen durfte, und dieses Privileg erregte ihn.

Er mochte die Flecken und Makel genauso wie die weichen, reinen Hautstellen. Dieser kleine Leberfleck dort, und die winzige Narbe, das waren seine Entdeckungen. Er kannte ihren Körper besser als seinen eigenen. Er kannte jeden Spalt, jede Senke, jede Erhebung. Er kannte seine dunklen Wälder, die ungeahnte Freuden verbargen. Er kannte die tiefen, faltigen, feuchten Gebiete, in denen aus Freuden Ekstase und für kurze Zeit Fantasien Wirklichkeit wurden. Er wusste, wo die Orchideen wuchsen – ihre geheimen Blüten gehörten ihm allein –, und seine Finger untersuchten sanft und zärtlich ihre samtigen Blütenblätter.

»Moment noch«, murmelte sie an seinem Ohr, »mir tut der Hintern weh – der hängt an der Tischkante.«

Ihm wurde bewusst, dass er sie zu heftig nach hinten drückte, und ließ sie los. Sie ging hinüber zum Bett und ließ sich darauf fallen, so dass sie auf dem Rücken lag, das T-Shirt noch bis zu den Achseln hochgezogen, die sie aus Prinzip nicht rasierte. Wie immer jagte diese Haltung ein heftiges Verlangen in Rajebs Lenden, bis er fast außer sich war vor Lust.

»Na, komm schon«, lockte sie lächelnd, während er sich aus seinen Kleidern kämpfte, »beeil dich, sonst komm ich wieder runter.«

Endlich war die gesamte Rüstung abgestreift und der Ritter bis auf die nackte Haut entblößt. Er warf sich neben ihr aufs Bett. Sie drehte ihn auf den Rücken und ließ sich langsam mit gespreizten Beinen auf ihn sinken. »Ich weiß ja nicht, wer hier wen aufspießt«, murmelte sie, »aber das gefällt mir. Ich fühle mich wie eine Frucht in der Südsee, ganz warm und feucht.«

Sie wusste, dass ihre Worte ihn noch schärfer machen würden.

»Oh Gott«, keuchte er und schloss die Augen, als sie ihre Brüste über sein Gesicht hielt. »Du bist so wunderschön ...«

Dann verfielen sie in einen intuitiven, instinktiven Rhythmus.

Zum Glück hatten sie beide ihren Höhepunkt, bevor das Telefon klingelte.

»Patel hier«, stöhnte Rajeb in das Handy. »Was?«

»Ich wollte mich nur bedanken«, hörte er Dave Peters' Stimme. »Sie haben heute Nacht einen guten Job gemacht.«

»Sie haben ja keine Ahnung«, erwiderte Rajeb und schaute zu Daphne hoch, die immer noch auf ihm saß und ihn angrinste. »Echt keine Ahnung, Mann.«

»Ich bin mir nicht sicher, ob ich das verstehen muss, aber trotzdem danke.«

»Gern geschehen«, sagte Rajeb.

Draußen auf der Straße entdeckte inzwischen eine Obdachlose den entsorgten Morgenmantel und beschloss, dass sie wohl heute Geburtstag haben musste.

15

Danny vermisste seine Heimatstadt. Er vermisste Marios Restaurant, Fisherman's Wharf, Russian Hill, Chinatown und Hunter's Point, eben all die vertrauten Orte. Danny war sehr heimatverbunden. Er war zwar in Davis geboren, aber in San Francisco aufgewachsen, nachdem sein Vater eine Stelle am Presidio bekommen hatte. Lake Tahoe, L.A. und der Yosemite Park waren die Grenzen seiner Welt, und hinter diesen Pfeilern lauerte die Leere des weiten Raums.

Danny kniete in einer Kirche. Er hatte eigentlich zur Beichte gehen wollen, war aber im letzten Moment davor zurückgescheut. Dieser Priester war ein Fremder, ein Engländer – oder vielleicht sogar ein Ire, Schotte oder Waliser –, jedenfalls kein Amerikaner. Genauer gesagt, er war nicht aus San Francisco. Danny wollte nicht einen Priester, der nicht aus San Francisco war, darum bitten, ihm seine Sünden zu vergeben. Das schien ihm nicht richtig zu sein. Seine Sünden waren die Sünden eines Cops aus San Francisco, und nur ein Priester aus San Francisco, der verstand, wie die Cops von San Francisco tickten, was sie durchmachen mussten und wie das Mikroklima funktionierte, in dem sie arbeiteten, war ein angemessener Vermittler zwischen ihm und Gott.

Also betete er stattdessen und besuchte zusammen mit Petra eine Messe. Er hatte erfreut festgestellt, dass sie ebenfalls katholisch war. Sie war auf einer Klosterschule in Birmingham – England, nicht Alabama – gewesen, und obwohl sie erzählte, dass die Nonnen ihr das Leben ziemlich schwergemacht hatten, war sie dem Glauben treu geblieben.

Kurz nachdem der Gottesdienst angefangen hatte, stand Danny auf und ging nach draußen. Petra folgte ihm wenig später.

»Was ist mit der Messe?«, fragte sie ihn.

Er antwortete nicht. Stattdessen sagte er: »Können wir hier irgendwo einen Kaffee kriegen?«

»An der Ecke ist ein Stand. Es wird allerdings kein besonders guter Kaffee sein. Nicht das, was du gewohnt bist.«

»Er wird schon reichen.«

Sie gingen zu dem Hamburgerstand, der direkt vor dem U-Bahnhof Embankment stand, und Danny kaufte sich einen Kaffee.

»Warten Sie«, bat er den Verkäufer, »ich will nur kurz das Wasser überprüfen.«

Der Verkäufer zog eine Grimasse. »Ich benutze nur Mineralwasser. In *meinem* Kaffee werden Sie kein Blut finden.«

»Okay, okay«, sagte Danny, »man kann eben nicht vorsichtig genug sein.«

Es gab immer noch Leute, die durch verseuchtes Wasser krank wurden. Die Friedhöfe waren voll von ihnen. Nach dem Vorfall mit dem Blut im Fluss hatten Polizei und Armee in Richmond alle Häuser abgeklappert. Sie hatten einige Verdächtige verhaftet, aber nichts deutete darauf hin, dass einer von ihnen Manovitch war. Dave sagte, dass Manovitch niemals zulassen würde, dass man ihn verhaftete. Eher würde es zum Massenmord kommen.

Petra wollte nichts. Sie beobachtete ihn, während er das überschüssige Pulver vom Becherrand leckte.

»Dumme Angewohnheit«, murmelte er, als er ihren Blick bemerkte. »Tut mir leid. Dave macht das immer wahnsinnig.«

Petra nickte. »Du und Dave, ihr steht euch sehr nahe, oder?«

Sie gingen zum Fluss hinunter und starrten in das schmutzige Wasser.

»Früher mal. Ich schätze, er kann mich im Moment nicht

sonderlich gut leiden. Ich mache meinen Job gerade nicht besonders gut.«

»Es ist meinetwegen, oder?«

Er sah sie an und schenkte ihr ein pausbäckiges Lächeln. »Zum Teil. Ich glaube, er ist eifersüchtig.«

»Nein«, widersprach Petra ihm ernst. »Er ist nicht eifersüchtig. Er ist nicht einmal neidisch. Er ist glücklich mit dieser Frau, mit der er in San Francisco zusammenlebt – Vanessa, nicht wahr?«

Danny zerdrückte den Plastikbecher, der noch halbvoll mit Kaffee war: Die Flüssigkeit lief über seine Hand und spritzte auf seinen Anzug. Er wusste, dass er sich kindisch benahm, aber vor Petra spielte das keine Rolle. Sie schien ihn bis in sein tiefstes Inneres zu kennen. Sein Geist, seine gesamte Persönlichkeit und sogar seine Gedanken waren vor dieser seltsamen, wunderschönen Frau völlig entblößt. Sie hatte die Art von Einblick, für die ein Medium sein drittes Auge geben würde.

»Dave hat mir Vanessa gestohlen, das weißt du, oder?«

Petra meinte: »Man kann einen Menschen nicht einem anderen *stehlen,* Menschen sind keine Dinge. Hattet ihr, Vanessa und du, ein Verhältnis?«

Bei dieser Frage wurde es Danny unwohl. »Nein, ein Verhältnis hatten wir nie …«

»Dann wart ihr verlobt und habt auf eure Hochzeit gewartet?«

»Nein, wir … wir waren nur Freunde. Gute Freunde.«

»Gute Freunde sind gute Freunde. Du solltest Freundschaft hoch schätzen. Sie ist oft wichtiger als eine Affäre. Zumindest war Emily Brontë dieser Meinung. Ist Vanessa immer noch eine gute Freundin?«

»Ja.«

»Inwiefern hat er sie dir dann weggenommen?«

Danny starrte auf das Wasser. »Bei dir klingt das alles so simpel«, sagte er schließlich. »Aber so einfach ist das nicht. Ich habe Vanessa zuerst getroffen, wir sind gute Freunde geworden, und dann ist Dave aus Washington zurückgekommen, und bevor ich mich versah, landeten die beiden zusammen in der Kiste.«

Petra legte ihm eine Hand auf die Schulter. »Das klingt so, als hätte sie sich in Dave verliebt, aber nicht in dich. Das ist doch okay, oder nicht? Du kannst niemanden zwingen, sich in dich zu verlieben, Danny. Ich bin in dich verliebt ... reicht das nicht?«

»Bist du?«

»Hundertpro.«

Danny strahlte, aber etwas irritierte ihn. »Weißt du, so wie du manche Dinge formulierst ... du klingst oft wie eine Amerikanerin. Bist du sicher, dass du nie in den Staaten warst?«

»Ach, komm schon, Danny, wir werden mit eurem Fernsehen gefüttert, euren Kinofilmen, euren CDs; die amerikanische Kultur breitet sich flächendeckend aus. Es ist doch kein Wunder, dass dir gewisse Aspekte des Lebens hier vertraut sind, oder? Ihr Amerikaner seid eine seltsame Mischung. Ihr exportiert eure Kultur, als sei sie die einzig wahre. Ihr seid in dieser Hinsicht sogar wie Kannibalen: Eure Songs handeln von amerikanischen Groß- und Kleinstädten, und in euren Filmen und Büchern geht es meistens um den American Way of Life. Ihr seid so provinziell, und trotzdem beherrscht ihr die Welt. Findest du das nicht seltsam?«

»Da steckt eine Menge Kritik drin, über die ich mich eigentlich aufregen sollte.«

»Ein anderer Aspekt ist noch, dass ihr völlig unfähig seid, Kritik zu ertragen«, fügte Petra hinzu.

»Wer ist dazu schon fähig? Die Briten, Franzosen oder Italiener jedenfalls nicht.«

Sie schüttelte den Kopf. »Aber ihr Amerikaner nehmt das so persönlich.«

»Tun wir gar nicht. Wir sind jederzeit bereit, einem lausigen, widerlichen Arschloch zuzuhören, das uns niedermacht – für mindestens zehn Sekunden.«

»Zehn Sekunden, ja, das könnte hinkommen.«

»Aber sag ja nichts gegen TEXAS!«, knurrte er gespielt böse.

Sie lachte. Sie war wirklich eine erstaunliche Frau. Und auch wenn Danny durch diesen, wie er fand, Angriff auf sein Land verärgert war, konnte er es sich vor ihr doch nicht anmerken lassen. Stattdessen legte er ihr besitzergreifend einen Arm um die Schultern.

Danny verstand nicht, weshalb Dave nicht eifersüchtig war, selbst wenn er eine Frau hatte, die er liebte. Nur weil man einen Diamantring besitzt, heißt das ja noch lange nicht, dass man nicht den Besitzer des Sterns von Indien beneidet.

»Ich verstehe immer noch nicht, was du an *mir* attraktiv findest«, sagte er zu Petra.

Sie rollte mit den Augen. »Hast du es immer noch nicht begriffen? Was spielt es schon für eine Rolle, wie du aussiehst? Es ist dein Wesen, das zählt. Das sage ich dir doch immer wieder.«

»Du sagst es mir immer wieder, aber es fällt mir immer noch schwer, das zu glauben. Irgendwo muss doch auch eine körperliche Anziehung da sein, oder nicht? Muss einfach, irgendwie.«

»Nur bei oberflächlichen Menschen. Menschen wie du und ich brauchen so etwas nicht, Danny. Ich bin mir sicher, dass du mich auch lieben würdest, wenn ich klein und pummelig wäre und krauses Haar hätte …«

Danny hatte einmal genau so eine Frau geliebt, doch sie war von einem gefallenen Engel getötet worden.

»Ja, ich denke, das würde ich.« Er grinste glücklich, weil er in diesem Punkt nicht lügen musste.

»Wenn wir schon mal hier sind«, wechselte er dann das Thema und sah Petra aufmerksam an, »würde ich mir gerne ein paar Sachen anschauen. Du weißt schon, Sehenswürdigkeiten: Buckingham Palace, die Tate Gallery, Big Ben, den Tower …«

»Das mit dem Tower wird leider nichts«, unterbrach sie ihn, »der ist wegen Reparaturarbeiten geschlossen, schon seit über einem Jahr.«

Sergeant Stan Gates war ein Einzelgänger. Er fühlte sich weder besonders zu Frauen noch zu Männern hingezogen, und sagte deshalb denjenigen, die ihn zum Thema Beziehungen – oder Fehlen derselben – ausfragten, dass er mit seinem Job verheiratet sei. Und das war die Wahrheit. Die Polizeiarbeit war sein Leben, und er widmete ihr jede wache Minute, egal, ob er im Dienst war oder nicht. Er trank gerne mal ein Bier in seinem Lieblingspub, dem Princess Louise in High Holborn, und er unterhielt sich auch gerne ein bisschen mit den Gästen dort, aber er bewegte sich gedanklich nie weit von seinem Job weg.

Stan Gates war in York geboren, aber seine Familie war wenig später nach London gezogen, und wie Rajeb Patel sah er sich selbst als Londoner. Er war in Hornsey in Green Lanes aufgewachsen, einer multikulturellen Gegend. Die meisten Kinder, mit denen Stan zur Schule gegangen war, waren griechische Zyprioten. Er hatte seine Kindheit genossen – herumhängen an Dönerbuden und mit Kindern jeder Hautfarbe, von Weiß bis Schwarz, durch die Straßen ziehen. Sie hatten verdammt viel Spaß, knackten ein paar Autos, klauten Obst an den Straßenständen und brüllten in den Gassen.

Mit vierzehn war er bereits wegen verschiedener Vergehen dreimal verhaftet worden, und dann war er einem Polizisten begegnet, der ihm klipp und klar sagte, dass er ein Idiot war, der sein Leben wegwarf. Boysie Robertson, ein Ausbildungsoffizier der Polizei, hatte zu Stan gesagt: »Du hältst dich für verdammt schlau, oder? Vielleicht bist du das sogar, aber du bist nicht so schlau wie ich, Freundchen. Und das werde ich dir auch beweisen. Meinst du, du kannst mich bei Karate Kid schlagen?«

Zu der Zeit war Stan ein Meister aller Videospiele, und Karate Kid war eines seiner Lieblingsspiele. »Logo«, fauchte er.

»Alles klar«, erwiderte Boysie, »wenn du verlierst, musst du nächsten Sommer mit zum Campen kommen – sechs Wochen, mit den Polizeikadetten.«

»Bin dabei«, schrie Stan.

Unfassbarerweise verlor er. Boysie schlug ihn siebenmal hintereinander. Er konnte es nicht glauben. Alte Leute konnten Jugendliche nicht in Videospielen schlagen. Und das sagte er auch.

»Ich halte mich eben fit«, erklärte Boysie dem Jungen. »Meine Reaktionen sind besser als deine.«

Trotzdem hatte Stan das Gefühl, irgendwie betrogen worden zu sein, und schwor sich, nicht mit Boysie in das Kadettencamp zu gehen. Doch als es so weit war, tauchte Boysie bei ihm zu Hause auf, nannte ihn einen wortbrüchigen Feigling und nahm den widerwilligen Stanley mit nach Southport. Dort nahm er an allen Spielen, Trainingseinheiten und Aktivitäten teil und stellte erstaunt fest, dass er Spaß daran hatte. Von da an schaute er nicht mehr zurück und ging natürlich zur Polizei, sobald er alt genug war, sehr zum Leidwesen seiner Eltern.

»In unserer Familie hat es noch nie einen Bullen gegeben«, grummelte sein Vater. »Und ich weiß auch nicht, ob wir einen wollen. Dann kommst du immer in der Uniform nach Hause, oder? Was sollen denn die Nachbarn denken? Sie werden alle wegziehen, das sage ich euch.«

Familiäre Überlegungen waren nichts, was Stanleys Entscheidung beeinflussen konnte. Er wollte Polizist werden, und basta. Sein Vater zeigte sich etwas versöhnlicher, als Stan zur Zivilpolizei wechselte. Bis dahin hatte sich seine Mutter allerdings an die Uniform gewöhnt und war enttäuscht, dass ihr Sohn seine Ankunft nicht länger mit der Sirene ankündigte. Aber bei seinen Sondereinsätzen war er meistens incognito.

Nach der Uniform kehrte Stan zum Londoner Look zurück: penibel kurzer Haarschnitt, Scheitel nach links, klarer Haaransatz in ausrasiertem Nacken; keine Koteletten, kein Schnurrbart, sondern glatt rasiert; elegante Anzüge mit Schulterpolstern, einfarbige Hemden und Krawatten mit Windsorknoten; tagsüber silberne Manschettenknöpfe, abends goldene; teure Uhr an der Kette; goldener Siegelring am Zeigefinger der rechten Hand; gute, italienische Lederschuhe, nichts zu Auffälliges, normalerweise braun; schlichte Socken. Ein sauberer, *harter* Look. Einschüchternd, wenn man ein verkommener kleiner Penner aus einer der Hochhaussiedlungen war wie der, in der Stan aufgewachsen war. Stan war, wie die meisten seines Kalibers, über Nacht von umgedrehten Baseballcaps, überlangen Jeans und Wolljacken zu dem übergangen, was er nun trug und auch noch weiter tragen würde, bis er in die Fünfziger kam.

Am Tag, nachdem die Themse ihr Blut losgeworden war, stand Stan Gates im Princess Louise an der Bar, trank sein Pint und dachte über seine aktuellen Pflichten nach. Erst war er enttäuscht gewesen, dass er den kleinen, kahlköpfigen Cop abbekommen hatte. Der andere hatte groß, fies und effizient gewirkt – genau die Art von Kerl, mit denen Stan gerne zusammenarbeitete. Aber Dannys Reaktion auf den Dämon in der Oxford Street hatte Stan beeindruckt. Schnell, sauber und ohne jedes Zögern oder eine Spur von Angst. An diesem Nachmittag hatte sich Stans Meinung über Danny geändert. Den anderen, Dave, bewunderte er zwar immer noch, aber jetzt war ihm klar, warum sich Dave Danny als Partner ausgesucht hatte.

»Bitte noch eins, Jim«, sagte Stan und knallte sein Glas auf den Tresen.

»Kommt sofort, Stan«, erwiderte der Barmann.

Ein Mann neben Stan fragte: »Arbeitest du gerade an einem großen Fall, Stan?«

Er drehte sich um und entdeckte Willy Prebble, den örtlichen Schlosser.

»Was heißt hier ›gerade‹? Ich arbeite *immer,* Willy, das weißt du doch. Zurzeit fahre ich einen Yankee durch die Gegend – Polizist wie ich, aus San Francisco. Er macht äußerlich nicht viel her, aber er hat es hier.« Stan tippte sich an die Schläfe.

»Und was macht ihr? Auf der Jagd nach jemandem?«

»Das hängt alles mit Holy Mick zusammen«, erklärte Stan und nickte in die Richtung des Leuchtens, das die meisten Einheimischen für den Erzengel Michael hielten. »Da gibt es einen, der gegen ihn arbeitet und dem man eine Portion Gerechtigkeit verabreichen muss. Und eins sage ich dir, Willy: Ich werde derjenige sein, der sie ihm serviert.«

Stan klopfte vielsagend auf sein Schulterholster und stellte zufrieden fest, dass sich Willys Augen weiteten.

»Du wirst jemanden kaltmachen?«

»Nicht jemanden, sondern etwas«, korrigierte Stan.

»Ein Tier?«

»Könnte man sagen«, erwiderte Stan, der der Meinung war, jetzt genug verraten zu haben. Willys Klappe war so groß wie

Avonmouth, und bis morgen früh würde es ganz Holborn wissen. Aber was konnte das schon schaden? Es war schließlich kein Geheimnis, dass sie hinter einem Höllenwesen namens Manovitch her waren.

16

Es war fast zwei Monate her, dass Lloyd Smith etwas von seinem Neffen Holden Xavier gehört hatte. Natürlich war Xavier nicht Holdens richtiger Name – Holden übrigens auch nicht –, aber Lloyd hatte es schon lange aufgegeben, sich über die Eskapaden seines Neffen aufzuregen. Holden und seine Leidenschaft für das Fotografieren waren ihm ein Rätsel, aber Lloyd akzeptierte seinen Neffen einfach so, wie er war. Er liebte den Jungen, wie er seinen eigenen Sohn geliebt hätte, wenn er und Emily jemals Kinder bekommen hätten. Zu ihrer beider Unglück war Lloyd unfruchtbar, und so hatte er, bis Holden nach England gekommen war, nicht gewusst, was es bedeutete, sich um einen jungen Menschen zu kümmern, ihn zu verstehen und schließlich sogar zu lieben.

Holden, fünfundzwanzig Jahre jung, groß, schlank, blond, gut aussehend und ein hervorragender Koch, hatte ein ausgezeichnetes Gespür für Kunst und Ästhetik, verdiente gutes Geld, war kultiviert und amüsant. Lloyd vermisste ihn, wenn der Junge sich eine Zeit lang nicht meldete, und sehnte sich nach ihren Gesprächen über Poesie, Musik oder bildende Kunst. Vor allem vermisste er Holdens leichten Akzent und seine entwaffnende Begeisterungsfähigkeit für alles Strahlende und Schöne und alle Lebewesen, groß oder klein.

Also, alle Lebewesen außer dem Frosch.

Als die Froschplage den zweiten Tag anhielt und die Tiere millionenfach vom Fluss aus London eroberten, beschloss Lloyd, dass er sein Versprechen, Holden nicht in seiner Wohnung aufzusuchen, brechen und ihn besuchen würde. Die Nachrichten, die Lloyd auf seinem Anrufbeantworter hinterlassen hatte, waren nie beantwortet worden, und er erreichte Holden weder in seiner Wohnung noch im Studio. Vielleicht war Holden in eine zeitaufwändige, heiße Sache verstrickt – er war ziemlich obsessiv – und konnte sich nicht um äußere Einflüsse kümmern. Wie dem auch sei, Lloyd wollte herausfinden, ob es seinem Neffen gutging.

Unglücklicherweise lebte Holden in Surbiton, und obwohl Lloyd wusste, dass das heutzutage eine gefährliche Gegend war, war er bereit, das Risiko einzugehen.

Die Frösche waren überall: auf den Gehwegen, in den Straßen und Gassen, in Häusern, in den U-Bahnhöfen und Zügen, in Betten, Anzugtaschen, Handtaschen, Schränken, Unterwäsche – einfach überall. Es waren ganz gewöhnliche Grasfrösche, *Rana temporaria,* ungefähr acht Zentimeter lang und in verschiedenen Farben von grau, gelb und braun über orange und rot bis hin zu schwarz – mit Flecken oder marmoriert –, und sehr zum Ärger der thailändischen und französischen Restaurants nicht essbar. Sie verstopften die Abflüsse und Toiletten und verursachten so Überschwemmungen und Wasserschäden. London stank. Sie beschädigten elektronische Geräte und verklemmten mechanische Vorrichtungen, indem sie hineinkrochen. London kam zum Stillstand. Sie gelangten in Speisekammern und Küchenschränke, in Pasteten und Kuchen, und ihre abstoßenden Gesichter zierten jede Oberfläche. London war widerwärtig.

Das wahrscheinlich Ekelerregendste an ihnen war, dass man

sie zerquetschte, wo auch immer man hintrat. Lloyd hasste sie. Bei jedem Schritt schauderte er, wenn unter seinen italienischen Lederschuhen bis zu vier Frösche zermatscht wurden, deren Gedärme überallhin spritzten, in seine Hosenaufschläge und seine schottischen Wollsocken. Sie machten die Gehwege gefährlich glatt, wie Eis im Winter, und die Krankenhäuser waren inzwischen voll alter Menschen, die hingefallen und sich die Hüfte gebrochen hatten. Die aufgedunsenen Froschleichen verwesten in der Sonne und erfüllten die Luft mit Fäulnisgasen, von denen Lloyd ganz schlecht wurde. Einer solchen Verschmutzung mussten bald Seuchen folgen.

Mehr und mehr von ihnen hüpften von den Ufern der Themse herauf, als wären in dem schlammigen Wasser unzählige von ihnen verborgen. Sie breiteten sich in Gebäuden und Friedhöfen aus, auf Statuen und Denkmälern. An dem Tag, als Lloyd beschlossen hatte, Holden zu besuchen, begann gerade eine neue Invasion. Die vielen Frösche hatten andere Tiere angelockt, die auf Futtersuche waren, und so wurde London von einer heranrückenden Armee von Schlangen und Ratten, Igeln und Reihern belagert, die zum Fressgelage gekommen waren.

»Widerliche Viecher«, murmelte Lloyd, während er den Bürgersteig entlanglief und aufgedunsene Froschleichen mit leisem Knall explodierten. »Ich habe sie ja schon nicht gemocht, als sie noch in ihren Teichen geblieben sind, aber jetzt auf der Straße schon gar nicht.«

»Sie sollten mal versuchen, in denen zu schlafen«, sagte eine Obdachlose, die ihn gehört hatte. »Sie sind zwar weich, aber auch verdammt ekelhaft.«

»Da haben Sie sicher Recht«, meinte Lloyd und eilte weiter.

»Und sie springen immer rum!«, rief sie ihm hinterher.

Lloyd hatte keinerlei Bedürfnis, stehen zu bleiben und sich in einem Meer aus Fröschen mit einer stinkenden alten Obdachlosen zu unterhalten. Er wollte einfach nur zu Holdens Wohnung in Surbiton. Das Taxi, mit dem er gefahren war, hatte den Geist aufgegeben, als Frösche in den Motor gekrochen waren, und ein anderes Taxi war nicht aufgetaucht, also hatte er zu Fuß weitergehen müssen. Igitt! Er war kurz davor, sich zu übergeben. Er entdeckte eine Gruppe Soldaten, die versuchte, die Straßen freizumachen, aber sie kämpfte auf verlorenem Posten.

Lloyd erreichte das Apartmenthaus, in dem Holden lebte. Er drückte auf die Klingel. Keine Reaktion. Er klingelte noch einmal. Immer noch nichts. Lloyd starrte einen Moment auf die Tür und zog dann seinen Schlüsselbund hervor. Wenn Holden nicht die Schlösser ausgetauscht hatte, wonach es nicht aussah, besaß er einen Schlüssel zur Wohnung. Er hatte ihn noch nie benutzt, weil es ihm furchtbar peinlich gewesen wäre, wenn er in eine romantische Situation hineingeplatzt wäre.

Der Schlüssel passte. Lloyd betrat den engen Flur der Wohnung. Ein durchdringender, ekelhafter Gestank drang ihm entgegen, und er hielt sich angewidert die Nase zu. Auf dem Boden stapelten sich die Briefe. Er stieg über den Haufen hinweg und ging tiefer in die Wohnung hinein.

»Hallo, ist jemand zu Hause?«, rief er.

Keine Antwort. Die Wohnung war anscheinend leer. Lloyd sah sich um. Irgendwie wirkte alles ziemlich unbewohnt. Wenigstens waren die Frösche nicht reingekommen, aber alles war etwas staubig, als wäre schon lange niemand mehr hier gewesen. War Holden fortgegangen? Vielleicht hatte er aus irgendeinem Grund dringend nach Amerika zurückkehren müssen. Der Tod eines Verwandten? Aber dann hätte Lloyd auch davon gehört. Ein Auslandsauftrag von einer Zeitschrift? Das war schon eher möglich.

Irgendwoher kam ein furchtbarer Gestank. Das war nicht

verwesender Frosch – wie das roch, wusste Lloyd –, das war wesentlich schlimmer.

Lloyd ging zum Anrufbeantworter und drückte auf Play.

»Hallo, Holden, hier ist Lloyd, dein Onkel«, hörte er seine eigene Stimme. »Ich versuche jetzt schon seit einiger Zeit, dich zu erreichen …«

Das war Lloyds Anruf vom Morgen.

Holden hätte gesagt: »Was meinst du, wie viele Leute ich kenne, die Lloyd heißen, Onkelchen? Du musst nicht jedes Mal auf unseren Verwandtschaftsgrad hinweisen, wenn du anrufst.«

Lloyd spulte den Rest der Nachricht vor und drückte dann wieder auf Play, um sich eine frühere Nachricht anzuhören, die ebenfalls er hinterlassen hatte. Dann war das Band zu Ende und überspielte sich selbst. Holden war wirklich schon lange weg.

Lloyd sammelte die Post im Flur auf und fand zwei tote Frösche zwischen den Briefen. Es handelte sich vor allem um Geschäftspost und Wurfsendungen, außerdem um ein oder zwei Briefe aus den Staaten. Der Älteste war vor ungefähr zwei Monaten abgestempelt worden.

»Irgendetwas Seltsames geht hier vor«, murmelte Lloyd.

Plötzlich kam ihm der Gedanke, dass Holden vielleicht tot irgendwo in der Wohnung lag – dieser Geruch …

Zögernd ging Lloyd ins Schlafzimmer und erwartete halb, eine verweste Leiche auf dem Bett zu finden, getötet von einem frühzeitigen Herzinfarkt oder einem Mörder, den Holden vielleicht in einer Singlebar aufgerissen hatte.

Das Bett war ordentlich gemacht. Keine Leiche.

Das Badezimmer, das Gästezimmer, keines der Zimmer enthielt irgendeine Erklärung. Schließlich kam Lloyd in die Küche, wo der Geruch definitiv am schlimmsten war. Als er den

Raum betrat, musste er würgen. Neben der Spüle stand ein Päckchen, aus dem eine grüne Flüssigkeit quoll. Das verursachte den widerlichen Gestank. Vorsichtig öffnete Lloyd mit einer Gabel das Päckchen. Der feuchte Pappkarton löste sich sofort auf, und zum Vorschein kamen verrottete Krabben.

Lloyd übergab sich in die Spüle.

Als er die Wohnung verließ, war er entschlossen, dieses Geheimnis zu ergründen, und wollte als Nächstes Holdens Studio in Richmond aufsuchen. Er brauchte vier Versuche, um einen Taxifahrer zu finden, der bereit war, ihn in die Gegend zu bringen, wo in letzter Zeit so viele Morde passiert waren. Die meisten schüttelten nur den Kopf und ließen ihn stehen, bevor er weitere Erklärungen abgeben konnte.

Das Taxi, das von einer dicken, hart wirkenden schwarzen Frau gefahren wurde, wühlte sich durch die Froschmassen und zerquetschte Tausende von ihnen unter seinen Rädern. Sie blieben an den Reifen kleben und flogen dann in die Radkästen. Ihr Blut spritzte auf die Windschutzscheibe, so dass die Fahrerin immer wieder die Scheibenwaschanlage aktivieren und die Scheibenwischer einsetzen musste, die alles vor ihr verschmierten. Lloyd hatte keine Ahnung, wie sie überhaupt sah, wohin sie fuhr, aber sie wirkte gelangweilt, das Ganze schien sie nur leicht anzuwidern.

»Nicht sehr angenehm, nicht wahr?«, fragte Lloyd. »Die Frösche, meine ich.«

Die Frau zog nur eine Augenbraue hoch und antwortete nicht, sondern starrte stumpf auf die grün-rote Masse vor sich.

Das Taxi rauschte hindurch wie durch einen Tauwasserstrom und hinterließ eine Schleimspur auf der Fahrbahn. Endlich erreichten sie ihr Ziel.

Auch hier passten Lloyds Schlüssel in die Schlösser, und er betrat die Atelierwohnung mit dem großen Oberlicht. Erneut ließ ihn der Gestank würgen. Widerliche Gerüche schienen zum Fluch seines Lebens zu werden. Diesmal sah er sich voller Entsetzen um, da das Studio ein einziges Chaos und voller Exkremente – wie es aussah, menschlicher Exkremente – und Urinflecken war. Das war der ekelhafteste Moment in Lloyds gesamtem Leben. Fast hätte er geweint. All die wundervollen Fotos, die Holden gemacht hatte, all die Obdachlosen mit den erstaunlich faltigen Gesichtern, die Aufnahmen vom Epping Forest bei Sonnenauf- und -untergang, vom Avebury Ring im Nebel mit den Schafen, die über den Hügel liefen, die Straßenkinder … das war alles entweiht worden – ja, das war der einzig passende Ausdruck –, entweiht von einem Wahnsinnigen, während Holden nicht da war. Selbst die Porträtaufnahmen in Schwarz-Weiß, die er von Lloyd gemacht hatte, waren braun verschmiert, sein silbernes Haar war beschmutzt und sein schmales, blasses Gesicht bespritzt worden. Lloyd hatte sich sehr geehrt gefühlt, von Holden fotografiert zu werden, denn auch wenn sie miteinander verwandt waren, hätte Holden nie aufgrund von Familienbanden seine Kunst kompromittiert. Holden hatte gesagt, er wolle diese Fotos, weil Lloyd das distinguierte Aussehen eines altrömischen Senators habe. »Du bist ein Patrizier, Lloyd«, hatte er gesagt. »Du wurdest nur zweitausend Jahre zu spät geboren …«

Und jetzt hatte ihn jemand in einen schmutzigen Plebejer verwandelt.

Plötzlich packte Lloyd die Wut. Wer auch immer das getan hatte, durfte nicht einfach so davonkommen. Das war eine Sache für die Polizei. Die würden die Übeltäter schon finden! Lloyd holte sein Handy aus der Tasche, rief Stan Gates an und bat ihn, so schnell wie möglich zu kommen. Stan Gates war ein guter Mann. Er würde herausfinden, wer Holdens Studio so schrecklich zugerichtet hatte.

Lloyd hatte gerade das Telefon wieder in die Tasche seines Regenmantels geschoben, als er über sich einen Schrei hörte. Überrascht schaute er hoch und sah, dass sich jemand durch das Oberlicht in das Studio fallen ließ.

Es war … es war *Holden.*

Holden ließ sich mit der Beweglichkeit einer Katze aus einer Höhe von drei Metern zu Boden fallen und starrte ihn an. Seine Kleidung war zerschlissen. Sie schien ihm auch zu klein zu sein. Und er trug keine Schuhe. Er hatte sich einen struppigen Bart wachsen lassen, sein früher stets gepflegtes Haar war lang und ungekämmt.

»Holden?«, fragte Lloyd vorsichtig, da sein Neffe sehr seltsam und irgendwie furchteinflößend aussah. »Was … was soll denn das, warum kommst du denn so hier rein? Du siehst furchtbar aus. Deine Augen … Was ist hier passiert? Hast du auf dem Dach einen Einbrecher gejagt? Den Mann, der das hier getan hat? Warst du deswegen dort oben?«

Holden grinste nur höhnisch und verengte die Augen zu Schlitzen.

»Du siehst so … so *schmutzig* aus«, fuhr Lloyd fort. »Du warst doch immer so *gepflegt.* Was ist mit dir passiert?«

Holden bewegte sich erstaunlich schnell durch den Raum und packte Lloyd mit einer Hand an der Kehle. Er sah ihm mit hartem Blick in die Augen, dann ruckte sein Kopf zur Seite und er schaute quer durch den Raum zu einem der Bilder. Lloyd sah, dass Holden eine der Porträtaufnahmen von ihm musterte.

Lloyds Hände zerrten an den Fingern, die unglaublich stark zu sein schienen. Holden war Lloyd nie besonders kräftig vorgekommen – oder brutal –, doch jetzt schien er es zu sein. Lloyd verstand nicht, was hier gerade passierte.

»Tu mir nicht weh, Holden«, bat er. »Ich … ich bin nur hergekommen, weil ich nichts von dir gehört habe. Ich habe mir

Sorgen gemacht. Du weißt doch, ich habe deinen Eltern versprochen, ein Auge auf dich zu haben. Es ist fast zwei Monate her, dass wir das letzte Mal zusammen etwas essen waren. Bitte, bitte quetsch mir nicht so den Hals …«

»Du kennst ihn«, sagte Holden. »Er kannte dich. Er hat das Bild von dir gemacht.«

Es war Holdens Stimme, Klang und Akzent stimmten, aber irgendwie waren es nicht Holdens Worte.

Lloyds Wut kehrte zurück, doch diesmal aus einem anderen Grund. »Bist du krank, Junge? Was ist los mit dir? Holden, du erwürgst mich ja. Bitte.«

Während Lloyd sich wand, zerrte Holden an Lloyds Kleidung. Lloyd verfiel in Panik. Was war hier los? War das wirklich sein Neffe? Der Junge war verrückt geworden. Lloyd war sich sicher, dass er ihn umbringen wollte. Die ganze Situation war völlig wahnsinnig. Lloyd spürte, wie er anfing zu hyperventilieren, als er zu Boden geschleudert wurde, jetzt von der Hüfte an abwärts nackt.

»Hilfe!«, schrie er atemlos. »Ich brauche Hilfe!«

Holden ließ seine Hose herunter und Lloyd traten die Augen aus den Höhlen, als er Holdens riesiges, grauenvolles Organ sah.

»Oh mein Gott«, wimmerte er, »was ist mit deinen Genitalien passiert? Warum siehst du mich so an? Oh Gott, dieses Ding … oh, nein, Holden, bitte, sag mir, was mit dir passiert ist. Oh, Herr …«

Lloyd wurde auf den Rücken gedreht, und dann biss er sich auf die Zunge und riss die Augen auf, als ihn ein unglaublicher Schmerz packte. Etwas drang in ihn ein, und sein Fleisch begann zu zerreißen. Jetzt gab es keine Hyperventilation mehr, sondern nur noch unerträgliche Qualen. Seine gesamte untere Körperhälfte brannte wie Feuer: Der Schmerz drang bis in seinen Schädel und ließ ihn innerhalb von Sekunden in Migräne versinken. Holden drückte ihm die Nägel in Schultern und Nacken, Nägel, die sich anfühlten wie Krallen, während er Lloyd ritt wie ein Pferd.

»AAHHHHHHHHHHGH! ... HIL... UUGHHAAA – TU MIR NICHT MEHR WEH ...«

Als Holden wie ein Schwein grunzte, landete Spucke auf Lloyds Rücken. Die eine Sache, die Lloyd mehr als alles andere auf der Welt fürchtete, geschah nun, und zugefügt wurde es ihm von Holden, dem jungen Mann, den er mehr als jeden anderen Menschen auf der Welt liebte. Holden vergewaltigte ihn mit einem grotesk deformierten Penis.

Holden zerfetzte ihn.

Lloyds Herz raste und pochte unter den Schmerzen.

Holden machte immer weiter, fügte ihm immer noch schlimmere Schmerzen zu, bis er schließlich das Bewusstsein verlor, da er den Schmerz, die Erniedrigung und die Angst nicht länger ertragen konnte.

17

Daphne hatte über eine Stunde in der Schule gewartet. Die Kinder waren nach Hause gegangen, sie fühlte sich müde und ausgenutzt, und langsam fing sie an, Politiker zu hassen. An diesem Morgen war der Erziehungsminister im Fernsehen gewesen und hatte die Lehrer scharf kritisiert, weil sie angeblich keine Disziplin in ihren Klassen hielten, den Kindern keine anständige Erziehung zuteilwerden ließen und Prüfungen nicht zum richtigen Zeitpunkt ansetzten.

Der Minister war, wie die meisten seiner Gesellschaftsschicht, auf einer Privatschule gewesen, seine Kinder besuchten ebenfalls eine Privatschule, und so wusste er praktisch gar nichts über die Erziehung von Jugendlichen in einer multikulturellen Gesellschaft an öffentlichen Schulen. Trotzdem redete er hochtrabend daher, sprach von »den Werten der alten Welt«, was auch immer die sein mochten, und entmutigte den Berufsstand der Lehrer, indem er seinen Status in den Augen der Gesellschaft herabsetzte. »Die Kinder von heute«, hatte der Minister gesagt, »können, wenn sie von der Schule abgehen, nicht einmal richtig *schreiben.* Und diese Ungebildeten sollen dann, Gott möge uns beistehen, die neue Führungsriege unserer Industrie darstellen …«

Daphne seufzte. Sie schossen sich immer auf die Rechtschreibung ein, als wäre es das größte Verbrechen im Universum, nicht korrekt zu schreiben. Sie bezweifelte stark, dass der Minister die Rechtschreibung perfekt beherrschte, aber da er eine Armee von Beamten zur Verfügung hatte, die zwischen ihm und der Öffentlichkeit stand, musste er das auch nicht unter Beweis stellen.

»Scheiß drauf, auf sie alle«, murmelte sie, während sie weiter die endlosen Formulare zu jedem einzelnen Kind ausfüllte, um zu beweisen, dass sie ihren Job machte.

Die Frösche machten die Sache nicht besser. Für Daphne war es schon fast ein Wunder, dass der Erziehungsminister nicht die Lehrer für die Froschplage verantwortlich gemacht hatte. Sie lächelte grimmig, als sie sich an die Stelle in dem Interview erinnerte, als der Reporter die Plagen erwähnt, und der Erziehungsminister gesagt hatte: »Schrecklich, schrecklich – aber wir dürfen deswegen nicht nachlassen. Kinder brauchen Erziehung, egal unter welchen Bedingungen. Mit der nächsten müssen wir vermutlich ja auch noch fertigwerden, nicht wahr? Der Fliegenschwarm …«

Ihre Kinder hätten den Erziehungsminister sofort korrigiert. Es waren keine Fliegen, sondern Mücken, die nach den Fröschen erwartet wurden, oder zumindest irgendwelches stechendes oder beißendes Ungeziefer. Der Minister war nicht nur bigott, er war auch noch ignorant. Solche Idioten störten mit ihren Maßnahmen das Leben im Klassenzimmer, verbesserten es dabei aber kein Stück. »Ich hoffe, die Mücken fressen ihn auf, während er nach Fliegen sucht, die er erschlagen kann«, murmelte Daphne.

Draußen auf der Straße ertönte eine Hupe.

Das sollte besser Rajeb sein, dachte sie, während sie ihre Sachen zusammensuchte.

Es war Rajeb, mehr als eine Stunde zu spät. Er zuckte mit den Schultern, als sie durch die Frösche zum Auto watete. Er versuchte, sie mit seinem jungenhaften Charme milde zu stimmen, bevor sie sich auf ihn stürzen konnte. Obwohl sie so genervt war, wurde sie schwach.

»Widerliche grüne Viecher«, meinte er, als sie einstieg.

»Die Frösche finde ich eigentlich gar nicht so schlimm«, meinte sie, »ich hasse eher die Menschen.«

Sie sah an seinem Gesichtsausdruck, dass er das auf sich bezog, und fügte schnell hinzu: »Ich rede von den Politikern, wenn man die überhaupt noch Menschen nennen kann.«

»Oh.« Er entspannte sich sichtlich, während sie durch die froschverstopften Straßen fuhren. »Ja, da hast du wohl Recht, Süße. Verdammte Idioten, ne?«

»Ne wohl schon«, stimmte sie ihm zu, und er grinste.

»Weißt du, was heute passiert ist?«, fragte er sie. »Die Geschichte wird dir gefallen.«

»Weiß ich nicht, aber du wirst sie mir bestimmt gleich erzählen«, vermutete sie. »Das sehe ich in deinen Augen. Und es wird etwas Grauenvolles sein – das sehe ich auch.«

Er grinste sie an. »Allerdings. Du kennst doch den Boss, Smith? Er wurde in einem Fotostudio vergewaltigt.«

Daphne schauderte, aber gleichzeitig verhärtete sich etwas in ihr. »Das ist keine große Nachricht, Frauen werden jeden Tag vergewaltigt.«

Er schielte zu ihr rüber. »Ja, ich weiß, was du meinst, Süße, und ich stimme dir zu. Nur weil es ein Mann ist, ist es deswegen nicht gleich wichtiger – aber das hier war Lloyd Smith, der Erzdiakon. Wenn es die Gesundheitsministerin gewesen wäre, wäre es doch auch eine große Schlagzeile gewesen, oder?«

»Ich denke schon, aber da steckt doch noch mehr dahinter, oder? Sonst würdest du nicht so rumtänzeln wie eine Katze auf dem heißen Blechdach.«

»Elizabeth Taylor und Paul Newman – brillant«, warf er ein.

»Eigentlich eher Tennessee Williams.«

»Nein, im Ernst, du hast Recht. Lass mich erzählen, was ich gehört habe. Kennst du Stan Gates?«

»Ich kenne den Namen Stan Gates, weil du von ihm erzählt hast.«

»Genau der. Also, Stan hat einen Anruf von Smith bekommen, als der in der Wohnung seines Neffen war. Er hätte genauso gut *mich* anrufen können …«

»Komm auf den Punkt, Raj.«

»Jedenfalls kommt Stan in diesem Studio an, als Smith gerade von seinem Neffen vergewaltigt wird. Er musste die Tür eintreten, um reinzukommen. Überall war Blut. Der Neffe hat versucht, durch das Oberlicht abzuhauen, da hat Stan auf ihn geschossen …«

»Hat er ihn getötet?«, fragte Daphne schockiert.

Rajeb rutschte ein wenig in seinem Sitz herum, während er das Auto um einen geparkten Lkw herumlenkte.

»Weißt du, wir haben diese speziellen Waffen, mit denen man Dämonen abfackeln kann, oder sonst was.«

»Sie schießen nicht mit normalen Kugeln?«

»Nein, die schießen mit solchen Brandgeschossen. Stan hat gesagt, der Typ ist einfach in Flammen aufgegangen. Er – also Stan – meinte, dass der Typ noch aus dem Fenster aufs Dach geklettert ist, dann wie ein Feuerball runtergerollt und in die Gasse hinter dem Haus gefallen ist, wo er einfach verbrannt ist.«

Daphne drehte sich der Magen um. »Das ist ja schrecklich.«

Rajeb warf ihr einen schnellen Blick zu. »Immerhin hat er den Mann vergewaltigt, vergiss das nicht.«

»Wenn einer eine Frau vergewaltigt, wird er dafür auch nicht getötet«, erwiderte sie streng. »Vor noch gar nicht allzu langer Zeit wurden die meisten dafür gar nicht erst verurteilt, und wenn doch, haben sie nur ein paar Jahre bekommen.«

»Ich weiß ja, was du damit sagen willst, Süße, und du hast völlig Recht, aber Stan hat erzählt, dieser Kerl habe ihn angegriffen und hätte ihn bestimmt umgebracht, wenn er sich nicht verteidigt hätte. Der Kerl hat eine Schieferplatte nach Stan geworfen, die sich wie ein Messer in die Tür gegraben hat – muss ein verdammt starkes Arschloch gewesen sein. Stan hat nur reagiert. Und Smith hat auch gesagt, dass Stan das Richtige getan hätte.«

»Na ja, das ist ja wohl nur logisch, oder?«

»Wahrscheinlich schon, ja. Wenn das einer bei mir versuchen würde, würde ich dafür plädieren, dass ihm der Kopf abgerissen und in den nächsten Kanal geschmissen wird. Smith hatte außerdem panische Angst, dass sein Neffe irgendeine Krankheit gehabt haben könnte, mit der er ihn vielleicht infiziert hat. Er meinte, sein Schwanz sei wie die Nelsonsäule gewesen – verdammt großes Ding und über alle Maßen angeschwollen.«

»Ich will wirklich nicht alle Details wissen, Raj, vielen Dank.«

Er nickte. »Widerlich, ne?«

»Wohl eher schrecklich. Können wir jetzt nach Hause fahren und Tee trinken?«

Daphne kratzte sich im Schritt. Dann wurde ihr bewusst, was sie tat, und sie hielt peinlich berührt inne.

Rajeb sagte: »Ich frage mich nur, wodurch der Schwanz eines Mannes so anschwellen kann. Von so einer Krankheit habe ich noch nie gehört, du vielleicht? Es ist jedenfalls keine Geschlechtskrankheit. Da stirbt doch eher alles ab, oder? Meinst du, es könnte Elefantiasis gewesen sein, oder irgendwas in der Art? Das habe ich in Indien mal gesehen. Die Beine von den Leuten waren so dick wie Baumstämme. Verdammt grausam.«

»Raj, ich will jetzt wirklich, wirklich nicht über übergroße Penisse sprechen.«

»Klar, ich weiß, was du meinst, Süße. Ziemlich morbide, ne?«

Seufzend schüttelte Daphne den Kopf. »Das habe ich zwar eigentlich nicht gemeint, aber vergessen wir es einfach. Es hört sich ziemlich schrecklich an. Ich bin mir sicher, dass Lloyd Smith nicht wollte, dass sein Neffe getötet wird, trotz allem, was er ihm angetan hatte.«

»Oh, doch, das wollte er. Er hat Stan angeschrien: ›Töte ihn!‹ Er fand es allerdings nicht gut, dass die Leiche total verkohlt war. Er wollte, dass sein Neffe untersucht wird, wollte wissen, warum sein Schwanz …«

»Ja, ja, mein Tag war auch wundervoll. Jetzt lass uns reingehen und den Tee aufsetzen.«

Sie waren vor ihrem Haus angekommen.

Sie kratzte sich am Kopf, als sie ausstieg und nach Osten auf die riesige Lichtkugel des Erzengels starrte. Während sie sich kratzte, dachte sie darüber nach, wie sehr sich das Leben verändert hatte, seit der Erzengel aufgetaucht war, und gleichzeitig auch wieder nicht. Sie hatten Blut im Wasser, Frösche und durchgedrehte Dämonen in der Stadt, außerdem eine Geisterlandschaft, wo früher Banken und Kirchen gewesen waren – alles Mögliche hatte sich geändert. Aber die Minister spielten immer noch die Moralapostel, Vergewaltiger vergewaltigten immer noch, und Rajeb bestand immer noch darauf, ihr von den ekelhaften Seiten seines Jobs zu berichten.

Das Letzte war vielleicht notwendig. Vielleicht war sie so etwas Ähnliches wie ein Psychiater für ihn, der ihm dabei half, die hässlichen Dinge des Jobs loszuwerden. Sie war sich nicht sicher, ob das gesund war. Vielleicht sollte er für so etwas besser zu einem richtigen Therapeuten gehen … verdammt, zwischen ihren Beinen juckte es – genau wie am Kopf – und sie kratzte beides ausgiebig. Hatte sie sich in Rajebs Auto vielleicht einen Floh eingefangen, der von einem der Kriminellen abgefallen war?

»Hast du in letzter Zeit irgendwelche Obdachlosen im Auto gehabt?«, fragte sie.

»Ich? Nö, wieso?«, erwiderte er, während er die Vordertreppe hochging.

Sie bemerkte, dass er sich unter dem linken Arm kratzte.

»Warum tust du das?«, fragte sie, während ihr gleichzeitig ein schrecklicher Gedanke kam.

»Was?«

»Warum kratzt du dich so?«

»Habe ich mich gekratzt?« Er wirkte überrascht. »Sorry, das ist sehr unterschichtenmäßig, sich zu kratzen, oder?«, witzelte er.

»Ich kratze mich auch, Dämlack«, knurrte sie und kratzte wie wild.

Er sah sie betroffen an. »Oh, Scheiße, es hat angefangen. Die dritte Plage. Ungeziefer.«

Sie rannten ins Haus und rissen sich die Kleider vom Leib, sobald sie in der Wohnung waren.

»Schau mich an«, kreischte sie. »Da unten.«

Er ging in die Knie und untersuchte ihren Intimbereich. Nach ein paar Sekunden sah er in ihrer dichten Schambehaarung ein winziges Tierchen herumkrabbeln, bei dem es sich eindeutig um eine Laus handelte.

»Rasierer«, rief er und stand auf. »Wir müssen uns rasieren.«

»Ich werde mir aber doch nicht den Kopf rasieren«, schrie Daphne entsetzt. »Ich will nicht mit einer Glatze rumlaufen.«

»Dann besorgen wir uns eben etwas. Geh runter zur Apotheke und hol uns was.«

»Du gehst.«

Unentschlossen stand er da, bis sie schrie: »Worauf wartest du noch? Alle werden Läuse haben. Geh jetzt sofort da runter, schnell, bevor sie nichts mehr von dem Zeug haben.« Sie kratzte sich wie verrückt am Kopf. »Und beeil dich, verdammt nochmal.«

Rajeb zog sich an und rannte los. Daphne hätte alles für eine Dusche gegeben, aber sie wusste, dass sie auf die Arzneien warten musste, was auch immer das sein würde. Sie hoffte nur, dass es nicht dieses lila Zeug sein würde, dass sie auf den Köpfen der Kinder gesehen hatte. Das war so auffällig. »Oh mein Gott«, stöhnte sie, »ich hasse es.«

Während Rajeb unterwegs war, ging sie zum Bücherregal und zog ein Lexikon hervor. »*Pediculus humanus capitis, pediculus humanus corporis, phthirus pubis*«, las sie laut vor. »Die drei Läusearten, die den menschlichen Körper befallen können. Oh Scheiße, ich hoffe nur, Raj besorgt etwas, das bei allen drei Arten hilft. Ich halte das nicht aus.«

Auf dem Weg zur Apotheke sah Rajeb noch andere Leute auf der Straße, die sich kratzten. Die Läuse regten die penibleren Leute offenbar ziemlich auf, und die verbissenen Typen litten am meisten. Rajeb sah einen Mann, der völlig von Läusen bedeckt war, sie krabbelten über sein Gesicht, seine Hände und seinen Hals. Ein Polizist sah entsetzt zu, wie ein Geschäftsmann sich mit langen Nägeln blutig kratzte, um den Juckreiz zu stillen. Auf dem Gesicht des Mannes erschienen tiefe Kratzer, als er sich die Haut von den Wangen riss, bis ihm das Blut in den Hemdkragen lief.

»Aaaarrrrrghhhhh«, schrie der Geschäftsmann, der immer heftiger kratzte. »Ich halte das nicht aus, ich halte es nicht aus. Mistviecher, Mistviecher.«

Er riss sich das Hemd auf und begann, die blasse Haut auf seiner Brust zu zerkratzen.

Rajeb rief: »Verdammt, Mann, Sie werden noch verbluten.«

Aber der Mann stellte sich taub gegen gute Ratschläge. Er wollte einfach nur seine Läuse loswerden. Seine Fingernägel waren mit Hautfetzen und Blut verklebt. Dann fing er an, Rücken und Brust abwechselnd an einer Mauer zu scheuern, so dass er sich noch mehr Fleisch vom Körper riss. Schließlich verschwand er schreiend in einer Seitenstraße.

Das war nur der erste Fall von Selbstverstümmelung, den Rajeb mit ansah. Als er die Apotheke erreichte, waren seine eigenen Läuse kaum noch auszuhalten, aber er war stark genug, dem Juckreiz nicht nachzugeben.

Als er das Geschäft verließ, stieg gerade eine teuer gekleidete Dame aus einem Auto und verzog angewidert das Gesicht. Wären ihre Züge dadurch nicht so entstellt gewesen, hätte sie ein Vogue-Model sein können. Sie schien in einem der schicken Läden im West End eingekauft zu haben, denn Tüten voll neuer Kleidung fielen aus dem Wagen. Sie taumelte ein paar

Schritte, kratzte sich, und holte dann voller Ekel etwas aus ihrer Handtasche. Rajeb erkannte es, es war Feuerzeugbenzin. Sie schüttete es über sich aus.

Dann zog sie ein goldenes Feuerzeug hervor.

Rajeb rannte auf sie zu und brüllte: »Nein!«

Doch bevor er sie erreichte, brannte sie bereits lichterloh und lief los, wobei der Wind die Flammen noch weiter anheizte. Sie stieß schrille Schreie aus, wie eine Ratte, die qualvoll stirbt. Am Ende der Straße fiel sie vor einen Truck, dessen Fahrer auch schon durchgedreht war, und wurde gnädigerweise von seinen Reifen zerquetscht.

Rajeb rannte den ganzen Weg bis nach Hause und hoffte, dass es Daphne nicht genauso schlimm erging.

Als er zurückkam, hatte sie sich schon wund gekratzt. Er hatte Tinkturen und Puder und sogar Tabletten besorgt, die etwas mit dem Blut machten, wodurch der Lebenszyklus der Laus unterbrochen wurde. Sie schluckten die Tabletten sofort, da sie wussten, dass sie Tage warten müssten, bis sie wirkten.

Sie behandelten sich gegenseitig mit den Tinkturen und Pulvern, immer nach dem Motto: »Viel hilft viel.« Als sie fertig waren, fühlte Daphne sich ein wenig besser. Sie ging zum Kleiderschrank, um sich frische Klamotten rauszusuchen, und verteilte dabei weißes Puder wie ein Schneesturm. Sie öffnete den Schrank, nahm eine weiße Bluse und kreischte angewidert, als sie sah, dass sie voller Nissen war. Sie schleuderte sie in eine Ecke.

»Sie sind überall in meinen Sachen«, schrie sie.

Rajeb stürmte herbei und untersuchte erst ihre Kleidung, dann seine. Überall krabbelten Läuse.

Genau wie in der Bettwäsche und unter der Decke.

Und, wie eine genauere Untersuchung ergab, im Teppich.

In Wandspalten, hinter den Fußleisten, in den Schränken, selbst in Schlüssellöchern krabbelten Läuse.

»Womit haben wir das verdient?«, stöhnte er. »Wir werden bei lebendigem Leib gefressen.«

In ganz London wurde der Schrei laut: Wir werden bei lebendigem Leib gefressen. In den Fernsehnachrichten wurden Experten befragt, die erklärten, dass nur sehr wenige Läusearten tatsächlich Fleisch fraßen. Die meisten seien nur Blutsauger. Seltsamerweise trug das nicht sonderlich dazu bei, die Bevölkerung zu beruhigen. Und es half definitiv nicht dabei, die Selbstmorde einzudämmen, von denen einige ziemlich grausam waren. Meistens handelte es sich um penible alte Herren und zimperliche alte Damen, für die Läuse eine große Erniedrigung darstellten, die ihnen unerträgliche Schmach zufügte.

Dann gab es noch andere Experten, die tröstliche Gedanken äußerten, etwa: »Tja, wissen Sie, Katzen und Hunde haben ihr Leben lang Läuse. Wir versuchen natürlich, sie zu behandeln, aber man kann sie nicht völlig ausrotten. Vielleicht sollten wir uns nun wie unsere Haustiere verhalten und die Parasiten einfach hinnehmen. Einige Naturschützer halten das für eine gute Sache – immerhin sind Läuse auch Lebewesen. Und wir wollen ja nicht, dass sie irgendwann vom Aussterben bedroht sind wie die Elefanten, oder?« Der Nachrichtensprecher starrte den Experten böse an, während er zwischen Daumen- und Zeigefingernagel ein winziges Tier zerquetschte und hoffte, dass es bald ganz oben auf der Liste der bedrohten Tierarten landen würde.

Einige flohen in einem verzweifelten Versuch, dem Ganzen zu entkommen, aus der Stadt und nahmen ihre Läuse mit. Ihnen standen furchtbare Tage bevor, und jeder wusste es. Chemiekonzerne würden ein Vermögen machen. Raffinierte Spekulanten hatten sich bereits Anteile gesichert.

London krabbelte.

Die Einzigen, die sich durch die Plage nicht stören ließen und ihr Leben ohne Aufregung weiterführten, waren die Obdachlosen, die Straßenkinder und die Penner. Für sie ging das Leben ganz normal weiter, und sie verstanden nicht, was das ganze Theater sollte. Viele von ihnen hatten schon so lange Läuse, wie sie auf der Straße lebten.

Und natürlich die Affen im Londoner Zoo. Sie müssen den Aufstand auch ziemlich seltsam gefunden haben. Immerhin war es ein soziales Ritual, den Partner oder Freund zu entlausen, vorsichtig sein Fell abzusuchen und sich dabei zu unterhalten. So konnte man prima ein oder zwei Stunden rumbringen, und es war therapeutisch fast so wertvoll wie eine Gruppenumarmung.

Genau das erzählte Rajeb Daphne, als er später am Abend ihren Schädel absuchte, wofür er sich einen harten Schlag in die lausverseuchten Teile einfing.

18

Selbst die Betten in den Krankenhäusern waren voller Läuse, doch der Mensch ist ein erstaunlich anpassungsfähiges Wesen. Wenige Tage nachdem das Ungeziefer aufgetaucht war, zerquetschten Leute, die vorher noch geschworen hätten, sie würden durchdrehen, wenn man auch nur eine Laus bei ihnen fände, genervt aber geduldig ihre Parasiten. Man tat, was man konnte, um die Zahl der Parasiten so niedrig wie möglich zu halten, aber man konnte ja auch nicht ewig hysterisch kreischend durch die Straßen rennen.

Der Ozonschicht wurde durch Antiläuse-Sprays aus Armeebeständen ein herber Schlag versetzt. Eine Quelle dieser Ware waren die A&N-Läden, da das Militär die einzige größere Institution war, die seit über fünfzig Jahren Pläne für eine Läuseinvasion entwickelt hatte. Da die Sprühdosen allerdings Mitte des vergangenen Jahrhunderts hergestellt worden waren, waren sie nicht besonders umweltfreundlich.

Danny und Dave saßen am Bett des Erzdiakons. Lloyd lag auf dem Rücken, hatte Schweiß auf der Stirn und umklammerte sein Taschentuch, als wollte er Wasser aus einem Stein pressen.

»Es hat wehgetan«, sagte Lloyd kläglich. »Siebenundzwanzig Stiche.«

»Das glaube ich Ihnen«, erwiderte Dave, »aber wenigstens leben Sie noch.«

»Oh Gott, der arme Junge, er ist bei lebendigem Leib verbrannt. Aber er hat mir auch so wehgetan. Er muss wahnsinnig geworden sein.« Lloyd liefen die Tränen über das Gesicht und straften seine Worte Lügen. »Was ich so hart finde, ist, dass der Schmerz, den er mir zugefügt hat, alle guten Gefühle auslöscht, die ich für ihn hatte. Er war wie ein Sohn für mich.«

Trauer und Schmerz vermischten sich und verursachten einen komplexen Aufruhr der Gefühle in Lloyd Smith. Sowohl Dave als auch Danny war es unangenehm, das miterleben zu müssen. Lloyd wollte die Person hassen, die ihm solche Qualen zugefügt hatte, aber diese Person war ein junger Mann gewesen, der ihm sehr nahegestanden hatte, und so kämpfte Liebe gegen Hass. Lloyd war offensichtlich emotional ebenso erschöpft wie körperlich.

Als Dave das Gefühl hatte, dass es angebracht war, fuhr er fort: »Also«, setzte er an. »Ich möchte Sie etwas fragen. Sie haben Ihren Angreifer als einen zuvor sanftmütigen, netten Menschen beschrieben …«

»Das war er, ja, und das verstehe ich einfach nicht.« Wieder stiegen Lloyd Tränen in die Augen. »Ich meine, ich glaubte den Jungen zu kennen. Ich kann es nicht fassen, wie sehr er sich in ein paar Monaten verändert hat. Er war wie ein Tier … ja, genau das ist es; es war, als würde irgendeine schreckliche Kreatur in ihm lauern. Seine Augen … waren hypnotisch, der Wahnsinn stand darin. Und er strahlte eine enorme Energie aus … das ist schwer zu erklären … als wäre ein wildes Tier in ihm gefangen, das darum kämpft rauszukommen.«

»Und seine … Genitalien waren …«

»Riesig. Ich musste mit siebenundzwanzig Stichen genäht werden. Das verrät Ihnen doch einiges.«

»Sie wurden aufgerissen«, erklärte Dave, »wie einige der männlichen und weiblichen Opfer vom Südufer.«

Plötzlich riss Lloyd Smith die Augen auf und stemmte sich hastig hoch, auch wenn ihn das offenbar sehr anstrengte.

»Manovitch?«, schrie er.

»Ich bin überrascht, dass Ihnen der Gedanke nicht schon früher gekommen ist«, meinte Danny.

Lloyd erwiderte: »Na ja, ich habe einfach nicht daran gedacht … er sah aus wie Holden. Warum sollte Manovitch das Aussehen eines anderen kopieren? Es sei denn …«

»Es sei denn, er *wurde* zu dieser Person«, beendete Danny den Satz für ihn. »Vielleicht hat Manovitch es vorgezogen, einen Körper in Besitz zu nehmen, anstatt sich einen eigenen zu erschaffen, wie es die Dämonen tun. Vielleicht *kann* eine tote Seele sich auch gar keinen eigenen Körper erschaffen.«

Lloyds Augen wurden wieder feucht. »Armer Holden. Von einem so verdorbenen Wesen übernommen und benutzt zu werden, und dann … bei lebendigem Leib zu verbrennen.«

Dave sagte sanft: »Ich glaube nicht, dass der ursprüngliche Besitzer des Körpers überhaupt gemerkt hat, dass er stirbt, oder irgendetwas davon gespürt hat. Holden hat sein Leben wahrscheinlich schon an dem Tag verloren, als Manovitch in seinen Körper eingedrungen ist.«

»Ich würde gerne glauben, dass es so war«, nickte Lloyd. »Ich hoffe nur, dass Holden nicht gelitten hat. Und ich bin froh, dass nicht er mir das angetan hat. Nachdem ich Emily verloren hatte, war Holden für mich der wichtigste Mensch auf der Welt. Natürlich war er ein egoistischer junger Mann, aber alle jungen Männer sind egoistisch. Das ist ein Teil ihres Wesens. Doch er konnte wirklich einfühlsam sein, wenn er wollte.«

Er drehte sich um und sah Dave ins Gesicht. »Wenn das, was Sie sagen, wahr ist, haben wir dann durch Zufall unsere tote Seele gefangen? Manovitch ist nur noch ein Haufen Asche. Oder sind solche Hoffnungen verfrüht, was meinen Sie?«

»Nein, es ist sehr wahrscheinlich, dass Holden Manovitch war. Wir konnten ihn ja auch nur zufällig erwischen. Zum Glück ist dieser Zufall ziemlich schnell eingetreten, und es hat nicht noch mehr Todesfälle und Verstümmelungen gegeben.«

Lloyd sah schon ein wenig besser aus. »Meinen Sie, wir haben Manovitch zerstört?«

»Ja, und die Konferenz geht ungehindert weiter. Ich glaube, Manovitch hat dafür gesorgt, dass die heiligen Männer noch verbissener geworden sind. Sie werden nicht aufgeben. Und ich finde, es wird Zeit, dass Danny und ich nach San Francisco zurückkehren.« Er sagte nicht: »Bevor Danny sich endgültig zum Narren macht.« Auch wenn er es gern gesagt hätte.

»Wir müssen ein Meeting einberufen, um herauszufinden, ob die anderen das auch so sehen«, sagte Lloyd. »Ich sollte in ungefähr zwei Tagen hier rauskommen – vielleicht sogar schon morgen. So lange können Sie doch noch warten, oder?

Wenn Sie Recht haben, müsste der Erzengel bis dahin ja verschwunden sein, oder nicht? Warum sollte er schließlich noch hier abwarten, wenn das Wesen, das er zerstören sollte, vernichtet ist?«

Dave spürte Enttäuschung in sich aufsteigen. Er wollte unbedingt wieder nach Hause. London war okay, aber es war eben nicht San Francisco, und außerdem lebte er nicht gerne aus dem Koffer. Da er im Grunde seines Herzens ein sehr konservativer Mensch war, reichte die Unbeständigkeit der wechselhaften Routine eines Cops in seiner Heimatstadt völlig aus, um sein Bedürfnis nach Abwechslung zu befriedigen. Aber was Lloyd Smith sagte, war in gewisser Weise logisch. Er war schließlich nicht hundertprozentig sicher, dass die Leiche in der Gasse die von Manovitch war. Es konnte auch die irgendeines anderen durchgedrehten Dämons sein, der dummerweise die Aufmerksamkeit auf sich gelenkt hatte.

»Was sagst du dazu, Danny?«, fragte Dave seinen Partner.

»Ich denke, Lloyd hat Recht. Wir können diese Entscheidung nicht hier und jetzt treffen. Wir müssen das auch mit den anderen besprechen.«

Ergeben zuckte Dave mit den Schultern. »Okay. Dann sehen wir uns in der Jasmine Suite, Lloyd.« Er stand auf und kratzte sich heftig. »Bis dahin haben sich dann hoffentlich auch die Läuse zurückgezogen.«

»Als Nächstes kommen dann Fliegen«, warnte Danny. »Die Fliegenplage.«

»Die wird nicht mehr kommen«, sagte Dave bestimmt. »Ich denke, wir haben den Feind erledigt. Es wird keine Fliegenplage geben.«

Lloyd nickte. »Wir werden sehen.« Er seufzte schwer. »Und jetzt habe ich die unangenehme Aufgabe, meinen Bruder in Kalifornien anzurufen und ihm zu sagen, dass sein Sohn tot ist. Ich möchte, dass der Rest der Geschichte, die Vergewaltigung, ein Geheimnis bleibt, verstanden, Lieutenant? Ich will nicht, dass mein Bruder das herausfindet. Ich werde ihm einfach sagen, dass Holden bei einem Brand im Studio ums Leben gekommen ist. Das ist ziemlich nah an der Wahrheit.«

»Ich verstehe«, erwiderte Dave. »Ich verspreche Ihnen, dass von uns niemand etwas erfahren wird. Was ist mit den Medien?«

»Um die habe ich mich bereits gekümmert«, erklärte Lloyd. »Gates hat ihnen genau das erzählt, was ich Ihnen gerade gesagt habe.«

»Manovitch ist immer noch da draußen«, verkündete Petra.

»Woher willst du das wissen?«, fragte Dave säuerlich. »Nach allem, was Lloyd uns erzählt hat, war irgendein übernatürliches Wesen in Holden Xaviers Körper. Er war besessen.«

»Das bestreite ich ja gar nicht«, erwiderte Petra. »Höchstwahrscheinlich war ein Wesen aus der Hölle in Xaviers Körper; aber selbst wenn es Manovitch war, dann ist er entkommen. Der Erzengel sagt, dass Manovitch noch immer existiert und die Straßen unsicher macht.«

Dave vergrub das Gesicht in den Händen. »Verdammte Scheiße«, stöhnte er. Er warf ihr einen scharfen Blick zu. »Hör mal, nach allem, was wir wissen, könntest du auch total irre sein.«

»Hey«, protestierte Danny und starrte ihn böse an. »Nenn Petra nicht irre. Sie ist nicht irre – und sie ist auch keine Lügnerin. Hör auf sie. Sie weiß, wovon sie redet.«

Dave fauchte zurück: »Ich denke nicht, dass deine Einschätzung dieser Frau besonders verlässlich ist, Danny.« Um einer Fortsetzung der Konfrontation auszuweichen, wandte er sich an Lloyd: »Wie geht es denn den anderen dabei? Kommt schon, teilt euch mit.«

Lloyd fragte: »War der Erzengel noch da, als Sie heute zum Frühstück runtergekommen sind?«

Dave nickte. »Ja, aber …«

»Tja, meiner Meinung nach wäre der Erzengel in dem Moment verschwunden, in dem Manovitch zerstört worden wäre«, erklärte Lloyd. »Die Tatsache, dass er immer noch unverrückbar in der Innenstadt sitzt, zeigt mir, dass seine Arbeit noch nicht getan ist. Wie steht es mit unseren eigenen Polizisten? Was meinen Sie dazu, Sergeant Gates?«

Stan Gates sah sich am Tisch um. »Ich persönlich glaube, dass sich unser Feind in Rauch aufgelöst hat. Ich stimme dem Lieutenant zu.«

»Constable Patel?«, fragte Lloyd.

»Ich bin Ihrer Meinung, Sir. Ich glaube nicht, dass wir den Spinner schon erwischt haben – ich glaube, dass er immer noch da draußen ist.«

Lloyd rutschte offensichtlich schmerzerfüllt in seinem Stuhl herum. »Nun denn, das hier ist keine demokratische Versammlung. Ob wir dieses Projekt auflösen oder nicht, liegt allein in meiner Verantwortung, aber ich bin dankbar für jeden Kommentar. Je länger ich darüber nachdenke, desto mehr bin ich der Ansicht, dass unsere Beweise nicht ausreichen; deshalb sollten wir abwarten, wie sich die Situation weiter entwickelt. Wenn die Fliegen kommen, werden wir wissen, dass Manovitch noch da draußen ist.«

Danny schaute selbstzufrieden drein, was Dave auf die Palme brachte.

»Ich würde gerne noch etwas hinzufügen«, sagte er ruhig. »Ich werde Sergeant Spitz zurück in die Staaten schicken.«

Es folgte überraschtes Schweigen, dann erhob sich Danny halb aus seinem Sitz. »Du wirst *was?*«

Daves Miene verhärtete sich. »Du hast mich schon verstanden. Ich habe den höheren Dienstgrad. Ich denke, du hast durch dein Verhalten einen negativen Einfluss auf das Projekt, und deshalb befehle ich dir, nach San Francisco zurückzukehren. Keine Diskussion, du nimmst den nächsten Flug. Ich werde ein Fax an unsere Dienststelle schicken, damit sie dich erwarten.«

Danny wurde knallrot vor Wut und schlug mit der Faust so heftig auf den Tisch, dass die Wassergläser hüpften. »Ich werde *nicht* gehen, verdammt. Du kannst mir gar nichts befehlen, du … *Herrgott nochmal!* Wir sind jetzt seit zwölf Jahren Partner. Wie kannst du mir das antun? Deinem eigenen Partner?«

»Ich tue das, *weil* wir Partner sind, Danny …«

»Vergiss das mit dem ›Danny‹! Für dich bin ich nur noch Sergeant Spitz.«

»… und weil ich nicht mit ansehen kann, wie du dich zum Idioten machst. Du kommst aus dieser Sache nur raus, wenn du nach Hause fährst. Du bist auf Einladung der britischen Regierung hier, um einen bestimmten Job zu erledigen. Und dieser Job ist jetzt erledigt.«

»Fuck you!«, brüllte Danny.

Dave wurde rot, doch er ignorierte den Ausbruch und wandte sich stattdessen an Stan Gates: »Ich möchte Sie bitten, ihn zum Flughafen zu fahren. Würden Sie das tun? Kaufen Sie ihm ein Ticket und setzen Sie ihn ins Flugzeug.«

Petra fragte: »Könnte ich einen Moment mit Danny allein sprechen?«

»Tu dir keinen Zwang an«, meinte Dave, »gerne auch zwei.«

Petra packte den kochenden Danny am Arm und führte ihn zur Tür. In seinem Gesicht stand immer noch die blanke Wut.

Sobald sie den Raum verlassen hatten, wandte sich Rajeb an Dave: »Sind Sie sicher, dass Sie das Richtige tun?«

Lloyd nickte zustimmend. »Das würde ich auch gerne wissen. Warum dieser plötzliche Strategiewechsel, Lieutenant? Dabei geht es doch um mehr als nur um die Frau, oder?«

Dave sank in seinem Stuhl zusammen. »Ja und nein. Ich muss mich vor niemandem rechtfertigen außer vor meinen Vorgesetzten zu Hause.«

Lloyd zuckte mit den Schultern. »Nun ja, wenn es Ihnen nichts ausmacht, werde ich jetzt auf mein Zimmer zurückkehren. Diese harten Stühle hier sind für mich extrem unbequem. Lassen Sie es mich wissen, wenn Sergeant Spitz tatsächlich abreist, ja?«

Er erhob sich schwerfällig und humpelte hinaus.

Rajeb fragte: »Brauchen Sie mich heute noch, Dave, oder kann ich mir den Rest des Tages freinehmen? Wissen Sie, meine Freundin hat ein paar Tage Urlaub, und wenn wir sowieso nur warten …?«

»Gehen Sie ruhig. Viel Spaß.«

»Sarge?«

Stan Gates nickte. »Ja, okay, aber Sie haben trotzdem noch Bereitschaft. Melden Sie sich alle sechs Stunden.«

»Wird gemacht. Bis dann.«

Als Rajeb hinausging, kam Petra wieder herein. »Danny ist jetzt bereit zu gehen«, erklärte sie. »Ich habe ihm beim Packen geholfen, und wir haben uns voneinander verabschiedet. Ich werde nicht mit zum Flughafen kommen.« Sie wandte sich direkt an Dave: »Jetzt ist wieder alles klar mit ihm.«

»Schön«, sagte Dave knapp, ohne sie anzusehen.

Stan stand auf und ging, während Petra nur meinte, sie würden sich dann beim nächsten Meeting sehen.

Dave blieb allein am Tisch zurück. »Was für ein Haufen Scheiße«, sagte er und starrte düster auf die Tapete.

Nach einer Weile setzte er seine Sonnenbrille auf, ging hinaus und lief die Theobalds Road hinunter, direkt auf die große Lichtkuppel zu, die ein unfassbares Wesen beherbergte: mysteriös, unbesiegbar, heilig, heilig, heilig, ein Führer von Heerscharen. Warum hatte Manovitch nicht versucht, es hier auf der Erde mit dem Erzengel aufzunehmen? Wahrscheinlich konnte er es nicht, sonst hätte er es bereits getan. Vielleicht war ein Erzengel ja unangreifbar, besonders auf fremdem Territorium. Vielleicht konnten zwar Engel von Manovitch und seiner Armee aus toten Seelen zerstört werden, aber keine Erzengel?

Dave seufzte. Rajeb hatte Recht: Er war sich seiner Motive nicht sicher, wusste nicht genau, warum er Danny in die Staaten zurückschickte. Es war fast schon eine impulsive Entscheidung gewesen, aus dem Moment heraus geboren, und er konnte seine Gründe nicht zufriedenstellend erklären, nicht einmal vor sich selbst. Es schien einfach das Richtige zu sein. Sicher, da war der Aspekt Petra – verdammt, Dave war immerhin auch nur ein Mensch. Wenn Danny sich eine normale Frau ausgesucht hätte, hätte Dave sich für ihn gefreut. Aber er war über dieses surreale Wesen gestolpert, das irgendeinem Roman entsprungen zu sein schien. Tja, anscheinend hatte sie Danny gezähmt und in die Tasche gesteckt, das war mal sicher.

Als er die Absperrung erreichte, blieb Dave stehen, lehnte sich auf die Barriere und starrte in die blendend weiße Helligkeit. Diese strahlende Kuppel verwirrte das Bewusstsein genauso wie die Augen. Sie hatte eine einzigartige Reinheit an sich. Er fühlte sich wie ein Wanderer in unerschlossenem Gebiet, der plötzlich auf einen zauberhaften Wasserfall stößt, der so rein, klar und unberührt ist, dass er direkt dem Mund des Schöpfers entspringen musste.

Irgendetwas in dieser Kuppel berührte Dave. Neben dem überwältigten Staunen spürte er ein Gefühl von Wärme und Sicherheit. Dieses Licht, dieses Leuchten von einem Glühwürmchen Gottes, war natürlich gar nichts, wenn man es mit dem Licht im Zentrum des Universums verglich, dem Licht des Schöpfers selbst. Es war wie eine Kerzenflamme im Vergleich zur Sonne. Und doch hatte es diese Sonne gestreift und war von dieser Sonne gesegnet, und der Frieden, der sich darauf übertragen hatte, war so deutlich, dass ein einfacher Cop aus San Francisco ihn spüren und sich darüber wundern konnte.

Dave stand lange da, starrte in die Kuppel und nahm ihre Ruhe in sich auf.

Als er zum Hotel zurückging, nahm er zum ersten Mal bewusst die Londoner Architektur um sich herum wahr. Er bekam langsam ein Gefühl für London als Ganzes. Es war eine wilde Mischung aus Stilrichtungen und Epochen. Farblose moderne Bürobauten standen direkt neben wundervollen Gebäuden aus dem achtzehnten Jahrhundert. Ägyptische Obelisken, Bronzelöwen, großartige Paläste, kleine Eckläden, wuchtige, von Säulengängen eingerahmte Museen, winzige Zeitungsstände. Es gab schmutzige Gassen wie in Wild Court, wo vereinzelte Bäume um ein bisschen Licht kämpften, und im Kontrast dazu so etwas wie die Sicilian Avenue, die vor Restaurants und Geschäften schier platzte. Dave bekam London einfach nicht zu fassen. Es war zu vielseitig, eine zu krasse Mischung aus zusammengewürfelten Gebäuden und Straßen, als dass er sich einen Gesamteindruck verschaffen konnte.

»Na ja«, sagte er zu sich selbst, »Danny wird es jedenfalls nicht vermissen. Der hat ja sowieso kaum etwas anderes gesehen als sein Hotelzimmer.«

Das stimmte nicht ganz, aber Dave musste sich mit dem Gedanken trösten, das Richtige getan zu haben. Er wäre ja selbst gerne nach Hause zurückgekehrt, aber der Job war noch nicht getan. Vor sich selbst musste er es zugeben: Manovitch war wahrscheinlich noch irgendwo da draußen.

19

Petra verließ das Hotel und ging zum U-Bahnhof Holborn. Sie nahm die Piccadilly Line bis zum Leicester Square und dann die Northern zum Südufer. Dann fuhr sie mit dem Bus in eine bestimmte Straße bei Elephant and Castle. Noch bevor sie in den Bus gestiegen war, hatte sie sich einen Schal um den Kopf gewickelt, der auch die untere Hälfte ihres Gesichts bedeckte. Sie wollte nicht erkannt werden.

Es war bereits dunkel, als sie die kleine, schmutzige Seitenstraße entlangging und schnell in eine Gasse einbog. Sie blieb stehen und lauschte eine Weile, bevor sie in ihren eleganten, teuren Klamotten über einen Zaun kletterte und sich in einen Hinterhof fallen ließ, der voller Müll war. Klugerweise hatte sie, bevor sie aufgebrochen war, flache Schuhe angezogen, die ihr nun sehr dienlich waren, als sie sich einen Weg zwischen Dosen, Flaschen, Lumpen und anderem Schrott hindurch suchte. Sie musste verrosteten Kinderwagen, Fahrradrahmen und anderem Abfall ausweichen, die hier jahrelang von den verschiedenen Familien entsorgt worden waren, die in den fünf Wohnungen hausten, in die das Haus unterteilt war.

Petras Ziel lag im ersten Stock. Sie bemerkte, dass die Vorhänge noch offen waren, obwohl im Zimmer dahinter bereits Licht brannte. Petra kletterte auf die Mauer, die zwischen den Grundstücken verlief, und lehnte sich an die Hauswand. Sobald sie Halt gefunden hatte, spähte sie in das Wohnzimmer.

Der Raum hinter dem Fenster war zwar mit seinen zu dick gepolsterten Sofas und einem alten Eichentisch billig eingerichtet, aber makellos sauber. An dem Eichentisch saß ein vielleicht zwölfjähriger Junge. Er schien völlig auf die Schulbücher konzentriert zu sein, die vor ihm lagen – zweifellos machte er gerade seine Hausaufgaben. Über seinem offenen, hübschen Gesicht ringelten sich schwarze Löckchen. Die Stirn hatte er in Falten gelegt, offenbar war er hoch konzentriert.

An der Wand hinter dem Jungen, der auf den Namen Abibi getauft war, von allen aber nur Abby genannt wurde, hing eine Landkarte von Nigeria. Abby war nie in Nigeria gewesen. Genauso wenig wie die Person, die die Karte gezeichnet hatte; die Signatur lautete: *Petra, dreizehn Jahre.* Für diese beiden Menschen war Nigeria ein geheimnisvolles, mythisches Land: die Heimat ihrer Großeltern. Sie kannten viele Geschichten darüber, von mystischen Tieren, die miteinander und mit den Menschen sprachen, von mutigen Stämmen, vom Krieg, von verlorenen, goldenen Königreichen. Sie waren beide vom Land ihrer Vorfahren fasziniert gewesen und hatten sich geschworen, es eines Tages zu besuchen, sobald sie genug Geld und Zeit dafür hätten.

Petra beobachtete liebevoll ihren kleinen Bruder und wünschte sich, sie könnte einfach durch die Scheibe brechen, die sie trennte, und ihn in den Arm nehmen. Aber sie wollte ihn nicht beunruhigen: Er hielt sie für tot. Sie hatte ihren Eltern gesagt, sie wolle nach Nigeria gehen und nach ihren Wurzeln suchen, bevor die Krankheit sie völlig beherrschte, und später hatten sie eine Nachricht erhalten, dass sie unterwegs gestorben sei. Sie waren zu arm, um den Leichnam nach England überführen zu lassen, und so hatten sie akzeptiert, dass sie nicht mehr da war, und hatten auf dem örtlichen Friedhof zu ihrem Gedenken einen Baum gepflanzt.

Plötzlich öffnete sich die Wohnzimmertür und eine korpulente Frau kam herein. Sie trug einige Einkaufstüten. Ihre Mutter hatte sich kaum verändert, seit Petra sie das letzte Mal gesehen hatte. Sie war eine der Frauen, die schon bei der Geburt aussahen wie vierzig und dann so blieben, auch wenn sie schließlich die Fünfziger erreichten.

»Bist du fleißig, Abby?«, hörte Petra ihre Mutter fragen.

»Natürlich«, erwiderte Abby leicht gereizt. »Im Dunkeln kann ich schließlich nicht Fußball spielen, oder?«

»Du solltest besser an deine Schulaufgaben denken«, erwiderte seine Mutter und ging Richtung Küchentür.

Der Junge verdrehte die Augen, als hätte er Eltern, die nicht nur doof, sondern ein völlig hoffnungsloser Fall waren.

Lächelnd erinnerte sich Petra an die Zeit, als sie an genau diesem Tisch gesessen und sich gewünscht hatte, rausgehen und mit den anderen Mädchen spielen zu können. Damals hatte sie ihre Eltern für grausam gehalten, weil sie sie dazu zwangen zu arbeiten, während andere ihren Kindern alle Freiheiten ließen. Später hatte sie diese Meinung natürlich revidiert. Als sie ihren ersten Job als Topmodel bekommen hatte, waren sie so stolz auf sie gewesen. Petra hatte ihre Mutter zu einem Einkaufsbummel nach Paris eingeladen, und wenn sie sich heute daran erinnerte, wie nahe sie sich damals gewesen waren, kamen ihr die Tränen.

Ein Mann in Arbeitskleidung kam ins Wohnzimmer. Er war groß, blickte ernst drein und hatte eine Narbe auf der linken Wange.

»Bist du fleißig, Abby?«, fragte auch der Mann, während er seine Zeitung zusammenfaltete und sie sich unter den Arm klemmte.

Wieder rollte der leidgeplagte Abby mit den Augen und stöhnte. Er machte sich nicht einmal die Mühe zu antworten, sondern beugte sich wieder über seine Bücher.

Petra hatte plötzlich einen dicken Kloß im Hals. Wie ihr Daddy in der Nacht geweint hatte, als sie gestorben war! Er hatte herzzerreißend geschluchzt. Dieser Mann, der so hart und unverwüstlich wirkte wie ein Stück Stahlschiene, war in den Armen ihrer Mutter zusammengebrochen und hatte ihr Kleid mit seinen Tränen durchnässt. Jetzt wirkte er ausgelaugt, und er schlurfte ein wenig in seinen Hausschuhen. Petra kannte dieses Schlurfen von ihrem Großvater, als er die ersten Symptome von Parkinson gezeigt hatte.

Ihre Mutter kam zurück ins Wohnzimmer.

Petra blieb noch lange so hocken, beobachtete und genoss den Anblick ihrer Familie. Sie waren immer noch ein glücklicher Haufen – soweit das bei Familien möglich war – und wurden von aufrichtiger Liebe und Zuneigung zusammengehalten. Ihr Daddy hatte einmal eine nigerianische Münze in vier Teile schneiden lassen. Ein Viertel dieser Münze hing immer noch an einer Kette um Petras Hals. Als sie mit dem Verdacht auf Herzstillstand ins Krankenhaus eingeliefert worden war, hatten die Ärzte sie abschneiden wollen, aber sie hatte sie angeschrien, dass die Münze dranbleiben müsse. Jetzt konnte sie ein anderes Viertel dieser Münze sehen, das vom Hals ihres Bruders hing und über den Büchern schwebte.

So gerne wäre sie hineingegangen und hätte sie alle in den Arm genommen, aber Petra war nicht mehr Petra, zumindest nicht vollständig, und in ihr tobte ein Konflikt, den sie nicht allein unter Kontrolle halten konnte. Ihr wurde gestattet, ihre Familie bei ihren abendlichen Aktivitäten zu beobachten, aber mehr nicht. Sie durfte sich nicht zeigen oder ihnen etwas von ihrer Anwesenheit verraten.

Als sie sich genug gequält hatte, rutschte Petra von der Mauer und stakste durch den Müll im Hof, um wieder über den Zaun zu klettern. Sie ließ sich auf der anderen Seite fallen und wischte sich gerade die Hände mit einem Taschentuch ab, als neben ihr eine Gestalt auftauchte. Sie schnappte überrascht nach Luft und wich einen Schritt zurück.

»Was für ein Spiel spielen Sie eigentlich?«, fragte eine amerikanische Stimme.

Petra schluckte schwer. »Sind wir also wieder beim Sie, Lieutenant Peters?« Wut verdrängte den Schreck, und Petra erwiderte abweisend: »Haben Sie mich verfolgt?«

»Ja, und ich werde mich nicht dafür entschuldigen«, sagte Dave. »Ich wollte herausfinden, in was für eine Sache sich mein Freund da hineinmanövriert hat …«

»Hier können wir nicht reden«, unterbrach sie ihn und trat an ihm vorbei aus der Gasse in die Seitenstraße. »Lassen Sie uns irgendwo einen Kaffee trinken.«

»Ich will nur wissen, ob …«

»Nicht jetzt«, fauchte sie und ging weiter.

Er folgte ihr schweigend und passte sich ihrem leichten Trab an, bis sie auf der Hauptstraße waren. Sie winkte ein Taxi heran und er setzte sich neben sie. Sie nannte dem Fahrer eine Adresse am Nordufer des Flusses, ein Café an der Ecke von The Strand.

Als sie sich dort an einenTisch gesetzt hatten und jeder einen Kaffee vor sich stehen hatte, sagte sie: »Also, was genau wollen Sie über mich wissen? Ich bin mir nicht sicher, ob Sie überhaupt das Recht haben, irgendetwas über mich zu erfahren, aber wenn Sie mich höflich fragen, bekommen Sie vielleicht eine Antwort von mir.«

Er starrte sie kalt an. »Zunächst einmal will ich wissen, was genau Sie von Danny wollen.«

»Ich dachte, das sei offensichtlich gewesen. Ich habe mich in ihn verliebt. Er ist ein wundervoller Mensch.«

»Es fällt mir schwer, das zu glauben.«

Sie zog eine Augenbraue hoch. »Dass Danny ein wundervoller Mensch ist?«

»Nein, dass *Sie* dieser Meinung sind.«

Lächelnd nippte Petra an ihrem Kaffee. »Sie meinen, ich könnte doch jeden Kerl haben, warum sollte ich also einen kleinen, kahlköpfigen Mann wählen, der eine Schwäche für Nutten hat und ständig zur Beichte geht?«

Diesmal hob er eine Augenbraue, nickte aber. »Ja, so etwas in der Art.«

»Tja, die Wahrheit sieht folgendermaßen aus, Lieutenant Peters: Menschen wie ich, die mit außergewöhnlicher Schönheit gesegnet sind – ja, da gebe ich mich keiner falschen Bescheidenheit hin –, sind oft sehr einsam. Wir sind immer noch nur Menschen, Menschen die wie jeder andere auch eine Beziehung brauchen und auf der Suche nach ihrem Seelenverwandten sind. Glauben Sie es oder nicht, aber Danny und ich *sind* seelenverwandt. Mir ist völlig egal, wie er aussieht – das ist für mich einfach nicht wichtig. Wenn ich ein hübsches Jüngelchen oder einen Muskelprotz wollte, hätte ich eines der männlichen Models nehmen können, mit denen ich gearbeitet habe. Die sind allerdings normalerweise so hohlköpfig wie Schaufensterpuppen, und deswegen wären sie nichts für mich gewesen. Danny ist genau das Gegenteil. In seinem Kopf stecken so viele, strahlende Gedanken. Das ist doch nur logisch, oder?«

»Bis zu einem gewissen Grad schon, aber ich hätte Danny jetzt auch nicht gerade als elektrifizierende Persönlichkeit bezeichnet.«

»Das liegt daran, dass Sie ein Mann sind, und noch dazu nicht gerade ein spiritueller.«

Dave schaute säuerlich. »Das nehme ich Ihnen jetzt aber übel.«

»Das können Sie gerne machen«, erwiderte Petra, »aber es ist wahr. Im Vergleich zu Danny, der ein *sehr* spiritueller Mann ist, haben Sie auf diesem Gebiet wenig zu bieten. Dieser Spitzname, den Sie tragen, Mutter Teresa, passt meiner Meinung nach überhaupt nicht. Sie sind pragmatisch, wahrscheinlich auch liebenswürdig und großzügig, und ich weiß, dass Sie intelligent und manchmal ziemlich emotional sind, aber Sie sind nicht spirituell – in dieser Hinsicht fehlt Ihnen jede Tiefe. Ich würde nicht den Begriff oberflächlich benutzen, weil das so nicht stimmt, aber ihre Tiefen liegen nicht im metaphysischen Bereich.«

Dave fühlte sich brüskiert. Er hielt sich in spiritueller Hinsicht für genauso firm wie jeder andere auch. Vielleicht praktizierte er keine Religion und kümmerte sich auch nicht sonderlich um spirituelle Dinge, aber seiner Meinung nach war er auch nicht profaner als Danny.

»Man nennt mich aufgrund meiner Integrität Mutter Teresa«, erklärte Dave steif, wobei er sich fragte, wie zur Hölle es sein konnte, dass sich die Rollen bei dieser Befragung so umgekehrt hatten.

Sie seufzte. »Sie verstehen gar nicht, was ich meine – und was die meisten Leute meinen –, wenn das Wort ›spirituell‹ fällt, oder? Das kann man nicht einfach *sein,* das muss man praktizieren; man muss lernen, es zu werden. Wie oft waren Sie in den letzten zehn Jahren in der Kirche?«

»Woher wollen Sie wissen, dass ich Christ bin?«, fragte er scharf. »Vielleicht bin ich ja auch Buddhist?«

»Wie oft am Tag meditieren Sie dann? Oder kommen in irgendeiner Weise mit spirituellen Dingen in Kontakt? Ich werde es Ihnen sagen: gar nicht. Sie *denken* jede Menge, aber Sie meditieren nicht.«

»Sie glauben ja, eine Menge über mich zu wissen.«

»Ich weiß fast nichts über Sie, Lieutenant Peters, aber *das* weiß ich.«

Dave schwieg eine Weile. Es nervte ihn, dass sie wahrscheinlich Recht hatte. Wenn der Geist wie ein Muskel war, der trainiert werden musste, um sein Potenzial voll zu entfalten, dann hatte Danny ihm so einiges voraus.

»Okay«, sagte Dave schließlich leise. »Sie haben mir jetzt erklärt, warum Sie in Danny verliebt sind und ich das nicht verstehen kann. Jetzt hätte ich gerne noch eine Erklärung dafür, warum Sie über Zäune klettern und auf Fensterbrettern hocken. Sind Sie irgendwie voyeuristisch veranlagt?«

»Wie können Sie es wagen? Meinen Sie wirklich, es verschafft mir einen Kick, anderen beim Sex zuzusehen oder so etwas? Das ist widerwärtig.«

»Hey, Lady, da, wo ich herkomme, ist so etwas nur ein harmloser Zeitvertreib. Nur *zuschauen* ist doch gar nichts.«

Ihre Nasenflügel bebten, und sie verengte die Augen. »Ich saß nicht auf dem Fensterbrett, sondern auf der Trennmauer, und ich habe meine Familie beobachtet.«

Das ließ ihn die Augen aufreißen. »Familie? Sind Sie verheiratet?«

»Ich meine, meinen Vater, meine Mutter und meinen Bruder.«

Dave kam ein fieser Gedanke, aber er schob ihn schnell zur Seite. Er hatte sich schon ein paarmal in dieser Frau getäuscht und wollte nicht mehr vorschnell urteilen.

»Okay«, sagte er, »so viel zu der Erklärung. Warum beobachten Sie Ihre Familie, ohne sich bemerkbar zu machen? Hat Ihr Vater Sie rausgeschmissen und Ihnen verboten, ihm je wieder unter die Augen zu kommen? Oder vielleicht liegt es an der bösen Stiefmutter, die Sie aus der Familie rausgeekelt hat?«

Die Trauer in ihrem Blick ließ ihn bereuen, dass er sie so bedrängt hatte. »Nein«, erwiderte sie. »Nichts dergleichen. Meine Familie hält mich für tot. Es ist notwendig, dass sie das auch weiterhin glauben, auch wenn ich wünschte, es wäre anders. Mehr muss ich Ihnen nicht erklären. An dem, was ich tue, ist nichts Falsches. Ich meine, es ist schrecklich, dass sie mich für tot halten, aber ich lasse sie nicht aus egoistischen Gründen in diesem Glauben. Im Moment ist es einfach unmöglich, es ihnen zu sagen.«

Dave, der in seiner Laufbahn schon unzählige Personen getroffen und manchmal auch verhaftet hatte, die als »vermisst, wahrscheinlich tot« galten, spürte, dass es nichts bringen würde, Petra mit weiteren Fragen zu bedrängen.

So ungewöhnlich war die Situation gar nicht. Er hatte schon Jugendliche gekannt, vielleicht mehr Mädchen als Jungen, die von zu Hause weggelaufen waren, aber hin und wieder ihre Eltern anriefen, um ihre Stimmen zu hören, ohne dass ihre Eltern sie hören konnten oder wussten, wo sie sich aufhielten.

»Okay, ich gebe auf«, sagte Dave. »Vergessen wir's.«

Sie lächelte, als er endlich Verständnis zeigte.

Während sie zum Hotel zurückgingen, schob Petra Dave etwas in die Hand. Es war ein Medaillon an einer Silberkette. »Falls mir etwas passieren sollte«, sagte sie, »gibst du das – wir sind doch wieder beim Du, oder? – also, gibst du das dann bitte Danny?«

Dave musterte das Schmuckstück und zuckte mit den Schultern. »Klar, warum nicht?«

20

Später am Abend berichtete Stan Gates, dass Danny an Bord des Fluges VA765 nach San Francisco gegangen sei, sagte Dave aber auch: »Ich weiß nicht, ob er anrufen wird, wenn er angekommen ist. Er sagte etwas von einem Trip nach Hawaii, meinte, er hätte genug von der Polizei und wolle mal raus.«

Das überraschte Dave, und er fragte gereizt: »Hawaii? Warum sollte er nach Hawaii wollen?«

Gates zuckte mit den Schultern. »Keine Ahnung, aber so wie er ausgesehen hat, hätte es auch Mexiko oder Alaska sein können. Ich kenne diesen Blick. Er will sich für eine Weile verstecken. Ich glaube, er ist wütend und verletzt.«

Dave zog eine Grimasse. »Tja, wenn er schmollen will, soll er doch. Ich denke, ich hatte gar keine andere Wahl, als ihn zurückzuschicken.«

Gates lächelte. »Falls meine Meinung irgendwie zählt: Ich finde, Sie haben das Richtige getan, das *einzig* Richtige in dieser Situation. Wenn die Gefühle eines Polizisten seine Arbeit beeinflussen, muss man ihn aus dem Verkehr ziehen, bis er wieder zur Vernunft kommt. Ich habe noch nie viel davon gehalten, wenn man Privatleben und Dienst miteinander mischt.«

»Vielen Dank, Stan, genau meine Meinung.« Aber noch während er es aussprach, wurde Dave von Schuldgefühlen gepackt. Er kam sich vor wie ein Heuchler, da er genau wusste, dass er 1996, während er den Engel gejagt hatte, sich gleichzeitig in Vanessa verliebt hatte. *Das war etwas anderes,* sagte er sich. *Das war reiner Zufall, und ich wusste nicht, was mit mir passiert, bis es schon geschehen war.* Mit einer gewissen Befriedigung und Gewissenserleichterung fügte er gedanklich noch hinzu, dass Vanessa als Theologieprofessorin unverzichtbar gewesen war, als es um die Lösung des Engelsproblems ging.

Hätte er sich die Zeit genommen, eine ehrliche Analyse durchzuführen, wäre ihm klargeworden, dass die zwei Fälle fast exakt übereinstimmten. Danny war ebenfalls in seine Affäre reingerutscht, ohne vorher etwas davon zu ahnen, und Petra war als Sprachrohr des Erzengels unverzichtbar für das Projekt.

Nach dem Treffen mit Gates ging Dave auf sein Zimmer. Er

setzte sich kurz auf die Bettkante, dann zog er sich aus, duschte und kroch unter die Decke, wobei ihm auffiel, dass die Bettwäsche nicht gewechselt worden war. Die Läuseplage hatte wahrscheinlich alles etwas aus dem Gleichgewicht gebracht. Selbst jetzt spürte er, wie die kleinen Mistviecher sich in ihn verbissen. Er widerstand dem Drang, sich zu kratzen, zerdrückte aber ein paar zwischen den Fingernägeln, was ihm eine enorme Befriedigung verschaffte.

Dave wurde vom Telefon geweckt. Er schaute auf die Digitaluhr des Radioweckers: halb vier Uhr morgens.

»Hallo?«, krächzte er in den Hörer.

»Dave? Hier spricht Lloyd. Könnten Sie so schnell wie möglich in die Jasmine Suite kommen? Es ist … es ist etwas passiert.«

Etwas in Lloyds Stimme ließ bei Dave die Alarmglocken schrillen. Er war sofort wach und griff nach seiner Hose.

Er ging zum Fenster und starrte nach draußen. Die Lichtkuppel war immer noch sichtbar. Der Erzengel war noch da, darüber wollte Lloyd also nicht mit ihm sprechen. Lloyd hatte ihn *Dave* genannt. Das war das erste Mal, dass er seinen Vornamen benutzt hatte. War das wichtig? Aus dem Mund von Smith, der normalerweise immer so korrekt war und – typisch englisch – die formelle Anrede bevorzugte, klang *Dave* seltsam, irgendwie unpassend.

Ein Angestellter, irgendein Abteilungsleiter des Hotels, verließ gerade die Suite, als Dave eintrat. »Kaffee«, murmelte er ihm zu. »Habe gerade welchen gemacht, steht auf dem Tisch.«

»Danke«, sagte Dave und fragte sich sofort, ob er ihn brauchen würde.

Was er dann wirklich brauchte, war ein starker Whiskey.

Lloyds Miene war ausdruckslos, und er wanderte im Zimmer auf und ab, als Dave hereinkam. Er zeigte auf ein paar Stühle.

»Setzen Sie sich«, meinte er. »Ich habe schlechte Neuigkeiten.«

Der Erzdiakon war blass, und was er zu sagen hatte, regte ihn offensichtlich ziemlich auf. Dave rutschte das Herz in die Hose. Was zur Hölle war hier los?

»Es tut mir schrecklich leid, Dave …«, wieder der ungewohnte Vorname, »… aber das Flugzeug mit der Flugnummer VA765 ist vor knapp einer Stunde über dem Atlantik abgestürzt.«

Im ersten Moment registrierte Daves Gehirn nicht, was das bedeutete. Stan Gates hatte gesagt, Danny habe den Flug mit der Nummer VA765 genommen. *Danny!* Danny war in dieser Maschine. Danny war in den Ozean gestürzt!

»Jesus Christus«, stöhnte Dave, und sein Hirn fühlte sich plötzlich taub an.

»Es tut mir schrecklich, schrecklich leid«, sagte Lloyd wieder.

»Keine Überlebenden?«, fragte Dave. »Suchen sie noch?«

»Offenbar gibt es keine Spur von dem Wrack. Sie haben einen Notruf abgesetzt, als eines der Triebwerke Feuer gefangen hat. Das Feuer hat sich über den Flügel ausgebreitet. Die letzte Meldung des Piloten besagte, dass sie an Höhe verloren.«

Dave vergrub das Gesicht in den Händen. »Oh, Gott«, stöhnte er. »Meine Schuld. Ich habe Danny befohlen, nach Hause zu fliegen. Ich habe ihn umgebracht.«

Lloyds Stimme wurde kräftiger, als er sagte: »Reden Sie keinen Unsinn, Lieutenant. Es wundert mich wirklich, von einem Pragmatiker wie Ihnen so etwas zu hören. Sie wissen ganz genau, dass Sie unmöglich vorhersehen konnten, dass die Passagiermaschine abstürzen würde …«

Dave schaute hoch, blind vor plötzlich aufflammender Wut:

»Warum müsst ihr Oberschichttucken eigentlich immer so gespreizte Worte benutzen? *Passagiermaschine!* Was ist denn falsch an dem richtigen Wort? Es heißt *Flugzeug,* verdammt. *Flugzeug.*«

Lloyd erwiderte ruhig: »Schön, dann eben Flugzeug.«

Ihnen war allen klar, dass Daves Wutausbruch ein Symptom seiner Unfähigkeit war, die plötzlich auf ihn einstürmende Trauer zu begreifen, aber es folgte trotzdem ein langes, betretenes Schweigen, bis er schließlich eine Entschuldigung hervorwürgte: »Tut mir leid, Lloyd. Ich wollte einfach nur um mich schlagen.«

»Man hat mich schon schlimmer beschimpft. Aber es ist schon ein seltsames Wort, oder? *Tucke?* Das hat mich schon immer verwirrt. Wie das zu einem Ausdruck für Homosexuelle werden konnte, ist mir schleierhaft. Falls Sie es jemals rausfinden, würde ich es gerne wissen.«

Dave nickte, immer noch peinlich berührt und in einem Gefühlssturm aus Trauer und Wut gefangen.

Sie tranken jede Menge Kaffee, sprachen über die unwahrscheinliche Möglichkeit, dass es sich um ein Missverständnis handeln könnte, dass Danny vielleicht doch eine andere Maschine genommen haben könnte, dass die Flugnummer der verunglückten Maschine verwechselt worden sein könnte oder man vielleicht noch Überlebende finden würde. Sie redeten über all diese Möglichkeiten, doch sie wussten, dass es keine Hoffnung gab und Danny zusammen mit fünfhundert anderen Passagieren getötet worden war.

Schließlich ging Dave hoch in sein Zimmer, um Vanessa anzurufen. Sie war genauso betroffen wie er. Er wünschte sich, sie könnten zusammen sein, sich gegenseitig festhalten, streicheln, sich körperlichen Halt und Trost geben.

»Ich weiß ja, dass ein Cop immer damit rechnen muss, dass

es ihn im Dienst erwischt«, sagte Dave. »Das *weiß* ich. Aber wenn so etwas passiert, trifft es einen trotzdem genauso hart.«

»Natürlich tut es das«, sagte Vanessa.

»Ich kann es einfach nicht glauben. Ich weiß nicht, was ich tun soll ... ich fühle mich völlig hilflos.«

Sie schluchzte leise. »Du *kannst* nichts tun, außer weitermachen und das zu Ende bringen, was ihr da angefangen habt. Danny würde das verstehen.«

»Wahrscheinlich hast du Recht«, sagte Dave erschöpft. Seine Gefühle hatten ihn völlig ausgelaugt. »Das würde er wohl.«

Manovitch stand auf einem hohen Gebäude und schaute nach Norden. Neben ihm stand ein Mann; er sah elend aus. Bevor Manovitch ihn sich geschnappt hatte, war er ein sanfter Mann gewesen, ein *guter* Mann, aber er hatte sich für Geld erniedrigt. Er fühlte sich schäbig und abartig, weil er sich an einer Tat beteiligt hatte, auf die er noch einen Tag zuvor mit Wut und Abscheu reagiert hätte. Zugegeben, es war wirklich eine Menge Geld, aber nun, wo es vorbei war, hätte er am liebsten Selbstmord begangen.

»Verschwinde«, sagte Manovitch, »bevor ich dich töte.«

Der Mann ging zur Dachkante, warf Manovitch einen erbärmlichen Blick zu und trat ins Leere. Er schrie nicht einmal, als er die siebzehn Stockwerke tief fiel. Manovitch zuckte mit den Schultern. Seine Kraft war wieder erneuert. Alles andere interessierte ihn nicht.

Manovitch ließ den Blick über die Hauptstadt wandern. Er hatte sich inzwischen seiner Dämonen entledigt, da er sie nicht mehr brauchte. Sie waren wieder in ihre Löcher gekrochen, hatten sich wieder versteckt. Kurzfristig waren sie nützlich für ihn gewesen, aber er wollte seine Aufgabe allein fortsetzen, ohne dabei von ihrer eitlen Dummheit behindert zu werden.

Es stimmte, dass er die Konferenz noch nicht gesprengt hatte, aber er hatte von Anfang an gewusst, dass es keine leichte Aufgabe werden würde. Es war sinnlos, ein oder zwei Teilnehmer zu töten: Das würde die Entschlossenheit der anderen nur stärken. Er musste vielmehr dafür sorgen, dass das Leben in London unerträglich wurde, und so ihren Widerstand schwächen und sie dazu bringen, entmutigt aufzugeben. So oder so würde es einige Todesopfer geben, wenn er die letzte Plage auf sie losließ: den Tod aller Erstgeborenen.

Manovitch hatte keine Nachricht von Satan erhalten, seit er auf der Erde war, aber er spürte, dass sein verdorbener Meister mit der Entwicklung der Dinge zufrieden wäre. Manovitch fühlte, dass die Plagen ein kreativer Zusatz waren, der in der Hölle gut aufgenommen werden würde. Die Passivität des reglosen Erzengels war ebenfalls ermutigend. Er würde nicht eingreifen, bis die Sterblichen endgültig gescheitert wären, und bis dahin war es vielleicht schon zu spät. Die Zerstörung, die durch einen direkten Kampf zwischen Manovitch und dem Erzengel entstehen würde, war es wert, die endgültige Vernichtung zu riskieren – oder zumindest fast, denn ganz so selbstlos war Manovitch dann doch nicht.

Manovitch war zu Macht gelangt, als Satan begonnen hatte, tote Seelen in seinen Truppen auf dem Schlachtfeld von Armageddon einzusetzen. Die Dämonen wurden immer wieder zurückgedrängt, und obwohl die toten Seelen traditionellerweise neutral waren und die Schlacht nur zwischen Engeln und gefallenen Engeln ausgetragen wurde, hatte Satan jegliche Bedenken bezüglich der weiteren Korrumpierung der Seelen toter Sterblicher beiseitegeschoben. Und so war Manovitch einer seiner größten Generäle geworden, gefürchtet von Engeln, verehrt von Dämonen.

Manovitch beobachtete die Szenerie um sich herum.

Nach einem Moment kroch etwas aus seinem Mundwinkel. Es war eine Fliege. Sie summte im Wind davon. Er öffnete ein wenig die Lippen und zwei weitere kamen hervor. Dann riss er die Kiefer auseinander. Drei, vier, ein Dutzend, hundert – schließlich quollen die Fliegen aus seinem Mund und bildeten einen stetigen schwarzen Strom, der so dick war wie der Oberarm eines Mannes. Manovitch breitete triumphierend die Arme aus, als die Fliegen zu Tausenden, Millionen, Milliarden aus ihm herausströmten.

21

Der sieben Jahre alte Tommy Jenkins weckte mitten in der Nacht seine Mutter, indem er sie heftig an der Schulter schüttelte.

»Ich glaube, Gott kommt«, sagte er.

Sandra Jenkins lebte in einer Wohnung im obersten Stockwerk eines Hauses in Bayswater. Sie war eine intelligente dreiunddreißigjährige Frau, die nie eingesehen hatte, warum es nötig sein sollte zu heiraten, und ihr Kind allein großzog. Ein paar Jahre lang hatte sie einen festen Freund gehabt, der, wie sie anführte, ein gutes männliches Rollenvorbild für ihren Sohn abgab, und manche Leute sagten, dass sie in der Erziehung ihres Kindes wesentlich erfolgreicher war als so manches Paar. Ihr Sohn hatte ihre Intelligenz geerbt.

»Was ist los, Schatz?«, murmelte sie schlaftrunken.

»Hör doch!«, beharrte der kleine Tommy. »Ist das nicht Gott?«

Sandra setzte sich im Bett auf. Jetzt war sie wach genug, um das Dröhnen in der Ferne zu hören. Nach der Universität hatte sie zwei Jahre für einige Hilfsorganisationen gearbeitet und war in einem afrikanischen Bürgerkriegsland gewesen. Sie wusste, wie sich eine Bomberstaffel anhörte, und dieses Geräusch klang sehr ähnlich. Ihre Nerven spannten sich an und kribbelten.

Sie sprang aus dem Bett. »Schnell, Tommy, unter den Küchentisch, schnell, schnell.«

Jetzt bekam Tommy auch Angst, da er die Dringlichkeit in ihrer Stimme hörte und sah, welche Wirkung das seltsame Geräusch auf sie hatte.

»Was ist los, Mami? Was ist denn?«

Sandra realisierte, dass sie ihrem Sohn Angst machte, und kämpfte darum, ruhig zu bleiben. Das Geräusch draußen wurde immer lauter, und obwohl nackte Panik in ihr aufstieg, rang sie um Gelassenheit.

»Es ist nichts Schlimmes, Tommy, aber ich denke, wir sollten uns besser unter den Tisch setzen. Das Haus könnte erschüttert werden, und dann fällt Putz von der Decke. Wir wollen schließlich nicht schmutzig werden vom Putz, oder?«

»Nein«, erwiderte Tommy zweifelnd.

Sie gingen in die kleine Küche, hockten sich unter den Tisch und hielten sich an den Händen. Sandra war sich nicht sicher, ob der Tisch das Gewicht der Decke tragen konnte, falls diese einstürzte, aber mehr Schutz hatten sie nicht. In Afrika war sie immer unter die Treppe geflüchtet, wie ihre Eltern im Zweiten Weltkrieg, aber in der Wohnung gab es keine Treppe, unter der man sich verstecken konnte.

Das Geräusch wurde lauter und lauter, bis es gar nicht mehr wie eine Bomberstaffel klang, dazu war es zu nah und zu hoch im Ton. Was auch immer es war, es näherte sich auf Bodenhöhe. Was konnte das nur sein? Irgendeine Maschine, die in die Stadt eindrang? Viele Maschinen?

Vorsichtig und mit rasendem Puls krabbelte Sandra unter dem Tisch hervor, ließ aber die Hand ihres Sohnes nicht los. Sie gingen gemeinsam zum Fenster und schauten über das dunkle, frühmorgendliche London. Zuerst war nichts zu sehen, aber als Sandra zum bleichen Mond hochschaute, wurde der plötzlich von einer schwarzen Wolke verdeckt. In der Ferne erloschen in schneller Folge die Straßenlaternen und Gebäudebeleuchtungen. Pure Dunkelheit schien auf die Wohnviertel von Bayswater zuzurasen.

»Was ist das?«, fragte sie. Ihre Angst hatte sich etwas gelegt, nachdem sie sehen konnte, dass keine Bomber am Himmel schwebten.

Die Dunkelheit und das Geräusch hielten miteinander Schritt, bis sie schließlich das Gebäude erreichten und verschlangen. Die Fenster auf der Südseite klirrten, als die schwarze Wolke mit der Wucht eines schweren Brechers aufprallte. Das Gebäude wurde bis in die Grundfesten erschüttert. Dann sah sie im Licht ihrer eigenen Fenster, dass die Wolke aus lauter kleinen Punkten bestand, Millionen von ihnen, und nicht – wie sie zuerst gedacht hatte – aus Rauch. Es schien sich um eine Art weiche Hagelkörner zu handeln: nicht hart genug, um das Glas zu sprengen, aber zahlreich genug, um das Gebäude zu erschüttern.

Das Geräusch draußen war erschreckend.

»Was ist das, Mami?«, kreischte Tommy, der nun die Fassung verlor.

»Nichts, wovor du dich fürchten musst«, erwiderte sie und strich ihm über den Kopf. Sie glaubte es selbst nicht.

Dann drangen die Punkte in die Wohnung ein, zwängten sich durch Luftschächte und winzige Spalten zwischen Fenster und Fensterbrett.

Als sie durch ihr Wohnzimmer, Schlafzimmer, Bad und die Küche summten, erkannte sie, was sie waren.

Fliegen!

Wäre sie ein Insektenkundler gewesen, hätte Sandra gesehen, dass der Großteil der Fliegen einer Spezies namens Märzfliege angehörte; aber diese Märzfliegen hatten noch viele Schwadronen anderer Artgenossen, die sie bei ihrer Invasion von London unterstützten.

Es gab ein paar riesige Schmeißfliegen, aber die summende Vielfalt enthielt auch Kriebelmücken, Bremsen, Dasselfliegen, Bohrfliegen, Raubfliegen, Fensterfliegen, Soldatenfliegen, Pferdefliegen, Stubenfliegen, Fruchtfliegen, Stelzenfliegen, Moskitos, Stechmücken, Schmetterlingsmücken und Schnaken.

»Oh Gott«, stöhnte sie angewidert.

Dann ging sie schnell zum Schrank unter der Spüle, um das Insektenspray zu holen, aber irgendetwas sagte ihr, dass dieses Problem zu groß war, um es mit einer Dose Paral zu lösen. Stattdessen griff sie geistesgegenwärtig nach ein paar Putzlumpen, machte sie nass, rannte zurück zum Fenster und stopfte sie in die Luftschlitze und Ritzen, bis keine Fliegen mehr reinkamen. Dann versiegelte sie so auch noch die Wohnungstür, da sie bestimmt auch bald durch den Haupteingang kommen würden.

Tommy hatte sich mit einer zusammengerollten Zeitung bewaffnet und sich daran gemacht, die eindringende Armee zu zerschlagen.

»Hol dir auch eine, Mum«, schrie er und schlug gefährlich knapp an einer teuren Vase vorbei an die Wand. Rote Flecken mit schwarzen Punkten in der Mitte zierten bald die weiße Küchenwand.

Sandra bewaffnete sich mit einem nassen Spültuch und folgte Tommy durch den Raum, wobei sie abwechselnd Flecken von der Wand wischte und mit ihrem Lappen zuschlug, der sich als effektive Waffe entpuppte. Sie wollte das Insektenspray jetzt nicht mehr benutzen, da die Gase bald die Luft in der Wohnung verpestet hätten, nachdem nun kein Luftaustausch mehr stattfand.

Gemeinsam schafften es die beiden tapferen Goliaths, die Horden von Davids aufzuhalten, die sie zu überwältigen drohten. Andere in der Stadt hatten nicht so viel Glück. Andere Frauen und Männer hatten keinen wachsamen Tommy, der sie weckte und vor der Invasion warnte. Sie erwischte es im Bett, sie schluckten Fliegen und wurden von schwarzen Insekten erstickt, die in ihre Ohren, Nasen und Münder krochen. Einige der Fliegenarten fügten ihren Opfern widerliche Bisswunden zu, während andere einfach nur lästig waren, aber alle tauchten milliardenfach auf, ließen überall ihre kleinen schwarzen Hinterlassenschaften fallen und verschmutzten so jedes offen zugängliche Geschirr. Sie fraßen sich durch alle Lebensmittel, die nicht abgedeckt und weggeschlossen waren. Sie paarten sich und starben in ihrem eigenen Dreck und fingen an, wie die Frösche alles zu verstopfen, von Uhren bis hin zu Zügen.

Obwohl sich die Plage nicht bis Heathrow und Gatwick ausbreitete, mussten alle Flugzeuge über London in dieser Nacht schnellstens an Höhe gewinnen, da ihre Triebwerke sonst massenhaft Insekten einsaugten und sie zwischen den Gebäuden abstürzten.

Das war die bisher widerlichste Plage.

Dave hatte sich noch nicht vom Schock angesichts Dannys Tod erholt, als die Fliegen über London herfielen. Er beschloss, ihnen für ein paar Tage zu entgehen, und fuhr aus London raus nach Suffolk aufs Land. Es war wie in einer anderen Welt. Friedlich, ruhig, alles ging seinen Gang. Hier draußen gab es auch Fliegen, aber in normalen Mengen. Während er dahinfuhr, schauderte er bei dem Gedanken daran, welchen Dreck die Insekten mit sich bringen würden. Es würde wieder Seuchen geben. Wieder würde das Leben für eine Weile kaum erträglich sein, wie es auch schon bei den Fröschen und den Läusen gewesen war.

Als die Fliegen gekommen waren, war Dave zum Glück im Hotel hinter Glas gewesen. Das Personal hatte schnell alles versiegelt. Draußen auf der Straße starben die Menschen. Durch die doppelt verglasten Fenster beobachtete Dave, wie ein alter Mann in einer Wolke verschwand, die durch die Straßen fegte und ihm den Erstickungstod brachte. Seine Kehle verstopfte, seine Augen wurden blind und tränten, in seinen Ohren und seiner Nase waren überall Fliegen. Er schaffte es, wieder aufzustehen, und versuchte wegzulaufen, aber nach wenigen Schritten fiel er erneut hin, und diesmal stand er nicht wieder auf. Sobald er erstickt worden war, begannen die Fliegen, sich an den Säften des Leichnams zu laben, die aus den diversen Körperöffnungen traten.

Die Fliegen flogen durch die Straßen, fast wie ein geschlossener Schwarm, und ihr Summen war ohrenbetäubend laut. Es war fast so, als würde eine Fliegerstaffel zwischen den hohen Gebäuden hindurchrasen. Sie bildeten eine schwarze Masse aus geflügeltem Dreck, der die Menschen innerhalb von Sekunden in die Knie zwang, wenn sie nicht schnell genug ein Taschentuch oder einen Schal zur Hand hatten, um Mund und Nase zu bedecken. Später fingen die Leute an, Gasmasken zu tragen, aber am Anfang war niemand darauf vorbereitet, wie dicht die Insekten auftreten würden. Die Leute starben dutzendfach, weil sie die Fliegen in dicken Brocken verschluckten.

Dave hatte es geschafft, sich eine Gasmaske zu besorgen, und fuhr über die A12 aus der Stadt. Unterwegs sah er die städtische Müllabfuhr, die mit ähnlichen Masken Leichen einsammelte und hinten in ihre Müllautos warf. Es blieb keine Zeit für Pietät. Dave sah Menschen mit offenen Wunden, die noch von der Läuseplage stammten, in denen jetzt dicht an dicht die Fliegen saßen und die Wundsekrete fraßen. Er sah Leichen, die sich bewegten als wäre noch Leben in ihnen, wenn eine zitternde Decke aus Insekten sie vollständig verhüllte. Es war keine schöne Reise.

Dave brauchte einige Zeit, bis er aus der Stadt raus war, und obwohl sich in dieser Zeit der Wagen mit Fliegen füllte, konnte er, sobald er draußen auf dem Land war, die Türen aufmachen und die meisten von ihnen loswerden.

Da er sich relativ spät entschieden hatte zu fahren, waren die Hotels und Pensionen rund um London schon voll, so dass er weiter rausfahren musste und schließlich ein kleines Fischerdorf mit dem Namen Walberswick zu seinem Reiseziel machte.

Möwen und Seeschwalben schwebten über den ruhelosen Wellen der grünen Nordsee. Im Süden konnte er ein riesiges Konstrukt sehen, wahrscheinlich ein Kraftwerk, und im Westen ragten Sanddünen auf. Nachdem sich das Wasser zurückgezogen hatte, wurden sandige kleine Teiche freigelegt, und einmal wäre er fast auf ein paar Vogeleier getreten, die einfach in einer flachen Kuhle aus Sand und Kieselsteinen lagen. Als er hochschaute, entdeckte er überall am Strand weitere solche Gelege.

»Vorsicht, Vogeleier«, warnte er sich selbst.

Eine steife Brise peitschte die Wellen auf, und das aufregende Prickeln des späten Frühlings lag in der Luft. Wo Meer und Land sich begegneten, suchten Stelzvögel nach Krustentieren und Muscheln. Die oberen Bereiche des Strandes waren mit Seetang, ausgebleichtem Treibholz, getrockneten Wasserpflanzen und käfergroßen Eiergruben bedeckt, die in einer sauberen, welligen Linie die Flutlinie markierten, die sich an der Küste entlang nach Süden schlängelte.

Was für eine Müllhalde, dachte Dave. *Wer könnte hier schon leben? Keine nennenswerten Wellen – verglichen mit den Brechern im Pazifik sind sie jämmerlich.*

Er seufzte und dachte an Danny.

Meistens war er ja eine furchtbare Nervensäge. Ich meine, er war schon ein guter Cop, aber er hatte diese nervigen Angewohnheiten. Wie etwa, das Kaffeepulver vom Rand des Plastikbechers abzulecken. Das hat mich wahnsinnig gemacht. Und dann diese ganze Sache mit den Nutten und den Beichten danach. Der Typ war ein einziger, riesiger Komplex.

Klar vermisse ich ihn, gab er sich selbst gegenüber zu. *Genauer gesagt, ich werde ihn vermissen, wenn ich erst mal realisiert habe, dass er wirklich weg ist. Der kleine Idiot.*

Der scharfe Nordseewind trieb Dave die Tränen in die Augen, die er schnell mit dem Handrücken abwischte.

22

Die Fliegen waren jetzt nicht mehr ganz so zahlreich. Trotzdem waren sie eine lästige Plage, die in gewissen Gegenden in großen Wolken auftauchte, während sie an anderen Stellen nur vereinzelt störte.

An der Decke des Princess Louise hing reihenweise Fliegenpapier, das voller toter Fliegen war. In den Ecken der Bar wurden die kleinen Biester dutzendweise von Insektenvernichtern mit UV-Licht angezogen, die sie dann in Rauch aufgehen ließen. Das gute, altmodische Einweckglas mit Marmelade und Wasser ertränkte ein paar von ihnen auf der Bar.

Stan Gates war gerade dabei, im Princess Louise etwas zu

trinken, als er mit eine paar Landeiern aus Tilbury in Streit geriet, die wegen eines Fußballspiels zwischen England und Schottland nach Wembley gekommen waren. Die Fans aus Tilbury hielten sich für ganz harte Kerle und tolerierten keinerlei Kritik an ihrer Mannschaft. Stan, der zur Hälfte Schotte war, wäre bei einem Spiel der beiden Nachbarländer vielleicht hin und her gerissen gewesen, aber Fußball interessierte ihn kein bisschen.

»Und, auf welcher Seite stehst du?«, rief ihm einer der Rüpel aus der Gruppe zu.

Stan wedelte automatisch mit der Hand über seinem Bierglas, um die Fliegen zu vertreiben, und starrte den Kerl nur grimmig an. Er hatte zugesehen, wie die Gruppe sich immer weiter mit Bier und Whisky zugeschüttet hatte, und je betrunkener sie wurden, desto mehr nervten sie ihn. Er war ins Princess gekommen, weil er in Ruhe ein Bierchen trinken wollte, und nicht, um sich von ein paar Hooligans einschüchtern zu lassen, die noch nicht mal trocken hinter den Ohren waren.

»Na?«, rief ein anderer. »Wir reden mit dir, Kumpel.«

»Ihr redet vielleicht mit mir, aber ich höre nicht zu«, erwiderte Stan, ohne sich umzudrehen. Er konnte sie im Spiegel über der Bar beobachten. Es waren fünf. Sie waren groß – wahrscheinlich Hafenarbeiter, wenn sie überhaupt einen Job hatten.

»Du solltest aber mal zuhören, taube Nuss«, sagte einer, dessen Kinn voller Bartstoppeln war. »Sonst kriegst du noch Ärger, wenn du den Leuten nicht zuhörst.«

Stan sah den Mann im Spiegel an. Eigentlich wollte er jetzt gerade keine Probleme lösen.

»Hör zu, Arschgesicht, ich bin Polizist. Ich will keinen Ärger, aber wenn du darauf bestehst, lässt sich das verdammt nochmal einrichten, alles klar?«

Einen Moment lang herrschte am Tisch Ruhe, dann murmelte einer: »Was für ein Arschloch, ne?«

Stan wusste, dass die Leute aus Tilbury, einer düsteren, üblen Gegend, kaum – oder eigentlich gar keine – Autoritäten respektierten, aber vielleicht fühlten sie sich in der großen Stadt unsicher genug, um die Sache auf sich beruhen zu lassen. Doch nach einer Weile fingen sie wieder an zu sticheln.

»Hey, Bulle, du bist bestimmt dafür, dass die Mongolei Weltmeister wird, oder?«

Er drehte sich zu ihnen um und stützte sich mit den Ellbogen auf die Bar. Fliegen schwirrten um sein Gesicht.

»Ich finde Fußball scheiße. Es ist ein Spiel für Idioten, das sich auch nur Idioten ansehen. Und die Kröten aus Tilbury finde ich auch scheiße – das sind alles Kinderschänder und Frauenmörder. Wenn ihr das beides zusammennehmt, versteht ihr bestimmt, warum ich jedes Mal kotzen könnte, wenn ich in eure Richtung schaue. Deshalb werde ich mich jetzt wieder umdrehen und eure dämlichen Bemerkungen für den Rest des Abends ignorieren.«

Er wandte sich wieder seinem Bier zu.

Stoppelkinn wollte aufstehen, wurde aber von zwei anderen gepackt und wieder auf seinen Stuhl gezogen.

»Der ist es nicht wert, Den, vergiss es.«

Den vergaß es nicht, setzte sich aber wieder und murmelte etwas wie: »Das Arschloch krieg ich noch. Ich werde ihm so eine verpassen, dass er nach hinten fassen muss, um sich die Nase zu putzen.«

Schließlich stand die Gang auf und torkelte nach draußen. Stan atmete auf. Er hatte sich in letzter Zeit irgendwie seltsam gefühlt, und er wollte sowieso nicht in eine Schlägerei mit solchen Idioten verwickelt werden. Es war ja auch nichts Ernstes, dachte er. Nur ein paar Gedächtnislücken. Manchmal war er plötzlich irgendwo und wusste nicht, wie er dorthin gekommen war oder was er in den vergangenen Stunden getan hatte. Der Arzt hatte ihm gesagt, dass das ziemlich weit verbreitet sei, oder zumindest nicht allzu selten. Trotzdem wären ein paar Schläge auf den Kopf momentan bestimmt nicht besonders gut.

Um halb elf trank er sein letztes Bier aus, rief dem Barmann einen Abschiedsgruß zu und verließ das Pub.

High Holborn war hauptsächlich ein Geschäftsviertel und um diese Zeit wie ausgestorben. Auf der anderen Straßenseite hockte im Eingang des Restaurants *My Old Dutch* ein Obdachloser herum. Er war von krabbelnden Fliegen bedeckt, einige schwirrten sogar wie ein lebender Heiligenschein um seinen Kopf. Er versuchte gar nicht, sie zu verscheuchen, sondern ließ sie freiwillig in Mund und Nase kriechen.

Stan schauderte und wedelte ein paar Fliegen weg, die seinem Kopf zu nahe kamen. Dann ging er Richtung Shaftesbury Avenue, wo er sich in einem griechischen Restaurant noch einen Kaffee holen wollte. Als er an der Drury Lane vorbeikam, traten drei Männer aus der Gasse und versperrten ihm den Weg.

»Was wollt ihr?«, fragte Stan.

»Dich!«, erwiderte Den grinsend.

Stan wich zurück, riss sein Handy aus der Tasche und wollte die beiden Knöpfe drücken, die man brauchte, um Hilfe zu rufen. Ein Fuß schoss vor und schleuderte das Telefon auf die Straße.

»Das wird euch noch leidtun«, knurrte Stan. »Das ist Staatseigentum.«

»Wenn ich mit dir fertig bin, wirst du dir um solche Kleinigkeiten keine Gedanken mehr machen.«

Jetzt, wo er aufrecht stand, war Den ein wirklich großer

Mann. In den dicken Stiefeln war er bestimmt ein Meter neunzig groß. Die beiden anderen waren kleiner, aber beide kräftig gebaut. Stan schätzte, dass es sich hier sozusagen um die Mafia von Tilbury handelte. Solche Gruppen gab es in jeder Kleinstadt. Vor ein paar Monaten hatte er in Billingsgate einige Leute verhaftet, nachdem sie in ein Geschäft eingebrochen, den beiden Wachhunden mit einem Hammer die Schädel eingeschlagen und dem Ladenbesitzer auf dem Verkaufstresen die Arme gebrochen hatten, weil er kein Schutzgeld zahlen wollte. Stan hatte sie letztendlich wieder laufenlassen müssen, weil der Ladenbesitzer sich weigerte, sie zu identifizieren. Sie hatten dem Mann gedroht, seine Enkel aus der Schule abzuholen, wenn er Anzeige erstattete, woraufhin er aufgab und nicht mehr mit der Polizei zusammenarbeiten wollte. Stan konnte ihm keinen Vorwurf machen. Die Polizei konnte die Familie des Mannes nicht ewig beschützen. Von solchen Mafiabanden konnte die Gesellschaft nur erlöst werden, wenn ein gutmütiger Bürger zu weit getrieben wurde, sich ein Gewehr besorgte und die Mistkerle wegpustete.

»Das solltet ihr besser nicht tun«, sagte Stan fest. »Ihr könntet echt Ärger kriegen.«

Er trat auf die Straße und holte sich sein Handy zurück. Als er sah, dass es kaputt war, steckte er es in die Tasche.

»Da wirst du dich nicht drum kümmern müssen«, erklärte Den, »denn du wirst dann schon im Krankenhaus liegen.«

Stan holte aus und wollte ihn am Kiefer treffen, aber Stoppelkinn hatte offenbar mal geboxt, denn er wich dem Schlag mühelos aus. Eine dicke Faust landete an Stans Schläfe, und als der Schmerz durch seinen Schädel schoss, wurde tief in ihm etwas geweckt. Als er den Kopf schüttelte, um das Schwindelgefühl loszuwerden, hatte er einen dieser Blackouts, die in letzter Zeit manchmal einsetzten.

Den war mit seinem Schlag sehr zufrieden und grinste, als er sah, wie Stan rückwärts taumelte.

»Jetzt lachst du nicht mehr, was, Bulle?«, krähte er.

Dann sah er, wie Stan sich aufrichtete, und bemerkte, dass die Augen des Polizisten sich verändert hatten. Er stand jetzt gebückt, ein wenig wie eine Krabbe. Und sein Lächeln war furchteinflößend.

»Nicht lachen?«, fragte Stan. »Ich könnte mich *tot*lachen.«

»Machen wir ihn fertig«, fauchte einer der anderen und stürmte vor, ganz heiß darauf, seine Männlichkeit zu beweisen.

Stans Hand schoss vor. Zwei seiner Finger bohrten sich bis zu den Knöcheln in die Augenhöhlen des Mannes, dann durch die Augäpfel bis ins Gehirn. Der Mann schrie, als das Blut über sein Gesicht lief. Blind taumelte er zurück und fiel dann seitlich zu Boden. Stans Stiefel traf seine Halswirbelsäule und trennte so den Kopf vom Körper. Der Mann war bereits tot, als sein Schädel auf dem Beton aufschlug, und knackte wie eine Kokosnuss, die aus großer Höhe auf die Straße prallt.

»Wollt ihr immer noch mit mir spielen?«, fragte er die beiden anderen.

Die starrten fassungslos vor Entsetzen auf ihren Freund.

Den stieß einen gequälten Schrei aus: »Mein Kumpel! Du hast das arme Schwein umgebracht.«

Das Gehirn des toten Mannes sickerte durch die Augenhöhlen auf den Asphalt.

Stan trat vor und legte seine Handballen an Dens Schläfen. Dann drückte er mit einer schnellen Bewegung zu. Stoppelkinns Schädel implodierte und verwandelte sich in eine Masse aus Knochensplittern und Zahnfragmenten. Er fiel zuckend zu Boden und wand sich in einem Krampfanfall, als wollte er wieder auf die Füße springen. Sekunden später lag er still.

Der Dritte im Bunde entschied klugerweise, dass es nun Zeit

war zu gehen. Er war der Kleinste der drei, aber schnell. Die Geschwindigkeit, mit der die beiden anderen gestorben waren, und das Entsetzen über ihren Tod hatten ihn so sehr in Panik versetzt, dass er nicht mehr klar denken konnte und nur den Mund aufriss, ohne einen Schrei hervorzubringen, während er wie ein Wiesel davonrannte.

Stan griff in seine Tasche und holte seine Pistole hervor. Es war die Spezialwaffe, die man ihm gegeben hatte, um böse Wesen und Dämonen zu zerstören: die Brandwaffe.

Er zielte sorgfältig auf den Rücken des Flüchtenden und drückte ab. Der Flüchtling ging in Flammen auf. Er rannte noch weiter, während sein Körper brannte wie eine Wachspuppe. Seine Beine bewegten sich, getrieben von der Angst, so schnell, dass sie sich weigerten, seinen Tod zu akzeptieren. Nachdem die Haut von seinem Fleisch und sein Fleisch von den Knochen gebrannt war, setzte er seine Flucht noch für ein paar Sekunden fort. Stan konnte das Dröhnen der Flammen hören, die von dem Wind, der durch die Bewegung des Mannes erzeugt wurde, noch angefacht wurden, und ein Zischen wie von geröstetem Schweinefleisch. Der Gestank nach verbranntem Fleisch wurde vom Wind zu ihm herübergetragen.

Er atmete tief ein und schob die Waffe zurück ins Holster. Dann ging er, ohne die Leichen eines weiteren Blickes zu würdigen, durch High Holborn, vorbei am Princess Louise, zum Hotel. Niemand hatte gesehen, was er getan hatte. Er würde nicht einmal für seine Taten geradestehen müssen.

Während er die Southampton Row entlanglief, kam er plötzlich zu Bewusstsein. »Was …«, rief er und blieb abrupt stehen. »Was ist passiert?«

Er fühlte sich, als hätte er gerade Sport gemacht, hatte aber keine Ahnung, ob das stimmte oder nicht. Er konnte sich überhaupt nicht an die letzte halbe Stunde erinnern. Er wusste nur noch, dass er das Pub verlassen hatte und auf dem Weg zu seinem Lieblingsgriechen gewesen war. Sonst nichts.

Er drehte sich um und ging den Weg zurück. Als er die Drury Lane erreichte, standen zwei Krankenwagen und vier Polizeiautos an der Ecke. Stan wurde neugierig. Er ging zu einem der Streifenwagen.

Dort zeigte er einem der Polizisten seinen Dienstausweis und fragte: »Was ist denn hier los? Ein Unfall?«

»Ein *Unfall?*«, schnaubte der Polizist, der etwas grün um die Nase war. »Nein, kein Unfall, Sergeant. Sieht mehr nach einem Bandenmord aus. Diese beiden wurden zu Tode geprügelt, und am anderen Ende der Straße liegt einer, der aussieht wie ein Stück Grillkohle.«

»Irgendwelche Zeugen?«

»Wir haben einen alten Penner – einen Obdachlosen, der behauptet, gesehen zu haben, wie ein Typ sich alle drei vorgeknöpft hätte. Wenn es wirklich nur einer war, muss das ein Profi gewesen sein. Wenn er sich mit drei Kerlen auf einmal angelegt und sie fertiggemacht hat, muss das doch ein Profi gewesen sein, oder nicht? Verdammte Fliegen«, fügte der Constable noch hinzu und wedelte mit der Hand vor dem Gesicht herum. »Machen einen ganz krank, nicht wahr?«

»Na dann, viel Glück. Habt ihr eine Personenbeschreibung?«

»Sie versuchen gerade, eine aus dem Alten rauszukriegen, aber sein Hirn ist schon ziemlich verkümmert. Ich glaube, der hat Petroleum gesoffen.«

Stan blickte über die Schulter des Constable hinweg und entdeckte den Penner, den er vorhin schon bemerkt hatte, mit zwei anderen Cops in einem Polizeiauto. Sie gaben sich alle Mühe, ihn wach zu halten, da er nun an einem warmen Ort war und seiner Müdigkeit nachgeben wollte. Einer von ihnen flößte ihm Kaffee ein, während der andere fassungslos zusah.

»Sieht ja nicht so aus, als würden sie große Fortschritte machen«, meinte Stan und dachte gleichzeitig: *Vielleicht habe ich ja gesehen, was hier passiert ist, und kann mich nur nicht daran erinnern.*

»Nö«, stimmte ihm der Constable zu. »Der Alte würde nicht mal seine eigene Großmutter erkennen …«

Stan machte sich wieder auf den Weg und kam an einer anderen kleinen Gruppe vorbei, die den verkohlten Leichnam des dritten Opfers umringte. Das war alles sehr merkwürdig. *Wenn Manovitch noch da wäre,* sagte er sich, *könnte er das gewesen sein.* Aber er war davon überzeugt, dass der Feind zerstört war, auch wenn die Fliegen noch gekommen waren. Stan selbst hatte Manovitch verbrannt und war verdammt stolz auf diesen Erfolg. Erzdiakon Smith hatte extra zwei Spitzen-Cops aus den Staaten eingeflogen, um diesen Bösewicht zu schnappen, und am Ende war es Sergeant Gates gewesen, der sich ihm gestellt und ihn ausgelöscht hatte. Das schlug ihnen allen auf den Magen: Dass sie all das Geld ausgegeben hatten und dann am Ende ein einheimischer Cop das Arschloch erwischt hatte. Peters hatte es begriffen, warum also nicht auch Smith?

»Sie wissen mich einfach nicht zu schätzen«, sagte Stan zu sich selbst, während er weiterging. »Das ist das verdammte Problem.«

Er nickte. »Ich bin ein guter Polizist, einer der besten. Ich mache meinen Job, und zwar gut. Und das ist alles. Manovitch ist weg, und ich habe ihn ausgeschaltet. Daran werden sie sich gewöhnen müssen, und dann bekomme ich auch, was mir zusteht. Manovitch ist für immer in die Hölle zurückgekehrt.«

In der Ferne heulte eine Sirene, die seine Worte Lügen zu strafen schien.

23

Danny konnte mit den Zehenspitzen gerade noch den Boden der sternförmigen Kammer berühren.

Dünnes graues Licht drang durch eine Schießscharte dicht unter der gewölbten Decke. Es traf nur auf kalten Stein, der eine ähnliche Farbe hatte wie es selbst. Nicht einmal die grüngraue Kröte, die in einer Spalte der Schießscharte hockte, war von diesem erbärmlichen Licht beeindruckt – es war zu farblos, um die Staubkörnchen in seinen Strahlen zu erhellen, und zu feucht und schwer, um etwas anderes zu tun, als wie Blei auf den Steinplatten zu lasten.

Rostige Ketten führten durch Löcher in Dannys Händen und waren dann an zwei großen Eisenringen befestigt, die hoch über seinem Kopf an der Mauer angebracht waren. Darüber hinaus hing Danny mit dem Gesicht zur Mauer, flach an die Steine gepresst, die nass und mit Algen und Pilzen überzogen waren. Er war schon von Spinnen untersucht worden, und einmal hatte eine Ratte an seinen Hoden geknabbert, bis sie geblutet hatten. Die Schmerzen in seinen Händen waren zunächst unerträglich gewesen, aber jetzt spürte er nur noch ein endloses, dumpfes Ziehen.

Er war nackt und zitterte in der Kälte, die in den Steinen gespeichert zu sein schien. Er hatte schon seit endlosen, ungezählten Stunden nichts mehr gegessen. Um seinen Durst zu stillen, musste er das modrige Wasser ablecken, das an der Wand hinunterlief. Es hatte ein wilder Vergewaltigungsversuch stattgefunden, aber Danny war während des Angriffs ohnmächtig geworden, und so war er nicht zu Ende geführt worden, wahrscheinlich weil Manovitch wollte, dass Danny wach und bei Bewusstsein blieb, wenn er ihn erniedrigte und quälte.

Danny war klar, dass er ziemlich in der Scheiße steckte. Die Ketten, die ihn fesselten, hatten kein Schloss. Stattdessen hatte Manovitch mit seinen unglaublich starken Fingern zwei Kettenglieder aufgebogen, damit man ihn nicht ohne Schneidwerkzeug befreien konnte.

»Stan Gates«, murmelte Danny. »Stan Gates ist Manovitch. *Verdammte Scheiße!* Oh, Jesus.« Er weinte aus Angst und Verzweiflung. »Herr, ich brauche Hilfe. Bitte hilf mir, Herr«, betete er. »Lass mich nicht so sterben, bitte.« Der Nahrungsmangel, Schlafmangel und die Qualen hatten ihn halb ins Delirium fallen lassen. Er versuchte sich daran zu erinnern, was passiert war. Vereinzelte Szenen, verschwommen und in Schwarz-Weiß, tauchten vor seinem inneren Auge auf, als stammten sie aus einem sehr alten *film noir,* der in seinem Kopf abgespielt wurde.

Stan Gates hatte ihn zum Flughafen gefahren – nach Heathrow –, aber sie waren nie dort angekommen. Er hatte das Auto angehalten und gesagt: »Ich glaube, wir haben einen Platten.« Dann, als Danny die Beifahrertür aufgemacht hatte, um auszusteigen und nachzusehen, hatte ihn etwas am Hinterkopf getroffen, und ihm war schwarz vor Augen geworden.

Er kam halb wieder zu Bewusstsein, als er kaltes, klebriges Wasser spürte. Erst dachte Danny, es sei der Festungsgraben irgendeines schrecklichen alten Anwesens. Dann erkannte er trotz seines Zustandes, dass dort Lichter waren, sowohl im Fluss als auch am Ufer, die immer wieder durch sein Blickfeld schwammen.

Irgendjemand – Stan Gates? – schwamm mit ihm im Wasser, das, wie er jetzt an den Gebäuden ringsum erkannte, die Themse war. Danny erinnerte sich, die Lichter der Tower Bridge gesehen zu haben, als sie sich durch die Strömung darauf zubewegten. Kähne mit stumpfem Bug glitten vorbei, aber das Wesen, das ihn festhielt, achtete nicht auf den Verkehr im Fluss. Es war wie ein unheimliches Amphibienmonster, das aus den Tiefen aufgestiegen war und unter der Wasseroberfläche dahingleitet, immer auf der Suche nach Beute.

Irgendwann versuchte Danny zu kämpfen, fand dabei aber heraus, dass er mit einer Schnur gefesselt war, und so hörte er auf sich zu wehren, damit sein Entführer ihn nicht einfach losließ; Danny wäre mit Sicherheit ertrunken.

Nach einer langen, kalten Weile im Wasser hielt der Schwimmer auf das Ufer zu. Schließlich glitten sie an einer senkrechten Wand entlang wie Flusseidechsen, bis sie auf eine Lücke in der Mauer stießen. In einem tiefen, schleimigen Bogen war ein Eisengitter eingelassen, das Stan mit einer Hand packte und aufriss, wobei er das verrostete Schloss sprengte. Danny hatte gespürt, dass Unterwasserpflanzen wie tote grüne Zungen an ihm leckten. Dann drangen sie in einen dunklen Tunnel vor, und Danny wurde wieder ohnmächtig.

Als er wach wurde, ging gerade die Sonne auf. Er lag rücklings und nackt auf kaltem Steinboden. Stan hockte über seiner Brust und starrte ihn an. Sein Gesicht war verzerrt, seine Augen waren die eines gehässigen Kobolds und leuchteten triumphierend.

»Endlich«, erklang Manovitchs Stimme, »habe ich einen von euch erwischt.«

Er hatte seine Knie auf Dannys Ellbogen gepresst, und nun nahm Manovitch nacheinander Dannys Hände und durchstach sie mit seinen Fingern, deren Nägel wie Krallen waren. Danny schrie, als seine Handflächen durchbohrt wurden, und Manovitch lachte.

»Stigmata«, kreischte die tote Seele. »Du erbärmlicher Wurm sollest dich freuen, das gleiche Schicksal durchleben zu dürfen wie der Eine, dem du anhängst.«

Danny wäre an dieser Stelle vor Angst und Schmerz fast wieder in Ohnmacht gefallen, aber da Manovitchs Stimme ihn immer weiter verspottete und reizte, blieb er halbwegs bei Bewusstsein. Dann war der Vergewaltigungsversuch gekommen und Danny war in einen tiefen, schwarzen Tunnel der Angst gestürzt, auf dessen Grund ein tröstliches Nichts wartete. Als er wieder zu Bewusstsein kam, entdeckte er, dass Ketten durch die Löcher in seinen Händen gezogen worden waren und er mit dem Gesicht zur Wand hing.

»Heilige Mutter Gottes, hilf mir«, schrie er. Er starrte zu der Schießscharte, die er weit oben sehen konnte. »Ist da draußen irgendjemand? Hilfe!«

Niemand kam. Er hörte weit entfernt leise den Verkehr rauschen, die Geräuschkulisse einer Großstadt. Wo zur Hölle war er? In irgendeiner vergessenen Ruine? Es gab doch bestimmt keinen Ort in London, an den nie Menschen kamen? Bald musste jemand kommen und ihn befreien. Er lauschte angestrengt auf irgendwelche Geräusche in seiner Zelle, hörte aber nur ein Schaben, das wahrscheinlich von Ratten oder Mäusen stammte.

Die Steine vor seinem Gesicht waren so alt, dass sie schon bröckelten. Als er versuchte, das Wasser abzulecken, das an der Mauer hinunterlief, blieb der Mörtel wie Leim an seiner Zunge kleben. Seine Arme taten weh, weil sie so lange über seinem Kopf ausgestreckt waren, und seine Beine brannten, weil er sich nicht richtig auf dem Boden abstützen konnte. Hätte er richtig in der Luft gehangen, hätte er wahrscheinlich nicht lange durchgehalten und wäre ziemlich schnell gestorben. Jetzt wollte er sterben.

Während er schluchzend dort hing und Nase und Wangen gegen die Steine presste, hörte er hinter sich eine Tür quietschen.

»Hallo«, ertönte eine bösartige Stimme. »Immer noch hier?«

Stan – beziehungsweise Manovitch – war zurück. Danny wurde von Panik erfasst. Würde Manovitch wieder versuchen, ihn zu vergewaltigen? Manovitch packte seine Knöchel und zog ein wenig daran, bis Danny vor Schmerzen schrie.

»Ich würde dir so gerne die Schienbeine brechen«, murmelte Manovitch, »aber das würde dich wahrscheinlich umbringen. Und ich will, dass du noch am Leben bist, wenn ich deinen Partner hier runterbringe und ihm deine erbärmlichen Überreste zeige, diesen Haufen Knochen und Haar. Ich will hören, wie Peters nach Luft schnappt, weil er, wenn er dich sieht, genau weiß, dass ich das Gleiche mit ihm machen werde. Nur dass ich es bei ihm noch mehr in die Länge ziehen werde, während du erbärmlicher Wurm zusehen wirst, wie er weiter und weiter verfällt.«

»Dave wird dich bei lebendigem Leib abfackeln«, schrie Danny in einem Anfall von Tapferkeit.

Manovitch lachte. »Du blöder Hammel. Verstehst du denn nicht? Jetzt habe ich euch beide. Du bist mir in die Arme gelaufen. Peters ist irgendwo auf dem Land verschwunden. Aber nicht mehr lange, dann habe ich euch beide in der Hand. Willst du wissen, was ich mit ihm machen werde?« Er beschrieb geduldig die sexuellen Qualen, die er dem Körper und Geist von Dave Peters zufügen würde.

»Christus wird dich dafür bestrafen«, heulte Danny. »Christus wird dich in der Hölle aufspüren.«

Manovitch brüllte vor Lachen. »Ich war bereits in der Hölle, Danny-Boy, und bin aus ihr aufgestiegen. Ich bin unantastbar. Ich bin Satans Liebling. Und was deinen Christus angeht, der fürchtet mich. Er hat mit all seinen Waffen gegen mich gekämpft und nicht gewonnen.«

»Lüge«, schrie Danny, wand sich in seinen Ketten und fügte

sich selbst rasende Schmerzen zu, um sich an seine Wut klammern zu können. »Lüge, Lüge, Lüge. Du hast gegen Engel gekämpft, vielleicht auch gegen Erzengel, aber wenn Christus dich zerstören will, bläst er dich um wie einen Strohhalm. Für ihn bist du ein *Nichts,* weniger als nichts. Du bist niedriger als der Dreck an seinen Sandalen. Verglichen mit dem Herrn bist du ein unerhebliches Insekt, ein krankes, heulendes Elend mit einer Seele, die verrottet, bis sie sich in nichts auflöst … in *nichts.*«

Manovitch kreischte und zog Danny eine Kralle über den Rücken, bis das Fleisch aufplatzte und der Knochen freilag. Danny schrie nun ebenfalls, höher und schriller als Manovitch.

Da lachte die tote Seele. »Durch dieses Loch kann ich deine Lunge sehen. Ich kann sehen, wie sie pumpend gegen deine Rippen drückt. Wenn die Wunde sich entzündet, wirst du noch bereuen, dass du mich geärgert hast, Danny-Boy.«

Danny wurde es schwindelig vor Schwäche. Er wünschte sich, Manovitch würde ihn jetzt töten. Sein Körper war nur noch ein Wrack.

»Wie lange kann ich so überleben?«, fragte er mehr sich selbst als Manovitch.

»Oh, du wirst noch lange leben«, erklärte Manovitch. »Dafür werde ich sorgen. Du wirst dem Tode nah sein, aber du wirst nicht sterben. Meinst du etwa, ich will, dass du dich diesen strahlenden Schleimern auf dem Schlachtfeld von Armageddon anschließt? Da wirst du schon noch früh genug landen, aber selbst da wirst du mir nicht entkommen. Ich werde dich finden, und dann zerstöre ich deine Seele. Ich werde deine Seele für immer ins Nichts schicken. Wie klingt das? Und weißt du, selbst das wird nicht das Ende sein. Du wirst mich wiedersehen, an der Spitze meiner Truppen, und du wirst dort Schmerzen erleiden wie noch niemals zuvor. Geistige Qualen?

Oh, die sind eine Million Mal schlimmer als physische oder psychische Qualen. Ich werde sicherstellen, dass du ausgelöscht wirst, das steht fest. Du und deinesgleichen. Peters und du. Ihr werdet weniger wert sein als der Staub unter *meinen* Sandalen. Ist das nicht hübsch altmodisch?«

Danny hörte sich diese Tirade mit bangem Herzen an. Dass er hier und jetzt leiden musste, war unvermeidlich. Aber als gläubiger Mensch hatte er gehofft, in den Himmel zu kommen und den Rest der Ewigkeit in Frieden zu verbringen. Vielleicht war das hier, dieser Ort, ja das Fegefeuer, und er wurde durch Qualen geläutert, bevor er in den Himmel kam. Das wäre logisch. Vielleicht war Manovitch ein schreckliches Werkzeug Gottes, das geschickt wurde, um die Seele von Danny Spitz zu reinigen, bevor sie aufsteigen durfte.

»Oh ja, bitte«, murmelte Danny. »Vielleicht bin ich ja bei einem Autounfall auf dem Weg zum Flughafen gestorben. Oder im Flugzeug.«

Manovitch lachte wieder. »Gestorben? Du bist nicht gestorben. Aber keine Sorge, das wirst du noch, wenn ich dir genug Schmerz zugefügt habe.«

Dieser Spott konnte ebenfalls Teil der Läuterung sein. Danny spürte Hoffnung in sich aufkeimen. Er wurde gefoltert, doch es war seine Vorbereitung auf sein Dasein im Paradies. All die Sünden des Fleisches, die er auf Erden begangen hatte, die schmutzigen Zeitschriften, die er gelesen hatte, die Frauen, die er verdorben hatte, indem er nahm, was sie anzubieten hatten, und ihnen dann Geld gab, damit sie sich erniedrigten: All diese schrecklichen Taten kehrten nun zu ihm zurück.

Dämonen würden kommen, um seinen Aufenthalt im Fegefeuer zu einer grausamen Erfahrung zu machen, einer Erfahrung, die seine Seele für immer in einen Schrein des Guten einschließen würde. Sie würden ihre Worte sorgfältig wählen: Worte, die ihn wie Krallen zerfetzen würden, so wie Manovitch seinen Rücken zerfetzt hatte. Er musste den Schmerz willkommen heißen, den sie ihm zufügten, ihn mit Würde ertragen wie ein Heiliger. Aber er durfte sich nicht für einen Heiligen halten. Er war ein erbärmlicher Sünder, der die Qualen der Hölle durchlitt, und er musste demütig bleiben.

»Bestraft mich«, murmelte er, »fügt mir noch mehr Schmerzen zu.«

Manovitch gehorchte, und bald schrie Danny wieder um Gnade.

Als Manovitch innehielt, weinte Danny. »Ich weiß, wer du bist«, schluchzte er. »Ich weiß, wer du bist, und ich werde es überstehen und rein und schön daraus hervorgehen. Dieser alte Körper ist mir egal. Bald werde ich eine neue Gestalt annehmen, eine strahlende und makellose.«

»Vorübergehend vielleicht«, murmelte Manovitch, »bis ich dich wiederfinde.«

Nach einer Weile hörte Danny, wie sich die Tür wieder schloss. Er sank in sich zusammen und weinte noch lange. Aber jetzt war da ein Licht in seinem Geist, und das würde er so schnell nicht wieder loslassen – ein Hoffnungsschimmer.

»Diese Dämonen denken, dass sie mich reinlegen können, aber das können sie nicht. Ich weiß, dass ich tot bin. Das hier ist der Kerker, die Höllengrube. Hier versuchen sie, mich zu brechen, meinen Glauben an den Herrn zu zerstören. Aber sie werden mich *niemals* dazu bringen, meinen Glauben zu verraten. Hier muss es noch andere geben, die ähnliche Qualen erleiden. Ich kann fühlen, dass ich tot bin. Ich weiß nicht, wie ich gestorben bin, aber ich bin gestorben, und jetzt werde ich bald in eine neue Welt eingehen …«

24

Lloyd Smith hatte im British Museum eine nette Frau kennengelernt, die sich in seiner Gesellschaft sehr wohlzufühlen schien, und war nun mit sich und der Welt um einiges mehr im Reinen. Sein schnelles, analytisch arbeitendes Gehirn stürzte sich jetzt, wo es nicht mehr von persönlichen Problemen abgelenkt wurde, wieder voll auf das Problem mit dem Erzengel. Anscheinend war Manovitch noch immer unterwegs. Petra hatte ihm gesagt, dass der Erzengel seine böse Präsenz immer noch in der Stadt spüren konnte. Daraus hatte Lloyd geschlossen, dass Körper und Geist seines Neffen nicht von Manovitch besessen gewesen waren, sondern wahrscheinlich von irgendeinem anderen Dämon, der die Kontrolle über sich verloren hatte. Normalerweise erregten Dämonen möglichst wenig Aufsehen, da sie ja auf der Flucht waren, Deserteure, die sich vor dem Zorn Satans und den nach Gerechtigkeit trachtenden Engeln versteckten.

Während er mit Petra am Fluss spazieren ging, plante Lloyd ihren nächsten Schritt. »Der Verlust von Danny Spitz hat Lieutenant Peters offenbar schwer getroffen, Petra. Er soll heute nach London zurückkommen, oder? Ich frage mich, ob wir seine Dienste überhaupt noch benötigen. Seine Anwesenheit hat Manovitch nicht aus der Reserve gelockt, und mir kommt es so vor, als würden wir ihn ausnutzen, ohne etwas zu erreichen.«

Petra schüttelte den Kopf. »Ich denke, wir sollten ihn noch hierbehalten. Ich habe so eine Ahnung, dass unter der Oberfläche irgendetwas brodelt. Irgendetwas ist hier nicht so, wie es scheint.«

Lloyd blieb abrupt stehen und sah sie an. »Könnten Sie etwas präziser werden?«

Wieder schüttelte Petra den Kopf. »Ich glaube nicht, dass Danny tot ist. Dafür habe ich keinerlei Beweise, aber ich habe die Passagierliste von Flug VA765 angefordert. Ich habe übrigens Ihren Namen dazu benutzt, ich hoffe, das war in Ordnung. Sie geben die Listen nicht raus, wenn derjenige, der sie anfordert, nicht über eine gewisse Autorität verfügt.«

»Setzen wir uns da vorne auf die Bank«, meinte Lloyd. »Ich mag Whitehall Gardens. Hier sind die Blumenbeete immer so kunstvoll gestaltet … Also, Sie glauben, Danny Spitz sei noch am Leben und nicht an Bord des Flugzeug gewesen? Aber Sergeant Gates sagte doch, er habe ihn in die Maschine gesetzt.«

»Das ist doch eigentlich nur eine Redewendung, oder nicht? Ich meine, er konnte ja gar nicht mit Danny bis zum Flugzeug gehen. An der Passkontrolle musste er ihn verlassen. Irgendwo zwischen diesem Punkt und dem Flugzeug wurde Danny dann weggeschafft.«

»Sind Sie sicher, dass eine außenstehende Partei involviert war? Hätte er nicht einfach von sich aus gehen können, weil er sich über den Heimreisebefehl des Lieutenants geärgert hat? Immer vorausgesetzt, Sie haben Recht damit, dass er nicht im Flugzeug war.«

Petra starrte auf ihre Füße. »Wäre er dazu in der Lage gewesen, hätte sich Danny schon lange bei mir gemeldet. Das hat er aber nicht. Deshalb kann ich nur davon ausgehen, dass er irgendwo gegen seinen Willen festgehalten wird. Ich bin mir sicher, dass er nicht tot ist. Der Erzengel hat ihn nicht unter den kürzlich eingetroffenen Seelen im … im Himmel gefunden.«

»Na ja, dann will ich Ihnen mal glauben, dass er nicht woanders gelandet ist.«

Plötzlich stand Petra auf. Ihr Gesicht war angstvoll verzerrt. Lloyds Herz setzte kurz aus. An ihrem Gesicht konnte er ablesen, dass etwas passieren würde, etwas Schreckliches. Sollten sie besser weglaufen?

»Was ist los?«, rief er und sprang ebenfalls auf. »Was passiert hier?«

Petra schaute sich hastig um, so als wollte sie eine Witterung aufnehmen, dann sagte sie: »Wir müssen hier weg, Lloyd, wir müssen schnell hier weg. Alle«, rief sie den Passanten zu, »weg von hier! Los, *weg von hier!*«

Lloyd packte sie am Arm und zog sie hinter sich her, auch wenn er nicht wusste, in welche Richtung er fliehen sollte. Schließlich entschied er sich, zum Fluss zu gehen. Ganz in der Nähe war eine Treppe, die zu einer Anlegestelle hinabführte, an der Touristen gerade Boote zu den Kew Gardens bestiegen. Petra schrie die Leute an, dass sie sich von einem großen Gebäude in Whitehall fernhalten sollten. Daraufhin blieben die Leute stehen und sahen sich verwirrt um, da sie nicht wussten, warum die wirre Frau sie anschrie. Einige entschieden sich zur Flucht, da sie bereits Blut, Läuse, Frösche und Fliegen überstanden hatten; sie glaubten, die Warnung habe etwas mit der nächsten Plage zu tun. Lloyd schob Petra die Treppe zum Fluss hinunter, damit sie hinter einer Mauer Schutz suchen konnten, falls das Gebäude explodieren oder etwas Ähnliches passieren sollte.

»Ich weiß nicht, was passieren wird«, sagte Petra. »Ich weiß nur, das irgendetwas nicht stimmt – irgendetwas an diesem Ort ist falsch.«

In dem Moment, als Petra die Worte aussprach, erstarrte London. Genauer gesagt kamen alle Fahrzeuge, die in diesem Moment an den Whitehall Gardens vorbeifuhren, langsam zum Stehen. Auf der Hungerford Bridge blieb ein Zug stehen. Und das betraf nicht nur die Fahrzeuge, die sie sehen konnten. Alle Autos, Taxis, Lastwagen, Busse, Züge – jedes Fahrzeug in London – blieb stehen.

Fußgänger sahen sich erstaunt um. Autofahrer stiegen aus ihren Wagen, kratzten sich am Kopf und verständigten sich mit hilflosen Gesten. Eine unheimliche Stille hing über der Stadt, und dieses eine Mal hatte ihr mächtiges Herz tatsächlich aufgehört zu schlagen. Der Londoner Lloyd wurde von einem seltsamen Gefühl erfasst.

»So fängt es an«, sagte er leise.

»Stimmt«, erwiderte Petra nur.

Er drehte sich zu ihr um. »Sie wissen, wovon ich spreche?«

»Die fünfte Plage?«

»Das muss es sein. Der Tod allen Viehs in London würde kaum auffallen, oder nicht? Damals waren die Menschen natürlich von ihrem Vieh abhängig. Und wovon sind wir abhängig? Von unseren Transportwegen, unseren Fahrzeugen. Aber was …?«

In diesem Moment ertönte über ihnen ein kreischendes Geräusch, und Petra wurde blass. Dieses Geräusch aus dem Himmel, hatte nichts Menschliches an sich. Es war zu laut, zu schrill, die Frequenz lag fast oberhalb des Bereichs, den das menschliche Ohr wahrnehmen kann. Nach und nach verwandelte sich das Kreischen in ein ohrenbetäubendes Brüllen. Lloyd sah sich hektisch um, aber auf der einen Seite wurde ihm vom Flussufer die Sicht versperrt. Wurden sie von einer Engelsschwadron angegriffen? Oder vielleicht von Dämonen, die wie Walküren vom Himmel herabstiegen? Als das Geräusch immer lauter wurde, dachte er, dies müsse nun endlich das Ende der Welt sein, der Tag der Erlösung.

Aber es wehte kein Wind, es gab kein Erdbeben, weder Feuer noch Flut, nur dieses schreckliche Geräusch.

Er sprang die Stufen hinauf, da er sehen wollte, wie der Herr die Erde durch seine Engel zerstörte, wie es der Heilige Johannes vorausgesagt hatte. War dieses Geräusch der Trompetenstoß der sieben Engel? Würde jetzt ein Drittel der Erde zerstört, ein Drittel des Wassers durch Wermut vergiftet, ein Drittel der Erdbevölkerung ausgelöscht werden?

Er wollte sie sehen, Gog und Magog, zweihunderttausend Reiter mit Rüstungen aus Feuer, Topas und Schwefel, mit Löwenköpfen und Feueratem. Er wollte einen der Racheengel sehen, in Wolken gekleidet, das Gesicht sonnengleich. Bestimmt waren die sieben Siegel gebrochen worden.

Wo waren der Brunnen des Abgrunds, die Heuschrecken mit den Skorpionstacheln und den Gesichtern von Männern und Frauen mit Löwenzähnen? Wo waren die Stimmen der Erde, die Donner und Blitze? Wo waren das große Tier mit den sieben Häuptern und den zehn Hörnern, das gläserne Meer, die Ströme aus Blut, der Reiter auf dem weißen Pferd? Er wollte es *sehen.* Er wollte Zeugnis ablegen.

Er sah nichts von alldem. Lloyd sah einen Stern, der auf die Erde stürzte, einen großen, himmlischen Stern, der im strahlenden Sonnenlicht brannte wie eine Lampe, aber sein Name war nicht Wermut – sein Name war Jumbo.

Lloyd konnte sich gerade noch hinter die Betonmauer ducken, bevor das riesige Flugzeug auf der Erde aufschlug, sich durch den St. James Park grub und sich mit einem dröhnenden, monströsen Getöse in das riesige Whitehall Gebäude bohrte. Die Explosion war so laut, dass Lloyd glaubte, sein Kopf würde zerreißen. Eine große Feuersäule stieg in den Himmel auf, größer als das höchste Gebäude der Stadt, und der Boden zitterte, als gäbe es tatsächlich ein Erdbeben. Eine große Welle und ein heißer Wind fegten den Fluss hinunter, und die Boote schlugen gegen die Anlegestelle. Glänzendes Metall wurde über Lloyds Kopf durch die Luft geschleudert und landete zischend in der Themse. Um ihn herum regnete es Trümmer, von denen einige platschend im Wasser landeten, darunter

Körperteile der Flugzeuginsassen und derer, die sich in dem Gebäude aufgehalten hatten, aber auch Ziegelsteine und Mörtel, Parkbänke, Abfalleimer und ungefähr zweihunderttausend andere brennende Objekte.

Über ihren Köpfen schlugen Flammen über das Flussufer hinaus und verschmorten Lloyds Haare. Petra, die weiter unten stand, presste sich gegen eine Bank und versuchte, dem Schrott auszuweichen, der pfeifend und dröhnend durch die Luft flog. Einige Autos waren über das Ufer hinausgeschleudert worden und versanken jetzt im Fluss. Lloyd konnte hinter den Scheiben die entsetzten Gesichter der Insassen sehen, die verzweifelt versuchten, aus dem Wagen zu kommen.

Eines der riesigen Triebwerke flog über den Fluss auf die andere Seite und zerstörte wie eine hüpfende Bombe eine ganze Häuserzeile. Es fegte sie weg wie Kegel und rollte dann weiter zu einer Tankstelle, die in einer weiteren Explosion zerstört wurde.

Das Südufer entging der Katastrophe nicht.

Ein Teil des Flugzeugrumpfs rutschte wie ein durchgedrehter, rasiermesserscharfer Schlitten die Straße entlang Richtung Temple. Es zerfetzte Menschen, Laternen und Telefonmasten und ließ zuckende Überreste von Menschen und Tieren auf dem Pflaster zurück. Es schnitt sich durch Autos, als wären sie reife Früchte, bei einem Doppeldeckerbus trennte es die gesamte obere Hälfte ab, so dass die untere Hälfte mit den enthaupteten Fahrgästen zurückblieb, aus deren Halswunden das Blut spritzte. Schließlich bohrte es sich in eine Bronzestatue, die sich in der Mitte umbog, als wolle sie sich vor dem Schöpfer dieses Massakers verneigen.

Sirenen heulten, Hupen schrillten und allgemeiner Lärm brach los. Menschen schrien, einige vor Schmerzen, andere einfach vor Schreck. Die Toten blieben still.

Lloyd spähte vorsichtig über die Mauerkante.

Er fand keine Worte, um das Grauen vor seinen Augen zu beschreiben. Es war die absolute Zerstörung. Petra stellte sich neben ihn. In diesem Moment hörte man zwei weitere Explosionen, dicht nacheinander. Noch mehr Flugzeuge waren abgestürzt, nachdem sie den Luftraum über der Stadt erreicht hatten, wo alle Maschinen den Geist aufgaben. Über der Tower Bridge trudelte ein Helikopter, der außer Kontrolle geraten war, wie ein Ahornsamen, der zu Boden fällt. Er verfing sich in einigen Streben, und kleine dunkle Gestalten fielen aus dem Cockpit ins Wasser.

»Warum warnen sie Heathrow und Gatwick nicht?«, schrie Lloyd. »Warum sorgen sie nicht dafür, dass das aufhört?«

»Sie können es noch nicht wissen – das dauert eine Weile.«

»*Sie* haben es doch gewusst«, erwiderte er anklagend.

Sie starrte ihn an. »Ich wusste, dass *irgendetwas* passieren würde, aber ich wusste nicht, *was.* An Flugzeuge habe ich dabei nie gedacht, Sie etwa?«

Frustriert schüttelte Lloyd den Kopf. »Eigentlich nicht, nein. Verdammt, warum sehen wir nicht weiter als bis zu unserer Nasenspitze? Wir sind so dämlich!«

Vor ihnen brüllte das Feuer, und im Herz der Flammen gab es immer wieder kleinere Exlosionen. Die Hitze verbrannte ihnen die Haut und sie mussten Richtung Big Ben zurückweichen, wo die Hitze nicht ganz so intensiv war.

Petra sagte: »Bis es passiert ist, hatte ich keine Ahnung, dass es die Maschinen sein würden. Der Tod des gesamten Verkehrs in London ...«

Lloyd seufzte. »Tja, das wird einiges an Tempo aus unserem Leben nehmen, nicht wahr? Ich weiß nicht, ob das gut oder schlecht sein wird. Wahrscheinlich verschafft es Manovitch einen Vorteil – er bewegt sich wesentlich schneller als wir.«

Ein Mann stieg aus seinem Auto, ging zum Fluss und starrte

in das Wasser, als läge dort die Antwort auf die Frage, warum sein Auto den Geist aufgegeben hatte. Die Beifahrerin blieb sitzen und hoffte wahrscheinlich, dass, was auch immer mit der Welt schiefgegangen war, sich jeden Moment wieder richten würde.

Lloyd fragte: »Der Erzengel agiert doch durch Sie. Sie sind seine Augen und seine Ohren, nicht wahr?«

Petra presste den Mund zu einem schmalen Strich zusammen. »Ich diene ihm als Augen und Ohren, aber der Erzengel ist nicht allwissend. Er weiß genauso wenig wie wir, was Manovitch im nächsten Augenblick tun wird.«

Lloyd meinte: »Und was ist mit Ihnen? Haben Sie Ihren freien Willen verloren?«

»Wenn ich etwas sehe, sieht es der Erzengel ebenfalls. Das ist eine übernatürliche Angelegenheit.«

Lloyd ließ sich das durch den Kopf gehen und beschloss, dass nichts sonderlich Beunruhigendes daran war. Falls Petra dabei war, wenn sie Manovitch stellten, müssten sie ihn vielleicht nicht selbst verbrennen. Vielleicht würde der Erzengel es via Fernsteuerung machen, von seinem festen Standort in der Londoner Innenstadt aus.

Plötzlich wurde Lloyd von einer Welle der Zärtlichkeit für Petra erfasst. Er war ein Mann, der seine Unabhängigkeit vehement verteidigte. Den Gedanken, dass ein Sterblicher wie er selbst einem übernatürlichen Wesen derart ausgeliefert sein könnte, fand er entsetzlich, selbst wenn dieses Wesen auf der Seite des Guten stand. Die Liebe zum Geld saß bei ihm tief, was einige für geschmacklos halten mochten, aber ansonsten gab es wenig an ihm, was ein gerechter Mensch kritisieren konnte, und er war im Grunde ein warmherziger, rücksichtsvoller Mensch. Und so streckte er nun spontan die Hand aus und strich Petra ohne jede Scham über das Haar.

»Meine Liebe«, sagte er. »Wird der Erzengel Sie von seiner Verbindung zu ihm befreien, wenn er nach Armageddon zurückkehrt?«

»Ich weiß es nicht«, sagte Petra. »Ich weiß es wirklich nicht.«

Hinter ihnen brannte es noch immer; Flammen und Rauch stiegen knisternd in die Höhe, auch wenn es nicht mehr ganz das Inferno war, das noch vor ein paar Minuten geherrscht hatte. Ein Taxi, das von der ersten Explosion über die Straße geschleudert worden war, war jetzt nur noch ein schwarzes Skelett – der Schädel von Gog oder Magog mit leeren Augenhöhlen und verkohlten Zähnen.

Von dem Fahrer, der im Inneren gefangen gewesen war, konnten sie nichts erkennen.

»Typisch. Sieht so aus, als wäre nur noch ein Teil intakt, und zwar das Taxameter. Ich frage mich, ob es noch läuft«, meinte Lloyd mit einem Anflug von schwarzem Humor.

Petra sah ihn fassungslos an.

Lloyd zuckte mit den Schultern. »Ja, ich weiß, ziemlich geschmacklos, aber andererseits ist doch die ganze Welt ziemlich geschmacklos, oder?«

25

Da Samstagvormittag war, machte Daphne ein wenig Alibi-Hausarbeit. Sie war nicht gerade eine besonders begeisterte Hausfrau und ließ die Arbeit normalerweise so lange liegen, bis sie den Anblick der Wohnung nicht mehr ertrug. Ihrer Meinung nach gab es wesentlich wichtigere Dinge zu tun, als vorübergehend staubfreie Oberflächen zu schaffen, die, falls sie morgen tot umfallen sollte, bereits wieder voller Staub wären, noch bevor sie unter der Erde lag. In ihrer Familie hatte es eine Tante aus Schottland gegeben, die immer dafür gelobt worden war, wie hart sie daran arbeitete, dass ihr Haus sauber war. Anscheinend bestand darin das Lebenswerk dieser Dame, das man auf ihrem Grabstein verewigen sollte: IHR HAUS WAR STETS TADELLOS SAUBER. Wow!, dachte Daphne immer. Was für ein Nachlass an die Welt! Nein, danke, nicht für mich.

Jetzt musste jedenfalls alles per Hand gemacht werden: Nichts, was einen Motor hatte, funktionierte. Der Kühlschrank funktionierte nicht, die Waschmaschine funktionierte nicht, der Mixer funktionierte nicht und der Staubsauger auch nicht. Nichts funktionierte. Dementsprechend war alles etwas chaotisch.

Der einzige Platz in der Wohnung, wo der Staub sie wirklich nervte, war auf ihren Büchern. Die Bücher waren überall: auf den Regalbrettern, die fast die gesamte Wand bedeckten, in den Zimmerecken aufgestapelt, auf den Fensterbänken, neben dem Bett. Die neben dem Bett waren die Bücher, die gerade gelesen wurden. Daphne las immer vier bis fünf Bücher parallel. Manchmal Romane, manchmal Gedichte und manchmal Fachliteratur.

Rajeb, der kein großer Leser gewesen war, bevor Daphne bei ihm eingezogen war, hatte sich das Büchervirus von ihr eingefangen. Da Daphne den Großteil der Zeit den Kopf in ein Buch steckte, brauchte Rajeb auch eine Ablenkung. Fernsehen war auf die Dauer langweilig, also begann er ebenfalls die Seiten zu verschlingen. In seinem Fall handelte es sich dabei zwar hauptsächlich um Fantasy- und Actionstorys – er hatte eine besondere Vorliebe für amerikanische Polizeikrimis –, aber er las viel. Daphne gehörte nicht zu den Menschen, die über den literarischen Geschmack anderer die Nase rümpfen.

Rajeb war zum Markt gegangen, um frische Lebensmittel zu holen. Er hatte zu Fuß gehen müssen, da es seit dem Vorabend keine Verkehrsmittel mehr gab. Als es um elf Uhr an der Wohnungstür klingelte, dachte sie, er hätte seinen Schlüssel vergessen, und drückte ohne nachzudenken auf den Summer. Erst als sie die Schritte auf der Treppe hörte, wurde ihr klar, dass das nicht Rajeb war, sondern ein Fremder. Sie öffnete die Wohnungstür und sah dem Mann entgegen, der auf dem Weg nach oben war.

»Hallo, kann ich Ihnen helfen?«

Der Mann zögerte und schaute zu ihr hoch. »Ja, ich bin gekommen, um mit Rajeb Patel zu sprechen. Musste den ganzen Weg laufen und bin fix und fertig.«

Daphne wollte diesem Mann nicht verraten, dass Rajeb nicht zu Hause war, also fragte sie: »Und wer will ihn sprechen?«

»Ich«, fauchte der Mann.

»Und wer sind Sie?«, hakte Daphne nach, der langsam etwas mulmig wurde.

»Stan Gates – Sergeant Stan Gates.«

Als sie den Namen hörte, den Rajeb einige Male erwähnt hatte, atmete Daphne erleichtert auf.

»Ah ja, Sie arbeiten mit Raj zusammen, nicht wahr?«

Gates schenkte ihr ein schiefes Grinsen. »So könnte man es nennen, man könnte aber auch sagen, ich bin sein Boss.«

»Das habe ich ja gemeint. Raj ist im Moment nicht zu Hause. Möchten Sie ihm eine Nachricht hinterlassen? Er ist nur kurz beim Einkaufen.«

Gates antwortete nicht. Er ging sehr langsam die letzten Stufen hoch, bis er oben angekommen war. Sein Atem ging schnell.

»Haben Sie schon mal daran gedacht, ins Erdgeschoss umzuziehen?«

»Uns gefällt es hier oben, da ist man weiter weg von der Hektik und dem Verkehrslärm«, erwiderte Daphne.

»Tja, im Moment ist da unten nicht viel Verkehrslärm, aber schätzungsweise jede Menge Hektik. Könnte ich für einen Moment reinkommen? Ich könnte jetzt eine Tasse Tee gebrauchen.«

Daphne musterte ihn schnell. Gates hatte einen Ton angeschlagen, der implizierte, dass er etwas ganz anderes meinte als Tee, aber als sie ihn scharf ansah, betrachtete er ein Bild an der Wand und wirkte völlig unschuldig.

»Na gut«, sagte sie schließlich. »Sie können drinnen auf Raj warten. Er sollte in ein paar Minuten zurück sein.«

»Danke.«

Gates betrat die Wohnung und sah sich um. »Viele Bücher«, bemerkte er. »Sind Sie ein Bücherwurm?«

»Ich bin Lehrerin, und ja, ich lese viel.«

»Ich habe nicht viel Zeit zum Lesen«, meinte er und benutzte damit die älteste Ausrede überhaupt, wenn man sich vor etwas drückte, von dem man eigentlich meinte, es tun zu müssen.

Das irritierte Daphne. Dann las er eben nicht viel – na und? Vielleicht war er ja ein brillanter Mathematiker und verbrachte seine Freizeit mit Zahlenkunststücken. Vielleicht war er auch ein großer Sportler und würde eines Tages an den Olympischen Spielen teilnehmen. Es war für das Überleben der Spezies bestimmt nicht notwendig, dass jedes einzelne Individuum Berge von Büchern las, bevor es starb.

»Tee oder Kaffee?«, fragte sie.

»Tee, denke ich«, meinte Gates, »aber nichts von diesem Modezeug – Jasmin, Lapsang Souchong oder so etwas.«

»Warum sollte ich Ihnen so etwas anbieten?«

Er grinste verschlagen. »Na ja, Sie wissen schon, Raj ist doch

Inder, oder nicht? Der trinkt doch wahrscheinlich die ganze Zeit so parfümierte Brühe.«

Daphne erwiderte steif: »Erstens ist Raj Brite, was Sie eigentlich wissen sollten. Zweitens sind Jasmin und Lapsang Souchong chinesische Teesorten. Und drittens haben wir sowieso nur Breakfast Tea.«

»Alles klar.« Der dickfellige Besucher grinste. »Breakfast Tea – das ist normaler schwarzer Tee, oder?«

Daphne ging in die winzige Küche. Innerlich kochte sie. Wie konnte Raj nur mit so einem Vollidioten zusammenarbeiten? Und Raj hatte Gates auch noch immer bewundert. Er konnte doch kein so schlechter Menschenkenner sein, oder? Sie machte den Tee. Als sie ihn ins Wohnzimmer brachte, war Gates verschwunden. Dann hörte sie hinter sich ein Geräusch und entdeckte ihn an der Schlafzimmertür, offenbar auf dem Weg zurück ins Wohnzimmer.

»Das ist also das Schlafzimmer, wie?« Er schnüffelte demonstrativ. »Ich mag Schlafzimmerdüfte, Sie auch?«

Ihr wurde kalt. Sie wünschte sich plötzlich, dass Rajeb jetzt sofort nach Hause käme. Sie wollte ihn bei sich haben. Dieser Stan Gates war nicht der Mann, für den Raj ihn hielt. Er hatte etwas Schlechtes an sich. Das konnte Daphne spüren, wenn er in ihrer Nähe war.

»Kommen Sie und setzen Sie sich«, sagte sie so fröhlich, wie sie konnte. »Der Tee ist fertig.«

»Ich bin jetzt eigentlich nicht durstig«, sagte Gates, »aber ich hätte Lust auf etwas anderes.« Er starrte sie auffordernd an.

Diesmal blieb kein Raum für Missverständnisse.

Um ihre Nervosität zu verbergen, sagte sie kühl: »Tut mir leid, aber ein Mann reicht mir voll und ganz. Raj …«

Da verzog sich sein Gesicht, er trat vor und fauchte sie an: »Raj? Raj? Was zur Hölle ist mit ihm? Der ist mir doch scheißegal, dein Raj! Ich weiß nur, dass ich das hier habe«, er zeigte auf die Ausbeulung in seiner Hose, »und dass ich es loswerden will. Also, wie gefällt dir das?«

Panisch rannte Daphne in die Küche, schnappte sich ein Messer und hielt es unsicher wie einen Dolch vor sich. Sie wusste nicht, ob sie ihn tatsächlich abstechen konnte – über so etwas hatte sie noch nie nachdenken müssen. Das Messer zu packen war ein Reflex gewesen. Aber sie wusste, dass sie aggressiv sein musste, und nicht unterwürfig.

»Bleiben Sie bloß weg von mir«, schrie sie. »Bleiben Sie weg, sonst schneide ich Ihnen Ihre verfluchten Eier ab!«

Er blieb stehen, zuckte mit den Schultern und grinste schief. »Ganz schön heißblütig, was? Sehr gut, das werden wir gleich brauchen. Und jetzt leg das Ding weg, sonst ramme ich es dir in den Arsch.«

Daphne wurde es schwindelig, aber sie klammerte sich an die Herdkante. Sie wünschte, es würde ein kochender Wasserkessel draufstehen, den sie ihm ins Gesicht werfen könnte. Am liebsten hätte sie geschrien – aus Frust und Angst, weil sie so hilflos war. Er wirkte ziemlich stark, und sie wusste, dass sie keine Chance gegen ihn hatte, wenn er ihr zu nahe kam. Sie konnte versuchen, ihn zu erstechen, aber das war nicht so leicht, wie es in den Filmen immer aussah. Zum Beispiel hatte er eine dicke Jacke an. Würde sie es überhaupt schaffen, den Stoff zu durchdringen?

»Fassen Sie mich nicht an«, kreischte sie. »Die Nachbarn werden jeden Moment hier sein.«

»Du kannst so viel schreien wie du willst, ich habe vorhin gesehen, wie sie weggegangen sind.«

»Oh Gott …«

Er sprang vor, doch anstatt auf eine Gelegenheit zum Zustechen zu warten, schleuderte sie ihm das Messer ins Gesicht. Er prallte mit der Klinge voran an seinem Kopf ab, ohne die Haut zu durchstoßen. Daphne warf sich zur Seite, damit er sie nicht packen konnte, dann rannte sie zur Tür. Gates erwischte sie, bevor sie die Klinke drücken konnte. Er riss sie zu Boden und hielt sie fest, obwohl sie sich wand und versuchte, ihm die Augen auszukratzen. Wie sie es befürchtet hatte, war er unglaublich stark.

»Du willst spielen, mh?«, zischte er ihr ins Ohr, als er heftig an ihren Haaren riss, um ihre Kehle freizulegen. »Ich könnte dir jetzt diese schöne weiße Kehle durchbeißen und dich töten.«

»Bitte«, schluchzte sie, »nicht …«

Sie hatte die Arme nach vorne ausgestreckt und tastete mit den Fingern nach etwas, irgendetwas, das sie als Waffe benutzen konnte. Der Lehrer im Selbstverteidigungskurs hatte ihnen erklärt: Wenn ihr euch in einer lebensbedrohlichen Situation befindet, müsst ihr alles als Waffe einsetzen, was ihr finden könnt – eine Hutnadel, einen scharfen Ring, selbst ein abgebranntes Streichholz. Einfach alles. Zielt auf die Augen. Wenn der Mann euch nicht sehen kann, kann er euch auch nichts tun. Wenn möglich, blendet ihn. *In einer lebensbedrohlichen Situation heißt es: entweder du oder er. Und es ist doch immer noch besser, wenn er blind ist, als wenn du tot bist, oder?* In ihrer Angst erkannte Daphne genau, was ihr Lehrer gemeint hatte. Sie hatte keine Wahl.

Niemals ein williges Opfer sein. Niemals fragen, was er will. Überhaupt keine Fragen stellen. Und keine Fragen beantworten. Erteil ihm Befehle, erniedrige ihn, verletze ihn, wenn du kannst, besonders an seinen empfindlichsten Stellen. Sei unweiblich. Sei feindselig.

Sie spuckte ihm so heftig sie konnte in die Augen.

Er riss ihre Bluse auf, packte eine Brust und quetschte sie

heftig. Ihr stiegen Tränen in die Augen, doch sie versuchte, ihm das Knie in den Schritt zu rammen, rutschte aber ab und traf stattdessen seinen Oberschenkel. Das hatte ihm eindeutig nicht wehgetan, denn er lachte.

»Geh verdammt nochmal von mir runter, du erbärmlicher Wichser«, schrie sie ihn an. »Sobald ich wieder stehe, trete ich dir die Eier ein.«

Sie versuchte, ihn in die Hand zu beißen.

Ihr plötzlicher Stimmungswechsel ließ ihn zögern, und sein Griff wurde locker. Sie streckte den Arm aus und griff nach einem Buch. Zufälligerweise war es eine gute, stabile Ausgabe der Bibel. Sie rammte Gates eine Ecke ins rechte Auge, woraufhin er sie grunzend losließ. Sie kroch von ihm weg, trat mit den Beinen aus und erwischte ihn an der Nase.

»Scheiße!«, schrie er wütend.

»Was ist los?«, brüllte sie ihn an. »Schaffst du es nur so, eine Frau zu kriegen? Bist impotent, oder? Du verdammter, erbärmlicher Abklatsch eines Mannes …«

Blinde Wut packte ihn und er raste auf sie zu. Sie schnappte sich eine Tischlampe und versuchte, sie ihm ins Gesicht zu rammen. Er schlug sie beiseite, schaffte es, Daphne am Hosenbund zu packen und zog, so dass die Hose zerriss.

In diesem Moment brüllte eine Stimme: »Fass sie noch einmal an, und ich puste dir den Schädel weg, Gates.«

Daphne schaute zur Tür. Da stand Rajeb, mit seiner Pistole in der Hand, und zielte auf Gates. Die Lebensmittel, die er hatte kaufen sollen, lagen halb im Flur, halb in der Wohnung auf dem Boden verteilt, wo er sie fallen gelassen hatte. Sie hatte weder gehört, wie er die Tür aufgeschlossen hatte, noch das Geräusch bemerkt, als die Sachen auf den Boden gefallen waren.

Gates richtete sich auf und klopfte sich den Staub von der

Hose. »Sie hat es doch so gewollt, Patel. Ich bin nur gekommen, um dir zu sagen, dass Smith uns in der Jasmine Suite erwartet. Sie hat sich mir angeboten und es sich dann anders überlegt …«

»Habe ich nicht«, keuchte Daphne, die nicht fassen konnte, wie hinterhältig dieser Mann war. »Das habe ich nicht!«

Stan Gates lachte. »Tja, ist doch logisch, dass sie das jetzt abstreitet, oder?«

Rajeb trat einen Schritt vor, ohne die Waffe von Gates Kopf abzuwenden.

»Ich sollte dich abfackeln wie ein Stück Müll«, sagte Rajeb mit unterdrückter Wut. »Ich sollte dich auf der Stelle verbrennen.«

»Da gibt es nur ein Problem, mein Sohn«, erwiderte Gates herablassend. »Dann würdest du den ganzen Block abfackeln, oder nicht? Und vielleicht auch deine kleine Schlampe hier.«

Rajeb schlug ihm mit der Waffe ins Gesicht, wo sofort eine Schwellung erschien.

»Verpiss dich, Gates, und zwar ganz schnell, bevor ich die Gelegenheit nutze«, befahl er. »Ich werde mich später um dich kümmern.«

»Ich habe sie überhaupt nicht angefasst«, behauptete Gates und starrte weiter auf die Waffe. »Das ging alles von ihr aus.«

»*Raus!*«, brüllte Rajeb.

Gates ging zur Tür und verschwand über die Treppe.

Daphne brach schluchzend zusammen. Rajeb hob sie auf und trug sie vorsichtig zum Bett, wo er sie ablegte und anfing, sie auszuziehen.

»Was machst du da?«, schrie sie und packte sein Handgelenk.

»Dich umziehen. Diese Sachen sind total zerfetzt. Und dann bringe ich dich zum Arzt.«

Sie berührte vorsichtig ihre Brust. Sie tat weh. »Ich habe nur ein paar blaue Flecken, mehr nicht. Da kann mir ein Arzt auch nicht helfen.«

»Ich will, dass er die Blutergüsse sieht.«

Sie half ihm dabei, sie umzuziehen, dann sagte sie: »Ich will da nicht hin. Das bringt doch nichts. Du weißt doch selbst, wie viele Vergewaltigungen es gar nicht erst bis vor Gericht schaffen. Du weißt, wie selten Vergewaltiger verurteilt werden. Und ich wurde noch nicht einmal vergewaltigt.«

»Dann kriegen wir ihn eben wegen Körperverletzung dran. Er hat dich schließlich angegriffen, oder nicht?«

»Ja, er hat mich angegriffen, aber du weißt doch, was er sagen wird. Er wird denen sagen, ich hätte ihn provoziert. Er wird behaupten, ich hätte ihn angemacht und es mir dann anders überlegt, bevor er es durchziehen konnte. Du weißt doch, wie Tatsachen verdreht werden können. Wie das dann klingt, wenn alle ganz ruhig und ernst im Gerichtssaal sitzen. Und er ist auch noch Polizist. Er weiß, wie man andere manipuliert. Er weiß, wie er den Zerknirschten spielen muss, auch wenn er keinen Funken Reue empfindet. Wir hätten schon Glück, wenn er eine Verwarnung bekommt, eine Strafe kriegt er bestimmt nicht. Das weißt du doch alles, Raj.«

Raj wusste es. In seinem Gesicht konnte man sehen, dass er es wusste. Aber in seinem Gesicht war auch das Versprechen zu lesen, dass er es nicht dabei belassen würde. »Dann kümmere ich mich eben selbst um ihn«, sagte Raj. »Ganz persönlich.«

Sie nickte. Sie machten sich Kaffee mit einem Schuss Brandy, dann setzte er sich aufs Sofa, hielt sie einfach eine Weile im Arm und versuchte, ihr durch die Berührung Stärke einzuflößen.

»Danke, Raj«, sagte sie nach einer Weile.

»Wofür denn, Süße?«

»Dafür, dass du keine Sekunde an mir gezweifelt hast. Dass du mir glaubst. Dass du nicht auf seine Lügen gehört hast. Ich liebe dich, Raj. Du hast nicht einmal einen Moment gezögert und darüber nachgedacht, ob er die Wahrheit sagen könnte, oder? Du hast mir einfach vertraut. Dafür könnte ich dich fressen vor Liebe, du wundervoller Mann.«

Sie weinte jetzt, lag schluchzend an seiner Schulter. Er biss sich, ohne etwas zu sagen, auf die Lippe und hoffte, dass sie Recht hatte. Es war ein Schock gewesen, und in diesen paar Minuten war alles so chaotisch gewesen, dass er sich nicht mehr daran erinnern konnte, was genau er gefühlt oder gesagt hatte. Er war nur froh, dass sie nicht an seiner Loyalität zweifelte. »Ich liebe dich auch, Süße«, sagte er leise in ihr Haar. »Ich werde nie wieder zulassen, dass dir jemand wehtut …«

26

Als er nach London zurückfuhr und Fahrzeuge wieder fähig waren, die magische Grenze zu überschreiten, hinter der alle Maschinen den Geist aufgegeben hatten, wurde Dave wieder von der Schönheit überwältigt, die von der strahlenden Kuppel des Erzengels ausging. Ihm kam der Gedanke, dass Schönheit und Geld miteinander im Konflikt lagen. Vielleicht wollte der Erzengel dadurch, dass die Zerstörung das Bankenviertel getroffen hatte, ein Zeichen setzen. Vielleicht wollte er damit sagen: Nutzt Geld als Tauschmittel, aber fangt nicht an, es um seiner selbst willen anzubeten.

Ab einer bestimmten Menge hatte Geld stets nicht nur Wohlstand, sondern auch Macht repräsentiert. Wer es hatte, wurde oft arrogant und fühlte sich denjenigen, die es nicht hatten, überlegen. Einigen reichte es nicht, genug zu haben: Sie mussten mehr als genug haben – viel mehr. Dann wurde Geld nicht zu einem Tauschmittel, sondern zu einem Kontrollinstrument.

Diese Überlegungen waren natürlich reine Binsenweisheiten, das war Dave klar, aber es konnte ja nicht schaden, sich ins Gedächtnis zu rufen, dass Geld letztendlich überhaupt nichts bedeutete, und dass geistige Werte, hier durch den Erzengel symbolisiert, wesentlich mächtiger waren.

Als Dave schließlich das Hotel erreichte, stieß er in der Lobby auf Rajeb Patel und Stan Gates, die einen heftigen Streit ausfochten.

Dave ging zu ihnen rüber.

»Worum geht es hier?«, fragte er.

Gates sah ihn an, als wollte er ihm sagen, er solle sich gefälligst raushalten, doch dann wandelte sich sein Gesichtsausdruck, und er lächelte. »Nichts Wichtiges, Dave. Da wir Danny ja sozusagen verloren haben, dachte ich, dass ich Sie von nun an rumfahren sollte, aber mein Constable hier hat etwas dagegen. Ich werde das regeln.«

Dave musterte Rajeb, der innerlich zu kochen schien. Im Gesicht des jungen Mannes stand blanker Hass. Daves Instinkt verriet ihm, dass es hier um mehr ging als nur um die Frage, wer wen chauffierte. Zwischen diesen beiden Männern spielte sich etwas ab, das die ganze Operation gefährden konnte. Sie brauchten Leute, die sich gegenseitig vertrauten und in einer schwierigen Situation bedingungslos den Rücken freihalten würden. Doch wenn Dave sich Rajeb Patel ansah, hatte er das Gefühl, dass der seinen Sergeant momentan direkt zur Hölle fahren lassen und keinen Finger rühren würde, um ihm zu helfen.

»Okay«, sagte Dave, »und jetzt sagen Sie mir bitte, was hier wirklich los ist.«

»Gar nichts«, fauchte Gates. »Da ich der diensthabende Sergeant bei dieser Mission bin, habe ich das Recht, zu entscheiden, wer Ihr Fahrer ist. Und was Patel angeht, der behauptet, ich hätte mich an seine Freundin rangemacht. Ich bin noch nie auch nur in der Nähe seiner Freundin gewesen – oder seiner Wohnung. Er versucht, mir irgendetwas anzuhängen, keine Ahnung, was. Wenn Sie mich fragen, ist er total irre.«

Rajeb platzte heraus: »Halt dein verdammtes Maul. Das geht nur uns beide etwas an.«

Der junge Mann war kurz davor durchzudrehen, wobei er vielleicht gewalttätig werden würde, also legte Dave ihm eine Hand auf die Schulter, um ihn zurückzuhalten. »Jetzt beruhigen Sie sich bitte und senken Sie Ihre Stimmen. Versuchen Sie doch bitte, vernünftig zu bleiben. Also, worum zur Hölle geht es hier?«

»Ich glaube wirklich nicht, dass Sie das etwas angeht, Lieutenant«, sagte Gates mit steinerner Miene.

»Alles, was den Erfolg dieser Mission gefährdet, geht mich etwas an«, erwiderte Dave. »Sie vergessen nämlich eine Kleinigkeit, Sergeant: Ich habe hier das Kommando, nicht Sie. Ich bekomme meine Anweisungen von Smith und gebe sie dann an Sie weiter, verstanden? Also legen Sie sich besser nicht mit mir an, sonst sind Sie ganz schnell zurück auf der Wache.«

Wieder zog ein Schatten über Gates' Gesicht wie eine Sturmwolke, doch dann klarte es wieder auf.

»Ja, hatte ich vergessen. Tut mir leid, Lieutenant. Bitte entschuldigen Sie. Wahrscheinlich bin ich zu sehr daran gewöhnt, Befehle zu erteilen. Aber ich bin trotzdem der Meinung, dass ich Sie fahren sollte.«

»Ich bin eigentlich ziemlich zufrieden mit Patel. Und damit ist das Thema erledigt«, erwiderte Dave.

Rajeb nickte und ging, wahrscheinlich, um sich zu beruhigen.

Dave wandte sich an Gates: »Was ist das für eine Geschichte mit Patels Freundin?«

Der andere zuckte nur mit den Schultern. »Wie gesagt, ich habe keine Ahnung, wovon er redet. Vielleicht hat seine Freundin mich mit jemandem verwechselt. Ich kann mich jedenfalls nicht erinnern, ihr je begegnet zu sein. Er ist mir einfach ins Gesicht explodiert, als ich heute Morgen durch die Tür gekommen bin. Ich … ich bin etwas verwirrt.«

»Es wäre besser, wenn Sie sich nicht noch einmal verwirren lassen«, meinte Dave. »Zumindest nicht, bis diese Sache vorbei ist. Dann können Sie und Patel sich gerne in einer Gasse das Hirn rausprügeln, das ist mir völlig egal. Aber halten Sie Ihre privaten Geschichten aus unserem derzeitigen Auftrag heraus.«

»Ich bin immer noch der Meinung, dass ich Sie fahren sollte.«

Dave wusste, dass es bei Rajeb völlig falsch ankommen würde, wenn er einem Wechsel zustimmte.

»Mir gefällt es, wie es ist«, sagte er deshalb. »Und ich denke, ich bin alt genug, um mir meinen Fahrer selbst auszusuchen.«

Der Sergeant nickte grimmig und ging, allerdings in die entgegensetzte Richtung wie Rajeb. Dave wollte in der Lobby keine hitzige Diskussion anzetteln, also folgte er dem Pagen mit seinem Gepäck zum Aufzug.

Später traf er sich im Restaurant mit Lloyd Smith, der wesentlich besser aussah als bei ihrer letzten Begegnung. »Wie geht es Ihnen, Lloyd? Sie wirken wesentlich frischer.«

»Das bin ich auch. Alles okay, wie man bei Ihnen so sagt.«

Die Kellnerin kam mit einem triumphierenden Grinsen an ihren Tisch. Mit gezücktem Bleistift fragte sie Dave: »Möchten Sie einen kolumbianischen Kaffee, Sir?«

Dave sah sie überrascht an. »Sie haben kolumbianischen?«

»Extra bestellt«, erklärte sie.

Ein warmes Gefühl breitete sich in ihm aus. »Tja, das ist doch schon wesentlich zivilisierter. Ja, ich hätte *sehr gerne* einen Kaffee …«, er schaute schnell auf das Namensschild an ihrer Brusttasche, »- Sylvia, vielen Dank. Und ich weiß das wirklich zu schätzen.«

»Und Sie, Sir?«, wandte sie sich an Lloyd.

»Ich werde den kolumbianischen auch mal probieren, immerhin scheint er das Lebenselixier unseres Lieutenants zu sein.«

»Alles klar.« Sie ging beschwingt davon.

»Wie war Ihr Urlaub?«, erkundigte sich Lloyd.

»Schön, wenn man es überhaupt einen Urlaub nennen kann. Es war mehr eine kurze Verschnaufpause.«

»Ich muss Ihnen etwas sehr Wichtiges sagen. Ich bin mir nicht *sicher*, ob es gute Neuigkeiten sind, aber vielleicht ja doch. Es geht um Ihren Partner.«

»Danny?« Ruckartig riss Dave den Kopf hoch. Eine zarte Flamme der Hoffnung entzündete sich in ihm.

Lloyd fuhr fort: »Wir wissen nicht, ob er noch lebt oder nicht, aber als Petra nach dem Flugzeugabsturz die Passagierlisten angefordert hat, konnten wir Dannys Namen nirgendwo finden. Es ist natürlich möglich, dass er einen falschen Namen benutzt hat, aber ich wüsste nicht, warum er das tun sollte. Sie vielleicht?«

Dave runzelte die Stirn. »Gates hat etwas davon gesagt, dass Danny abhauen wollte, wenn er erst mal wieder in den Staaten sei. Es könnte sein, dass er einen falschen Namen benutzt hat, damit unsere Abteilung später nicht seine Route nachvollziehen konnte. Aber das erscheint mir doch sehr unwahrscheinlich. Sind Sie die Liste im Ausschlussverfahren durchgegangen?«

Lloyd nickte. »Vierhundert Passagiere. Bei dreihundertsiebenunddreißig handelte es sich um Familien oder Hetero-Paare. Dreißig waren Homo-Paare, vor allem junge Frauen. Es gab eine Sportmannschaft, bestehend aus sechs Männern. Auf dem Flug gab es nur siebenundzwanzig Alleinreisende. Sieben davon waren Frauen, einer ein zwölfjähriges Kind, das seine Verwandten in den USA besuchen wollte, der Rest hauptsächlich Geschäftsleute. Eigentlich können wir bis auf drei Namen alle ausschließen. Alexander Ross, Werner Heizmann und J. Randolph Baker.«

»Falls Danny einen falschen Namen benutzt hat, ist der letzte am wahrscheinlichsten. Er wollte immer einen beeindruckenden ersten Anfangsbuchstaben haben. Randolph? Das klingt allerdings nicht nach Danny. Überprüfen Sie diese letzten drei auf Alter und Beschreibung?«

»Wir sind noch dabei.«

Als der Kaffee kam, konnte Dave Sylvia ein strahlendes Lächeln schenken. Ihm war eine Last von den Schultern genommen. Es bestand die Chance, dass Danny von den Toten auferstanden war. Das war wundervoll. Plötzlich sah die Welt wieder viel heller aus.

Sylvia reagierte entsprechend: »Der kolumbianische Kaffee, die Herren.«

»Wissen Sie, Sylvia«, sage Dave, »bei mir zu Hause würden wir Sie eine Top-Frau nennen.«

»Das können Sie gerne auch hier tun«, erwiderte sie lachend und ging.

»Kolumbianisch«, murmelte Lloyd, während er an seinem Kaffee nippte. »Ist da Kokain drin, oder was?«

»Nur reiner, köstlicher Kaffee«, erwiderte Dave. »Genießen Sie ihn.«

Dann kehrte Lloyd zum Thema zurück: »Also, was bedeutet das jetzt für uns?«

»Es bedeutet, dass es zwei Möglichkeiten gibt: Entweder hat Danny einen anderen Flug genommen, in die Mongolei oder sonst wohin, oder er ist hiergeblieben und versteckt sich in London.«

»Es gibt noch eine dritte Möglichkeit«, meinte Lloyd.

»Und die wäre?«

»Manovitch wurde nicht zerstört und hat es irgendwie geschafft, sich Danny zu schnappen.«

Dave hatte darüber bereits nachgedacht. »Das ergibt aber keinen Sinn«, erklärte er. »Das wäre schon ein wahnsinnig großer Zufall, wenn Manovitch genau zu der Zeit am Flughafen gewesen wäre, als Gates Danny zum Flugzeug gebracht hat.«

Lloyd nickte. »Das stimmt natürlich, aber wir sollten trotzdem nach Zeugen suchen, die an diesem Tag irgendetwas Auffälliges gesehen haben. Wir werden das Flughafenpersonal überprüfen und einen allgemeinen Aufruf übers Fernsehen rausgeben, in dem die Öffentlichkeit um Hilfe gebeten wird. Man kann nie wissen.«

»Eins noch: Gates sagte doch, er sei bei Danny gewesen, als der ins Flugzeug stieg.«

»Er sagte, er hätte ihn bis zum Ticketschalter gebracht.«

Petra trat zu ihnen an den Tisch. Sie setzte sich und schenkte Dave ein Lächeln, das die Polkappen zum Schmelzen gebracht hätte. »Die letzten Passagiere wurden gefunden. Keiner von ihnen hätte Danny sein können.«

Dave schlug sich triumphierend mit der Faust in die Handfläche. »Fantastisch. Probier den Kaffee, Petra. Das ist großartig.«

Er ließ die beiden am Tisch sitzen, stieg in den Fahrstuhl und ging in sein Zimmer, um sofort Vanessa anzurufen.

»Gute Neuigkeiten«, sagte er. »Danny lebt.«

Begeistert fragte sie: »Er hat den Absturz überlebt?«

»Niemand hat den Absturz überlebt. Er war gar nicht in der Maschine.«

»Aber Stan Gates …«

»Gates hat ihn nur bis zum Ticketschalter gebracht. Er hat ihn nicht bis zum Flugzeug begleitet. Das geht gar nicht. Es dürfen doch nur Passagiere in den Sicherheitsbereich, oder nicht?«

»Das stimmt. Dann ist Danny also am Leben und treibt sich irgendwo rum? Wissen wir, wo?«

»Nein, aber darüber mache ich mir im Moment keine Sorgen. Bruder Tuck kann auftauchen, wann er will, der alte Kampfmönch. Mir geht es gut, Vanessa, richtig, *richtig* gut.«

»Das höre ich«, murmelte sie.

»Tja, ich hoffe, das können wir bald auch entsprechend feiern.«

»Ich liebe dich auch Dave … so sehr. Du wirst niemals wissen, wie sehr …«

27

Es war Nacht.

Die Frau hatte ihre Mutter besucht, die in einem kleinen Dorf in der Nähe von High Wycombe lebte, und war nun auf dem Heimweg. Die Straßen rund um Chalfont St. Peter waren unbeleuchtet und dunkel. Unter diesen Bedingungen machte ihr das Fahren ziemliche Angst, weshalb sie froh war, als sie die strahlende Helligkeit von London erreichte. Ihr Haus befand sich allerdings am westlichen Kanal, zwischen lauter verlassenen alten Lagerhäusern, und dort beschleunigte sich ihr Puls wieder etwas, als die Angst vor der Dunkelheit zurückkehrte. Sie parkte ihr Auto am Ende einer Häuserzeile, ging hastig zum zweiten Haus in der Reihe und schloss die Tür auf.

Dann ging sie direkt in die Küche, um sich eine Tasse starken Tee zu machen. Sie war froh, wieder zu Hause zu sein. Während sie am Wachbecken stand und den Wasserkocher füllte, hörte sie ein leises Geräusch, das aus dem Wohnzimmer zu kommen schien. Sofort stieg wieder die Angst in ihr hoch und drückte auf ihre Kehle, bis sie glaubte, ersticken zu müssen. Nachdem sie Vergewaltigung und Mord auf der Autobahn entkommen war, wurde sie nun von ihrer zweitgrößten Angst überwältigt: Nachts einen gefährlichen Fremden im Haus zu haben; und niemand war da, der ihr helfen könnte. Ihr Mann, der für eine Sicherheitsfirma in den Docklands arbeitete, hatte um acht Uhr seine Schicht angetreten.

Mit rasendem Herzen zog sie ein Messer aus dem Block und lauschte dann abwartend. Sie fragte sich, ob sie schreien sollte. Die Standuhr in der Diele schlug leise ein Uhr, was ihr eine Gänsehaut verursachte. Am liebsten hätte sie geweint, aber das ließ die Angst nicht zu. Stattdessen stand sie wie erstarrt mit erhobenem Messer da.

Eine Weile blieb alles ruhig. Dann ein Stöhnen – und jemand stolperte in den Flur.

»Lassen Sie mich in Ruhe«, kreischte sie, »ich habe ein Messer.«

Im nächsten Moment wankte ein Wesen durch die Küchentür auf sie zu. Es war widerwärtig und abstoßend, als wäre es einem Horrorfilm entsprungen. Voller Schwellungen, Beulen und Knoten am ganzen Körper, aus denen Blut und Eiter quoll. Es war offenbar blind, da seine Augen von zwei Schwellungen verdeckt wurden, und der Mund war nur ein schmales Loch, das fast zwischen den klaffenden Kratern verschwand, aus denen zähflüssiger Schleim über seine Brust lief, aus der schluchzende Geräusche aufstiegen.

»Oh Gott!«, schrie sie und umklammerte das Messer so fest, dass ihre Knöchel weiß hervorstachen. »Weg von mir!«

Die fremdartige Kreatur schien nicht geneigt zu sein, ihrem Flehen nachzukommen. Einige ihrer Eiterbeulen platzten auf und ergossen sich auf den Küchenboden. Wieder stieß das Wesen ein gedämpftes Stöhnen aus, dann streckte es die Arme nach ihr aus und versuchte, sie anzufassen. Sie schrie noch einmal und stach nach den entstellten Armen, schnitt in die geschwollenen Wunden. Blut spritzte über den plumpen Körper der Kreatur und ihre mit Blasen überzogene Haut.

Das Wesen quiekte wie eine aufgespießte Ratte und wich Richtung Tür zurück. Die Frau nahm eine Flasche von der Abtropffläche und warf sie nach der Gestalt. Die Flasche landete am Türrahmen, zerbrach und überschüttete das Wesen mit konzentrierter Bleiche. Die Kreatur hielt inne, wedelte mit den geschwollenen Armen und kam dann wieder in die Küche, wobei sie einen schrillen Schrei ausstieß.

Immer wieder stach die Frau auf die Beulen auf der Brust des Wesens ein und hoffte, es möge ein Herz haben, das sie treffen konnte. Die Klinge war scharf, und die Stiche erfolgten schnell und fest, so dass es nicht lange dauerte, bis das blubbernde Monster unter der langen Klinge fiel und sich in einer Lache aus seinen eigenen widerlichen Körperflüssigkeiten auf dem Boden wand. Selbst als es im Sterben lag, wuchsen noch Beulen auf seiner Haut, die anschwollen und platzten; immer neue groteske Schwellungen entstanden, wo die alten ihre Krater hinterlassen hatten.

Endlich konnte sie zur Haustür laufen und um Hilfe rufen. Eine Nachbarin reagierte und trat im Nebenhaus aus der Tür. Entsetzt stellte die Frau fest, dass sie ebenfalls Schwellungen und Blasen am Körper hatte, auch wenn große Teile ihrer Haut gesund wirkten. Die Frau ließ ihr Messer fallen und stieß ein verzweifeltes Heulen aus. Noch während sie an sich herunterschaute, erschienen an ihren Armen und Beinen erste Schwellungen: hässliche Blasen mit widerlichen Eiterpunkten und voller Flüssigkeit. Die Nachbarin sprach beruhigend auf sie ein und erklärte ihr, dass alles in Ordnung sei und sie sich nicht fürchten müsse.

»Das sind die Geschwüre. Jeder hat sie – bei manchen ist es schlimmer als bei anderen. Das ist die nächste Plage«, erklärte sie. Dann meinte sie noch: »Ihren Ken hat es besonders schlimm erwischt; er konnte nicht einmal zur Arbeit gehen. Er liegt im Wohnzimmer auf dem Sofa und wartet auf sie …«

Manovitch schwamm an einer von Algen überwucherten Mauer entlang auf die Tower Bridge zu. Das schmutzige Wasser brannte in den unzähligen Geschwüren an Hals, Gesicht und Schultern von Stan Gates. Als Höllenwesen war Manovitch eigentlich nicht von den Plagen betroffen, doch sein menschlicher Körper musste leiden. Gates war von den Geschwüren erwischt worden, und wenn Manovitch vortrat und die Kontrolle übernahm, musste er ihre Anwesenheit tolerieren.

Als Stan Gates Holden Xavier verbrannt hatte, hatte Manovitch im letzten Moment, bevor das Projektil aufschlug, den Körper gewechselt. Eine leere Hülle war brennend vom Dach in die Gasse hinuntergefallen. Außerdem hatte Manovitch eine wichtige Lektion gelernt: Diesmal hatte er nicht sofort den Geist seines Opfers zerstört und die Hülle übernommen. Stattdessen hielt er sich die meiste Zeit im Hintergrund, zog nur hier und da ein paar Fäden, ohne dabei groß in den Lebensstil oder Charakter von Stan Gates einzugreifen. Aus dieser Position konnte Manovitch alles beobachten, aber trotzdem verborgen bleiben, selbst vor dem Erzengel und seinen Handlangern. Gates war ein perfektes Versteck. Und wenn es nötig wurde, konnte Manovitch den Körper übernehmen und Gates in die niederen Regionen seines eigenen Gehirns verbannen.

Manovitch störte es nicht weiter, dass sich die Dinge so langsam entwickelten, aber er wusste, es würde immer wahrscheinlicher werden, dass etwas schiefging und sich alles gegen ihn wandte, je länger er Spitz in dem Kerker gefangen hielt. Bei dieser Episode in Patels Wohnung hätte er sich fast verraten, weil seine Lust stärker gewesen war als seine Vorsicht. Und Peters wusste bereits, dass Spitz nicht tot war. Er hatte gehofft, Peters' Fahrer zu werden, aber dieser dreiste Idiot Patel hatte seinen Plan ruiniert.

Darum würde er sich bald kümmern müssen.

Wenn Patel plötzlich sterben würde, hätte das jede Menge Misstrauen zur Folge. Das konnte Manovitch sich nicht leisten. Er wusste, dass er in einem menschlichen Körper verwundbar war. Aus Gates würde er sich nicht so schnell lösen können wie aus Xavier, denn die Tatsache, dass er diesen Körper nicht völlig vereinnahmt hatte, bedeutete auch, dass die Bewegungen seiner toten Seele langsamer und schwieriger zu kontrollieren waren. Er würde Stan Gates erst vernichten müssen, bevor er von diesem Körper in einen anderen wechseln könnte.

Manovitch erreichte den Rundbogen mit dem Eisengitter. Er verschaffte sich Zugang zum vorübergehend verlassenen Tower of London, indem er durch den St. Thomas's Tower ging – durch Traitor's Gate.

Indem er Gates' Geist durchforstet hatte, hatte sich Manovitch genaueste Kenntnisse über diesen Ort angeeignet. Für seine Sicherheit war es notwendig, dass er die einzelnen Gebäude des Tower und ihre Anordnung genau kannte. Gates hatte bei verschiedenen Gelegenheiten Besucher durch den Tower geführt und kannte das Gelände sehr gut; er hatte immer gedacht, dass man den Komplex eigentlich die Towers of London nennen sollte, da es mehr als ein Dutzend Gebäude waren.

Mit Hilfe von Gates' Wissen hatte Manovitch die sternförmige Kammer mit der hohen, gewölbten Decke gefunden, in der er Danny gefangen hielt. Der hing an Ketten von der feuchten Mauer unter dem kreuzförmigen Fenster der Kammer.

Manovitch ging zu der Zelle. Als er näher kam, hörte er eine leise menschliche Stimme, die sich ständig hob und senkte. Neugierig blieb er stehen und lauschte.

Es war eine Art Gesang.

»Manovitch, was ist er,
nur ein blöder Wichser.«

Immer wieder wurden diese Worte gekrächzt, wie ein Mantra, nur hin und wieder unterbrochen von:

»Danny Spitz,
lebt im Ritz.«

»Bruder Tuck, du Dummer,
brauchst ne tolle Nummer.«

Manovitch lächelte. Sein Opfer wurde langsam wahnsinnig. Danny Spitz verlor den Verstand.

Als die tote Seele die Kammer betrat, fand er eine ausgemergelte, verdreckte Gestalt in den Ketten an der Wand vor. Bruder Tuck hatte es geschafft, sich so herumzudrehen, dass er nicht mehr zur Wand, sondern in die Kammer hineinschaute, auch wenn seine Ketten jetzt überkreuz hingen. Sein Gesicht war eingefallen, die Augen quollen hervor und die Lippen waren aufgeplatzt, aber er starrte Manovitch an. Auf seinen Schultern und seinem Rücken waren Geschwüre gewachsen: Selbst Gefangene in einem Kerker waren nicht immun gegen die Plage, als hätten sie nicht schon genug Schwellungen und offene Wunden. In den Falten seiner Haut, seinem verfilzten Bart und Haupthaar und um seine Genitalien wimmelte es von Insekten. Er schien eine Dauererektion zu haben, was allerdings eher vom Hunger kam als von Erregung.

Als Manovitch auf ihn zutrat, pinkelte Danny, aber leider war seine Blase zu schwach, um sein Ziel zu treffen. »Netter Versuch«, höhnte Manovitch. »Bist du jetzt zum Poeten geworden, alter Junge? Ich habe deine Kinderlieder gehört.«

»Manovitch, was ist er, nur ein blöder Wichser«, sang Danny leise. Seine Augen leuchteten hungrig wie zwei Kerzenflammen des Wahnsinns.

»Sehr schön, sehr schön«, lobte Manovitch lächelnd. »Da muss sich Robert Frost warm anziehen. Ich habe dir etwas zu essen mitgebracht.«

Manovitch holte ein wenig durchweichtes, altes Brot aus seiner Tasche, mit dem er sein Opfer fütterte. Obwohl Danny voller Hass war, war er doch zu schwach, um das Essen zu verweigern. Er lutschte daran und schluckte es, so wie er auch mit den Zähnen die Kakerlaken von seinen Schultern schnappte und sie genüsslich zerkaute, um an die Proteine zu kommen. Bevor man verhungert, isst man alles – Dreck, Läuse, alten Mörtel, Käfer, Fliegen, einfach alles.

An Dannys Beinen, der Wand, dem Boden und überall um

ihn herum klebten Exkremente, die zeigten, dass bereits die Diarrhö eingesetzt hatte. Danny starb, ganz langsam, und hielt sich nur mit seinen Mantras und der Hoffnung am Leben, dass irgendwann jemand anders als Stan Gates durch die Tür seiner Zelle treten würde.

Nachdem Danny den letzten Bissen geschluckt hatte, gab Manovitch ihm etwas Wasser. Manovitch wollte ihn am Leben erhalten, bis sein Freund Peters sehen konnte, wie er gelitten hatte. Er sollte eine Art Vorbild für Peters sein, wenn Manovitch den großen Cop unter seine Kontrolle gebracht hatte.

Manovitch wusste, dass Danny immer noch einen letzten Rest Hoffnung in sich hatte, und er beschloss, das für sich zu nutzen. Während Danny ihn anstarrte, erlaubte er Stan Gates, aufzutauchen.

Gates sah sich hektisch um, als er sich plötzlich in einer feuchten Kammer im Mondlicht wiederfand: irgendein modriges Grab? Er war völlig durchnässt. Ein schrecklicher Gestank ließ ihn würgen. In seiner Kehle stieg ein Schrei auf, als ihm der Gedanke kam, er könnte für tot gehalten und lebendig eingemauert sein – eine seiner größten geheimen Ängste. An den feuchten Wänden und dem schlüpfrigen Boden klebte der Gestank des Todes.

Vor ihm bewegte sich etwas – ein leichtes Zittern, wie ein Windhauch, der ein Stück Leinen packt –, und Gates bemerkte ein seltsames Wesen, das an der Wand hing. Es war eine ausgemergelte Gestalt, wie eine Christusfigur, mit hervorstehenden Rippen und dürren Armen und Beinen. Fiebrig glänzende Augen brannten in seinem Gesicht. Die von Blasen überzogenen Lippen bewegten sich, als das Wesen leise stöhnte.

»AAAAHHHHGGGH!«, schrie Gates und wich entsetzt zurück. Er bekam eine Gänsehaut. In seiner Kehle hatte sich ein Klumpen von der Größe eines Apfels gebildet, und er wusste, dass das seine zusammengeballte Angst war, an der er ersticken würde, wenn er sich nicht am logischen Denken festklammerte. Keuchend kämpfte er darum, nicht den Verstand zu verlieren.

Endlich kam seine Stimme zurück, und er schrie: »Wo zur Hölle bin ich? Wer zur Hölle sind Sie? Was ist hier los?«

Danny starrte Gates an und erkannte, dass irgendeine Veränderung stattgefunden hatte. Die Stimme, die Gesten, seine ganze Art war anders. Der Wahnsinn in Gates war verschwunden, der normale Mann war wieder zum Vorschein gekommen.

»Ich bin's«, krächzte Danny. »Danny Spitz.«

»Spitz?«, rief Gates. »Heilige Scheiße, was ist mit Ihnen passiert?«

»Manovitch«, stöhnte Danny, »er hält mich hier gefangen.«

Gates trat vor und untersuchte nervös die Ketten, mit denen Danny gefesselt war. Er fand die Kettenglieder, die aufgebrochen und wieder zusammengebogen worden waren. Nachdem er ein paar Minuten lang versucht hatte, sie mit bloßen Händen aufzubiegen, gab er auf und sah sich nach einem Werkzeug um, mit dem er sie aufstemmen könnte.

»Ich verstehe immer noch nicht, wo wir sind«, sagte er. »Wie bin ich hierhergekommen? Ich hatte doch nur einen Migräneanfall.«

»Manovitch«, stöhnte Danny wieder. »Er ist in Ihnen.«

Stan Gates Verstand war nicht sonderlich flexibel. Er schluckte die Worte und dachte darüber nach. Manovitch sollte *in* ihm sein? Er spürte nichts. Da war niemand in ihm drin. Das musste irgendein Drogentrip sein. Irgendjemand hatte ihm LSD untergejubelt, oder Kokain oder irgendwas anderes. Er war eigentlich gar nicht hier. Er war irgendwo anders, vielleicht im Princess Louise, und da waren jede Menge Menschen um ihn herum, während er im Pub auf dem Boden lag und mit seinen dunklen, unterbewussten Ängsten kämpfte. So musste es sein.

»Sie sind nicht real, Danny«, erklärte er.

»Ich fühle mich auch nicht real«, stöhnte Danny. »Ich fühle mich tot.«

In Gates' Hirn zuckte etwas. »Tot? Ja, genau. Die haben gesagt, Sie seien bei dem Absturz gar nicht ums Leben gekommen, aber das sind Sie doch, oder? Irgendwie waren Sie doch in dieser Maschine.«

»Und was zur Hölle machen Sie dann hier?«, knurrte Danny in einem klaren Moment.

»Ich? Ich … ich schlafe.«

»Das könnte sogar hinkommen, so verdammt nutzlos, wie Sie sind, Arschloch«, stöhnte Danny.

Gates wusste nicht, was er jetzt tun sollte. Wenn er weiter nach einer Eisenstange oder einem anderen Werkzeug suchte, um Dannys Ketten aufzubrechen, würde er den dunklen Mächten des Wahnsinns Vorschub leisten, die ihn in letzter Zeit immer wieder packten. Aber er konnte auch nicht einfach rumstehen und nichts tun, während er darauf wartete, dass der Traum vorbeiging. In diesem Traum konnte er sogar Gerüche wahrnehmen. Das sollte man eigentlich nicht können, nicht ohne irgendeinen äußerlichen Auslöser. Hatte er sich etwa in einer Art Anfall in die Hose geschissen, und das umgeben von Fremden? Gott, das wäre unfassbar peinlich. Er würde sterben vor Scham.

Manovitch hatte genug von Gates' Unentschlossenheit.

Er tauchte wieder auf, drängte Gates in die hintersten Regionen seines Gehirns und begrub ihn dort.

»Tja, du hattest deine Chance, Arschgesicht«, sagte er zu Danny. »Und du hast es vermasselt.«

Danny sammelte einen Spuckepfropfen und schleuderte ihn auf seinen Peiniger. Er spuckte zu kurz. Manovitch lachte.

»Mehr bringst du nicht?«

Die Geschwüre an Dannys Rücken schabten bei jeder Bewegung der Ketten über die Wand, deshalb gab er die Versuche auf, Manovitch etwas anzutun, und fing stattdessen an, wieder seine Mantras zu singen, immer und immer wieder, bis Manovitch die Nase voll hatte und verschwand. Er schlüpfte in das kalte Wasser der Themse und ließ sich zur nächsten Anlegestelle treiben.

Sobald er aus dem Wasser raus war, machte er sich zu Fuß auf den Rückweg nach Holborn. Dort ging er zum Princess Louise und trat ein. Ein paar neugierige Blicke trafen ihn. Ohne auf die Fassungslosigkeit des Barkeepers zu reagieren, der ihn mit offenem Mund anstarrte, bestellte er sich ein Bier. Als er das Glas sicher in der Hand hatte, ließ er Stan Gates frei.

Stan zuckte erschrocken zusammen, als er sich an der Bar wiederfand.

»Herr im Himmel«, keuchte er und sein Gesicht sprach Bände.

Angewidert schaute er an sich herab.

Er war klatschnass und tropfte auf die Fußstange an der Bar.

»Tut mir leid«, erklärte er seinem Publikum. »Ich hatte wohl einen Blackout oder so etwas. Ich *wusste* doch, dass das ein Traum war.«

»Und jetzt geht es Ihnen wieder gut?«, fragte einer der Gäste.

»Ja, ja, alles bestens«, versicherte Stan, dem es ganz und gar nicht gutging. »Ich war nur … ich glaube, ich leide unter – wie hieß das nochmal? – Schizophrenie oder so etwas. Immer wieder tue ich Dinge, ohne zu wissen, dass ich sie tue.«

»Ich kann Ihnen sagen, was Sie getan haben, Sie haben in Ihren Klamotten gebadet«, sagte eine alte Frau am anderen Ende der Bar.

Stan lachte nervös. »Sieht ganz so aus, nicht wahr?«

»Sie sollten nach Hause gehen und sich trockenlegen«, riet der Barkeeper.

»Ja, das sollte ich wohl. Tut mir leid, das alles.«

»Machen Sie sich keine Gedanken«, meinte ein Jugendlicher, und fügte dann im krassen Widerspruch dazu hinzu: »Sie brauchen einen Arzt.«

»Ja … einen Arzt.«

Stan verließ das Pub und stieg in sein Auto. Gott sei Dank war der Verkehr in London wieder normal. Die Plage des Autosterbens war vorbei. Die Maschinen lebten wieder. Jetzt gab es nur noch diese ekelhaften Geschwüre, mit denen sie fertigwerden mussten. Jeder hatte sie, vor allem am Hals und im Gesicht. Viele widerliche Dinge auf den Straßen, so oder so.

Stan startete den Wagen und fuhr schnell nach Hause. Dort nahm er ein Bad und zog sich um. Anschließend setzte er sich mit einem Glas Whisky ins Wohnzimmer, bereit, sich zu betrinken. Irgendetwas stimmte nicht mit ihm, aber er wollte sich nicht krankmelden, bevor dieser Auftrag erledigt war. Er hasste es, seiner Pflicht nicht nachkommen zu können. Das war ein wichtiger Fall, und auch wenn er sich anscheinend die Missgunst von Rajeb Patel und Lieutenant Peters zugezogen hatte, wollte er bis zum Schluss dabeibleiben.

Also trank er seinen Whisky und hoffte, dass das Fieber bald vergehen würde.

28

Seit dem Vergewaltigungsversuch hatte sich eine leichte Kluft zwischen Daphne und Rajeb aufgetan. Es war kein ernsthaftes Beziehungsproblem, aber doch etwas, dem sie sich früher oder später würden stellen müssen. Daphne hatte sich klugerweise dafür entschieden, nach dem Vorfall zu einem Therapeuten zu gehen, und Rajeb war verletzt und verwirrt, da er nicht verstand, warum sie zu einem Fremden ging, um über diese Dinge zu sprechen, wenn doch er da war, um sie zu trösten. An diesem Abend saßen sie in ihrem Wohnzimmer, tranken Tee und sprachen über das Thema.

»Du verstehst einfach nicht …«, begann Daphne.

»Ganz genau, ich verstehe es nicht«, unterbrach Rajeb sie. »Deshalb frage ich dich ja nach dem *Warum.*«

»Schau, ich gehe zu dieser Frau, *weil* sie eine Fremde ist, eine Fremde, die Erfahrung darin hat, Menschen nach einer traumatischen Erfahrung zu helfen. Wenn ich dich bitten würde, mir zu helfen, würde alles durcheinandergeraten. Du bist emotional zu involviert.«

»*Ich* habe doch nicht versucht, dich zu vergewaltigen.«

Daphne seufzte. »Nein, natürlich nicht. Ich will damit ja auch nicht sagen, dass alle Männer gleich sind oder so was. Aber du und ich, wir lieben einander – zumindest hoffe ich das –, und in so einem Fall sind wir vielleicht genau die falsche Medizin füreinander. Und ich *muss* mit jemandem reden, Rajeb. Mach es mir doch nicht so schwer.«

Er schaukelte in seinem Sessel vor und zurück. Sie konnte sehen, dass er todunglücklich war. In seiner Familie behielt man persönliche Dinge für sich und zog nicht los und heulte sich bei irgendwelchen Fremden aus. »Wir kümmern uns umeinander«, war eine seiner liebsten Redewendungen. Wenn in Rajebs Familie eine Leiche auftauchte, schaffte man sie sofort in den Keller, und die einzigen Menschen, die wissen durften, dass sie dort war, gehörten zum engsten Familienkreis.

Auch wenn Rajeb normalerweise ein rationaler Mensch war, musste Daphne doch immer wieder gegen tiefsitzende Familientraditionen ankämpfen, wenn es darum ging, bestimmte Probleme anzugehen. Jedes Mal, wenn der Begriff »Therapie« fiel, zuckte er zusammen.

»Ich verstehe es einfach nicht.« Er seufzte.

»Wenn das so ist, müssen wir es einfach dabei belassen, denn besser kann ich es dir nicht erklären. Diese Leute sind wie Ärzte, Raj. Sie haben eine strikte Berufsethik und eine Schweigepflicht, und die Chancen, dass du ihr auf einer Party, auf der Straße oder im Supermarkt über den Weg läufst, stehen fünfzig Millionen zu eins. Damit brauchst du mir also gar nicht erst zu kommen. Außerdem ist mein psychisches Gleichgewicht wichtiger als dein Schamgefühl. So bleibt es ein Geheimnis zwischen vier Leuten statt drei, das ist alles.«

»Vier?«

»Ich schätze mal, Stan Gates wird es nicht vergessen haben. Und ich sagte vier, weil ich nicht glaube, dass er damit im Pub hausieren geht.«

Rajeb riss die Augen auf. Der Gedanke, dass Gates etwas über den Vorfall verraten könnte, war so grauenhaft, dass er ihm bisher noch gar nicht gekommen war. »Wenn er auch nur ein einziges Wort verrät, werde ich das Arschloch *umbringen*, das schwöre ich.«

»Wirst du nicht, Raj. Schau, du hast mir doch auch erzählt, dass er gegenüber Lieutenant Peters schon etwas angedeutet hätte. Wir müssen uns alle beruhigen. Genau das meine ich, wenn ich sage, du bist emotional involviert. Mit dir *kann* ich nicht vernünftig über diese Sache reden. Also muss ich mit jemand anders reden, und da ist ein ausgebildeter Therapeut am besten. Und jetzt machen wir uns einfach einen schönen Abend und vergessen das Thema.«

Raj nickte. Eigentlich wollte er das Thema noch nicht beenden, aber andererseits war er vernünftig genug zu erkennen, dass sie einfach nicht weiterkamen.

»Im Fernsehen läuft ein Western«, sagte er. »Sollen wir uns den anschauen?«

Daphne wollte keinen Western sehen. »Eigentlich muss ich noch in die Bibliothek. Die hat heute bis acht geöffnet.«

»Soll ich mitkommen?«

»Nein, ich komme schon klar. Dir wird nur langweilig, wenn du mir bei der Suche nach den richtigen Büchern helfen musst. Bleib du hier und schau deinen Film an. Ich bleibe auch nicht lange weg, versprochen.«

»Okay. Wir wär's, wenn du uns auf dem Rückweg was beim Chinesen holst?«

»Was willst du denn? Außer Spareribs, die du ja immer isst.«

»Ich esse nicht immer Spareribs – aber ja, heute hätte ich Lust drauf, und gebratenen Reis mit Krabben. Aber Malaysia-Art, der ist schärfer als der andere.«

»Alles klar.«

Während Daphne sich den Mantel anzog, schaltete er den Fernseher an. Sie wusste, es verletzte ihn, dass sie seine Leidenschaft für Western nicht teilte, aber auch bei der Zweisamkeit gab es gewisse Grenzen. Wenn der Film eine richtige, vernünftige Handlung hatte, machte es ihr nichts aus, aber der heute war nur der übliche Mist über zwei Kerle im tödlichen Duell. Egal ob es nötig war, der eine würde den anderen töten, und Rajeb würde am Bildschirm kleben, solange die Kugeln flogen.

Daphne fuhr mit dem Auto zur nächsten Bibliothek. Sie

parkte in einem mehrstöckigen Parkhaus und musste bis zur siebten Ebene hochfahren, da offenbar viele Leute den Markt in der Nähe besuchten. Der Aufzug funktionierte nicht, also musste sie über die Treppe ins Erdgeschoss gehen. Die Bibliothek war nur ein paar Hundert Meter vom Parkhaus entfernt.

Während der nächsten Stunde vertiefte sie sich völlig in ihre Recherchen über Erziehungsprobleme bei Zigeunerkindern; über dieses Thema wollte sie irgendwann eine Doktorarbeit schreiben. Zurzeit erstellte sie nach und nach eine Bücherliste, aus der schließlich eine Übersicht über die Forschungsliteratur werden würde, die Bestandteil ihrer These wäre. Rajeb hatte ihr geholfen, Kontakt zu ein paar Zigeunerfamilien im East End herzustellen, und die Gespräche mit ihnen hatten sie fasziniert. Sie hatten einen ganz eigenen Blick auf das Leben. Als ein alter, »niedergelassener« Zigeuner einmal gefragt wurde, warum er am Ende seines Lebens dann doch noch eine Sozialwohnung angenommen hätte, antwortete er: »Mir wurde langsam schwindelig.« Womit er sich auf die ständigen, immer in großen Kreisen verlaufenden Reisen bezog, aus denen sein Leben bestanden hatte.

Als sie das Gefühl hatte, lang genug weg gewesen zu sein, suchte Daphne sich die Bücher zusammen, die sie mit nach Hause nehmen wollte, und ging damit zur Ausleihe.

Draußen bauten die Marktleute gerade ihre Buden ab und klappten die Rahmen zusammen, über die ihre Zeltplanen gespannt waren. Daphne kaufte bei einer Frau, die gerade ihren Wagen belud, noch etwas Obst und bekam es sogar billiger, weil die Frau es eilig hatte und der Verkaufstag bereits beendet war. Die Sonne hing tief zwischen den hohen Gebäuden. Mit einer schweren Tasche in jeder Hand ging Daphne zum Parkhaus.

Der Aufzug war immer noch kaputt, also schleppte sie sich

müde die Treppen hinauf. Einmal glaubte sie, Schritte hinter sich zu hören, aber als sie stehen blieb, um zu lauschen, blieb in dem senkrechten Betontunnel alles ruhig. Sie ging weiter zur siebten Ebene, drückte die schwere Metalltür auf und betrat das Parkdeck, dessen Wände voller anzüglicher Graffiti waren. Auf dem Boden lagen leere Getränkedosen und anderer Müll herum. Sie hasste die bedrückende, schäbige Atmosphäre solcher Orte. Außer ihrem standen jetzt nur noch zwei Autos auf der Ebene: ein alter, verbeulter Ford und ein Mini, den jemand eigenhändig lila lackiert hatte.

Die letzten Sonnenstrahlen fielen durch die Öffnung in der Mauer und strahlten ihr Auto an. Aus der anderen Richtung, von Osten, kam das Licht von der Kuppel des Erzengels. Dazwischen lag ein trauriges Niemandsland. Sie überquerte die verlassene Ebene, schloss ihren Wagen auf und legte Obst und Bücher auf den Rücksitz, da sie keine Lust hatte, den Kofferraum aufzumachen.

Als sie sich aufrichtete, um den Vordersitz wieder zurückzuklappen, packte sie jemand von hinten.

»Was …«

Zuerst, als sich die Arme um ihren Brustkorb schlossen und ihre Brüste einquetschten, schoss ihr der abwegige Gedanke durch den Kopf, es könnte Rajeb sein, der irgendein Spiel mit ihr spielen wollte. Aber als sie die Dicke der Arme und der Kleidung erkannte, verflüchtigte sich der Gedanke, denn beides gehörte definitiv nicht zu Rajeb.

»Aufhören«, schrie sie, »Sie tun mir weh.«

Wer auch immer es war, erwiderte nichts, sondern trug sie einfach zur Brüstung und hob sie hoch.

Daphne verlor einen Schuh, als sie panisch gegen die Betonmauer trat, um sich von der Brüstung wegzuschieben, hinter der zwischen den Gebäuden ein schmaler, sieben Stockwerke tiefer Abgrund lauerte. Sie schaffte es, ihrem Angreifer den Kopf unter das Kinn zu rammen, aber das entlockte ihm nur ein Grunzen und änderte nichts an ihrer Lage. Der Mann – sie konnte den alten Schweiß unter seinen Armen riechen – hob sie mühelos weiter über die Brüstung.

Daphne trat noch einmal zu und schrie, als ihre Strumpfhose an dem rauen Beton zerriss. Sie schürfte sich das Bein auf, spürte aber nichts davon. Die nackte Angst, die sie erfüllte, betäubte jeden Schmerz. Sie packte mit beiden Händen die Betonbrüstung und versuchte, seitlich herunterzurutschen. Dabei fiel ihr Portemonnaie aus ihrer Tasche und flog zwischen den Gebäuden nach unten, wo es aufplatzte und die Münzen in der verlassenen Gasse verstreute.

»Lassen Sie mich in Ruhe!«, kreischte sie. »Lassen Sie mich!«

Ihre Hände wurden von der Brüstung gerissen.

»Hey«, hörte sie plötzlich eine Stimme. »Was machen Sie denn da mit der Frau?«

Daphne, die seitlich auf das Parkdeck schauen konnte, entdeckte eine dicke schwarze Frau, die neben dem lila Mini stand.

»Kümmern Sie sich um Ihren eigenen Kram«, knurrte der Mann, der jetzt das erste Mal sprach. »Es sei denn, Sie wollen das Gleiche abkriegen.«

Es war Gates.

»Hilfe!«, schrie Daphne. »Bitte helfen Sie mir! Dieser Mann will mich umbringen!«

Die schwarze Frau stieg hastig in ihren Mini und startete den Motor, der im fast leeren Parkhaus dröhnte. Dann machte sie das Fenster auf und schrie: »Ich hole die Polizei – sie lassen die Frau besser in Ruhe, Mann.«

Daphne sagte: »Bitte, Sie kriegen alles, was Sie wollen. Wir können es gleich hier machen, auf der Rückbank im Auto, wenn Sie wollen.«

»Zu spät«, zischte Gates. Mit einer entschlossenen Bewegung hob er sie noch höher und warf sie über die Brüstung. »Kannst ja stattdessen den Beton ficken.«

Sie stürzte sieben Stockwerke tief.

Als Daphne mit dem Gesicht voran auf dem Pflaster aufschlug, zuckten ihre Arme und Beine noch.

Dann richtete Manovitch seine Aufmerksamkeit auf die Frau in dem Mini, deren Augen weit aufgerissen waren. Sie versuchte gleichzeitig zu schalten und Gas zu geben, was damit endete, dass sie den Motor abwürgte. Manovitch lief zu dem kleinen Auto und drehte es wie einen Käfer auf den Rücken. Die Frau rutschte kopfüber aus ihrem Sitz und landete zwischen Armaturenbrett und Pedalen.

Manovitch griff durch das Fenster, packte ihre Kehle und erwürgte sie in kürzester Zeit mit einer Hand. Als sie nicht mehr strampelte und keuchte, richtete er den Mini wieder auf, zerrte die Leiche heraus und zog den Schlüssel aus dem Zündschloss. Er sperrte den Wagen ab, stopfte den Schlüssel in die Handtasche der Frau und trug sie zur Brüstung. Dann warf er die Leiche mit Handtasche und allem über die Brüstung, so dass sie neben Daphnes totem Körper auf dem Boden aufschlug.

»An dem Rätsel werden sie zu knacken haben.« Manovitch lachte leise. »Zwei Frauen, die zusammen von einem Parkhaus springen.«

Dann verließ Manovitch den Tatort und kehrte zu Fuß in Gates' Viertel zurück. Dort ließ er Stan frei, der zum Abendessen in ein Restaurant ging. Nach dem Essen ging Stan Gates direkt nach Hause und ins Bett.

Lloyd Smith schien in einer seltsamen Stimmung zu sein.

»Hallo, was gibt's?«, fragte Stan Gates fröhlich.

Lloyd Smith erwiderte: »Constable Patel. Seine Freundin ist gestern gestorben.«

Stan, der – soweit er wusste – Rajeb Patels Freundin nie begegnet war, war schockiert.

»Verdammt, was ist passiert?«

»Sie ist von einem Parkhaus gesprungen … oder gestoßen worden. Sieben Stockwerke. Beim Aufprall ist ihr Schädel gebrochen …«, Lloyd Smith seufzte, »… oder vielmehr völlig zermatscht worden. Sie können sich ja sicher vorstellen, dass Patel am Boden zerstört ist. Momentan ist er bei ihren Eltern. Schreckliche Sache …«

»Was meinen Sie mit ›gesprungen oder gestoßen worden‹? Weiß man es denn nicht?«

»Na ja, laut Patel war sie ziemlich deprimiert, obwohl er sich weigert zu verraten, warum. Einige Aspekte passen nicht zusammen. Ich weiß nicht. Doch das wird sicherlich alles untersucht werden. Aber am seltsamsten ist, dass direkt neben ihr noch eine Frau lag, die ein ähnliches Schicksal getroffen hat. Die Autos der beiden standen auf derselben Ebene – der siebten –, aber die andere Frau scheint vor dem Sturz Verletzungen am Hals erlitten zu haben.«

Stan nickte nachdenklich. »Sie meinen also, sie wurde wahrscheinlich erwürgt. Klingt so, als wäre entweder Rajebs Mädchen oder diese andere Frau gerade von einem Dritten angegriffen worden, als die zweite erschien, so dass der oder die Mörder beide umbringen mussten, um Zeugen loszuwerden.«

»Sie sind hier der Polizist«, meinte Lloyd nur.

»Nichts gestohlen?«

»Absolut nichts.«

»Also, meiner Meinung nach klingt das nach Manovitch. Na ja, und wie geht es jetzt weiter?«

Lloyd schob einige Unterlagen in seine Aktentasche.

»Tja, so wie es aussieht, müssen Sie als Fahrer für den Lieutenant einspringen, zumindest vorübergehend. Patel wird noch eine Weile brauchen, bis er wieder arbeiten kann. Und Lieutenant Peters brennt darauf herauszufinden, was mit Sergeant Spitz passiert ist, nachdem Sie ihn am Flughafen abgesetzt hatten.«

»Okay«, sagte Stan, »verstehe ich gut. Wo ist der Lieutenant jetzt?«

»Beim Frühstück.«

»Dann gehe ich mal zu ihm.«

»Nein, das werde ich tun«, erwiderte Lloyd. »Sie warten hier.«

29

Gott sei Dank sind diese furchtbaren Geschwüre verschwunden«, sagte Petra und strich sich mit der Hand über den Halsansatz. Sie waren genauso schnell verschwunden, wie sie gekommen waren, über Nacht. Sie hatte sie gehasst: riesige, vulkankraterartige Schwellungen voller Eiter. »Ich hoffe, dass ich nie wieder so etwas kriegen werde.« Sie saß in der Lounge und trank den ersten Kaffee des Tages.

Die Schlagzeilen der Tageszeitungen feierten ebenfalls erleichtert das Ende der letzten Plage, warnten aber gleichzeitig vor der nächsten. Die Menschen wurden gebeten, möglichst in ihren Häusern zu bleiben oder sich zumindest, wenn sie das Haus verließen, in der Reichweite sicherer Gebäude zu halten. Als nächste Plage erwartete man Hagel.

»Hier heißt es«, berichtete Petra, während Dave durch das Fenster der Lounge nach draußen starrte, »dass die Hagelplage im alten Ägypten alle Sklaven getötet hätte, die sich im Freien aufhielten. Meine Vorfahren waren Sklaven, vielleicht sollte ich besser drinnen bleiben.«

Das war ein Witz, aber Dave war noch nie gut darin gewesen, auf Witze zu reagieren, die sich direkt an ihn richteten, schon gar nicht, wenn er wie heute Morgen völlig in Gedanken versunken war.

»Sklaven? Wer war ein Sklave?«

»Egal«, seufzte Petra.

Dave meinte: »Was hast du heute vor?«

»Wenn der Hagel kommt und rechtzeitig wieder abzieht, will ich zum Tower of London. Der Erzengel hat mich gebeten, dort zu suchen.«

Dave runzelte die Stirn. »Wonach?«

»Er sagt mir nie, wonach«, erwiderte Petra.

»Ich dachte, der Tower sei wegen Renovierungsarbeiten geschlossen?«

»Ist er auch. Sie haben ihn wegen Nassfäule oder so geschlossen, aber Lloyd hat uns Ausweise besorgt, damit wir reinkönnen, und einen Mann, der uns alles zeigt. Immerhin ist er ein Erzdiakon.«

»Und du meinst wirklich, es ist sicher?«

»Wie meinst du das?«

»Ich meine, wird dir nicht irgendwas auf den Kopf fallen, während du deine Sightseeingtour machst?«

Petra lachte. »*So* schlimm ist es vermutlich noch nicht. Der Mörtel und die Ziegel bröckeln etwas, aber ich glaube nicht, dass schon alles in sich zusammenfallen wird.«

»Tja, pass besser auf.«

»Nein, Lieutenant Peters«, erwiderte sie ernst, »*du* solltest besser aufpassen. Manovitch ist immer noch da draußen. Wahrscheinlich wartet er nur darauf, dass du Dannys Fährte aufnimmst, damit er euch dann beide zusammen schnappen kann.«

Lloyd Smith trat zu ihnen an den Tisch und ließ sich in einen Sessel sinken. Seine schlanken Hände zitterten.

»Was ist passiert?«, fragte Petra alarmiert.

»Manovitch hat Constable Patels Freundin getötet«, erklärte er leise. »Der arme Junge ist völlig fertig.«

»Oh mein Gott«, rief Petra.

»Er ist gerade bei ihrer Familie. Sie versuchen, einander zu trösten, aber als ich ging, weinten sie alle.« Lloyd stiegen ebenfalls Tränen in die Augen, doch er wischte sie schnell mit einem Taschentuch ab.

»Wie ist es passiert?«, fragte Dave. »Sind Sie sicher, dass es Manovitch war?«

»Natürlich nicht hundertprozentig, aber es gab kein ersichtliches Motiv – kein Raub, nichts dergleichen. Es ist auch noch eine zweite Frau gestorben. Sie wurden beide in einer Gasse zwischen zwei Hochhäusern gefunden. Anscheinend wurden sie von einem Parkhausdeck geworfen. Bei Daphne hat man Anzeichen eines Kampfes entdeckt, und das andere Opfer wurde vorher erwürgt. Sie war wahrscheinlich schon tot, als sie runtergeworfen wurde. Es handelt sich um eine sehr füllige Dame, es hätte also einen außergewöhnlich starken Mann gebraucht, um ein totes Gewicht von gut fünfundachtzig Kilo über eine gut einen Meter hohe Brüstung zu heben.«

»Sonst noch etwas?«, fragte Dave. »Irgendwelche anderen Hinweise?«

»Das zweite Opfer, eine gewisse Lydia Storkey, hatte einen Mini. An dem Auto waren Spuren, die darauf hindeuten, dass es einmal aufs Dach und dann wieder zurückgerollt wurde.«

»Sie meinen, jemand ist gefahren, kam ins Rutschen, und das Ding hat sich überschlagen?«

»Ich weiß es nicht«, meinte Lloyd hilflos. »Ich gebe nur die Fakten weiter.«

Dave starrte wieder aus dem Fenster. An diesem Morgen war nicht viel Verkehr. Inzwischen wurden die Plagen sehr ernst genommen, und die siebte stand unmittelbar bevor. Das Wichtigste auf Daves Agenda war allerdings, Danny zu finden. Sobald das erledigt war, konnten sie Manovitch gemeinsam zur Strecke bringen. Die tote Seele kam immer näher, so viel war sicher. Daphne hatte am Rand ihrer Gruppe gestanden, eine unschuldige Verbindung, doch wenn Manovitch diese Verbindung kannte, war er kurz davor, Bruder Tuck und Mutter Teresa zu erwischen. Dave machte sich außerdem Sorgen um Petra.

»Hältst du es wirklich für eine gute Idee, heute zum Tower zu gehen?«

»Warum, nur weil es langsam gefährlich wird? Du machst wohl Witze, Dave Peters. Wann wirst du damit aufhören, Frauen immer nur beschützen zu wollen, und anfangen, sie mitspielen zu lassen?«, fragte Petra.

»Mein Job ist es, die Bevölkerung zu beschützen. Du bist keine Polizistin.«

»Ich kann allein auf mich aufpassen, vielen Dank.«

Seufzend akzeptierte er, dass er auf verlorenem Posten stand. Stattdessen wandte er sich an Lloyd: »Wie geht es jetzt weiter?«

»Stan Gates ist ab jetzt Ihr Fahrer.«

»Den will ich nicht«, wehrte Dave ab. »Ich traue ihm nicht.«

»Sie könnten selbst fahren, aber Sie brauchen jemanden als Verstärkung, Lieutenant. Sie sollten nicht allein in London unterwegs sein, besonders jetzt nicht, wo Manovitch anscheinend näher kommt.«

Petra nickte. »Lloyd hat Recht. Du brauchst Gates.«

»Okay«, knurrte Dave. »Wo ist er?«

»Wartet draußen im Wagen auf Sie.«

»Dann mache ich mich mal auf den Weg.«

Dave überließ es Petra, sich um Lloyd zu kümmern, dem der Tod von Patels Freundin wirklich nahezugehen schien. Dave vermutete, dass Lloyd noch immer unter Nachwirkungen seiner eigenen Begegnung mit Manovitch litt. Eine so furchtbare Erfahrung wie eine Vergewaltigung steckte man nicht einfach so weg, ohne psychische Blessuren davonzutragen. Jedes Mal, wenn Manovitchs Name fiel, begann Lloyd zu zittern.

Dave machte dem alten Mann deswegen keinen Vorwurf. Wenn er daran dachte, was Lloyd durchgemacht hatte, wand sich Dave innerlich. Es musste die reinste Hölle gewesen sein. Dave bewunderte Lloyd zutiefst, der aus einem härteren Holz geschnitzt zu sein schien, als man auf den ersten Blick annahm. Die meisten Männer wären nach einer solchen Erfahrung von dem Projekt zurückgetreten.

Die Sache erinnerte ihn auch an Vanessa, die als Kind viele Male von ihrem eigenen Vater vergewaltigt worden war. Was für eine verdammte Dreckswelt, dachte Dave. Wie zur Hölle schafften es diese Menschen nur, nicht völlig durchzudrehen?

Als Dave in die Lobby kam, wartete dort Stan Gates auf ihn.

»Sieht so aus, als hätten Sie doch noch gekriegt, was Sie wollten«, meinte Dave.

Stan sah ihn verwirrt an. »Was meinen Sie damit?«

»Jetzt dürfen Sie mich durch London chauffieren. Ich käme wahrscheinlich auch ohne Sie zurecht, wenn diese Stadt nicht so verdammt viele Einbahnstraßen hätte. Ich schätze also, ich muss mich mit Ihnen abfinden.«

Stan wirkte brüskiert. »Also, es macht mir ja nichts aus, Sie durch die Stadt zu fahren, Lieutenant, aber meine Lieblingsbeschäftigung ist es auch nicht gerade. Wie kommen Sie darauf, dass ich den Job unbedingt machen will?«

»Sie haben es mir doch selbst gesagt.«

Stan schüttelte den Kopf. »Nicht dass ich wüsste. Aber egal, wohin wollen Sie denn heute?«, fragte er.

»Flughafen Heathrow.«

Als sie zum Auto gingen, fielen die ersten Hagelkörner. Offensichtlich waren das nur Warnschüsse, die den Leuten klarmachten, dass es jetzt Zeit wurde, Schutz zu suchen. Dave starrte auf die Lichtkuppel des Erzengels und fragte sich, was dem Wesen wohl durch den Kopf ging – falls es überhaupt ein Bewusstsein hatte. Vielleicht hat es ja gar kein Gehirn oder etwas Entsprechendes, dachte er. Vielleicht ist es ja völlig anders als wir gewöhnlichen Sterblichen.

Stan und Dave ignorierten die ersten Hagelschauer und fuhren nach Südwesten, Richtung Flughafen. Als dann aber der wirkliche Hagel kam und wie Felsbrocken auf das Wagendach prasselte, musste Stan an die Seite fahren. Andere Autos folgten ihrem Beispiel. Sie hatten mitten auf einer Brücke angehalten und blieben dort, während das Dach immer stärker eingebeult wurde und große Eisbrocken von den Kotflügeln abprallten.

Der Lärm war ohrenbetäubend, und die beiden Männer mussten schreien, um sich miteinander zu verständigen. Sie sahen, wie ein Autofahrer leichtsinnigerweise aus seinem völlig zerfetzten Cabrio ausstieg, das ihm zumindest noch ein wenig Schutz geboten hatte. Er taumelte ein paar Schritte, wurde dann aber von dem weißen Sturm niedergedrückt. Da sie ihm nicht helfen konnten, mussten sie zusehen, wie er auf die Knie sank. Sein Gesicht wirkte ausdruckslos, der Mund stand offen, die Augen starrten ziellos. Die Hagelkörner rissen ihm die Haut auf, dann schälten sie dem Mann das Fleisch von den Wangenknochen, bis er schließlich ganz zusammenbrach und der Hagel auf seinen leblosen Körper prasselte. Er war vor ihren Augen gesteinigt worden.

Die Sicht war gleich null, und den Menschen in den Autos kam es so vor, als wären sie von der Außenwelt abgeschnitten, im Eis eingeschlossen.

Eisige weiße Wände türmten sich um sie herum auf, doch nach einer halben Stunde ließen Stärke und Dichte des Hagelsturms langsam nach, so dass Dave den Wagen vor ihnen sehen konnte. Der gesamte Lack war ab, das blanke Metall freigelegt worden. Was er von ihrem eigenen Auto sehen konnte, befand sich in einem ähnlichen Zustand.

Um sie herum und auf der ganzen Straße lagen die Scherben der zerschmetterten Autoscheiben. Zum Glück waren die Scheiben ihres Wagens kugelsicher, so dass sie dem Sturm getrotzt hatten, aber andere hatten es weniger gut getroffen; sie saßen nun bis zu den Knien in Hagelkörnern. Einige weiße Hügel, Körper unter Eisbrocken, regten sich nicht. Auf den Gehwegen lagen Menschen, die es nicht geschafft hatten, sich rechtzeitig vor dem Sturm in Sicherheit zu bringen. Sie waren von den Hagelkörnern erschlagen worden. Andere, die noch herumstolperten, waren voller Blutergüsse, Schnitte und Striemen. Es war kein schöner Anblick.

»Jesus, sehen Sie sich das an«, sagte Dave.

Stan hatte offenbar keine Lust zu antworten.

Der Hagel fiel, wenn auch weniger dicht, noch über eine Stunde lang weiter und füllte die Straßen mit Eisklumpen von der Größe altmodischer Mottenkugeln. Endlich ließ der Sturm nach und löste sich dann auf. Schließlich setzte sich der Verkehr wieder in Bewegung und sie konnten weiterfahren.

Die Innenstadt sah aus, als hätte man sie in Styroporflocken gepackt, bereit zum Postversand.

Die Straßen waren gefährlich, überall rutschten die Autos herum. Doch die Hagelkörner schmolzen schnell und lösten kleinere Überschwemmungen in den Rinnsteinen aus, die sich auch auf die Straßen ausbreiteten. Sanitäter kümmerten sich um die Toten und Verletzten. Man kam nur langsam voran.

»Als Nächstes sollen die Heuschrecken kommen«, meinte Dave, mehr zu sich selbst als zu Stan Gates. »Aber hier wird es sich bestimmt nicht um Heuschrecken handeln.«

»Dann vielleicht Grashüpfer?«, schlug Stan vor.

»Nö. Plagen wie Heuschrecken oder Grashüpfer finden auf dem Land statt. Da gibt es Felder; die Heuschrecken fallen schließlich über die Ernte her. Wie viel Ackerland gibt es schon mitten in London? Vielleicht ein paar Parks, aber wen interessiert es schon, wenn die kahl gefressen werden? Das wird so etwas Ähnliches wie die Nummer, als die Maschinen gestreikt haben – Sie werden schon sehen.«

»Fliegende Metallfresser, die dann die Autos bis auf den Rahmen abfressen?«, überlegte Stan in einem ungewöhnlichen Anflug von Humor.

»Wer weiß?«, erwiderte Dave. Dann: »Hey, wo zur Hölle fahren wir denn hin? Wir fahren ja Richtung Erzengel.«

Stan schüttelte den Kopf. »Ich dachte, wir nehmen den Weg über die Tower Bridge und von da aus dann nach Süden.«

Dave versuchte, sich an die Straßenkarten zu erinnern, die er studiert hatte. Ihm kam es so vor, als würden sie in eine völlig falsche Richtung fahren. Irgendwann mussten sie zwar den Fluss überqueren, aber war es dafür nicht noch zu früh? »Sind Sie sicher, dass Sie wissen, was Sie tun?«, fragte er.

Stan Gates warf ihm einen irritierten Seitenblick zu. »Ich habe mein gesamtes Leben in London verbracht, Lieutenant. Ich weiß *genau*, was ich tue.«

»Ich bin mir da nicht sicher …« Dave gefiel das Ganze immer noch nicht.

»Okay«, fauchte Stan Gates, »wollen Sie vielleicht fahren? Bitte, übernehmen Sie das Steuer.«

Er lenkte den Wagen an den Straßenrand.

Dave sagte: »Kein Grund, sich so aufzu…«

Während Dave sprach, hatte Gates sich in seinem Sitz umgedreht. Seine Faust schoss vor und traf Dave an der Schläfe. Dave fiel nach vorne und prallte mit dem Kinn gegen das Handschuhfach. Er war benommen, aber noch bei Bewusstsein. Er hob eine Hand, um zu protestieren. Dabei hatte er keine Ahnung, was hier gerade passierte. War Gates wahnsinnig geworden? Was zur Hölle war hier los?

Ein zweiter heftiger Schlag schickte ihn endgültig in die Bewusstlosigkeit.

30

Dave kam halb zu sich, als er durch einen Gang getragen wurde. Er glaubte, graue Steinmauern wie einen Fluss an sich vorbeiströmen zu sehen, und erst nach ein oder zwei Minuten wurde ihm klar, dass diese Steine der Boden waren. Er war an Händen und Füßen gefesselt und lag über der Schulter eines Mannes, der, wie er ganz richtig vermutete, Gates war.

Außerdem wurde Dave bewusst, dass er klatschnass war, genau wie Gates.

»Wo bin ich?«, stöhnte er.

»Der Tower of London – ist das nicht super? Du wirst hier sterben. Fühle dich geehrt, Cop. Große Damen und Herren haben an diesem Ort gedarbt. Sogar Könige und Königinnen. Mein guter Freund Stan Gates weiß alles über diesen Ort. Hier sind Köpfe gerollt. Hier wurden Prinzen erdrosselt. Auf dem Rasen draußen haben Adelige ihre Eingeweide verteilt. Ich wette, das gefällt dir! Ist so nobel. Dein rotes amerikanisches Blut wird dieselben Steine beflecken wie das blaue Blut britischer Aristokraten – da kommt man schon ins Grübeln, oder? Ein gewöhnlicher Arsch wie du, in Gesellschaft des Hochadels. Deine Mutter wäre ja so stolz auf dich.«

»Was zur Hölle ist hier los?«, murmelte Dave.

»Was los ist?«, wiederholte sein Entführer fröhlich. »Ich bin's, dein alter Kumpel Manny! Du erinnerst dich doch noch an mich, oder? Ich werde dir sagen, was los ist, Peters. Zuerst werde ich dich vergewaltigen, wie ich es mit deinem Freund Lloyd gemacht habe, damit du dich erniedrigt fühlst und dein stinkiger Geist in deinem Körper zusammenschrumpft. Und dann wirst zu sterben, sehr langsam und so schmerzvoll, wie ich es einrichten kann. Dann, wenn du denkst, du wärst mich endlich los, werden wir uns auf dem Schlachtfeld von Armageddon wiedersehen, wo ich deine Seele auslöschen werde. Und wie klingt das? Gut, oder?«

»Du kranker Wichser«, fauchte Dave.

Manovitch lachte. »Krank? Was zur Hölle hat das denn mit *krank* zu tun? Ich bin *tot*. Ach, übrigens, unser gemeinsamer Freund Danny Spitz hängt da drin an der Wand. Scheiße, du solltest echt stolz auf ihn sein, der ist wirklich schwer umzubringen. Ich habe ihn hungern lassen, ihn an den Händen aufgehängt, gefoltert, aber der kleine Arsch gibt einfach nicht auf …« Manovitch kicherte. »Da wird man schon nachdenklich, oder, bei so einem dummen kleinen Arschloch? Hoffen wir mal, dass du genauso viel Power hast.«

»Oh, Gott, armer Danny«, stöhnte Dave.

»Ja …« Manovitch grinste höhnisch, als sie am Ende des Ganges in eine Kammer traten.

Manovitch blieb abrupt im Türrahmen stehen. Dave erkannte sofort, dass irgendetwas nicht stimmte. Er wurde auf den schmutzigen Boden geworfen und landete hart auf einer Schulter. Schmerzerfüllt rang er nach Luft, während Manovitch an das andere Ende der Zelle rannte. Als er sich herumrollte, sah er Manovitch, der mit den Händen über eine Wand fuhr.

Die tote Seele schrie wütend: »Wo ist er hin? Wo ist der kleine Wichser hin?«

Plötzlich brach Dave in hysterisches Gelächter aus. »Er ist entkommen, nicht wahr, du blödes Stück Scheiße? Danny ist geflohen.«

»Er konnte nicht fliehen«, kreischte Manovitch. »Ich habe die Ketten durch Löcher in seinen Händen gezogen. Ich habe den Wichser gekreuzigt. Er war fertig, voller Wunden – es war fast nichts mehr von ihm übrig. Ein Fetzen loser Haut über ein paar Knochen. Er war so gut wie tot.«

Bei dieser Beschreibung von Dannys Zustand zuckte Dave zusammen, aber das ließ er Manovitch nicht sehen. »Menschen wie Danny kann man nicht umbringen. Sein Glaube ist zu stark. Er ist von seinen Überzeugungen gerettet worden. So werden bösartige Arschlöcher wie du schon seit Jahrhunderten besiegt.«

Manovitch war außer sich. »Ich sage doch, er war völlig fertig. Ich habe ihn gebrochen. Ich habe ihn komplett vernichtet.«

»Du bist ein verdammter Lügner, und das weißt du auch. Du hättest Danny nicht in einer Million Jahren brechen können. Ich wette, er hat gesungen, richtig?«

Wenn er unter Druck stand, summte oder sang Danny immer, und Dave ging davon aus, dass er sich irgendwann, während er in diesem Loch hing, durch Gesang getröstet hatte.

»Er hat um Gnade gefleht«, kreischte Manovitch und sah sich hektisch in der Zelle um.

»Lügner!«, schrie Dave.

Manovitch kam zu ihm rüber und trat ihm in die Nieren. »Halt's Maul!« Er packte Dave am Kragen und zog ihn durch den Gang, wobei er ihn halb erstickte. »Für dich finde ich eine andere Zelle«, fauchte Manovitch. »Und dann suche ich den anderen. Vielleicht haben ihn die Ratten geholt.«

Dave wurde durch den Gang geschleift, wobei sein ganzer Körper Blutergüsse davontrug. Doch jetzt hatte er ein wenig Hoffnung. Danny war geflohen. Aber wie? Und war er wirklich in einem so schlechten Zustand, dass er ihm nicht helfen konnte?

Dave wurde durch einen kurzen Tunnel gezogen, hinaus auf den Rasen zwischen den Türmen, wo so viele den Kopf verloren hatten, und dann Richtung Fluss. Als sie Traitor's Gate fast erreicht hatten, erklang hinter ihnen ein Schrei. Dave schaffte es, den Kopf zu drehen. Es war Petra, zusammen mit einem Mann, den er nicht kannte.

Manovitch ließ Daves Kragen los und fluchte laut. Dann schwang sich das Höllenwesen in die Luft und flog auf eine Mauer zu. Dave sah, wie Petra sich hinkniete und eine Brandwaffe auf Manovitch richtete. Es gab einen lauten Knall, und etwas schlug gegen die Mauer, nur wenige Meter von Manovitch entfernt. Eine Stichflamme flackerte auf. Die Steine brannten, aber Manovitch war schon unverletzt über die Mauer verschwunden.

Petra rannte mit bleichem Gesicht auf Dave zu und ließ ihre Waffe fallen, um ihn von seinen Fesseln zu befreien.

»Bist du verletzt?«, rief sie.

Die Knoten waren so fest, dass sie sie nicht lösen konnte, aber zusammen mit dem Touristenführer schaffte sie es, ihn zu befreien. Der Mann nahm sein Handy und rief Smith an, während Petra sich um Dave kümmerte.

»Du hast ihn nicht erwischt«, sagte Dave verzweifelt.

»Ich habe ihn verfehlt« gab Petra zu. »Ich habe es versucht …«

Irgendetwas an der Sache störte Dave. »Manovitch hat zwei Waffen – Gates' und meine. Warum hat er keine von beiden benutzt?«

»Wahrscheinlich *weiß* er gar nicht, wie man sie benutzt. Gates schon, aber Manovitch kann ihn nicht zwingen, seine Freunde zu töten.«

Dave stand auf und rieb sich die Handgelenke. »Er hat also Stans Körper übernommen?«

Petra nickte. »So wie ich Petras übernommen habe.«

Verwirrt starrte Dave die schwarze Frau an. Er hatte keine Ahnung, was sie meinte. »Was ist hier los? Wo ist Danny?«

»Ich weiß es nicht.« Petra starrte auf die Mauer, über die Manovitch verschwunden war. »Diesmal hätten wir ihn erwischen müssen.«

Verbittert stellte Dave fest: »Wir stehen wieder ganz am Anfang.«

»Nicht ganz«, erwiderte Petra. »Manovitch hat Stan nicht zerstört, als er in seinen Körper eingedrungen ist. Als er Xaviers Körper übernommen hatte, hat er die Seele des Besitzers zerfetzt und gefressen und sie damit für immer ausgelöscht. Aber Manovitch musste Stans Seele behalten, um sich dahinter zu verstecken, wenn ich in der Nähe war. Solange er von Stans Seele umgeben war, konnte ich Manovitchs Anwesenheit nicht spüren. Und er musste Stan benutzen, da der sich in dieser Gegend auskennt. Er brauchte Stans Wissen.

Aber inzwischen ist er mit dem Geist von Stan verflochten und kann sich nicht mehr von ihm befreien. Er ist eine tote Seele, die mit einer lebenden verbunden ist. Manovitch übt zwar die Kontrolle aus, aber er kann Stan Gates nicht loswerden – und auch nicht seinen Körper verlassen, wie er es bei Xavier getan hat, und dann in einen anderen eindringen. Er sitzt in der Falle. Sobald wir Stan Gates finden, können wir sicher sein, Manovitch gefunden zu haben, und dann können wir ihn zerstören …«

»Aber um ihn zu zerstören, müssen wir Stan Gates töten«, stellte Dave fest.

Petra drehte sich zu ihm um und sagte: »Gates war von dem Moment an verloren, als Manovitch in ihn eindrang, sowohl sein Körper als auch seine Seele. Wenn Stans Geist stark ist, wird er durch das Höllenwesen, das von ihm Besitz ergriffen hat, nicht korrumpiert. Aber sein irdisches Leben ist definitiv beendet. Selbst wenn wir Manovitch niemals kriegen – wenn die tote Seele seinen Körper verlässt, wird Stan sterben.«

Dave schlug sich mit der Faust in die Hand. »Jetzt haben wir endlich jemanden, den wir jagen können! Jetzt haben wir eine Beschreibung, die wir verbreiten können. Wir werden das Arschloch fertigmachen, oder wir schicken ihn zurück in die Hölle, wo er hingehört.«

»Wir … der Erzengel will nicht, dass Manovitch in die Hölle zurückkehrt. Er will, dass er hier zerstört wird«, erklärte Petra.

»Der Erzengel kann wollen, was immer ihm passt«, erwiderte Dave und kniff die Augen zusammen. »Ich sehe das so: Wenn wir Manovitch loswerden, werden wir auch den Erzengel los. Das hier ist nicht Armageddon, das hier ist das Land der Lebenden. Die können ihre Schlachten in ihrer eigenen Zeit und ihrer eigenen Welt austragen.«

»Eines Tages werdet ihr auch betroffen sein.«

»Aber bis dahin interessiert mich das einen Scheißdreck«, erwiderte Dave.

Der Touristenführer kam über den Rasen auf sie zugerannt. »Herr im Himmel«, rief er keuchend, »Sie müssen sofort mitkommen! Ich habe jemanden gefunden. Er ist in einem erbärmlichen Zustand. Das würden Sie nicht glauben. Er hat sich in einer Ecke versteckt.«

»Danny«, rief Dave. »Komm schon.«

Er folgte dem völlig aufgelösten Führer, der erklärte: »Ich habe schon einen Krankenwagen gerufen, aber ich weiß nicht …«

Sie fanden ein Wesen, das weniger wog als ein Kind, ein schmutziges, nacktes Menschenwesen, das in der Ecke einer anderen verdreckten Zelle hockte. Die Beschreibung des Führers als »erbärmlicher Zustand« war hoffnungslos untertrieben. Der Mann stand an der Schwelle des Todes. Er war völlig abgemagert und fiebrig, in unvorstellbar schlechter Verfassung.

Dave sah ihn an und musste an die Bilder aus den Konzentrationslagern denken. Er sah einen Mann, der in eine Welt abgedriftet war, die von den geistig Gesunden nicht betreten werden konnte; eine zerbrechliche, dürre Gestalt, deren Körper von Wunden entstellt war und deren spitze Knochen fast die durchscheinende Haut durchstießen. Die Augen, die wild flackerten, quollen aus einem Kopf, der nur noch ein Schädel war, das Gesicht von offenen Wunden, Rattenbissen und Ausschlag entstellt. Das Wesen auf dem Boden stank grauenhaft, nach Dreck und verwesendem Fleisch. Es war ein stinkender Sack voll Angst und Tod. Dave wollte ein Würgen unterdrücken, schaffte es aber nicht ganz.

Das konnte nicht Danny sein.

»Das ist nicht Danny«, sagte Dave schrill. »Ich sage es euch, das ist nicht Danny.«

Petra bat Dave: »Könntest du draußen warten?«

»Das bringt nichts«, erwiderte Dave. »Ich glaube nicht, dass das Danny ist … Danny ist nicht …«

Das Wesen auf dem Boden krächzte: »Dave? Dave, bist du das? Oh Gott … ich bin *blind,* Dave, ich bin blind.«

Ein Schauder packte Dave, und plötzlich zitterte er vor Angst. »Ist er das wirklich?«, flüsterte er.

Wie konnte das Danny Spitz sein – der fröhliche Bruder Tuck? Wie konnte das sein? Das dort auf dem Boden waren nur Haut, Knochen und Haare, die darauf warteten, eingesammelt und in ein Grab geworfen zu werden. Dave konnte es immer noch nicht glauben.

Wieder erklang die brüchige Stimme: »Ich habe ihn verarscht, Dave. Ich bin ihm entwischt. Ich habe mich durch meine Hände genagt.«

Danny zeigte ihnen seine Handflächen wie ein kleiner Junge, der etwas enthüllte, das er ohne Erlaubnis genommen hatte. Danny hatte sie durchgenagt wie ein wildes Tier, das in einem Fangeisen festsitzt. Er hatte das Fleisch bis zu einem Punkt weggekaut, an dem er seine Hände von den Ketten reißen konnte, die hindurchgezogen worden waren. Dann war er weggekrochen, um irgendwo in Ruhe zu sterben.

Dave fühlte sich schwach, und ihm war übel. Was für einen Geist musste ein Mensch besitzen, um in so einem Zustand noch zu überleben? Dave schwirrte der Kopf von all dem Grauen, dessen Zeuge er gerade wurde.

Wenig später traf Lloyd Smith bei ihnen ein, zusammen mit Polizei und Rettungswagen. Danny wurde in ein Krankenhaus gebracht. Es war Lloyd, der Dave die schlechte Nachricht überbrachte.

»Sie werden ihn nicht retten können«, sagte er. »Er ist zu stark geschwächt. Wenn sein Herz die Nacht übersteht, wird er wahrscheinlich an Nierenversagen sterben. Es tut mir leid, Dave.« Er legte Dave eine Hand auf die Schulter.

»Er wird an einen schönen Ort kommen …«, setzte Petra an.

Dave riss den Kopf hoch und fauchte: »Ich will nicht, dass er an irgendeinen *schönen Ort* kommt. Ich will, dass er hier unten bleibt. Er ist noch jung. Er hat noch jede Menge Leben, auf das er sich freuen kann.«

»Er war doch immer unglücklich«, erwiderte sie sanft.

»Mir ist es lieber, er ist unglücklich und am Leben als tot und glücklich«, sagte Dave selbstsüchtig. »Ich brauche ihn.«

Petra zuckte mit den Schultern und wandte sich zum Gehen, sagte aber noch: »Wir werden alles tun, was in unserer Macht steht. Wirklich *alles* … um ihn hierzubehalten. Du wirst schon sehen.«

Dave wusste nicht, was sie damit meinte, aber das war das Hoffnungsvollste, was er bisher gehört hatte.

»Was?«, fragte er. »Was können wir tun?«

31

Lloyd Smith war mit der Welt zufrieden, die Zukunft sah immer besser aus.

Zum ersten Mal in seinem Leben hatte er sich zu einer Frau seines Alters hingezogen gefühlt, und es schien wirklich das Richtige zu sein. Der zweite Grund zur Freude hing mit seiner Stellung als Erzdiakon zusammen: Er hatte aus zuverlässiger Quelle erfahren, dass die religiösen Führer der Welt kurz vor einem Erfolg standen. Dann kam Dave Peters in die Jasmine Suite. Er wirkte verstört. Sofort verflog Lloyds gute Laune.

»Ich brauche Ihre Hilfe«, bat Dave. Sein Gesicht war schlaff und teigig, eine Folge von Schlafmangel. »Sie müssen Ihre Amtsgewalt einsetzen, um Danny zu helfen.«

Schnell ging Lloyd im Geist die verschiedenen Möglichkeiten durch.

Was würde er brauchen? Die besten Ärzte der Welt? Einen Flug in die USA, weil Peters glaubte, die Ärzte dort seien besser? Ein Wunder? Er beschloss, dieses eine Mal alles Taktieren außer Acht zu lassen und ein offenes, vorbehaltloses Versprechen abzugeben.

»Ich werde alles tun, was in meiner Macht steht«, versicherte er, »wirklich alles.«

»Ich will, dass sie uns in den Einflussbereich des Erzengels bringen«, erwiderte Dave entschlossen. »Ich muss hinter die Absperrungen.«

Alarmiert richtete sich Lloyd auf. »Der Premierminister hat persönlich angeordnet …«

»Ich weiß, was der verdammte Premierminister angeordnet hat«, brüllte Dave. »Ich will, dass *Sie* mit den Leuten reden und sie dazu bringen, mir die Tür aufzumachen. Was ist der Erzengel denn? Ein Staatsgeheimnis? Eine mögliche Waffe, die gegen die Kräfte des Bösen eingesetzt werden soll? Was glauben die denn, was sie tun könnten? Seine Macht irgendwie für sich einspannen?«

Lloyd nickte. »Etwas in der Art. Sie wissen doch, wie diese Leute sind. Nicht alle, aber es gibt gewisse Leute, die den Erzengel für etwas halten, das man für die eigenen Interessen ausbeuten sollte – insbesondere das Militär.«

»Gott verflucht«, rief Dave. »Sollen sie doch verrotten. Ich *weiß*, wo in dieser Welt das Böse lauert. Schaffen Sie das? Können Sie es wenigstens *versuchen?* Ich will Danny da reinbringen. Es ist seine einzige Chance. Ich will ihn dem Erzengel in den Schoß legen und sagen: ›Du hast das verbockt, also richte es jetzt auch wieder.‹«

»Bisher ist noch niemand wieder rausgekommen, Dave.«

Dave nickte. »Ich weiß. Ich gehe mit Petra rein. Sie wird mich wieder rausbringen. Sie ist ein Teil des Ganzen.«

Für Lloyd klang das ziemlich plausibel, aber er wusste, wie stur manche Generäle waren. Wenn die Militärs sich auf etwas eingeschossen hatten, war es schwer, sie wieder davon abzubringen. Danny war für sie absolut entbehrlich. Sie waren nur an der Machtquelle interessiert, und daran, ob man sie irgendwie als Waffe einsetzen konnte. Sie hatten gesagt: »Eine Waffe mit *abschreckender* Wirkung«, aber gemeint hatten sie »mit zerstörerischer Wirkung«.

»Ich werde ein wenig herumtelefonieren, Dave, aber ich kann nichts versprechen.«

»Das haben Sie bereits. Sie haben mir versprochen, Sie würden *alles* tun.«

»Das kann schon sein, aber ich kann keine Wunder wirken.«

In den nächsten zwei Stunden hängte sich Lloyd ans Telefon, und er wusste, dass Danny in dieser Zeit immer schwächer wurde. Er wurde von Pontius zu Pilatus geschickt. Dann versuchte er es ganz oben, aber der Premierminister war nicht verfügbar. Wenn er überhaupt auf mitfühlende Zuhörer stieß, hatten die leider nichts zu sagen. Schließlich musste er sich seine Niederlage eingestehen.

»Alles klar«, meinte Dave, »dann eben nicht. Ich habe gesehen, Sie haben einen SUV. Ziemlich stabil, die Dinger, oder? Hat der vorne einen Kuhfänger dran?«

»Ja, schon, aber …«

»Leihen Sie ihn mir. Ich kann nicht versprechen, ihn in einem Stück zurückzubringen, aber dafür wird er verdammt heilig sein, als hätte man ihn in Weihwasser getunkt. Sie können ihn ja hinterher an irgendeinen Erzbischof verkaufen.«

»Sie wollen die Straßensperre durchbrechen«, sagte Lloyd. Es war eine Feststellung, keine Frage.

»Und wie ich das will.«

Lloyd fragte sich kurz, ob er damit seine kirchliche Karriere aufs Spiel setzte, stellte aber fest, dass ihm das eigentlich ziemlich egal war. Er seufzte. Sein Interesse hatte sowieso immer mehr bei den Finanzmärkten gelegen. Vielleicht würde es ihm ja ganz guttun, wieder zu den Millionengeschäften zurückzukehren. Bei Geld wusste man wenigstens, woran man war.

»Wir treffen uns vor dem Hotel«, sagte Lloyd. »Sie sollen Ihr Fahrzeug kriegen. Und Sie haben Recht, er hat einen Kuhfänger. Damit sollten Sie es eigentlich durch die Sperre schaffen, aber garantieren kann ich es nicht.«

»Ich werde versuchen, ihn möglichst heil zu lassen«, erwiderte Dave.

»Machen Sie sich darum mal keine Gedanken«, winkte Lloyd ab.

Lloyds SUV, den er sich zugelegt hatte, nachdem sein silberner Lamborghini bei der Landung des Erzengels in Flammen aufgegangen war, wurde vom Hotelparkplatz geholt. Dave sprang hinter das Steuer. Lloyd wies ihn kurz in die wichtigsten Funktionen ein und stieg dann aus, um Petra auf den Beifahrersitz zu lassen.

»Vielen Dank«, sagte Dave zu Lloyd. »Bis später.«

Er fuhr auf die Straße hinaus, wobei Petra leise mahnte: »Links bleiben, immer links bleiben.«

»Ich weiß schon«, wehrte Dave ab. »Ich bin schon lange genug hier.« Doch er musste sich eingestehen, dass er immer etwas zur Straßenmitte driftete.

Petra hatte einen ausführlichen London-Reiseführer dabei und lotste ihn zu dem Krankenhaus, in dem Danny behandelt wurde.

Er parkte direkt vor dem Haupteingang, rannte die Treppe hoch und eilte durch den Eingangsflur. Dann nahm er den

Aufzug in den zweiten Stock, fand Dannys Zimmer und ging hinein. Der wachhabende Pfleger schaute auf.

»Entschuldigen Sie«, sagte Dave und machte sich daran, die Schläuche und Kabel zu lösen, die an Dannys Körper befestigt waren.

»Hey!«, schrie der Pfleger. »Das dürfen Sie nicht.«

Er packte Daves Handgelenk, und da er ein ziemlich starker junger Mann zu sein schien, zog Dave seine Waffe.

»Lass mich los, Kumpel«, befahl er. »Ich will dich nicht verletzen, aber ich werde es tun, wenn du mich dazu zwingst.«

Er beugte sich vor und nahm Danny samt Decke und Laken auf den Arm.

Dann lief er aus dem Zimmer. Sein Partner war leichter als ein Kind, und seine Augen waren geschlossen. Er lag im Koma, und Dave wusste, dass ihm nur wenig Zeit blieb. Er hörte hinter sich den Pfleger schreien. Verschiedene Sirenen und Alarmglocken begannen zu schrillen, aber Krankenhäuser waren nicht darauf vorbereitet, dass Patienten gestohlen wurden – so oft passiert das nicht. Dave wusste, dass um ihn herum gleich das Chaos ausbrechen würde.

Als er auf den Haupteingang zulief, versuchte eine Frau, ihn aufzuhalten, aber Dave schrie sie an: »Ich lasse ihn fallen, auf den Kopf, und das ist dann Ihre Schuld.«

Im letzten Moment trat sie zur Seite.

Dave rannte die Außentreppe hinunter und legte Danny vorsichtig auf den Rücksitz des Wagens. Petra saß am Steuer. Dave schloss die hintere Tür. Jemand packte ihn an der Jacke, aber Dave schüttelte ihn mit einem kurzen Stoß vor die Brust ab. Er sprang auf den Beifahrersitz.

»Du fährst?«, fragte er Petra.

»Ja.«

»Tja, dann gib Gas!«

Sie rasten in einer Wolke aus Kieselsteinen aus der Krankenhauszufahrt auf die Hauptstraße hinaus und hielten direkt auf die große Lichtkuppel zu. Dave hatte die Sonnenbrillen mitgenommen, die sie von Lloyd bekommen hatten. Sie waren bei Atomtests eingesetzt worden und damit das passendste Equipment, das zur Verfügung stand. Dave hoffte, dass die Brille in der Kuppel dafür sorgen würde, dass er genug sah, um Danny ans Ziel zu bringen. Er hatte für Danny auch eine mitgenommen, nur Petra meinte, sie brauche keine künstlichen Hilfsmittel, um ihre Augen vor dem Strahlen zu schützen.

Sie erreichten die verlassene Zone zwischen der Grenze zum Licht und den bewohnten Gebieten. Dave setzte sich und Danny die Sonnenbrillen auf, dann schnallte er Danny mit den Gurten auf der Rückbank fest, damit er nicht nach vorne rollte. Petra hielt den SUV ungefähr hundert Meter vor der Straßensperre an. Sowohl Polizisten als auch Soldaten bewachten die Absperrung. Petra ließ den Motor aufheulen.

»Fertig?«, fragte sie.

»Fertig«, bestätigte Dave und klammerte sich am Hand schuhfach fest.

»Dann mal los.«

Petra fuhr langsam auf die Sperre zu, als sei sie nicht sicher, wo sie hinwollte. Ein Polizist beobachtete sie und trat dann vor, wohl um ihnen zu sagen, dass sie nicht weiterfahren durften. Als die Absperrung noch dreißig Meter entfernt war, trat Petra das Gaspedal durch. Der SUV machte einen Satz. Der Polizist riss die Augen auf und wollte seine Pistole ziehen. Ein Soldat griff nach der Maschinenpistole, die er auf dem Rücken trug. Aber beide waren überrascht und deshalb zu langsam.

Der SUV traf auf die rot-weiße Metallstange und riss sie aus ihrer Verankerung. Sie wurde durch den Aufprall in der Mitte durchgebogen und zur Seite geschleudert, wobei sie eine kleine Wachhütte zerschmetterte. Dann erreichte der SUV die Betonblöcke, die auf der Straße ausgelegt waren, konnte aber ohne größere Schäden drüberfahren. Hinter ihnen wurden jetzt Schreie laut, und es fielen ein paar Schüsse. Ein Knall am Heck des Wagens verriet Dave, dass sie getroffen worden waren. Dann umfing sie ein helles Leuchten und das Licht gab ihnen Sichtschutz.

»Fahr jetzt langsamer«, drängte er Petra. »Wir wollen ja nicht noch den Erzengel überfahren.«

Die strahlende Helligkeit verlieh dem Ort eine unwirkliche Atmosphäre, alles wirkte irgendwie surreal. Es war, als würden sie durch leuchtenden Nebel fahren; der Weg vor ihnen verschwamm in dem Glanz. Es gab keine klaren dunklen Umrisse, stattdessen stiegen aus dem intensiven Strahlen verschwommene Lichtblöcke auf. Einer konnte ein Gebäude sein, ein anderer ein verlassener Lastwagen, ein dritter eine schlanke Straßenlaterne oder auch die Überreste von alldem, aber es war wie stoffliches Licht im Licht, ein Ort, an dem alles strahlte. Es wirkte, als wäre eine verlorene Stadt plötzlich aus glänzenden Fluten aufgestiegen: die Ruinen einer alten Welt, umhüllt von Bändern aus Licht.

Je weiter sie fuhren, desto überwältigender war das alles für Dave. Er kam sich vor, als wäre er nicht mehr auf der Erde, sondern in irgendeiner fremden Welt, auf einem Stern, der seine Wärme verloren aber seinen Glanz behalten hatte, wenn so etwas möglich war. Das Licht wurde stärker, als Petra sie näher ans Zentrum heranbrachte, in dem das Wesen saß, das für seine Strahlen verantwortlich war.

Petra fuhr langsam und vorsichtig, damit Danny möglichst wenig durchgeschüttelt wurde. Schließlich erreichten sie den Ort, an dem der Erzengel saß und darauf wartete, dass die irdische Welt seinen Feind vernichtete. Das Wesen befand sich auf einer Art Altar, auch wenn seine genaue Haltung nicht zu erkennen war. Dave sah lediglich den ungefähren Umriss eines Altarsteins und mitten darauf eine verschwommene, menschenähnliche glühende Gestalt, die von etwas umgeben war, das Dave nur als »heiliges Licht« bezeichnen konnte, da er keine anderen Worte hatte, um diesen Anblick zu beschreiben.

Petra brachte den Wagen zum Stehen, stieg aus und ging die Stufen zum Altar hoch. Irgendwo zwischen dem Boden und dem Ende der Treppe schien sie mit der strahlenden Gestalt zu verschmelzen und wurde Daves Blicken entzogen.

Als Dave aus dem Auto ausstieg, fühlte er sich träge und lethargisch: eine schwerfällige Gestalt in dieser Welt des Lichts. Um ihn herum tanzten schimmernde Streifen, als wäre er der Schöpfer dieser einfarbigen Regenbögen, und wenn er sich bewegte und sie aufwirbeln ließ, auch ihr Lenker. Er brachte sie zum Fliegen wie Silberfolie, die als Schmuck von der Decke hängt und von einem Luftzug erfasst wird, wenn jemand die Tür aufmacht. Sie waren Geister und er ein Sterblicher, der durch ihre zerbrechliche, zarte Welt tappte.

Während er sich langsam durch dieses Meer aus Licht bewegte, wurde er unausweichlich von einem Gefühl der Zeitlosigkeit und einer schier unendlichen Geduld erfüllt. Dave wurde überwältigend bewusst, wie unbedeutend er im Vergleich zu dem Wesen war, das diese Aura schuf. Zwangsläufig wurde ihm vor Augen geführt, dass er ein Sterblicher war, der sich im Einflussbereich eines übernatürlichen Wesens befand, und er empfand seine Sterblichkeit als schreckliche Last, nicht nur auf seinen Schultern, sondern am und im ganzen Körper. Seine Seele wog schwer, sein Geist war ein toter Albatros, der ihn mit seinem Gewicht an die Erde fesselte. Sowohl seine Bewegungen als auch seine Gedanken fühlten sich unglaublich sperrig, schwerfällig und unbeholfen an.

Er hob langsam Dannys zerbrechlichen Körper vom Rücksitz und legte ihn andächtig auf den Boden. Der bemitleidenswerte, zerstörte Körper seines Freundes, der bis zur Unkenntlichkeit entstellt war, wirkte wie eine braune Hülle, ein ausgetrocknetes menschliches Abbild, das man zwischen totem Herbstlaub fand: eine Vogelscheuche. Unter der Decke hob und senkte sich seine Brust langsam und gleichmäßig. Danny – voller Löcher, von Krankheit zerfressen, durch Wasser- und Nahrungsmangel geschrumpft – war kaum noch am Leben, nur der Schatten eines Schattens, der sich hartnäckig an das Hier und Jetzt klammerte.

Dave löste die Rückbank aus dem Wagen und warf sie auf den Boden, dann legte er Danny vorsichtig darauf und richtete seinen schlaffen Körper aus wie ein Opfer an eine Gottheit.

Dave hob sein Gesicht zu der strahlenden Gestalt und rief: »Ich bitte dich nicht, ihn wieder zum Leben zu erwecken – das hat er noch, und er wird es selbst festhalten, solange man es ihm gestattet. Ich befehle dir einfach, ihn wieder gesund zu machen. Du solltest mich besser nicht im Stich lassen, denn sonst schließe ich mich nach meinem Tod Manovitch an und mache Jagd auf dich. Und wenn das die ewige Verdammnis bedeutet, dann kann ich es auch nicht ändern.«

Ob es klug war, zu drohen statt zu bitten, war fraglich, aber Dave Peters war nicht der Typ, der bettelte. Nicht, wenn es einfach nur um Gerechtigkeit ging. Er hatte einmal gebettelt, darum, dass seine Frau zu den Lebenden zurückkehren möge, aber sein Flehen war nicht erhört worden. Jetzt wollte er, was er seiner Meinung nach verdient hatte: das Leben seines Freundes, das ihm noch gar nicht genommen worden und deshalb umso leichter zu gewähren war.

Er stieg wieder ins Auto und wartete.

Nach einiger Zeit trat Petra aus dem Licht, zumindest äußerlich strahlend.

Sie setzte sich auf den Fahrersitz und lenkte den SUV nach Westen, zurück in die wirkliche Welt.

32

Während man in ganz London den Himmel beobachtete und mit der gleichen Spannung, die man in der ersten Hälfte des letzten Jahrhunderts den Flugzeugen entgegenbracht hatte, die Ankunft der Heuschrecken erwartete, überraschte die achte Plage alle dadurch, dass sie aus einer ganz anderen Richtung kam.

Sie kam aus den Abflüssen, aus den Wandleisten, aus Rissen in den Wänden, aus Steckdosen und vielen anderen Quellen. Sie brachte ein Gefühl der Abscheu mit sich, das sogar größer war als bei den Fliegen, die an Tellern geklebt hatten, in Brot und Kuchen eingedrungen waren und ihre Eier, die zu Maden wurden, im Fleisch abgelegt hatten. Sie brachte Ekel in seiner reinsten Form.

Die Kakerlakenplage war da.

Das Hotelpersonal – Männer wie Frauen – war völlig hysterisch, sowohl Manager als auch Angestellte. Die Kakerlaken waren überall, vor allem aber in zuckerhaltigen Speisen. Im Honig und in den Marmeladen schwammen tote Kakerlaken, da ihre harten, schwarz-braunen Körper in den süßen Seen ertranken.

Sie trieben in den Suppen. Sie krabbelten weiß und geisterhaft durchs Mehl, das man für Brot und Kuchen brauchte: Die

Mehlfässer brodelten, so voll waren sie von ihnen. Sie krochen über alle Leckereien und hinterließen widerliche Spuren. Sie brachten den Dreck aus der Kanalisation an ihren Beinchen mit und verteilten ihn auf Sahnetörtchen und Erdbeeren. Sie stopften sich mit dem Essen voll und erbrachen sich auf das Essen. Sie hinterließen ihre Exkremente, wo sie gingen und standen, auf Pasteten und zwischen den Pommes Frites, in den Soßen, im Salatdressing.

Eine wuselnde Schicht aus Kakerlaken überzog die Küche, das Restaurant, jeden Boden und jede Decke. Sie knarrten und tickten, wenn ihre harten Panzer aneinander rieben und sich ihre Flügel ineinander verhakten. Fliegende Exemplare fanden keinen freien Platz zum Landen.

Es waren große Kakerlaken, wie man sie im Nahen Osten findet, deren Körper fast drei Zentimeter lang waren. Sie flogen. Sie krabbelten. Sie krochen. Ihre Panzer glänzten ölig, und wenn man sie zufällig auf einer harten Unterlage erwischte und zertrat oder erschlug, quollen ihre Eingeweide wie Eiter hervor und verströmten einen besonders widerwärtigen Geruch. Sie konnten sich in Ritzen zwängen, die nur halb so groß waren wie sie – als wären sie aus Gummi. Jemand hat einmal gesagt, dass die Kakerlake als einziges Wesen einen Atomkrieg überstehen würde, weil sie fast unzerstörbar ist.

Die Küchenchefin warf verzweifelt die Hände in die Luft.

»Was soll ich machen?«, rief sie. »Sie sind überall. Wenn jemand etwas essen will, muss er Kakerlaken essen, oder Kakerlakendreck. Da kann man nichts machen.«

»Wir müssen auf Konserven ausweichen«, beschloss die Managerin.

»Aber da kommen sie doch rein, noch bevor das Zeug auf dem Tisch steht«, jammerte die Köchin.

Die Managerin war eine clevere Frau Anfang fünfzig und

wusste, das man in verzweifelten Zeiten zu verzweifelten Maßnahmen greifen musste.

»Dann öffnen wir die Dosen eben erst am Tisch. Die Gäste müssen das Zeug eben kalt essen. Die Plagen dauern nie länger als ein paar Tage. So lange kann man auch mit kaltem Dosenfraß überleben. Ganz London ist voll mit diesen widerlichen Viechern.«

»Sie waren in meinem Bett«, heulte der Küchenjunge. »In meinem Schlafanzug, auf meinem Kissen; sie wollten in meinen Mund kriechen …«

Noch während er jammerte, schüttelte er sich neugierige Kakerlaken vom Bein.

»So etwas machen wir alle durch, Albert. Du bist da keine Ausnahme«, schimpfte die Managerin, umarmte ihn aber trotzdem kurz.

»Meine Haare!«, kreischte eine Kellnerin. »Sie sind in meinen Haaren!«

»Machen Sie nicht so einen Aufstand«, mahnte die Managerin. »Wenn Sie Ihre Haube richtig aufgesetzt hätten, wären sie da gar nicht druntergekrochen.«

Es war schlimmer als mit den Läusen und Fliegen. Die waren klein gewesen, ekelhaft, aber klein. Man konnte mit einem Schlag einen ganzen Haufen von ihnen töten. Aber bei den Kakerlaken konnte man eine ganz Gruppe angreifen und dabei keine einzige erwischen. Ging man mit dem Besen auf sie los, verschwanden sie blitzartig in allen Ecken. Suchte man gezielt eine aus, wie der jagende Gepard sich ein krankes Kalb aussucht und ihm so lange auf den Fersen bleibt, bis er es erlegt hat, stand man am Ende doch mit leeren Händen da, da Kakerlaken sich anscheinend mit Lichtgeschwindigkeit bewegen konnten und durch geschickte Ausweichmanöver jeden Versuch zunichtemachten, sie zu erschlagen.

So wie es aussah, konnte man sie nur durch Zufall töten: Indem man eine erschlug, wenn man auf eine andere gezielt hatte.

Natürlich gab es diverse Fallen und Pulver, die sie angeblich erfolgreich umbringen konnten. Am beliebtesten waren die Klebefallen. Sie bestanden aus einer hohlen Papppyramide, deren Boden klebrig war und in die die Kakerlaken durch Essensgerüche hineingelockt wurden – obwohl Kakerlaken sogar Pferdescheiße und Ziegelsteine fressen würden –, wo sie dann kleben blieben wie Fliegen am Fliegenpapier. Diese Klebefallen waren an sich ziemlich effektiv, aber bei den Unmengen von Kakerlaken, die in London auftauchten, halfen weder Fallen noch Pulver.

Das war die bisher schlimmste Plage; sie übertraf sogar die Geschwüre, und die Londoner waren extrem angewidert. Hätte es im britischen Königreich irgendein Volk in Gefangenschaft gegeben, hätten die Londoner eine Petition bei der Queen eingereicht und ihr befohlen: »Lass dieses Volk ziehen!« Aber es gab keine Sklaven, denen man die Ausreise genehmigen konnte.

Danny befand sich jetzt schon seit zwölf Stunden in der Kuppel zu Füßen des Erzengels und war immer noch nicht zurückgekommen. Petra erklärte Dave, dass sie nicht sofort Resultate erwarten konnten: Der Erzengel würde sorgfältig abwägen, ob es klug war, einem sterbenden Mann zu erlauben, sein Bett zu nehmen und seiner Wege zu gehen. Wunder gehörten normalerweise nicht zum Aufgabengebiet von Erzengelkriegern, die auf die Erde geschickt wurden, um die Zerstörung eines schrecklichen Höllenwesens zu beaufsichtigen. Der Erzengel hatte andere Prioritäten, aber wenn das Leben eines erbärmlichen Cops der Gesamtstrategie des Erzengels zugutekam oder sie zumindest nicht behinderte, würde er Danny vielleicht tatsächlich befehlen, sich zu erheben und zu gehen.

Dave musste Geduld beweisen.

Lloyd sagte gerade: »Wie Petra mir erklärt hat, ist es nicht möglich, Sergeant Gates zu retten, da er sozusagen bereits tot ist. Wenn wir Manovitch nicht fangen, wird er letztendlich Gates Körper töten, um sich daraus zu befreien und in die Hölle oder nach Armageddon zurückzukehren. Also glaubt mir, Leute, wir werden ihn finden. Wir lassen London von jedem verfügbaren Polizisten durchkämmen. Wir haben einen engen Überwachungsring um London gezogen. Er kann sich nirgendwo verstecken und nirgendwohin fliehen. Diesmal kriegen wir ihn.«

Er wollte einen Schluck aus seiner Tasse nehmen, bemerkte aber dann, dass etwas in seinem Kaffee schwamm. Es war eine große, fette Kakerlake; ihre Beine zappelten noch. Er schauderte und schob vorsichtig Tasse und Untertasse von sich.

Rajeb Patel sah Lloyd kalt an. »Es gibt da ein paar Sachen, die ich noch nicht ganz verstehe. Wenn wir ihn lokalisieren, warum wäre es dann nutzlos, zum Beispiel ein Haus abzufackeln, um ihn zu verbrennen?«

Lloyd erklärte: »Petra sagt, dass er mit heiligem Feuer zerstört werden muss.«

Rajeb hielt dagegen: »Petra behauptet aber ebenfalls, dass Dämonen auch mit normalem Feuer zerstört werden können. Heiliges Feuer ist schneller und besser, aber eigentlich funktioniert es mit jedem Feuer.«

Petra schaltete sich ein und erklärte: »Sehen Sie: Sterbliche kommen auch manchmal bei einem Feuer ums Leben. Die Seele eines Sterblichen wird in einem solchen Feuer nicht vernichtet, sonst würden Brandopfer weder in den Himmel noch in die Hölle kommen, sondern einfach ausgelöscht werden.

Das wäre falsch, denn oft sind es Unschuldige, die verbrannt werden. Sobald jedoch eine Seele in die Hölle geschickt wurde, kann sie von *heiligem* Feuer *zerstört* werden. Sie wird zu einer toten Seele und damit verwundbar gegenüber übernatürlichen Kräften, entweder auf den Schlachtfeldern von Armageddon oder hier auf der Erde …«

»Aber Dämonen …«, unterbrach Rajeb sie.

»Dazu komme ich gleich«, versprach Petra. »Dämonen können hier auf der Erde durch jede Art von Feuer zerstört werden, weil sie ganz andere Wesen sind. Ein Dämon ist ein gefallener Engel, ein übernatürliches Wesen der Schöpfung, und wenn es zur Erde herabsteigt, wird sein Geist zu einer fleischlichen Hülle. Ein Dämon ist ein Dämon, nicht mehr und nicht weniger. Verbrennt man das Fleisch, verbrennt man den ganzen Dämon, mit Geist und allem. Eine tote Seele allerdings – ein wahres Höllenwesen, wenn man so will – ergreift Besitz vom Körper eines anderen. Es ist also immer noch ein Geistwesen. Und dieser böse Geist muss durch heiliges Feuer zerstört werden.«

Rajeb nickte grimmig. »Und mit unseren Brandwaffen wird das funktionieren, weil sie von einem Erzbischof geweiht wurden?«

»Das glauben wir«, sagte Lloyd, der etwas unbehaglich wirkte, »aber wir können natürlich nicht *hundertprozentig* sicher sein.«

Dave sagte: »Scheiße! Sie *glauben* es also nur.«

»Es ist doch logisch, dass die Kirche durch eine Weihung heiliges Feuer ebenso erschaffen kann wie heiliges Wasser, oder nicht?«

Dave schaute quer über den Tisch zu Petra, die nur mit den Schultern zuckte. »Ich bin nicht allwissend – genauso wenig wie der Erzengel. Bei manchen Dingen müssen auch wir raten.«

Dave erschlug eine Kakerlake mit einem Löffel. »Vielleicht sollten wir uns alle etwas beruhigen und uns die Alternativen ansehen. Es ist klar, dass wir keine geweihten Kerzen mit uns herumschleppen können, in der Hoffnung, Manovitch damit die Klamotten anzünden zu können. Die Kirche selbst stellt keine Waffen her. Würde sie es tun, wäre das wahrscheinlich eine wesentlich sicherere Sache. Es gibt auch keine Kreuzritterschwerter oder Lanzen, die uns weiterhelfen könnten. Wir müssen also versuchen, eine weltliche Waffe in eine heilige zu verwandeln. Und wir wissen nicht, ob uns das gelungen ist, bis wir es ausprobieren.«

Rajeb, in dessen Gesicht sich Trauer und Verbitterung eingegraben hatten, lehnte sich in seinem Stuhl zurück. »Das reicht mir nicht. Wir müssen sicher sein, dass dieser Wichser sich tatsächlich in Rauch auflöst. Wir müssen sicher sein, dass er wirklich zerstört wird. Er *muss* einfach vernichtet werden.«

Lloyd, der spürte, was in dem jungen Mann vorging, sagte: »Das ist ja alles gut und schön, Rajeb, aber was schlagen Sie denn vor?«

Rajeb holte tief Luft. »Also, Manovitch denkt doch, er wäre Danny Spitz schon losgeworden. Bleibt demnach noch Dave als Köder, richtig?«

»Köder wofür?«, fragte Lloyd geduldig, da ihm bewusst war, dass nun alle Augen auf dem jungen Polizisten ruhten.

»Für unsere Falle. Auf dem Gelände des alten Battersea-Kraftwerks wurde doch ein neues Gebäude gebaut. Wissen Sie, was das ist? Ein Krematorium. Es hat den größten Verbrennungsofen von ganz Großbritannien. Und der wird mit Gas betrieben.«

Dave nickte. »Ich denke, wir wissen alle, worauf Rajeb hinauswill. Wir müssen sicher gehen, dass Manovitchs Seele zerstört wird. Mit den Waffen können wir das *vielleicht* erreichen, aber mit dem Verbrennungsofen ganz sicher. Es besteht sogar eine direkte Verbindung zur Religion. Dort wurden heilige Worte gesprochen und heilige Handlungen vollzogen. Da hat Raj gar nicht so Unrecht.«

Lloyd nahm den Faden auf: »Sie wollen also Folgendes vorschlagen: Wir setzen Dave in das Krematorium und scheuchen Manovitch in seine Richtung. Sobald wir Manovitch im Krematorium haben ...« Er wandte sich an Rajeb: »... was dann?«

Rajeb zuckte mit den Schultern. »Man sagt, er sei sehr stark.«

Petra beugte sich über den Tisch, während sie erklärte: »Er ist unglaublich stark. Man bräuchte zwanzig Mann, um ihn zu überwältigen, und die würden sich dabei nur gegenseitig in die Quere kommen. Und er hat noch andere Kräfte – Kräfte, die man sich kaum vorstellen kann.« Eine Horde Kakerlaken lief über ihre Hände, um an die Zuckerdose zu kommen.

Dave schlug vor: »Sorgen wir doch erst mal dafür, dass wir ihn dorthin kriegen. Sobald er in Sichtweite ist, können wir ihn abfackeln oder ihm ein Körperteil nach dem anderen abschießen und ihn dann ins Feuer werfen. Meinetwegen holen Sie die Luftwaffe dazu. Dieser Wichser muss zerstört werden. Wenn ihr wollt, stellt Leute mit Flammenwerfern, Raketenwerfern oder schwerer Artillerie auf, aber lasst es uns *tun.*«

»Verdammt richtig«, rief Rajeb und schlug mit der Faust auf den Tisch.

33

Rajeb Patel legte einen Strauß mit weißen Blumen auf das Grab, in dem Daphnes Asche in einer weißen Urne aus Zedernholz beerdigt worden war. Rajeb war kein Christ und übte auch sonst keine bestimmte Religion aus, aber er akzeptierte, dass es irgendeine Art von höherem Wesen geben musste. Seiner Ansicht nach war das Universum für gewöhnliche Sterbliche viel zu komplex, und da er glaubte, dass nichts existierte, das sich jedem Verständnis entzog, musste es irgendein Wesen oder eine Macht geben, die es in all seinen Facetten verstand. Er hatte keine Ahnung, welche Form diese Macht annahm, aber er war bereit, aufzustehen und sich zu denen zählen zu lassen, die davon überzeugt waren, dass es einen Sinn im Leben gab.

»Ich werde ihn kriegen«, flüsterte Rajeb. »Ich werde dafür sorgen, dass er für das bezahlt, was er dir angetan hat, mein Liebling.«

Kakerlaken krochen in Scharen über die Gräber, und bei ihrem Anblick war Rajeb froh, dass Daphne verbrannt worden war. Der Gedanke, dass die Viecher sich von ihren Überresten ernähren könnten, hätte ihn wahnsinnig gemacht.

Es war ein grauer, windiger Tag, die Wolken hetzten über den Himmel, als wären sie auf der Flucht, und die Baumkronen wogten und tobten. Ein schwarz-weißes Papier flog über den Friedhof und verfing sich schließlich zwischen den Stäben des Eisenzauns. Rajebs langes schwarzes Haar flatterte in seinem Nacken und streifte seinen Hemdkragen. Es war einer der Tage, an denen ein Abschied sich noch melancholischer gestaltete als sonst. Aus einer Welt ohne Sonne war eine finstere Trübsinnigkeit herangezogen, hing nun über der Erde und verunreinigte die Atmosphäre, machte sie schwer und schmutzig wie der Rauch aus einer Dampflok.

Rajeb war sich nicht zu schade dafür, sich wilden Rachefantasien hinzugeben. Seine Vorfahren hatten einem wilden Volksstamm angehört, der Blutfehden für ehrenvoll und richtig gehalten hatte. Sie wären bereit gewesen, einen Menschen zu töten, wenn er nur auf ihren Schatten trat oder ihre Frauen zu lange ansah. Zwei Generationen hatten nicht ausgereicht, um das kämpferische Naturell seiner Großväter ganz aus Rajebs Blut herauszufiltern. Selbst als er noch ein kleiner Junge gewesen war, hatte ihm sein Temperament auf den Spielplätzen von London Respekt eingebracht und den Terrorkids und Rassisten klargemacht, dass man ihm besser aus dem Weg ging.

Die Blumen, die er auf das Grab gelegt hatte, waren weiße Rosen, Symbol der Reinheit und Unschuld. Rajeb verbitterte der Gedanke, dass Daphne sich in einem Netz verstrickt hatte, das von seiner Arbeit geschaffen worden war. Wäre sie nicht die Freundin von Rajeb Patel gewesen, wäre sie nicht gestorben. Jetzt durchschaute er Manovitchs Plan, der ihn aus dem Weg schaffen wollte, indem er ihn durch die Trauer lähmte. Tja, bis zu einem gewissen Grad hatte es funktioniert, aber jetzt war die Zeit der Tränen vorbei und der Moment gekommen, um zu handeln. Rajeb wollte, dass die Gates-Manovitch-Kreatur zerstört wurde, und er wollte selbst daran beteiligt sein.

Als er eine Bewegung am anderen Ende des Friedhofs wahrnahm, schaute Rajeb hoch. Dort stand eine düstere Gestalt. Jemand, den er kannte. Die Gestalt schob sich zwischen den Grabsteinen durch und kam auf ihn zu, wobei sie sorgfältig darauf achtete, auf keinen der Grabhügel zu treten.

Überrascht fragte Rajeb: »Herr Erzdiakon?«

»Ich bin nur gekommen, um ihr meinen Respekt zu zollen«, erklärte Lloyd ernst. Er schwieg einen Moment und starrte auf die frisch aufgeworfene Erde. »Schon seltsam, was wir für Ausdrücke benutzen. *Respekt.* Ich habe sie schließlich kaum gekannt, warum sollte ich ihr also Respekt zollen, wenn sie tot ist? Vielleicht …« Er sah Rajeb prüfend an. »… vielleicht liegt es daran, dass ich Sie respektiere und die Verstorbene deshalb für eine Person halte, bei der Integrität und Ehrgefühl stark ausgeprägt waren. Ich kann diese Wesenszüge in Ihnen erkennen, Rajeb, und gehe deshalb davon aus, dass Daphne ebenfalls über sie verfügte. Liege ich damit richtig?«

Rajeb starrte weiter auf Daphnes Grab. »Ich weiß nicht.«

»Ich denke schon, dass ich damit Recht habe«, sagte Lloyd. »Das sind gute Eigenschaften für einen Menschen, insbesondere für einen Polizisten. In Ihrem Beruf – und in meinem auch – ist es so leicht, sich korrumpieren zu lassen. Nicht unbedingt durch Geldgier, aber durch die Natur der Arbeit an sich. Polizisten haben es so oft mit der schäbigen Seite des Lebens zu tun, dass sie leicht auf den Gedanken verfallen können, dass die ganze Welt so ist … dass es keine anständigen Menschen mehr gibt, und dass es besser ist, irgendeine Verurteilung zu erwirken als gar keine, selbst wenn dann ein Unschuldiger für die Verbrechen eines anderen büßen muss. Regelmäßiger Kontakt mit schlechten Menschen kann die Vorstellung schaffen, dass alle schlecht sind und es deswegen ganz egal ist, wer für ein Verbrechen bestraft wird. Aber das ist meiner Meinung nach eine falsche Vorstellung.«

»Was versuchen Sie mir zu sagen, Mr. Smith?«

Lloyd seufzte. »Ich denke, ich sehe in Ihnen einen guten Polizisten, einen guten Ermittler. Und das Gute in Ihnen muss bewahrt werden. Lassen Sie nicht zu, dass diese Tragödie Sie durch Verbitterung verändert. Sie sind zu jung, um von der

Verderbtheit solcher Wesen wie Manovitch befleckt zu werden.«

Rajeb duckte sich in seinen Mantel. »Ich will sehen, wie er zerstört wird, Mr. Smith. Ich würde auch gerne sehen, wie er leidet, aber ich glaube nicht, dass das passieren wird. Aber so oder so will ich sehen, wie er verbrennt.«

»Das ist ganz natürlich, aber belassen Sie es dann auch dabei. Sobald er verschwunden ist, müssen Sie die Sache hinter sich lassen. Fangen Sie nicht an, ihn auch in anderen Menschen zu suchen.«

Der junge Polizist nickte. »Ich werde es versuchen.«

Lloyd lächelte und legte Rajeb die Hand auf die Schulter. »Und jetzt los, wir haben viel Arbeit vor uns. Wir können doch nicht zulassen, dass die Amerikaner den ganzen Ruhm einheimsen. Wir müssen auch unseren Teil beitragen.«

»Das habe ich vor«, erwiderte Rajeb und zertrat eine Kakerlake. »Ich habe noch eine Idee.«

Lloyd warf ihm einen fragenden Blick zu. »Was für eine Idee?«

»Wie wir Manovitch fangen können.«

Lloyd nickte. »Tja, es ist zwar schon ziemlich spät, aber lassen Sie mal hören.«

Zusammen gingen sie über den vom Sturm gebeutelten Friedhof auf das Eisentor zu.

Dave Peters stand an der Absperrung vor der Lichtkuppel, scharf beobachtet von den vorsichtigen Wachen. Man hatte ihm noch nicht verziehen, dass er die Absperrung durchbrochen hatte, und einige Vertreter des Militärs wären überglücklich gewesen, wenn man ihn mit einem Arschtritt aus Großbritannien verbannt hätte. Allein der Einfluss von Lloyd Smith hatte das verhindert. Dave hatte ein Gebiet betreten, das als militärische Sperrzone betrachtet wurde, und er war Ausländer. Die Kombination aus beidem sorgte dafür, dass die Generäle in den Pubs von Whitehall finstere Drohungen in ihren Gin spuckten.

Dave starrte noch ein letztes Mal durch seine Sonnenbrille und hoffte, dass Danny rauskommen würde, bevor er zum Krematorium aufbrechen musste. Dave wollte sehen, dass sein Freund lebte und es ihm gutging – nur für den Fall, dass etwas passierte und er ihn nie wiedersehen würde.

Aus einem Wagen, der in der Nähe parkte, rief ein Polizist: »Constable Patel und Erzdiakon Smith haben den Friedhof verlassen. Und Manovitch wurde schon zweimal gesichtet.«

Dave rückte seine Sonnenbrille zurecht und warf einen letzten, langen Blick auf das Licht. Dann drehte er sich um und ging zu dem Wagen. »Er wurde gesehen?«

»Südlich des Flusses«, bestätigte der Polizist. »Er ist zu Fuß unterwegs, bewegt sich aber Richtung Battersea. Man hat überall verbreitet, dass Sie sich mit Manovitch im Krematorium treffen wollen.«

»Alles klar«, sagte Dave und sprang in den Wagen.

Der junge Polizist brachte ihn zur Chelsea Bridge.

An beiden Ufern der Themse und auch auf dem Fluss selbst war es ruhig. Das gesamte Gebiet war evakuiert worden. Der Schiffsverkehr wurde flussaufwärts und -abwärts aufgehalten, damit kein Fahrzeug durch Battersea fuhr. Zwischen der Albert und der Vauxhall Bridge waren Straßensperren errichtet worden. Die Grosvenor Bridge war für den Zugverkehr gesperrt worden, doch darunter lag ein alter Frachtkahn, neben dem zwei Polizeibarkassen festgemacht hatten.

Am gesamten Flussabschnitt waren in regelmäßigen Abständen Soldaten postiert, und Polizisten warteten neben ihren Einsatzfahrzeugen. Der einzige bewegliche Punkt in dieser statischen Landschaft war das Auto, in dem Dave saß. Alle Männer und Frauen waren wachsam und voller Erwartung. Hin und wieder wanderten die Blicke in Richtung des Erzengels.

Als sie langsam über die Brücke fuhren, schaute Dave zum unruhigen Himmel hoch und wunderte sich über das britische Wetter. Gestern war es noch warm und schön gewesen, ohne eine Wolke am Himmel. Heute morgen waren sie von Regen geweckt worden. Jetzt war es stürmisch und kalt. Verrücktes Wetter, dachte er. Es ändert sich jede Minute. »Das Wasser sieht heute aber komisch aus«, sagte er mit einem Blick auf die Themse. Die Wasseroberfläche war wesentlich ruhiger, als er es bisher erlebt hatte.

»Das ist wegen der Schiffe«, erklärte der Fahrer. »Sie fahren nicht, dadurch wird das Wasser nicht aufgewühlt.«

»Ja«, nickte Dave, »das wird es wohl sein.«

Als sie die Brücke halb überquert hatten, kam ihnen vom Südufer ein anderes Fahrzeug entgegen. Es war der SUV von Lloyd Smith. Die beiden Autos begegneten sich auf halber Strecke und hielten an. Lloyd stieg aus, begleitet von vier kräftig gebauten Polizisten.

Dave stieg ebenfalls aus und ging ihm entgegen. »Was ist los?«, fragte er.

»Es gab eine kleine Planänderung«, erklärte Lloyd munter.

»Sie hätten sich vorher mit mir besprechen sollen«, erwiderte Dave frustriert und wütend. »Also, was ist es?«

Lloyd legte Dave einen Arm um die Schultern und führte ihn zum Rand der Brücke.

»Wir werden Sie auf einem Kahn mitten im Fluss postieren. Wissen Sie, dieser andere Plan, Manovitch in einem der Krematoriumsöfen zu verbrennen, der würde einfach nicht funktionieren. Es ist zu gefährlich und viel zu umständlich, zu unsicher. Dieser neue Plan ist viel sicherer.«

»Schießen Sie los.«

»Na ja, wie gesagt, Sie stellen sich auf den Kahn mitten im Fluss. Wenn Manovitch versucht, an Sie heranzukommen, muss er aus der Deckung kommen, und dann geht er uns ins Netz.«

»In welches Netz?«

»Wir haben einen – eigentlich sogar zwei – Hubschrauber in Bereitschaft. Mit denen werden wir hinunterstoßen und ihn fangen, eben mit einem Netz. Dann können wir mit ihm machen, was wir wollen. Wir könnten einen Scheiterhaufen errichten und ihn draufwerfen. Oder ihn dem Erzengel übergeben. Ganz egal – Hauptsache, wir haben ihn.«

Dave war sich nicht sicher, ob das funktionieren würde. Es klang genauso kompliziert wie der Versuch, Manovitch in einen der Verbrennungsöfen zu locken.

»Und was passiert, wenn er das Netz zerreißt?«

»Wird er nicht«, versprach Lloyd. »Es besteht aus Stahl, mit besonders starken Maschen. Das wird er niemals zerreißen können.«

Dave schüttelte langsam den Kopf und schaute auf den Fluss hinunter. Gerade wurde ein flacher Lastkahn in die Mitte des Flusses geschleppt, wo er wahrscheinlich verankert werden würde. »Versprechen dieser Art habe ich schon Dutzende Male gehört. Und immer haben sie sich als falsch erwiesen. Was passiert, wenn ich mich weigere und mich an den alten Plan halten will?«

»Ich fürchte, Sie haben gar keine Wahl. Sie sind unser Köder, und ich bin bereit, notfalls auch Gewalt anzuwenden. Ich hoffe aber, das wird nicht nötig sein. Mir wäre es lieber, wenn Sie freiwillig mitspielen.«

Dave musterte die vier Polizisten und kam zu dem Schluss, dass er es mit zwei von ihnen aufnehmen könnte, letztlich aber überwältigt werden würde.

»Okay«, gab er seufzend nach. »Ich bin dabei.«

»Eine kluge Entscheidung, Dave. Ich bin froh, dass Sie kooperieren. Wissen Sie, es kann kaum etwas schiefgehen.«

»Das habe ich auch schon oft gehört.«

Dave und Lloyd stiegen in Lloyds Wagen, und Dave wurde zu einem schwimmenden Anlegesteg gebracht. Eine Polizeibarkasse holte sie ab und brachte sie zu dem Lastkahn, der jetzt mitten auf der Themse verankert war. Dort wurde Dave abgesetzt.

»Haben Sie Ihre Waffe?«, fragte Lloyd.

»Ja, aber sagen Sie mir doch bitte, dass ich sie nicht brauchen werde.«

»Sie werden sie nicht brauchen. Wir werden ihn schnappen, bevor er Sie erreicht, keine Sorge. Sehen Sie das Stroh da drüben?«

Da bemerkte Dave, dass in der Mitte des Kahns ein großer Teil des Bodens mit Stroh bedeckt war. Es wirkte ganz natürlich, mit ein paar Säcken und einem losen Strick dazwischen, als wäre auf dem Kahn Vieh transportiert worden. Nachdenklich kniff Dave die Augen zusammen. »Ja.«

»Sie müssen Manovitch an diese Stelle locken, ohne sie selbst zu betreten. Betreten Sie auf keinen Fall das Stroh. Locken Sie ihn dorthin. Darunter befinden sich Fußfallen.«

»Okay.«

»Das wird alles ganz einfach«, versicherte Lloyd.

Dave erwiderte grimmig: »Warum klingt das für mich dann so aufgesetzt?«

Lloyd zuckte nur mit den Schultern. »Viel Glück.«

»Ja, sicher.«

Der Motor der Barkasse dröhnte, und das Boot schoss davon. Dave blieb allein auf dem flachen Kahn zurück und konnte nur darauf warten, dass der Feind zuschlug. Um ihn herum wirbelte der graue Tag. In den Gebäuden an der Themse wurden Fernsehkameras ausgerichtet und Teleobjektive aufgeschraubt, um den finalen Kampf festhalten zu können. Im Osten der Stadt strahlte kontinuierlich das übernatürliche Licht; das Wesen in seinem Inneren wartete. Zu seinen Füßen lag ein Mann, bereit für seine Wiederauferstehung.

Ein Stück weiter flussabwärts, auf der Albert Bridge, stand noch eine einsame Gestalt: Rajeb Patel. Er wartete ebenfalls, und sein Herz war voller Rache.

34

Die heftigen Regenfälle am Morgen hatten die Kakerlaken in die Kanalisation gespült. Das hatte Manovitch bedauert. Die Kakerlaken hatten die Menschen auf Trab gehalten und dafür gesorgt, dass sie sich auf andere Dinge konzentrierten als auf die Jagd nach Höllenwesen. Jetzt waren die knusprigen, schwarz-braunen Käfer wieder dorthin zurückgekehrt, wo sie hergekommen waren, in den Dreck der Kanalisation.

Manovitch wusste, dass sie ihn zum Fluss trieben. Er hätte sich die Treiber jederzeit vorknöpfen können, wenn sie versuchten, ihn aus der Deckung zu locken wie einen Leoparden, aber sein Instinkt riet ihm, dorthin zu gehen, wo sie ihn haben wollten, denn er wusste, dass Peters dort auf ihn warten würde. Er würde seinen Körper in Stücke reißen.

Der klägliche Rest, der vom ursprünglichen Stan Gates noch übrig war, brachte Manovitch über die Dächer zum Battersea-Krematorium. Unterwegs bemerkte Manovitch, dass die Straßen unter ihm wie ausgestorben waren. Hin und wieder sah er einen Mann oder eine Frau, die ihn aus – wie sie glaubten – sicherer Entfernung beobachteten. Über ihm kreisten Hubschrauber, die ihn wahrscheinlich ebenfalls überwachten. Einzelne Autos bewegten sich durch das Gebiet.

Manovitch konnte diese dummen Spielchen nur belächeln, denn schließlich konnte er jederzeit Gates' Körper töten und von der Erde fliehen. Er müsste sich nur von einem der Dächer stürzen. Offenbar hofften sie, ihn verbrennen zu können, aber dazu mussten sie ihn erst mal fangen. Natürlich konnten sie versuchen, ihn zu zerstören und mit diesen Brandwaffen seine Seele in dem Körper festsetzen, aber Manovitch war sich gar nicht sicher, ob diese Waffen seinen Geist zerstören würden.

Im Tower hatte die Frau auf ihn geschossen. Sie hatte ihn verfehlt, aber die Flammen hatten seinen Arm versengt. Die Schmerzen waren die gewöhnlichen Schmerzen eines Sterblichen gewesen, nichts im Vergleich zu dem, was heiliges Feuer angerichtet hätte: brennende Qualen des Geistes. Manovitch glaubte also, dass er – wenn auch nicht sein Körper – sicher war vor diesen Waffen.

Er blieb im Schutz eines kleinen Schuppens stehen, der auf dem Dach angebracht war, um Fensterputzutensilien verstauen zu können. Der Weg vor ihm schien frei zu sein. Zwischen den Gebäuden, die er benutzte, und dem Krematorium klaffte eine große Lücke. Er flog darüber hinweg wie eine Fledermaus.

Der Helikopter drehte ab und steuerte auf das andere Flussufer zu. Manovitch landete. Als er an der Außenmauer hinunterkletterte wie ein Krebs, stieß die Polizistin, die ihn von unten beobachtete, einen überraschten Schrei aus. Er sprang sie aus einer Höhe von fünfzehn Metern an und benutzte ihren Körper dazu, seinen Aufprall abzufedern. Dabei brach er ihr das Genick. Das Funkgerät, in das sie geschrien hatte, wurde aus ihrer Hand geschleudert und rutschte klappernd durch den Rinnstein.

Manovitch stieß die Leiche von sich und murmelte: »Das sollte sie lehren, besser Abstand zu halten.«

Er rannte die Vordertreppe hoch und warf sich durch ein Fenster, wobei die Scheibe zu Bruch ging und er sich mehrere Schnittwunden zuzog. Als er in der Kapelle des Krematoriums auf den Füßen landete, wurde aus den Schatten auf ihn geschossen. Die Kugel traf die Wand hinter ihm, woraufhin diese sofort Feuer fing. Diesmal verbrannte er sich den Rücken. Rein körperliche Schmerzen. Er hatte Recht gehabt.

Er schnappte sich von einem nahen Tisch eine Bronzeplatte und schleuderte sie an die Stelle, wo er das Mündungsfeuer gesehen hatte. Grunzend stolperte ein Mann aus dem Schatten. Die Platte hatte sich fast bis zur Hälfte in seine rechte Schulter gegraben. Als er ungelenk auf dem Boden aufschlug, löste sich die Platte und fiel scheppernd auf die Altarstufen, wo sie wie eine rotierende Münze kreiselte.

Manovitch wusste, dass in dem Gebäude noch andere darauf warteten, dass er sich zeigte. Er schlich in den Hauptbereich und fragte sich, wo seine Beute stecken könnte. Er war hierhergekommen, um Peters zu finden, und nicht, um diese anderen Sterblichen zu töten. Der Hauptraum hatte eine offene Decke mit Holzbalken. Manovitch kletterte an der Wand hinauf und hockte sich zwischen die Balken, auf denen er sich wie eine Spinne bewegen konnte. Seine Feinde suchten ihn immer noch am Boden, ohne zu ahnen, dass er jetzt über ihnen saß und auf sie herunterschaute.

Nachdem er die zusammenhanglosen Gedanken von Stan Gates untersucht hatte, hatte Manovitch erkannt, dass sie ihn in den Verbrennungsofen des Krematoriums locken wollten. Ein Krematorium diente dazu, Tote zu verbrennen. Warum sonst sollten sie ihn also zu einem Krematorium treiben, wenn nicht, um ihn zu verbrennen? Peters musste irgendwo bei den Öfen sein.

»Asche zu Asche«, murmelte Manovitch.

Schweigend musterte er die Winkel und Spalten des Gebäudes und durchsuchte mit scharfen Augen die Dunkelheit. Dunkelheit war seine Domäne. Er liebte die Dunkelheit. Er konnte Formen in ihr erkennen, sie vor seinem inneren Auge sehen.

Da *waren* Männer, aber nicht der Mann, den er suchte.

Irgendetwas stimmte hier nicht. Inzwischen hätten sie ihn angreifen und zu den Öfen lotsen müssen. Peters hätte sich zeigen und sich als Köder anbieten müssen. Manovitch sollte schließlich blind losstürmen und Peters angreifen, dann in einem Ofen in die Falle tappen, den sie durch Fernsteuerung in Gang setzen würden.

Aber hier war kein Peters.

Er stand da, mit blutenden Schnittwunden, und überlegte, was er jetzt tun sollte. Von seinem Standort aus konnte er durch eines der Fenster auf den Fluss sehen. Dort stand ein Mann auf einer Art Floß oder Kahn. Manovitch erkannte Peters.

Da ist er ja, dachte Manovitch voller Befriedigung. Sie versuchen also, mich aus der Deckung zu locken.

Peters stand aufrecht an einem Ende des Kahns und beobachtete das Krematorium.

Er weiß, dass ich hier bin, dachte die tote Seele. Das ist interessant.

Dann widmete er sich dem Problem, wie er an Peters herankommen konnte, ohne dabei verletzt zu werden. Sobald er dort war, würde alles enden. Er würde Peters töten und seine Seele mitnehmen auf die weiten Schlachtfelder von Armageddon, wo er ihn endgültig auslöschen würde. Es ging einfach nur darum, an die Stelle zu gelangen, wo sein Feind auf ihn wartete, ohne dabei gejagt und beschossen zu werden. Um sich selbst machte er sich dabei weniger Sorgen, mehr darum, dass der Körper, den er benutzte, Schaden nehmen könnte.

Es schien keine einfache Sache zu werden, an Peters heranzukommen.

Und in diesem Moment schickte Manovitch seinen Feinden die neunte Plage.

Der HERR sprach zu Mose: Recke deine Hand gen Himmel, dass es so finster werde in Ägyptenland, dass man's greifen mag. Und Mose reckte seine Hand gen Himmel; da ward eine dicke Finsternis in ganz Ägyptenland …

Dave hatte gerade auf dem Handy mit Lloyd telefoniert, als es passierte.

Plötzlich wurde London vom Wahnsinn befallen: Eine dicke, zähe Dunkelheit überzog die Stadt und klebte wie Öl auf Daves Haut. Er geriet in Panik, hatte das Gefühl, nicht mehr atmen zu können, und wollte um jeden Preis von dem Kahn runter, auf dem er stand. Sein Verstand rotierte und hätte fast den Dienst quittiert, doch dann fiel ihm die neunte Plage ein.

»Verdammte Scheiße«, knurrte er.

Dave blieb reglos stehen und wagte es nicht, sich zu rühren. Er wusste nicht genau, was sich unter dem Stroh befand, aber er konnte es sich denken. Jedenfalls wäre es keine gute Idee, im Dunkeln auf dem Kahn herumzustolpern. Jetzt musste er versuchen, cool zu bleiben, was unter den gegebenen Umständen nicht ganz einfach war.

»Mutter Teresa«, betete er, »sie haben mich nach dir benannt. Du warst immer eine gelassene Frau. Ich brauche dringend deine Hilfe.«

Durch die alles verschlingende Schwärze drangen Geräusche vom Ufer zu ihm herüber. Dave hörte gedämpfte Schreie. Lichter flammten auf. Polizeiboote auf beiden Seiten des Flusses schalteten ihre starken Suchscheinwerfer ein und richteten sie auf den Kahn. Andere Strahler, die man wahrscheinlich von der Royal Festival Hall ausgeliehen hatte, wo sie normalerweise das Gebäude beleuchteten, kamen hinzu. Auf den Brücken und in den Straßen gingen die Laternen an. In den angrenzenden Gebäuden wurde ebenfalls Licht gemacht, doch es strahlte nur schwach und trübe.

Normalerweise wären die Suchscheinwerfer, die auf den Fluss gerichtet waren, sehr hell gewesen. Doch nun war die Dunkelheit so drückend, das sie kaum von ihnen durchbrochen wurde. Ihre Konsistenz war fast schon zähflüssig. Die blassen gelben Strahlen, die über das Wasser drangen, waren nicht heller als der Mond hinter dichten Wolken. Der Schein des Erzengels war nur noch ein dumpfes Glühen, wie das einer sterbenden Sonne, und spendete der Szene auf dem Fluss kaum Licht.

Dave versuchte es wieder mit dem Handy. »Lloyd, können Sie mich hören?«

Nichts als statisches Rauschen. Offenbar unterdrückte die dicke Suppe auch Funkwellen. Das Letzte, was Lloyd ihm gesagt hatte, war, dass Manovitch im Krematorium sei. Die tote Seele hatte einen Menschen getötet und einen weiteren schwer verletzt, dann hatten sie ihn irgendwo im Inneren des Gebäudes aus den Augen verloren. Man ging davon aus, dass er sich wieder auf die Dächer geschwungen hatte, aber niemand wusste etwas Genaues.

Angewidert klappte Dave das Telefon zu und stopfte es in seine Jackentasche. Tja, wo auch immer er jetzt ist, er wird auf dem Weg hierher sein, dachte er.

Aus westlicher Richtung tauchten die schwachen Scheinwerfer eines Helikopters auf, der nur wenige Meter über dem Wasser flog. Er bewegte sich nur langsam vorwärts. Dave tröstete sich mit dem Gedanken, dass die Helikopter über ein gutes Radarsystem verfügten; selbst wenn es vollkommen finster war, konnten sie ihren Weg finden. Sie waren wie mechanische Fledermäuse in einem Meer aus Dunkelheit. Und Lloyds Männer würden bestimmt auch noch anderes Equipment einsetzen, so etwas wie Nachtsichtgeräte.

Dave versuchte sich vorzustellen, was Manovitch vorhatte.

Natürlich würde er die Dunkelheit für sich nutzen, aber wie? Würde er seine Kräfte einsetzen und zu dem Kahn fliegen? Dann würde er seinen verletzlichen irdischen Körper ihren Waffen aussetzen. Nein. Dave glaubte, dass er höchstwahrscheinlich unter Wasser zum Kahn schwimmen würde, während die Polizei den Himmel nach ihm absuchte.

Angestrengt lauschte Dave auf Geräusche aus dem Wasser. Die Warterei war quälend. Immer wieder versuchte er, durch die Dunkelheit zu spähen, um zu sehen, ob irgendetwas die Wasseroberfläche durchbrach. Er fühlte sich wie in einer Tauchkugel am Grunde des Ozeans, wo die Finsternis nur von leuchtenden Tiefseewesen durchbrochen wurde. Nichts. Er sah nichts, hörte nichts.

»DAVE, SIND SIE DA?«

Vor Schreck wäre Dave fast über Bord gesprungen. Lloyd war auf einem der Polizeiboote und benutzte ein Megafon.

»BENUTZEN SIE IHR TELEFON, DAVE.«

Dave holte es raus und bemerkte, dass er nach dem letzten Anruf die Verbindung nicht unterbrochen hatte. Wahrscheinlich hatte Lloyd versucht, ihn anzurufen. Er drückte die rote Taste, und sofort klingelte das Telefon. Er meldete sich: »Lloyd?«

»Ja, ich bin's. Wir verstärken den Empfang, damit die Verbindung funktioniert. Das ist ja mal eine Geschichte, was? Wahrscheinlich hätten wir mit dem Blackout rechnen müssen. Geht es Ihnen gut?«

»Im Moment noch, ja«, erwiderte Dave und sah sich nervös um, »aber unser Freund müsste bereits unterwegs sein. Haben Sie bedacht, dass er vielleicht unter Wasser zum Kahn schwimmt?«

»Bleiben Sie in Kontakt«, meinte Lloyd nur. »Halten Sie sich bereit.«

»Bereithalten? Wofür? Was läuft hier, Lloyd?«

Am anderen Ende der Leitung herrschte kurz Schweigen, dann antwortete Lloyd: »Das würde Sie zu nervös machen, Lieutenant, glauben Sie mir. Es erfordert ein sekundengenaues Timing, und ich will nicht, dass Sie in Panik geraten und den Moment verpassen. Keine Sorge, es ist ein guter Plan.«

»Wenn Sie mir sagen würden, was los ist«, schrie Dave, »wüsste ich verdammt nochmal auch, was ich tun soll, oder nicht? Wie soll das denn funktionieren? Die ganze verdammte Stadt ist in Dunkelheit getaucht!«

»Die Helikopter sehen immer noch alles.«

»Oh, und dadurch soll ich mich jetzt besser fühlen, ja?«

Lloyd seufzte hörbar. »Wir werden schon auf Sie aufpassen, keine Sorge.«

»Versprechen Sie mir das als Offizieller oder als Privatmann?«

»Das verspreche ich Ihnen als Freund«, erwiderte Lloyd.

»Okay, ich werde Ihnen vertrauen. Ich muss Ihnen vertrauen. Warten Sie, ich höre etwas …«

35

Vom Bug des Kahns kam ein plätscherndes Geräusch. Da Dave ganz vorne im Boot stand, wurde ihm sofort klar, dass er hier in Gefahr war. Kurz überlegte er, ob er über den mit Stroh bedeckten Bereich in der Mitte des Kahns springen konnte, entschied sich dann aber dagegen. Stattdessen sprang er auf das Dollbord und balancierte vorsichtig Richtung Heck, wobei er auf dem abgenutzten Holz immer wieder um sein Gleichgewicht kämpfen musste. Er war schon fast an dem Strohbereich vorbei, als er ausrutschte und fiel.

Beim Sturz gelang es ihm, eine Relingstütze zu erwischen, und er klammerte sich an dem glitschigen Balken fest. Sein Körper lag verdreht über dem Rand des Kahns. Einen Moment lang hing er dort, dann konnte er den rechten Fuß über das Dollbord schieben. Während er fast schon kopfüber am Boot hing, rutschte seine Waffe aus dem Holster und verabschiedete sich mit einem leisen Platschen, als sie ins Wasser fiel. Sein Handy wäre wohl ebenfalls verschwunden, wenn es nicht mit dem Haltebügel an seiner Jackentasche befestigt gewesen wäre.

»Scheiße«, murmelte Dave.

Er schob sich am Rand des Kahns entlang, bis er das Heck erreichte. Dort zog er sich wieder an Deck. Sofort griff er zum Telefon.

»Lloyd, ich habe mich gerade ans andere Ende des Bootes begeben. Ich stehe jetzt am Heck, verstanden?«

Angespannt starrte er in die Dunkelheit. Die widernatürliche Nacht fühlte sich tropisch an, schwül und feucht. Er konnte kaum die Lichter in den Gebäuden am Ufer erkennen. Es war, als würden sie durch einen dichten, schwarzen Nebel dringen. Im Süden hörte er das gedämpfte Dröhnen eines Helikoptermotors, der sich parallel zum Fluss bewegte. Das Strahlen des Erzengels, dem er sich jetzt fast gegenüber befand, bildete eine geisterhaft glühende Kugel im Osten.

»Gut, dass Sie mir das gesagt haben«, erwiderte die leise Stimme des Erzdiakons. »Es wäre wirklich ärgerlich, wenn mir der Falsche ins Netz ginge. Ist er bereits an Bord?«

Noch während Lloyd die Frage stellte, kletterte vorne am Bug eine tropfende Gestalt an Deck. Der kräftige Körper von Stan Gates, jetzt von Manovitch beherrscht, stand ungefähr zehn Meter von Dave entfernt. Das Gesicht des Wesens spiegelte grimmige Entschlossenheit, die sich auch in seiner Haltung zeigte. Dave lief ein kalter Schauer über den Rücken.

Instinktiv griff Dave nach seiner Waffe, doch das Holster war leer.

Manovitch beobachtete den Versuch mit sichtlicher Freude. »Du scheinst ja völlig nackt zu sein, Peters. Suchst du vielleicht das hier?«

Manovitch öffnete den Mund, und eine Stichflamme schoss über die ganze Länge des Bootes und versengte Daves Haare.

»Jesus«, schrie Dave erschrocken.

»Der wird dir nicht helfen«, lachte Manovitch. »Er ist beschäftigt.«

Dave fragte: »Du bist fest entschlossen, mich umzubringen, oder?«

»Irgendwann. Und dann werde ich diesen dummen Menschen die zehnte Plage schicken und damit die Versammlung der heiligen Männer sprengen.«

Dave spielte auf Zeit: »Und du meinst, das reicht? Sie stehen kurz vor einer Einigung. Vielleicht kommst du zu spät.«

»Der Tod aller Erstgeborenen in London wird sie entzweien, das wissen wir doch beide.«

Dave wusste es – und er wusste auch, dass Manovitch mit

einem einzigen Sprung die gesamte Länge des Bootes überwinden konnte, wenn er wollte. Im direkten Kampf hätte Dave keine Chance, selbst dann nicht, wenn er der wiedergeborene Bruce Lee gewesen wäre. Er konnte höchstens darauf hoffen, das Höllenwesen an die richtige Position zu locken, dann im letzten Moment in die Themse zu springen und zu versuchen, ans Ufer zu schwimmen.

Langsam und vorsichtig machte Manovitch ein paar Schritte nach vorne. Offenbar rechnete er mit einem Angriff. »Aus welcher Richtung wird es kommen?«, knurrte er. »Sag's mir, Peters. Was werden sie einsetzen? Raketen? Wurfgeschosse? Flammenwerfer? Dieser Schwanzlutscher im Dienste Jesu hat was damit zu tun, oder?«, fügte er hinzu.

»Wegen des Helikopters, meinst du? Ja, der ist voll bewaffnet. Wird Kleinholz aus dir machen«, fauchte Dave mit so viel gespielter Tapferkeit, wie ihm möglich war.

»Sobald sie diesen Körper töten«, schrie Manovitch, »werde ich *dich* übernehmen. Habt ihr daran mal gedacht? Ich werde von diesem kleinen, geordneten Geist Besitz ergreifen, von diesem schlanken, hübschen Körper, und beide ganz langsam und qualvoll zerstören. Ich werde dir das Innere in den Schädel saugen, bis du nur noch Scheiße im Hirn hast. Und ich werde deinen Charakter zerstören – ich werde einen Kindermörder aus dir machen, einen Dieb und Vergewaltiger aus dir machen. Ich werde Vanessa finden und sie ficken, bis sie um Gnade bettelt. Ich werde ihr das Hirn rausvögeln – wie gefällt dir das, Arschgesicht? Ich werde es ihr so lange besorgen, bis sie aus allen Körperöffnungen blutet. Der Rest der Welt wird denken, sie hätte einen Monsterorgasmus, Peters, sie werden lachen und sagen: ›Hört euch die zwei an, feiern die Zerstörung von Manovitch.‹ Und währenddessen wird sie sterben, einen brutalen, schmerzhaften Tod sterben, nach einer Überdosis von *mir.* Ziemlich witzig, oder? Gefällt dir das? Also, bring deine Kampfhubschrauber her, zerfetz Stan Gates, denn dann bin ich frei und kann in deinen sauberen, adretten Körper fahren …«

Dave ließ sich nicht zu einer Antwort verleiten. Er würde dem Höllenwesen nicht verraten, dass er nicht bedacht hatte, vielleicht selbst von ihm besessen zu werden. Er hatte nicht weiter gedacht als bis zu dem Punkt, dass Manovitch ihn umbringen wollte. Zwar hatte er mit einer gewissen Folter gerechnet, für kurze Zeit, aber dann nur noch ›Auf Wiedersehen, Welt‹. Aber wenn sie den Körper töteten, in dem Manovitch nun steckte, wäre dieser natürlich von seinen geistigen Fesseln befreit und könnte vielleicht von einem Körper zum anderen springen.

Es war ein erschreckender, abstoßender Gedanke, dass Manovitch von ihm Besitz ergreifen und ihn wie eine Marionette benutzen könnte.

Plötzlich lag ein aufdringlicher Geruch in der Luft, ähnlich wie Benzin. Um Dave herum schwirrte der verdunkelte Tag vor unsichtbarer Aktivität.

Als Manovitch auf das Stroh trat, schaute er nicht nach unten, da er wahrscheinlich nicht damit rechnete, dass der Angriff von dort erfolgen würde statt von oben oder von den Seiten.

Ein lautes Klappern ertönte, gefolgt von dem dumpferen Geräusch, als die Metallzähne sich in Fleisch und Knochen bohrten.

Manovitch grunzte, als der Schmerz durch Stan Gates' Körper fuhr. Er hatte eine stählerne Fußangel ausgelöst, deren scharfe Metallzähne sich in sein rechtes Bein gegraben hatten. Die Wadenmuskeln waren zerfetzt und der Knochen zersplittert. Manovitch bückte sich und drückte mit den Händen die Falle auf. Blut aus einer aufgerissenen Arterie spritzte auf das Stroh.

»Es ist noch nicht vorbei, Peters«, fauchte Manovitch.

Das Höllenwesen strich sich mit der Hand über die Wade, woraufhin der Knochen wieder zusammenwuchs und sich die Wunde schloss.

Das Geräusch des Helikopters war näher gekommen, und die gelben Scheinwerfer zeigten, wie sich der Hubschrauber am Fluss entlangbewegte.

»Jetzt kann mich nichts mehr aufhalten!«, schrie Manovitch. »Gar nichts!« Er war jetzt nur noch drei Meter von Dave entfernt und wild entschlossen, ihn sich zu schnappen. Dave stand im äußersten Winkel des Hecks.

Das Dröhnen der Rotorblätter war plötzlich direkt über ihnen, und als der Helikopter auf sie herunterstieß, konnte man das große Schleppnetz erkennen, das in einem beweglichen Rahmen an der Unterseite des Hubschraubers befestigt war. Dave versuchte, ihm auszuweichen, wurde dabei aber von den Füßen gerissen und fiel rückwärts in das Netz. Sofort stieg der Helikopter wieder und schwebte nun über Manovitch.

»Nicht mich!«, schrie Dave. »Ihr habt den Falschen!«

Manovitch trat vor und versuchte, den Rahmen zu packen, als das Netz an ihm vorbeiflog, da er seine Beute auf keinen Fall davonfliegen lassen wollte. Eine Fußangel schloss sich um sein anderes Bein. Er erwischte mit einer Hand das Netz, klammerte sich fest und wurde ein Stück weit hochgezogen, bevor der Rahmen brach, als sich die Kette der Fußangel spannte.

Manovitch landete wieder auf dem Kahn. Dort wurde er von einer dritten Fußangel zerfleischt. Jetzt befand sich auch sein linker Arm im harten Griff eines stählernen Hais.

Dave hing unter dem Helikopter wie ein Fisch im Kescher. Das Netz schloss sich wie ein Briefumschlag und flatterte lose im Wind. Als der Helikopter abdrehte und sich von dem Kahn entfernte, pendelte es leicht hin und her. Dave drückte das Gesicht gegen die Maschen und beobachtete, wie eine brennende Fackel von der Albert Bridge in die Themse fiel.

Sofort brannte der Fluss unter der Brücke lichterloh. Eine fast vier Meter hohe Feuerwand breitete sich über den Fluss aus und raste von der Albert Bridge auf die Chelsea Bridge zu. Das wilde Feuer schien auf dem Weg noch an Kraft zu gewinnen und tobte brüllend, nur durch die Ufer eingedämmt, den Flusslauf entlang. In den wenigen Sekunden, während der das Inferno seinem natürlichen Kanal folgte, gelang es Manovitch, seine Faust in die Falle zu schieben, die sein Bein festhielt, und diese aufzustemmen. Dann riss er noch seinen Arm los, wobei er zwei Finger verlor.

Der Helikopter erreichte genau in dem Moment das Ufer, als das Feuer vorbeiraste, so dass Daves Haare und Augenbrauen angesengt wurden.

Im Schein des Feuers sah Dave, wie Manovitch schwerfällig aufstand und auf seinen verletzten Beinen um sein Gleichgewicht rang. Das Höllenwesen schrie wutentbrannt, bevor es von dem heranrasenden Feuersturm eingeschlossen wurde. Es schien das Feuer einzuatmen, und seine Schreie vermischten sich mit dem Brüllen der Flammen. Ein paar Minuten lang sah man noch die giftgrünen Flammen, die ihn völlig bedeckten, dann fiel sein schwarzer, verkohlter Körper in den Rumpf des Bootes, das inzwischen lichterloh brannte.

Doch er stand wieder auf, als weigere er sich, von den Flammen verzehrt zu werden.

Die Feuerwand raste weiter, unter mehreren Brücken hindurch, bis sie schließlich in der Nähe der Tower Bridge erlosch, da der Brennstoff versiegte, der auf die Wasseroberfläche gepumpt worden war.

Als die Taue durchbrannten, löste sich der Kahn aus seiner Verankerung und trieb langsam den dunklen Fluss hinunter, ein gespenstisches Licht auf dem Wasser. An Deck stand die brennende Gestalt von Stan Gates, in der die tote Seele von Manovitch gefangen war, die nun vernichtet wurde: eine Seele, die sich in Form von zischenden Flammen zeigte, die aus Mund, Nasenlöchern und Augenhöhlen aufstiegen und zwischen den Rippen hervorzüngelten.

Endlich wurde Manovitch vom Feuer verzehrt.

Der verkohlte Wirtskörper des Höllenwesens stürzte rückwärts in das Flammenmeer und verschwand darin.

Als der brennende Kahn die Tower Bridge erreichte, hatte sich die Dunkelheit aufgelöst.

Dave kletterte aus dem verworrenen Netz, das ihn gerettet hatte, und bedankte sich bei der Helikopter-Crew. Dann packte ein grimmiger Rajeb Patel seine Hand.

»Gut gemacht«, meinte Rajeb.

Dave fragte: »Hatten Sie irgendetwas mit dieser Sache zu tun?«

»Ich habe die Fackel in den Fluss geworfen«, bestätigte Rajeb. »Heiliges Feuer – von den Kerzen in einer nahe gelegenen Kirche. Es war alles eine Frage des Timings. Wir konnten nicht einmal den Brennstoff in die Themse pumpen, bevor Manovitch aus dem Wasser raus und auf dem Kahn war, sonst hätte er vielleicht etwas bemerkt.«

Lloyd Smith trat zu ihnen, und wieder wurde Daves Hand voller Begeisterung geschüttelt. »Sehr gut gemacht, sehr gut. Wir haben ihn. Wir haben diesen verdammten Bastard. Der Erzengel ist zwar noch nicht verschwunden, aber ich bin mir sicher, dass er das bald tun wird.«

Dave grinste. »Und bevor Sie es sich versehen, sind Sie Erzbischof.«

»Pah«, wehrte Lloyd wenig überzeugend ab. »Darauf kann ich gerne verzichten.«

36

Während die Gruppe zusammenstand und man sich gegenseitig gratulierte, kroch unbemerkt eine Gestalt über das Flussufer und taumelte auf sie zu. Sie war voller Öl, tropfnass und verlor kleine Ascheflocken. Ein widerlicher Anblick: ein verkohlter Leichnam, bis zur Unkenntlichkeit verbrannt. Wo einmal die Augen gewesen waren, klafften nur noch leere Höhlen, anstatt der Nase ein zerfetztes Loch, die Lippen waren verschwunden, die Zähne in einer schrecklichen Grimasse gebleckt. Insgesamt erinnerte die Gestalt an ein Vulkanmonster, aufgestiegen aus einem dunklen Lavagrab, der Körper nur eine schlechte Kopie menschlicher Formen.

Sie bewegte sich rein instinktgesteuert auf ihr Opfer zu. Ihr Antrieb war wohl die pure Rachsucht: ein überwältigender, brennender Hass, dessen Kraft sich eigene Energie schuf. In diesem Wesen war kein Funken Leben mehr – nichts hätte das Inferno auf der Themse überleben können –, nur ein Kern aus Hass, der so heiß brannte, dass der Körper nicht aufgab und es sich nicht gestattete, umzufallen und zu sterben.

Sein Opfer war Dave Peters: Die schwarzen, verkrusteten Krallenfinger waren bereits gespreizt, die Arme nach dem Polizisten aus San Francisco ausgestreckt, um seine Kehle zu umklammern.

»Vorsicht!«, schrie Rajeb Patel, als er das Wesen entdeckte.

Alle drehten sich um und starrten es entsetzt an.

Lloyd wich ängstlich ein paar Schritte zurück, sein Gesicht war bleich.

Ein Polizist war so geistesgegenwärtig, das Feuer zu eröffnen, aber die Kugeln aus seinem gewöhnlichen Revolver durchschlugen das verbrannte Wesen, ohne irgendeine Wirkung zu zeigen.

Ein dünner Triumphschrei drang aus Manovitchs Mund, als er sich Dave näherte. Er wusste, dass es für seinen Feind jetzt keine Rettung mehr gab, dass er ihn nun mit in die Hölle nehmen würde.

Plötzlich sprang eine weitere Gestalt aus den Schatten. Sie erreichte Manovitch und schlang wie in einem Ausdruck von Zärtlichkeit die Arme um ihn. Manovitch kreischte und versuchte, sich zu befreien, aber die Gestalt haftete so fest an ihm wie Fleisch am Knochen.

»Petra!«, schrie Dave.

Petra klammerte sich weiter an das Höllenwesen, als wäre es ihr Geliebter, der zu einer langen Reise aufbricht. Ihre Wange lag an dem verbrannten Gesicht, ihre Hände waren hinter seinem Rücken verschränkt, und sie hatte die Beine um seine verkohlten Waden geschlungen.

»Hau ab, Dave«, schrie sie. »Du musst hier weg.«

Dave zögerte. Konnte er sie zurücklassen und zusehen, wie sie von Manovitch zerquetscht wurde? Die tote Seele würde sie doch bestimmt mit ihrer Wahnsinnskraft in Stücke reißen. Aber was konnte *er*, ein einfacher Sterblicher, überhaupt tun? Petra schien selbst über außergewöhnliche Kräfte zu verfügen: Sie schaffte es immerhin, das Höllenwesen zurückzuhalten.

»Verschwinde!«, schrie sie wieder.

Da sah Dave etwas in Petras Augen. Etwas, das ihn wünschen ließ, er wäre Hunderte Kilometer weit weg. Er wich ein, zwei, drei Schritte zurück, dann drehte er sich um und rannte los. Die anderen flohen ebenfalls – Lloyd, Rajeb – und versuchten, sich so weit wie möglich vom Schauplatz zu entfernen. Zwei tote Seelen waren in einen schrecklichen Kampf verstrickt, und so wie es aussah, würde keine von beiden unversehrt aus diesem Konflikt hervorgehen.

Als Dave fast hundert Meter weit die Straße hinuntergelaufen war, hörte er hinter sich eine leise Explosion und spürte Hitze im Rücken.

Als er sich umdrehte, entdeckte er an der Stelle, wo die beiden Gestalten ineinander verkeilt waren, eine Feuersäule. Sie stieg bis zu den Wolken hinauf, ein spektakulärer Turm aus weißem Feuer, der immer noch an Helligkeit zunahm. Die Flammen wanden sich umeinander und bildeten dicke Stränge; sie verschmolzen miteinander und schufen so eine dichte Säule wie aus geschmolzenem Eisen. Die Hitze leckte an einer Telefonzelle, die in der Nähe stand, ließ die Farbe abblättern und die Scheiben splittern, bis schließlich das Metall schmolz und in den Rinnstein tropfte. Rund um die heilige weiße Waffe der himmlischen Engel entstanden kleinere Brände.

Die Rückseite von Daves Kleidung war versengt – er konnte es riechen –, und er geriet nur deswegen nicht in Brand, weil er noch nass war vom Fluss. Die Menschen um ihn herum hatten sich in die Gassen und Gebäude geflüchtet und so Schutz gefunden. Er war der Einzige, der sich dem gnadenlosen Inferno aussetzte, das Petra und Manovitch erschaffen hatten.

»Petra!«, schrie er.

Es war nutzlos. Petra konnte ihn nicht mehr hören, sie konnte gar nichts mehr hören. Sie hatte sich geopfert, um den Himmel und die Erde von einem schrecklichen Monster zu befreien. Petra hatte sich freiwillig in den Abgrund geworfen, war von ihrem eigenen weißen Feuer verzehrt worden, um den Menschen und den Engeln den Sieg zu schenken. Ihr Name war nicht länger Petra: Ihr Name war Vergessen.

Und als sie starb, blieb nichts zurück außer rauer schwarzer Asche und feinem weißem Pulver. Dann kam Wind auf und wehte alles fort, bis nichts davon übrig blieb.

Sobald Staub und Asche verschwunden waren, erhob sich etwas aus der Innenstadt von London. Der Erzengel stieg auf, schwebte über der Themse und ließ sein Licht weiter und heller strahlen als je zuvor. Die Straßen und Gebäude glühten in den gleißenden Strahlen, die normalerweise die niedrigste Stufe des Lichts ausmachten, das Gott umgab. Und doch konnte kein Sterblicher mit ungeschützten Augen in diese Strahlen sehen, die heller schienen als die Sonne.

Dann schien der Erzengel plötzlich schneller aufzusteigen, immer schneller, bis er wie ein Bogen den Himmel überspannte. Wer es sah, sagte hinterher, es sei wie ein Stern gewesen, der an den Himmel zurückkehrt. Alle wurden von einem Gefühl der Ehrfurcht erfüllt. Der heilige Michael hatte seine Mission erfüllt und war auf die Schlachtfelder von Armageddon zurückgekehrt.

Die Londoner hatten sich so sehr daran gewöhnt, die Lichtkuppel über der Stadt aufragen zu sehen, dass es ihnen nun so vorkam, als würde im Stadtbild etwas fehlen. Sie sahen eine gewisse Leere in der Skyline und spürten eine gewisse Leere in ihrem Inneren. Für kurze Zeit hatte ein Erzengel unter ihnen gewohnt. Nun war er verschwunden und ließ die zerstörerischen Nebenwirkungen seiner Ankunft zurück.

37

Die Fahrt durch die früher so berühmte »Square Mile« in der Innenstadt war seltsam und unheimlich.

In den Straßen war es so still wie in einem Wald, der von einem verheerenden Feuer vernichtet worden war. Die Sandsteingebäude rund um die Bank of England, die Versicherungsgebäude, die modernen Banken, die großen Bürotürme, alles verschwunden. Die Kapellen und Kirchen, St. Paul's Cathedral, die mittelalterlichen Kirchen St. Bartholomew und Great and All-Hallows, Barking – verschwunden. Royal Exchange und Mansion House, verschwunden. Es war, als wären das ursprüngliche Londinium bombardiert und ganz gezielte Punkte ausgelöscht worden. Überall ragten die Ruinen der einst schönen Bauwerke auf. Trümmer blockierten die Straßen und Abflüsse. Der Fahrer hatte große Schwierigkeiten, einen Weg durch den Schutt zu finden. Kanäle liefen über, Gasleitungen lagen frei und Stromkabel wanden sich wie schwarze Schlangen durch bröckelnde Mauern. Das war Beirut, das war Sarajevo, das war Mogadischu, das war Kabul, das war alles in einem.

»Sehen Sie sich das an«, sagte Lloyd verzweifelt. »Es wird ein Vermögen kosten, das alles wieder instand zu setzen.«

»Es ist doch nur Geld«, erwiderte Rajeb.

»Es geht nicht nur ums Geld«, jammerte Lloyd, »sondern auch um die *Geschichte.* Allein der Verlust so schöner architektonischer Meisterwerke …«

»Das haben sie nach dem Großen Feuer wahrscheinlich auch gesagt, und dann kam dabei eines der schönsten Bauwerke von ganz London heraus, St. Paul's Cathedral«, gab Rajeb zu bedenken.

»Die jetzt in Schutt und Asche liegt«, stöhnte Lloyd.

»Es gab vor dem Großen Feuer eine Kathedrale, und sie haben danach eine noch schönere gebaut. Sie haben jetzt die Chance, sogar Wrens großes Werk zu übertrumpfen. Vielleicht ist St. Paul's ja dazu *bestimmt,* alle paar Jahrhunderte neu gebaut zu werden.«

Dave musterte die Ruinen aufmerksam. »Immerhin haben wir es geschafft, Manovitch aufzuhalten, bevor er die letzte Plage loslassen konnte«, meinte er. »Alle Erstgeborenen. Ich frage mich, wie er das hingekriegt hätte. Und *wessen* Erstgeborene?«

»Ich denke mal, alle in London«, vermutete Lloyd. »Ich bin ziemlich froh, dass wir ihn aufhalten konnten. Ich bin ein Einzelkind.«

»Und ich bin das älteste Kind in unserer Familie«, sagte Rajeb nachdenklich. »Obwohl … jetzt wo Daphne weg ist, bin ich nicht sicher, ob ich noch bleiben will …«

»Das reicht jetzt«, unterbrach Lloyd den jungen Polizisten. »Daphne würde nicht wollen, dass Sie so daherreden. Sie hat Sie beide doch als starke, unabhängige Menschen gesehen, oder nicht?«

»Ja«, seufzte Rajeb, »wahrscheinlich schon.«

Das Gespräch frustrierte Dave, der unbedingt seinen Partner und Freund finden wollte. Er suchte die eingeebnete Stadt ab und hoffte auf ein Zeichen, einen kurzen Blick auf einen Mann, der aus den Ruinen kam. Plötzlich sah er unter einem Betonbogen eine Bewegung. Angestrengt starrte er hin, um mehr zu erkennen.

»Sehen Sie … da drüben!«, rief er.

Die anderen drehten sich um und sahen hinüber.

Dann sagte Lloyd: »Das sollten wir uns näher ansehen.«

Das Auto fuhr zu einem Trümmerhaufen, auf dem drei Menschen saßen: ein ärmlich gekleideter Mann, eine Frau, die zwei Plastiktüten mit Kleidung vor sich stehen hatte, und ein gammelig aussehender Jugendlicher. Sie sahen sich verwirrt und mit glasigen Augen um. Lloyd sprach sie an: »Was tun Sie hier?«

»Geht Sie gar nichts an«, fauchte die Frau, und für einen Moment war ihr Blick nicht mehr so entrückt.

»Wie sind Sie durch die Absperrungen gekommen?«, bohrte Lloyd weiter nach.

Diesmal antwortete der Jugendliche: »Wir sind durch keine Absperrungen gekommen. Wir waren schon hier, bevor *er* gekommen is. Wir waren hier, als er gelandet is, genau hier. Die wo durch die Absperrungen gekommen sind, sind wieder zurück zur Embankment.«

»Was meinen Sie mit ›er‹? Den Erzengel?«

Der Jugendliche nickte. »Ja, wir haben da in dem Eingang zu dem Laden geschlafen, wir drei. *Er* hat gesagt, wir können bleiben, wenn wir wollen. Ihm is es egal. Hat aber auch gesagt, wir sollen uns die Augen zuhalten, damit wir nich blind werden.«

»Und Sie waren die ganze Zeit hier?«, fragte Lloyd fassungslos. »Was haben Sie denn gegessen und getrunken?«

»Was heißt'n die ganze Zeit?«, fragte der Junge zurück. »Das war doch erst gestern Abend, oder nich?«

»Aber eines sag ich Ihnen«, meldete sich jetzt zum ersten Mal der Mann zu Wort. »So gut wie in der Nacht habe ich schon lange nicht mehr geschlafen.« Er hustete und spuckte auf den Boden, als wolle er diese Feststellung noch untermauern.

»Fahren Sie weiter«, befahl Lloyd dem Corporal am Steuer, doch Dave bat: »Einen Moment noch.«

Dann wandte er sich an die Gruppe draußen: »Haben Sie hier in der Gegend sonst noch jemanden gesehen?«

»Nö.« Der Jugendliche schüttelte den Kopf. »Nur uns.«

Sie fuhren weiter, und Dave versuchte, sie zu dem Ort zu lotsen, an den er und Petra Danny gebracht hatten. Als sie die Stelle erreichten, wo Dave Danny auf die Stufen gelegt hatte, war sie leer.

»Tja, wir können hier nichts mehr tun«, meinte Lloyd. »Ich würde vorschlagen, wir fahren zurück ins Hotel.«

Dave hoffte, dass Danny sie bei ihrer Rückkehr erwarten würde, aber Bruder Tuck blieb spurlos verschwunden.

Genau zur Mittagsstunde an diesem Tag verließen die religiösen Führer der Welt ihren Bunker. Auf jedem Gesicht lag ein Lächeln. Sie gingen getrennte Wege, aber gemeinsam.

38

Zehn Uhr morgens, Fronleichnam im Jahre des Herrn 2002, San Francisco.

Dave saß gerade bei Mario's, vor sich einen kolumbianischen Kaffee, und biss in seine Focaccia, als Danny durch die Tür kam und sagte: »Ich nehme das Gleiche, was er hat.«

Dave wäre fast vom Stuhl gekippt. »Himmel! Wo zur Hölle warst du? Ich habe London zwei Monate lang nach dir abgesucht. Wir dachten, du wärst tot.«

Bruder Tuck setzte sich an den Tisch und grinste Mutter Teresa an. Er sah gut aus – besser als je zuvor, da er Gewicht verloren hatte – und trug einen modischen Anzug.

Dann runzelte Danny nachdenklich die Stirn. »Wo ich gewesen bin? Irgendwo, wo ich mich auskuriert habe. Ich war …« Er schaute etwas verwirrt drein, dann fügte er hinzu: »Um ehrlich zu sein, ich habe keine Ahnung, wo ich war. Ich weiß nur, dass ich heute Morgen um drei plötzlich in Fisherman's Wharf spazieren gegangen bin. Ich weiß nicht einmal, welches Datum wir heute haben. Ich glaube, Petra hat mich irgendwo hingebracht, bevor sie …«

»Du weißt also davon?«

»Ja.« Wieder runzelte Danny die Stirn. »Frag mich nicht, wie ich es erfahren habe – ich weiß es einfach. Ich hatte diese seltsamen Träume. Und jetzt habe ich lauter verschwommene Bilder im Kopf. Sie hat sich geopfert, nicht? Sie wurde von einer Feuersäule verschlungen, von weißem Feuer, einer Säule aus heiligem Feuer.«

»Sie hat Manovitch vernichtet.«

»Ja«, nickte Danny. »Er hat schon wieder verloren, der Idiot. Und das nur, weil er sich durch die Jagd auf uns hat ablenken lassen. Rache mag ja süß sein, aber sie ist auch eine verdammt verführerische Ablenkung. Wenn er sich einfach nur darauf konzentriert hätte, die Konferenz zu sprengen, hätte er es vielleicht geschafft. Stattdessen ist er auf die Jagd gegangen und in eine Falle getappt. Was war er doch für ein Volltrottel, selbst noch im Tod.«

»Aber immerhin war eine zweite tote Seele nötig, um ihn zu erledigen.«

Danny nickte ernst. »Scheint so, als würde mir jede Frau, die ich finde, weggenommen.«

»Verdammt, spar dir dein Selbstmitleid«, erwiderte Dave. »Was erwartest du denn? Geigenmusik und Rosen? Meinst du, ich hätte nicht auch schon Menschen verloren? Ich habe meine Frau und meinen Sohn verloren. Und dann dachte ich, ich hätte dich auch noch verloren, du blöder Sack. Aber jetzt stellt sich heraus, dass ich da wohl zu optimistisch war.«

»Du bist ein verdammt harter Arsch«, knurrte Danny.

»Bei erbärmlichen Jammerlappen wie dir muss ich das ja sein«, schoss sein Freund zurück. »Sonst würden wir knietief in Tränen stehen.« Dave griff in seine Tasche und zog den Anhänger hervor, den Petra ihm anvertraut hatte. »Sie hat mich gebeten, dir das hier zu geben.«

Danny schnappte sich den Anhänger und untersuchte ihn aufmerksam. Es war ein Viertel einer Münze an einer Silberkette.

Dave legte seinem kleineren Freund den Arm um die Schultern. »Es tut mir leid«, sagte er. »Ich glaube, ich bin einfach ein eifersüchtiges Arschloch. Sie stand auf dich, nicht auf mich.«

Sie sahen sich einen Moment lang an, dann lachte Dave und küsste Danny auf die Wange, was in einem Coffeeshop in San Francisco nur einem einzelnen Touristen eine Reaktion entlockte.

»Verdammt, du siehst echt gut aus, Bruder Tuck. Hey, haben wir diesen Wichser Manovitch jetzt verbrannt, oder was? Wir haben diesem Erzengel richtig gezeigt, wie man so etwas in San Francisco regelt. Sind wir die Guten, oder sind wir die Guten?«

Danny lächelte. »Meine liebe Mutter Teresa, wir sind die Besten seit Jimmy Stewart.«

Am selben Tag, sogar fast im selben Moment, wenn auch in einer anderen Zeitzone, fuhr Lloyd Smith gerade über die Landstraßen von Buckinghamshire, als er einen heftigen Schmerz im Unterleib spürte. Er blinzelte irritiert und lenkte den Wagen vor einem Koppeltor an den Straßenrand. Dann blieb er einfach sitzen und starrte in die Dornenhecke, die sich an der Straße entlangzog. Die Schmerzen kehrten zurück und wurden schlimmer. Stöhnend und schwitzend saß Lloyd in seinem Auto.

Rund um das Tal, durch das er gerade gefahren war, ragten einige Hügel auf, auf denen die Bauern jeweils einen Ring aus Bäumen stehen gelassen hatten. Über diesen Bäumen zogen nun dicke, schwarze Wolken auf. Lloyd wurde übel, ihm war heiß, und plötzlich sah er in diesen Wolken ein böses Omen. Am Abend zuvor hatte er in Stratford-upon-Avon eine Aufführung von *Macbeth* gesehen, und die bedrückende Wirkung des Stücks hatte ihn noch nicht ganz losgelassen.

Ein schmerzhafter Krampf schnitt in seinen Unterleib.

Während der Schweiß sein Hemd durchtränkte, sickerten unangenehme Gedanken in sein Bewusstsein. Dunkle, schreckliche Gedanken. Gedanken an Tod, Vergewaltigung und Geburt. Mit zunehmendem Entsetzen fragte er sich, wie lang es wohl dauerte, ein Höllenwesen auszutragen. Würde er jetzt irgendeiner grauenhaften Kreatur widernatürliches Leben schenken, hier, in seinem Auto? Sollte er sich vorbereiten? Sollte er das Radkreuz aus dem Kofferraum holen und sich bereithalten, um ihm den Schädel einzuschlagen?

Feuer. Würde er heiliges Feuer brauchen, um die Kreatur zu vernichten? Oder würde er vielleicht – oh, Gott bewahre – nicht anders können und das Ding *lieben,* da es sein Nachwuchs war? Würde er unfähig sein, sich davon abzuhalten, etwas zu lieben, das teilweise von ihm stammte?

Donner rollte über den unheilschwangeren Himmel und ließ Lloyd ängstlich zusammenzucken.

Jemand klopfte an sein Seitenfenster.

Lloyd kurbelte es herunter und sah eine Frau in Regenjacke und Fellmütze, die zu ihm hereinstarrte. Neben ihren grünen Gummistiefeln saß ein Golden Retriever.

»Alles in Ordnung mit Ihnen?«, fragte sie fast schon streng. »Sie sehen etwas blass aus.«

»Nein, nein, keineswegs«, keuchte Lloyd. »Ich fühle mich schrecklich.«

Sie starrte ihn weiter prüfend an. »Was haben Sie denn gegessen?«, fragte sie schließlich. »Sie haben diesen grauen Hautton, den mein Mann immer kriegt, wenn er verdorbenes Curry gegessen hat.«

Da fiel es Lloyd plötzlich ein: *Austern.* Er hatte um drei Uhr morgens auf Simons Hausboot Austern gegessen. Erleichterung erfüllte ihn. Er würde doch kein Höllenwesen gebären. Er hatte einfach nur eine Lebensmittelvergiftung.

»Ich glaube, Sie haben Recht. Ich habe etwas Verdorbenes gegessen.«

»Wenn ich Sie wäre, würde ich es auskotzen«, riet ihm die Frau forsch. »Werden Sie den Dreck sofort los.«

»Vielen Dank, das werde ich, aber wenn es Ihnen nichts ausmacht, wäre ich dabei gerne allein.«

»Ganz wie Sie wollen«, erwiderte sie steif und zog an der Leine des Golden Retrievers. »Am besten in den Graben, würde ich sagen.«

Damit verließ sie den unglücklichen Erzdiakon und ging schnell über die immer dunkler werdende Landstraße davon, bis sie schließlich zwischen grünen Hecken und Feldern voller Eichen und Blutbuchen verschwand. Lloyd blieb einfach sitzen und ließ den Schmerz in unregelmäßigen Schüben durch seinen Bauch jagen. Er wollte sich jetzt nicht bewegen.

Wenige Sekunden später öffneten sich die Himmelsschleusen und Regen prasselte auf das Dach des Wagens. Wieder krachte der Donner und erschütterte die Cotswolds. Ein greller Blitz folgte und spaltete das Wäldchen auf dem nächsten Hügel. Sofort war die Welt von Licht erfüllt.